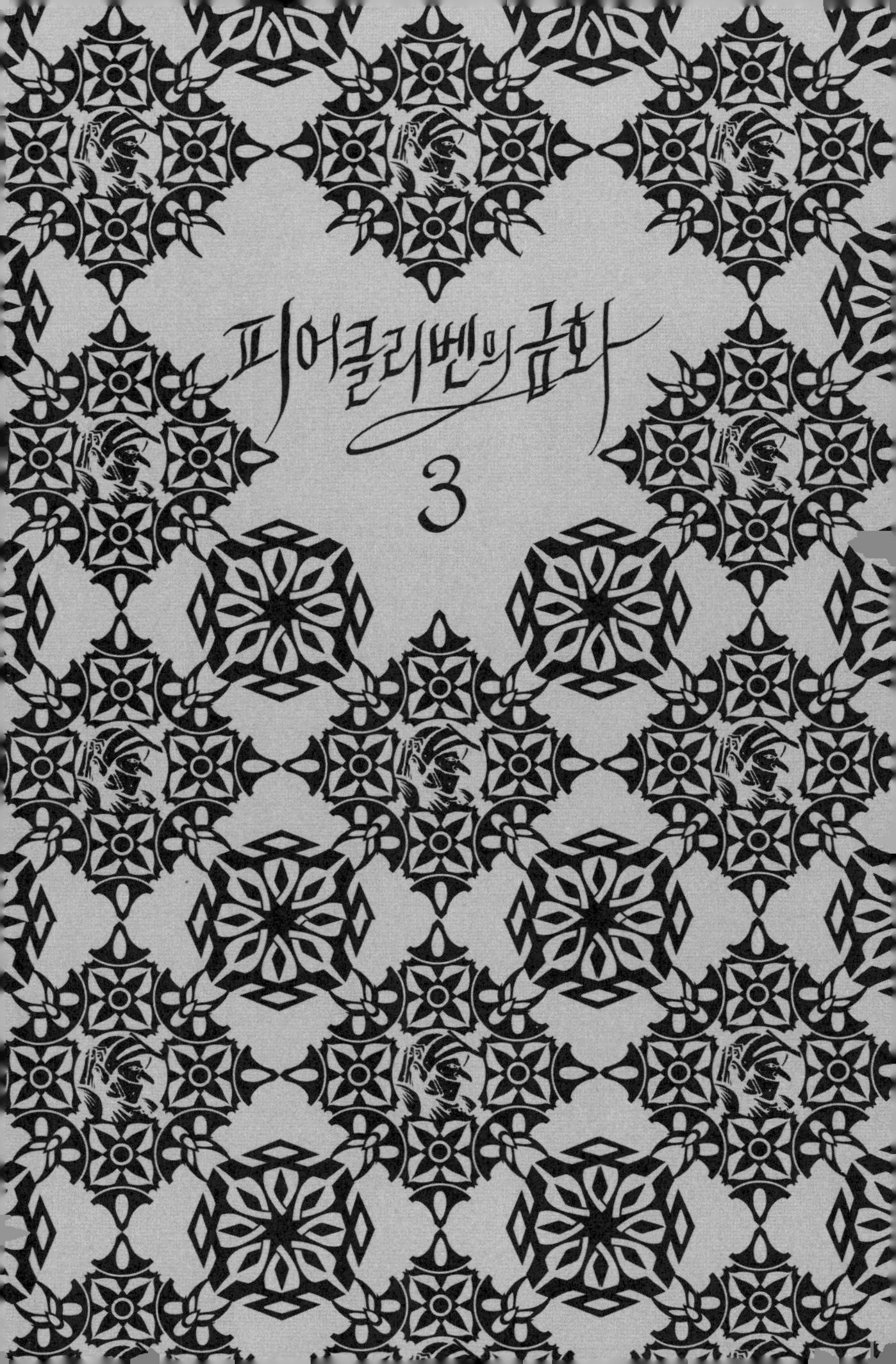
피어클리벤의 금화
3

신서로
장편소설

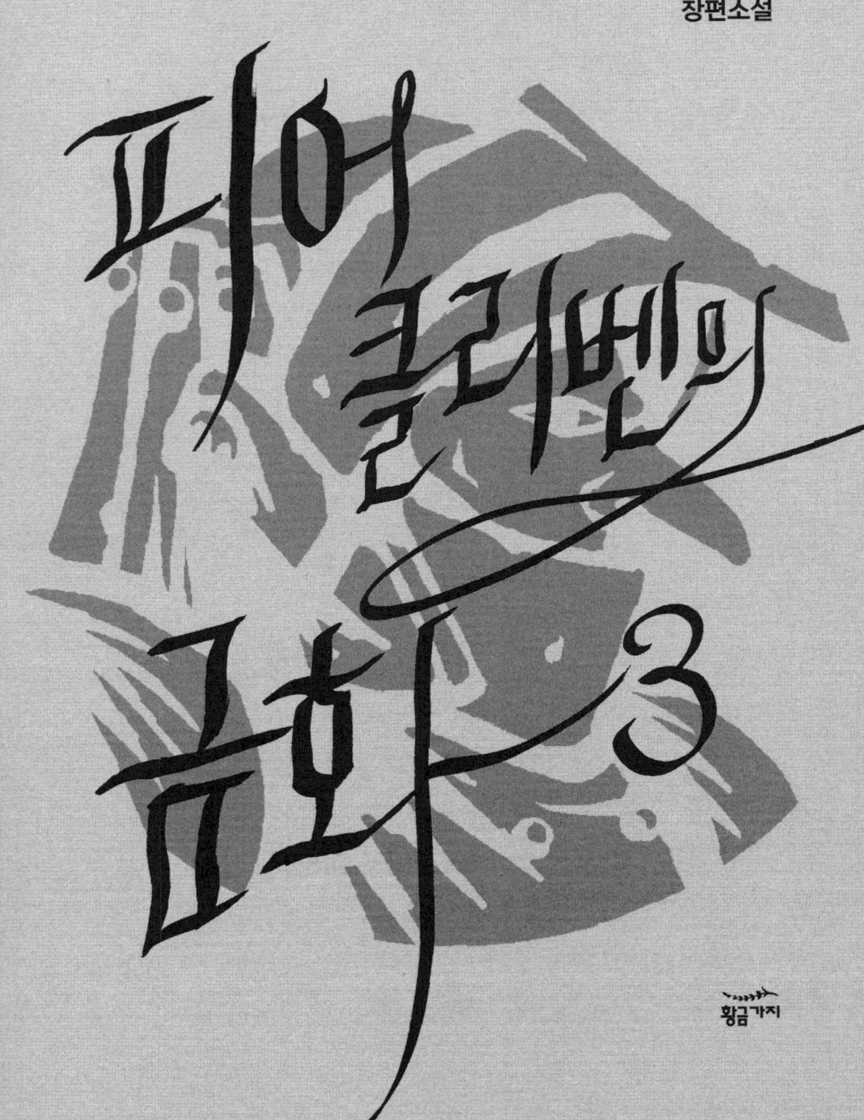

황금가지

피어클리벤의 금화 3 목차

제 1장

발트부름 산언저리에 맹폭한 겨울이 깔렸다.

계산된 의지와 분노가 휘말린 눈바람들이 모루에 내리치는 망치처럼 뉘른스에크의 북쪽으로부터 쇄도한 가운데, 가장 먼저 그 뚜렷한 적의를 희뿌연 대기에 게시(揭示)한 것은 수많은 와이번 떼였다. 흉악할 정도로 사나워진 시계는 윙윙대는 삭풍의 고함들까지 곁들여, 유일하게 이 짐승들의 접근을 포착할 단서인 날갯소리를 가려버린다. 때문에 그것들이 빙설의 파도 너머로부터 어둠 속의 늑대들처럼 나타나 성벽 위의 궁수들을 차례차례 낚아채는 동안, 그 가엾은 희생자들의 처참한 비명소리마저 바람결에 묻혀버려 뒤에 남은 병사들의 귀에 들리지 않았다는 사실은 차라리 행운이었으리라.

이 무자비하고 전방위적인 공격은 뉘른스에크의 북쪽으로부터 적들이 나타난 그 이튿날 새벽, 아직 겨울 야음이 긴 꼬리를 거두지 않은 취약 시를 틈타 시작되었다. 뉘른스에크의 모든 병사와 기사들, 그리고 서로 다른 깃발을 내건 다섯 부대가 임전 태세를 취하고 있었으나 이 기습의 방비는 제대로 이루어지지 못했다. 그것은 바로 새벽 시간대와 악천후라는 두 가지 요소 때문이었다.

"맙소사."

내습을 알리는 군호의 나팔이 들리자마자 불침번들이 각자 소속된 천막의 동료들을 깨운 가운데, 어제 새로 지급 받아 온통 신품인 갑옷을 챙겨입은 피어클리벤의 종사들이 가장 먼저 뛰쳐나왔다. 그러자마자, 최고참 아드손의 입에서 이런 신음성이 새어 나왔다. 무리는 아니었다. 발트부름의 중턱 완만한 기슭에 위치한 숙영장 전체가 희뿌연 박무(薄霧)에 점령되어 있었고, 여기서 또렷이 보이던 뉘른스에크 본성의 거체는 아우성치는 눈보라에 휩싸여 아예 사라져버렸다. 아드손과 종사들은 재빨리 병사들을 준비시키는 한편 성 쪽으로 귀를 기울였으나, 이따금 들리는 단말마와 귀를 찌르는 와이번의 울음소리 외엔 어떤 새로운 군호도 들리지 않았다.

"어떡합니까?"

병사들의 도열을 확인하고 달려온 발리엇이 아드손에게 물었다. 하지만 아드손이라고 해서 알 리 없다. 기사 스벤과 헨릭은 성 안에서 잠을 잤으니 적어도 그들의 향사나 전령이 오지 않는 이상 아무런 판단도, 행동도 취할 순 없겠다. 다만, 지금 이 자리의 현장 지휘관은 아드손이었다. 그에게는 동료들과 부하들을 온존시켜 그들의 주군과 최고 지휘관에게 인계할 책임이 있다. 아드손과 종사들은 눈을 돌려 다른 영지군과 용병들이 어쩌고 있는가를 파악하려 했지만, 이미 짙어진 안개는 오로지 희뿌연 모닥불 빛들만 더러 식별케 허락할 뿐이었다. 곧 드리워질 재앙을 예감하는 아드손과 고참 종사들은 그 순간 모종의 결단을 내렸다.

"들어! 우리는 훈련도 하지 않았고 군호도 몰라! 어차피 다른 부대와 연계할 수 없다. 그러므로 우린 오로지 뭉쳐서 방어하며 곧장 본성으로 올라간다! 영주님과 달슨 경을 뵙는다!"

종사들은 모두 아드손의 외침에 동의한다. 발리엇과 디드리크는 '예!'하고 외치며 병사들 쪽으로 달려갔다.

피어클리벤의 징집병 오백은 불안한 얼굴들이었으나, 잘 도열해 있었고 어제 지급받은 신품 무구들로 인해 한결 위세가 든든해 보인다. 그도 그럴 것이, 지금 병사들 각자가 입고 있는 갑옷과 더불어, 들고 선 창과 방패를 모두 값으로 환산하자면 모르긴 몰라도 그들 평생에 가져본 중 가장 거액의 재산을 몸에 휘감은 것일 테니, 모양새가 안 나와주면 곤란하다. 디드리크는 그 가운데서도 재빠르게 형 룻트의 모습을 찾아낸다. 다들 똑같은 복장에 투구까지 눌러쓴바, 이 안개 낀 어둠 속에서 누군가를 알아보기란 지극히 힘든 일이었음에도 말이다.

"뭘 생각합니까?"

종사 스벨크가 모든 천막 앞의 모닥불들을 급히 끄고 돌아온 직후, 아드손이 생각에 잠긴 것을 보고 물었다. 즉시 대답하지 않고 점점 짙어지던 안개와 그 너머의 기분 나쁜 소음들을 응시하던 아드손이 말했다.

"와이번 퇴치하러 나갔을 적, 너 있었냐?"

"……육 년 전 말이네요? 그걸 어떻게 잊겠습니까?"

"그때처럼 모두를 엮어야 할지 생각 중이었다."

그러자 스벨크가 병사들 쪽을 보더니 나직하게 외쳤다.

"오백 명을 전부요? 아니, 일단 그건 정식 대응 교리도 아닌데……."

"그게 무슨 상관이야? 훈련이 절대적으로 부족해! 할 수 있는 게 달리 있어?"

아드손이 윽박질렀지만, 스벨크는 애초에 불만을 말한 것도 아니었다. 그랬기에 대꾸하지 않고 곧장 병사들의 곁에 서 있던 종사들 중 발리엇과 디드리크를 외쳐 부른다. 그에게 지시를 받은 둘은 어리둥절할 새도 없이 달려가 몇 명의 병사들을 차출하여 보급품 수레로 간다. 그들이 들고 돌아온 것은 한 아름씩의 밧줄이었다.

"모두 가까이 모여서! 이제부터 너희들이 죽지 않을 유일한 방법을 알려주겠다!"

스벨크가 소리 지르자, 오백 명의 병사들이 그를 중심으로 밀착해 모여든다. 이미 귀기 어린 바람 소리와 끔찍하게 좁혀진 시야, 그 너머의 하얀 어둠 속에서 나부끼는 죽음의 소리를 듣기 시작한 병사들이었다. 다들 창백하고 겁에 질려 있었기에, 절박한 얼굴로 스벨크를 쳐다본다. 그 순간, 디드리크는 이 평범한 농민들이 지금 자신을 포함한 일곱 명의 종사들에게 어떤 기대를 할지 짐작한다. 만일 종사들이 모두 사라져버리면 이들은 어떻게 될까? 아무것도 모른 채, 조여오는 공포 속에서 그저 임박해오는 사망을 조금이라도 유예하려 표류하겠지. 울리케를 만난 인연만 아니었다면 소년 역시 도리없이 저들 중 하나였으리라. 그렇게 생각하며, 디드리크는 아직 덜 여문 책임감을 끌어모았다. 다시 형 룻트와 눈이 마주쳤고, 스벨크의 고함이 이어졌다.

"우린 오열 종대형을 짜고 이대로 여기서 성까지 올라갈 거다! 우리 영주님께 말이야! 문제는 어둠과 눈보라와 와이번이다! 특히 세 번째가 지랄이다!"

병사들의 허옇게 떠진 눈들이 흔들린다. 스벨크가 한 손에 밧줄을 들어 올리며 외쳤다.

"이걸 모두 요대에 묶어라! 앞뒤의 사람들과 모두 말이야! 양팔 간격으로 잡으면 된다! 튼튼하게 묶어라! 이게 뭔 개짓거리냐고?"

병사들과 같은 물음을 가진 디드리크도 스벨크를 본다. 그러자 스벨크의 뒤에서 듣고 있던 아드손이 갑자기 대신 나섰다.

그는 스벨크가 지나치게 고함을 지르고 있다고 생각했고, 이를 위험하다고 판단했다. 그래서 그는 한결 낮지만 힘이 실려 선명히 들리는 목소리로 설명을 이어받았다.

"들어라. 와이번은 보통 염소 한 마리를 낚아채고 날 수 있고, 사람도 가능하지. 하지만 사람 대여섯을 들 정도는 아니야. 그래서 서로 이렇게 연결하는 거다. 앞뒤로만 연결하며, 그렇게 백 명씩, 다섯 줄을 만들 거다. 그러면 와이번이 기습해도 채여 가지 않는다! 자, 빨리해! 매듭에 서툰 자는 서로 봐줘라!"

모두에게 밧줄이 나눠줬다. 다들 죽음 같은 침묵에 휩싸인 가운데 움직이는 손들만은 떨리듯 부지런하다. 아드손부터 디드리크까지, 피어클리벤의 일곱 종사도 서열 순으로 서로를 연결하였다. 제식에 죽고 사는 타 부대들이 본다면 이 모양 빠짐에 비웃을지도 모르지만, 이는 와이번이나 그리핀, 하르퓌아 같은 비행 마수들을 상대하는 데 있어 여러 차례 실전성이 입증된 방법이었다. 물론, 오백 명이나 이러는 것은 아드손으로서도 처음 듣는 이야기다. 하지만 달리 더 좋은 생각이 나지 않는다. 작업의 진행이 끝나갈 즈음, 그는 다음과 같이 외쳤다.

"누군가 붙잡히면, 그 열에 속한 모두가 그 순간 일심동체다! 붙잡힌 자와 가까울수록 방어와 지탱을, 멀수록 공격에 가담해라!"

피어클리벤의 병사들이 모든 준비를 마쳤을 무렵, 본격적으로 짙은 냉기가 깔리기 시작했다. 이제 시계는 몇 발짝 앞도 채 보이지 않을 지경이었다. 서서히 터오는 먼동의 산란에 세상은 마치 백색 장막에 둘러쳐진 것 같았고, 그 너머에 포위한 채 그들을 기다리는 것은 오로지 적대적인 죽음을 불러올 광폭한 소음들뿐이었다. 이제 모두의 귓가에 신경을 긁어대는 날갯소리와 웅성이며 강하하는 기압의 맥동만이 들려왔다. 이따금, 주변 타 부대의 숙영지에서 뭔가를 지시하는 고함 소리들이 들려온다. *저러면 안 되는데.* 아드손은 이를 깨물며 생각했다. 그 순간, 매서운 바람이 득달같이 그들 사이를 헤집으며 세빙과 눈을 흩뿌리기 시작했다.

"자, 간다! 출발!"

이 본격적인 악천후의 시작을 신호로 받아들이듯, 아드손이 외쳤다. 병사들과 종사들은 방패와 창을 든 채 전진하기 시작했다. 디드리크는 이럴 수가 있을까 싶을 정도로 새하얀 사방에 눈도 주지 않은 채, 오로지 그의 앞에 선 발리엇의 뒤통수만 보았다. 옳은 방향으로 가고 있는지 어떤지는 이미 전혀 알 수 없다. 전날 받은 뉘른스에크제(製) 무구들이 제공하는 방한성은 뛰어났지만, 이 적개심 가득한 국지적 겨울에 서린 마력에까지 미치지는 못하는 듯하다. 이윽고 소년의 몸은 꽁꽁 얼어붙었고, 드러난 얼굴엔 서리가 달라붙는다. 춥다는 생각 외엔 도무지 아무 생각도 들지 않은 가운데, 다들 모두 그렇게 앞으로 나갔다. 오로지 앞사람의 뒤통수만을 보면서.

전진은 더뎠다. 아니, 좀 더 정확히 말하자면 빠른지 느린지 알 도리가 없었다. 눈보라의 무수한 방해를 받으며 기계적으로 걷는 보폭이 넓다고는 생각되지 않는다. 숙영장으로부터 얼마나 올라왔을까? 그것을 알 지표가 전혀 없었다. 디드리크는 이 맹폭한 눈보라 속에서 길을 잡아가는 맨 앞의 아드손이 신기할 지경이었다. 숙영장에서 본성으로 이르는 길은 꼬불꼬불한 탓에, 두어 번 굽이쳤다 싶더니만 이젠 어디가 북쪽인지 감도 오지 않는다. 그래도 디드리크는 은연중에 길의 경사를 짐작하며 기억에 있던 산허리의 모습과 비교한다. 그러던 어느 순간, 소년은 귓가에 아우성치는 눈보라의 소음 너머 어떤 적의의 분명한 포착을 감지하였다.

"오른쪽! 옵니다!"

평소의 디드리크라면 만용에 가까운 일이었겠으나, 끔찍한 추위에 시달려 정신이 없었기 때문이었을까? 아니면 그토록 선명한 감각의 확신 때문이었을까, 디드리크는 자신도 모르는 새에 입을 열어 그렇게 소리 질렀다. 적어도 그 순간은, 디드리크가 병사이기보다 항상 마수의 접근을 경계하는 염소치기에 가까운 순간이었을지도 모르겠다.

"방패 올려!"

막내 종사를 신용한 것이었는지, 아니면 그 스스로도 어떤 것을 느꼈는지는 모르겠으나 스벨크가 거기에 더해 이렇게 고함을 질렀다. 순간 움찔하며 행렬은 멈추었고, 모두가 몸을 웅크리며 방패를 올리고 몸을 오른쪽으로 틀었다. 다음 순간, 하얀 장막을 찢어발기듯 튀어나온 잿빛 날짐승의 거체가 부대의 측면으로부터 나타났다. 그러니까 하필 종사들의 열이 노려진 것이다. 와이번의 공격을 감지한 순간까지도 그걸 깨닫지 못하고 있던 디드리크의 눈이 커진 순간, 허리가 훅 딸려갔다.

"지올벤! 왈트! 버텨! 뒷열도 공격해!"

열의 맨 앞이라 가장 멀리 있던 아드손이 맞은편에서 지르는 고함이 들린다. 한순간 허리에 매인 줄에 의해 끌려가 눈 바닥에 나뒹군 디드리크였지만 즉시 벌떡 일어나며 잠깐 놓친 창을 그러쥔다. 그와 마찬가지로 끌려갔지만 요령 있게 버텨낸 발리엇이 디드리크를 돌아보며 소리 질렀다.

"버티더라도 저쪽으로 다가가야 해! 안 그러면 공격할 폭이 안 나와!"

공격받은 자의 앞뒤 종사들이 와이번에게 밀착해 달려들기 위해서는 열의 양쪽이 다가와 주어야 한다. 순간 그것을 이해한 디드리크는 이 예상 못 한 덫의 성가심에 괴성을 지르며 분노를 터트리고 있는 와이번에게 달려갔다. 추위와 넘어짐의 충격 때문일까, 공포고 뭐고 그냥 아무 생각이 없었다.

"제5열! 찔러!"

아드손의 고함이 재차 들린다. 이제 지척의 눈앞에 또렷하게 나타난 와이번의 장대한 날개가 미친 듯이 펄럭이며 바람을 때렸고, 그 뒷발이 쥔 채 흔들리는 종사 토라스가 보였다. 그의 앞뒤, 지올벤과 왈트가 줄에 딸려 계속해서 균형을 잃는 가운데 용케 버티고 선 게 보인다. 디드리크가 달려간 그 순간, 맞은편 에서 나란히 몸을 줄로 연결한 아드손과 스벨크가 달려들며 동시에 와이번의 배를 창으로 쑤셨다. 그러자 와이번은 악취가 섞인 끔찍한 비명을 토하며 움켜쥐고 있던 토라스를 놓는 동시에, 자신을 찌른 두 종사 중 하나의 어깨를 물었다.

"야, 이 개자식아!"

어깨를 물린 채 이렇게 욕설을 퍼붓는 정신 나간 종사는 스벨크였다. 와이번의 머리는 그 거체에 비해 작고, 목도 가늘어 뒷다리 힘처럼 사람을 쉽게 들어 올리거나 하지는 못한다. 그랬기에 스벨크는 오히려 창을 던지고 두 팔로 와이번의 목을 싸안은 채, 모골이 송연해지는 목소리로 소리 질렀다.

"뭐해! 이걸 죽여……!"

그의 외침이 목을 좌우로 거칠게 흔든 와이번에 의해 흩어진 순간, 약속한 듯 모든 종사들의 창이 와이번을 찔러 들어왔다. 뿐만 아니라 그 바로 뒤, 5열의 병사들까지 그들 생애 최초의 창질을 거든다. 순식간에 십수 발의 창끝을 허용한 와이번은 투레질로 인해 크게 상처 입은 스벨크를 뱉어내더니 뒤로 물러나듯 나자빠졌다. 날아올라 도망가려 날개를 펄럭이건만, 이 짐승이 퇴각을 꾀하기엔 이미 상처들이 깊다. 몇몇 창은 너무 깊이 박혀 인력으로 뽑히지 못하고 딸려갔을 정도니.

"스벨크!"

하지만 와이번의 숨을 끊는 것은 이미 최우선 목표가 아니다.

상처 입은 맹수가 눈 쌓인 비탈에서 비명을 지르며 몸부림치도록 내버려 둔 채, 아드손과 이하 종사들은 쓰러진 스벨크에게 다가갔다. 와이번에게 창을 빼앗긴 디드리크 역시.

"……상처는 별로 없구만."

아드손이 부축한 가운데, 상체를 일으킨 스벨크가 내뱉었다. 하지만 아드손은 이미 죽은 자를 보는 표정으로 이십 년 가까이 어울려온 동료를 본다. 그리고 디드리크의 표정 역시 그와 같았다.

"……별로 아프지도 않아."

그러나 이렇게 중얼거리는 그의 얼굴이 이미 보라색으로 물들고 있었다. 튼튼한 흉갑은 이빨들을 버텨냈으나, 빼곡하고 날카로운 와이번의 이빨들 모두를 막을 수는 없었던 것이다. 그리고 단지 하나라도, 저 맹독을 가진 마수의 이빨을 허용하는 순간 죽은 목숨이다. 지금 이 자리에 그것을 모르는 이는 아무도 없었다. 특히, 그렇게 아버지를 잃었던 디드리크는 더욱 그랬다.

"……토라스는?"

모두가 침묵한 가운데, 침침해지던 스벨크의 눈빛이 흔들리더니 그의 입에서 그런 물음이 새어 나온다. 아드손이 대답하기 위해 입을 달싹인 순간, '스며드는 죽음'이라는 이름을 가진 맹독이 스벨크의 심장을 딱딱히 굳혔다. 스물아홉 살, 피어클리벤 영지의 누엘 마을 출신 종사 스벨크는 그렇게 숨을 거두었다.

소름 끼치는 나팔 소리에 물벼락을 맞은 듯 잠에서 깨어났던 아룬드 피어클리벤은 신속하게 무장을 채비하고 객실에서 나왔다. 아직 이른 새벽, 어둠에 잠긴 뉘른스에크 성의 복도는 싸늘했고 군데군데 걸린 송근유 등잔 불빛만이 불길하게 일렁였다. 바로 옆방으로 다가간 그가 문을 두드릴 새도 없이, 객실 문이 열리며 향사 슈타크가 튀어나오더니 어두운 복도에 서 있는 아룬드를 보고 흠칫 놀랐다. 하지만 이내 알아보고 말한다.

"달슨 경께서 제게 도련님의 무구를 봐주라고 하셨습니다."

"……부탁한다."

일반적으로 아룬드와 같은, 영지의 상속 예정자는 성년이 되는대로 완전히 기사 취급을 받는 것이 북방의 관습이었다. 그랬기에 아룬드라면 향사를 두어도 전혀 이상하지 않았으나 그런 지점에서만큼은 상당히 완고한 것이 현 영주, 노아크의 고집이다. 적법한 절차와 의심할 바 없는 자질의 증명이 없는 한, 기사로 쳐줄 수 없다는 것이다. 성의 하인 한 사람이라도 남김없이 알뜰하게 써먹는 것이 피어클리벤의 가풍인바, 문무를 두루 연마했으나 아직 성에 차지 않는 아룬드에게 향사는 허락되지 못했다. 그랬기에 스벤은 슈타크를 보내 아룬드의 무장에 미비한 점은 없는지 보아주라 지시한 것이며, 아룬드는 이를 감사히 여긴다. 한동안 어두운 복도에 선 채, 아룬드는 슈타크가 갑옷의 매무새와 조임을 확인하도록 내버려 두었다. 성의 복도에는 아직 어떠한 인기척도 보이지 않았지만 우당탕 달리는 발소리와 사람들의 고함소리, 시시각각 스며드는 외풍의 울음소리만은 가득했다.

"다 되었습니다."

일어서며 말하는 슈타크의 이마에 땀이 보인다. 힘들거나 더워서 난 것이 결단코 아니겠지. 아룬드가 그렇게 짐작한 순간, 약속이라도 한 듯 스벤과 노아크의 방문이 동시에 열렸다. 둘 다 완전한 무장을 끝내고 있었다.

"가자."

노아크가 짧게 말했다. 그렇게 네 사람은 말없이 어두운 복도를 빠르게 가로질렀다.

야만족들의 대규모 집결이 목격된 것은 어제였다. 본래라면 깨끗한 하늘 끝 지평선에 가득할 만년설의 산맥들이 지금은 눈폭풍에 가려져 일제히 모습을 감추었고, 날카로운 파수꾼들의 눈에만 이따금 마수들의 그림자와 인영이 목격되었다. 백작령의 마법 고문 나글펀델은 처음에 적들의 수가 오천이라 말했지만 반나절도 안 되어 말을 바꾸어 일만이라 했다가, 오후쯤에는 급기야 이만으로 정정했다. 기사 그리그는 그럴 줄 알았다는 듯, 별로 놀라지도 않은 얼굴이었고, 전해 들은 헨릭은 한숨을 쉬었다. 의아해진 아룬드가 영문을 묻자, 헨릭이 이렇게 말했었다.

"기주르 경은 초계에 별로 재능이 없소. 무시무시한 위력의 살상 주문들은 잘하지만……. 제대로 써먹으려면 우리들이 열심히 애써야 하지."

피어클리벤 담당으로 붙은 헨릭은 어제의 그 긴장된 분위기 속에서도 열심히 뛰어다니며 병사들과 종사들에 대한 무구 보급을 완벽하게 추진했다. 곧바로 벌어질 것 같았던 충돌은 끝내 영 미적거렸지만, 두 용병부대는 전위대기로 나서 성의 북문께에 자리 잡았다고 했다. 그리고 나머지 부대들은 언제든 대응에 임할 수 있게 지시되었다.

"아, 백작님!"

예정되었던 승작식은 결국 이러한 분위기 속에서 유야무야 되었지만, 피어클리벤이 이제 백작령임을 부정하는 이들은 아무도 없었다. 그래서 복도 너머, 자신의 방에서 향사와 함께 나타난 헨릭은 다가오는 그들의 앞, 노아크를 이렇게 불렀다. 그러고는 곧장 자신의 향사에게 무어라 지시를 내려 어딘가로 보냈다. 소년 향사는 달린다.

"모두 계셨군요! 와이번 기습입니다."

"와이번?"

헨릭의 말에 놀란 노아크가 말했다. 그러더니 백작은 말한다.

"밖에 윙윙대는 바람 소리가 들리는데? 그것들이 야음을 틈타 사냥을 하는 건 맞지만, 이슬비만 내려도 비행을 삼가는 민감한 것들이오. 내 방에서 나오기 전에 내다본 밖의 풍경은 도저히 그것들이 날법한 하늘이 아니었는데."

노아크 본인도 기사인바, 이제는 나이가 들어 향사도 물리고 무반으로서의 행세는 삼가지만 젊을 적에는 많은 마수 사냥을 이끌어봤다. 기실 북부의 기사들에게 마수에 관한 지식과 대응 기술은 무엇보다 중요한 능력이었다. 때문에 작금의 이 기습은 그가 가진 경험과 대치되는 이야기다. 와이번은 결코 악천후 속을 날지 않는다.

"그러니, 요사한 마법이 아니겠습니까? 저도 밖을 내다봤지만, 이래서야 속수무책입니다. 지금 성벽 위의 궁수들은 모두 대피 중입니다."

다시 말해, 와이번을 상대하는 모든 전략은 깨끗한 하늘을 전제로 고안되어 있다. 그러므로 악천후와 와이번의 조합이란, 단지 그것만으로 기존의 모든 대응방식을 무력화하는 것이다.

"대책이 있겠소?"

이야기를 나누는 와중에도 그들은 부지런히 달리듯 걷는다. 성의 최상층, 작전지휘실로 가기 위함이다. 헨릭이 답했다.

"성안의 병력은 괜찮습니다. 문제는 숙영지의 부대들이죠. 노출되어 있으니, 가장 먼저 노려질 겁니다."

"그럼 공중은 뚫렸다는 겁니까?"

이번엔 스벤이 묻는다. 헨릭은 별거 아니라는 듯 답했다.

"날아들어 오는 데에야 어차피 답이 없지 않습니까? 응사도 못 하고, 그 자체는 이쪽에서 웅크리고 무시하면 그만입니다. 문제는, 바로 그렇게 하길 노린 짓이라는 점이죠."

"발이 묶였군."

거대한 뉘른스에크의 성채이다. 하려고만 한다면 능히 저 밖의 다섯 부대를 모두 수용할 수 있다. 본성은 그 자체만으로도 두 개의 성이며, 높고 두꺼운 성벽으로 연결된 부성이 세 개나 더 있었으니까. 하지만 여러 형편상 외부의 부대들은 숙영장에 두어왔다. 바로 지금, 그래서 문제가 된다.

"이거 안 좋군요."

상층으로 올라가는 계단 통로에 이르렀을 때, 그들은 숙영지 쪽이 내려다보이는 창문과 마주쳤다. 유리로 막힌 채광창이 아니라 크고 세로로 긴 총안(銃眼)에 가까운 것이었다. 이미 사나운 눈발들이 안으로 들쳐 통로의 바닥에 희게 쌓여있었고, 바람은 그 좁은 통로 사이로 밀치고 들어오느라 무시무시한 소리를 지른다. 누가 뭐라고 하지 않았건만, 기사들은 모두 같은 생각인 듯 그 창에서 멀찍이 떨어져 돌아 다가가며 바깥을 힐끔 본다. 핏기없는 여명이 스며든, 희고 기괴한 겨울이 그 바깥에 있었다. 헨릭이 기가 막히다는 듯 말했다.

"듣자 하니, 피어클리벤에 서리심이 있었다면서요? 이런 걸 본 적 있으신 겁니까?"

"내가 아니라 딸과 유세트 경이 마주쳤네. 나는 본 적 없지."

노아크가 침착하게 대꾸하자, 아룬드가 조심스레 물었다.

"뉘른스에크가 흐리늪들과 싸우는 건 드문 일이 아니지 않습니까? 서리심은 여태 안 왔던 것인가요?"

"안 왔소. 그냥 전설이었지. 야생용보다 보기 힘든 거요."

신뢰하기 영 못 미덥지만, 나글펀델의 말에 의하면 그런 서리심이 둘이나 나타났다는 것이다. 겨울을 마음대로 다룬다는 게 사실이라면, 애초에 마수 떼고 뭐고 그냥 그 능력만으로도 이 성의 모든 이들을 얼려버릴 수 있는 게 아닐까? 그러니 어쩌면, 많은 수의 야만족들과 마수 떼를 동반했다는 사실 자체가 이 서리심들의 약한 면을 증명할지도 모른다. 아룬드가 그렇게 생각한 순간, 그들 앞의 창 너머로 검은 그림자가 순간 펄럭거렸다.

"물러나!"

헨릭이 벼락같이 소리를 지르며 아룬드를 밀친다. 그와 동시에 모두가 두세 걸음 안쪽으로 펄쩍 뛰었고, 그 직후 총안 바깥으로부터 와이번의 긴 모가지가 마치 거대한 뱀처럼 쑥 들어왔다. 그리고 그 마수는 고개를 돌리더니 복도 안쪽으로 물러선 기사들을 향해 찢어지는 괴성을 질렀다.

"하! 약오르냐?"

어느새 검을 뽑아 든 헨릭이 지척의 마수를 향해 놀리듯 외친다. 주군을 감싸며 뒤로 물러나 있던 스벤이 등 뒤에서 말했다.

"공격할 셈은 아니겠지요?"

"방패도 없이요? 그런 짓은 안 합니다."

다시 와이번이 째지는 고함을 지른다. 좁고 긴 성채의 복도 안에 그 소리는 살벌한 공명을 일으키며 사라져갔다. 모두가 얼굴을 찌푸리고는 말없이 와이번을 노려본다. 성벽에 달라붙어 좁은 총안 안으로 머리를 집어넣는 데에야 성공했지만, 이 마수가 뭘 할 수 있는 건 거기까지다. 그나마 다소 어린 녀석이기에 한 짓이지, 몸집이 조금만 컸어도 머리를 넣을 수 없었으리라. 아니, 애초에 충분히 장성한 와이번은 교활하며, 이런 앞뒤 없는 무모한 짓은 결코 하지 않는다. 그를 잘 알고 있는 헨릭은 들고 있는 칼을 돌려 보이며 계속 와이번을 자극하였다.

"야, 이 추잡한 뱀 놈아!"

와이번이 다시 미친 것처럼 목을 흔들며 울음을 터뜨린다. 귀가 떨어져 나갈 것 같은, 실로 불쾌해지는 소리다. 헨릭의 자극에 분노한 마수는 그 좁은 틈에 계속해서 몸을 밀어 넣었고, 어느 순간 갑자기 발광을 하기 시작했다.

"뭐야! 왜 저래! 끼었나!"

복도에 윙윙대는 와이번의 울음소리가 가득한 가운데, 헨릭이 당황하여 소리 질렀다. 그러자 스벤이 외쳤다.

"우서베르트 경이 의도한 게 아니오? 어쩌자는 거요?"

"지휘실로 가려면 저 계단을 지나가야 하는데요!"

하지만 소금 맞은 미꾸라지마냥 목을 돌려대며 발광하는 마수의 코앞을 지나가야 하는 일이다. 영락없이 길이 딱 막혀버렸다. 쇠뇌라도 있으면 쏴보겠지만, 지금 저런 미친 맹수에게 칼을 들고 다가가는 것은 자살 행위다. 헨릭의 별생각 없는 도발이 불러온 결과였다.

"아, 시끄러워! 좀 닥쳐! 억!"

하지만 반성 없이 와이번에게 마주 소리 지르던 헨릭이 갑자기 깜짝 놀라 입을 닥쳤다. 느닷없이 퍽 하는 불쾌한 굉음과 함께 와이번의 머리가 날아가 버린 직후였다. 그때까지 복도를 가득 메우던 금속성의 울음소리가 뚝 끊기고, 이어진 적막은 총안 너머로부터 흘러드는 바람 소리들이 밀어내는 가운데, 기사들은 이 급격한 사태의 변화를 따라잡지 못하고 멀거니 선 채 와이번의 축 늘어진 모가지만 바라보았다. 다음 순간, 뒤이어진 사후 발작인 듯 긴 목이 요동쳤고, 그 끝에 밟아 터뜨린 무화과마냥 벌어진 채 매달린 마수의 대가리가 검은 피를 사방에 튀겼다.

"모두 무사한가?"

목소리의 주인은 계단 위로부터 걸어 내려오던 황녀, 닐스그림이었다. 백금색으로 빛나는 지팡이를 앞세운 채, 정교하게 꾸며진 갑옷을 두른 차림새였다. 아룬드는 황녀의 이 모습에 적잖이 놀란다. 그가 마법사였나?

"전하……? 전하께서 하신 일이옵니까?"

헨릭조차 몰랐던 듯하다. 딸꾹질에 가까운 그 질문에, 닐스그림은 한없는 혐오를 담아 늘어진 마수의 주검을 노려보더니 대답했다.

"질문은 내가 했지 않느냐?"

"아, 송구합니다! 모두 무사합니다."

"시끄러워 직접 내려왔느니라. 무슨 생각으로 그런 짓을 한 거야?"

"……용서하십시오."

헨릭이 무슨 말을 하겠는가? 장난기가 있긴 하지만 실없는 인사는 아닌고로, 헨릭이 정중하게 이렇게 말하자 닐스그림도 더는 추궁치 않을 기색이다. 그러자 뒤이어, 그들 뒤에 있던 마수의 모가지가 다시 꿈틀거리더니 총안 너머로 주르륵 미끄러져 딸려가기 시작했다. 모두가 그걸 말없이 쳐다보는 가운데, 와이번의 시체는 질척한 검은 피를 추가로 뿌리며 창밖으로 완전히 사라졌다. 다시 냉기 가득한 바람만이, 한결 밝아진 탓에 더욱 하얀 바깥으로부터 쏟아져 들어온다.

"가자. 모두 기다린다!"

닐스그림은 지체하지 않고 말했다. 이어 모두가 달리듯 계단을 오르기 시작했다. 아룬드는 그가 정말로 마법사인지, 뭘 어떻게 한 것인지 궁금했지만 모두와 함께 조용히 그 뒤를 따른다. 두어 층을 올라가자 비로소 많은 사람들이 혼잡하게 오가는 최상층이 나타났다. 계단 끝에서 초조히 그들을 기다리고 있던 것은 놀랍게도 라프시르그 황자였다. 그는 올라오는 황녀와 기사들을 보더니 소리쳤다.

"닐스그림! 왜 혼자 갔느냐! 호위도 붙이지 않고!"

"무슨 소용입니까? 저로 충분합니다."

"허, 참."

라프시르그는 할 말이 없다는 듯 혀를 차더니 대신 곁에 있던 황녀의 호위무사와 애꿎은 하인들만 노려본다. 하지만 그의 신경질은 딱 거기까지였다. 별안간 저 너머, 복도의 반대편 끝에서 쾅 하는 소리가 나더니 온몸에 눈과 피를 뒤집어쓴 기사 그리그가 들이닥쳐 이렇게 소리 지르며 달려왔던 것이다.

"눈트롤이다! 모두 집합! 대기 중인 궁수들을 집합시켜!"

"무슨 소란인가!"

복도에 서 있던 병사들이 당황한 가운데, 복도의 중앙에 위치한 지휘실의 문이 벌컥 열리며 트룬드가 나와 외쳤다. 뒤이어 안에 있던 기사들과 길바드 변경백도 걸어 나왔다. 그리그의 얼굴은 기이할 정도로 당혹감에 물들어 있었고, 장시간 성벽 위에 있었는지 새파랗게 얼어붙은 피부는 군데군데, 그의 것이 아닌 핏자국으로 더러웠다. 와이번의 기습이 확인된 직후 속절없이 희생되는 궁수들을 모두 안으로 불러모으고, 일단의 부하들만 데리고 나가 여태 낙오자가 없는지 살피고 온 이 용감무쌍한 뉘른스에크의 기사가 귀신을 본 듯한 낯짝을 명백히 드리우는 것이다. 트룬드가 재차 말했다.

"눈트롤 정도에 왜 난리인가 말이야!"

"그게 성벽 위에 있으니까 그렇지!"

그리그가 이렇게 빽 소리를 지르자, 그들에게 다가가던 황자와 황녀, 그리고 피어클리벤 측의 기사들은 놀라 멈춰 섰다. 모두가 아연해 무슨 말인가 이해하지 못하고 있을 때, 라프시르그 황자가 소리쳐 물었다.

"똑바로 말해라! 무슨 이야기인가!"

"눈트롤들이 지금 이 성벽 위에 있습니다! 북동쪽 파수탑 끝으로부터 다가오는 걸 보았습니다!"

"……그럴 수가 있는가? 그것들이 성벽을 오를 수 있나?"

황자의 이 질문은 잠시 던질 대상을 찾지 못하다가 불현듯 곁에 선 노아크에게 향한다. 하지만 백작이라 해서 알 리 없다. 당연히 일반적인 방법으로 눈트롤 같은 것이 성벽을 오를 수 있을 리 없다. 하지만 노아크가 무어라 대답하기 전, 그리그가 재차 외쳤다.

"전하, 제가 보았습니다! 다수의 와이번들이 짐짝 같은 걸 나르고 있었습니다! 눈트롤들을 공수하는 게 분명하다고 생각합니다!"

……말도 *안 된다*. 그 순간 그곳에 있던 모든 사람들이 그렇게 생각했다. 물론 적절한, 이를테면 나무와 밧줄로 엮인 그물 같은 것에 눈트롤 한 마리씩 싣고 와이번 네 마리 정도가 들면 가능하겠지. 하지만 그것은 어디까지나 인간의 머리로나 고안할만한 이야기이며, 눈트롤과 와이번이 이러한 '복잡한' 작전을 협력해서 수행한다는 것은 상상할 수 없는 이야기였다. 야만족이나 마수들과 싸운 그 숱한 역사 속에서 일찍이 일어난 적 없는 일이었다.

"재미있군요."

좌중의 짧은 침묵을 깬 것은 뒤늦게 지휘실에서 걸어 나오던 성의 마법사, 나글핀델 기주르였다. 그가 말했다.

“능히 생각할만한 일이 아닙니까? 단지 그걸 가능하게 하는 것은 그 사이에서 고안된 작전의 실행을 매개하는, 서리심이겠지요.”

그의 말은 지극히 옳았으나, 어제 온종일 초계 정보를 계속 갱신해댄 끝에 모두의 신뢰를 깎아 먹은지라 그를 쳐다보는 기사들의 시선이 아니꼽기만 하다. 침중하게 모든 이야기를 듣고 있던 길바드 변경백이 입을 열었다.

“그러면, 이제 성안 어디든 눈트롤들이 나타날 수 있을 거란 이야기군. 하늘은 막혀서 요격도 안 되고, 외부령의 모든 부대에 전령을 보냈지만 모두 안전하게 들어올 수 있을지 불확실하다. 한 마디로 지휘 통제가 모두 끊긴 상태에서 모든 병력이 각개하며 최대한 온존해, 집결해야 한다는 말이다.”

“그런 경우를 상정해 훈련한 적 있는가?”

미약한 희망을 건, 라프시르그 황자의 물음이었다. 그러나 변경백은 고개를 가로저었다.

“없습니다. 우리의 대응 교리는 현재 모두 무용합니다. 병력도 문제지만 성안의 많은 하인들과 딸린 식솔들이 더 문제입니다.”

“……눈트롤들이 왔습니다!”

그 순간 비명 같은 병사의 외침이 복도에 울려 퍼졌고, 그들 너머 복도의 끝에서 성벽으로 이어지는 두꺼운 출입문의 빗장이 으스러지듯 안으로 낭창거리는 게 보였다. 귓전을 때리는 충돌음과 성난 눈트롤들의 으르렁거림이 그 비틀린 유격 사이로 밀고 들어왔음은 물론이다.

"이거, 시간이 너무 없군요. 여기는 본좌가 맡지요. 주군, 모두와 함께 아래로 피신하십시오."

나글핀델이 나서자, 변경백이 놀라 부른다.

"……기주르 경?"

"자, 시간이 없습니다!"

나글핀델이 무시하며 이렇게 외쳤다. 그러더니 그때까지 충격에 휩싸여있던 기사 그리그에게 소리 질렀다.

"문가의 병사들을 모두 불러들이시오! 그리고 주군을 모시고 내려가시오!"

그 순간 한증막처럼 뜨거운 공기가 복도를 꽉 채웠다. 현기증이 날 정도의 급격한 기온 변화. 한순간 팽창한 공기의 바람벽에 떠밀려 충격을 먹은 모두가 움찔하며 뒤로 물러나자, 바닥과 벽의 온갖 사물이 품고 있던 습기가 수증기로 화해 희뿌연 가운데, 홀로 꼿꼿이 선 마법사만이 분기탱천해 고함을 지른다.

"내가 할 수 있는 건 이런 것뿐이다! 이제부터 태울 수 있는 모든 것과 타지 않는 것들까지 죄 불사를 테니, 부디 목숨만은 보존하시게! 미욱한 본좌는 아래에서 뵙겠소!"

잠시 뒤 뉘른스에크 성벽 위에서 믿을 수 없을 정도로 거대한 불기둥이 치솟았다. 훗날 잠자던 발트부름 화산이 분화했다고 착각한 이들의 소문이 실로 여럿이었다.

시그리드 유세트라 했던가, 이제는 피어클리벤의 마법 고문이 된 그 마법사의 말에 따르면 도망자들의 수는 셋이었다. 모두 말을 타고 있으며 성하촌을 가로질러 남쪽으로 향했다고 했다. 피어클리벤 영지의 남쪽 마을 바케르로 이어지는 도로는 서쪽으로 한번 크게 굽이치는 길이다. 그리고 길이란 본디 도보와 바퀴를 위한 것, 숲을 뚫고 달리는 늑대들에게 있어 고집할만한 이점이 되지 못한다. 그래서 아우케트와 그 휘하 직속의 네 십장으로 구성된 다섯 기랑대(騎狼隊)는 길을 무시하고 벌판을 가로질러 피어클리벤 남쪽 숲으로 곧장 뛰어들었다. 이러한 추적에서 고블린 기수가 달리 고려해야 할 것은 별로 없다. 그저 숲흑늑대들의 귀와 코에 모든 것을 맡길 뿐, 이 타고난 몰이꾼들은 절대로 놓치는 법이 없으니까.

고블린들의 귀에 말발굽 소리가 포착된 것은 그들이 흐르듯 숲의 서쪽 모서리를 돌파해낸 직후였다. 아우케트는 말없이 손을 올려 숲의 끝에서 이 추적을 한숨 돌리게 한다. 거의 무너진 얕은 돌담무더기들을 따라, 열악한 도로는 거의 눈에 잠겼다. 그 위를 세 두의 마필이 속보를 유지하며 달리고 있었다.

"어찌하시겠습니까."

십장 누트가 조용히 묻는다. 시야에 저들이 들어온 이상, 아무리 애를 써도 저 사냥감들은 숲흑늑대들의 주력으로부터 벗어날 도리가 없다. 그러니 저들을 안전하게 제압하는 것이 가장 중요하겠다. 시그리드는 저들 가운데 마법사는 없으리라 확신했다. 그러나 어떤 예상치 못한 무기나 마법 무구를 가지고 있을 수는 있겠지. 아우케트는 일단 신중하기로 한다.

"나 혼자 막아보겠다. 모두 저격을 준비하고 일차적으로는 말을 노리되, 위급하다 판단되면 기수를 쏴도 좋다."

내려진 면갑 너머의 누트가 어떤 표정이었는지는 알 길 없으나, 여러 해를 같이해온 이 충직한 십장은 차분히 지시에 따른다. 그를 비롯한 네 십장은 안장에 걸어두었던 단궁을 집어 살을 재웠다. 보병 궁수들은 쇠뇌를 사용하지만, 늑대를 타는 십장들부터는 이렇게 그들 팔길이에 맞춰진 단궁을 사용한다. 아우케트는 매복하는 그들을 뒤에 남겨둔 채 목표물들의 동선을 추월하여 숲을 가로질렀다. 그와 숲흑늑대 칸이 불현듯 도로 위에 그 검은 위용을 드러내자, 마주 달려오던 세 마필이 황급히 주춤거렸다.

"멈추어라. 길을 막겠다."

눈이 펄펄 내리는 가운데, 투구의 면갑 사이로 흰 입김을 뿜으며 아우케트가 소리쳤다. 여리주목나무의 그을음으로 검게 마무리된 고블린 특유의 갑옷이 세 도망자의 눈에 서슴없이 꽂혔다. 장포를 두르고 있어 그들의 무장 수준은 짐작되지 않았지만 안장께에 매달린 장검 한 자루씩은 보였다.

"말들을 죽이고 싶지 않다. 내려라."

단지 늑대를 타고 있을 뿐, 홀로 나타난 고블린은 세 사람을 향해 그렇게 다시 외친다. 그의 기세는 차분하였으나 완강하고,

어떤 알 수 없는 힘을 등 뒤에 두고 있다는 강한 암시를 웅변한다. 동요하는 말 위의 세 도망자는 그가 튀어나온 숲 언저리를 힐끔 보았으나, 날리는 눈과 나무들 외엔 아무것도 보이지 않는다. 그들 가운데 하나가 별안간 외쳤다.

"포, 포기합시다! 모두 그 군대를 봤잖소? 그새 따라잡혔소! 못 달아나요!"

사내의 목소리다. 다른 둘은 그렇게 외친 자를 휙 쳐다보더니 한동안 눈빛을 교환했다. 그리고 이어서 다른 사내 하나가 소리쳤다.

"내리겠다."

세 도망자는 그 말대로 말에서 내렸다. 지켜보던 아우케트가 말했다.

"서쪽을 보고 무릎을 꿇어라. 두 손은 머리 위로 올려라. 포박하겠다."

그들은 주춤거렸지만 순순히 따랐다. 처음 투항을 종용했던 사내는 손까지 떨고 있었다. 아우케트는 여전히 그들과 거리를 둔 채, 숲 쪽으로 신호를 보냈다. 일말의 지체 없이 십장 넷이 늑대를 타고 달려온다. 십장 둘은 아우케트의 곁에서 그들에게 활을 겨누었고, 누트와 다른 십장 하나는 포박하기 위해 각자의 늑대로부터 내려서 밧줄을 들고 다가갔다.

일은 순식간에 일어났다.

생각보다 일이 쉽게 풀려 긴장을 거두었던 것일까? 혹은 아우케트와 십장들이 무언가 놓친 게 있었을까? 먼 훗날까지도 아우케트는 이날의 일을 떠올리곤 했다. 과연 더 좋은 방법이 없었을까? 두 고블린들이 묶기 위해 다가섰을 때, 손을 머리 위에 올리고 무릎을 꿇고 있던 세 도망자는 동시에 눈 쌓인 땅을 박차고 뛰어올랐다. 뒤이어 깜짝 놀라 채 대응하지 못하고 있던 두 십장의 투구 아래 틈으로 큼직한 단검이 쑤셔 넣어진다. 모든 것이 너무나 빠르고 속절없이 일어났다.

"쏴!"

하지만 아우케트가 외칠 것도 없었다. 그의 곁에 있던 두 십장의 단궁은 이미 시위를 놓은 후였고, 두 발의 화살은 상대의 숨을 끊기에 부족함이 없는 궤적을 따라 날아갔다. 그러나 그 두 발의 화살은 이 '적'들의 앞에서 한순간 검은 연기처럼 사라져버린다.

그리고 적들은 움찔조차 하지 않았다. 눈앞으로 달려드는 화살을 무시하고 모두가 자신들이 타고 있던 말의 안장에 매인 장검을 향해 일직선으로 달리는 그들을 본 순간, 아우케트는 저들이 보통 이상으로 숙련된 무사임을 뒤늦게 깨달았다. 아무리 그런 일이 일어날 것임을 미리 알았다 하더라도, 눈앞의 화살에 눈 하나 깜짝하지 않을 수 있는 경지란 예사로운 것이 아니겠다. 이미 저들과의 거리는 지척, 재차 화살을 재우려는 두 십장에게 아우케트가 소리 질렀다.

"활을 내려! 거리를 떼라!"

다음 순간 세 늑대 기수는 그들로부터 순식간에 멀어졌다. 그것은 기수를 살해당해 눈이 뒤집힌 두 숲흑늑대가 울부짖으며 적들에게 달려든 것과 동시였다.

십장 이상의 고블린에게 늑대가 자신의 분신이듯, 늑대들 또한 그러하다. 그것은 주종이라고도, 친우라고도 말하기 부당한 관계이며, 고블린 남성사회에서 가장 성역화된 관계의 이상으로서 여겨진다. 기수를 잃은 숲흑늑대는 완전하게 통제를 벗어나고, '스스로 추락한 신' 흐로킨으로부터 허락받은 천부의 복수권을 가진다. 저들이 두 십장을 죽인 순간, 그것은 여지없이 발동되었고 이제 저들은 곧 죽을 것이다. 숲흑늑대보다 급이 떨어지는 흰이리개조차 순수한 인간의 무력이 제압하기란 지극히 어려운 것을, 그보다 머리 하나가 더 크며 야성에 맞닿아 있는 숲흑늑대를 저들이 어쩔 수 있을 리가 없다.

하지만 아우케트의 이 예상은 너무나 빠르게 뒤틀렸다. 눈앞에서 증발한 화살을 대했듯, 자신들의 목을 찢기 위해 달려드는 두 맹수의 아가리 앞에서도 세 사내의 눈빛엔 일고의 동요가 없었다. 오히려 신속히 앞세운 장검을 들어 올리더니, 앞으로 한 발짝 디디며 휙 하고 절도있게 검을 휘둘렀다. 그리 빠르지도 않았으며, 어느 모로 보나 도무지 달려드는 늑대를 도살하기엔 미흡해 보이는 칼 놀림이었다. 하지만 그럼에도, 다음 순간 퍽 하는 둔탁한 굉음과 함께 두 늑대의 머리가 터져나가며 달려들던 관성만이 그 지배를 잃은 거체를 앞으로 구겨 내

팽개쳐버렸다. 굉음에 놀란 그들의 말 세필만이 놀라 울며 앞으로 달려가 버린 가운데, 이 믿을 수 없는 광경을 먼발치에서 보던 아우케트는 꽉 막혀있던 숨을 가까스로 훅 하고 토했다. 다시 흰 입김이 그의 면갑 사이로 스쳤다.

마법이다.

하지만 그는 그들 가운데 마법사가 없다는 시그리드의 말을 여전히 믿는다. 앞선 화살 묘기나 저 불가사의한 일격 모두 어떤 마법 무구의 기능일 테지. 고블린 아우케트는 그러한 마법에 일반 이상의 조예가 없었으나, 그러한 기예가 철저히 일회적이고 유한하다는 것을 안다. 지금 저들이 소모한 것 말고 또 다른 무언가 비책을 감추고 있을까? 힘을 가늠할 수 없는 상대와는 결코 싸우지 않는다. 그에게 전투란 명백히 일종의 교환거래이며 흥정이었다. 죽은 두 십장과 늑대에 관한 핏값을 갚겠답시고 내세울 자존심 같은 것은 그에게 하찮은 이야기였다.

"허어, 웃기는 고블린이군."

쓰러진 늑대들과 고블린 십장들의 시체 너머, 칼에 묻은 피를 휘둘러 흩뿌린 그들 가운데 한 명이 말했다. 그는 맨 처음 투항을 종용하고 가장 벌벌 떠는 기색을 보이던 바로 그자였다. 그리고 이제 그 모든 게 악랄할 정도로 훌륭한 연기였음이 드러났다. 도로를 벗어나 두 십장과 함께 먼발치의 눈밭 위에 선 채 자신들을 보는 아우케트를 향해, 선명한 적의의 눈길을 또렷이 빛내며 그가 소리쳤다.

"안 올 거냐? 네 동료와 짐승들 모두가 죽었다. 복수를 해야지?"

아우케트는 아무 대꾸도 하지 않았다. 곁에 선 십장 둘의 시선이 느껴졌으나, 그는 펄펄 내리는 눈발 속에서 그저 나무인 양 고요했다. 그러자 재차 그의 적이 소리쳐왔다.

"왜? 겁먹었는가? 그럼 달아나야지? 덤비던가!"

그러더니 사내는 바닥에 쓰러져있던 누트의 시체로 다가가 그 목을 발로 걷어찼다. 눈과 피가 튀었다.

"이래도?"

아우케트는 곁의 두 십장들의 투구 너머로부터 씨근덕거리는 숨소리를 들었다. 그래, 이것이 평범한 고블린들의 반응일 테지. 아우케트가 지시하면 금방이라도 복수를 위해 달려갈 그 전의가 느껴진다. 아우케트는 그것이 훌륭한 일이라는 데는 의혹을 갖지만, 멍청한 일임은 확신한다. 그렇기에 다만 고개를 살짝 삐딱하게 하고 그의 적들을 쳐다볼 따름이었다. 다시 그의 적이 소리쳤다.

"가진 마법은 그걸로 다 썼다! 남은 건 인간이 벼린 칼뿐이니, 와서 너의 할 일을 도모하지 그러냐!"

그 순간, 무언가 깨달은 아우케트는 안장에 달려 있던 단궁에 손을 가져가며 두 부하에게 말했다.

"쏴라."

그렇게 세 대의 활이 겨누어진 순간, 적들의 눈에 당황의 빛이 튀었다. 여태껏 아우케트를 도발하던 사내가 이를 갈았고, 다음 순간 그들은 쓰러진 늑대의 시체를 엄폐물 삼아 그 너머로 몸을 던졌다. 하지만 한발 늦었던 그들 중 하나의 어깨에 아우케트의 화살이 꽂혔고, 그가 신음을 토하며 눈밭에 쓰러지는 게 보였다. 아우케트보다 뒤늦게 시위를 놓은 두 십장은 이 절호의 기회를 놓치지 않고 그 짧은 순간에 목표를 일치시켰다. 결국 두 발의 화살 모두가 그에게 추가로 내리꽂힌다. 눈밭에 파묻혀 쓰러진 그는 미동도 하지 않았다. 절명한 것이다.

하지만 늑대시체 너머의 둘은 어떤 기색도 보이지 않았다. 아우케트와 십장들은 재차 화살을 재운 채 기다렸다.

"왜 가서 치지 않습니까?"

얼마나 기다렸을까, 잇따른 죽음들이 허무하도록 사방이 고즈넉한 가운데 내리는 눈만이 유일한 움직임임에 불만을 터트리듯, 아우케트의 곁 십장 하나가 조용히 물어왔다. 아우케트는 말했다.

"저놈이 바로 그렇게 원했으니까. 마법이 없다는 그의 말을 믿을 수 없다. 증발한 화살은 둘 뿐이니, 저들 가운데 한 명은 여전히 보호의 비책을 갖고 있다고 여겨야 한다. 더구나, 늑대들을 폭사시킨 것도 둘 뿐이다. 그 또한 여전히 한 발이 남았으리라 짐작한다."

다가와 복수하라며 지속적으로 도발한 것은 이렇게 원거리에서 활만 쏘아댈 경우를 저들이 꺼려한 까닭이 틀림없다. 아우케트는 그렇게 판단했으며, 그의 판단은 옳았다. 다만 고약한 것은 이쪽에서도 저들을 깨끗하게 잡아낼 방법이 마땅치 않다는 것이겠다. 늑대의 시체 너머 숨은 저들의 움직임은 여전히 없었다. 양옆의 십장들로부터 마뜩잖은 조바심만 거세지는 것을 느낀 아우케트는 문득, 두 십장에게 말했다.

"둘은 이대로 곧장 돌아가 아난가크에게 상황을 알리고, 시신들을 수습할 병력들을 차출해와라."

"예?"

면갑 너머 어이없어하는 목소리가 역력하다. 아우케트는 다시 말했다.

"어차피 이대로는 잡지 못하지만, 나 혼자로도 저들의 도주는 충분히 막을 수 있다. 섣부른 짓은 지금까지로 충분하다. 둘 모두 어서 가라."

"제가 남겠습니다!"

한 십장이 외쳤지만 아우케트는 그를 쳐다보곤 핀잔처럼 말했다.

"형제의 목이 다시 밟혀도 뛰쳐나가지 않을 자신이 있나?"

영 내키지 않았지만 아우케트의 완강한 지시를 거역할 논리도 없었던 두 십장은 결국 도리없이 물러난다. 그들이 사라진 도로에는 또다시 죽음 같은 고요만이 어기적거렸고, 아우케트는 늑대 칸에게서 내려서 그의 몸에 등을 기대고 앉은 채 어느새 어깨에 수북이 쌓인 눈을 이고 적들의 숨은 자리만 쳐다보았다. 다섯 구의 시체 또한 이미 눈으로 덮여 멀리서 보자니 마치 무덤의 봉분들 같았다.

"이봐, 거래를 하자!"

눈더미 너머에서 사내가 더 참지 못하고 소리쳐 온 것은 서서히 서녘이 물들어가던 시각이었다. 이제 꽤 약해진 눈발 사이로, 문득 천천히 눈투성이의 몸을 일으킨 그가 외쳤다.

"너, 도대체 뭐냐? 왜 피어클리벤을 돕는가?"

아우케트는 그를 말 없이 쳐다보았다. 늑대 칸이 나직이 으르렁거린다. 사내는 언제든 몸을 낮출 자세로 엉거주춤 선 채 말하고 있었다. 그 곁에 다른 사내는 보이지 않았으나, 늑대 칸은 그가 거기서 꼼짝 않고 엎드린 채 숨 쉬고 있음을 안다. 그들이 이 감시를 피해 달아날 길은 없다.

"……정말 웃기는 고블린이군."

한참을 기다려도 말없이 자신을 쏘아보기만 하는 고블린에게, 그 사내는 이렇게 처음 했던 말을 반복했다. 하지만 아우케트는 여전히 그와 말을 섞을 생각이 없었다. 십장 둘과 늑대 둘을 죽인 자들이다. 무언가를 나누기엔 이미 너무 늦었다.

"이봐, 왜 인간의, 제국의 일에 참견하지? 너는 피어클리벤의 개인가? 용의 변소 청소부인가?"

정말 하찮은 도발이군. 아우케트가 그렇게 생각한 순간이었다. 별안간 떠들어대고 있던 사내의 곁, 또 다른 사내가 벌떡 일어나더니 남쪽 도로를 향해 줄행랑을 치기 시작했다. 그 길 너

며, 달아났던 그들의 말 중 한 필이 서성이는 게 보인다. 늑대 칸이 쫓아갈 듯 으르렁대며 몸을 일으키자, 달아나는 동료를 쳐다보던 사내가 아우케트에게 몸을 돌리며 차게 웃어 보였다. 그가 말했다.

"폭격의 부적과 수호의 부적 모두 그가 가져갔다. 어쩔 텐가? 그를 쫓겠나?"

그는 허리를 굽히더니 눈밭에 떨궈져 있던 검을 들었다. 아우케트도 말없이 천천히 자리에서 일어났다.

"……그를 쫓으면 넌 지극한 위험을 감수해야 한다. 하지만 넌 내 말을 믿을 수 없지. 어쩌면 그가 아니라 내가 부적 두 장을 다 가지고 있을지도 몰라. 아니면 한 장씩 나눴을 수도 있고. 넌 알 수 없어."

"아니, 알 수 있다. 멍청한 인간."

아우케트가 처음으로 입을 열었다. 그 선명한 발음을 예상하지 못했던 탓일까? 사내의 얼굴에 살짝 놀라움이 일었다. 아우케트는 칸을 그 자리에 머물도록 진정시키고 수북한 눈을 밟으며 사내에게 걸어가기 시작했다. 그러면서 고블린은 이렇게 말한다.

"바로 네놈이 두 장 다 가지고 있겠지. 너는 내 혼란을 초래하고, 결정적인 순간에 발을 묶기 위한 역할일 뿐이다. 너희의 목적은 어떻게든 최소한 한 명을 탈출시켜 모종의 정보를 전하려는 것일 테다. 그러니, 수호든 폭격이든 달아나는 자가 챙길 이유는 없지."

"……그걸 알면서 내게 다가오는 거냐?"

사내가 짐짓 비웃듯 말하며 검을 낮게 내민다. 여전히 면갑을 내린 채 다가오는 아우케트의 얼굴은 그에게 보이지 않는다. 그와 열 발짝 떨어진 자리쯤 이르렀을 때, 아우케트는 검을 뽑았다. 갑옷과 마찬가지로 그을음의 무광처리가 된 시커먼 칼이었다. 투구 너머, 아우케트의 삼엄한 목소리가 울려 퍼졌다.

"비책을 가진 것은 너희만이 아니니까."

사내의 눈이 의혹으로 크게 떠진 다음 순간, 그의 눈앞에 수북이 쌓여있던 눈들이 갯바위에 마주쳐 흩어진 파도의 포말(泡沫)처럼 비산하였다. 고블린 오백장의 검은 그림자가 그 한중간을 꿰뚫었고, 단 일격만을 무효화하는 마법을 비웃듯 다섯 번의 무자비한 난도질이 사내의 사지를 한순간에 휘저었다. 추격대의 출발 전, 총총거리며 다가와 시야프리테가 내밀었던 선물의 활약이었다.

"아악!"

양팔과 두 다리를 모두 잃은 사내의 몸뚱이가 눈밭에 고꾸라지며 울부짖는다. 자신의 의지와 마법이 일으킨 일순간의 눈폭풍이 흩어지자, 스스로도 조금 놀란 듯 서 있던 아우케트는 이내 바닥에 뒹굴며 처참한 비명을 삼키는 사내에게 말했다.

"걱정 마라. 우리에겐 치유의 지팡이가 있다. 모가지만 붙어 있으면 죽지는 않을 것이다."

사내는 계속 이어지는 비명으로 답할 수밖에 없다. 아우케트는 안부를 주고받듯 여상한 목소리로 말을 이었다.

"그럼 네 친구를 데려올 동안, 외롭겠지만 잠시 혼자 있어라."

아우케트는 그렇게, 사지가 끊어진 고통에 몸부림치는 그에게 이런 말들을 날리는 것으로 그 개인적인 복수를 마무리한다. 물론 그가 이 이상 어떤 잔인함을 보이든, 죽은 십장 둘과 늑대들의 명복으로 빌어지진 않으리라. 아우케트는 그렇게 생각하며 울부짖는 그의 허리를 걷어차고 그 품에서 두 장의 부적을 찾아 꺼냈다. 한 장이 세로로 찢어진 걸 보니 그것이 필시 수호의 부적일 테지. 아우케트는 다른 부적 하나를 허리의 쌈지에 집어넣고 곁으로 다가온 늑대 칸 위에 올라탔다. 그러고는 눈에 수북이 쌓인 시신들의 자리를 보지 않으려 애쓰며 지나쳤다. 달아난 자를 잡아 오는 것은 일도 아니겠으나, 죽은 자들은 결코 돌아오지 않으리라.

제 2장

아우케트의 십장 둘이 피어클리벤 성으로 되돌아와 아우셀바프 예방단을 감시하고 있던 오십장 아난가크에게 소식을 알렸다. 그는 곧바로 수레를 포함한 부대의 절반을 보내기로 차출했고, 이 일을 그때까지 성의 안뜰에서 용과 크누드, 에인달케와 어울리고 있던 울리케에게 알렸다. 놀란 울리케는 아난가크에게 대기하라 말한 뒤 곧장 아셰리드의 집무실로 뛰어 올라갔다.

"실례합니다."

이미 몇 잔의 아베냐드를 거푸 마셔 여태 바깥이 추운 줄도 모르던 그였으나, 열어젖힌 문 안에서 훈훈하게 데워진 집무실의 열기가 차 향기와 어우러져 와락 달려들자 미루고 있던 취기가 훅 올라왔다. 그래도 영주 권한대행과 마법 고문, 공작가의 영식이 있는 자리이다. 몸가짐이 흐트러지지는 않는다.

“도망자들을 추적하던 고블린 십장 둘이 죽었다고 합니다. 그들이 마법 무구를 갖고 있던 모양입니다.”

울리케의 보고를 받은 시그리드는 이맛살을 찌푸렸다. 좀 더 만반의 준비를 시켰어야 할까? 울리케가 다시 말했다.

“그래서 추가로 고블린 병사들이 지원을 갈 겁니다. 그들만 보내는 것은 적절하지 않다고 생각됩니다만…….”

영지를 가로지르는 일이며, 북쪽인 드리츠나 잉겐 인근과 달리 영지 남쪽에서 고블린들은 전혀 익숙한 존재가 아니다. 어떤 오해나 불필요한 충돌을 방지할 필요도 있고, 추가로 발생할지 모를 돌발 사태에서 판단을 내릴 사람도 필요하다. 그렇게 여긴 울리케의 말이었다. 이에, 아셰리드는 즉각 대답했다.

“네가 가거라. 혹시 모르니 호위로 모험가들을 붙이면 되겠다. 시야프리테도 데려가고. 에길은 맡은 일들이 많으니.”

“알겠습니다.”

“유슬리스를 타고 가세요. 혹시 모르니까요.”

시그리드가 거들었고, 울리케는 고개를 끄덕였다. 그리하여, 울리케는 라그나와 랄로프, 브륀힐데를 데리고 오십여 고블린 부대를 인솔하게 되었다. 그때까지 주방에서 동생에 의해 발이 묶여있던 시야프리테는 울리케의 호출을 받고 도망치듯 달려 나왔는데, 그새 무슨 매운 향초라도 멋대로 주워 먹었는지 탈이 나 눈이 새빨개진 꼬락서니였다. 그는 브륀힐데와 같은 말을 타기로 한다. 아난가크는 영 떨떠름한 표정이었지만 예방단의 감시라는 현재의 임무에서 멋대로 이탈할 수도 없는 노릇이라, 다만 보내는 십장들에게 단단히 여러 가지를 일렀다. 그렇게 모두는 어둠이 깔리기 시작하는 피어클리벤의 성하촌을 가로질러 남쪽 길을 따라 달리기 시작했다. 고블린 보병들의 행군속도에 맞춰야 했기에 말과 나귀에 올라탄 인간들은 멋대로 속도를 내지 않는다.

울리케가 유슬리스를 처음 탔던 이래, 여러모로 바쁜 나날들이라 승마 연습에 들인 시간은 거의 없었다. 그럼에도 지난번보다 무척 편해진 나귀의 안장은 울리케를 의아스럽게 했다. 물론 그의 기술이 늘어난 게 아니라 어디까지나 실로 똑똑해진 이 나귀의 덕분이었다.

"저기 있다!"

선두의 라그나가 소리쳤다. 그저 짧은 다리였건만, 고블린 병사들의 행군속도는 상당히 빨랐기에 울리케와 모험가들이 이끄는 이 지원대는 날이 완전히 어둑해질 무렵 바케르로 이어지는 도로 한중간, 사고의 현장에 도착했다. 곧 모두의 눈앞에 처참한 광경이 나타났다.

두 고블린과 숲흑늑대, 그리고 인간 하나의 시체 위로 눈이 쌓여 있었다. 도망을 시도했던 자의 말 한 필이 그 곁, 도로변 나무에 매여 있는 게 보인다. 아우케트는 불을 지펴놓은 채 늑대 칸과 함께 앉아 있다가 부대가 다가오는 발소리를 듣고 천천히 일어났다. 불가에는 한 사내가 무릎 꿇린 채로 포박되어 있었고, 다른 한 명은 사지가 모두 끊어진 채 다른 죽은자의 벗겨낸 외투 위에 시체마냥 누워있었다. 그리고 별다른 조치가 없는 한 그는 이제 곧 진짜 시체가 될 참이다.

"시야프리테가 왔군. 마침 잘 되었다. 저 인간의 치료를 해 주어라."

누구도 뭐라 말을 채 꺼내지 못한 가운데, 아우케트가 먼저 말을 걸어왔다. 브륀힐데의 허리를 감싸고 뒤에 타 있던 류그라 소녀는 엉거주춤 말에서 내렸지만, 이 피보라의 현장에 선불리 다가서지 못했다. 그나마 어두운 데다 눈이 쌓여 실제보다는 훨씬 덜 참혹해 보였지만, 류그라 소녀의 예민한 코에는 죽음의 냄새들이 물씬한 까닭이다.

"시야프리테."

아우케트의 건조한 음성이 다시금 재촉하자, 움찔한 시야프리테는 다가섰다. 그러고는 부상자의 상태를 확인하고 숨을 흡들이마시며 말했다.

"……어떻게 치료하라는 거죠?"

"죽지 않게만 해라."

"……잘린 팔다리는 어디 있죠?"

"의미가 있나? 이제와서 붙일 생각인가?"

"아무리 류그네라스의 가지라도 그런 건 무리여요!"

소녀는 짜증 내듯 발칵 소리치더니 진절머리를 내며 누워있던 사내에게 다가갔다. 부상자의 얼굴은 새파랬고 입에서는 신음인지 숨소리인지 분간 가지 않는 소리만이 미약하게 들락거리고 있었다. 두 팔은 각각 손목 부분에서, 두 다리는 무릎 아래에서 잘려있다. 경과한 시간을 생각해보자면 과다 출혈로 아직 죽지 않은 것이 신기한 노릇이겠다. 그의 상태를 확인한 시야프리테는 재빨리 지팡이를 들어 우선 사내의 빠져나간 원기와 피를 보충하는데 몰두하였다. 잠시 뒤, 소녀는 구경하던 아우케트에게 말했다.

"역시, 잘린 손을 찾아와줘요."

"……왜지?"

"안 될지도 모르지만, 붙여보게요! 이대로라면 평생을 불구로 살 거예요!"

"그에게 과연 누릴 평생이 허락될지 어떤지 모른다."

"어서 찾아오지 못해요?"

그는 벌떡 일어나 지팡이를 고블린에게 겨누었다. 모닥불의 빛을 받은 두 사람의 그림자가 자못 팽팽한 기세를 드리웠다. 아우케트는 묵묵히 그와 쓰러진 사내를 번갈아 보더니 말했다.

"알았다."

마음을 정한 아우케트는 지체없이 움직였다. 그가 칼을 휘둘렀던 자리에서 잘린 정강이와 손을 찾아오자, 시야프리테는 그것을 받아들더니 한숨을 내쉬고는 곧바로 이어붙여 상처를 수복하는 데 전념하기 시작했다. 그런 가운데, 여태껏 조용히 지켜보고 있던 울리케와 모험가들이 말에서 내려 다가왔다. 아우케트는 그들을 보았고, 울리케는 한참이나 말없이 시신들을 보다가 입을 열었다.

"……납득할 만한 보상을 약속한다. 이번 일은……."

"울리케."

아우케트가 그의 이름을 부르며 말을 잘랐다. 그가 칼칼하게 잠긴 목소리로 그를 똑바로 쳐다보며 말했다.

"나는 네가, 무엇보다 먼저 애도를 표해주기를 기대했다."

울리케가 무슨 말을 할 수 있었을까. 아주 먼 훗날까지도, 울리케 피어클리벤은 그의 생에서 가장 부끄러웠던 순간으로 이 날을 기억한다. 그 순간 그는 자신이 죽은 자들과 아우케트, 나아가 시우부름의 고블린 모두를 모욕했다고 자책했다. 그의 발언은 행정가로서는 적절한 것이었을지 모르나, 친우로서는 많이 부족한 것이었다. 연이은 사태에 사고방식과 가치관이 어느새 그런 쪽으로 물들어 있었던 것일까? 아우케트의 그 조용한 지적은 울리케에게 물을 끼얹는 것 같은 충격을 주었다. 그러고는 뒤이어 몰려오는 미안함에, 울리케는 한참이나 아무 말도 잇지 못했다. 가까스로 정신을 차린 그는 이렇게 말했다.

"……정말 미안해."

"괜찮다."

아우케트는 선선히 그렇게 말하더니 부하들에게 모든 시신을 잘 수습하도록 명했다. 모두가 조용히 침묵을 유지하는 가운데, 손과 발은 정중하면서도 부지런히 움직였다. 수습이 전반적으로 끝나갈 무렵, 그때까지 불가에서 부상자의 상처와 씨름하던 시야프리테가 한숨을 토하며 지팡이를 짚고 일어섰다.

"잘 되었어?"

브륀힐데가 다가가 묻는다. 시야프리테는 고개를 가로저으며 대답했다.

"……애썼지만, 오른손 하나와 왼쪽 다리밖에는 살리지 못했어요. 나머지 둘은 절대 붙지를 않네요."

"그 정도만 하더라도 기적이야."

브륀힐데가 그리 위로하지만, 시야프리테의 낯은 결코 밝지 않았다. 류그라 소녀는 이제 제법 평온한 얼굴로 잠든 사내를 내려다보다 별안간 눈을 흡뜨더니 아우케트에게 씩씩거리며 다가갔다.

"도대체 이렇게까지 할 필요가 뭐가 있었죠? 내가 바람 마법을 새겨주었잖아요! 단순한 제압으로 못 끝내겠던가요? 부하가 죽어서 화풀이 한 거죠?"

"그렇지 않다."

십장 둘의 시신이 잘 수습되는가 지켜보던 아우케트는 뒤돌아서며 말했다. 그러고는 허리 쌈지에서 예의 부적 한 장을 꺼내 내밀며 말을 이었다.

"그는 이걸 갖고 있었지. 결코 간단히 제압될 수 있는 상대가 아니었다. 게다가 수호의 부적을 무효화하기 위해 빠른 순간에 연격이 필요했고, 그가 조금이라도 날 공격할 기회의 완전한 박탈이 필요했다."

"……이게 뭐죠?"

시야프리테는 부적을 받아들었지만 오히려 이렇게 되묻는다. 에다의 시무나리에는 도통 무식한 그이므로. 아우케트가 답했다.

"저자의 말에 의하면 폭격의 부적이라 하더군. 단 일격으로 숲흑늑대들의 머릴 쪼갰다. 내가 다치지 않고 그걸 상대할 다른 방법이 있었겠나?"

늑대들의 참혹한 모양새는 소녀도 이미 보았다. 손에 든 부적과, 부상당한 사내, 그리고 아우케트를 차례로 쳐다본 시야프리테는 착잡한 표정을 지어 보였다. 과도한 폭력이라 여겼건만, 그의 말을 듣고 보니 불가피한 일이었겠다. 설령 더 좋은 방법이 있었다고 해도 그런 긴박한 순간에 모든 걸 합리적으로 해낼 수는 없는 일이다. 이것은 목숨을 두고 다투는 찰나의 싸움이었지, 시간을 두고 임하는 교섭 따위가 아니었으므로. 폭력이란 그런 것이다.

"……그래요. 제가 드린 건 잘 되던가요?"

"기대 이상이었다. 고맙다."

이런 참혹한 사건의 직후만 아니라면 배시시 웃을 참이건만, 도저히 그럴 분위기는 아니었다. 시야프리테는 오히려 슬픈 표정이 되어 그를 보다가, 그때까지도 영 면목 없어 하며 아우케트에게 어떤 다른 말도 걸지 못한 채 나귀 유슬리스의 곁에 하릴없이 서 있던 울리케를 보았다. 부상자를 치료하느라 집중하고 있었지만 울리케와 아우케트 사이에 오간 이야기를 귀담아들었던 시야프리테는 울리케에게 다가갔다.

"아가씨는 예전에 도시에서도 얼핏 그러시더니, 자책에 일가견이 있으시군요?"

"……도와주려고 나무라는 거야?"

"천만에요. 저는 자중도 자책도 할 줄 모르는걸요?"

그럼 이걸 위로라고 하고 있는 걸까. 울리케는 시야프리테를 보며 조금 어이없어했다. 어차피 예상할 수 없는, 행동의 결과를 두고 자책했던 이전과 이 일은 조금 다르다. 인간의 예지와 그걸 가능케 하는 지성에는 한계가 있지만, 누군가에 대한 배려의 발원은 무한할 수 있으므로. 그렇게 믿는 울리케에게 아까의 '실수'는 이전의 것들보다 훨씬 그를 의기소침하게 하는 일이었다. 이대로 적절한 골방과 비 오는 날씨가 주어진다면 울리케는 아마도 엄청난 자기혐오를 시작할 수 있으리라. 하지만 그런 것들을 도통 공감하지 못하는 류그라 소녀가 말했다.

"좀 뻔뻔해지셔도 되잖아요? 내가 아가씨만큼 야무졌다면……."

"야. 너 뭐 하는 거야?"

적어도 이런 점에서 시야프리테와 동류에 가깝지만, 적어도 그보다는 눈치와 입장을 헤아릴 줄 아는 랄로프가 다가오더니 시야프리테의 어깨를 짚으며 말을 막았다. 그러고는 울리케에게 말했다.

"아가씨, 이 녀석의 말은 못들은 걸로 하세요. 야, 가자."

랄로프는 그렇게 시야프리테를 끌고 갔다. 뭐라뭐라 대들며 떠들기 시작하는 둘의 뒷모습을 보자, 울리케의 기분은 조금 나아졌다. 그리고 필시 시야프리테도 그걸 바랐던 것이겠지. 본인 스스로의 의도와 완전히 어긋난 이야기를 할 가능성이 너무 크다는 게 문제지만, 시야프리테의 그 마음만큼은 어눌하나마 전달이 되었다. 울리케는 괜스레 나귀 유슬리스의 목을 쓰다듬었다. 그러자 물끄러미 그를 쳐다본 나귀가 말했다.

"내가 나설 필요도 없었군요."

울리케는 잠깐 얼어붙었다가 대꾸했다.

"와 계신 줄 몰랐군요. 이젠 아무 요동도 안 부리네요?"

"서로 익숙해졌으니까요. 그리고 저는 점점 나귀처럼, 나귀는 점점 인간처럼 변하겠죠."

"……설마, 농담이시죠?"

"사실입니다."

이 새롭고 놀라운 사실에, 울리케는 방금까지 잠겨있던 기분을 잊어버리고 황급히 말했다.

"그럼 큰일이잖아요? 여긴 별일 없으니, 마법을 거두세요!"

"아, 그렇게 호들갑 떨지 말아요, 아가씨."

나귀형 시그리드는 천연덕스럽게 말했다. 그의 말이 이어진다.

"빙의는 명백히 양편의 지성과 인격을 차츰 융합해 잠식하지만, 양쪽 모두에게 공평하게 작용하는 것은 아니랍니다. 지성이 덜한 쪽이 훨씬 더 많은 영향을 받죠. 제 계산에 따르면, 유슬리스와 제가 완전히 섞인 뒤라고 해도 저는 다만 아주 살짝 더 멍청해지고 방정맞아질 거예요. 하지만 그때쯤이면 이미 제가 노파가 될 나이일 테니, 아무런 흠결도 되지 않겠죠."

울리케는 끄응 하며 억지로 수긍하다가 무서운 사실을 생각해내고 물었다.

"……그럼 그때쯤, 이 나귀는요?"

"그때까지 살아있다면 음……, 그래도 해부학적으로 말은 못할 테니 아마 글공부를 시작하지 않을까요."

뭐야, 그거! 엄청 보고 싶어! 하지만 유슬리스는 이미 늙은 나귀다. 나귀가 오래 살긴 하지만 시그리드가 노파가 될 무렵까지 살아있을 거라 생각하긴 지극히 어렵겠다. 울리케는 그렇게 아쉬워하다가 스스로의 그런 면모에 피식 웃어버렸다. 순간, 등 뒤에서 목소리가 들렸다.

"떠날 준비가 끝났다."

아우케트였다. 울리케는 움찔하며 뒤로 돌아섰다. 여전히 그를 똑바로 쳐다보기가 민망하지만, 방금까지 피식거리던 감정의 관성에 의해 한결 밝은 목소리와 태도가 나오게 된 울리케는 말했다.

"그래. 그럼 돌아갈까."

"……기분은 좀 나아졌나?"

뭐야, 아우케트까지 신경 쓰고 있는 거야? 그 순간 울리케는 동북 대륙에서 유일한 이 고블린 오백장과, 일세에 다시 없을 희한한 성격의 류그라 소녀, 더불어 나귀 모양의 젊은 천재 마법사에게 위로받는 자신의 처지가 참 굉장하다고 여겼다. *황제라도 이런 복은 누릴 수 없을 거야! 그리고 돌아가 이제 용이 어울리는 연회를 주관할 거라고.* 그렇게 다짐한 소녀는 부쩍 좋아진 기분으로 상쾌하게 대답했다.

"좋아. 어서 돌아가자."

속절없이 다가오는 죽음의 고통 어린 진격에 신음하는 와이번을 뒤에 둔 채, 종사 스벨크의 주검도 어쩌지 못하고 놔둔 피어클리벤의 오백여 병사들은 눈물을 삼킨 아드손의 호령에 떠밀려 다시 흰 눈보라의 장막 안으로 뛰어든다. 토라스는 와이번의 뒷발에 움켜잡혀 심한 상처를 입었지만 자력으로 걷겠다며 동료들의 부축을 거부했다. 그렇게, 스벨크의 생명줄을 자르고 다시 이어붙여 여섯 명이 된 피어클리벤의 종사들은 무서운 얼굴로 눈보라를 돌파해 나갔다. 방금 벌어진 충격적인 접전과 그에 따른 희생을 목격한 오백의 병사들 모두, 응당 사로잡힐법한 공포 대신 이를 악물어 짜낸 용기를 방패와 함께 앞세우고 달렸다. 그들 전원 그저 평범한 농사꾼이나 염소치기에 불과하지만 간헐적인 마수의 침입이 잦은, 피어클리벤과 같은 북부의 땅 촌민들에게 있어 와이번 정도는 최소한 먼발치에서나마 한 번 이상 본 적 있는 마수이다. 종사들이 똘똘 뭉쳐 대응책을 마련한 덕에 피해를 최소화했고, 스벨크가 보여준 최후는 오히려 그들 모두에게 스산한 패기를 북돋웠다. 와이번에게 창을 빼앗겨 방패만 든 디드리크는 출발 직전 병사들의 열에서 형인 룻트와 딱 한 번 서로의 무사를 안도하는 시선을 교환했고, 이내 다시 발리엇의 뒤통수만 쳐다보며 달리기 시작했다.

피어클리벤의 오백인대가 그렇게 뉘른스에크 본성으로 향하는 길을 한참 줄잡아 달린 지 얼마나 되었을까, 윙윙대는 칼바람 너머로 이따금 와이번의 날갯짓 소리와 비명 소리들이 들려왔지만 부대의 앞을 막아서는 것들은 나타나지 않았다. 그들이 떠나온 숙영장에서 도대체 어떤 일이 벌어지고 있는지, 그리고 그들이 향하는 뉘른스에크 성에서 또한 어떤 일이 일어나고 있는지, 피어클리벤의 종사들과 병사들은 전혀 알지 못했다. 뉘른스에크의 합동 훈련에 임하지 못해 달리 어떤 자체적인 행동도 취할 수 없는 현 상황에서 아드손이 내릴 수밖에 없었던, '주군을 찾아 병력을 인계한다'라는 담백한 계획이 실제로 어떤 행운을 야기했는지를 말이다.

서리심의 눈보라가 깔린 뉘른스에크 성의 전역은 시각과 청각이 완전히 틀어막힌 상태였다. 이를 어둠 삼아 수십 마리의 와이번 떼는 올빼미처럼 나타나 성과 숙영장의 병사들을 차례

차례 사냥하고 있었다. 지휘체계가 마비된 군대란 더 이상 군대가 아니다. 적들의 작전은 끔찍할 정도로 효과적이었고, 즉석에서 이 천재지변에 가까운 사태에 어떤 대응책을 구사하기란 너무나 힘든 일이었다. 이미 피어클리벤의 부대가 떠난 숙영장은 아비규환의 현장이었고, 이는 현재 병사들이 향하고 있는 뉘른스에크 본성 또한 크게 다르지 않았다.

"멈춰!"

와이번의 귀에 들릴까, 소리 지르는 것은 자제하려던 아드손이었으나 그만 잊고 이렇게 외쳐 부대를 정지시킬만한 사태가 벌어졌다. 별안간 둔중한 굉음과 함께 부대가 향하던 방향의 저 멀리 앞, 하늘에서 화염의 기둥이 치솟은 것이다. 켜켜이 쌓여 휘몰아치는 세빙으로 인해 그 광채는 안개 속의 등불처럼 흐렸으나 이내 그 가공할 열기가 뉘른스에크 성의 상공을 데웠고 뒤이어 작열하는 열풍이 사방으로 뻗쳐나갔다. 바위마저 녹여버리겠다는 듯한 기세의 불기둥이 겨울 마녀의 사술 한중간에 묵직한 강타를 먹인 가운데, 급격히 상이한 두 기운이 마주치며 순식간에 눈보라와 세빙, 우박들이 수증기와 물방울로 화했다. 곧, 망연자실하게 서 있는 피어클리벤의 오백인대 눈앞으로 깨끗하게 걷힌 시계의 너머, 선연하게 드러난 뉘른스에크의 흑성이 보임과 동시에 모두의 머리 위로 폭우가 쏟아졌다. 그러자 그것이 마치 마수라도 되는 양, 모두가 반사적으로 방패를 올려 막았다. 놀란 병사들이 일순 아우성을 냈다.

"모두 닥쳐!"

아드손이 소리 지르며 뒤를 보다, 부상으로 인해 몸을 가누는 것이 고작이라 방패를 들지 못하고 있는 토라스를 발견하고 다가가 자신의 방패를 같이 덮었다. 처음엔 일순 억수처럼 쏟아지는 비였으나 이내 작은 우박들이 오백다섯 개의 방패를 자각자각 두들기는 소리로 변했고, 뒤이어 굵은 우박들이 따다닥 내리꽂혔다. 성의 꼭대기를 뚫고 솟아오르는 불기둥은 여전했으나, 그것은 일정 반경 이내의 눈보라만을 물로 바꾸고 있었을 뿐 채 그 경계에 머물러있던 피어클리벤의 병사들에겐 다시 냉각되어 떨어지는 우박이 되었다. 이를 깨달은 아드손과 종사들은 병사들을 채근하여 이제 선명하게 보이는 목적지를 향해 달려나갔다.

하지만 시계가 깨끗해졌다는 것은 그들에게 좋기만 한 일이 결코 아니겠다. 뉘른스에크 성의 상공을 날던 십수 마리의 와이번들이 이 선명한 먹잇감을 놓칠 리가 없다. 그걸 우려한 아드손과 종사들은 달리는 와중에도 와이번들에게서 눈을 떼지 않았다. 하지만 이 갑작스러운 상황 변화에 당황한 것은 저 마수들도 마찬가지인듯하다. 찢어지는 비명을 지르며 혼란스럽게 날아다니는 꼴이 그것을 증명하였다. 가장 뒤쪽에서 방패만 든 채 달리던 디드리크는 문득 뒤를 힐끔 보았다. 떠나온 숙영장은 여전히 눈보라의 장막에 휩싸여 일절 보이지 않았고, 선명한 냉기가 무너지는 산사태처럼 흘러내리며 성 꼭대기에 아직도 이글거리는 불기둥을 향해 촉수처럼 꿈틀거린다.

"힘내! 다 왔어!"

와이번에게 긁힌 상처들로부터 피를 철철 뿌리며 비틀거리듯 달리고 있던 토라스가 별안간 소리 질렀다. 그것은 마치 쓰러질 것 같은 스스로에게 던지는 격려 같았고, 이에 모든 종사들과 병사들의 눈이 다시금 부릅떠졌다. 모든 열들이 서로 줄로 묶인바, 한 사람이라도 넘어지면 일순간에 부대의 질주는 마비된다. 그리 염려하는 모두의 발걸음은 저마다의 책임감으로 튼튼했고, 마침내 이 절박했던 행군을 완주해내었다.

"됐어! 모두 줄을 끊어! 디드리크랑 발리엇은 토라스를 부축해 뉘여!"

성의 정문을 통과하자마자 아드손은 이렇게 호령하였다. 눈이 반쯤 감긴 채 비틀거리며 여기까지 달려온 토라스는 그 말을 듣자마자 허락을 얻기라도 한 듯, 쏟아져 내린 비로 진창이 된 바닥에 허물어졌다. 디드리크와 발리엇이 그에게 달려간다.

"이런, 제기랄……."

튼튼하고 높은 뉘른스에크의 성벽이 이제 그들을 날개 달린 마수들로부터 보호한다. 저 영문모를 불길이 만들어낸, 눅눅한 온기가 성의 안뜰 곳곳에 채 덜 지워진 안개들을 녹이는 가운데 아드손과 병사들은 안뜰의 참혹한 전경을 보게 되었다. 성의 서쪽 본관 벽에 문대듯 미끄러져 추락한, 웬 머리 없는 와이번의 시체 하나를 필두로 여기저기 뒹구는 사람들의 시체가 여럿이었다. 성의 하인들과 전령, 뉘른스에크의 무구를 걸친 병사들의 시신이다. 하지만, 아드손의 입에서 위와 같은 욕설이 흐른 것은 그것들 때문이 아니었다.

"눈, 눈트롤? 뭐야 저거!"

성의 안뜰 맞은편, 대파된 마구간에서 가엾은 조랑말의 사체를 찢어발기고 있던 한 마리의 눈트롤이 모두의 눈에 보였다. 그러자마자 놀란 병사 하나가 딸꾹질처럼 외친 것이다. 눈트롤은 와이번들처럼 이 급격한 날씨의 변화에 매우 성이 나 있었다. 와이번들에게 겨울 악천후는 본래 그들의 습성과는 어울리지 않는, 그저 전술적인 강요였으나 눈트롤들에게 있어서는 실로 안락한 환경이다. 때문에 이 마수가 느끼는 분노는 와이번들의 일시적인 당황보다 훨씬 구체적이고 본격적이었다. 그리고 이제 그 분노는 망설임 없이 피어클리벤의 오백인대로 향할 기색이다.

"모두 방패들어! 전열은 짜지 마라! 산개해!"

밀집된 방진은 트롤과 같은 중대형 마수들에게 확실한 저지력을 발휘하지만, 현재 목전의 적은 단 하나뿐인 데다 그러한 밀집 방진은 어느 정도의 인적 손실을 전제하고 들어간다. 단 한 명의 목숨이라도 그런 식으로 낭비하고 싶지 않은 현재, 더구나 제대로 된 훈련을 하지도 않은 징집병들에게 방진의 흉내를 내라 해봤자 전술적으로 유의미한 정도의 결속이 나타나지 않을 것이다. 아드손이 순간적으로 그렇게 판단했다. 아니,

좀 더 정확히 말하자면 이건 순전히 감각적으로 내린 결정이었다. 그리고 모두가 부랴부랴 그 명령을 따른다. 다만, 발리엇과 디드리크는 완전히 탈진해 쓰러진 토라스를 성문 옆 성벽 아래 뉜 참이라 여기에 응하지 못했다. 어차피 토라스를 내버려 두고 움직일 생각도 없었다.

"자, 사냥이다!"

아드손이 그 특유의 걸음으로 겅중겅중 달려오는 눈트롤을 보자 벼락처럼 이렇게 고함을 내질러 모두의 경계를 촉구했다. 그의 주변, 사방으로 흩어진 종사들과 병사들은 각자 저마다의 창과 방패를 내밀었고, 디드리크처럼 아까 와이번을 찌르느라 창을 놓쳤던 이들은 대신 짧은 검을 들었다. 약이 오른 눈트롤은 어느 정도 달려오다 주춤거리고 멈춰선 채 으르렁거렸다. 어지간히 미련한 마수의 대표격이긴 하지만, 일단 눈앞의 적이 너무 많음을 깨달은 것일까. 이런 경우 방진을 짜고 묵직하게 대드는 것은 마수를 쫓아버릴 수도 있다. 역시나 부족한 훈련이 못내 아쉬운 아드손은 긴장으로 메마른 입을 혀로 훠저으며 그렇게 생각했다.

눈트롤은 이를 드러내며 별안간 고함을 질렀다. 모두가 움찔 놀란 가운데, 마수는 바닥에 나뒹굴고 있던 한 하인의 시신을 집어 들더니 순간적으로 어깨를 휙 돌렸다. 다음 순간 그 뻣뻣한 시신은 순식간에 열 몇 걸음의 허공을 가로질러 선두에 서 있던 병사 둘을 덮쳤다. 쾅 하는 파열음과 함께 방패에 들이닥친 충격으로 두 병사가 나가떨어지자마자 눈트롤은 그 하얀 털을 휘날리며 달려들었다.

"이쪽이다!"

광포하게 눈을 치켜뜬 아드손과 종사 왈트가 고함을 지르며 달려가 대거리하려는 순간, 그들의 열 너머 저 뒤편에서 난데없이 붕 하는 소리와 함께 날아온 차돌멩이가 눈트롤의 콧잔등을 후려갈겼다. 다음 순간 멈칫한 눈트롤은 눈을 희번덕거리며 이 공격의 임자를 찾았다. 그것은 다름 아닌, 무릿매를 든 디드리크였다.

"일어나! 뒤로 가!"

종사 왈트가 바닥에 쓰러져 있던 두 병사에게 외친다. 이 잠깐의 짬에 어느덧 수십 명의 병사들이 창과 방패를 앞세우고 달려와 아드손을 위시하여 자연스러운 열을 만들어내었다. 모두가 긴장인지 공포인지 알 수 없는 감각에 사로잡혀 반사적으로 움직이고 있었으며, 군인이라 하기에는 부족한 훈련들로 인해 부끄러운 입장들이었지만 동향에 대한 소속감이 그들의 등을 떠민다. 아울러 해마다 이맘때면 종종 벌어지는 마수 퇴치에 경험이 있는 청년들이다. 눈트롤은 피가 흘러내리는 코를 벌름거리며 송곳니를 드러냈다. 그러고는 이 겁 없는 미친 인간들을 분노한 눈으로 내려다보았다.

"디드리크! 계속 공격해!"

아드손은 뒤를 돌아보지 않았지만 이런 재주를 부릴 수 있는 자가 누구인지 익히 짐작하기에 이렇게 외친다. 성벽 아래, 누워있는 토라스와 그 곁을 지키는 발리엇의 앞에 선 디드리크는 아드손의 응원 같은 명령을 곧바로 수행했다. 어느새, 발이 묶인 동생을 보호하기 위해 방패를 들고 그 앞을 지키고 선 형 룻트가 고개를 끄덕인 다음이었다.

"버틴다!"

소년 종사의 두 번째 투석 역시 빗나가지 않고 눈트롤의 아래턱을 때리자, 그 순간 열이 뻗쳐 최소한의 조심성을 박탈당한 마수는 발을 구르더니 자신의 앞을 막아선 병사들의 전열을 무시하고 뚫으려 달려들었다. 이에 아드손이 위와 같이 외치며 곁에 선 병사들과 함께 방패를 들어 그 무지막지한 충격량을 받아내었다. 성질난 마수가 난폭하게 팔을 휘두르자 병사 서넛이 속절없이 나가떨어지며 열이 크게 어그러졌다. 기어이 뚫리는가 싶은 한순간, 분노로 인해 한없이 좁아져 있던 눈트롤의 시야 밖 양옆으로 돌아가 있던 종사 지올벤과 얀슨, 그리고 그들이 이끄는 병사 열댓의 창이 트롤의 빈 등짝을 무자비하게 쑤셨다. 경악과 고통, 분노어린 마수의 고함은 그럼에도 이 기회를 놓치지 않고 사방에서 찔러 들어오는 창들로 인해 피에 잠겨 부글거렸다. 마수의 손이 부들거리며 누군가의 목이라도 쥐어 부러뜨리기 위해 허공을 허우적거렸으나, 그러기에 인간의 창은 충분히 길었다. 그렇게 짐승은 죽었다.

"……이게 도대체 왜 여기에 있지? 성벽이 뚫렸나?"

한겨울이 무색하게 이마에 흥건한 땀을 무시하며, 아드손이 질렸다는 목소리로 이렇게 중얼거리자 곁에 서 있던 종사 왈트가 고개를 들어 성벽 위를 가리키며 외쳤다.

"저것 보십시오!"

그리고 모두는 보았다. 와이번들이 눈트롤들을 공수해 성벽 위로 내려놓는 기가 막힌 광경을. 더러는 지금의 이 트롤처럼 아예 성벽 너머 아래 연병장에 내리고 있었다.

"……이런 미친."

아드손이 모두의 감정을 대신해서 말했다. 하지만 다음 순간 더 기막힌 광경이 벌어졌다. 조금씩 잦아들고 있던, 그때까지 뉘른스에크 성 상공의 불기둥이 어느 순간 훅 꺼지더니 잇따라 성벽 위에서 폭음과 함께 새로운 불길이 치솟은 것이다. 방금 성벽 위에 내렸던 눈트롤 몇 마리가 불덩이가 된 채 아래로 추락하는 광경이 펼쳐졌다. *모르긴 몰라도, 저기에 아군 마법사가 있는 게 틀림없겠지.* 그렇게 생각한 아드손은 병사들을 모두 불러모으고 성의 본관 내부로 진입할 준비를 서둘렀다. 망설여지기는 했지만 오백 명 모두를 끌고 안으로 들이닥치는 것은 무리였기에, 부상당한 토라스도 보호할 겸 병력을 대부분 안뜰에 대기하도록 한 그는 종사 둘에 병사 오십 명만 데리고 진입하기로 결정했다.

그때까지도 그들은 몰랐던 것이다. 뉘른스에크 성에 더 이상 그들의 주군이 없다는 사실을. 그리고 그들이 떠나온 숙영지에 주둔해 있던 영지군과 성벽 정문에 대기하던 용병 부대 전원이 이미 사실상 전멸했음을. 그들은 결코 알지 못했다.

"고블린들에게 빚을 졌군요."

울리케가 다녀간 직후, 계속 언짢은 얼굴을 하고 있던 시그리드가 말했다. 아셰리드는 조용히 고개를 끄덕이며 맞장구친다.

"나는 그들에게 직접적인 도움을 받은 적이 있다. 하지만 희생이 따르지는 않았었는데……, 명백히 우리의 일을 돕다가 벌어진 일이니 넉넉하게 보상해야 한다."

영주 권한대행이 말하는 '넉넉한 보상'의 규모가 걱정됨에도, 곁에 있던 문관 에이드리크는 수긍의 빛을 보였다. 이것은 피어클리벤과 시우부름 고블린들 사이에서 처음으로 발생한, 공무 중 순직에 해당한다. 쩨쩨한 소릴 할 때가 아니었다.

"정말로 고블린들과 협력하고 계신다는 게, 보면서도 믿기지 않습니다."

앞으로의 협력에 관해 논의하기 위해, 여태껏 케틸과 함께 영주의 집무실에 머무르고 있던 로릭스데가 조용히 말했다. 그러자 창가에 서서 안뜰을 내려다보던 시그리드가 응한다.

"어디까지나 저 용의 존재 덕분이죠."

"……피어클리벤 여러분들이 빌러디저드 님께 대하는 격식이 너무 부주의하다고 느껴집니다."

안 듣는 곳에서야 황제의 욕이라도 할 수 있긴 하지만, 날 때부터 자신의 가문에 대대로 머문 아이비레인 때문일까? 로릭스테로서는 용을 대하는 이 가풍의 차이에 조금 당황하는 것이다. 그러자 곁에 있던 케틸이 별안간 코를 들이마시는 것 같은 소리를 냈다. 아무래도 비웃는 것 같은 이 행동에, 로릭스테는 미간을 모으며 늙은 마법사를 쳐다보았지만 그는 변명 없이 시선을 피할 뿐이다.

"아직까진 용이 이 영지에 재난밖에 몰고 오지 않았으니까요. 그가 무엇을 해 주건, 실은 그로 인해 빚어진 일들을 수습하는 것이죠. 저만 하더라도 피어클리벤의 가신이 될 예정 같은 건 없었습니다."

시그리드는 냉랭하게 대답했고, 마법고문의 이 거침없는 언사에 아셰리드는 그저 씁쓰레하게 웃기만 했다. 그러다 그가 문득 말했다.

"하던 이야기를 계속해볼까요. 언약을 교환한다는 것이 무슨 말씀입니까?"

그러자 여태 창가에 서서 밖을 내다보고 있던 시그리드도 몸을 돌려 집중한다. 로릭스테는 케틸과 무언의 눈빛을 교환한 뒤 조심스레 입을 열었다.

"말 그대로입니다. 여러분이 빌러디저드 님과 언약한 내용과, 저희 라핀다시르 가문이 아이비레인과 언약한 내용을 서로 공개하는 것입니다."

"그게 무슨 의미가 있습니까?"

이는 문관 에이드리크의 물음이다. 다시 로릭스데가 말했다.

"혹시 아십니까? 용은 본래 불멸하는 생물은 아닙니다. 언어와 지성을 가진 생물의 계보와 언약을 둠으로써, 그리고 그 언약을 지킴으로써 불멸의 권능을 획득하지요. 야생용들의 수명은 기껏해야 이백 년 정도입니다."

"그건 저희도 알고 있어요."

아셰리드의 말이다. 로릭스데가 고개를 끄덕이며 말을 이었다.

"예. 그럼 혹시 이런 의문을 가져보시지 않았습니까? 그렇다면 왜 저 너머 제국 바깥의 야생용들이 몰려와 너도나도 언약을 트지 않을까요? 왜 불멸하는 삶을 추구하지 않고 그냥 자연사를 받아들이고 있을까요? 지난 사백 년의 제국의 역사에서, 우리가 아는 한 인간과의 언약을 자의로 튼 것은 스미드레드와 빌러디저드뿐입니다. 아이비레인에겐 선택권이 없었으니 논외죠."

에이드리크의 눈이 일순 커졌다. 그로서는 실로 미처 생각해보지 못한 부분이었다. 아셰리드의 표정도 비슷했다. 다만 시그리드만이 별다른 동요 없이 로릭스데를 똑바로 보고 있을 따름이었다. 이에 그의 눈치를 살핀 로릭스데가 직접 묻는다.

"유세트 경께서는 생각해보셨습니까?"

"짐작만 하고 있어요. 나는 사실 별로 궁금하지 않아요. 중요하다고 생각했다면 용에게 직접 물어봤겠죠."

실로 그다운 대답에 로릭스데는 잠시 아연해졌다. 그의 말이 이어졌다.

"……네, 그럴 수도 있겠군요. 제가 말씀드리죠. 일단은, 좀처럼 믿어지지 않지만 용들은 불멸에 별로 관심이 없습니다."

"아이비레인이 그리 말하던가요?"

놀란 아셰리드의 물음이다.

"그렇습니다. 제가 아는 린트부름의 후손은 그뿐이니까요."

"하지만 그건 아이비레인이 선천적으로 가진 특수성에서 기인한, 지극히, ……개인적인 특징일 수도 있잖습니까?"

아셰리드가 조심스레 단어를 고르며 다시 묻는다. 로릭스데는 괜찮다는 듯 가볍게 미소지으며 대답했다.

"저도 어릴 때 그리 생각한 적이 있었습니다. 하지만 그건 너무나도 인간적인 발상이라는 걸 알게 되었죠. 용들을 가리키는 무수한 말 중에 왜 '선험의 군주'라는 표현이 있는지 아십니까? 저들은 정말이지 특수한 존재입니다. 일종의 예지 같은 걸 가지고 있죠. 그리고 그 흐름을 따라 삽니다. 그렇기에, 용이 언약을 두고 불멸을 추구하는 그 자체가 드문 일이 됩니다. 아니, 좀 더 정확히 말하자면 저들은 불멸하기 위해 언약을 두는 게 아닙니다. 불멸이란 어디까지나 언약을 지키기 위해 신력으로부터 제공되는 일종의 지원입니다. 바로 그래서 언약을 지키지 못할 경우 박탈되는 것입니다."

"신화적인 해석이지요. 사실 그래서 아까 저 용……, 빌러디저드 님이 고블린들의 위계에 대해 이야기하던 에인달케 아가씨의 말에 '단지 신화일 뿐이다'라고 하는 걸 보고 좀 놀랐소이다."

조용히 듣고 있던 마법사 케틸이 이렇게 한마디 했다. 로릭스데는 동의한다는 듯 고개를 끄덕이고 다시 말한다.

"그러니까, 이 언약의 내용은 당사자들 외에는 모르게 감춥니다. 만일 그것이 적대자들에게 알려지면……."

"언약을 무너뜨릴 계획을 짤 수 있겠군요."

시그리드가 말을 가로챘지만, 로릭스데는 불쾌해하지 않고 고개만 끄덕이다 덧붙였다.

"맞습니다. 그러므로 양 영지는, 이렇게 말하긴 뭣하지만, 서로의 숨통을 쥐게 됩니다."

"……그렇게까지 할 필요가 있겠습니까?"

아셰리드의 물음이었다. 그의 표정은 진지했고, 일순 드러난 근심으로 이마에 골이 패인 게 보였다. 아마도 문득 북쪽으로 떠난 남편과 아들을 떠올린 것이리라. 이에 로릭스데는 조심스레 말하였다.

"에인달케 아가씨의 생각입니다. 저도 무척 고민해 보았습니다만, 제국에 준동하는 적들의 존재가 이렇게도 확실한 지금, 양 영지가 결속하는 게 무엇보다 필요하지 않나 생각했습니다. 물론 이걸 하겠다고 해도, 언약의 상대인 용들의 동의가 필요하죠. 우리끼리 수긍해도 용들이 거부하면 없던 이야기가 됩니다. 저는 그저 생각해보실 수 있는 패 하나를 제안드린 것입니다."

로릭스데의 이 말을 끝으로, 방 안에 침묵이 깔렸다. 어차피 바로 대답을 둘 이야기는 아니었다. 다만 모두가 현재의 상황과 앞으로 일어날 일들에 대해 여러 가지로 저마다의 생각을 전개하는 것이다. 그러다 문득, 한 가지에 생각이 미친 시그리드의 입이 열렸다.

"공작가에서는 황실의 용이 어떻게 사라졌는지 아실 것 같군요."

로릭스데는 바로 대답하지 않았다. 그는 자신에게 향하는 눈길들을 담담히 무시한 채 한동안 빈 탁자만을 내려다본다. 결국 그가 이렇게 말했다.

"……네, 압니다. 아까 이야기에서 연결되겠군요. 스미드레드는 죽었습니다. 병사에 가까운 노환으로요."

"그 말씀은……."

"스미드레드는 아우스뉘르 황가와의 언약을 지키지 못했던 것이죠."

"언약의 내용을 아시나요?"

시그리드의 이 물음에 로릭스데는 피식 웃었다. 그가 말한다.

"거기까지는 저도 모릅니다. 황가의 사람들만이 알겠지요."

"추측하시는 바도 없나요?"

로릭스데는 이렇게 추궁하는 시그리에게 난처한 얼굴을 해

보이며 말했다.

"……집요하시군요, 유세트 경."

"일단은 피어클리벤의 가신이니까요."

"……알겠습니다. 좋습니다. 추측하고 있는 바는 있습니다. 그리고 그것이 아이비레인의 언약에 영향을 주었죠. 결론적으로 말해……, 스미드레드의 언약은 너무 허술했습니다. 셰이워르 사후 그 후손들이 황실을 이어가면서 결국엔 지킬 수 없는 약속이 되었달까요. 하지만 이것도 관점에 따라서는 다르게 해석 가능합니다. 그냥 스미드레드의 역할이 끝난 것이죠."

"갑자기 아이비레인의 언약이 무척 궁금하군요."

시그리드가 이렇게 말하자, 로릭스데가 눈을 빛내며 답했다.

"그건 저도 마찬가지입니다. 이건 공작가의 장남으로서 드리는 말씀이 결코 아닙니다. 이건……, 말하자면……."

"용 애호가로서 말씀하시는 것이오."

곁에 있던 케틸이 그렇게 대신 대답했다. 유쾌한듯한 그 목소리는 명백히 또다시 놀리는 기색을 품고 있었고, 이번에야말로 로릭스데는 짜증 난다는 얼굴이 되어 늙은 마법사를 쳐다보았다.

"그래서, 이 영지에 왜 오셨습니까?"

울리케가 모험가들과 시야프리테를 데리고 성문 밖으로 나가는 뒷모습을 보며, 그때까지 여전히 용의 곁에 주저앉아 불을 쬐며 술을 마시던 크누드가 말했다. 고블린 십장들의 죽음을 전해 듣고 황망해 있던 에인달케의 눈이 커진다. 다 비워버린 술 항아리를 내려다보며 우울해 있던 용이 불만스레 입을 열었다.

"너의 부에 대한 이야기는 흥미로웠지만 내게 소용 닿는 답이 되지 못했다. 그러니 엄밀히 말해, 나는 그 질문에 대답할 의무가 없다."

"엄밀하지 않으시면 되지 않습니까?"

용은 물끄러미 크누드를 내려다본다. 용의 입장에서야 물끄러미지만 보통 사람 같으면 노려본다고 여길 것이건만, 술기운 때문인지 원래 그렇게 생겨 먹은 것인지 그 눈앞의 기사는 싱글거리고 있을 따름이었다. 그 꼴에 용이 탄식하듯 말했다.

"……꼭 누군가의 억지와 같군."

"칭찬으로 후세에 전하겠습니다."

"하지만 울리케를 제쳐두고 다른 이에게 먼저 이 이야기를 할 수는 없다. 더구나, 너는 이 땅의 가신조차 아니다."

"가신이 되면 해 주십니까?"

"그것만으로 충분하겠느냐?"

에인달케는 의아한 얼굴로 용과 크누드를 번갈아 쳐다보았다. 하지만 감히 끼어들지는 않는다. 용에게 질문을 받는 크누드는 잠시 조용히 생각하더니 빈 술잔을 내려놓고 벌떡 일어섰다. 그러고는 옷매무새를 점검하듯 두어 번 털어내더니 똑바로 서서 용을 올려다본다. 그가 말했다.

"그럼 앞의 그 질문은 물리도록 하겠습니다. 대신 제 견해가 흥미로운 이야기라 하셨으니, 딱 그만큼의 보상은 받고자 합니다."

"말해보라."

용은 흥미롭다는 듯 말한다. 크누드의 말이 이어졌다.

"울리케 아가씨께 제 신의와 충성의 보증을 서 주시지요. 저는 피어클리벤에 뼈를 묻고자 합니다."

"나도 너를 믿지 못한다. 어찌 보증을 서는가?"

"고블린들은 믿으셔서 보증하신 게 아니지 않습니까? 딱 그와 같으면 됩니다."

"……도장 노릇은 끝난 줄 알았건만."

자조하는 용의 목소리에는 불만이 없다. 그를 간파한 크누드의 표정은 밝아 보였다. 용은 한동안 그를 내려다보았고, 크누드는 겁 없이 그 시선을 견뎠다. 마침내 용이 말했다.

"좋다. 하지만 너로는 부족하다. 너와 휘장을 공유하는 모든 이들이 서약을 나누게 해라."

크누드는 바로 대답하지 못했다. 그의 망설임을 읽은 용이 엄하게 물었다.

"무리인가?"

"아닙니다. 다만 저는 까마귀 금고단의 단장이 아니니까요. 그리고 외람됩니다만, 저는 빌러디저드 님보다 그리젤이 더 무섭습니다."

"그리젤? 이 제국에 내가 모르는 용이 또 있었는가?"

"노파입니다만."

이제 어둠이 제법 진해진 성의 안뜰에 짧은 침묵이 흘렀다. 오늘 처음 본 이 사내에 의해 인간 노파보다 덜 무서운 존재로 추락한 검은 용은 아무 말 없이 그 침묵에 길이를 더한다. 하지만 이것은 어느 순간 그 곁에서 불을 쬐며 대화를 구경하던 에인달케의 갑작스러운 웃음소리에 깨어지고 말았다. 그는 깔깔거리며 웃다가 자신을 쳐다보는 용과 크누드에게 말했다.

"죄송해요! 하지만 너무 웃기네요! 이거 제가 꼭 기록으로 남기겠어요. 그래도 되겠죠?"

에인달케는 계속 웃었고, 크누드는 뻘쭘하게 선 채 그를 보며 어떻게 하면 그리젤을 설득시킬까 하는 자신만의 고민에 빠져든다.

아직 세상 누구도 몰랐지만, 바로 이날이 에인달케 피어클리벤으로 하여금 훗날 그 필생의 사업이 될 저술을 구상하도록 이끈 날이었다. 그리고 그 책에서 장차 '검은 계몽의 수호자'라 기록될 너그러운 용, 빌러디저드는 그저 아무 말 없이 이 방자한 인간들을 용서하였다. 언제나 그래왔듯이 말이다.

제 3장

네잎 토끼풀의 땅, 피어클리벤 백작령에 새해가 찾아왔다.

여기, 북부의 땅이 어디나 그러하듯 지난 며칠간 영민들은 새해맞이 불놀이 준비에 여념이 없었다. 일곱 마을마다 밀짚으로 엮어 만든 커다란 배가 준비되고, 그해에 죽은 이들의 유품이 하나씩 담긴다. 설의 전날 그해의 마지막 석양이 질 때, 사람들은 강가에 모여 짚단배에 불을 붙여 띄움으로써 모든 망자들의 명복을 바라고, 액을 쫓아내며, 겨울이 짧기를 기원하는 것이다. 그리고 올해는 거기에 하나가 더 추가되겠다. 바로 북녘, 뉘른스에크로 떠난 오백 명의 병사들이 안녕하길 바라는 것이었다.

하지만 뉘른스에크에서 정확히 어떤 일이 일어났고, 현재의 정황이 어떤지 아는 이는 영민들 가운데 아무도 없었다. 북부 순찰로를 오가는 순찰대들에 의해 심상치 않은 소문들이 퍼지고는 있었지만 확인할 길은 딱히 없었다. 하지만 딱 한 번, 아들을 징집 보낸 어머니들이 대여섯 성으로 몰려들어 북부의 소식에 대해 묻고자 청원한 바 있었다. 신임 행정관 울리케 피어클리벤은 그들 모두에게 별일 없을 테니 걱정 말라며 안심시켰다. 그러나 정작 똑같은 불안에 떠는 그를 안심시켜주는 이는 아무도 없었다.

"그래서인가요? 정말 어이가 없군요."

그래도 모두가 불안을 떨치고자 짐짓 떠들썩하게 새해맞이 불놀이를 벌였던 그 이튿날, 잔치의 불 냄새가 채 빠지지도 않은 이른 새벽이었다. 단단히 여장을 꾸린 울리케가 성의 뒷마당에서 기다리던 그의 '패거리'들과 막 그 음험한 여정을 시작하려는 순간, 삼엄한 목소리로 그들의 뒷덜미를 낚아챈 것은 성의 마법 고문인 시그리드 유세트였다. 울리케는 낭패감을 느끼며 뒤돌아보았다. 등불을 든 채 스승의 곁에 선 동생 발프리드가 하품을 하다 스스로 입을 틀어쥐는 게 보였다. 시그리드는 울리케와 그 곁의 패거리들을 쏘아보며 말을 이었다.

"이 면면들을 좀 보라지. 그래, 뭐라고 부르나요? 건방진 울리케와 살짝 미친 친구들?"

울리케는 대답하지 않고 입술만 깨물었다. 냉랭한 마법사의 말이 다시 따른다.

"이건 어떤가요? 무책임한 행정관과 곧 죽을 시체들?"

"앞에는 동의합니다만 뒤에는 아닙니다, 유세트 경."

표정을 구긴 채 말 없는 울리케의 곁에서 대신 입을 열어 이런 말을 던져오는 사내의 이름은 크누드 서리엇이다. 며칠 전부터 피어클리벤의 기사가 된, 그리하여 가슴께의 표장에 토끼풀 모양 하나를 더 추가한 그의 많은 직함 가운데 철면피가 없다는 것은 심히 유감이겠다. 그러자 시그리드의 뒤편, 성의 주방으로 통하는 문으로부터 구부정한 그림자 하나가 비틀거리듯 걸어 나왔다. 그 정체를 발견한 크누드의 얼굴이 딱딱해진 순간, 세상에서 유일하게 그를 겁줄 수 있는 이 노인, 까마귀 금고 용병단의 단장 그리젤이 칼칼한 음성으로 말했다.

"정말 아니냐?"

"……맞는 것 같군요."

크누드가 힘없이 대답하자, 시그리드는 곁에 선 그리젤을 향해 말했다.

"일어나 계셨습니까, 라르그문드 군무관?"

"나일 먹으면 새벽 귀가 밝은 법이오. 그나저나 도대체 이 한심한 행렬은 뭐지? 딱 하나 드는 생각이 있긴 한데, 도무지 그것일 것이라고는 믿고 싶지 않구만."

그리젤이 말하며 그들을 쳐다보았다.

울리케를 위시한 이 '한심한' 행렬은 면면은 다음과 같았다 : 우선 그 곁에 선 기사 크누드, 멋대로 지팡이를 훔쳐내온 시야프리테, 그리고 시그리드의 모험가 일행 셋이었다. 거기에 더해 마지막으로 하슈펠이 끼어있다. 그리젤의 형형한 눈길을 받은 모두가 시선을 피했고, 특히 시그리드의 배신당한 표정을 마주한 동료들인 라그나와 랄로프, 브뤼힐데는 겸연쩍은 낯으로 하늘을 보았다. 순간, 시야프리테가 살짝 나서며 울리케에게 속삭였다.

"아가씨, 작전대로 기절시킬까요?"

"야, 다 틀렸어. 생각도 마라."

랄로프의 두꺼운 손이 이 천지 분간 못하는 소녀의 머리를 뚜껑처럼 덮어 내린다. 시그리드의 쌀쌀한 목소리가 날아왔다.

"이게 뭐죠? 직무를 방기한 공무원과 탈영 기사, 제국법의 보호를 받지 못하는 하계급 천민 마녀와 불한당 셋. 그리고 죄수로군요? 말해보시지요, 울리케 아가씨. 이게 정말 수색, 아니면 구조대입니까? 아무리 봐도 반란군으로 전향할 길밖에는 없어 보이는 무리가 아닙니까?"

시그리드의 신랄한 빈정거림에 대꾸할 말은 없겠다. 그렇게 한동안 고개를 숙이고 있던 울리케는 결국 머릴 들어 이렇게 말했다.

"뉘른스에크가 무너졌다는 소문이 파다해요. 유세트 경께서 아버님께 드린 팔찌도 묵묵부답인 게 벌써 며칠이죠?"

"그래서요? 이 인원으로 뉘른스에크 탈환 작전이라도 하겠다는 것입니까?"

"그저 정보를 구하려는 것뿐인걸요!"

"그걸 왜 아가씨가 가야 하죠?"

울리케는 대답하지 않았다. 잠시간의 침묵이 흘렀고, 그를 노려보던 시그리드가 입을 연다.

"내가 말해볼까요? 아가씨는 스스로가 영지 밖으로 용을 불러낼 일종의 미끼가 될 생각인 거죠?"

"……."

"그게 무얼 의미하는지, 빌러디저드가 충분히 설명하지 않았던가요? 아우셀바프 사태는 처음이자 유일한 예외에 해당했던 것이죠. 아가씨가 지금 얼마나 용의 호의를 교활하게 이용하려 하는 것인지 알고 있습니까?"

울리케는 피가 나도록 아랫입술을 깨문다.

시그리드의 말은 사실이었다. 일주일 전에 있었던 그 연회의 끝, 늦은 저녁까지 성에 머무르던 빌러디저드는 조용히 울리케와 아셰리드, 그리고 시그리드를 불러 이렇게 말했다.

"내가 라핀다시르의 장남에게 은밀히 물었던 것은 언약에 관한 것이었다. 그는 셰이위르의 용, 스미드레드의 언약이 애초부터 지킬 수 없는 위험성을 내포한 언약이었으리라 추측했다. 나 또한 그리 여긴다."

세 여자는 조용히 들었다. 용은 다시 말했다.

"내가 너희와 언약할 때는 비록 이러한 사실을 몰랐으나, 나는 내가 생각하고 예지할 수 있는 최대한의 범위 안에서 언약의 말들을 다루었다. 그리고 이제 제국에 용은 없다. 울리케."

"네?"

갑자기 이름을 불린 울리케는 깜짝 놀라 대답했다. 용이 말했다.

“나는 네게 셰이위르의 길을 가려 하느냐 물었지. 너는 아니라고 답했다. 나는 노아크와 아룬드, 이하 피어클리벤의 이름을 계승하는 이들을 위해 영지 바깥으로 나갈 수 있다. 언약은 그것과는 그리 상관없다. 하지만 내가 외부에 그 힘과 영향력을 드러낼수록, 아우스뉘르의 가계는 나를 탐할 것이다. 그리고 이는 결국 장차 언약을 허무는 요인이 되리라. 나의 의지가 아니라, 순전히 인간의 의지로 말이다.”

용은 계속 말했다.

“그러니, 내가 영지에 종속된 몸이며 그 외부에서는 힘을 행사할 수 없다고, 너희의 적들과 더불어 아우스뉘르의 가계, 다시 말해 외부의 모든 이들이 그리 여기도록 하는 게 좋다.”

“아하, 신 포도라 여기게끔 말씀입니까?”

울리케가 묻자, 용의 자주색 눈이 잠시 흔들렸다. 이내 용이 되물었다.

“그 덩굴 식물의 과실과 내가 무슨 관계가 있느냐?”

때문에 그들의 대화는 잠시 끊어졌다. 울리케는 용이 알아듣지 못할 비유를 한 죄로, 잠시 동안 이 자리의 분위기에 어울리지 않는 우화를 늘어놓는 벌을 받았다. 흥미롭게 듣고 있던 용은 말했다.

“그렇다. 그래서 출발 전에 나는 노아크에게 언약의 내용을

감추라 충고하였다.”

“로릭스데 경의 제안은 어찌 생각하십니까?”

이건 아셰리드의 물음이었다. 용은 답했다.

“언약의 교환 말인가? 사실 나는 내키지 않노라. 내게 있어 아이비레인은 그다지 고려할 상대가 아니다.”

세 여자는 고개를 끄덕거렸다. 여기까지가 그날의 대화였다. 그러니 지금, 시그리드의 나무람에는 명백한 근거가 있는 것이다. 울리케가 아무 말도 못 하는 가운데, 시그리드의 눈길이 그의 동료들을 향한다. 이에 랄로프가 움찔했고, 마법사의 노기 띤 목소리가 날아들었다.

“뭔 생각들이야? 말렸어야지! 홀라당 넘어간 거야?”

“……너무 오래 그냥 놀고먹고 있단 말요.”

랄로프의 불만스러운 중얼거림이었다. 그러자 마법사는 뭐라 윽박지르려다 차마 말을 잇지 못하고 한숨을 내쉬었다. 그들의 욕구불만을 더 없이 이해하기 때문이었다.

시그리드라고 울리케의 마음에 공감 못 하는 것은 결코 아니었다. 아버지와 오빠, 이하 동생들의 소식이 완전히 끊어진 가운데 흉흉한 소식들만 들려오고, 어느 것 하나 확실한 이야기가 없다. 거기다 아우케트의 고블린들이 잡아 온 두 반역자는 끝내 아무것도 실토하지 않았다. 울리케가 고문을 허락하지 않았거니와, 애초에 피어클리벤엔 변변한 고문기술자도 없었다.

“초계가 제 장기이기는 합니다만…….”

모두가 침묵에 잠겨있던 가운데 문득 입을 연 것은 시그리드였다. 조금은 가라앉은 그의 말이 이어졌다.

"나라고 해서 밤잠을 거두고 눈을 밝히고 있는 것은 아니랍니다. 아가씨가 이런 흉계를 꾸민다는 걸 꿈에서 알려준 이가 따로 있지요. 그게 누구 같습니까?"

울리케의 무릎이 탁 풀렸다. 하지만 배신감이 들지는 않는다. 시그리드가 다시 말했다.

"……가서 용이나 좀 더 괴롭혀 보시지요. 이 탈주극은 여기서 끝입니다. 모두 해산."

"너는 이리 와라."

그리젤이 크누드를 부르자, 그는 눈치를 보며 뻣뻣한 움직임으로 슬금슬금 다가온다. 그리젤이 쾌활하게 말했다.

"내가 아직 노망이 난 게 아니라면, 네게 여전히 스물일곱 개의 이가 남아있으렷다?"

이실바프. 뉘른스에크령의 중앙 서쪽에 위치한 도시로, 제국의 자유도시이지만 뉘른스에크와는 대단히 밀접한 관계를 가져서 사실상 속령으로 여겨진다. 그 가장 중요한 역할은 뉘른스에크의 병참 도시로서 보급품을 생산, 유통하며 외부와의 교역에 임하는 것이었다. 뉘른스에크 본성처럼 검은 현무암의 성벽으로 둘러싸인 이 도시의 한 곳에, 즐비한 대장간의 시뻘건

활기에 질린 표정을 짓고 있던 사내의 옆구리를 찌르는 여자가 있었다.

"뭐 하느냐?"

"예? 아……, 아닙니다."

"뭐가 아냐?"

여자는 이렇게 물으며 어디서 가져왔는지 털가죽 외투를 보따리째 건넸다. 사내는 엉겁결에 받아 든다.

"그걸 걸쳐. 아무리 그래도 그 행색으로는 몸이 금방 얼겠다."

사내는 아무 말 없이 보따리를 풀어 외투를 어깨에 둘렀다. 그의 몸짓에 깃든 어색함과 주눅을 감지한 여자가 나직하게 호통을 친다.

"겁내지 마라! 가면의 술수는 우리의 얼굴을 다른 이들에게 완전히 달리 보이게 해 주지만, 행동까지 달리 보이는 것은 아니니까."

"……그 편이 낫지 않습니까? 제가 전하, 아니……, 아가씨를 모시는 호위인 체하기에는 당당함보다 이런 게 어울립니다."

"아니, 왜야?"

"그야……, 아가씨는 이제 막 도시에 구경 온 하급 귀족의 셋째 딸로, 멋대로 원행을 나온 것이니까요. 저는 아가씨께 귀를 잡혀 같이 나왔지만 주군께 들킬까 봐 전전긍긍하는 무사입니다."

그러자 닐스그림은 기가 막힌다는 얼굴로 물었다.

"……언제 그런 설정이 붙은 거지?"

"방금 생각했습니다. 이런 것은 자세할수록 좋습니다."

아룬드는 씩 웃는다. 하지만 그 얼굴은 전혀 밝지 않았다.

황녀 닐스그림과 피어클리벤의 장자 아룬드가 뉘른스에크의 성을 탈출해 말도 타지 않고 길을 달려 이 도시에 당도한 것은 어제저녁이었다. 나글핀델의 호령에 떠밀려 성 아래로 향하던 그들은 그러나, 매복해 있던 정체불명의 검은 무사들에게 습격당했다. 그 순간 닐스그림은 아룬드를 덮쳤고, 도대체 뭘 어떻게 한 것인지는 모르겠지만 그 혼란과 유혈, 충격의 아수라장으로부터 몸을 빼내게 해주었다. 아룬드는 아버지 노아크와 기사 스벤을 구하기 위해 다시 되돌아가고자 했으나, 닐스그림은 일고의 망설임도 없이 그를 거부했다. 백색의 장막을 뚫고 그들이 성 아래로 구르듯 탈출한 직후, 그는 말했다.

"이 사태 자체가 완전히 허를 찔린 것이다. 아까부터 줄곧 찾았으나 발리위그 드레스바르프 후작과 그를 따라온 귀족들이 코빼기도 보이지 않는다. 지금 저 성안은 글자 그대로 복마전이다."

"전하! 황자 전하도 저 안에 계십니다!"

"오라버니? 알아서 하시겠지. 나도 내 가신들을 두고 왔다. 죽을 자리인 줄 알면서 뛰어드는 기사도의 머저리였느냐?"

아룬드는 도무지 믿을 수 없다는 얼굴로 숨을 헐떡이며 닐스그림을 보았다. 그들의 뒤, 높다란 산등성이에 위치한 성은 여전히 불의 일격과 눈의 폭풍이 서로를 견제하며 질러대는 괴성들로 가득했다. 닐스그림은 차갑고 결연한 표정으로 말을 이었다.

“알겠느냐? 우리가 안에 뛰어들어 둘 밖에 안되는 손을 더하는 것은 완전히 무리한 일이다. 트롤 몇 마리와 와이번 두엇을 잡으면 너의 가치로 충분하겠느냐? 나는 그보다, 이 흉악한 사태가 벌어진 경위를 쫓고자 한다. 네가 아우스뉘르 황가의 충신이라면 지체 않고 나를 도와라.”

“뭘……, 뭘 도우라는 말씀입니까?”

“정탐이다. 우선 후작이 어디서 뭘 하는지 알아야겠다. 그리고 그 살수들의 정체도.”

“어쩌면, 그들은 아마 역적들의 검일 것입니다.”

“뭐?”

닐스그림의 눈이 충격으로 커졌다. 아룬드는 여전히 헐떡이는 숨을 고르며, 재빨리 자신이 아는 것을 말했다. 아우셀바프에서 울리케와 충돌했던 살수들에 대해. 그가 아는 것은 한정적이었지만 집을 떠나기 전, 울리케로부터 파마의 화살과 류그네릭이 얽힌 음모의 추구자들이 있음을 경고받을 수 있었다. 닐스그림 황녀의 얼굴에 경악과 분노가 떠올랐다.

“그런……, 그런 것을 왜 이제 말하느냐!”

“저는 이틀 전에 도착했습니다!”

닐스그림이 빽 하고 소릴 질렀지만 아룬드도 지지 않고 맞섰다. 그러고는 다시 번민이 어린 눈길로 뉘른스에크 성 쪽을 올려다본다. 금방이라도 아버지와 가신들을 찾아 뛰어 올라갈 태세였다. 하지만 닐스그림은 여태껏 들고 있던 백금색 지팡이를 빼 들어 그의 앞을 딱 막으며 호통쳤다.

"안 돼! 허튼 생각 마라! 저기의 모두가 다 죽어도 너는 살아야 한다! 그것이 내 최대의 임무니라!"

"임무라고요?"

아룬드가 아연하여 고개를 돌리더니 그를 똑바로 보고 묻는다. 닐스그림이 차갑게 답했다.

"그렇다! 폐하께서 내게 내리신 밀명이다. 이는 오라버니도 모르시지. 내게는 피어클리벤의 상속자를 지키고 황실의 보호 아래 둘 책무가 있다. 다른 무엇보다도 말이다!"

아룬드는 멍한 얼굴로 그를 보더니 갑자기 이마를 찌푸렸다. 그의 손이 황녀의 백금 지팡이를 쳐냈고, 건조한 아룬드의 목소리가 날았다.

"그런 것입니까? 용 때문에요? 저를 취하셔서 얻고자 하시는 게 그런 것입니까! 용 하나로는 충분치 않으십니까!"

"용 같은 건 없다!"

닐스그림이 외쳤다. 그러자 이번엔 아룬드가 충격을 받은 얼굴이 되었다. 닐스그림은 울 것 같은 얼굴이 되더니 지팡이를 내렸다. 그가 말한다.

"황실에 용 같은 건 이미 없다. 알겠느냐? ……황실이 피어클리벤을 취한다고 말했느냐? 그런 것이 이제 어찌 가능하겠느냐? 우리는, 나는……, 결코 너희를 복속할 수 없다."

충실한 기사도의 미덕을 배우고 흠모해온 아룬드는 경악을 금치 못했다. 그의 고백 같은 선언은 아룬드에게 조금도 받아들여지지 않는 것이다. 용이 있고 없고 그런 것이 어떻게 누대에 걸친 충성과 복속의 계약에 영향을 준단 말인가? 그것은 힘에 의한 야만의 논리지 용의 신성에 빌어 잉태하고, 선연한 인간의 이지를 더해 법치의 논리를 쌓아온 제국의 논리가 될 수 없다. 아룬드는 눈을 부릅뜨며 속으로 그렇게 생각했다. 그런 가운데, 황녀는 눅눅한 목소리로 말을 이었다.

"황실은 선대에 이미 이 사실을 공표하고자 했었다. 그러나 권신들이 이를 막았느니라. 그로 인해 한 방계가 완전히 멸문하기까지 하였지. 알겠느냐? 현재의 황실은, 폐하는, 우리들은 모두 사실상 권신들의 볼모이다. 그 끔찍한 전쟁을 목격한 우리는 더 이상 아무런 용기를 낼 수 없었다. 그러니, 아룬드여."

"예."

아룬드가 갈라진 목소리로 대답했다.

"이미 언약의 상주(常主)인 피어클리벤이 그토록 중요한 것이다. 나는 너를 취하기 위해서가 아니라 지키기 위해 도우려 한다."

그건 참 이상한 그림이었다. 본래는 군신의 관계임이 마땅할 두 남녀가, 연이어 알게 된 새로운 사실들 속에서 서로의 관계를 놓고 이해시키고자 하는 모양새였다. 하지만 둘 모두 이제

약관이 나이, 그들이 속한 가계의 입장을 대리하기에는 너무나 부족하였다. 남은 것은 다만 순전히 개인으로서의 둘뿐이다. 마침내, 아룬드는 이렇게 말했다.

"저는 아직 배움이 부족해서 판단하지 못합니다. 하지만 피어클리벤이 아우스뉘르의 복속된 충신임을 어려서부터 배우고 자랐습니다. 저는 전하의 신하입니다. 이는 용과는 아무런 관계도 없는 일이옵니다."

"그렇게 말해주니 고맙다."

닐스그림은 조용히 말했다. 그러고는 늘어뜨리고 있던 지팡이를 들어 굳게 세웠다. 그가 말했다.

"그러니 나는 너의 보호자임이 마땅하다. 빨리 이 자리를 벗어나 이 사태에 관한 여러 정황을 채집해야 한다. 다행히 나는 몇 가지 술수를 쓸 줄 안다."

아룬드는 이참에 궁금하던 걸 묻기로 했다.

"전하께서는 마법사셨습니까?"

"아니다. 이 지팡이 덕분이다. 이는 아우스뉘르의 자손만이 사용 가능한 것이지."

그렇게 해서, 아룬드와 닐스그림은 떨어지지 않는 발걸음을 다그치며 곧장 뉘른스에크 성을 벗어나 이실바프로 향했던 것이다. 아룬드는 닐스그림으로부터 알게 된 사실들을 통해, 어쩌면 이 역당의 무리가 황실이 아닌 권신들을 노릴 수도 있겠다고 생각했다. 그 추리를 들은 닐스그림은 눈을 크게 뜨고 물었다.

"왜 그렇게 생각하느냐?"

지금 그들이 위치한 곳은 이실바프 시의 한중간, 광장에 위치한 주점이었다. 용병들과 군마를 돌보는 말구종들이 대낮부터 어울려 말술을 들이키는, 왁자하고도 지저분한 소굴이었다. 그러나 황녀로 곱게 자랐을 법한 닐스그림은 도무지 눈 하나 깜짝하지 않았다. 오히려 대충 닦아 지저분하기 짝이 없는 주석잔의 입술을 소매로 슥슥 문대며 잘도 맥주를 마셔대는 것이다. 아버지와 가신들에 대한 걱정으로 도무지 뭐가 넘어갈 리 없었지만, 아룬드는 그의 이런 면모에 응원받은 듯 자신도 살며시 목을 축이고 말했다.

"저들의 동기가 무엇일까 생각해 보았습니다. 어제, ……아가씨께서는 권신들이 용이 없음을 감추느라 결국 사화를 일으켰다 말씀하셨습니다. 그리고 황실은 볼모에 불과하다고도 말씀하셨습니다. 그 모두가 진실이라면, 그리고 만일 생존자가 있어 그 후손이 이 반란을 획책한 것이라면, 그 칼끝은 황실보다 권신들의 결탁을 노리지 않을까요. 그런 생각을 했습니다."

"……생각해 볼 만한 이야기다만, 아직은 아무 근거도 없구나."

"이제 어쩌실 것입니까?"

아룬드는 순간 초조함을 감추지 못하고 묻는다. 그러자 닐스그림의 표정이 덩달아 우울해졌다. 그라고 해서 오빠와 두고 온 가신들의 걱정을 안 할 리 만무하다. 하지만 그런 스스로를 나무라듯, 황녀는 말했다.

"다시 말하지만, 나는 너를 지키는 것이 최우선 목표이다. 이대로 피어클리벤에 동행할 수도 있다."

"그럴 수는 없습니다."

적어도 피어클리벤은 안전하다. 아룬드는 그렇게 확신했다. 감히 용이 거하는 땅에 침범하는 미친 이들은 없으리라. 하지만 이대로 유일한 생존자가 되어 집에 돌아가는 것은 말도 안 되는 이야기였다. 그리 여긴 아룬드가 말을 이었다.

"인편을 시켜 소식은 전하겠습니다만, 당장 돌아갈 수는 없습니다. 시신이라도……, 수습해가야 합니다."

"아룬드."

갑자기 닐스그림이 나직이 부르자, 아룬드가 그를 보았다.

"네?"

"가만있어라. 지금 주점에 들어온 자들이 아무래도 수상하다. 이 도시에 속한 자들이 아닌 복색인데, 살수의 냄새가 난다. 그리고 마기도 감지된다."

아룬드는 침을 삼키듯 맥주를 한 모금 마시고 슬쩍 돌아보았다. 네 사내가 웬 소녀를 앞세우고 들어온 게 보였다.

사내들은 주점 안을 휙 둘러보더니 빈자리를 찾아 앉았고, 그들과 함께 들어온 어린 소녀는 겁 없는 얼굴로 주점 안에 그득한 사내들의 면면을 훑어보더니 함께 온 일행을 따라 자리에 앉았다. 그러고는 주문을 받기 위해 다가온 점원을 향해 냅다

소리쳤다.

"고기 순대!"

"왜 따라온 거예요?"

"저는 아가씨의 호위 기사입니다만?"

울리케는 벌레 씹은 표정으로 크누드를 보았지만 더는 뭐라 하지는 않았다. 그의 말은 사실이었으니까. 크누드뿐만 아니라 까마귀 금고 용병단 전체가 이제 사실상 피어클리벤 소속의 사병집단이 되었다. 단, 크누드는 따로 봉토를 두지 않는 자유기사 신분이기에 우선 행정관 울리케의 개인 호위로서 보직을 받았던 것이다. 그것은 기사로서 그의 격을 낮추는 일이 분명했지만, 오히려 하루종일 울리케의 곁을 수행하게 되었다는 면에서 그에겐 차라리 벌칙에 가까웠다. 크누드의 서신을 받고 피어클리벤에 온 그날 바로, 군무관이라는 직책을 아셰리드와의 면담 자리에서 받아낸 그리젤은 우울해하는 울리케에게 첫인사를 하는 자리에서 그에 관해 이렇게 말했다.

"곁에 두고 마음껏 굴리시지요. 그럴 만한 녀석입니다."

사실 크누드가 좀 더 겸손하고 수줍어하는 성격이었다면 그의 사고방식이나 언변, 능력 모두 울리케의 호감을 사기에 부족함이 없었으리라. 그러나 크누드는 처음 만났을 때부터 기이할 정도로 철저하게 울리케의 취향에서 벗어나 있었고, 이는 지금까지도 지극히 한결같다. 울리케는 그의 재주를 인정하면서도 그를 대할 때마다 알 수 없는 껄끄러움과 불편함을 느끼며, 그것을 드러내는 데 또한 망설이지 않았다. 문제는 크누드가 오히려 그런 울리케의 반응을 즐기는 것 같다는 데 있었다. 그러니, 이 둘이 서로에게 흉금을 터놓는 그림이 쉬 그려질 리 없다. 다만 울리케는 그가 여전히 별로 마음에 들지 않았음에도, 용이 보증한 데다 일전의 사태에서 중요한 역할을 했던 그의 공로를 인정하였다. 게다가 이제는 명색이 피어클리벤의 기사. 대놓고 나무라는 것도 예의에 어긋나겠다.

"어……, 타시겠습니까?"

"됐어요."

시그리드가 앞서 해산을 명령한 직후, 울리케는 시야프리테와 함께 그룬테름 산마루의 류그라들 정착지로 향하는 중이었다. 그리젤에게 불려갔던 크누드가 뒤늦게 말을 달려 따라잡은 것은 그들이 정착지에 거의 도착했을 무렵이었다. 다행히 그의 치아 개수엔 변함이 없었다고 한다. 그 까닭에 호위 기사인 그 혼자만이 말을 탄, 영 괴상한 모양새가 되었지만 울리케는 그의 말에 동승할 생각은 추호도 없었다. 그래서 두 소녀는 그냥 무뚝뚝하게 걸어 나갔고, 크누드가 말을 달래며 그 뒤를 따른다.

먼동이 움트려는 시각이었다. 그간 여러 일들로 인해 도통 짬을 내지 못했던 울리케가 오늘 비로소 처음 방문한 이곳, 류그라들의 정착지는 이제 제법 조그만 마을의 분위기가 났다. 고작 스무 명 남짓한 인원으로 그간 도대체 얼마나 부지런히 일했던 것일까? 천막들은 움집이 되어있었고, 곳곳에 잘 다듬은 목책들과 쌓인 장작들, 그리고 언 땅을 파서 만든 저장소의 덮개와 이엉을 얹은 축사가 보였다.

"물론 저는 전혀 돕지 않았어요."

이런 이야기를 자랑스럽게 할 수 있는, 드문 재능의 소유자 시야프리테의 말이다. 정착지의 풍경에 감탄했던 울리케의 표정은 곧장 이 류그라 소녀의 뻔뻔함에 감탄하는 표정으로 바뀌었다. 울리케가 말했다.

"그럼 보통 뭘 하고 지냈어?"

"저는 성에서 불릴 때를 대비해서 언제나 수련 중이라고요?"

울리케는 마지못해 수긍하는 기색을 띤다. 장로 네그레즈는 이제 어쩔 수 없이 자신의 손녀가 지팡이의 가장 뛰어난 사용자임을 인정한 것 같았다. 하지만 외할아버지의 교양수업은 여전히 이 활동적인 소녀에게 끔찍한 것이었고, 그래서 시야프리테는 이 가전(家傳)적 배움보다 성의 고문인 마법사 시그리드의 수업을 더 선호했다. 시야프리테의 소감에 따르면, 그의 가르침은 알기 쉽고 단호하며 핵심적이란다. 울리케는 이해하기 어려운 영역의 이야기였으나 시그리드의 기질과 면모들을 떠올려 볼 때 그럴싸한 말이었다.

"영감이 깨어있지 않으면 완전범죄일 텐데."

느긋한 오르막을 지나 정착지에 완전히 도착했을 때, 시야프리테가 이렇게 중얼거린다. 울리케는 나직이 거들었다.

"나의 명령이 아니었느냐? 혼나지 않게 잘 말해주마."

"별로 소용없을 거예요."

시야프리테는 불만스레 말했다. 류그라들의 정착지에 처음 온 신기함에 두리번거리는 크누드가 말에서 내려 고삐를 끌며 곁을 따르는 가운데, 그들은 살그머니 중앙의 커다란 움집으로 향했다. 본래 지팡이가 머물러있어야 하는 바로 그곳이다. 시야프리테는 천막 안을 슬쩍 들춰보더니 그대로 얼어붙었다. 장로이자 외할아버지인 네그레즈가 화로를 앞에 놓고 눈을 부릅뜨고 앉아 있던 까닭이다. 움집 안은 어두웠기에 노인의 얼굴엔 화로에 담긴 숯불의 은근한 붉은 빛만이 드리워 꽤나 기괴했다. 그가 입을 연다.

"꼭두새벽부터 어딜 갔다 온 게야?"

"마, 마실."

"지팡이를 가지고?"

"마수 호신용."

"하! 용이 머무는 산자락에 마수? 되도 않는 소릴 한다!"

울리케는 그의 꾸중이 더 심해지기 전에 나서려 했다. 하지만 네그레즈는 갑자기 언성을 확 낮추며 이런 말을 던졌다.

"뭐, 됐다. 알아서 하겠지. 갖고 있어라."

그러더니 장로는 시선을 화로에 두고 묘한 콧노래를 부르기 시작했다. 한바탕 난리를 각오했던 시야프리테는 믿기지 않는지 잠시 동안 그를 쳐다보았지만, 네그레즈의 관심은 이제 완전히 손녀와 지팡이에서 떠나 있었다. 상전인 울리케가 온 것도 모르는 눈치였기에, 시야프리테는 우물쭈물 그냥 물러났다. 셋은 말없이 네그레즈의 움집에서 멀어졌고, 용의 보금자리로 향하는 길목까지 걸어갔다. 그때쯤 침묵을 깬 것은 시야프리테였다.

"드디어 망령이 났나……?"

"그럴 리가. 그냥 너를 인정한 게 아니겠느냐?"

울리케가 쓴웃음을 지으며 말했지만, 시야프리테는 생각에 잠긴 얼굴이었다. 소녀는 말했다.

"요즘 좀 이상해요. ……아, 최근에는 글쎄 소줏고리를 빚고 있더라니까요!"

"아베냐드를 만드는 거야?"

울리케가 흥미로워하며 물었다. 시야프리테는 투덜거린다.

"그렇겠죠. 자리를 잡자마자 술타령이라니! 벌써 밑술도 담가둔 것 아니야? 이건 아직 뿌리를 내리지도 못했는데……."

시야프리테는 가지를 들어 보이며 말꼬리를 흐렸다.

피어클리벤의 영민이 된 류그라, 길가네스의 가지가 빌러디저드로부터 신목의 재생에 관한 이야기를 들은 지도 벌써 보름이 지나 있었다. 그간 시야프리테는 네그레즈의 허락 아래 가지를 들고 다니며 신나게 그 힘을 써 왔다. 일전 시우부름 고블린 사태에서 수많은 환자를 치유했고, 시그리드에게 배운 뇌격의 낙창까지 떨궈 오우거를 잡았건만, 그 정도의 소모로는 가지의 뿌리를 깨울 수 없었던 모양이다. 물론 신목이 제대로 뿌리내릴 자리인 용맥의 교차점을 아직 찾지 못한 지금, 가지가 멋대로 뿌리내려도 곤란한 일이긴 했다. 그래도 무슨 기미라도 보여야 하는 게 아닌가? 도대체 얼마나 더 막대한 힘을 빼내야 한다는 것일까? 실컷 가지를 혹사시켜 온 시야프리테야말로 이 물음을 가장 절실하게 생각하고 있었다.

"그것도, 빌러디저드 님을 만나 물어보자."

"용님도 더이상 모른다고 했는데요."

이제 울리케와 시야프리테, 그리고 호위 기사 크누드는 그룬테름 산길을 따라 오르고 있었다. 크누드는 자신의 말을 길가네스 정착지에 맡겨놓고 그들을 따라 걷는다. 나누고 싶은 대화는 많았건만, 용을 만날 때까지 참기로 한 울리케는 입을 다문 채 모두와 함께 눈 쌓인 산길을 올랐다. 그래도 류그라들이 그간 틈틈이 성실하게 산길의 눈을 치워둔 턱에 걷기 편했다.

"따지러 왔느냐?"

용은 예의 그 검소한 보금자리 터에 앉아 있었다. 겨울 아침의 새파란 공기에 물든, 희고 앙상한 자작나무들을 등진 검은 용의 거체는 새삼 신비로웠다. 크누드는 눈을 빛내며 보금자리의 양식과 구조를 관찰하기 시작했고, 시야프리테는 말없이 울리케를 쳐다보았다. 하지만 울리케는 용의 이러한 물음에 바로 대답하지 않고 잠시 뜸을 들였다. 그리고 기어이 그의 입에서 나온 말은 모두에게 조금 의외였다.

"달리 방법이 없겠습니까?"

지난 새벽, 시그리드의 꿈에 대고 울리케의 야반도주를 경고한 것은 빌러디저드였다. 때문에 울리케가 씩씩거리며 나타나 한바탕 대들 것이라 예상했던 것일까, 용은 울리케의 차분하고 간청하는 듯한 어조에 고개를 살짝 기울였다. 그가 말했다.

"피어클리벤의 혈통은 모두 무사하다. 그들이 어디에 있건, 나는 그것을 느낄 수 있지."

울리케는 안심한 듯 살짝 눈을 감고 한숨을 토했다. 하지만 곧이어 눈을 똑바로 뜨고 용에게 한 발짝 다가가 물었다.

"하지만 탈이 난 뒤에 아시면 늦지 않습니까? 뉘른스에크가 어떤 상황인지 혹시 아십니까? 모두 잘 있는 것이옵니까? 유세트 경의 팔찌는 더 이상 듣지 않습니다."

"길바드 뉘른스에크가 죽었다."

적막이 일었다. 그 이름이 가리키는 대상이 누구인지 울리케가 기억하는데 걸린 시간 만큼이었다. 울리케의 얼굴이 창백해지며 눈이 크게 뜨였고, 곁에 선 크누드도 황망한 얼굴로 용을 올려다본다. 울리케가 다시 말했다.

"변경백께서……, 돌아가셨습니까?"

"그렇다."

"언제요?"

"우리의 연회가 있던 새벽이었다. 하지만 나도 조금 뒤늦게 알았다."

그럼 족히 열흘 가까이 지났다.

"……그걸 왜 여태 말하지 않으셨습니까?"

"왜 알려야 하느냐? 인간의 소식이다. 내가 여기 앉아 너희의 모든 물음에 답할 수는 없는 일이다. 너 또한 들은 바를 바로 아셰리드에게 알리지 말거라. 좋은 생각이 아니다."

울리케는 주먹을 쥐고 부르르 떨었다. 그것이 분노인지 슬픔인지, 아니면 다른 어떤 감정인지는 알 길이 없었다. 겨우 정신을 차린 울리케가 다시 물었다.

"그럼, 아버님과 오라버니, 그리고 가신들과 서모는 무사하십니까? 병사들은요? 제가 가서 알아보지 못하게 막으실 거라면 대답해 주시지요."

용은 오래 침묵에 잠겼다. 그 선명한 자줏빛 눈과 울리케의 눈이 흔들림 없이 서로를 응시한 가운데, 마침내 용은 졌다는 듯 입을 열었다.

"서리심을 위시해 흐리늪들의 침공이 있었음은 알 것이다. 피어클리벤의 병사들은 대부분 무사하나, 나머지 영지군과 용병대는 거의 전멸하였다. 현재 뉘른스에크 성은 무주공산이며, 노아크와 황자는 적들의 포로가 되었다. 아룬드는 황녀와 함께 도피했으나 당장 돌아올 생각이 없어 보인다."

울리케는 충격으로 꼿꼿하게 선 채 아무 말 없이 용을 쳐다보았다. 곁에 선 크누드가 놀라 말했다.

"아니, 도대체 어떻게 그런 걸 다 아십니까?"

초계에 관한 한, 마법으로 용을 따를 기예는 인간이 갖출 수 없다. 하지만 빌러디저드는 자기 자랑이나 할 때가 아님을 안다. 그는 대신 이렇게 말했다.

"지금 뉘른스에크의 상황은 아주 복잡하다. 이것은 단순한 이민족의 침공이 아니라, 그것을 사주하고 끌어낸 다른 세력의 암약이 따른다. 하지만 문제는 실제로 그들이 정말로 너희의 적인가 하는 점이다. 나는 회의적이다."

"무슨 말씀이시죠?"

울리케가 탁한 목소리로 외치듯 물은 가운데, 용은 물끄러미 시선을 돌려 북쪽 하늘을 보더니 말했다.

"나는 두루 궁리해 보았으나, 저들이 진정 너희의 적이라면 어째서 노아크와 황자가 즉시 살해당하지 않았는가 의문이다. 그리고 거기엔 제국이 귀족들이 꽤 여럿 있었고, 마법사들도 많다. 지금 그들은 이 사태에 임해 저마다 다른 행동을 꾀하는 것 같다."

"그걸 도대체 말씀이라고 하십니까!"

울리케는 아버지의 죽음을 대수롭지 않은 변수로 고려하는 듯한 용의 말에 견디지 못하고 벌컥 화를 내고 말았다. 곁에 선 크누드가 질색한 얼굴로 울리케의 어깨를 잡으려 했지만, 그는 보지도 않고 그 기색을 감지한 듯 손으로 쳐내었다. 그러나 용은 상관하지 않고 계속 말했다.

"생각해 보거라, 울리케. 반군들에게 적은 어쩌면 황실이나 너희가 아닐지 모른다. 뉘른스에크에는 파마의 화살과 유사한 느낌의, 어떤 은폐술이 있는 듯하다. 때문에 이 이상 나로서는 정황을 알아낼 수 없지. 그러니 누군가를 보내야 한다는 점 자체에는 나도 찬성한다. 하지만 너는 직접 가서는 안 된다."

"왜입니까?"

"왜냐면, 네가 직접 위험에 뛰어들어 나를 영지 밖으로 꾀어내려 했던, 그 교활한 계획이 매우 탁월한 근거를 갖고 있기 때문이다."

용은 그렇게 말하더니 고개를 돌려 괜스레 산꼭대기를 바라보았다. 울리케는 멍청히 선 채 어떤 표정을 지어야 하는지 몰라 당황했다. 용을 이용하려 했다는 점에 대해 미안해해야 할까? 아니면 용의 이 '고백'에 기뻐하거나 낯을 붉혀야 할까? 미간을 오므리고 뒤늦게 이 대화를 따라잡은 시야프리테는 '뭐야 이거?'라는 얼굴로 울리케와 크누드를 번갈아 쳐다보았고, 크누드는 매우 재미있다는 얼굴을 해보여서 울리케의 울화를 돋우었다.

오로지 소통을 위해 언어를 마법으로 구현하는 용은, 그 때문에 한숨을 쉬거나 헛기침을 하는 것 같은 비언어적 행위를 연기하지 않는다. 하지만 그럼에도 이 순간, 용은 명백히 헛기침과 비슷한 소리를 냈다고 생각된다. 빌러디저드는 그걸 지우듯 재빨리 말했다.

"할 일이 있다. 북쪽으로 탐색자들을 보내 정황을 파악하고, 서쪽으로 사절을 보내 공작령의 아이비레인과 접촉해야 한다. 이 모든 것은 오로지 너희, 인간의 손으로 이루어져야 한다. 다만 나는 만반의 지원을 생각하고 있다. 그러니 계획을 짜고 준비를 할 시간을 가지거라."

"……저는 이대로 영지에 머물란 말씀입니까?"

"여기가 너의 자리다. 그리고 너라는 인간을 가장 잘 쓸 수 있는 자리다. 그리고 또한 그로써 충분하리라 생각한다. 그림니르."

용이 뜻밖의 이름을 입에 올리자, 크누드가 깜짝 놀란 가운데 그의 도래까마귀 그림니르가 날아와 그들의 근처, 한 자작나무의 가지에 내려앉았다. 출발 전 자유로이 노닐도록 풀어둔 이 까마귀는 여태 조용히 크누드를 따르는 중이었다. 그가 용의 부름을 듣고 나타난 것이다.

"울리케, 너를 위해 약간의 술수를 준비해 두었다. 빙의에 관해 아느냐?"

울리케는 나귀 유슬리스를 통해 이미 몇 번이나 그것을 경험했다. 또한 시그리드가 말한 그 마법의 부작용에 관해서도 안다. 울리케가 답했다.

"압니다."

"북쪽으로 갈 수색대에 그림니르를 딸려 보낼 것이다. 그리고 바로 네가 그림니르와 영혼을 묶는다."

"……그럼 저는 장차 까마귀처럼 변하나요?"

"아, 그건 아닙니다."

별안간 옆에 있던 크누드가 말했다.

"이 대지에 묶여 살아가는 온갖 생물들 가운데 오로지 도래까마귀만이, 빙의에서 어떤 부작용도 일으키지 않습니다. 그야말로 마법사의 전령이자 대리자로서 타고난 날짐승이죠. 말을 하기 위해 마법을 사용할 필요가 없다는 점에서도 매우 적합합니다. 빌러디저드 님께서는 필시 그것을 아시고 고려한 것이겠죠."

"그렇다."

용이 크누드의 설명을 받았다. 용의 말이 이어진다.

"그림니르와는 이미 상호 동의되었다. 울리케, 너는 원할 때 언제라도 그림니르의 눈과 입을 빌릴 수 있다. 그럼에도 네가 구태여 몸소 이 땅의 밖으로 나가야겠느냐? 너의 판단과 언변 외에 수색대에 제공할 수 있는 무언가가 더 있느냐?"

울리케는 미심쩍은 표정으로 자작나무 가지 위의 까마귀를 보았다. 그 크고 새카만 새는 빛나는 눈을 굴리며 울리케의 시선을 맞춰온다. 문득 그림니르가 말했다.

"울리케."

"나를 알아?"

울리케가 반갑다는 듯이 물었다. 그러자 도래까마귀가 말했다.

"십칠 세. 용의 언약자. 피어클리벤의 여덟 번째 딸. 진흥행정관. 크누드가 관심 있어."

"아십니까? 잘 훈련된 도래까마귀라도 가끔 헛소리를 합니다."

크누드가 다급하게 불쑥 끼어들며 울리케에게 말했다. 하지만 울리케는 한동안 그를 쳐다보지 않았다. 시야프리테가 지팡이에 체중을 싣고 앞으로 구부정한 채 '만사 부질없네요……. 더러운 청춘.' 같은 도무지 의미 불명인 말을 중얼거렸다는 건 무시하도록 하자. 어색한 분위기를 타파한 것은 용이었다.

"잠깐 시험해 보겠느냐? 울리케, 도래까마귀가 되어보는 체험을 말이다."

"네?"

울리케가 놀라 물었지만 용은 그가 준비할 시간이 필요 없다고 여긴 게 분명했다. 순간 정적이 흐른 뒤, 울리케는 석상처럼 꼿꼿하게 서서 완전히 정지하였다. 하지만 다음 순간 자작나무 가지 위에 앉아 있던 그림니르가 울리케의 목소리로 다급하게 소리 질렀다.

"뭐야, 높아! 무서워! 내려줘!"

"아, 저런."

크누드가 순식간에 상황을 파악하더니 딱하다는 목소리로 이렇게 말했다.

"울리케 아가씨, 여전히 높은 데가 무서우신 겁니까? 제가 듣기로, 그건 분명 빌러디저드 님과 함께한 비자발적 비행 때문이었죠?"

"닥쳐요! 내려줘요!"

까마귀형 울리케는 분노해 날개를 푸드덕거리더니 이내 균형을 잃고 흔들렸다. 털 때문에 보이진 않지만 사람이었다면 필시 얼굴이 새파래져 있었을 것이다. 크누드는 히죽거리면서 나무 아래로 다가가 두 팔을 펼치더니 소리쳤다.

"아십니까? 새들은 긴장하면 똥을 쌉니다!"

틀렸다. 울리케가 그를 좋아할 날 따위는 결코 오지 않을 것이다.

능소니조릿대로 우린 차는 시커멓고 쓰다. 베르벳은 그런 걸 돈 주고 사 먹는 어른들을 도무지 이해할 수 없었지만, 고기순대가 쌓인 토기접시가 눈앞에 나타나자 이내 모든 걸 잊고 전투적으로 식사에 임했다. 베르벳의 차림새는 소녀가 한스네 패거리들을 따라다니던 시절과는 비교도 되지 않을 만큼 단정하고 깨끗했다. 화려하진 않아도 나름의 격조가 있는 옷이어서 비록 북부의 한파를 막기 위한 외투로 가려져 잘 드러나진 않았지만, 옷깃 사이나 소매에서 드러나는 부분들로도 충분히 감지되었다. 베르벳의 식사 예절을 가만히 바라보며 그 까맣고 쓴 물을 마시던 사내중 한 명, 한스가 말했다.

"마님이 없다고 또 그렇게 마구 먹으면 안 돼. 그리고 누가 안

뺏어 먹어. 천천히 먹으라고."

"한스는 안 먹어?"

베르벳이 우물거리며 묻자, 한스는 기특한 듯이 웃어 보였다.

"우린 따로 시킬 거야."

그렇게 답한 한스는 살짝 한숨을 내쉬며 주점 안의 풍경을 보았다. 별일 없어 보이는 사내들의 왁자함. 지금 저들은 뉘른스에크 본성에서 무슨 일이 벌어졌는지 꿈에도 모르겠지. 하지만 곧 차차 알게 될 것이다.

"변경백은 정말 죽었……."

무심코 이렇게 입을 연 것은 같이 앉아 있던 사내 중 하나, 한스네 패거리의 요레이프였다. 하지만 그의 맞은편에 앉아 있던 아우셀바프 암시장 조합의 조합원, 홀게르손이 재빨리 그의 발을 밟아 말을 잇지 못하게 했다. 요레이프는 흡 하고 숨을 들이켜더니 그의 눈치를 본다. 홀게르손은 한심하다는 표정으로 요레이프와 그의 곁에 선 또 다른 동료 버크를 보며 말했다.

"거, 입들 좀 조심하지요. 어차피 알려질 소식이지만, 우리가 퍼뜨릴 이야기는 아닙니다."

그러자 묵묵히 있던 한스는 우울한 얼굴로 쓴 차를 마시더니 중얼거렸다.

"……정말 무서운 일입니다. 내 생전 그런 광경은 처음 봤습니다. 그런 걸 인간의 군대가 이길 수 있긴 합니까?"

그러자 홀게르손은 얼굴을 찌푸린다. 그 역시, 모두와 함께 전날 새벽 뉘른스에크에서 벌어진 참상을 먼발치에서나마 보았다. 그는 아우셀바프 암시장 조합의 일원으로서 표면적으로는 협력업체인 예툰드 상회에 편승해 이 북부의 백작령까지 왔고, 한스의 패거리들 또한 같은 입장이었다. 아이슐리드가 어떤 술수를 부린 것인지는 알 수 없지만, 그는 황실과 일종의 연줄이 있었는지 이번 뉘른스에크 동계 훈련의 물자조달업체로서 예툰드 상회를 내세워 이 모든 소란의 중심으로 들어왔다. 조합원인 홀게르손이나 한스 패거리들이 알 수 있는 것은 거기까지였다. 그들은 여태 별 대수롭지 않은 군납 업무나 수송 같은 일들에 동원되었고, 그들의 차림새 또한 그래서 일반적인 상인들과 별다르지 않았다. 상당한 격무이긴 했지만 어느 지점에서도 음모나 전복적인 구석은 발견되지 않았다.

"그걸 왜 우리가 고민합니까?"

홀게르손이 투덜거리듯 말하자, 한스는 묵묵히 고개를 떨구었다. 그의 가슴께에 빛나는 까마귀 모양 장식이 문득 스스로의 눈에 들어왔다. 한스는 한동안 그걸 바라보다가 조심스레 입을 열었다.

"조합장님은 정말 진심입니까?"

"……뭐가요? 진심으로 그들에게 협력하시는가를 묻는 거요, 아니면 진심으로 부하들을 살리기 위해 노력하시는가를 묻는 거요?"

홀게르손이 이리 삼엄한 어조로 물으니, 한스는 입을 닥칠 수밖에 없었다. 홀게르손은 답답하다는 듯 남은 차를 꿀꺽 마시더니 말했다.

"하슈펠 레미크 씨가 예정대로 움직였다면, 우리가 불가피하게 움직였다는 것을 아는 이들이 생겼겠죠. 이거 정말 기분 더러워요. 주인을 구하기 위해서 배신하는 모양새라니. 그 크누드 서리엇이라는 자는 도대체 믿을만한 것입니까? 레미크 씨가 독대한 건 아는데……, 이 중 한스가 그와 가장 접촉이 많았으니 말해보세요. 어떤 사람입니까?"

한스는 무심코 턱을 긁었다. 크누드를 도대체 어떤 사람이라고 해야 할까? 처음 아우셀바프에서 체포되어 그에 의해 구금되었을 때, 크누드는 그에게 교수형을 때려놓고는 그대로 며칠 사라져버렸다. 하지만 사라지기 전, 그 치안 판관은 이렇게 말했었다.

"내기하지. 너와 친구들은 감형을 받게 될 거야. 내가 일주일 안에 돌아온다면 말이야. 하지만 내가 돌아오지 못하면, 너에게 내린 형을 번복할 실무자는 없다. 어때? 관두는 게 좋을까? 사실 내버려 두면 너희를 빼내기 위해 그놈들이 파옥을 감행할 것 같거든. 차라리 그렇게 덫을 파 두는 게 좋을까? 어찌 생각하나?"

사형을 언도 받은 자에게 뭘 묻고 있는 건지 모르겠다. 아무튼 한스는 그렇게 의혹과 공포 속에서 며칠을 보냈고, 결국 이후엔 크누드의 말대로 되었다. 말도 안 되는 거금으로 한스를 노예로 구매한 크누드는 그를 자신의 용병단에 입단하도록 했고, 아울러 그에게 선택을 종용했다. 말이 선택이지 사실상 강요라 볼 수도 있었겠으나, 한스에겐 그 차이를 깨달을만한 통찰력이 없었다. 그러나 크누드는 이후 그에게 아무것도 명령하지 않았다. 오히려 그가 피어클리벤으로 떠나기 전, 마찬가지로 북부로 움직이게 된 소식을 전한 한스에게 부적이 든 가죽 쌈지 하나를 내밀며 이렇게 말했다.

"거기 자네의 저주를 풀 일종의 부적이 들어있네. 하지만 자네가 그 여자의 곁에 머무는 한은 결코 써선 안 되겠지. 자네의 판단에 의해 그것을 사용하게. 우리가 다시 만날 일이 있을지 모르겠군. 아쉽네. 본래는 피어클리벤의 일을 확정 짓고 자네와 친구들, 그리고 그 아이까지 깨끗하게 빼낼 생각이었는데, 일이 이렇게 되니 그럴 기회도 시간도 없을 것 같군. 알겠나? 이제 나는 자네에게 달리 아무것도 제안하거나 충고해줄 수 없어. 자네는 자네 판단대로 움직이고, 몸을 뺄 시기를 재게나. 부적이 효과가 있길 바라네."

그게 끝이었다. 이후 한스는 암시장 조합에 거의 묶이다시피 해 며칠간 북부로 떠날 준비들에 시달렸다. 그걸 떠올리며, 한스는 품 안에 부스럭거리는 크누드의 선물 쌈지를 느꼈다. 그 순간 한스가 홀게르손에게 말했다.

"대담하고, 예측 불가능하지만 날카로운 사람이라고 생각합니다. 어……, 그런데 이상할 정도로 그런 좋은 면들이 잘 느껴지지 않는 사람이죠. 마치 일부러 그러는 것 같아요."

"믿을 수 있는 사람이라는 이야깁니까?"

홀게르손이 다시 물었고, 한스는 천천히 고개를 끄덕였다.

"약속을 어기지 않았으니까요."

한스는 여전히 크누드를 이해할 수 없다. 자신이 전한 그 별 것 아닌 정보들이 정말 금화 이백사십 개나 되는 가치를 가졌을까? 그리고 그가 준 부적 쌈지 또한 보통 물건이 아니었다. 홀로 있을 때 살짝 풀어본 그 쌈지의 내용물은 사실 전혀 부적 같은 게 아니었다. 어이없게도 파마의 화살 하나와 구급의 영약, 그리고 크누드가 남긴 쪽지였다. 쪽지의 내용은 이러했다.

시간이 없어 이렇게밖에 마련하지 못했네. 화살로 심장을 찌르고 약을 사용하게. 좀 많이 아프고 잘못하면 죽는다는, 아주 사소한 부작용이 있지만 효과는 자문을 통해 확실함을 보장받았네. 자유를 선택할 날이 오기를.

하지만 한스는 아직까지 이 '부적'을 사용하지 않았다. 때문에 최소한 일주일에 한 번은 그 여자, 아이슐리드를 대면해 주기적으로 저주의 악화를 갱신하는 마법을 받아야만 한다. 자신들의 친구 에이나르를 죽인 장본인들의 곁에 머무는 일은 지극히 두렵고 혐오스러운 일이었기에, 한스는 크누드에게서 이 자유의 쌈지를 받은 날부터 줄곧 해방의 열망에 시달리고 있었다. 하지만 그는 그렇게 하지 않았다.

"그래요……? 그럼 다행이겠지만……. 난 레미크 씨가 정말 걱정되는군요. 홀로 지하감옥에 갇혀있을 생각을 하니……."

"서리엇 경이 어떻게든 했을 것입니다."

한스는 그가 지나치게 크누드를 신뢰하는 것처럼 들리지 않으려 애쓰며 말했다. 홀게르손은 미적지근한 얼굴로 대충 고개를 끄덕거렸다. 그가 다시 말했다.

"그런데, 우리야 어쩔 수 없이 엮여있다 치고, 댁들은 왜 계속 붙어 있는 거요? 도망치면 잡힐까 두려워서?"

"그래, 빨리 에이나르에게 가."

문득 식사에 여념이 없던 베르벳이 말했다. 한스와 버크, 요레이프의 표정이 한순간 어두워졌지만 소녀의 덜 여문 눈치로 그것을 깨닫기엔 너무나 순간적으로 정리되었다. 다음 순간 의아한 표정이 된 홀게르손의 얼굴이 한순간 굳어졌다. 한스가 웃으며 베르벳에게 말했다.

"에이나르는 아직 다 같이 살 집을 찾고 있어. 그때까지 우리가 좀 더 돈을 벌어가야 해."

"돈! 빨리 벌자!"

베르벳이 소리쳤다. 이 광경을 보던 홀게르손이 갑자기 점원을 향해 소리쳤다.

"여기 술 한 잔씩 주시오!"

그런 뒤 홀게르손은 자신을 쳐다보는 한스네 패거리들을 향해 다음과 같이 내뱉었다.

"뭐, 날도 추우니까 한 잔씩들만 합시다."

잠시 뒤, 그들은 잔을 부딪쳤다. 아무도 말을 하지 않았지만 실린 의미는 모두가 이미 알고 있었다. 아직 철모르는 소녀만을 제외하고.

그런 한편에서 여태껏 그들의 대화를 감청하던 두 남녀, 닐스그림과 아룬드가 있었다. 본래라면 대화가 들릴 리 없는 거리였지만 닐스그림의 마법 지팡이가 부린 재주였다. 이참에 그 지팡이에 대해 부연하자면, 그의 키와 거의 같은 백금색 지팡이란 너무도 눈에 띄는 물건이라는 점을 말해두겠다. 뉘른스에크 성에서 탈출한 직후 그들은 입고 있던 갑옷을 과감히 모두 버리고 각각 지팡이와 자신의 검만을 챙긴 채 이실바프로 왔다. 아룬드의 검이야 별 특별할 것이 없으니 허리에 차고 있었지만, 닐스그림의 지팡이는 천으로 휘감아 그 광채를 감추어 별 특별할 것 없는 육척봉으로 위장하고 있었다.

한스네가 주점에 들어온 직후 그들의 수상함을 눈치챈 닐스그림은 지팡이를 끌어안고 귓가에 손을 올려 그들의 대화를 엿듣기 시작했다. 그러다 중간부터는 아룬드의 귀에도 손을 뻗어 대어주었는데, 그러자 마치 소라고둥을 귓가에 댄 것처럼 묘한 바람소리와 뒤섞인 그들의 대화가 들려왔다. 이런 종류의 마법을 처음 경험하는 아룬드는 당황스러웠지만 이내 그들의 대화에 집중하기 시작했다. 그들의 이야기가 술을 주문하는 것으로 일단락되자, 아룬드는 그제야 닐스그림이 여태 자신의 뺨에 손을 대고 있었음을 깨닫고 당황해 얼굴이 붉어졌다. 왠지 주변 탁자의 사내들로부터 비난하는 눈초리가 쇄도하는 착각이 들었다. 사실 착각이 아니었다. 어느 모로 보나 아침부터 주점에서 발칙한 애정을 과시하는 남녀의 모양새였으니 말이다.

"……아가씨?"

감청이 끝났건만 한참이나 탁자에 시선을 떨어뜨린 채 침묵하는 닐스그림을 보다, 아룬드가 물었다. 그러자 닐스그림이 굳은 얼굴을 들어 그에게 말했다.

"앞부분은 못 들었으니, 중요한 사실들은 놓쳤겠지. 저들의 말에 의하면 변경백이 죽은 것 같다."

아룬드의 눈이 크게 떠졌다. 열여섯 무렵부터 세곡을 운반하기 위해 자주 오간 이 땅의 주인, 길바드 뉘른스에크는 말하자면 아룬드의 주군이자 외삼촌이었다. 함께 나눈 대화도 많았고 식사 자리도 여러 번이었다. 가족이자 장차의 군신으로서의 인식은 확고하였던 것이다. 그리하여 아룬드의 시선이 격정으로 흔들리는 가운데, 닐스그림이 조용히 말했다.

"저들은 분명 이 사태에 관해 알고 있고, 어떤 방식으로든 연관된 자들이다. 주의 깊게 추적할 필요가 있겠다. 이제부터, 우리가 말이다."

아룬드는 여기에 대해 아무 대답도 하지 않았다. 대신 손으로 거칠어진 얼굴을 훔친 그가 천천히 입을 열었다.

"아버지와……, 다른 이들의 소식은 없었습니까?"

"없다. 저들이 언급한 것은 그뿐이다."

"그렇습니까……."

아룬드가 잠긴 목소리로 말했다. 닐스그림이 다시 말했다.

"저들은 조합장을 언급했고, 저들 중 하나는 아우셀바프의 까마귀 용병단 소속 휘장을 달고 있군. 서로 다른 소속의 사내들이 섞여 있는 듯하다. 조합장을 언급한 그에게서 훈련된 살수의 기색이 느껴지는데, 정작 묘한 건 저 어린아이야. 저게 뭐지……?"

생각을 정리하듯 빠르고 낮게 늘어놓은 닐스그림의 이야기를, 충격과 슬픔에 잠긴 아룬드가 따라잡는 건 어려웠다. 그는 모든 판단을 황녀가 하도록 방기한 채 그냥 자신의 감정에 충실해지고 싶었지만, 그러기에 그들 앞에 놓인 상황이 너무나 긴박하다는 것을 잘 알고 있었다. 아룬드가 물었다.

"왜 그러십니까?"

"저 아이가 마법사란 말인가? 그럴 수가 없지 않느냐? 에다의 도리를 이제 열 살 무렵인 아이가 깨우쳤다는 이야기는 고금에 단 한 번도 들어보지 못했다. 게다가……."

닐스그림은 지팡이를 꽉 움켜잡더니 뭔가를 깊이 고민하기 시작했다. 변경백의 비보에 대한 충격과 슬픔, 그리고 아버지와 가신들에 대해 새삼 떠오른 크나큰 걱정을 기어이 꾹꾹 눌러 담아 이성과 결단의 아래 눌러두는 데 성공한 아룬드가 조바심을 낼 때쯤, 닐스그림은 얼굴을 들고 그에게 눈을 마주치며 말했다.

"어차피 알게 될 테지……. 지금부터 내가 하는 이야기는 우리 가계의 비밀이다. 부디 신중하게 들어다오."

황실의 비밀이라는 말에 아룬드는 마른 침을 삼키고 말했다.

"제가 알 필요가 있겠습니까? 거두시지요."

"알게 될 것이다. 아니면 내가 알게 하고 말겠다."

"……네?"

무슨 말인지 몰라 물은 아룬드를 무시하며, 닐스그림이 결연히 이야기를 시작했다.

"이 지팡이에 깃든 것은 단순히 어떤, 미리 설계된 특정한 주문들을 발현하는 그런 게 아니다. 이 지팡이와 거의 같은 물건이 바로 류그네라스의 가지다. 황실은 오랫동안 이와 같은 것을 가능하게 하는 연구를 해 왔고, 내 손에 있는 것이 바로 그 결실들 가운데 하나다. 즉, 이는 에다의 섭리와는 다른, 기원 마법이지."

본래 아룬드는 마법에 별로 조예가 없었다. 이해할 수 없는 것을 배우는데 시간을 쓰는 성격이 아닌 탓이었다. 그래도 영지를 떠나기 전, 남동생 발프리드가 마법사의 제자가 되고 류그라들이 영지로 오는 등, 생각지도 못했던 마법과의 관계가 생겼기에 아룬드는 이제 이런 이야기에 흥미를 갖고 있었다. 그리고 울리케가 들려준 류그네릭과 파마의 화살 이야기를 알고 있는 통에 닐스그림의 이 설명을 대강은 알아듣는다. 잠시 망연해 있던 아룬드가 물었다.

“그럼 그것이 신목의 가지로 만든 것입니까?”

“그럴 리가 있겠느냐? 그런 간편한 일이 가능했다면 애초에 네가 말한 류그네릭 같은 것이 유통되지도 않았을 것이다. 이 지팡이는……, 파마의 화살과 유사한 것이다. 인신공양의 결과물이다.”

아룬드의 낯이 창백해졌다. 닐스그림은 우울한 얼굴로 말했다.

“나는 이 지팡이를 통해 저 아이에게서 느껴지는 마기가 류그네릭으로부터 비롯된 게 아닐까 생각한다. 보통 에다의 마법사를 볼 때 느껴지는 것과 맥동이 완전히 다르거든. 이런 불길한 공명은 처음이다…….”

아룬드는 침묵 속에서 의혹의 눈길로 황녀와 지팡이를 보았다. 그 시선을 담담히 받아내던 닐스그림은 어느새 말할 수 없이 처연한 표정이 되어있었다. 한참 뒤, 그가 힘겹게 말했다.

“이것이 우리 가계의 원죄이다. 그리고 기어이 용이 우릴 떠나게 된 가장 큰 이유이다. 스미드레드는……, ‘그 이름에 영광을 더하리라.’는 언약의 구절을 결코 이룰 수가 없었다. 이것이 우리 손에 쥐어졌을 때 이미, 영광 같은 것은 더는 남지 않았다고, 겨울과 약속의 신 윤나께서는 그렇게 여기신 것이다. 이 지팡이가 오로지 나와 같은, ‘더럽혀진 피’에만 응답하는 것이 그 이유이다.”

아룬드는 아무 말도 할 수가 없었다. 그저 담백하게 군신의 도리를 배우고 황실을 추종해온 이 청년에게, 제국의 혈통 스스로가 더럽혀진 피라고 선언하는 황녀의 고백은 쉽사리 받아들일 수 없는 이야기였다. 인신공양이라고? 도대체 어떤 이들의 목숨을 얼마나 바쳐서 이룬 것이었을까? 이제 파마의 화살, 류그네릭, 황녀의 지팡이 모두 저마다 막대한 희생을 담보한 물건들이 된다. 그 사실을 깨달은 아룬드는 소름이 돋았다. 이 땅에 이토록 부정한 물건들이 어떤 거대한 흐름을 두고 횡행하고 있다. 그렇게 창백해진 채 침묵에 잠긴 아룬드를 보며, 닐스그림이 다시 조용히 말했다.

"그래서 나는 저 아이가 너무 가엾다. 아직은 철모르는 나이지만, 나중엔 필시 내가 이전에 그러했듯, 자신이 가진 힘의 부정한 면을 깨닫고 절망할 날이 오겠지. 그것은 저 아이의 잘못이 아니다."

아룬드는 살짝 고개를 돌려 베르벳을 보았다. 그리고 다시 얼굴을 돌려 닐스그림의 웃는 듯 우는 듯한 묘한 얼굴을 보았다. 아룬드는 무슨 말을 해야 할지 알 것 같았다. 그는 말했다.

"그것은 아가씨……, 아니 전하 역시 같습니다. 전하의 잘못이 아닙니다."

"……그렇게 말해주니 고맙다."

벌써 두 번째, 아룬드에게 이 말을 하게 되는 닐스그림이었다.

제4장

피어클리벤 성의 조리장 겔다는 태어난 새끼 그리핀의 이유식으로 말고기 경단을 주문한 아그니르의 요청에 대해, 다음과 같이 딱 잘라 거절했다.

"행정관님이나 권한대행 마님께 재가를 받아 오세요."

아무리 영수(靈獸)에 가까운 마수인 그리핀이라지만, 이제 태어난 지 한 달도 되지 않은 새끼에게 먹이기 위해 말을 잡을 수는 없는 일이었다. 겔다의 거절은 그가 삼십 년 가까이 뼈를 묻어온 이 주방의 지휘자라는 점에서 나올 수 있는 것이었지만, 또한 몰상식한 요구라면 아무리 모시는 주인의 가족이라 해도 거부할 수 있다는, 피어클리벤 나름의 절도에 따른 것이었다. 아그니르는 물러서지 않고 정말 곧장 아셰리드를 찾았고, 언제나처럼 아침잠의 몽롱함에 시달리며 오전 업무를 보던 피어클리벤의 영주 권한대행은 멍한 얼굴로 딸을 보다가 말했다.

"말고기는 좀처럼 없잖니……? 바란다고 얻을 수 있는 게 아니겠구나. 울리케에게 이야기해보지 그러니?"

울리케라고 없는 말고기를 만들어낼 재주가 있겠냐마는, 아셰리드는 이렇게 말하며 자연스레 이 '골치 아프지만 전혀 중요하지 않은' 문제를 또 다른 딸에게 넘겨버렸다. 그리고 그 딸은 상관의 지시에 응하지 않을 도리가 없는, 가엾은 공무원이었다.

"아그니르……."

빌러디저드와 만나 충격적인 소식을 듣고, 까마귀에게 강제 빙의 당하는 봉변을 겪은 그 날의 늦은 아침이었다. 공관의 집무실에 홀로 우두커니 앉아 있던 울리케는 찾아온 아그니르의 요청을 듣고 이렇게 자매를 불렀다. 그러자 아그니르가 말을 막았다.

"잔소리는 듣고 싶지 않아. 가불가만 말해주면 돼."

"잔소리할 생각 없어. 기쁜 요청인걸."

그러자 아그니르가 당황한 얼굴로 울리케를 보았다.

울리케의 말은 전혀 빈말이 아니었다. 변경백의 죽음과 포로가 된 아버지의 소식을 들은 직후이다. 게다가 용은 이 사실을 다른 이들에게 전하지 않는 게 좋겠다고 말했고, 울리케는 이에 동의하는 바였다. 때문에 그는 홀로 공감받지 못할 슬픔과 걱정에 허덕이는 중이었다. 그러다 아그니르가 이토록 그다운 과제를 들고 나타나 사소한 현실에 대한 환기를 시켜주니, 울리케는 우스우면서도 정말로 기뻤던 것이다. 곧바로 물목 장부를 꺼내 뒤적이던 울리케가 말했다.

"요전번에 아우셀바프에서 바쳤던 예물 중에 건마육(乾馬肉)이 있어. 육포지만 불려서 조리할 수 있을 거야. 내가 겔다에게 전해둘게. 그 아이는 대체 언제 보여줄 거야?"

울리케가 말하는 '그 아이'란 당연히 그리핀의 새끼를 이름이다. 아그니르는 고마워하면서도 경계하는 빛을 띠며 말했다.

"아직 삼칠일이 지나지 않았잖아. 그 전에는 안 돼."

"세상에, 그런 풍속을 다 지킬 생각이야?"

울리케는 그렇게 말했지만 놀리는 것은 아니었다. 북부의 오랜 풍습에서, 갓 태어난 아이들은 삼칠의 스무하룻날 동안 바깥 공기를 쬐지 않고 오로지 어머니와만 접촉한다. 또한 그 기간을 넘기기 전까지는 이름을 받지도, 결코 불리지도 않는다. 손님과 여행의 신 아휴멜이 세상을 돌아다니는 가운데 갓 태어난 아이들을 발견하면 선물로 병마를 줘버린다는 믿음 때문이었다. 스무하루를 살아서 넘긴 아이들은 비로소 이름을 받고, 한 사람으로 여겨진다. 아그니르는 지금 그리핀의 새끼에게도 똑같은 인간의 풍속을 고집하고 있는 것이다. 때문에 태어난 지 칠 일째건만, 피어클리벤 성에서 아그니르를 제외하고 이 그리핀의 새끼를 본 사람은 아직 아무도 없었다. 울리케는 웃으며 물었다.

"이름은 생각해 두었어?"

"……생각 중이야."

하지만 아그니르의 기색을 보니 영 어려운 모양이다. 그도 그럴 것이, 아그니르는 책과 친하지 않았고, 뭔가 지어낸다는 것과는 거리가 멀었으니까. 크누드가 약속을 지켜 공수해준 '그리핀 사육법' 문서가 아우셀바프로부터 도착했지만 거기에 작명에 관한 충고 같은 건 당연히 일절 없었다. 게다가 아무리 읽어도 암수 구별법이 너무 얼렁뚱땅 나와 있어 아직 그리핀 새끼의 성별조차 몰랐다. 이런 어려움을 익히 짐작하는 울리케가 말했다.

"성별은 나중에 뉘르뉴에게 보이고 묻자. 그리고 에인달케 언니가 어쩌면 근사한 이름을 생각해줄 수 있을 거야."

꽤나 즉흥적인 이야기였지만 입 밖에 내뱉고 보자 좋은 생각인 것 같았다. 그래서 울리케는 아그니르를 내보낸 뒤 아까 뒤적인 아우셀바프의 예물 목록을 다시 펼쳐보았다. 그의 기억대로 목록엔 설탕과 꿀, 그리고 중부 대륙에서 수입된 향신료들이 있었다. 하지만 이 비싼 재료들을 확인하자 곧, 두근거림은 덜컥 공포로 변한다. 울리케는 요리를 좋아했고 잘한다는 평가를 들어왔지만 그것은 어디까지나 다뤄본 재료들의 범주 안이었다. 울리케가 과자를 만들어본 것은 손에 꼽았고, 그것들도 전혀 비싸지 않은 재료들을 이용해 그저 엄청난 정성을 들여 본 것들이었다. 뉘르뉴가 아득한 옛날에 받았다는 공양들의 수준이 높았을 거라 생각하긴 힘들지만, 울리케는 그래도 최선을 다하고 싶었다. 내친김에 뉘르뉴에게 과자와 함께 설빔도 선물하자. 그래도 명색이 이웃의 반신인데 천년 묵은 누더기는 너무하다. 울리케는 이런저런 생각들을 하며 용이 전한 비보를 잊으려 애썼다. 그의 집중력은 이럴 때 도움이 된다.

그렇게, 울리케는 늦은 점심까지 혼자 집무실에 머물며 이것저것 일들을 처리했다. 그가 다시 걱정 가득한 현실로 돌아온 것은 크누드가 점심 바구니를 들고 문을 두드렸을 때였다.

"이럴 줄 알았습니다."

책상 위에 어지러운 책과 서류들이, 울리케가 노력한 근심으로부터의 도피를 증명한다. 간파하듯 쓱 훑어본 크누드는 위와 같이 말하며 아직 따듯한 점심 바구니를 탁자 위에 내려놓았다.

"용케 함구하고 계시군요?"

울리케는 짜증나는 얼굴로 크누드를 보았다. 그래도 밥을 가져다준 사람에게 지을 표정은 아니겠지만, 자신이 어떤 심정으로 참고 있는지 상상하기 어렵지 않을 텐데도 이렇게 말하는 그가 얄밉기 때문이다. 울리케는 말했다.

"어차피 다들 알게 될 테고, 공유한다고 달라질 것도 없잖아요? 외려, 이 정보의 출처가 용이란 걸 알게 되면 모두가 빌러디저드 님의 주재로 인해 비롯된 비극이라는 인상을 더할 거예요! 이 소식은 밖에서 들어오는 게 나아요."

"좋습니다. 안심해도 되겠군요. 그럼 차분히 식사하시지요."

크누드는 그렇게 말하더니 가볍게 묵례를 하고 나가버렸다. 울리케는 멍하니 앉아서 그가 닫고 나간 문짝을 본다. 바구니로부터 풍겨오는 오리고기의 냄새에 정신이 든 울리케는 그제야, 크누드가 자신을 일부러 떠봤다는 것을 깨달았다. 아무리 생각하지 않으려 해도 번다한 사무들을 처리하는 와중에 그의 머릿속 한편에서는 함구의 합리화를 위한 설득이 꾸준히 이어졌다. 그리고 크누드는 울리케로 하여금 그것을 입 밖에 내게 함으로써, 말하자면 그가 스스로 만든 이유에 묶이도록 만든 셈이다.

때로는 스스로 이미 알고 있는 것이지만 직접 입 밖으로 내어 말해보지 않으면 헷갈리는 것들이 있다. 울리케는 단지 크누드에게 저항하고자 한 말들이었으나, 그 모두가 자신의 진심이었다. 때문에 오히려 후련해지고 분명해진 심정의 울리케였다. 조금 전까지만 해도 전혀 식사할 기분이 아니었지만, 이제는 꽤나 식욕이 난다. 울리케는 바구니를 덮은 천을 거두고 조용히 그의 호위기사가 가져온 식사에 임했다.

그런 한편, 울리케의 집무실을 나온 크누드는 모험가들의 공관 객실 쪽으로 향했다. 브륀힐데가 막사에서 가져온 표적을 두고 쇠뇌를 쏘고 있는 게 보였다. 그 뒷모습에서 뿜어나오는 답답함이 절실하다. 크누드가 조용히 팔짱을 낀 채 이를 감상하던 가운데, 어느새 소리 없이 다가온 시그리드가 그의 곁에 섰다.

"용을 만나고 왔나요?"

"네, 유세트 경."

"무슨 이야기를 했죠?"

"탐색대를 보내야 합니다. 단, 울리케 아가씨는 빠지고요. 대신 그림니르를 쓸 수 있겠더군요."

시그리드는 단박에 알아듣는다. 잠시 생각하던 그가 말했다.

"용이 직접 시술(施術)합니까?"

"네. 유세트 경께서 관여하실 일은 없을 겁니다."

그건 편한 이야기지만 동시에 불편한 이야기이기도 하다. 시그리드가 이 빙의를 매개하지 않는다면 엿볼 수도 없고, 도래까마귀의 눈으로 보게 된 것들은 오로지 울리케만이 알게 될 테니까. 정보와 수탐의 중요성을 누구보다 잘 알고 있는 시그리드에게 이는 그다지 반가운 이야기가 아니었다. 때문에 아쉽다는 표정을 지으며, 그가 말했다.

"서리엇 경은 아가씨의 호위니, 탐색대에 따라갈 이유가 없겠지요?"

"그건 고민입니다. 상대적으로 안전한 영지에 머무시는 아가씨를 보호하는 게 낫겠습니까? 아니면 어떤 위험이 도사릴지 모를 뉘른스에크에서 아가씨의 분신을 보호하는 게 마땅하겠습니까?"

시그리드는 아이의 수작을 대하듯 피식 웃었다. 그가 말한다.

"경이 '낫다'와, '마땅하다'라는 어휘를 대비시킨 지점에서 이미 속내가 드러나지 않습니까? 답을 정해두고 묻지 마시지요. 나는 어느 쪽이든 상관없습니다."

크누드는 살짝 민망한 얼굴을 했다. 역시 이 마법사는 호락호락하지 않다. 잠시 그렇게 침묵을 지키며 브륀힐데의 사격을 지켜보던 둘 중, 시그리드가 먼저 입을 열었다.

"내 동료들을 부탁합니다. 라그나와는 화해했나요?"

"뭐, 그럴 기회도 이 여정에서 구해보죠."

"하슈펠은?"

"그는 암시장 조합의 이인자이며, 이 음모를 가까이서 본 사람입니다. 그의 진술은 여러 가지로 참고가 되었죠. 이 여정에서 괜찮은 안내자이자 조언자가 될 겁니다. 반역에 비하면 그의 죄는 하찮다고 할 수 있으므로, 지하 감옥에 가둬두는 것보다는 그렇게 쓰는 게 낫습니다. 더구나, 피어클리벤의 수감 시설은 너무 열악하더군요. 죄수의 입장이 아니라, 간수의 입장에서 말입니다."

"영주님은 죄수를 가두는 데 별 관심이 없는 분인 것 같더군요."

그들은 그렇게 한동안 피어클리벤의 교정 시설이 가진 문제점과 그 효과에 대해 가벼운 수다를 떨었다. 그 이야기는 자연히 현재 그 안에 가두어진 두 명의 반역자들에 관해 이어졌다. 입을 열지도, 그렇다고 무턱대고 죽일 수도 없는 자들이다. 어쩔 수 없지만 당분간은 가둬두어야 한다. 크누드가 말했다.

"까마귀 금고단이 편입되어 피어클리벤의 치안 인력이 충분해졌으니 그 부분은 염려가 없을 것입니다."

"라르그문드 군무관과 이 방면으로는 두루 이야기하고 있어요."

그들의 말대로, 용병단을 산하 편제로 받아들인 피어클리벤의 상주 무사들 수는 이제 제법 상당한 규모가 되어버렸다. 기존의 상비군 병사 여섯과 기사 에길, 그의 향사 토날드만이었던 소박한 구성이 더 이상 아닌 것이다. 까마귀 금고단은 단장 그리젤과 부단장 구드위르, 조장인 크누드를 포함해 크누드와 같은 조장이 셋 더 있었고 그들 모두 자유기사 신분이다. 그리고 그 밑에 딸린 병사가 조장 한 사람당 스물이었다. 그러니 현재 피어클리벤의 상비군 규모는 족히 일백에 가까웠다. 덕분에 본래라면 전시에 임해서나 일어나는 일인 종사로의 승격이, 기존의 여섯 병사 모두에게 허락되었다. 이는 갓 편입된 용병들과의 기싸움에서 지지 말라는 의도였다.

"뭐, 서로 잘들 지낼 겁니다."

크누드는 그렇게 말하며 연병장 저 너머, 마침 서로 드잡이질을 하고 있던 피어클리벤의 종사들과 까마귀 용병단 병사들을 보았다. 지금 그들은 목검을 들고 단병접전 모의전을 구성하는 가운데, 흰이리개 사우트를 피어클리벤 측 병력에 포함시키겠다는 종사들의 주장을 놓고 말싸움을 하고 있었다. 용병들은 어이가 없어서 침을 탁 뱉으며 소리 질렀다.

"아니 무슨! 개가 사람이야? 개를 왜 끼워! 개를!"

"왜? 세 사람 몫을 하는 번견인데? 그렇게 따지면 말도 타고 싸우질 말아야지!"

"말은 훈련을 하잖소!"

"사우트도 훈련을 했다고! 질까 봐 그러시나! 요즘 용병들은 혓바닥으로 싸우나 보네!"

이러한 병사들의 말싸움을 조용히 귀 기울여 관전하던 크누드가 웃으며 말했다.

"화목하군요."

"……뒤풀이할 술을 좀 더 마련하라 일러야겠군."

시그리드는 한심하다는 얼굴로 이렇게 말했다. 그래도 그의 기분은 나쁘지 않아 보였다. 아우셀바프 예방단이 막대한 예물을 놓고 간 덕에 성의 살림은 엄청나게 나아져 있었다. 문관 에이드리크는 희희낙락하며 울리케가 올린 재물목록의 사본을 살폈고, 그간 하고 싶었지만 재정 부족으로 미뤄두었던 영지 내의 공사 일곱 건을 발주했다. 영주에 의해 주도되는 이런 관계 및 기반시설 공사들은 겨울 농한기에 일이 없는 영민들에게 좋은 소득이 된다. 영주가 그 삯을 제대로 지불할 수 있을 경우에 말이지만. 때문에 에이드리크는 그가 노아크를 모신 이래 가히 최초로 행복을 느끼고 있었다 한다. 그걸 떠올리며, 시그리드는 피식 웃었다.

"바우트 공은 취미가 일이에요."

"그건 저도 그런데요."

"서리엇 경의 취미가 뭐죠?"

시그리드가 그를 보며 묻자, 크누드는 어딘지 망설이는 표정을 지었다. 그가 말했다.

"제가 피어클리벤에 와서 꾀하고자 했던 일은, 사실 조금 많이 틀어졌습니다. 왜냐면 애초에, 그 계획은 용이 결코 허물어지지 않는 신뢰와 보증의 상징이어야 했거든요. 황실의 용이 그렇게 사라질 수 있다는 사실은, 제 음모에 막대한 타격을 주었습니다."

"보통 사람들에게 있어서는, 한평생에 달하는 약조 정도면 충분하지 않겠어요?"

"그 정도로는 불충분합니다. 세대를 넘어, 수백 년 이상 지속될 수 있다는 확신이 필요합니다."

시그리드는 미심쩍은 얼굴을 한다. 잠시 생각하던 크누드는 말했다.

"그러고 보니 이 일은 우리 행정관님과 논의할 문제가 되겠군요. 곧 식사를 마치실 테니, 차를 들고 가봐야겠습니다. 그럼 실례하겠습니다, 유세트 경. 동료분들과 이야기하시지요."

크누드는 그렇게 묵례를 하고 성의 본관, 주방 쪽으로 걸어가기 시작했다. 한층 커진 병사들과 용병들의 말싸움에 마침내 짜증 난 브륀힐데가 그들에게 달려가는 것을 보며, 시그리드는 여러 가지 생각에 잠겼다. 신경 쓸 문제가 도무지 한둘이 아닌

신년 벽두였다.

장례가 시작되었다.

시우부름 산의 뒤편, 잘 정돈된 연무장에 모든 십장과 오십장, 그리고 오백장인 아우케트가 섰다. 죽은 두 십장과 생전 친분이 깊었던 고블린들이 참석을 희망하여 추가로 모였고, 그 가운데 우이라가 있었다. 그는 아우케트의 직속이었던 두 십장과 두루 친했었기에 자연스레 위로를 건네었으며, 제문을 낭송해달라는 아우케트의 요청을 받아들였다.

칼에 기대 흙을 먹은 나날
남은 해의 녹을 다 닦아내지 못해
열리지 않은 검집은 두고 가리.
스스로 내려앉아, 자애로운 신이여
만물의 율려(律呂)를 따라 흐르게, 당신의
편애가 기어이 승리하기에.

경계를 밟는 노병의 상처,
굽은 것은 결코 그의 창이 아니었는데
세우기에 벅찬 방패, 그 손때조차
매번 반가운 봄의 신병(新兵)들에게 남겨,

이제 모든 천천히 죽어갈 이들을 위해

여생의 허물을 건너뛴 자들이 가네.

두 늑대와 두 고블린 십장은 명백한 전사자들이었다. 때문에 의례는 매우 정중하게 진행되었다. 일전 서리심과의 충돌에서 발생했던 희생자들도 그렇긴 했지만, 그것은 사고의 희생자들에 가까웠고 직급도 일반 병사들이었기에 그리 크게 치러지진 않았던 예식이었다. 하지만 이번 죽음은 명백한 적의와의 충돌에서 빚어진 결과이다. 그래서 고블린들은 모두 이 일에 분노하고 슬퍼했으며, 정확히 어떤 일이 일어난 것인지 알고자 했다.

"이것이 인간들과 엮인 결과이다."

우이라의 제문 낭송이 끝난 뒤, 오십장 바르바크가 말했다. 곁에 서 있던 두카르가 눈살을 찌푸리며 말을 받았다.

"장례가 마저 끝나거든 투덜거려라."

하지만 그렇게 주의를 준 두카르마저, 그의 말 자체는 옳다고 여기는 눈치였고 이는 다른 오십장들 대부분 마찬가지였다. 정중하지만 번잡하지 않은 절차의 장례는 금방 끝났고, 제장들만 남게 되었다. 우이라는 자청하여 흙으로 빚은 향로에 향을 피우고 그 불을 지키는 일을 맡느라 자리에 남았다. 네 줄기의 연기가 연무장에 고요히 깔린 가운데, 아우케트가 나직하게 먼저 입을 열었다.

"이제 투덜거리게나."

"불평하려는 게 아니었다."

바르바크가 말했다. 정말로 그의 태도와 어조에 변명의 기색 같은 건 보이지 않는다. 그는 담백하고도 당당하게 말을 이어갔다.

"사실관계를 분명히 하자는 것뿐이다. 오백장, 그대가 받아 온 보상은 지나칠 정도로 후했다. 나는 형제들이 자칫 그 재물에 눈이 멀어 이러한 소모와 희생을 응당한 것이라 여길까 두렵다."

바르바크의 말대로였다. 아우케트가 피어클리벤 성에서 물러나기 전, 행정관 울리케는 자신의 재량 아래에서 상당한 양의 보상을 내어주었고, 그것은 아우셀바프 예방단이 바친 물자들 가운데서 골라졌다. 울리케는 그에게 내준 물자들 대부분을 애초부터 재물 목록 대장에서 제외함으로써, 피어클리벤의 공적 기록에서 이번 보상의 규모를 대폭 축소했다. 이는 명백히 공문서위조에 해당하는 일이라 하겠으나, 아셰리드는 알고도 아무 말 하지 않았다.

그리고 그렇게 해야 했을 만큼, 아우케트가 받아 온 물자들은 실로 대단했다. 늑대 둘과 십장 둘의 몸값으로는 도무지 생각할 수 없는 규모였다. 아우케트는 고개를 끄덕이며 말했다.

"염려를 이해하며, 동감한다. 하지만 행정관이 내어준 보상의 가치는 조금 상대적이다. 술과 피륙, 질 좋은 철은 바로 소비가 가능하지만 나머지는 외부와 교역하지 않으면 소용이 닿지 않는다."

그 말대로였다. 아우셀바프 예방단이 염소 떼를 몰고 온 것도 아니었고, 그들은 가능한 한 부피가 작으면서도 비싼 물건들을 가져왔다. 그리고 울리케가 아우케트에게 내어준 물자들의 대부분도 그러한 보화들이었다. 그것들이 아무리 비싸고 가치가 있든, 생필품과 교환하지 않으면 아무런 의미도 없는 일이었다. 말하자면 울리케의 보상에는 꽤 번거로운 과제가 포함되어 있던 것이다. 그러자 다시 바르바크가 묻는다.

"일차적인 교역 대상은 피어클리벤이 되는가? 우리가 다른 외부와 교류할 수는 없지 않은가?"

바르바크는 공연한 시비를 걸고자 한 것이 아니었다. 그가 이전에 아무리 인간들과의 협력에 거부감을 가졌든, 이제는 받아들여야만 하는 상황이었다. 피어클리벤과의 관계는 그들에게 변화와 희생을 요구했지만, 명백히 얻는 것들도 컸으니까. 아무리 완고한 고블린들이라 하더라도 그 가치를 모를 만큼 어리석지는 않았다. 그의 이야기는 어디까지나 그 가운데서 시우부름의 고블린들이 현실적으로 운신할 방안을 거론하고 있었다.

고블린 오십장들은 그렇게, 한동안 모여앉아 앞으로의 일을 논의했다. 주요 화제는 갓 편입된 아난가크의 고블린 무리들에게 부족한 시설들을 확충하는 안건이었다. 다행히 시우부름엔 공간이 넉넉하고, 물자도 인력에도 빈 곳이 없다. 시간이 조금 걸릴 뿐 진행은 순조로우리라 예상되었다.

이야기가 무르익어 막바지에 이르렀을 무렵, 등골을 시리게 하는 한 줄기 이질적인 찬바람이 그들 사이를 가로질렀다. 모든 고블린 오십장과 아우케트가 일제히, 이 기억에 있는 기척의 정체를 눈치채고 고개를 돌려 어둑해진 숲을 보았다. 어느새 나타난 서리심, 뉘르뉴가 조용히 걸어오고 있었다.

"충돌과 희생에 관해 들었다."

가까이 다가온 뉘르뉴는 우이라가 지키고 있던 제단의 향 네 개를 보더니 아우케트에게 말했다. 일어나 그를 맞이한 아우케트는 조용히 고개를 끄덕였고, 뉘르뉴는 다시 말했다.

"남쪽 숲은 나의 땅이 아니라, 나도 뒤늦게 날짐승들로부터 소식만을 들었을 따름이다. 유감이다."

"만사 어쩔 수 없는 노릇이었다. 아무리 잘 대비해도, 준비된 적의를 손실 없이 무찌르기란 지극히 어렵지."

아우케트가 그렇게 대꾸하자, 서리심은 한동안 조용히 그를 본다. 다른 오십장들은 묵묵히 뒤에 서서 그를 쏘아보았다. 시우부름의 고블린들과 그의 관계처럼 미묘하고도 껄끄러운 것이 있을까? 울리케가 가운데 서 있었던 지난번과는 분위기가 사뭇 다르다. 더구나 막 형제의 피를 본 직후이니 더 그러하리라.

"아우케트, 너는 울리케의 친구인가?"

물끄러미 고블린 오백장을 쳐다보던 서리심의 이와 같은 물음은 꽤 의외의 것이었다. 순간 오십장들을 일제히 곤혹스러운 낯으로 자신들의 오백장을 쳐다보았다. 마땅히 대답하기 어려운 질문이리라. 하지만 그들 모두의 이런 예상을 배신하며, 아우케트는 일고의 망설이 없이 바로 대답했다.

"그렇다."

만일 그가 어떤 망설임이나 한동안의 침묵 끝에 이와 같은 대답을 했다면, 뒤에 선 오십장들은 더러 불만을 쏟거나 부적절한 발언이라고 제지했을지 모르겠다. 하지만 아우케트의 자연스럽고도 단호한 태도는 그런 저항이 태동할 여지조차 남기지 않았다. 아니 오히려, 그들 스스로도 불분명하던 사실을 확고하게 잡아준 것이 되었다. 그 자리에 선 모두가 순식간에 납득하고 받아들여 버린 것이다.

언제나 무표정해 보이는 서리심의 얼굴에 약간의 온화함이 깃든 것 같았다. 여전히 춥지만 살랑이는 기색을 더한 바람이 좌중을 싸고돌았고, 뉘르뉴의 입이 열렸다.

"그러면 그의 친구로서 아우케트, 울리케를 도와줄 수 없겠느냐?"

"무슨 이야기인가?"

"이 땅을 향한 많은 적의가 감지된다. 북부에서는 큰 소란이 일어났다. 말해보라, 시우부름의 오백장이여. 너희의 이웃으로 그보다 이상적인 인간이 있을 수 있겠느냐?"

아우케트는 순간 쓴웃음을 지었다. 그가 말했다.

"생각하기 어렵다."

"내게도 그렇다. 그러니 그를 잃는 것은 시우부름의 모두에게 확실한 재앙이 될 것이다."

"지켜달라는 것인가? 지금도 이미……."

"무력이나 위험으로부터의 보호를 말함이 아니다."

의아한 표정이 된 아우케트를 앞에 두고, 뉘르뉴는 시선을 떨구더니 과거를 회상하듯 아련한 눈이 되었다. 흰머리 소녀는 천천히 다시 말했다.

"내 칩거가 시작된 이래, 내가 만난 인간은 단 하나였다. 하지만 그는 인간의 제왕이었지. 나는 그 외의 인물상에 대해 전혀 모른다."

아우케트는 묵묵히 듣는다.

"……하지만 내가 기억하는 그 단 하나의 인물은, 지금의 울리케와 너무나 닮았다. 그래서, 나는 그 아이가 본인의 뜻과 상관없이 제왕의 길을 가게 될 가능성이 너무 크다고 여긴다. 이것이 기우이겠는가?"

아우케트는 섣불리 대답하지 않았다. 그는 울리케에 관해서는 알았지만, 인간의 대제 셰이위르에 대해서는 몰랐으니까. 물론 고블린들의 전승과 노래에는 이 위대한 인간 여전사의 흔적도 남아있다. 하지만 아우케트가 아는 것은 그 노래 속에 박제된 기록뿐이다. 그의 눈앞에 서 있는 이 소녀는 그 역사적 인물을 생전에 만나본 적 있는, 더구나 그 지루하도록 하염없이 긴 생애에 그 외에 별다른 관계가 없었다고 말하는 존재이다. 여기서 아우케트가 서리심보다 나은 것이라고는 그저 울리케와 보다 많은 접촉을 했다는 것뿐이겠다. 고블린 오백장은 조심스레 묻는다.

"……이유가 무엇인가? 왜 울리케에게 신경 쓰는가? 그가 제왕이 되면 안 되는가?"

"질문을 반대로 하거라. 왜 그런 것이 되어야 하는가? 너는, 고블린의 왕이 되길 바라는가?"

아우케트는 힐난하는 눈으로 서리심을 보았다. 등 뒤로 쏟아지는 동료들의 눈길을 무시한 채, 아우케트가 대꾸했다.

"나는 물론 우리의 왕이 다시 오길 기대한다. 그뿐이다."

"그 유일한 대안이 너뿐이라면, 감히 받아들이겠느냐?"

"……왜 자꾸 날 걸고넘어지는가?"

"울리케에게도 똑같은 곤란함이 닥칠 수 있으니까."

그리고 둘은 서로 입을 다물었다. 아우케트로서는 서리심의 불안과 염려를 모두 이해할 수 없었다. 그가 울리케의 안팎에서 셰이위르의 어떤 면모를 느끼고 이리 말하는 것이라 한들, 아우케트가 공감할 방법은 없는 것이다. 하지만 그만큼 뉘르뉴는 진지하고 절실해 보였다. 다만 억측이라고 무시하기도 불편한 뒷맛을 남길 것 같았다.

"내가 잊힌 신께 바쳐졌을 무렵……."

문득 서리심이 입을 열었다.

"그때는 대륙에 너희의 왕이 있었다. 너희는 실로 고강하고 융성한 무리였지. 너희의 왕이 쓰러지지 않았다면 인간의 제국이 들어설 초석은 마련되지 못했을 것이다."

그는 천 년 전의 이야기를 하고 있었다. 비록 그가 이런 이야기를 꺼내는 이유는 파악할 수 없었지만, 아우케트를 비롯한 고블린들은 숨죽이며 들었다.

"너희가 다시 뭉쳐 끝내 왕이 출현한다면, 그것이 좋은 일이겠느냐? 너희에게는 재난이었겠으나, 천년 전 너희의 왕이 쓰러져서야 겨우 평화로 가는 길이 열렸다."

"틀린 말이다."

아우케트가 조용히 반박하자, 서리심의 눈이 홉떠졌다. 오백장이 말했다.

"왕이 죽고, 예하의 군단장들이 이합집산하는 가운데 실로 오랜 혼란이 있었다. 우리는 뿔뿔이 흩어져 자멸해 갔고, 사냥하고 사냥당했다. 평화라 했느냐? 그것은 어디까지나 인간의 이야기다. 서리심, 비록 너의 민족이 흐리늪이긴 하나 고블린보다는 인간에 가깝지 않은가?"

서리심은 신경질을 내듯 반박했다.

"그건 한낱 외양일 뿐이다! 교배하여 후손을 남기지 못하는 것은 너희와 같다."

"그게 기준인가? 하지만 인간과 흐리늪은 혼혈이 가능하다. 물론 노새처럼 그 밑으로는 더 이상 새끼를 치지 못하지만. 류그라와 우리가 인간과는 전혀 후손을 둘 수 없는 것에 비해서는 가깝다고 할 수 있지 않은가?"

"나를 인간이라 말하지 마라!"

고블린의 이야기는 겨울 무녀의 어떤 부분을 건드렸던 것 같다. 서리심은 노해서 소리 질렀고, 삽시간에 주변에 희뿌연 눈바람이 깔렸다. 순간 그때까지 한편에 서서 조용히 향로들을 지키고 있던 우이라가 슬쩍 다가오더니 향을 하나 내밀며 불쑥 말을 걸었다.

"분향하시겠습니까?"

이 뜬금없는 끼어들기는 서리심의 기세를 주춤거리게 만드는데 효과를 보였다. 뉘르뉴는 다만 살짝 미간을 찌푸리더니 우이라를 보며 말했다.

"나더러 감히 '불씨'를 바치라는 말이냐?"

"오우거들에게조차 명복을 바란 분이 아닙니까? 어렵겠습니까?"

서리심은 할 말이 없어졌다. 다소 억지에 가까웠던 강요였음에도 고블린들은 그의 말대로 오우거들을 잘 매장하고 분향했으며, 실제로 축문을 지어 구전시에 기록을 더했던 것이다. 애초에 그가 이 자리에 찾아온 것도 장례식이기 때문이었다. 뉘르뉴는 바람을 끄고 묵묵히 우이라를 따라 향로에 분향했다. 작디작은 불씨였지만 그가 거북함을 감수하고 그 일을 마무리하는 기색이 모두에게 느껴진다. 그리하여 자리의 분위기는 한결 누그러졌다.

"만일 네가 왕이 되겠다면 아우케트, 내가 돕겠다. 내가 길을 알려주겠다."

그러자 모두의 눈이 휘둥그레졌다. 아난가크와 두카르는 아예 입이 벌어졌다. 아우케트는 의혹에 가득 찬 눈초리로 서리심을 보았다. 뉘르뉴는 그 시선을 받아내며, 다음과 같이 말했다.

"내 긴 칩거를 끝내는 일이 되겠지. 하지만 어떠냐? 나는 용에도 결코 지지 않는다. 너희의 왕을 세우는 일에 나 외에 이만한 조력자가 없으리라. 너희는 북의 저 삿된 무리에 대항하고, 세를 불려야 한다. 다만 이 모든 일의 전제는 오로지 하나다. 울리케가 결코 왕이 되지 못하게 하는 것. 그가 인세의 권력에 희생되지 않도록 하는 일이다."

"그것이 그를 위하는 일이라고 감히 말할 수 있나? 왜 인세에 참견하려는가?"

아우케트가 묻자, 서리심은 짐짓 오만하게 턱을 들며 말하였다.

"왜 인세라고 말하느냐? 잊었느냐? 나는 겨울과 약속의 신, 그분의 무녀이다. 너희의 혈맹자께서도 윤나를 통해 만물에 대한 신성의 반환을 약속하셨다. 그러니 그를 믿고 따르는 너희도 나를 믿어라. 기꺼이, 이 일이 그에게 해가 된다면 내 심장은 봄날처럼 녹아내리리라."

이날, 시우부름의 고블린과 서리심의 사이에 하나의 약속이 맺어졌다.

로젤은 피어클리벤의 아이들 가운데 아홉째였고 열여섯 살이었다. 그러니까 아그니르나 울리케와는 연년생이 된다. 아그니르처럼 유레의 배로 나왔지만 그렇다고 해서 울리케와 사이가 나쁜 것은 결코 아니었다. 성격과 호불호가 강해 형제들 사이에서 말썽이 잦았던 아그니르와는 달리, 로젤의 성격은 둥글둥글했고 잔정이 많았다. 두 살 어린 발프리드와 가장 친했지만 그것이 소녀가 동생들을 잘 챙기는 성격이었던 까닭만은 아니었다.

그들의 어머니 유레는 자신의 딸과 아들들을 아주 명확히 나누어 훈육했으며, 그 애정의 형태도 판이했다. 둘째 부인 이실케의 작고 이후 더 뚜렷하게 드러난 그 태도에 의해, 통제할 수 없던 아그니르는 사실상 방치되었고 로젤은 다소 무시되었다. 발프리드가 손위 형제들에게 깍듯한 어법을 갖게 된 것은 유레의 이런 차별 때문이었다. 하지만 이러한 면모가 유난하다고는 결코 말할 수 없다. 적어도 제국 북부의 문화권에서 유레의 방식이 더 상식에 가까웠으니까. 때문에 발프리드가 유레의 손을 벗어나 마법사의 제자가 된 것은 그에게 꽤나 황망한 노릇이었겠다.

어쨌건, 그래서 로젤은 유레의 극성맞은 면모로부터 잘 놓여나와 조용하고 느긋한 성품으로 자라났다. 그는 대부분의 시간 뜨개질을 하고 문관 에이드리크가 내준 숙제를 하는 데 보냈다. 그리고 종종 부엌에서 요리를 거들기도 한다.

"목도리는 짜 둔 것이 많아, 언니. 하나 가져가."

"아니, 내가 짤 거라고."

그러자 로젤은 귀신을 본 것 같은 얼굴로 아그니르를 쳐다보았다. 난데없이 자신의 방에 쳐들어와서 새끼 그리핀의 털목도리를 짜겠다고 말하는 아그니르라니. 성 안뜰에 처음 용이 내려앉았던 그 날만큼의 충격이었다. 예상치 못한 사태와 변화 모두에 질색인 로젤에게 최근의 피어클리벤은 정말이지 너무나 시끄럽고 비일상적인 사건들의 연속이다. 이게 다 저 용 때문이다. 그렇게 여기는 로젤은 한숨을 푹 쉬며 말했다.

"그래서 나더러 언니를 가르치라고? 뜨개바늘을 던져 벽에 꽂는 편이 더 언니다운 수련이 아닐까?"

"그건 이미 할 줄 알아."

별것도 아니라는 투로 말하는 아그니르에게, 로젤은 질렸다는 표정을 짓는다. 로젤이 울리케처럼 언변으로 아그니르를 이길 수는 없는 일이었다. 유모 겸 침모였던 실지에가 있었으면 떠넘겼으련만, 지난 훈련 행렬에 유레와 함께 떠나버렸으니 어쩔 수가 없겠다.

"아기 이름은 뭐로 할 거야?"

결국 그렇게 아그니르와 마주 앉아 코 만드는 법부터 가르치던, 로젤이 물었다. 본래라면 여전히 부러진 팔 때문에 불가능한 일이었겠으나, 공연한 고집이라 여긴 아셰리드와 울리케의 합심에 의해, 아그니르가 잠든 사이 시야프리테를 넣어 팔을 고쳐버렸던 것이다. 덕분에 이튿날 잠에서 깬 아그니르는 한동안 길길이 날뛰었지만, 그리핀의 알이 곧 부화할 조짐을 보인 통에 모두 잊고 말았다. 역시 육아에는 두 팔이 온전할 필요가 있으니까.

"아직 몰라. 울리케는 에인달케 언니에게 물어보자던데……."

"……에인달케 언니에게 아기를 보여 줄 생각이야?"

"그냥 이름 짓는 거잖아? 손댈 일은 없을 거야."

아주 어릴 때였지만 아그니르와 로젤은 기억한다. 에인달케도 어렸을 시절, 힘 조절이 서툴렀던 그가 귀엽다고 껴안은 새끼고양이는 그대로 허무하게 죽고 말았다. 피어클리벤의 모든 아이들이 울음바다가 되었지만 가장 충격을 먹었던 것은 에인달케 본인이었다. 그 사건은 소녀가 방 안에 틀어박혀 책벌레로서의 삶을 시작한 계기가 되었고, 실은 아직까지도 에인달케의 머릿속 한편에 도사린 아픈 기억이다. 이후 그는 남모를 노력 끝에 힘 조절을 할 수 있게 되었음에도 여전히, 아이들이나 어린 동물들을 지극히 기피하며 살아왔다. 이는 피어클리벤 가문의 모두가 잘 아는 이야기였다.

"내가 손대지 않게 할 거고."

문득 아그니르가 다짐하듯 중얼거리자, 로젤이 언짢은 표정으로 아그니르를 보았다. 본을 보여줄 겸 마주 앉아 대바늘을 놀리고 있는 로젤은 어느새 무서운 속도로 타래염소털실을 엮어가고 있었다.

"그건 좀 너무하잖아? 에인달케 언니도 이제 힘 조절은 잘할 거야. 나이가 들었잖아?"

로젤은 이렇게 에인달케를 변호한다. 그는 그리핀이 부화한 날부터 에인달케가 아그니르의 방 주위를 이유 없이 배회하던 걸 이미 몇 번이나 목격하였다. 실은 보고 싶어 죽을 지경이겠지. 하지만 결코 스스로 보여달라고 하지도 못할 것이다. 로젤은 그렇게 짐작한다.

"나이가 들면 보통 힘이 더 세지거든?"

자매의 대화는 그렇게 계속 이어졌다. 대단치 않은 화제들을 가지고, 티격태격하면서.

그들이라고 해서 울리케처럼 북쪽으로 떠난 아버지와 가신들, 그리고 유레와 동생들에 대한 걱정이 없을 리 없다. 아니 오히려 울리케와 달리 유레는 그들의 생모인 만큼, 이 자매들의 걱정은 더욱 컸다. 그랬기에 딱히 내색하거나 묻지는 않았지만 일과에 한층 몰두하며, 아그니르의 경우에는 새로 자신의 생에 끼어든 새끼 그리핀에게 반쯤 미친것처럼 정성을 쏟고 있는 것이다.

물론 아그니르의 경우엔 이러한 걱정들이 없었더라 하더라도 아마 여전히 지금만큼 그리핀 새끼에게 집착했으리라. 그것은 그가 오랫동안 바라마지않아 온 '특별한' 반려동물 중에서, 감히 상상할 수 있는 가장 이상적인 대상이었으니까. 만일 피어클리벤에 일어난 여러 일들이 요즘처럼 복잡하지 않았더라면, 이 가문의 관심은 단연코 이 영물인 그리핀에게 오롯이 쏠렸으리라. 하지만 아그니르는 어떤 면에서, 지금처럼 그리핀 새끼에게 모두의 관심이 집중되지 못하는 상황이 차라리 더 좋았다. 그것이 그의 독점욕을 보다 충족시키며 아울러 원하는 대로 기를 수 있는 자유를 주었으니까. 만일 노아크가 머물렀고 다른 문무가신들까지 있었다면 이 양육에 가세하여 참견하거나, 혹은 그리핀을 황실에 바쳐야 한다는 식으로 이야기했을지도 모른다. 절대로 그럴 수는 없는 일이다. 저 아이는 내 아이야! 설령 용이라 해도 내게서 빼앗아갈 수는 없지. 아그니르는 벌써 그렇게 다짐하고 있었다.

"언니 코 풀렸어."

로젤이 문득 불렀다. 아그니르는 당황하여 손을 내려다본다.

"이거 왜 이래?"

"망했네. 다시 해."

좋은 양육자가 되기란 힘든 일이다.

한편 그 시각, 에인달케는 로릭스데와 케틸이 머무는 성안의 객실에 있었다. 그가 '힘들여' 가져온 책 선물은 예상대로 울리케의 격한 환영을 받았다. 최근 성에 일어난 여러 머리 아프고 우울한 일들 가운데, 어쩌면 그 일만이 유일하게 울리케에게 순수하고 참된 즐거움이었으리라. 그래서 에인달케는 이 귀향길이 적어도 아주 보람 없진 않았다고 생각하며 미소지었다. 아룬드에게 줄 책도 가져왔건만, 아쉽게도 그는 현재 집에 없다. 그나저나, 다들 잘 있는 것일까?

"왜 여기서 책을 읽는가?"

눈을 감고 명상을 하던 케틸은 에인달케가 못내 신경 쓰이는지 불쑥 물어온다. 벽난로 앞에 앉아 책을 읽던 에인달케가 눈도 들지 않고 대꾸했다.

"따뜻하니까요."

"이제 아가씨도 방을 받지 않았소?"

"구태여 장작을 낭비할 필요가 있나요?"

땔감을 아끼기 위해 한 방에 몰려든다는 발상을 하는 귀족가문이 얼마나 있을까? 적어도 부유한 라핀다시르 공작가에 봉직해온 케틸로서는 도무지 이해하기 어려운 셈법이다. 그와 마찬가지로 책을 읽고 있던 로릭스데가 쓴웃음을 지었다. 그가 말한다.

"일전에 아우셀바프에서 바친 재물이 꽤 되지 않습니까? 앞으로 피어클리벤은 더욱 부유해질 것입니다. 뭐……, 아이비레인이 선물을 보내올 가능성도 크고요."

그러자 에인달케가 눈을 들더니 골똘히 생각하는 표정을 지었다. 그러다 그가 물었다.

"아이비레인 소유의 재산이 따로 있나요?"

"그럼요. 그는 우리 가문에서 돌보고 있지만, 명실공히 백 살이 훌쩍 넘었으니 상징적인 가주(家主)이자 섭정이기도 하니까요. 그는 꾸준히 자신의 금고를 불려왔고, 자신의 재량껏 사용합니다.”

“용들이 재물을 사랑한다는 것은 참말인가 보군요?”

“그렇다고 말씀드리기엔, 저도 아는 용이 여태 하나뿐이었습니다. 게다가 최근 새로 알게 된 용은, 뭐랄까……, 좀 이상하고요.”

그들은 동시에 피식 웃는다.

빌러디저드가 언약의 교환에 회의적인 반응을 보인 것은 조금 실망스러웠지만, 원체 지극히 대담한 제안이었기에 좌절할 일은 아니었다. 로릭스데는 아우셀바프 모험가 조합에 의뢰를 넣어 공작령으로 전하는 특급 서신을 보냈고, 이로써 편도로 한 달은 걸릴 거리지만 일주일 정도 만에 회신을 받아볼 수 있었다. 그의 아버지 라핀다시르 공작은 피어클리벤 백작령과의 협력에 전폭적으로 찬성하였다. 다만 두 영지의 거리가 먼 까닭에 실질적인 교류가 긴밀히 이뤄지기는 난망하다. 그 문제는 앞으로 협의에 의해 다뤄질 것이며, 이를 위해 로릭스데와 케틸은 당분간 피어클리벤에 머물기로 했다. 공작의 서신 말미에는 피어클리벤으로 보낼 예물의 대략적인 규모와 인편의 구성원도 적혀 있었다. 그러니까 앞으로 한 달쯤 후면, 피어클리벤에 공작령의 예방단이 정식으로 도착할 것이다. 하지만 로릭스데는 아직 이 사실을 아무에게도 이야기하지 않았다. 뉘른스에크령의 심상치 않은 소문들 때문에 성안의 분위기가 나빴던 까닭이다. 여기서 자칫 공작령의 입장만을 자랑하고 시혜적인 구도로 비춰질까 우려하는, 신중한 로릭스데였다.

"그나저나, 용이 돈을 어디에 쓰나요?"

에인달케의 물음이다. 로릭스데는 머쓱한 표정을 짓더니 대답했다.

"어……, 그는 공예품 애호가입니다. 많은 직인들의 후원자이죠. 그리고 고아원장이기도 합니다."

"아니, 공작가에서 일한 게 몇 년인데 그런 것도 몰랐소?"

곁에 있던 케틸이 가볍게 힐난한다. 로릭스데의 대답을 듣고 재밌다는 표정을 짓고 있던 에인달케가 늙은 마법사를 향해 말했다.

"제가 그런 걸 관심 두는 성격이었으면, 애초에 이 여정이 기획되었을까요?"

그럴 리가 없지. 케틸은 혀를 씹은 표정이 된다. 그에게 자신의 가문을 위한 일체의 사심이 철저하리만치 없다는, 일종의 '사상검증'이 있었기 때문에 피어클리벤 행의 안내자로 선택된 것이다. 에인달케는 계속 말했다.

"그런 것들을 묻고 다니기엔, 라핀다시르 성은 너무 크고 책도 많아요. 대체, 그 책들을 내버려 두고 돌아다닐 일이 있겠어요?"

"혹시, 빨리 돌아가고 싶은 것입니까?"

로릭스데의 물음이다. 에인달케는 순진하게 그리운 표정을 지었지만, 이내 고개를 가로저었다.

"허락하신다면 결국엔 돌아가겠지만, 저는 여기서 좀더 용을 구경하고 싶어요. 가능하면 그의 대화록을 쓰고 싶으니까요."

"대화록이요?"

로릭스데가 의외라는 얼굴로 또 물었다.

"네. 용이 언약하고, 한 가문의 배후가 된 초기의 행적이 될 테니까요. 황실의, 대제와 스미드레드의 기록은 너무 난삽한 윤문이 심하고 왜곡과 가감이 많다고 생각해요. 그래서 사실 그대로를 전하지 못하죠. 문학적으로야 모양새가 빼어나지만, 후손들이 참고할만한 사료라기엔 지나치게 지저분해요. 나는 그런 불만을 담아서 이 실록을 쓰고 싶어요."

"그건 흥미롭군요."

로릭스데는 고개를 끄덕인다. 그리고 그가 말을 이었다.

"우리도 아이비레인과 언약한 과정에 대한 기록이 있긴 합니다. 물론……, 보여드리기는 좀 힘듭니다."

"이해해요. 그러니 청하지도 않았어요. 다만 이건 우리 가문의 일이니까, 나는 어떤 참고도 없이 멋대로 쓸 수 있죠."

로릭스데는 물끄러미 그를 보았다. 라핀다시르 공작가에서 아이비레인에 관한 모든 사항은 철저하게 대외비로 다루어진다. 특히 아이비레인과 라핀다시르의 언약은 오로지 구전으로만 암송되며, 기록물로 남기지 말 것을 가훈으로 엄히 전하고 있다. 적히지 않은 것은 유출될 수 없으므로. 그렇기에 다소 염려가 된 로릭스데는 물었다.

"언약의 내용까지 기록하실 것입니까?"

"가능하다면요. 하지만 그건 제가 결정할 게 아니네요."

로릭스데는 고개를 끄덕였다.

용들의 언약이란 그 내용 자체로는 사실 별것 없다. 용의 언약에 주목하는 것은 용을 권력의 도구로 사용하고자 하는 자들일 뿐이다. 그렇기에 언약의 내용을 감추고, '뭔가 있는 듯' 구는 것이다. 전제와 조건을 모르면 파훼할 수 없으니까.

"손님이 왔군."

여태 조용히 그들의 대화를 듣고 있던 케틸이 문득 말했다. 두 남녀의 눈길이 그를 향한 가운데, 늙은 마법사가 몸을 일으켰다.

"북쪽으로부터 순찰대가 온 것 같소. 아마 어떤 소식을 가져왔겠지."

기다리던 북부의 소식이 왔다.

제 5장

아룬드에게 처음 본 여기 이곳, 이실바프의 풍경은 여러 가지로 낯설었다. 그가 방문해본 유일한 자유도시는 피어클리벤의 남쪽 도시 아우셀바프뿐이었기에, 자연히 이 시커먼 병참도시와 여러모로 비교하는 기준이 될 수밖에 없었던 것이다. 즐비한 대장간, 군량으로 도축되기 위해 몰려가는 털소 떼, 형벌부대로 징집된 죄수들이 줄에 묶여 질척한 진창 위를 맨발로 걷기도 한다. 전체적으로 도시의 분위기는 사나웠고, 긴장감이 서려 있었다. 민병치안대 따위는 애초에 필요도 없어 보인다. 그야말로 여차하면 도시 구성원 모두가 칼을 꺼낼 표정을 짓고 있었으니까.

"한눈팔지 말거라."

"죄송합니다."

아룬드와 닐스그림은 주점에서 나온 한스 일행을 따라붙고 있었다. 황녀는 지팡이를 앞세운 채 그들의 사소한 대화를 엿들으려 집중하며 걸었다. 그러면서도 거리의 오물과 행인들을 잘도 피해 다닌다. 별것 없는 아룬드는 정작 쩔쩔매며 뒤따르다 사람들과 부딪히거나 진창에 발을 디디거나 했는데 말이다. 그를 한심스럽다는 듯 흘겨본 닐스그림이 말했다.

"예상대로야. 저들은 '그들'의 패거리가 분명하다. 먼저 이 도시에 와서 자리를 잡은 모양이군. 오늘 안에 '그들'의 주요 인물들이 이 도시로 온다는 것 같다. 물론 위장된 신분이겠지."

"아버님이나, 황자 전하의 언급은 없었습니까?"

아룬드가 조용히 물었으나 닐스그림은 고개를 저었다.

"없다. 안다고 해도 대로에서 떠들 이야기는 아니지. 계속 주시하며 따라붙는 게 좋겠다."

"피어클리벤에 전령을 보내고자 합니다. 소식을 궁금히 여길 테니까요."

"백작이 마법 팔찌를 갖고 있었다면서? 그가 연락을 취했을 수도 있다."

"그러하더라도, 저와 아가씨가 무사한 것은 알려야 하지 않겠습니까."

두 남녀는 이런 대화들을 조용히, 그러나 빠르게 주고받으며 도시의 거리를 뚫고 갔다. 베르벳과 한스 일행은 그들보다 상당히 앞서 있어서 번번이 시야에서 벗어났지만, 닐스그림의 지팡이 덕분에 그들을 찾는 데는 아무런 문제가 없었다. 베르벳의 기척이 워낙 특이해서 금방 감지할 수 있다는 것이다.

"하지만 저렇게 마기를 뿌려대서야, 이 도시에 주재하는 마법사들도 여럿일 텐데, 분명 눈치채일 것이다. 왜 단속을 하지 않지?"

"아가씨의 지팡이는 괜찮습니까?"

그러는 정작 닐스그림은 조심하고 있느냐는, 아룬드의 물음이다. 그러자 닐스그림이 답했다.

"괜찮다. 이 지팡이에 어떤 장치들이 중첩되어 있는지, 아마 너는 감히 상상할 수 없을 것이다."

닐스그림이 아룬드를 무시한 건 결코 아니었다. 아룬드가 설령 마법사였다 하더라도 여전히 상상하기 어려운 이야기였을 테니까. 닐스그림의 손에 들린 이 경이적인 기물은 수백 년에 걸쳐 쌓아온, 인간 마법사들의 기예가 총집합된 산물이었다. 비록 그것이 부정할 수 없는 죄악을 담고 있다 한들, 그 놀라운 지식과 기술의 성취까지 깎아내릴 순 없었다. 그러나 황녀는 결코 자랑스러운 얼굴이 아니었다. 그는 가능한 한 담담하고 객관적으로 말하려 애쓰는 것이다.

그들은 이제 좁은 시장통의 골목으로 접어들었다. 어둑하고 켜켜이 밀집한 노점들이 다양한 냄새를 풍기며 왁자한 가운데, 그들의 한참 앞을 걷던 한스 일행이 멈추는 게 보였다. 아룬드와 닐스그림도 자연스레 걸음을 그쳤고, 여전히 지팡이에 기대 눈과 귀를 예민하게 하고 있던 닐스그림이 혀를 찼다.

"아이가 엿을 사달라고 졸랐군."

그 바람에 둘은 한동안 어색하게 서 있어야 했다. 아까 나온 주점에서 간단하게 요기를 했기에 배는 고프지 않았다. 아룬드는 새벽 기습에 임해 무장만을 한 상태로 닐스그림에게 납치되다시피 탈출한 터라 한 푼도 갖고 있지 않았지만, 닐스그림은 애초에 이 모든 걸 염두에 둔 듯 돈지갑을 챙겨 나왔다. 그랬기에, 비록 지금까지 돈 쓸 일이 거의 없긴 했지만 모든 지출은 황녀에 의해 이뤄지고 있었다. 눈에 띌까 저어해 버린 갑옷들이 영 아쉬운 아룬드는 속으로 혀를 찼다. 그것들을 팔았더라면 좋았을 테지만, 어차피 닐스그림은 허락하지 않았을 것이다. 신분을 유추할만한 단서는 남기지 않는 것이 좋기에.

"네가 한 말을 좀 생각해봤다."

다시 한스 일행이 움직이기 시작했다. 이에 걸음을 재촉하며, 황녀가 입을 뗐다.

"적들의 목표가 우리 가문이 아닌, 권신들의 결탁일지도 모른다는 이야기 말이다. 그것이 사실이라고 전제해놓고 궁리해 보았지. 제국의 내부에서 기반을 마련하기 위해서는 어떻게 해야 했을까? 모든 영지들은 각 가문의 봉토이며, 그들의 충성 서약을 헤집고 들어가기란 결코 쉽지 않다. 물론 이는 다만 나의 인식이다. 너, 아룬드여. 네 생각은 어떻지?"

아룬드는 기습적인 황녀의 질문에 주춤했지만, 그리 오래 고민하거나 당황하지 않았다. 그는 금방 선선히 대답한다.

"저희 같은 변두리 영지와 중앙 귀족들의 입장은 꽤나 판이할 것입니다. 그렇기에 무어라고 한가지로 묶어 이야기할 순 없겠습니다만, 용에 관한 사실이 알려지느냐 아니냐가 실로 큰 차이를 야기할 것입니다."

"길게도 말하는구나. 순진한 생각이라 이 말이로군?"

닐스그림이 그렇게 확 정리해버리자, 아룬드는 좀 억울한 표정을 지었지만 부정하지는 않았다. 용이 없으면 제국은 더 이상 실제로 성립하지 못한다. 각지의 토호들이 자치성을 더하는 가운데 유명무실한 황실로부터의 분리나 자체적인 연합을 구성할 가능성이 크다. 아룬드는 그렇게 생각했다. 하지만 황녀는 이견을 제시한다.

"네가 모르는 것이 한가지 있다. 이 지팡이와 마찬가지로, 황실에 허락된 기물들이 몇 개 더 있지. 그 중, 오로지 단 하나의 기능만을 가진 법구가 있다. 바로 마법사의 재능을 가진 이들을 식별해내는 도구이다."

아룬드는 순간 눈을 크게 떴다. 닐스그림이 그런 그의 표정을 보며 말했다.

"알겠느냐? 스미드레드의 생존 시에 황실과 중앙 귀족들은 그의 눈을 통해 많은 마법사들을 양성하였지. 그 자체가 하나의 권력이었다. 그의 죽음이 가까워져 오자, 발라-라싸의 현자들과 황실의 마법사들은 용만이 가능한 그 식별을 재현하기 위해 터무니없는 노력을 기울였다. 이 지팡이도 실은 그 과정에서의 산물이니라. 결국, 스미드레드는 떠났지만 황실은 마법에 관한 한 그 권력을 잃지 않게 되었지. 용의 부재는 너의 말대로 제국 전체에 큰 충격을 주겠지만, 황실이 결코 유명무실한 것은 아니다. 제국은 그 기능을 충분히 유지할만한 행정적 역량을 가지고 있다."

"……역량이 있는 것과 인식하는 바는 좀 다른 이야기 아니겠습니까? 정통성에 관한 의심, 속았다는 데 대한 분노, 부정적인 감정은 다양할 것입니다."

"그렇겠지. 그리고 여기서 황실과 권신들의 의견이 나뉘었다. 아까 말한 그 법구는 현재 황실이 소유하지만, 그것을 다루는 비술은 오로지 드레스바르프 후작가가 독점하고 있다."

계속해서 쏟아지는 새로운 이야기에 아룬드는 현기증이 날 지경이었다. 닐스그림의 눈초리가 매서워지더니 말한다.

"도대체 후작과 나머지 귀족들은 어디 간 것이지? 그날 새벽 눈을 떴을 때 이미 그들의 기척은 전혀 감지되지 않았다. 그들 또한 역도일까? 이해가 가지 않는다. 머리가 아프군……."

그들의 대화와 걸음이 여기쯤 이르렀을 때, 장소는 어느덧 이 실바프 시의 서쪽에 위치한 여각 밀집구역으로 바뀌었다. 한스와 베르벳 일행은 그 가운데 하나의 건물로 들어갔다. 많은 마차와 말, 여행자들이 오가는 혼잡한 구역이었다.

"아까 하려던 말을 못 했군. 내 이야기는 이것이다. 적들이 제국 내에서 세력을 키우기에 가장 이상적인 장소들은 영지가 아니라 이런 자유도시들이라는 것이다. 도시는 충성이 아니라 계약관계에 가깝고, 특정한 가문의 이해나 도리로부터 훨씬 자유로우며, 그런 만큼 인간들의 욕망이 가감 없이 움트는 곳이니 말이다. 너의 여동생이 마주쳤다는 그 무리들도 아우셀바프에 있었다고 했지? 그리고 이번에는 이 도시로구나. 어쩌면 제국의 모든 도시들에 그들의 세력과 거점이 있을지 모른다."

"그렇다면 실로 심각한 이야기 아닙니까?"

아룬드가 어두운 얼굴로 묻는다. 닐스그림은 혀를 깨문 표정으로 고개를 끄덕였다.

"그렇다."

그때였다. 아룬드는 한스 일행이 들어간 여각 건물 앞에 한 마차가 와서 멈추는 것을 보았다. 무심히 그것을 구경하던 그의 눈이, 마차 문이 열리고 내려선 사람들을 보는 순간 휘둥그레졌다. 그의 표정을 보고 뒤늦게 마차 쪽을 쳐다본 황녀의 눈초리도 부릅떠진다.

"저 사람은……, 너의 서모가 아니냐?"

"네. 동생들도 있군요. 그리고 저분은……."

아룬드는 유레를 안내하는 사내를 알아본다. 생애에 몇 차례 보진 못했지만 확실히 기억하는 이, 유레의 오빠인 비드리였다.

비드리는 웃는 얼굴로 유레와, 아룬드의 어린 동생들을 안심시키듯 말을 걸며 여각 안으로 그들을 안내하고 있었다. 더불어 마차 안에서 따라 나온, 침모 실지에와 몇몇 하인들도 보인다. 아룬드는 그들 모두 무사했다는 안도감이 파도처럼 밀려들면서도, 동시에 도대체 어떻게 해서 저들이, 왜 하필 지금 이곳에 나타난 것인지 의혹을 느꼈다. 다른 가신들이나 종사들은 일체 보이지 않는다. 그 새벽 기습의 난리통에 유레가 어린아이들을 이끌고 탈출할 방도가 있었단 말인가?

“저들이 같은 여각에 들어간 것은 결코 우연이 아니겠지.”

닐스그림의 목소리가 준엄해진 것을 깨달은 아룬드는 당황하여 그를 보았다. 그가 말했다.

“서모께서 결탁하셨으리라 의심하십니까?”

“결탁? 그가 성문을 열 힘이라도 있었겠느냐? 아직 그에게 죄가 있으리라 말하는 것이 아니다.”

아룬드는 급히 비드리에 관해 아는 것을 알렸다. 유레를 안내한 상인이 그의 오빠임을 안 황녀의 미간이 더욱 좁혀졌다. 한동안 그들이 들어간 여각의 입구를 노려보던 닐스그림이 말했다.

“그렇다면, 그 비드리라는 자가 가장 의심되는군. 그는 분명 무언가를 알았던 게고, 사전에 그대의 서모에게 넌지시 어떤 탈출의 방편을 알렸을 수 있다. 이 모든 게 그저 추측이다만……. 이제부터 그걸 알아보자.”

닐스그림은 그렇게 말하며 지팡이를 강하게 움켜잡았다. 선채로 한동안 집중하던 닐스그림의 표정이 갑자기 무너져내렸다. 그가 탁한 목소리로 중얼거렸다.

"아무것도 보이지 않는다……. 그 아이의 기척도 끊겼어. 대체 저 안은 뭐지?"

황녀는 눈에 띄게 당황한 기색이었다. 여태 아룬드가 그와 함께한, 그리 길다고는 할 수 없어도 강렬하고 압축적이었던 이 여정에서 한 번도 보이지 않은 당황함이었다. 하지만 아룬드는 마법을 모르기에 무어라 건넬 말이 없었다. 입술을 깨물고 있던 황녀가 말했다.

"낭패로다. 이렇게 초계의 술(術)이 먹히지 않은 적이 없다. 이런 게 가능하다니?"

"저는 잘 모릅니다만, 어쩌면 파마의 화살과 유사한 무언가가 아닐까요?"

가끔은 뭘 모르는 게 단순하지만 정곡을 찌르는 데 도움이 된다. 비전문가인 아룬드가 마법에 관해 알고 있는 몇 안 되는 지식들을 총동원해 내린, 어떤 면에서는 지극히 당연한 추측이었다. 머릿속으로 자신이 아는 모든 마법적 경우의 수를 헤아리고 있던 닐스그림은 생각도 못 했다는 표정을 지어 보였다.

"그런……, 그럴 수 있겠군! 들었는데 왜 생각하지 못했을까? 그것 말고는 설명할 방도가 없겠다. 파마의 술을 이런 식으로도 사용할 수 있단 말인가? 정말 무서운 이야기가 아니냐! 마법적 초계로 감지할 수 없는 자객들을 상상해 보거라. 이럴 수가……."

닐스그림은 부르르 떨었다. 하지만 아룬드는 그게 그렇게 무서운 이야기라는 실감이 나지 않았다. 만사를 마법적으로 생각하는 데 익숙한 닐스그림과 달리, 아룬드는 그저 영주 후보일 뿐인 무사였으므로. 마법으로 감지가 안 되는 게 뭐 어떻단 말인가? 튼튼한 방비와 성실한 보초가 있으면 대응할 수 있는 일이지 않은가? 그래도 그는 예의상 짐짓 닐스그림의 염려에 동조하는 표정을 꾸며 보였다. 닐스그림은 어느새 당면한 문제들을 잊고 마법 기술적인 그만의 고민에 빠졌는지 뭔가를 빠르게 중얼거리기 시작했다. 한동안 신경 쓰지 않고 내버려 두던 아룬드는 마침내 점점 참기 힘들어졌다. 당당하고 거침없어 보이던 황녀 닐스그림은, 어쩌면 혹시 광적인 마법 애호가가 아닐까? 그 스스로가 마법사가 아니며 때문에 그 본질적인 것은 결코 이해하지도, 느낄 수도 없지만 지팡이의 도움을 받아 본래 인간에게 허락되지 않는 초능력을 다루는데 익숙한 그라면, 어쩌면 진짜 마법사 이상으로 그 불가해성에 매료되지 않을까? 아룬드는 이런 생각을 하며 중얼중얼하는 닐스그림을 물끄러미 쳐다보았다. 그나저나 황녀 전하, 이럴 때가 아닙니다만…….

"아, 미안하다."

닐스그림은 마침내 자신만의 우주에서 벗어난 듯, 황망한 얼굴로 아룬드를 보았다. 조금 머쓱해하며, 황녀가 말했다.

"너무 예상외의 일이라, 조금 매달렸느니라."

"……이제 어떻게 합니까?"

아룬드는 점잖게 물었다. 닐스그림은 잠시 고민하더니 별안간 아룬드에게 휙 눈을 치켜뜨더니 책했다.

"아니, 너는 매사에 사고를 남에게만 맡기느냐? 너도 생각이란 걸 좀 하거라! 이제 어떻게 하면 좋겠느냐?"

참으로 뜬금없는 힐난이었으나 아룬드는 별로 억울해하지도 않고 순순히 궁리하기 시작한다. 그는 그가 자신의 윗전이라는 점을 전혀 잊지 않고 있는 것이다. 그가 말했다.

"어쩔 수 없지 않습니까? 저 안에 들어가 보는 것은 좋은 생각이 아닌 것 같습니다."

"네 서모와 동생들이 있는데도 말이냐?"

닐스그림이 의아해하며 묻자, 아룬드는 답했다.

"서모께서 어떤 간특한 뜻을 품으셨다고는 저도 생각하지 않습니다만……, 모르겠습니다. 내키지 않는군요. 아버님께서 계셨더라면 지체 않고 들어가 보았을 것입니다만……."

아룬드는 결코 자의로 말꼬리를 흐린 것이 아니었다. 순간 모골이 송연해지는 살기가 그들을 엄습했던 것이다. 아룬드는 반사적으로 몸을 돌리며 손을 허리춤의 칼자루에 가져갔고, 닐스그림도 날쌔게 앞으로 펄쩍 뛰더니 몸을 뒤로 돌리며 지팡이를 내밀었다. 그런 그 둘의 앞에 선 것은 검은 옷을 입고 선, 키가 아주 큰 사내였다. 뭐라 말할 수 없이 싸늘한 눈길의 그 사내가 닐스그림과 아룬드를 쳐다보며 입을 열었다.

"소란 피우지 마라. 너희를 벨 계획이 없다."

"웬 놈이냐?"

팽팽히 긴장한 닐스그림이 날카롭게 물었다. 그는 황녀를 힐끔 보더니 말을 이었다.

"이미 너희는 발각되었고, 저격 준비도 끝나 있다. 피어클리벤의 장자와 아우스뉘르 황녀 전하. 들고 있는 신물의 위용을 너무 믿지 마시지. 너의 대에서 그것이 깨지는 꼴을 보고 싶지 않다면 말이다."

아룬드와 닐스그림은 본능적으로 이 자의 소속과 용력을 짐작한다. 필시 역당의 무리이리라. 그리고 그들의 짐작대로, 그들의 눈앞에 선 이 자는 예전 아우셀바프에서 울리케 일행과 충돌하고, 랄로프의 얼굴을 베었던 빌야미르였다. 그는 침중하게 지껄였다.

"안으로 들어가실까? 너희의 생존을 기뻐할 이들이 여럿이다."

닐스그림은 노여운 얼굴로 그를 바라보며 지팡이를 쥔 손에 힘을 주었다. 하지만 아룬드가 손을 뻗어 막아오더니 말없이 고개를 흔들었다. 이 자들이 일전 여동생 울리케와 충돌했던 그 자들이라면, 필시 파마의 화살이 자신들을 노리고 있을 것이다. 모험을 할 조건이 못되었다. 닐스그림은 입술을 깨물며 지팡이를 내렸다.

순찰대들이 피어클리벤 성까지 오는 일은 보통 없다. 피어클리벤의 잉겐 마을처럼, 그들을 위한 숙박 시설이 마련된 복수의 거점을 순회하며 뉘른스에크령과 그에 면한 두 속령의 경계 지역 치안을 돌보는 일을 하기 때문이다. 따라서 지금처럼 그들이 성의 정문을 통과해 들어오는 광경은 낯설기 짝이 없었다. 보고를 받은 행정관 울리케는 부리나케 집무실을 나와 그들을 맞이했다.

"처음 뵙습니다, 아가씨. 저는……."

"아가씨가 아니라 진흥행정관입니다."

울리케의 곁에 서 있던 크누드가 정정해준다. 순찰대장은 거친 얼굴을 쓸어내리고 눈을 두리번거리더니 겸연스레 다시 말했다.

"네, 행정관님. 저희는 뉘른스에크 소속의 순찰대이고, 저는 대장인 종사 길펀입니다."

"거친 여정이었나보군."

이렇게 말하는 울리케는 그들의 행색이 말이 아님을 본다. 길펀을 포함해, 순찰대의 인원은 열둘이었으나 주인 없이 빈 말이 세 필인 것으로 보아 본래 출발 인원은 분명 더 있었으리라. 그의 말을 들은 순찰대들의 표정은 모두 어두워졌고, 그러면서도 동시에 어떤 안도감을 느낀 듯했다. 순찰대원 하나는 울먹이는 얼굴로 그 자리에 주저앉아버렸다. 길펀은 그를 나무라듯 노려보았으나, 스스로도 지쳤는지 딱히 더 이상 제지하지 않았다.

"북부의 소식이 끊겨 애가 타던 참이다. 뉘른스에크의 상황은 어떤가?"

이미 용을 통해 중요한 사실들은 들었으나, 그것은 단편적인 것이었고 비공식적인 이야기였다. 그랬기에 울리케는 마치 곧 그의 입에서 떨어질 비보들을 처음 듣는 듯, 마음의 준비를 하며 이렇게 물었다. 울리케가 하인을 시켜 가져오게 한 물을 벌컥벌컥 들이켠 순찰대장은 물통을 동료들에게 돌리곤 잠시 말을 골랐다. 그러다 그가 말했다.

"실은 어떤 상황인지 저희도 잘 모릅니다."

"……뭐라고?"

"우선 들으시지요. 뉘른스에크 성 일대는 무슨 미친 눈보라가 상시 휘몰아치고 있어 아예 접근이 안 됩니다. 거기다 와이번과 눈트롤 떼들이 계속 목격되고요. 성하촌은 그야말로 결딴이 나 버렸습니다. 성에 집결해 있던 부대들은 거의 전원 사라졌습니다. 죽었다고 생각됩니다만……, 시신을 추스를 방도조차 없으니 알 수가 없습니다. 성하촌의 주민들은 인근 마을과 자유도시 이실바프 쪽으로 피난해야 했습니다. 백작님이나 기사님들도 어찌 되셨는지 전혀 알 길이 없습니다. 현재, 뉘른스에크의 명령체계는 완전히 무너져 있다고 보시면 됩니다. 다른 마을들이야 불안해하면서도 그냥저냥 지내고 있습니다만, 이 상태로는 도무지 어쩌면 좋을지 알 수가 없습니다."

순찰대장 길핀의 목소리엔 황망함과 두려움, 혼란스러움과 미안함이 복합적으로 엉켜 있었다. 그의 말대로 현재 뉘른스에크령은 무주공산이었고, 사태 파악을 할 수 있는 방법 자체가 전무했다. 각 마을과 자유도시로 흩어져 피난한 성하촌 주민들의 증언에 의해, 그날 새벽의 기습과 재앙은 점점 그 위세를 부풀려가며 퍼져나가고 있었다. 각 마을들은 혹시 모를 재난에 대비하기 위해 서로 연통을 돌리며 비상 민병대를 조직했지만 그들을 조직화하거나 지휘할 어떤 기사도 없는 상황이었다. 그러니까 현시점에서는 길핀의 순찰대가 사실상 뉘른스에크의 최고 명령권자라 할 수 있었다. 그러나 그들은 단지 야전에서 마수나 도적 떼들을 상대하는 데 잔뼈가 굵은 이들이었다. 아무리 적법하다고 해도 한 영지의 통솔을 맡을만한 능력도, 의사도 없었던 것이다.

"혹시 그래서 여기로 온 것입니까? 명령을 받고자?"

크누드가 길핀에게 이렇게 묻는다. 길핀은 조금 당황하여 크누드를 본다. 나이는 젊지만 어느 모로나 제대로 된 기사의 풍채인데, 자신에게 정중한 말투를 구사하는 까닭이다. 하지만 그런 당황보다 중요한 이야기들이 산적해 있다. 길핀은 고개를 미묘하게 끄덕이며 말했다.

"어, 네……. 이실바프에 들렀다가 피어클리벤이 백작령으로 승격했다는 이야기를 들었습니다. 해서 본래라면 시구르날프에 가야 했겠지만 여기로 온 것입니다. 하지만 그 이유뿐만은 아닙니다."

그는 자신의 말안장에 걸린 가방 속에서 두루마리 하나를 꺼냈다. 그가 그것을 내밀자, 울리케가 두루마리의 봉인을 알아보고 소리쳤다.

"이건 오라버니의!"

"맞습니까?"

빼앗듯이 두루마리를 받아든 울리케에게, 길펀이 확인하듯 물었다. 그의 설명이 이어진다.

"이실바프에서 운신을 고민하고 있던 와중에 한 심부름꾼이 와서 이걸 전해주었습니다. 차제에 목적도 겹치고 해서, 받아들였지요. 보시다시피 저는 열어보지 않았습니다."

귀족의 인장이 찍힌 밀랍 봉인을 뜯었다간 목이 달아난다. 때문에 이러한 서신의 취급은 별로 기분 좋은 임무가 못되었지만, 거부할 수도 없는 일이었다. 제국의 시민은 누구나 이러한 서신을 전달할 일종의 법적 의무를 갖고 있었으니까. 다만 이런 경우, 상례적으로 꽤 두둑한 보수를 수신자측에서 전령에게 내어주게 된다. 그리고 지금 울리케는 그걸 아까워할 입장이 아니었다. 그는 살짝 떨리는 손으로 봉인을 뜯었다. 아룬드의 필체임이 명백한 가운데, 내용은 다음과 같았다.

피어클리벤 일가 친전.

뉘른스에크 변경백 각하께서 유명을 달리하셨습니다. 또한 아버지, 노아크 피어클리벤 백작 각하와 제이황자이신 라프시르그 시그렐, 아우스뉘르 전하께서 흐리늪들의 포로로 잡혀 계시다 합니다. 나머지 가신들과 징집병들의 생사는 확인할 길이 없으나, 서모이신 유레와 동생들, 그리고 실지에를 비롯한 하인들은 안전합니다. 저는 닐스그럼 전하와 함께 역당의 무리들에게 억류되어 있습니다만, 제 걱정은 마십시오. 이 서찰은 그들의 강요나 공작이 아닌, 제 의지와 더불어 저들 내부의 잠재적 우군을 통해 발송하는 것입니다. 계획대로 된다면 이것이 전해졌을 무렵, 저와 황녀 전하는 이미 안전해져 있을 것입니다. 그대로 귀환을 도모해볼 수도 있겠으나, 아버지와 황자 전하를 인질로 둔 교섭이 발생하리라 생각합니다. 황실도 움직일 테지만, 우선 피어클리벤 측에서 공식적으로 북진하셔야 할 것이니, 저는 황녀 전하와 그때까지 이실바프에 은신하겠습니다. 모두에게 용의 가호가 있기를.

—아룬드 피어클리벤

추신—울리케에게, 잠재적 우군은 한스와 베르벳 일행이라고 알려주십시오.

추추신—서모의 본가가 운영하는 에툰드 상회가 역당의 무리에 돈을 대고 있음을 확인하였습니다.

추추추신—드레스바르프 후작과 그 가신 전원의 행적이 묘연합니다.

추추추추신—다만, 적이 어느 쪽인가를 미리 속단하지 마십시오.

이게 전부였다. 급한 마음과 걱정이 일부 묻어났지만, 평소의 아룬드가 보여준 깨끗한 정서(正書) 그 자체였다. 울리케는 몇 번이고 되풀이해 서신을 읽었고, 그러면서 점차 완벽한 침착함을 되찾았다. 상세한 내용을 담았다고 하기는 어려운 편지였지만, 아마 더 쓸래야 쓸 수도 없었으리라. 알게 된 사실들의 세 배는 되는 의혹들이 새로 생겨났지만 어쩔 수가 없다. 울리케는 답답한 가슴을 꾹 누르며, 순찰대 전원을 공관에서 쉴 수 있도록 해 주었다. 그리고 그들의 감사를 받으며, 물러나 자신의 집무실로 향했다.

"우선 이걸 보고해 올리기 전에, 경의 생각을 듣고 싶군요."

"제 견해가 필요하십니까?"

마주 앉아 서신을 내민 울리케가 이렇게 말하자, 크누드가 반색하며 묻는다. 하지만 울리케는 아무 대꾸도 하지 않았다. 울리케에게 무시당하는데 꽤 익숙해진 크누드는 별말 없이 조용히 서신을 읽었다. 그리고 그가 말했다.

"유감이군요."

"그리고요?"

"복잡합니다."

"그게 다예요?"

"흥미롭습니다."

그러더니 크누드는 별안간 가슴께의 토끼풀 표장을 떼어 탁자 위에 내려놓았다. 그러면서 동시에 허리의 칼을 풀어 그것도 탁자 위에 올렸다. 이는 북부의 오랜 의식에서, 주군의 죽음을 대하거나 들었을 때 보이는 예법이었다. 크누드는 말했다.

"변경백 각하의 위명은 오래 들어왔습니다. 무인으로서, 그리고 이제 피어클리벤에 봉직하게 된 기사로서, 생전에 뵙지 못해 유감입니다."

울리케는 그의 정중함에 아무 말도 하지 못했다. 길바드 변경백은 울리케에게도 외삼촌이 되었으나, 아룬드와 달리 생전에 면식은 따로 없었다. 그랬기에 그의 죽음이 개인적으로 사실 와 닿지는 않았고, 크누드의 이런 태도가 그래서 조금 돌연하게 느껴졌다. 그렇게 표장과 칼을 사이에 둔 채, 크누드가 서신을 보며 말을 이었다.

"불확실한 면이 있어 여태 말씀드리지 않았습니다만, 한스 일행이 이실바프에 있다는 이야기를 들으니 맞는 것 같군요. 아가씨, 아직 정확한 수괴의 정체는 모르나 저들을 이끄는 인물 중 하나의 이름을 제가 알고 있습니다. 아이슐리드 헤르펠, 아우스뉘르입니다. 일전 자유도시에서 아가씨와 유세트 경 일행이 맞닥뜨렸던 그 흑의의 살수들을 거느리고 있고, 한스 일행을 잡았으며, 베르벳을 소유한 사람이죠. 또한 아우셀바프 암시장 조합이 결탁하려 한 바로 그 세력입니다. 제가 예방단을 따라나서기 전 그들이 북부로 간다는 이야길 들었습니다. 아마 이번 사태와 관계가 있겠지요."

"……헤르펠?"

"아시겠습니까?"

"……네. 생존자가 있었군요?"

"사칭이 아니라면, 그렇습니다. 그럼 동기는 확실하지요. 다만, 저는 이게 지난 시대의 중부 내전에서 멸문한 가문의 생존자가 일으킨 복수극처럼 단순한 것이기만 할까, 그리 의문을 가집니다. 게다가 만일 그렇다면, 역당의 목표는 황실의 와해가 아니라 권신들의 결탁을 허무는 쪽이 아닐까요. 중부 내전은 황실의 방계를 쳐내는 싸움이었고, 황실은 당시 거기에 대해 완전히 방관하였습니다. 실제로 칼을 든 것은 권신들이었죠. 특히, 이 서신에서 언급한 드레스바르프 후작가 말입니다."

크누드가 서신의 이름을 짚으며 말한 것이다. 울리케는 눈을 크게 뜨고 물었다.

"그런 이야기를 적은 책이 있나요? 나는 읽은 적이 없어요."

"이건 상대적으로 최근의 역사니까요. 저도 서적화된 문건으로 읽은 것이 아닙니다. 도시민의 특권이랄까요."

이런 점에서, 확실히 벽촌이라 할 만한 피어클리벤은 정보에 어둡다. 울리케는 불만스러운 얼굴을 지었지만 일순 걷어내고, 크누드가 말한 정보들을 정리했다. 잠시 기다리던 크누드의 말이 이어졌다.

"한스와 베르벳은 언제라도 그들의 손에서 벗어날 수 있을 겁니다. 그렇게 하지 않고 있는 것은 자의로 머물고 있다는 뜻이며, 저는 이게 우리에게 좋은 일이라고 생각합니다. 그리고 보셨다시피, 그들은 이제 내부에서 아가씨의 오빠와 황녀 전하를 돕고 있는 것 같습니다. 그리고 저, 역당들은 역시 당장 피어 클리벤의 존속이나 황가에 위해를 가할 의사가 없어 보이지 않습니까? 이 서신의 내용에서, 제가 가장 신경 쓰이는 부분은 후작과 그를 따르는 가신들의 행적입니다."

울리케는 묵묵히 그의 말을 들으며 서신을 본다. '다만, 적이 어느 쪽인가를 미리 속단하지 마십시오.'라 적힌 마지막 추신의 문장이 눈에 박혔다. 크누드의 설명과 연결해 보니 의미심장하기 짝이 없었다.

"……알겠어요. 이제 보고하러 가야겠군요. 하슈펠을 데려오세요. 그의 증언과 경의 이야기를 교차시키면 좀더 확실할 테니까. 그리고……."

잠시 말을 멈춘 울리케는 타오르는 벽난로의 숯을 괜히 쳐다보았다. 잠시 뒤, 그가 말했다.

"어머니는 필시 변경백 각하의 부고에 크게 상심하실 거예요."

울리케의 예상대로였다.

아룬드의 편지를 받아든 아셰리드는 그대로 맥을 놓아버렸던 것이다. 시그리드는 울리케와 크누드, 그리고 같이 올라온 하슈펠을 집무실에서 내쫓고 한동안 아셰리드의 간호를 해야 했다. 그들이 다시 호출된 것은 시간이 한참이나 지난 저녁이었다. 그리고 그 자리엔 로릭스데와 케틸, 군무관 그리젤도 불려와 있었다.

"……알겠다."

울리케와 크누드, 그리고 하슈펠이 서신을 통해 추론한, 지금까지 정리된 이야기를 전했다. 의자에서 모피를 두른 채 처연한 얼굴로 듣고 있던 아셰리드는 단지 이렇게 짤막한 대답을 했고, 곧바로 곁에 서 있던 시그리드가 문관 에이드리크와 눈빛을 교환하더니 말했다.

"가주께서 포로가 된 이상, 피어클리벤은 이제 황실의 재가 없이 군사 행동을 취할 수 있습니다. 물론 황자 전하도 볼모로 계시니 중앙에서도 움직이겠지만, 그걸 기다리고 있을 수는 없지요. 아룬드 도련님의 예상대로 우린 뉘른스에크로 사람을 보내야 합니다."

"군사적으로요?"

울리케가 불안한 얼굴로 묻자, 시그리드는 잠시 생각하더니 답했다.

"우리는 그럴 형편이 안됩니다. 섣불리 영내의 모든 자원을 긁어모을 수는 없어요. 더구나, 무려 다섯 부대의 집결지였던 뉘른스에크 본성이 저렇게 무너진 일이예요. 우리가 총력전으로 나간다 해도 이기기는 힘듭니다. 저와 에이드리크의 판단으로, 이 적들은 지금까지의 정규전 교리가 통하는 상대가 아니라 여깁니다."

"그럼요?"

울리케가 다시 묻자, 시그리드가 그를 똑바로 보며 말했다.

"아가씨께서 본래 하시려던 것을 해야지요. 다만 인원은 조금 늘려도 되겠습니다. 순찰대를 인솔로 참여시키시고, 까마귀 금고단에서도 차출이 있을 것입니다."

"저는요?"

울리케가 또 묻는다. 그 목소리에 담긴 열망이 모두에게 절절히 느껴졌기에, 혹자는 미소지었고 혹자는 미간을 찌푸렸다. 시그리드는 냉엄한 얼굴로 대꾸했다.

"아가씨는 까마귀로 갑니다. 저는 나귀로 가고요."

울리케의 얼굴이 흙빛이 되었다. 그런 딸의 얼굴을 가만히 쳐다보며, 여태껏 침묵을 지키던 아셰리드가 입을 열었다.

"나는 차라리 네가 부럽구나. 가능했다면, 내가 주머니쥐에라도 빙의해서 가보고 싶다."

울리케는 지극히 민망한 얼굴이 되었다. 그의 슬픔 앞에서 고집만 피울 순 없는 일이기 때문이다. 아셰리드는 조용히 말을 이었다.

"오라버니의 식솔들이 대체 어찌 되었는지……, 그 또한 꼭 알아내야 한다. 만일 일가에 생존자가 없다면, 나 또한 혈족으로서 뉘른스에크에 정당한 결정권을 갖게 된다. 내가 태어나고 자란 땅이다. 내게는……, 이 땅만큼 중요하다."

그의 의지와 분노가 슬픔 속에서 조용히 타올랐다. 모두가 숨을 죽인 가운데, 아셰리드에게 응원을 보내듯 시그리드가 입을 열었다.

"이것은 선발대이고, 선발대의 작전 결과에 따라 후속 부대의 움직임이 결정됩니다. 저는 바우트 공 및 군무관과 더불어 후속 부대의 편제와 비용을 준비할 것입니다. 이르면 보름, 늦어도 한 달 안에는 북쪽으로 진격할 부대를 꾸릴 수 있으리라 기대합니다. 다행히 우린 어느 정도 재정이 마련되어 있으므로, 영내의 인력은 최대한 보존하고 외부의 용병대에 의존하게 되겠지요. 라르그문드 군무관, 그쪽을 부탁합니다."

"맡기시오."

그리젤이 고개를 끄덕이며 말했다. 그때, 조용히 눈을 감고 있던 마법사 케틸이 불현듯 눈을 뜨고 나직이 소리쳤다.

"안 돼! 이런 젠장."

모두의 시선이 자연히 노인을 향했다. 특히 시그리드가 그 옛 스승에 대한 적의와 힐난을 가득 담은 시선으로 노려보았고, 곁에 앉아 있던 로릭스데는 낭패감과 민망함을 담아 자신의 호위 마법사를 본다. 그럼에도, 실례를 했다는 자각이 전혀 없는 케틸은 오히려 모두를 돌아보며 말했다.

"아, 미안합니다! 하지만 내가 미안한 것은 불쑥 소리쳐서가 아니오. 이게……, 그러니까……, 좀 큰일 났소."

"들어볼까요."

시그리드가 차갑게 묻는다. 그러자 케틸은 망연히 그를 보다가 입을 뗐다.

"아이비레인이 오고 있다."

"뭐라고요? 안 돼!"

로릭스데가 벌떡 일어나 외쳤다.

이 다급하고 짐짓 경망스럽기까지 한 태도는 모두의 주목을 끌었다. 언제나 침착하고 정중한 태도를, 심지어 용이나 고블린 부대 앞에서도 잃지 않았던 로릭스데였다. 그런 그가 물가로 아장아장 걸어가는 아이를 보기라도 한 듯, 그렇게 핼쑥해져서 일어나 외친 것이다. 잠시 적막이 찾아온 가운데, 가장 먼저 평정을 찾고 입을 연 것은 역시 시그리드였다.

"안 되나요?"

그러자 로릭스데가 자다가 뺨 맞은 얼굴로 이 마법사를 본다. 시그리드는 여성스럽게 질문을 이었다.

"물론, 영내에 용이 두 마리나 머물게 되는 그림은 조금 재앙에 가깝겠습니다만, 어차피 저희 쪽에서 그와 이야기할 사절의 파견도 고려하던 참입니다. 뭐가 안 된다는 말씀입니까?"

로릭스데는 섣부르게 대답하지 못하고 케틸을 쳐다보았다. 케틸은 앉은 채로 마룻바닥을 노려보며 입 언저리를 실룩이고 있다가 로릭스데의 시선을 느끼고는 휙 눈을 들어 마주 보았다. 그러고는 포기한 듯이 눈을 감으며 고개를 가로저어버렸다.

"어, 그게……."

로릭스데는 그런 케틸의 태도에서 눈을 떼며, 좌중을 훑어보았다. 입을 몇 차례 덧없이 달싹이던 그는 결국 포기하고 한숨을 거하게 내쉬며 말했다.

"아이비레인 스스로가 오는 것은 아닙니다……."

모두의 얼굴에 의문이 떠올랐다. 하지만 순간 울리케가 알았다는 듯이 외쳤다.

"그럼 빙의인가요?"

"말도 안 됩니다, 아가씨."

시그리드가 딱 잘라 대신 대답했다. 로릭스데의 걱정과 불안이 가득한 눈길을 받으며, 그가 설명하기 시작한다.

"이전에 설명드렸지요? 빙의는 시술자와 대상의 사이에 존재하는 인격과 지성의 차이를 잠식해 동기화시키고, 지성이 낮은 쪽이 더 큰 영향을 받는다고요. 도래까마귀만이 이 부작용을 갖지 않은 생물이지만, 그들조차 용의 빙의물이 되진 못해요. 지성의 차이가 너무나 크니까요. 대야의 물을 술잔에 담을 수 없는 것과 같아요. 조악한 비유지만……."

"말씀하시는 중에 정말 죄송합니다만……."

로릭스데가 정중히 치고 들어왔다. 그렇게, 발언권을 넘겨받은 공작가의 장남은 참으로 면구스럽기 짝이 없다는 낯으로 말했다.

"어……, 일단 빙의가 맞습니다."

"도대체 무엇에 빙의했단 말이죠?"

시그리드가 문책하듯 물었다. 로릭스데는 잘못을 고백하듯 대답한다.

"사람입니다."

그럴 리가 없다는 듯 눈을 부릅뜬 여 마법사의 시선이 그 스승에게 가 닿는다. 케틸은 조용히 대꾸했다.

"사실이다."

"아니, 뭐라고요!"

별안간 시그리드가 빽 소릴 지른 탓에 모두가 깜짝 놀랐다. 피어클리벤 마법 고문의 표정은 그야말로 삽시간에 찾아든 충격과 분노에 휩싸여있었다. 아셰리드나 에이드리크가 만류할 짬도 없이, 그의 입에서 노도와 같은 말들이 다음과 같이 터져 나왔다.

"사람이라니요! 공작가의 마법 윤리가 그 정도였습니까? 자아가 분명하지 않은 미물들에 빙의를 거는 것도 사술이라 기피하는 마법사들이 얼마나 많은데요? 용의 정신세계를 수용하는 건 본래의 자아를 포기하겠다는 것과 같아요! 더구나, 두 분의 태도로 보아하니 이 일은 꽤나 오래전부터 행해지던 일 같군요! 말씀해보시죠, 그 '사람'의 정신상태는 온전합니까?"

"모르겠다."

케틸이 불평하듯 말했다. 그의 말이 이어졌다.

"여기엔 특수한 사정이 있다. 그렇게 앞뒤 없이 비난하지 말아라. 나도 처음에 알았을 땐 많이 놀랐지만……, 음, 그런데 저 자는 이 이야기를 안 듣게 좋을 것 같다만."

케틸이 턱으로 가리킨 이는 여태껏 묵묵히 서서 한마디도 하지 않고 있던 하슈펠이었다. 그는 아이슐리드에 관한 증언을 하기 위해 불려왔지만 입을 열 기회가 없었던 것이다. 물론, 그가 수궁의 빛으로 울리케와 크누드의 보고를 곁에서 듣고 있는 것으로 충분하긴 했다. 지적받은 하슈펠은 살짝 난처한 얼굴을 하더니 예의 그 나긋한 목소리로 말했다.

"맞습니다. 아무래도 공작가의 어떤 비밀에 관해 말씀하실 것 같군요. 전 이대로 물러나는 게 좋겠습니다."

"아니, 그대로 있어라."

느닷없이 울리케가 말했다. 그가 좌중을 향해 말을 잇는다.

"비밀이란 게 있다는 걸 알게 되었으니, 그다음엔 비밀이 무엇인지 궁금해지겠지요. 더구나 이 자는 선발대에 따라갑니다. 어차피 알게 되리라고 생각하는데요."

"내 생각도 같군요."

시그리드가 고개를 끄덕이곤 다시 시선을 케틸과 로릭스데에게 주었다. 뭔가 골똘히 생각하던 로릭스데는 그새 말할 것들을 정리했는지, 모두의 눈길을 받으며 한결 담담해진 태도로 입을 열었다.

"이 이야기는 아이비레인의 특수성부터 말하지 않을 수 없습니다. 그가 일반적인 유년기를 거치지 못한, 말하자면 고아이자 불구의 용에 가깝다는 걸 다들 이제 아시지요. 그래서 그는 스스로 마법을 쓸 수 없습니다. 다만 에다의 도리는 알고 있습니다."

여기까지 말한 로릭스데는 시그리드의 눈치를 살핀다. 그러자 시그리드가 말했다.

“마법사의 입장에서, 그게 얼마나 괴상하게 들리는지 아시나요?”

“그렇다고 하더군요……. 본래 에다의 도리란 것은, 볼 수 있고 감지할 수 있음으로써 통제 가능하게 되는, 뭐 그런 거라고 알고 있으니까요. 어쨌든, 아이비레인은 인간 마법사들이 만들어낸 다양한 기물들을 사용해 마법을 다룹니다. 다만 그가 쓰는 마법들은 전적으로 그 도구들의 기능과 성능에 얽매이죠. 사실, 그가 패용하는 도구들은 대부분 그의 신체 기능을 유지하는 데만 거의 동원됩니다.”

모두가 조용히 듣는다. 이야기가 예정보다 길어지고 있어 저녁 식사를 맞추려는 요리장 겔다가 주방에서 혼자 안절부절못한 것은 유감스러운 노릇이었다. 그러나 이를 알 리 없는, 로릭스데의 말이 다시 이어진다.

“……그리고 여기서부터가 외부에는 정말로 알려지지 않은 사실입니다. 오래전, 류그라 유랑민단들 중 하나가 저희 영지에 머물렀고, 호기심에 그들과 접촉한 아이비레인은 그들과 어떤 종류의 약속을 했습니다.”

“네? 언약을요?”

울리케가 놀라 눈을 크게 뜨고 물은 것이다. 로릭스데는 고개를 저었다.

“아닙니다, 울리케 아가씨. 언약은 중복될 수 없습니다. 그건 그러니까 그냥 '약속'이죠. 하지만 용은 거짓을 말할 수 없는 생물, 그들에게는 그것만으로도 충분했나 봅니다. 결론부터 말해, 그들 '밀파네스'의 가지들은 아이비레인의 종이 되었습니다."

"혹시 신목 때문인가요?"

역시 울리케의 질문이었다. 로릭스데는 난처한 듯, 우울한 얼굴로 엷게 미소지으며 답했다.

"……맞습니다. 밀파네스들은 그들 부족의 운명을 아이비레인에게 맡겼습니다. 하지만……, 그들은 가지를 갖고 있지 않았습니다."

"가지가 없는 류그라들이라니……."

조용하던 아셰리드의 탄식 같은 중얼거림이었다.

제국의 역사에서 지난 수백 년간 외인들로 떠돌아온 류그라들 가운데서, 어떤 사정에 의해 지팡이를 잃어버린 부족들은 당연히 생겨났다. 그리고 지팡이를 잃는다는 것은 그들에게 단순히 유용한 마법 도구의 망실을 의미하지 않는다. 그것은 그들 민족의 전통과 계보, 유산의 상징이자 증거였으니까. 가지가 없는 류그라 유랑민들은 거의 대부분은 세대를 잇지 못하고 사라져갔다.

로릭스데는 말한다.

"네, 그들은 어떤 일로 인해 가지를 잃어버리고 저희 영지로 흘러들어왔던 것이며, 아이비레인에게 구원을 요청한 것이었습니다. 그리하여 그들 가운데 선택된 한 명을 남기고 모두, 일종의 휴면에 들어갔습니다. 마치 동면처럼요."

"네?"

시그리드가 갈라진 목소리로 묻는다. 다른 모두의 표정도 그만큼 당황스러웠다. 로릭스데는 담담히 말했다.

"그건 그들이 가진 비술 가운데 하나인 모양입니다. 저도 정확히 어떤 것인지는 모릅니다. 제 가문에 전래되는 전설 같은 것이고, 이제는 그게 사실이라고 증언하는 존재가 세상에 딱 둘뿐이니까요. 아무튼, 당시의 밀파네스들은 전원 아이비레인의 거처 지하에 위치한 납골당에서 잠들었습니다. 아이비레인의 말로는, 그게 드라우그르의 술(術)이라더군요."

"허어."

여태 잠자코 있던 크누드의 입에서 감탄인지 신음이지 분간가지 않는 소리가 튀어나오고 만다. 하지만 그걸 탓한 이들은 아무도 없었다. 시그리드조차 턱을 딱 벌리고 있었으니까. 다시 로릭스데의 말이 계속되었다.

"이해합니다. 저도 이 기괴한 이야기를 좀처럼 믿기 힘들었습니다. 그들은 그렇게 스스로를 산송장으로 만들어 오로지 단 한 명에게 여생과 여력을 모두 주었죠. 그게 바로, 지난 수 세대를 걸쳐오며 아이비레인의 곁에 머물고 그의 빙의자로 외출을 대신해 온 그, 나슐라시에입니다."

로릭스데는 여기서 말을 마쳤다. 망연히 그를 쳐다보고 있던 시그리드가 잠시 뒤 입을 뗐다.

"그럼 그 류그라는……."

"네, 드라우그르입니다. 하지만 직접 보면 그렇게 기괴해 보이지는 않는답니다. 그냥 사람이죠."

로릭스데는 피식 웃으며 말했다.

드라우그르. 그러니까 북부의 대륙에서 무덤을 지킨다고 알려진 산송장의 괴물을 이름이다. 하지만 이건 그냥 아이들을 겁주려고 하는 이야기이지, 다른 마수들처럼 실제로 존재가 목격되고 활동과 피해가 알려진 존재가 아니었다. 하지만 로릭스데는 담담한 얼굴로 이 도깨비들이 존재한다고 알려온 것이며, 더구나 도무지 연결되지 않는 류그라들이 실은 그 전설의 기원이라 말한 것이다. 게다가,

"그러니까, 지금 오고 있는 아이비레인의 대리인이 드라우그르라는 거죠?"

울리케가 이렇게 정리하며 묻는다. 그러자 이번에는 로릭스데 대신 계속 불안해하던 케틸이 대답했다.

"그렇소. 하지만 평범한 드라우그르는 결코 아니지. 구태여 말하자면 마왕 같은 것이오."

"아문세트 경……."

로릭스데는 그렇게 표현할 필요가 있냐는 얼굴로 그의 가신을 본다. 케틸은 어깨를 으쓱하더니 대꾸했다.

"사실이지 않소? 수십의 여생과 여력을 받아 그 스스로가 이치를 벗어난 존재가 된 자요. 오로지 그럼으로써 용의 정신을

버텨내고, 마법을 획득한 자이지."

"마법을 획득하다뇨?"

시그리드가 묻는다. 케틸은 눈썹을 꿈틀거리며 대답했다.

"기술적으로는 나도 이해하지 못한다. 애초에 류그라들의 마법은 기원과 공감 운운하는 힘이지, 창생의 도리가 아니니까. 다만, 나슐라시에는 류그네릭의 복용자와 거의 비슷한, 그 스스로가 기원 마법을 소유한 자가 되었던 것이다. 그리고 여기서 재미있는 점인데, 만일 본래 아이비레인이 문제없는 용이었다면 그가 가진 에다의 힘과 류그라의 힘은 충돌했을 것이다. 하지만 아이비레인은 이치는 이해하되 힘은 쓸 줄 몰랐고, 나슐라시에는 순수한 류그네라스의 가지의 힘이 아닌, 그들 나름의 비술을 통해 인위적으로 뽑아낸 힘을 다룸으로써 이 충돌이 발생하지 않았지. 그래서 그 둘의 마법은 서로 아무 위화 없이 섞인다. 그렇게, 그 둘은 서로를 보조해 주었던 것이다."

이 이야기를 반이라도 이해하는 자는 이 자리에 몇 없었다. 내버려 두면 두 마법사가 그들만의 세계로 들어가 버릴 것 같았기에, 로릭스데가 서둘러 참견하였다.

"아무튼 아시겠지요? 이런 이유가 있어서 외부에 알릴 만한 이야기가 못 되었습니다. 나슐라시에가 오지 않았다면 영영 입을 다물려 했던 이야기입니다. 저희 가문에서 잘못한 것은 없다고 여기지만, 자랑스러울 것도 아니니까요."

"이해했어요."

시그리드는 조용히 말했다. 이야기를 들으며 깊이 생각하던 울리케가 로릭스데와 케틸에게 물었다.

"그럼 안 된다고 두 분이 외치신 것은, 이런 이야기가 바깥에 알려지는 게 싫으셨기 때문입니까?"

그러자 로릭스데와 케틸이 서로를 마주 본다. 노인과 청년은 동시에 쓴웃음이 올라왔고, 다음 순간 로릭스데가 지친 목소리로 답했다.

"그런 이유도 물론 있습니다만, 진심은 다른 쪽입니다. 그의 성격과 행동을 예측하는 게 너무 어렵거든요. 한마디로, 통제가 잘 안 됩니다."

"그? 아이비레인 말인가요, 아니면 나슐라시에 말인가요?"

울리케의 물음이었다. 이에 로릭스데와 케틸이 동시에 대답했다.

"나슐라시에 말입니다."

"아이비레인 말이오."

대답이 엇갈린 청년과 노인은 흠칫 서로를 마주 보더니 상대방의 견해에 불만이 가득한 표정을 짓기 시작했다. 이 무언의 드잡이질에 한심스러운 눈길을 보내던 시그리드는 물었다.

"그래서, 언제 오지요? 한 달 걸리나요?"

"유감이지만, 내일이다."

케틸의 여전히 불평하는 듯한 대꾸에 모두가 경악한 가운데, 놀라지 않은 것은 말한 당사자인 케틸과 로릭스데뿐이었다. 그렇게 피어클리벤 영지는 이튿날 백룡 아이비레인의 빙의자, '마왕' 드라우그르 나슐라시에 에파 밀파네스의 방문을 받게 되었다.

제 6장

이 참으로 난데없는, 그리고 목적을 알 수 없는 방문 소식은 그러나 다른 이들에게 달리 예고되진 않았다. 만일 아이비레인이 직접 피어클리벤으로 날아왔다면 어쩔 수 없이 발표해야 했겠으나, 다행인지 불행인지 그는 사람의 형상을 한 대리자를 통해 이 방문을 추진했으니까. 물론, 류그라 드라우그르라는 존재가 범상한 것은 결단코 아니다. 하지만 로릭스데와 케틸은 그가 겉보기에 괴이한 것은 아니므로 염려 놓으라 장담했고, 그래서 일단 그의 방문은 어제저녁 회의 자리에 참석한 이들 외에는 알려지지 않았다.

하지만 단 하나의 예외가 있긴 하였다.

'빌러디저드 님.'

— 듣고 있다.

'내일 아이비레인 님이 오신다고 합니다.'

— …….

'빌러디저드 님?'

— 그렇군.

'……직접 오시는 것은 아니라 합니다.'

류그라 드라우그르에 관한 사정은 복잡했지만, 울리케는 최대한 간결하게 로릭스데에게서 들은 바를 전한다.

— ……그러면, 그는 나의 방문자인가? 아니면 너희의 방문자인가?

'어느 쪽이 좋겠습니까?'

— 나는 그의 방문을 받을 생각이 없다.

'하지만 사절단의 필요성을 역설하시지 않으셨습니까? 얻고자 하시는 정보가 있다면, 피하실 수는 없을 겁니다.'

— 일단은, 네가 나의 대리로 응대하거라. 아이비레인도 직접 온 것은 아니니, 예법에 어긋나지도 않다.

'……선택받은 드라우그르의 마왕과 제가 같은 격이라고 생각되지는 않습니다.'

— 무슨 말이냐? 너는 나의 언약자이며 고블린 대사이고 서리심의 중재자이다. 내 알기로, 북동 대륙에서 너보다 이상한 존재는 달리 없다.

'……천부당만부당합니다.'

이러한 간밤의 대화가 있었다. 그리고 이튿날 아침, 일찌감치 잠에서 깬 울리케는 곧장 북쪽으로 보낼 선발대의 인원들을 생각하였다. 어제 이야기한 대로, 당초 작당했던 구성에 더해 순찰대와 용병들이 추가되겠다. 언뜻 생각하기에 규모가 커지는 것은 선발대의 안전에 도움이 될 것 같지만, 만일의 경우 피해의 규모도 커진다는 의미를 내포한다. 때문에 명단을 작성하는 울리케의 기분은 참으로 복잡했다. 오전 중의 사무로는 영 적합지 않은 일이겠다.

"오늘 갑니까?"

이 남자와 마주치지 않는 시간을 조금이나마 늘리기 위해 일찍 일어난 울리케건만, 그의 기상을 귀신같이 알아챘는지 어째 똑같이 일찍 일어난 크누드는 아침밥이 든 바구니를 들고 공관의 집무실 문을 두드렸다. 그러고는 천연덕스럽게 마주 앉아 밀전병을 우물거리며 위와 같이 물었다. 울리케는 약간 밉살스럽게 쳐다보다 말했다.

"미룰 일이 아니잖아요?"

"아이비레인을 보고 가지 못할 수도 있겠군요."

울리케의 눈매가 가늘어진다.

"그의 방문은 제가 처리할 일이고, 선발대와는 일절 관계없잖아요?"

"그렇군요."

크누드는 별로 아쉬워하지도 않으며 계속 식사를 했다. 식사 예절을 가지고 뭔가 꼬투리를 잡아보고 싶었지만, 아쉽게도 크누드의 식사법은 건전하기 이를 데 없었다. 급기야 왜 면전에서 먼저 집어먹냐고 하려다가, 울리케는 스스로가 무척 졸렬하다고 생각하고 그만두었다. 일찍 일어난 자신에게 식사를 가져다준 사람 아닌가? 결국, 울리케는 별말 없이 조용히 마주 앉아 아침밥을 먹기 시작했다.

그리고 울리케가 작성한 선발대의 인원 명부는 다음과 같았다.

* 기사 크누드 서리엇
* 까마귀 금고 용병단원 여덟 명
* 뉘른스에크 순찰대원 열두 명
* 모험가 브륀힐데
* 모험가 랄로프
* 모험가 라그나
* 시야프리테 일 길가네스 (마법사)
* 하슈펠 레미크 (감시 필요)
* 흰이리개 사우트
* 나귀 유슬리스 (중요)
* 까마귀 그림니르 (매우 중요)

그러니까 모두 스물여섯 명에 더해 세 마리가 포함되는 구성이었다. 시야프리테와 하슈펠이 탈 마차 하나가 배정되고, 나머지는 모두 자신의 말을 탈 것이다. 선발대의 목적은 뉘른스에크 본성에 대한 돌파와 더불어, '적'과의 접촉이었다. 그리고 가능하다면 구출 작전을 시도하겠지만 그보다 중요한 것은 정보의 탐색이다. 울리케는 그 점을 모두에게 주지시켰고, 특히 애꿎은 크누드에게 오만가지 시시콜콜한 지시들을 반복하며 절차적으로 괴롭혔다. 이 선발대의 최고 지휘자가 어쩔 수 없이 기사 신분의 크누드라는 점은 정말이지 불안요소였지만, 그렇다고 해서 딱히 그를 제쳐두고 생각할 인솔자도 마땅치 않았다. 게다가 어차피 유슬리스와 그림니르도 붙였으니, 다시 말해 시그리드와 울리케가 그들과 함께한다는 이야기다.

"까마귀라니……."

울리케는 자신의 처지를 비관하며 탄식하였다. 시그리드에 의하면, 용에 의해 시술되는 이 빙의는 상당히 복잡한 마법이라 했다. 본래 빙의는 어디까지나 마법사인 술자 자신을 주체로, 대상 객체 사이에서만 이뤄지는 것이며, 지금처럼 타인을 빙의 주체로 삼는 일은 실로 지극히 어렵다는 것이다. 하지만 저 음흉한 검은 용은 그걸 아무렇지도 않게 해내 버렸고, 시그리드는 솔직하게 경탄했다.

"어떻게 한 건지 묻지 그러세요?"

그러나 용의 기술이 전혀 감탄스럽지 않은 울리케는 시그리드에게 이렇게 물었다. 마법 고문은 씁쓸하게 웃더니 대꾸했다.

"이건 불가해한 문제가 아니랍니다. 어떻게 하는지는 저도 알고 있어요. 그러니까 그걸 해냈다는 게 경이적이죠."

결국 선발대의 편성이 모두 꾸려졌다. 이미 한번 야반도주를 획책했던 무리들에 용병과 순찰대들만 더하면 되는 일이었기에, 새삼 이제와서 새로이 준비를 더 할 것도 없었던 것이다. 그리하여 크누드가 이끄는, 스물다섯 명과 세 마리의 피어클리벤 수색선발대가 그날 점심 직후 출발하였다. 울리케와 시그리드의 배웅을 받으며.

"결국 아이비레인은 못 봤군요."

선발대의 선두에서 뉘른스에크 순찰대원들 뒤로 말을 이끌던 크누드가 슬금슬금 처지더니 시야프리테가 고삐를 잡은 마차의 앞, 모험가들 쪽으로 와 말했다. 일전 칼을 섞은 이후 그와 한마디도 하지 않고 지냈던 라그나의 표정이, 이 묘하게 친한 척하는 기사를 향해 일그러졌다. 그런 그가 터무니없다는 듯이 대꾸했다.

"아이비레인?"

"예. 오늘 공작령의 용이 방문하기로 되어 있었답니다."

구태여 모험가들에게 알릴 것도 없는 일이었다. 그리고 그 사실에 아무런 불만이 없는 라그나는 불평하듯 말했다.

"굳이 말하는 이유가 있소?"

"딱히 숨길 이유는 있겠습니까?"

자유민인 라그나가 기사인 크누드에게 말하는 태도는 불경죄로 치도곤당하기 딱 좋았다. 하지만 그 점에서 보자면 대체로 경어를 일삼는 크누드가 훨씬 이상한 존재이다. 뉘른스에크 순찰대원들도 이미 그의 말투에 몇 번이나 화들짝 놀랐지만, 명백히 상위 계급인 그가 그렇게 말하겠다는데 막을 수도 없는 노릇이었다.

이미 그의 그러한 말투에 익숙한 라그나는 다시 딱딱한 얼굴로 말했다.

“나는, 할 필요가 없으면 안 하는 주의요.”

“저는, 안 할 이유가 없으면 가급적 하는 주의입니다.”

말을 타고 뒤를 따르는 브륀힐데와 랄로프의 표정이 난처해진다. 이 둘의 대화는 그러니까, 대체로 ‘나는 네가 싫어’라는 결론을 중심에 두고 겉도는 전희 같은 것이었으니까.

“어……, 싸움만 하지 맙시다요.”

랄로프가 덩치에 어울리지 않게 소심한 목소리로 뒤에서 말했다. 그러자 크누드가 활짝 웃으며 말을 받았다.

“그럴 리가 있습니까? 이제부터 생명을 맡기는 동료입니다.”

그러자 라그나가 꼼꼼하게 핀잔을 날린다.

“그런 거 맡기지 마시오.”

“저런, 그럼 저는 이번 여정에 죽겠군요.”

그러자 좀처럼 가시지 않는, 언제나 한결같이 쓴웃음을 짓는 라그나의 표정이 일시에 정색한다. 그가 삼엄하게 크누드를 노려보며 말했다.

“그따위 소리는 그만두시오.”

그러자 크누드는 실제로 야단맞은 아이처럼 낯을 흐리며 대답했다.

"목숨 정도는 맡아두고 질책하는 게 어떻습니까?"

"……그 혓바닥에 도대체 무슨 문제 있소?"

"라그나도 이제 저와 같은 의문에 도달했군요."

크누드가 이렇게 말하자, 뒤를 따르던 브륀힐데가 순간 묘한 소리를 냈다. 아무래도 웃음을 참는 모양이었다. 라그나는 기가 막힌 표정으로 그를 힐끗 돌아보곤 싱글거리는 크누드의 낯짝을 노려보았다. 그러더니 불길한 어조로 말했다.

"설마 가는 내내 이럴 거요?"

"아까 말했다시피, 저는 안 할 이유가 없으면……."

"시야프리테!"

라그나가 느닷없이 뒤편에서 마차를 몰고 있던 류그라 소녀를 부른다. 안 그래도 히죽거리며 그들의 대화를 엿듣고 있던 시야프리테가 깜짝 놀라 물었다.

"네?"

"입을 닥치게 하는 마법은 없나?"

"있어요."

하지만 그게 끝이었다. 소녀는 조용히 마차만 몰았고, 잠시 기다리다 어이가 없어진 라그나가 다시 물었다.

"왜 가만히 있어?"

"네……? 아, 없냐고 물으셔서 있다고 대답했는데요?"

그러자 라그나는 배신당한 얼굴로 중얼거렸다.

"나는 마법사란 모두 똑똑한 존재라고 늘 생각했는데……."

그러자 시야프리테가 외쳤다.

"아니? 이게 무슨 모함이죠? 방금 저는 완벽하게 논리적이었다고 생각하는데요!"

"어……, 아냐. 시야프리테, 그거 아냐."

모처럼 랄로프가 남을 지적하는 순간이었다. 하지만 류그라 소녀는 지지 않고 말했다.

"저는 최근에 여러분의 마법 고문으로부터, 만사를 마법으로 해결하는 해악에 대해 아주 길고 긴, 그리고 끔찍한, 강의를 빙자한 경고를 들은 적이 있거든요! 대체로 상대방의 입을 닥치게 하는 가장 손쉬운 방법은 말로 이기거나 패버리는 게 아닐까요?"

"그렇습니다! 방금 그건 정말 고매한 마법사의 조언 같지 않습니까?"

크누드가 환호하듯 말했다. 라그나는 마침내 진지하게 다시 그와 결투해 볼 것을 고려하기 시작했다.

하지만 이런 소소한 소동들이 여정의 내내 일어난 것은 결코 아니었다. 그들 선발대는 일반적인 속도보다 한결 빠르게 북쪽으로 향하고 있었고, 여기에는 전원이 말을 타고 있다는 점과 시야프리테의 쾌속 주문이 한몫했던 것이다. 가능했다면 뉘른스에크로 한달음에 날아가고 싶은 상황이다. 비록, 뉘른스에크 순찰대들을 제외한 인원들은 남의 땅에서 벌어진 재앙에 불과

한 일이었지만, 그들 모두 이 일의 심각성과 더불어 울리케의 걱정을 잘 공감하고 있었다. 또한, 상황파악이 늦을 경우 이 재앙은 피어클리벤에게도 미칠 수 있다. 성을 떠난 지 하루 만에 잉겐을 지나 북부로 접어든 일행들은 대로를 따라 남하하던 일단의 피난민 행렬을 맞닥뜨리며 그런 인식을 강화하게 되었다.

"멈추시오!"

선두에 있던 순찰대장 길펀이 외쳤다. 그는 이 선발대의 인솔로 참여했지만 그 소속은 기본적으로 뉘른스에크에 두고 있기에, 그들 영지에서 일어난 사태에 대해 지휘자인 크누드의 명령을 들을 필요는 없었다. 그랬기에 딱히 아무 허락도 구하지 않고 피난민들에게 관여한 것이다.

"어디 주민들이오?"

"닐뵤른입니다."

피난민들은 일흔 명가량으로, 대부분 아이들과 여자들이었다. 그들을 이끌던 노인이 나서 길펀의 말에 대답했다. 이야기를 듣자니, 성하촌에 가장 가까운 마을이었던 닐뵤른의 주민들 사이에서 공포와 불안이 커졌고, 실제로 성 쪽에서 마수들의 무리와 눈보라가 점차 규모를 더해가는 것으로 보여 결국 논의 끝에 일부를 피신시키기로 했다는 이야기였다. 하지만 이들은 유목민이 아니라 농부이고 양치기들이다. 땅과 가축들을 지키기 위해 남자들 대부분은 그대로 남았다. 피난민들 중에도 사내들이 스무 명 정도 끼어있었으나, 그들은 가족들을 피난시킨 이후 다시 돌아갈 예정이라 했다.

"일부는 지나온 마을의 친척들 집에 맡겼습니다만, 그 이상은 무리였습니다."

촌장인 듯한 노인의 말이었다. 후방의 다른 마을들이라 하더라도 불안하고 혼란스럽기는 마찬가지였다. 혈연관계가 아닌 이들까지 받아줄 여력은 안 되는 것이다. 길펀은 도움을 요청하는 표정으로 크누드를 보았고, 크누드는 일고의 망설임도 없이 마차를 향해 외쳤다.

"울리케 아가씨!"

그러자 잠시 좌중에 적막이 흘렀다. 시야프리테만이 기대에 가득한 표정으로 뒤를 돌아보며 유개마차의 포장을 젖힌 가운데, 도래까마귀 그림니르가 안에서 종종걸음으로 나오더니 마차의 조수석을 물끄러미 내려다보았다. 그러고는 참으로 힘겹게 퍼덕거리며 시야프리테의 곁으로 딱 한 뼘을 뛰어내렸다. 그 꼴을 보던 크누드가 그럴 수 없이 가엾어하는 얼굴로 말했다.

"저……, 아가씨, 날개란 것이 옆에 달리셨습니다만……."

"내게는 자주적 비행결정권이란 게 있어요!"

까마귀형 울리케가 빽 하고 소리를 질렀다. 이 신묘한 광경에 시야프리테는 결국 웃음을 터트렸고, 다른 이들도 대부분 입술을 깨물었다. 한편 촌장을 위시한 피난민들은 눈을 크게 뜨고 이 예상치 못한 구경거리를 본다. 크누드가 말했다.

"뉘른스에크령, 닐뵤른 마을의 피난민 일흔 가량이 그쪽으로 갑니다. 피어클리벤에서 이들을 보호할 조처를 하시길 바랍니다."

"난민?"

도래까마귀는 고개를 빼고 주억거리며 말 너머의 그들을 보려고 애쓴다. 그러니까, 도무지 날 생각은 없어 보였다.

"자. 오르시지요."

보다 못한 크누드가 다가오더니 팔을 내밀었다. 하지만 까마귀형 울리케는 질색을 하며 소리쳤다.

"이게 무슨 짓이죠!"

"보통, 형태는 취급을 결정합니다."

아마 이 여정이 좀 더 한가로운 임무였다면, 크누드와 까마귀형 울리케는 한동안 입씨름을 했으리라. 그러나 울리케는 더 따지지 않고 별수 없이 그의 팔에 올라탔다. 그것도 어지간히 굴욕적이긴 했으나, 적어도 날아오르는 것보다는 나은 일이었으니까.

그렇게 난민들의 면면과 규모를 눈으로 확인한 울리케는 곧장 말했다.

"좋아요. 마침 류그라들의 거주지 근방을 쓸 수 있겠어요. 하지만 이게 끝은 아니겠죠. 시작에 불과할 것 같군요."

"저도 그럴 수 있다고 생각합니다."

닐뵤른의 촌장과 난민들은 멍청한 얼굴로 이 젊은 기사와 까마귀가 이야기하는, 기이한 광경을 구경하였다. 안 그래도 그들이 마지막 보루로 여긴 목적지는 피어클리벤이었다. 용이 머무는 땅이니만큼, 받아주기만 한다면 세상 어디보다 안전한 곳이 되지 않을까 하는 생각이었던 것이다. 물론 이 판단에는 붙을 만한 딴지와 이견, 고려해야 할 여러 복잡한 이야기들이 따른다. 그러나 북부의 순박한 농부와 양치기들에게 그 이상의 사고는 조금 무리였으리라.

"들었는가? 모두 피어클리벤에 머물도록 허락받았네. 이대로 곧장 가게. 안전을 위한 호위를 붙여주고 싶지만, 우리 또한 중임을 맡고 있어 인원 차출이 불가하네. 양해하시게."

이렇게 정중하게 말하는 기사를 난생처음 본 촌장과 영민들은 그저 황송해하며 연신 고개를 조아렸다. 길핀과 순찰대들은 염려 가득한 눈으로 그들을 배웅하였지만, 선발대 행렬을 벗어나 그들을 호위하겠다고 나서지는 않았다. 어쩌면 피어클리벤이 보여준 호의를 허물게 될까 봐 저어했던 까닭이리라. 난민들의 행렬 꼬리를 보며 계속 크누드의 어깨 위에 앉아 있던 도래까마귀가 말했다.

"됐죠? 나는 이제 돌아갑니다."

"그러시죠. 참, 아이비레인은 도착했습니까?"

선발대가 떠나온 지 이틀째이다. 공작령의 백룡 대리인은 벌써 도착했으리라. 이 응당한 질문을 받은 까마귀형 울리케는 잠시 침묵했고, 이 불길한 무언에 곁눈질하던 크누드에게 말했다.

"……왔죠."

"뭡니까 그 침묵은?"

"……일단, 나는 돌아갈게요. 수습되는 대로 이야기해주죠."

"수습이라고요? 도대체 무얼 말입니까?"

"나중에 이야기하자고요!"

이 외침을 끝으로 도래까마귀는 다시 그림니르로 돌아왔다. 일순 태연하게 주위를 돌아보곤 아무렇지 않게 날갯죽지의 깃을 고르는 그림니르를 향해, 크누드는 중얼거렸다.

"무슨 일이야……?"

크누드가 이끄는 피어클리벤 선발대가 출발한 그 날, 그들의 임무를 응원하듯 흩날리기 시작하던 눈발은 오후 들어 본격적으로 무거워졌다. 여느 때와 같았다면 눈 속에 파묻힌 피어클리벤 성은 고즈넉했으리라. 그러나 까마귀 금고 용병단원들이 성의 바깥, 일전 아우셀바프 예방단이 머물던 장소에 꽤 큰 규모의 막사 천막 여러 개를 치고 자리 잡은 요즘이다. 이와 같은 야전 생활에 지극히 익숙한 그들은, 깐깐한 에이드리크와 더불어 두어 번 구경 온 행정관 울리케조차 아무런 흠을 잡을 수 없을 만큼 정갈하고 규칙 잡힌 생활을 하고 있었다. 배출되는 오물과 쓰레기를 먹어치울 돼지들이 숙영장 한구석의 우리에 자리 잡았고, 그것들이 만들어낼 퇴비는 나중에 농부들에게 공급될 것이라 했다. 그들의 식사 또한 자체적으로 해결하고 있었기에, 에이드리크나 아셰리드가 살림을 신경 써 줄 필요조차 없었다. 본래 자체 보급의 역량이 일반적인 영지군보다 탁월한 것이 이들 용병단의 장점이긴 하지만, 이러한 상식에 빗대보아도 그리젤의 이 용병들은 지나치게 모든 면에서 깔끔했다. 말하자면 (겉보기에는) 정말이지 아무 대가 없이 상당량의 인적 자원이 영지에 쏟아져 들어온 것이다.

그들은 벌써 자체적으로 순찰조를 조직해 피어클리벤의 일곱 마을을 순회하고 있었고, 각 마을에 상시 머물며 비상사태에 대비하는 교체 인원들도 운용하기 시작했다. 이 모든 게 그리젤이 피어클리벤에 와서 군무관 직책을 받은 날로부터 불과 나흘 만에 이뤄진 체계였다. 이제 비상 파발을 통해 피어클리벤 어느 곳이든 불과 반나절이면 연통을 넣을 수 있으며, 봉화를 통해 그보다 훨씬 앞서 비상사태를 예고할 수 있게 되었다. 성에는 초계술의 대가인 마법고문 시그리드가 있으므로 문제가 일어난 장소만 알 수 있으면 곧바로 인편의 파견 없이 정황을 간파할 수 있는 것이다. 시그리드가 성의 마법 고문직을 수락하자 에이드리크가 그러했던 것처럼, 이제 군무관이라는 직책을 겸직하게 된 단장 그리젤 역시 가장 먼저 시그리드의 역량을 대략적으로나마 알고자 했고, 시그리드는 거리낌 없이 알려주었다. 그리젤의 지시에 의해 추진된 이 전체적인 체계는 바로 그러한 파악에 기반한 군무였다. 그의 일 처리 솜씨는 무서울 정도로 빨랐으며, 이에 시그리드와 에이드리크는 크게 만족하였다. 당초 크누드라는 인간 때문에 모종의 의혹을 갖고 있던 양 가신들이었으나, 그리젤과 부단장 구드워르를 만나보자 모든 불안을 내려놓을 수 있었던 것이다. 그들은 신뢰할만해 보였고, 아주 빠르게 그 유능을 증명하였다. 더구나 적당한 방법으로 크누드를 혼내줄 수 있기까지 한 것이며, 시그리드는 무엇보다 그 사실이 가장 마음에 들었다.

"불안하지 않으시오?"

어둠에 물들어 새하얀 눈들이 푸르스름한 늦은 오후, 잠시 시그리드와 차 마시는 시간을 내던 군무관 그리젤이 문득 이렇게 물었다. 앞뒤가 모두 잘린 뜬금없는 맥락의 물음이었으나, 마법사에게 그것은 아무런 장애가 되지 않는다.

"서리엇 경에게는 적당한 고난이라 생각합니다. 그도 자신에게 주어진 이 숙제의 의미를 잘 알고 있겠지요."

때문에 차를 마시며, 시그리드는 이렇게 대꾸한다. 그리젤은 험상궂게 웃어 보이며 말했다.

"그 녀석에 대한 평가는 고문께 전적으로 맡기겠소. 선입견을 가질 어떤 말씀도 드리지 않으리다."

"하셔도 저는 크게 상관없습니다만."

"하기 싫소."

시그리드는 그리젤을 멀거니 보다가 물었다.

"……귀 용병단은, 전적으로 서리엇 경의 꿍꿍이에 의해 이 모든 걸 추진한 것입니까? 부단장조차 아닌 자의 계획에 의해

서요?"

"저런, 그럴 리 있소?"

그리젤은 차를 마시더니 입맛을 다시며 되물었다. 그의 말이 이어진다.

"용이 새로 나타나고, 어떤 반란의 움직임이 감지되오. 더구나 영역 밖에서 준동하는 세력들이 있지. 재력과 무력, 그리고 권력 중 어느 하나라도 가진 자라면 마땅히 귀를 세우고 파악에 힘쓸 시대요. 어정쩡하게 있다가는 계약하는 상대가 좇고 있는 방향도 모른 채 참전하게 되겠지. 그 녀석의 식견은 예리하지만, 그걸 멋대로 찌르고 다녀도 좋다고 허락하는 것은 나요."

"그 사냥개는 손이 많이 갈 것 같군요."

"보기보다는 그렇지 않소이다."

시그리드가 미소지으며 말했다.

"아까 제가 선입견을 품지 않게끔 하신다고 하지 않으셨나요?"

그러자 그리젤이 조금 사납게 마주 미소지었다.

"보다시피 실패했구려."

그리고 둘은 한동안 조용히 차만 마셨다. 그러다 문득, 시그리드가 창밖을 보며 입을 연다.

"왔군요."

"그럼 이거 나도 나가봐야겠구려."

지금까지 둘은 한 마디도 입에 올리지 않았지만, 기실 내방이 예고된 아이비레인의 대리자, 나슐라시에를 기다리고 있었다. 그리고 이는, 이 소식을 알고 있는 성의 모든 이들에게 공통된 상황이었다. 그들은 서둘지 않고 조용히 움직였고, 바람은 한 점도 없이 깊어진 폭설 가운데로 나갔다. 성의 종사들과 성 밖의 용병들이 분주하게 오가며 진입로의 눈들을 쓸어내는 게 보였다. 저들이 알고 하는 일은 아니었지만, 때맞춰 놓고 보니 용의 내방에 앞선 준비처럼 보여 기이하다. 문득 그렇게 느낀 시그리드였다.

"유세트 경, 라르그문드 군무관."

그들의 등 뒤에서 부르는 소리에 두 가신이 돌아본다. 성의 주방 쪽에서 울리케가 커다란 국통을 든 에인달케와 함께 나오고 있었다. 발프리드 또한 많은 주발이 든 광주리를 들고 따른다.

"다들 눈 치우는데 따뜻한 거라도 낼까 해서요."

딱히 묻지 않았건만, 울리케가 미리 대답한 것이다. 시그리드가 고개를 끄덕이며 말했다.

"좋은 생각이군요."

울리케가 그의 눈치를 보다가 머뭇거리며 물었다.

"……어디쯤 왔을까요?"

역시 주어가 생략된 물음이건만, 마법사는 능히 대답했다.

"성하촌 동구 밖이군요."

"금방 오겠군요! 그럼 나가서 맞이해야지."

울리케는 태연한 표정을 지으려 했지만 누가 봐도 조금 어색하게 서두르기 시작했다. 시그리드는 피식 웃더니 그리젤과 함께 말없이 그들의 뒤를 따랐다. 그렇게 울리케를 필두로 한 그리젤과 시그리드, 에인달케, 발프리드가 성의 안뜰을 가로질러 눈을 치우던 병사들의 군례를 받으며 밖으로 나가게 되었다. 용병단 숙영장 한가운데, 폭설에 대항하듯 지펴진 화톳불이 꽤나 우렁차게 타오르고 있었다. 국통을 내려놓은 에인달케가 용병들을 불러모았고, 먹고 마시는 일이라면 마다치 않는 사내들이 일손을 멈추며 부산하게 모여들었다. 하지만 그리젤의 무서운 눈초리와 그 곁에 선 시그리드의 어딘지 날카로운 표정이 자연스레 용병들을 내리눌렀다. 때문에 전혀 왁자하지 않은 가운데 병사들은 울리케가 솜씨를 부린 매운 국을 들이켜며 언 손과 뱃속을 녹였다.

그런 가운데, 모두가 말을 삼가며 기다리던 그가 나타났다. 이제 어둑해진 성하촌 쪽의 일렁이는 불빛들을 등지며, 폭설로 머리와 어깨가 하얗게 덮인 여성이었다. 비록 긴 외투와 두건으로 몸을 감쌌으나, 달빛처럼 새하얗게 드러난 그 얼굴만큼은 아무 생각 없이 지난한 노동에 조금 지쳐있던 용병들의 눈길을 대번에 끌지 않을 수 없었다. 하지만 이미 시그리드와 그리젤의 말 없는 경고에 주눅 들어있던 용병들은 아무도 선불리 나서 경박한 말을 던지지 않았다. 모두가 눈만 크게 뜨고 이 정체 모를 여자의 얼굴에 홀려있을 때, 그러거나 말거나 눈과 남자들을 헤치며 무심하게 다가온 그가 국통 앞에 서더니 입을 열었다.

"나도 한 그릇 마실 수 있을까요?"

나이를 짐작하기 어려운 목소리였다. 울리케는 말없이 고개를 끄덕이고 국자로 국을 뜨려다 멈칫하더니 물었다.

"신맛은 별로 없지만, 매운데 괜찮을까요?"

일전 시야프리티가 말한, 류그라는 신맛에 약하다는 이야길 기억한 울리케의 물음이었다. 여자는 멍하니 울리케를 보다가 고개를 갸웃하며 대답했다.

"괜찮습니다."

이윽고 울리케는 국을 퍼 내민다. 그것을 두 손으로 받아들고 천천히 마신 낯선 여자가 말했다.

"남부의 꼬다리고추로군요? 여기까지 들어오는 줄은 몰랐네. 이 또 다른 알싸한 맛은 뭘까……?"

"초피랍니다."

"역시 동북쪽에서는 어장(魚醬)을 잘 쓰는군요?"

"입에 맞으실까요?"

그건 참 이상한 대화였다. 통성명도 자기소개도 없었건만, 울리케는 자연스럽게 공대를 하고 있었고, 여자 또한 여기에 별달리 의문을 갖지 않는다. 한눈에 봐도 지체가 있어 보이는 시그리드, 과도한 위엄을 흘리는 그리젤에 울리케 또한 행정관직을 맡으면서는 복장을 좀 더 신경 썼기에 결코 흔한 마을 처자로는 보이지 않는 것이다. 그럼에도 이 여자는, 무심하게 끼어들어 국을 얻어 마시며 맛을 논하고 있었다. 하긴, 수십 명의 용병이 자신을 뚫어지라 쳐다보는데 조금도 신경 쓰지 않는 것부터 비범하기 짝이 없었다. 보통이라면 이 군중 속으로 들어설 용기도 내지 못할 테니까.

때문에 상황을 짐작하지 못하는 용병들은 모두 정말 이상하다는 듯이 이 대화를 보고 있었다. 그렇게 모두의 주목을 받고 있던 그가 조용히 빈 사발을 울리케에게 돌려주며 말했다.

"정말 잘 마셨어요."

울리케는 사발을 받아들고 아무 말도 하지 않았다. 좀 더 정확히는, 뭐라고 해야 할지 몰랐다. 두건을 덮어쓴 여자의 귀는 보이지 않았기에, 류그라라고 단정 지을 수는 없었지만 이 묘한 태도는 범인의 그것이 결코 아니었다. 로릭스테나 케틸이 있었다면 그의 정체를 확인해 줄 것이건만, 그들은 여태 나타나지 않고 있었다.

"……에파?"

그를 알아본 것은 전혀 엉뚱한 인물이었다. 바로 추가로 국통을 가지러 발프리드와 함께 성의 주방에 다녀온 에인달케였다. 남자 둘은 붙어야 들 큰 무쇠솥을 혼자 태연히 들고 오던 그는 좌중의 주목을 받고 있던 그를 발견하더니 깜짝 놀라 위와 같이 외쳤다. 그 외침에, 낯선 여자는 에인달케를 돌아보더니 피식 웃었다.

"오랜만이에요, 에인달케."

"아니? 여긴 어떻게……? 에파가 이 먼 곳까지?"

에인달케는 정말 놀란 것처럼 보였다. 이에, 낯선 이는 조금 미안한 듯이 말했다.

"에인달케의 고향이 피어클리벤이란 건 들어서 알고 있었으니까요. 그래서 온 것이었다면 훨씬 좋았겠지만, 조금 미안하게 되었군요."

"아는 사람이야?"

울리케가 참지 못하고 에인달케에게 묻는다. 멍하니 서 있던 에인달케가 대답했다.

"어……, 내가 라핀다시르의 서고에서 일할 계기가 되었던……, 아니 뭐야? 에파가 그러니까 왜 여기에 있어? 아이비레인의 대리자는?"

점차 공황상태에 빠져드는, 옛 친구를 보던 그는 자세를 고쳐 잡더니 정중하게 말했다.

"인사할게요. 나는 나슐라시에 에파 밀파네스입니다. 공작가의 백룡, 아이비레인의 대리자이며 그 종복입니다. 하지만 에인달케 피어클리벤과는 수년 전에 잠시 동안 어울렸던 적이 있지요. 물론, 그에게 나는 그저 떠돌이 류그라 가객이었답니다. 하지만 일부러 속인 것은 아니었습니다."

말을 마친 그는 두건을 젖혔고, 흩어지는 눈가루와 함께 류그라 특유의 긴 귀가 나타났다. 이 다소 의외의 상황에 어안이 벙벙해 있는 좌중을 향해, 그가 다시 말했다.

"그냥 에파라고 불러주세요. 에인달케가 알고 있던 것처럼요."

"……이게 도대체 무슨 일이야?"

에인달케가 소리쳤다. 하지만 울리케나 다른 누가 이 상황에 대해 설명할 수 있겠는가? 에인달케는 에파를 잠시 쳐다보고서 있더니 눈을 두리번거리며 중얼거리기 시작했다.

"이런……? 이럴 수가……, 그러니까 그때 그게 전부? 로릭스데는 다 알고 있던 것이야? 아니, 아닐 거야……? 아니……, 하지만 아문세트 경은 정말 알고 있었겠지! 어……?"

이렇게 아무도 알아듣지 못할 말을 지리멸렬하게 중얼거리던 에인달케는 갑자기 에파를 향해 시선을 딱 고정시키더니 별안간 얼굴이 새빨갛게 달아올랐다. 그러고는 느닷없이 몸을 획 돌려 성안으로 달려 들어가 버렸다. 망연히 그 뒷모습을 좇던 모두의 시선이 다시 에파에게 돌아왔고, 그러자 백룡의 대리인은 씁쓸하게 말했다.

"사과할 일들만 쌓고 살아가네요."

어쩐지 그 말이 무척이나 슬프게 들리는 울리케였다. 잠시 멍하니 서 있던 그는 이윽고 자신의 직분에 충실해야 함을 떠올렸다. 용병들 사이에 서서 나눌 이야기가 아니었으므로, 일단 안으로 에파를 안내하기로 한다. 에인달케가 달아나버렸기 때문에 국솥을 주방으로 되돌리기 위해서는 용병 장정들의 도움이 필요해졌다. 발프리드에게 뒷정리를 부탁한 울리케는 일단 에파를 방문객 공관으로 이끌었다. 시그리드와 그리젤은 그때까지도 별말 없이 흥미로운 눈길만을 빛내며 에파를 보았을 따름이다.

"사람을 시켜 불을 지피라 이르겠습니다."

그가 당도할 시간이 정확히 특정되지 않았던 까닭에 마땅한 준비를 맞춰두진 못했다. 울리케는 이에 조금 민망한 낯을 하며, 어둡고 싸늘한 객실 안에 들어선 에파에게 말했다. 에파의 표정이 신기한 것을 다 본다는 듯한 얼굴로 객실 안을 둘러보는 것을 확인하자, 울리케는 더욱 부끄러워졌다. 라핀다시르 공작령의 부유함이야 제국 제일이니, 그곳에 머무는 그에게 피어클리벤의 이 질박함은 희한하기도 하겠지. 울리케는 그렇게 생각했다.

"그럴 것 없어요."

에파는 그렇게 말하더니 손을 뻗어 장작이 포개진 벽난로에 대고 불을 쬐듯 손바닥을 펼쳐 보였다. 다음 순간 괭이밥의 씨꼬투리가 터지듯 팍하고 불꽃이 일었다. 울리케는 멍하니 그 모양을 바라보다 묻는다.

"하지만 차는 마법으로 만들지 못하시겠죠?"

그러자 에파는 살짝 미소지으며 대답한다.

"물론이죠. 감사합니다."

울리케는 물러나 오릭에게 다과를 준비하라 일렀다. 그는 최근 이용이 빈번해지기 시작한 피어클리벤의 방문객 공관에 상주하도록 새로 뽑힌 인력으로, 본래는 그리젤의 용병단에서 일했던 자였다. 성의 하인들과 달리 도시의 자유민 출신인 그는 제법 교육받은 티가 났고, 눈치와 일솜씨 모두가 재빨라 마음에 든다. 그가 가벼운 다과 정도는 성의 주방을 찾지 않고 낼 수 있도록 준비해놓은 덕에, 울리케는 오랜 시간 기다리지 않고 에파가 머무는 객실을 다시 찾을 수 있었다.

"난처하게 해 드립니다."

에파가 같이 차를 마시자 권하였기에 울리케는 거절하지 않고 마주 앉았다. 그러자마자 에파가 위와 같이 말한 것이다.

"제가 용의 방문자인지, 아니면 라핀다시르 경의 후속 동행인지, 사적인 용무인지 공무인지, 그리고 저의 신분까지도……, 어느 것 하나 분명한 것이 없으니까요."

정녕 그의 말대로였다. 에인달케의 일까지 포함해, 울리케가 그에게 묻고 싶은 것들이 산더미 같았다. 하지만 에파의 이러한 불명확한 점들 때문에, 울리케는 어떻게 말을 꺼내야 할지 갈피를 잡지 못하고 있었다. 물론 일단 그의 내방은 아셰리드에게 알려졌으니, 피어클리벤은 공식적으로 그를 맞이할 것이다. 그래도 에파가 이런 말을 해주자 울리케는 마음이 한결 가벼워졌다. 로릭스테와 케틸이 보여준 걱정과는 달리, 적어도 막무가내로 구는 유형은 아닌 것 같아 보였다. 그나저나, 이 도련님과 마법사는 여태 뭐 하는 거지?

"당신이 울리케 피어클리벤, 행정관이 맞습니까?"

울리케는 아직 통성명을 하지 않았다. 그럼에도 그를 알고 있다는 듯 에파가 이렇게 말하자, 울리케는 조금 놀랐다. 차를 한 모금 마신 울리케가 대답했다.

"그렇습니다."

"빌러디저드 님과 처음 만난 분이고요?"

언제 그런 소문까지 퍼진 것일까? 울리케는 의아해하며 고개를 끄덕였다. 벽난로의 불빛이 비친 에파의 얼굴은 류그라들이 보통 그렇듯, 선이 가늘고 수려했다. 다만 이렇게 지척에서 똑바로 보고 있음에도 여전히, 도무지 나이를 가늠하기 어려운 인상이었다. 노련한 젊음이나, 싱싱한 원숙 같은, 모순된 어휘들이 울리케의 머릿속에 뇌까려졌다. 그가 말했다.

"로릭스데가 나에 관해 말했나요?"

"네, 들었어요."

"그래요. 그러면 긴 설명을 할 필요는 없겠군요."

에파는 한동안 말없이 차의 향을 즐기는 것 같았다. 울리케는 호기심을 꾹꾹 누르며 그의 다음 말을 기다렸다. 하지만 한참이나 에파는 아무 말도 하지 않았고, 울리케는 조바심을 이기지 못해 이렇게 묻고 만다.

"무슨 일로 오셨어요?"

그것은 분명 예법에 어긋나는 질문이었지만, 울리케는 그가 그런 것을 신경 쓰지 않으리라는 어떤 느낌이 강하게 들었다. 그것은 매번 그가 빌러디저드 앞에 설 때마다 느끼는 바로 그

느낌과 대단히 유사했다. 용의 빙의자이며 드라우그르로서 연명해온 류그라. 이 독특한 존재에게 그런 시시한 것이 정말로 중요할 리 없다. 울리케는 그리 여겼고, 그 판단은 옳았다. 에파는 피식 웃더니 말했다.

"나는 용의 대리자이죠. 당연히 그의 의지로 의사를 전하러 왔습니다."

"빌러디저드 님에게요?"

울리케의 이 물음에서 어떤 행간을 읽어낸 에파가 되묻는다.

"안 되나요?"

그러자 울리케는 또 물었다.

"제가 그것을 막을 수 있을까요?"

"없나요?"

이렇게 연속해서 네 번의 질문만 서로 오갔다. 둘은 어느 쪽도 명쾌하게 답을 줄 생각이 없어 보인다. 다시 기묘한 침묵만이 회절했고, 둘은 차를 마셨다. 그럼에도 울리케는 이 자리와 상황이 그리 어색하다고 느끼지 않았다. 어째서일까.

"왜 그러나요?"

울리케가 참으로 이상하다는 듯 그를 보고 있자, 에파가 미소 띤 얼굴로 물었다. 하지만 울리케는 뭐라 대답해야 할지 알 수 없었다. 이 기묘한 친숙함의 정체를, 아쉽게도 그 스스로는 알아낼 수 없었던 것이다. 그리고 이를 눈치챈 에파가 친절히 입을 열었다.

"……그렇군요. 아가씨는 아직 모르는군요? 용이 매개하는 빙의의 시술 대상이 된 그대와, 또 다른 용이 직접적인 빙의의 대상으로 지정하는 나는 어쩔 수 없이 동조하는 느낌을 갖는 것이랍니다. 나 또한 보자마자 아가씨가 그러한 술에 걸려 있다는 것을 알아챘어요. 혹시 까마귀인가요?"

울리케는 조금 놀라 묻지 않을 수 없다.

"그런 걸 다 알 수가 있나요?"

"나는 마술사이기도 하니까요."

"마술사요?"

"내 힘은 에다의 도리에 맞닿지 않으니까, 나를 마법사로 소개하는 것은 조금 부적절하다고 여겨요. 하지만 이렇게, 직접 나를 소개할 기회는 매우 드물답니다."

에파의 어조는 차분했고, 어쩐지 반가워하는 것 같았다. 그의 설명을 들은 울리케는 조용히 고개를 끄덕였다. 빌러디저드가 도래까마귀 그림니르와 그를 연결하면서 남긴 어떤 흔적이, 에파의 눈에는 선명하게 보이는 것이겠지. 울리케는 그렇게 이해한다. 울리케는 마치 고백하듯 털어놓았다.

"제 경우엔, 저나 까마귀 어느 한쪽이 그 의지로 상대방을 부를 때 일방적인 빙의가 일어나요. 물론 선택권은 저에게 있지만요. 저도 까마귀도 물론 마법사는 아니니까……, 이런 방식 자체가 상당히 드문 장치라고 들었어요. 그런데 에파……, 어, 단지 그렇게 불러도 무례가 아닐까요?"

"아니랍니다."

"하지만, 제가 아는 류그라 소녀가 말해준 바에 따르면 류그라들의 가운데 이름은 형제 관계를 의미하는 것이라 했어요. 이를테면 '일'이라는 가운데 이름은 두 자매 가운데의 손위 쪽 이름이라죠. 그래서 유동적이라 알고 있는데……, 그렇다면 '에파'는 무슨 뜻인가요?"

그러자 여태껏 부드럽게 싱글거리는 표정을 유지해오던 그, 나슐라시에의 표정이 일변하였다. 굳은 얼굴로 눈을 부릅뜬 그가 울리케에게 묻는다.

"아는 류그라가 있다고요?"

역시 동족의 이야기라 그럴까? 울리케는 조금 긴장하며 답했다.

"네. 최근에 이 영지의 영민이 된 이들이 있지요. 빌러디저드 님의 제안에 따라 그렇게 되었습니다. 신목의 재건을 위해서지요."

"재건이라고요?"

이렇게 외치듯 물은 에파가 자리에서 벌떡 일어나버렸다. 울리케는 이 갑작스러운 변화에 조금 놀랐지만 빠르게 침착함을 되찾으며, 에파가 보여주는 이 태도가 긍정적인 것일까, 혹은 부정적인 것일까를 생각했다. 그리고 문득, 울리케는 모든 걸 다 이야기할 필요가 아직 없다는 느낌이 들었다. 그리하여 난처한 듯 웃어 보이며, 젊은 행정관은 말한다.

“전 그렇게만 알고 있습니다. 빌러디저드 님의 제안과 약속에 따라 그들이 이 영지의 영민이 되었지만, 이 이야기는 어디까지나 그들 사이의 것이라 저로서는 자세히 알지 못해요.”

“그들을 만나게 해주세요!”

에파가 덤비듯 물었고, 그 기세를 느낀 울리케가 망연한 얼굴로 물었다.

“어……, 지금요?”

이미 날이 어두워지기 시작했다. 거기에 방문의 절차와 의전을 공식적으로 밟지도 않은 상태인 것이다. 그 스스로는 예의를 무가치한 것으로 둘지 몰라도, 에파는 이렇게 묻는 울리케를 향해 눈동자에 들이찼던 긴박함을 풀어 보였다. 이걸 보니 공작가의 중요 인사이며 용의 대리자, 그리고 드라우그르라는 여러모로 초월적인 신분이 중첩된 이건만, 그는 절차와 법도라는 인세의 장단에서 완전히 이탈한 존재가 다행히도 아닌 모양이다. 울리케는 그 점에 작게 안도했다. 그런 그에게, 에파는 다시 자리에 앉으며 말했다.

“실례했어요. 하지만 머무는 동안 꼭 그럴 기회가 있었으면 합니다.”

“적극적으로 추진해보겠습니다.”

이렇게 말하는 울리케는 한편 점점 의아해진다. 로릭스데와 케틸의 그 반응은 도대체 뭐였던 것일까? 여태껏 본 바로는 사람을 마구 난처하게 할 것 같지 않은데. 어제 그들의 걱정을 본

울리케는 마음속 어딘가에서 한 열 배쯤 농축된 시야프리테 같은 게 오는 것일까, 염려했던 것이다. 하지만 막상 이렇게 만난 나슐라시에는 차분한 인물 같았고, 어느 모로 보아도 넉넉하게 세속적인 인상이었다.

"내 이름은……."

울리케의 맞은편에서 다시 찻잔에 손을 갖다 대며, 에파가 나직이 입을 열었다.

"무남독녀를 의미해요. 하지만 단지 그것뿐만은 아니랍니다. 내 입으로 말하긴 조금 무엇하니, 아가씨의 그 류그라 친구에게 물어보시지요."

"아, 그럴게요."

울리케는 이렇게 대답하면서도, 시야프리테가 모를 수도 있겠다는 생각을 했다. 류그라들의 가운데 이름은 형제자매 관계에 변동이 생길 때마다 달라지며, 그 방대한 경우의 수에 따라 일일이 다 다른 호칭이 된다. 그러니 그러한 민족적 전통 교양 수업에 질색을 하는 시야프리테가 이걸 다 기억하고 있지는 못할 수도 있다. 울리케는 그렇게 생각하며 피식 웃었다. 그런 그를 가만히 보고 있던 에파가 말했다.

"나는 아이비레인의 입이 되고자 왔으며, 오랫동안 그의 의지를 대행해와, 쌍방 모두 서로에게 어느 정도 동화되어 있지만 분명히 별개의 인격입니다. 당신에게는 우선 그 점을 개인적으로 고지해 두고 싶군요."

빙의의 부작용에 대해서는 이미 알고 있다. 때문에 울리케는 에파의 이 이야기를 단박에 이해하지만, 한편으로는 그래서 조금 의아했다. 왜 이런 이야기를 하는 것일까? 차를 마저 마신 에파가 다시 입을 열었다.

"우리는 고민했어요."

우리란 아이비레인과 에파를 이름이겠지. 울리케는 그렇게 여기며 들었다. 그의 말이 이어진다.

"하지만 기교와 수사, 속임수는 무의미하다는 결론에 모두 동의했답니다. 하여……."

그 순간 누군가가 집무실의 문을 다급하게 두드렸다. 문이 열리고 나타난 얼굴은 기사 에길이었다. 그가 안을 들여다보고 낯선 여자, 에파의 모습에 조금 흠칫하더니 울리케에게 말했다.

"행정관님, 그분이 오십니다!"

달리 누굴 이르는 말이겠는가? 울리케는 벌떡 일어났고, 에파는 기묘하게 씁쓸한 얼굴이 되더니 따라 일어섰다. 그가 나직이 말했다.

"역시 그렇군요."

"역시라뇨……?"

울리케가 물었지만 에파는 대답하지 않았다. 울리케는 밖으로 나갔고, 느닷없이 어둑한 피어클리벤 성의 안뜰에 착지하는 용의 거체를 보고 깜짝 놀랐다. 그간 용이 성에 방문한 적이 결코 많았다고는 할 수 없었으나, 언제나 느긋하게 날아왔었기 때문이다. 아니면 초병이 졸기라도 했던 것일까? 울리케가 에길을 쳐다보자, 그 시선의 의미를 간파한 그가 즉시 대답했다.

"아닙니다! 굉장히 빨리 오신 것뿐입니다."

울리케가 아는 한, 빌러디저드가 서두는 것을 본 적이 없다. 때문에 이 상황이 심상치 않음을 느낀 그는 긴장하며 서둘러 안뜰로 내려갔다. 하지만 그가 용의 지척에 이르기도 전, 빌러디저드는 고개를 돌려 그와 그의 뒤를 따르던 에파를 똑바로 보더니 말했다.

"대리자에게는 볼 일이 없다. 네 주인을 부르거라!"

울리케는 그 자리에 못 박히듯 멈춰 섰다. 용의 목소리에서 한 번도 들어보지 못한 권위와 엄중함이 느껴졌기 때문이었다. 울리케는 감히 뒤돌아볼 생각도 하지 않았기에, 등 뒤에서 에파의 작은 한숨 소리만을 들 수 있었다. 그러더니 잠시 뒤, 두어 걸음을 나서 울리케를 앞지른 그가 용의 앞에 섰다. 그것은 여전히 에파였으나, 울리케의 눈에 들어온 그 뒷모습에는 이루 말할 수 없이 강대한 그림자가 어린듯했다. 그 다음 순간, 전혀 이질적인 목소리가 그로부터 흘러나왔다. 물 흐르듯 유려하고 부드러운 음성이었으나, 빌러디저드의 중후한 저음에 맞먹는 강력함이 실려 있었다.

"스미드레드의 자손, 라핀다시르의 언약자인 아이비레인이다."

"하스언리버와 페일드라잇의 자손, 피어클리벤의 언약자인 빌러디저드다."

성의 안뜰에는 울리케와 에길, 그리고 용과 용의 대리자 외에는 다른 이들이 아직 없었다. 검은 용은 그토록 순식간에 그룬테름으로부터 출현해 날아왔던 것이다. 보이지 않는 곳에서 성의 하인들과 종사들이 이 갑작스러운 출현을 알리려 우왕좌왕하고 있었으나, 아직 이 자리에는 미치지 않은 소란이다. 때문에 적막한 고요 속에서 울려 퍼진 두 용의 자기소개만이 또렷하였다. 울리케는 처음 듣는 빌러디저드의 두 부모용의 이름을 몇 번이고 속으로 뇌까리며 외웠다. 그러자 문득, 아이비레인이 이름 하나밖에 대지 못했음이 마음에 걸렸다. 하지만 빌러디저드는 구태여 그것을 지적하지 않고 한동안 침묵한 채 에파를 쏘아보았다. 울리케는 그 눈길을 완강히 버티고 선 에파의 뒷모습을 보며, 그가 방금 전까지 자신과 대화를 나누던 인물이 전혀 아니라는 것을 새삼 느꼈다. 가늘고 호리호리한 체구라고는 도무지 느껴지지 않았다.

"이 땅을 방문한, 너의 목적을 말하라."

그 침묵의 끝에 빌러디저드가 물었다. 에파, 아이비레인은 고개를 돌려 때마침 성의 본관 앞으로 몰려나온 아셰리드와 시그리드, 그리젤 등 피어클리벤의 사람들을 보았다. 그리고 그 곁에 당황한 얼굴로 서 있는 로릭스데와 케틸도.

한동안 로릭스데와 눈을 마주치던 에파는 다시 고개를 돌려, 검고 거대한 용을 올려다보며 낭랑하게 말했다.

"너희가 가둔 두 포로를 데리러 왔다. 모두 나의 아이들이니라."

죽음 같은 적막이 떨어졌다.

제 7장

너무나 뜻밖의 말이었기에, 사람들이 그 의미를 이해하는 데는 시간이 걸렸다. 각자의 얼굴에 강한 의혹과, 더러는 그것을 넘어선 경악이 어렸고, 이윽고 낯이 창백해진 로릭스데가 비틀거리듯 한 발짝 나섰다.

"아이비레인……? 지금 무슨 말을 하는 겁니까?"

"들은 대로다, 로릭스데."

에파, 아이비레인은 그를 외면한 채 빌러디저드에게서 눈을 떼지 않고 대답했다. 그러자 그를 마주 보던 빌러디저드가 입을 열었다.

"이해했다. 그러면, 울리케."

"네?"

별안간 이름이 불려 깜짝 놀란 울리케가 답했다. 그는 아이비래인의 앞선 말이 떨어진 직후부터 반쯤 넋이 나가 있었다. 아이비레인은 용의 부름 덕에 제정신으로 돌아온 울리케에게 몸을 돌렸고, 그의 어깨너머로 검은 용의 목소리가 스쳤다.

"상황을 알겠느냐?"

"……."

울리케는 자신을 돌아보고 있는 에파와 눈이 마주쳤다. 에파였을 때와 달리 형형하게 빛나는 그 눈과 경직된 얼굴은, 놀랍게도 분명 에파의 외모였으나 전혀 다른 사람처럼 보였다. 울리케는 멍하니 그를 보고 있는 로릭스데를 곁눈질하고 힘겹게 입을 열었다.

"……지하 감옥의 두 포로는 반란군 소속입니다. 지금 라펀다시르 공작가의 언약자께서는 그들을 내어달라 하시는 것입니까? 그러면……, 그들이……."

울리케는 아이비레인을 에둘러 지칭하려다 순간 말문이 막혔다. 그의 내력을 알고 있는바, '린트부름의 올바른 적생자'라든가, '선험의 군주' 같은, 용을 지칭하는 관용적 표현이 그에게도 적합한지 의문이기 때문이다. 순간 울리케의 번민을 꿰뚫어본 듯, 아이비레인은 냉랭하게 말했다.

"호칭을 신경 쓸 것 없다."

"……그들이 아이비레인 님의 의지를 수행하고 있었습니까?"

울리케의 시선에, 새파래진 로릭스데의 얼굴이 들어왔다. 여전히 그런 그를 무시한 채, 백룡의 대리자는 말했다.

"그들은 그들의 의지를 수행할 뿐이다. 나는 단지 그들을 길러냈고, 또한 보호하노라."

울리케는 그제야 에인달케에게 전해 들은 이야기가 생각났다. 아이비레인이 자신만의 재산을 갖고 있고, 직인들의 후원자이자 고아원장이라는 이야기였다. 그렇다면 반란군들은 모두 그 고아원 출신인 것일까? 그러니까, 이 반란과 공작령의 용이 관계가 있다는 말일까? 하지만 울리케가 지금 보다시피, 로릭스데의 표정은 그가 아무것도 몰랐다는 것을 증명한다. *저게 연기가 아니라면 말이지.* 울리케는 차분히 말했다.

"그들은 제국법에 따라 처벌되어야 합니다."

그러자 백룡은 비꼬듯 묻는다.

"그 사법체계는 곧 무의미해질 것인데도?"

그 말이 결정타였다. 로릭스데는 무릎이 풀린 듯 휘청이더니 갈라진 목소리로 말했다.

"……이럴 수가."

"로릭스데."

에파의 눈 너머, 먼 땅으로부터 쏘아지는 백룡의 눈빛이 잠시 눈 덮인 땅바닥으로 떨어지더니 그 대리자가 몸을 돌리며 인간의 아들을 부른다.

"걱정 말거라. 라핀다시르의 정의와 자비에는 아무런 문제가 없으리라."

"……걱정이라고요?"

로릭스데가 이렇게 황망히 되묻더니, 잠시 그를 쳐다보다가 내뱉기 시작했다.

"제가 가문을 염려하는 것처럼 보입니까……? 왜 제게 숨기셨습니까? 이런 일을……, 도대체 언제부터 준비하신 것입니까?"

울리케는 불안한 얼굴로 로릭스데를 보았다. 공작가의 장남은 그가 반란을 도모한 일 자체에 충격받은 게 아닌 것 같았다. 다만 순전히 그것을 왜 자신에게 알리지 않았는가를 추궁하는 말이었다. 아이비레인의 표정은 고요했다. 여전히 에파의 입을 빌려, 백룡은 말한다.

"왜 알려야 하느냐? 그리고 무얼 알린단 말이냐? 내가 밀파네스의 가지들을 거둘 때도 라핀다시르와 상의한 바는 없었다. 이 아이들도 마찬가지다. 다만 그들이 하고자 하는 바를 할 뿐이며, 이 모든 일은 지난 세대의 상처로부터 시작되었다. 오로지 언약에 누가 되지 않는 한, 나의 운신에 관여할 권리는 너희에게 없다."

로릭스데는 정말로 상처 입은 표정을 지었다. 그는 무언가 말하고자 몇 번이고 입을 달싹였으나, 끝내 아무 말도 하지 못하고 어깨를 늘어뜨렸다. 복잡한 기분으로 그걸 보고 있던 울리케가 말했다.

"그렇다면 뉘른스에크에서 어떤 일이 일어났는지 아시겠군요? 그 또한 아이비레인 님의 계획이었습니까? 저의 아버지와 가신들이 위험에 처해 있습니다!"

"나는 그것을 계획하지 않았다!"

아이비레인은 분명하게 잘라 말했다. 그러더니 몸을 획 돌려 여태껏 묵묵히 이 대화들을 보고 있던 빌러디저드에게 말했다.

"그대는 이해했다고 말했다! 내가 더 설명해야 하는가?"

"적어도 내게는 아니다."

검은 용은 어쩐지 우울하게 대답했다. 그러자 아이비레인은 좌중을 한 바퀴 돌아보더니, 마지막 시선을 처참한 표정의 로릭스데에게 두며 딱히 누구에게랄 것 없이 모두를 향해 말했다.

"나는 나의 용무와, 라핀다시르의 결백을 밝혔다. 더 논할 것이 없노라. 나머지는 나의 종복에게 맡긴다!"

그게 끝이었다. 눈에 보이는 변화는 아무것도 없었으나, 모두에게 보이는 에파의 인상이 그 순간 일변하였다. 키도 모습도, 그 어느 것 하나 분명히 전혀 바뀌지 않았지만 그 자리에 선 모두는 아이비레인이 떠났음을 깨달았다. 에파는 예의 그 차분한 인상과 눈빛으로 돌아오더니 작게 한숨을 내쉬었다. 그리고 무엇보다 먼저, 빌러디저드를 향해 예를 표하며 말했다.

"용서하소서."

그것은 분명 에파 자신의 목소리였다.

"누구에게 말이냐?"

울리케는 에파에게 향하는 검은 용의 물음을 듣자마자 조금 짜증이 났다. 그것이 명백히 일종의 농담임을 알기 때문이다.

이런 상황에! 에파 또한 그것을 간파했는지, 황송스러운 표정을 지으며 답했다.

"저는 제 주인의 허물에 관해 논할 종이 못되옵니다."

"이해했다."

그러자 참고 있던 울리케가 기어이 볼멘소리를 터트리고 말았다.

"도대체 아까부터 왜 혼자만 이해하십니까?"

그러자 에파가 깜짝 놀라 울리케를 돌아보았다. 그것은 아마도 용을 오로지 주인으로만 대해온 그의 입장에서 느끼는, 울리케의 방자함이 일으킨 충격 때문이었으리라. 그러거나 말거나, 울리케는 그의 곁을 지나쳐 용 앞에 서며 재차 말했다.

"뭘 이해하셨습니까?"

용은 아무렇지도 않은 듯 기꺼이 대답한다.

"네가 이해한 것과 같다."

울리케는 기가 막혀 소리쳤다.

"저는 아무것도 이해하지 못했는걸요!"

"자랑인가?"

용은 그렇게 대꾸하더니 좌중을 굽어보며 말했다.

"나도 돌아가겠다. 남은 것은 너희의 몫이다."

울리케가 다시 소리쳤다.

"아니! 좀 더 상세한 이야기를 해 주시옵소서!"

"그에게 듣거라. 그로써 충분하리라. 나는 술과 안주를 가져온 이가 기다리는 관계로 어서 돌아가 봐야 한다."

그렇게 말한 검은 용은 조금의 여지도 두지 않은 채 날개를 펼쳐 올렸다. 그리고 그 거체가 둥실 떠오르는가 싶더니, 눈 깜짝할 사이에 사라져버렸다. 울리케는 어처구니가 없어서 입을 딱 벌리고 텅 빈 저녁 하늘을 올려다보다가 아셰리드를 비롯한 사람들이 다가오는 기척에 고개를 돌렸다.

"……이게 도대체 무슨 이야기지?"

마찬가지로 망연자실한 아셰리드의 물음이다. 그 곁에 선 시그리드와 그리젤은 굉장히 비슷한 표정으로 얼굴을 찌푸린 채 생각에 몰두해 있는 탓에 마치 할머니와 손녀처럼 보일 지경이었다. 울리케가 완전히 좌절한 표정으로 서 있던 로릭스데를 힐끔 보자, 그가 고개를 들더니 아셰리드에게 말한다.

"피어클리벤 백작 부인……, 잠시 저와 에파가 이야기할 시간을 좀 주시겠습니까?"

"안 됩니다."

어느 쪽이 먼저였는지 모르겠다. 아무튼 그렇게, 울리케와 시그리드의 입에서 동시에 똑같은 말이 튀어나왔다. 둘의 시선이 자연스레 교환되었고, 울리케가 고개를 끄덕이자 시그리드가 로릭스데에게 말했다.

"저희가 들은 바에 의하면, 공작가의 용은 반란을 도모했거나, 최소한 그에 관계되어 있습니다. 이런 의혹이 드는 마당에 두 분의 독대라니요?"

"지금 우릴 조사하겠다는 말이냐?"

곁에 서 있던 케틸이 불쾌한 듯 물었다. 시그리드는 스승을 노려보더니 말했다.

"필요하다면 그래야 하지 않겠습니까?"

"유세트 경."

아셰리드가 차분한 음성으로 끼어들었다. 그렇게 두 사제를 점잖게 누르며, 그는 로릭스데에게 말했다.

"상황파악이 필요하신 것이죠? 그건 저희도 마찬가지랍니다. 그러니, 일단은 모두가 함께 논의하시는 게 어떻겠습니까? 상호 적대할 기회를 갖지 않도록 하지요."

그러자 조용히 로릭스데만 쳐다보고 있던 에파가 말했다.

"그 말씀이 옳습니다. 여기 계신 모든 분께서 석연치 않으신 점이 많으리라 생각합니다. 제가 모두 대답하겠으니……."

"나슐라시에! 당신이라도, 내게는 말해줄 수도 있었잖습니까!"

로릭스데가 갑자기 소리쳤다. 그는 순식간에 다른 사람들의 앞이라는 사실을 완전히 망각해버린 것 같았다. 아니면 무시했던 것일까. 오로지 에파만을 노려보며, 언제나 차분하고 점잖았던 공작가의 장남은 그렇게 외쳤다. 에파는 슬픈 표정으로 대답했다.

"용서하세요."

"나는 용이 아니란 말입니다!"

로릭스데의 절규 같은 외침이었다.

어둑한 그룬테름, 용의 보금자리에 홀로 앉아 불을 쬐고 있던 고블린 오백장은 산중의 고즈넉함을 찢으며 도래한 날갯짓 소리에도 별달리 반응하지 않았다. 다만 그 곁에 누워있던 숲 흑늑대 한 마리만이 고개를 들어 어둠에 섞인 거체를 올려다볼 따름이다. 어느새 눈은 그쳤다. 용이 내려앉자, 아우케트는 조용히 말했다.

“어떠했소?”

용은 바로 대답하지 않았다. 어둠 속에 대기하던 고블린 병사들이 용의 앞으로 데운 술항아리와 돼지고기를 재빠르게 내 왔고, 용은 그들이 허문 항아리의 입구로부터 피어오르는 술향기를 맡으며 침묵했다. 그렇게 한동안 생각하던 용이 말했다.

“보자마자 알 수 있었다. 서리심의 예상대로, 네가 입수한 그 포로들의 부적은 아이비레인이 고안한 것이다.”

“그러면 역시, 그와 공작가 모두가 이 반란을 주도한 것이오?”

“아니다.”

용은 담담한 어조로 부정했다. 그리고 술을 마시며, 용의 말이 이어졌다.

“공작가의 인간들은 이 상황에 대해 완전히 무지해 보인다.

신중하게 주시해 보았으나, 그렇게밖에 생각되지 않더군. 그리고 아이비레인 또한, '주도했다'라고 말하기는 힘들다."

"……무슨 말이오?"

"씨를 심었다고 해서, 자랄 작물이 맺을 잎과 결실의 숫자를 통제할 수는 없는 일이지."

"고약한 비유로군. 하지만 최소한 무엇을 심었는지는 알 수 있지 않겠소?"

"그 지적은 너희가 최근 시작한 농사의 수확인가?"

아우케트는 작게 한숨을 내쉬었다. *이런 이야기를 하는 와중에도 용은 농담을 일삼는군. 울리케의 심려가 매번 크겠어.* 하지만 그는 고블린이며, 인간과 달리 그에게 허락된 바대로 용에게 극존칭을 쓰지 않는다. 때문에 한결 자유로이 말을 고를 수 있는 그가 말했다.

"그럼 무엇이오? 아이비레인은 그저 관망하는가? 그대가 그러는 것처럼?"

"나는 관망하고 있지 않다."

용은 말했다. 술을 넘기느라 잠시 침묵한 그의 말이 이어진다.

"이해를 구하지는 않겠다. 나는 신을 믿지 않지만, 숙명적이라는 점에서는 여전히 린트부름의 후손이지."

그러자 아우케트가 어이없다는 듯 물었다.

"……신을 믿지 않는데 숙명을 믿소?"

"그러니 이해를 구하지 않겠다는 것이다. 이 일은 온전히 인간들의 일이다. 내가 피어클리벤에 임하므로 해서 일어난 일들은 분명 나로 인한 것이나, 그것을 내가 계획한 것이라 할 수는 없다. 권력을 추종하는 것은 인간들의 일이지. 마찬가지로 그가 인간들의 내전에서 희생된 이들의 고아들을 거두고, 그들을 제국의 법도와 질서 바깥에서 훈육했다면, 단지 그것만으로도 이러한 미래는 응당한 것이 될 수 있다."

잠시 침묵하며 술을 넘기던 아우케트가 말했다.

"그러면, 그는 왜 온 것이오?"

용은 성에서 나눈 대화를 짤막하게 전했다. 묵묵히 듣고 있던 아우케트가 말했다.

"포로 교환? 겨우 그런 일로 그가 직접 왔단 말이오?"

"바로 그 점이, 그가 이 반란의 주모자가 아니리라는 증거 가운데 하나다. 그는 순전히 부모로서 온 것이다."

용은 말했다. 고블린 오백장은 떨떠름한 표정으로 용의 말을 곱씹었다. 그럼 도대체 뭐란 말인가? 아이비레인은 반란군들을 키워냈다. 어쩌면 그들의 재정이나 사상적인 면까지 그 용의 작품일지 모른다. 그런데도 주모자는 아니라고? 한참을 생각하던 아우케트가 말했다.

"포로 교환이라면 거래로군. 피어클리벤은 대가를 요구할 수 있겠소."

"그렇다."

용의 목소리엔 어딘지 기대감이 느껴졌다.

펠윈은 폭설이 오는 소리에 눈을 떴다.

그건 전혀 거짓말이 아니었다. 잠결에 눈이 오는 소리를 들을 수 있을 만큼 귀가 밝은 것은 그가 제국인이 아닌 류그라이기 때문이었다. 물론 류그라라 해서 모두가 이 정도로 귀가 밝은 것은 결코 아니다. 펠윈은 류그라 중에서도 드문 청력의 소유자였고, 만일 그들 민족이 과거의 풍속과 지식을 그대로 유지하고 있었다면 그 재능을 이용해 분명 탁월한 기상예보자가 되었으리라. 그러나 무수한 세대를 거쳐 유랑을 하고, 더불어 십여 년 전 지팡이마저 잃어버린 아이기네스의 가지 일족인 그는 이제 단지 이곳, 자유도시 이실바프에 위치한 여관 '다정한 잿더미'의 하녀일 뿐이다.

펠윈은 그에게 허락된 유일한 난방용품인, 아랫배에 끌어안고 있던 돌멩이의 온기가 이미 가셨음을 느낀다. 그렇다면 새벽녘일 테고, 어차피 곧 일어나야 할 것이다. 그렇게 판단한 그는 조용히 몸을 일으키고 나갈 준비를 했다. 손바닥만 한 그의 방엔 딱딱한 침상 말고 아무것도 없지만, 펠윈은 그것을 전혀 유감스럽게 생각하지 않는다. 십사 년 전, 딱 여섯 살이던 그가 노예상으로부터 도망쳐 당도한 곳이 이 여관이었다. 당시부터 여기의 주인이던 다라드는 다 죽어가는 꼬마 류그라가 죽지 않도록 해 주었고, 시의 치안대나 노예상에 발고하지도 않았다. 그렇게, 펠윈은 이곳에서 새로운 삶을 시작했다. 어릴 때의 기억은 너무나 흐릿해서, 펠윈은 자신에게 무슨 일이 일어나 노예상에 팔렸던 것인지 기억하지 못했다. 뿐만 아니라 원래는 좀 더 길었던 자신의 이름조차 확실하게 기억하지 못했다. 펠윈다르네……? 펠윈시아가……? 뭐였더라? 아무튼, 이젠 별로 중요한 것도 아니다.

여관 주인인 다라드로 말할 것 같으면, 심각할 정도로 말수가 적은 사내였다. 다정한 잿더미 여관은 수상쩍기 이를 데 없는 여객들만을 손님으로 받았는데, 그런 점에서 그는 아주 제대로 직업을 골랐다고 말할 수 있으리라. 그는 펠윈에게 일꾼으로서의 상식적인 소양 외에 딱 한 가지만을 더 요구했다. 그것은 머무는 손님들에 관한 한, 그 어떤 것도 엿듣거나 기억하거나 발설하지 말라는 것이었다. 그러나 위에서 보았듯 펠윈은 선천적으로 귀가 뛰어났고, 다정한 잿더미의 열여섯 객실에서 울리는 모든 목소리를 어쩔 수 없이 다 들을 수밖에 없었다. 게다가 그것들은 하나하나, 기억하지 않기에는 너무나 흥미로우며 은밀하고, 수상쩍은 이야기들이었다. 그러니 그가 목숨을 부지하고 쫓겨나지 않기 위해서는 오로지 철저히 함구하는 수밖에 없다. 다라드는 결코 호인이 아니었으나 규칙과 계산에 엄격한 사람이었고, 적어도 펠윈에게 있어 사실 그건 좋은 사람이라는 뜻이었다. 다정한 잿더미 여관의 하인들은 남녀불문하고 모두 다라드를 두려워했지만 펠윈만은 예외였다. 규칙은 지키면 되고, 계산은 틀리지 않으면 된다. 아이는 소녀가 되고, 소녀는 성년이 되었다. 그간 무수한 경험을 통해 호의를 가장한 꿍꿍이를 감춘 인간들을 보아온 펠윈은 이제 다라드처럼 철저하고 똑 부러지는 성격이 매우 드물다는 것을 알고 있다.

"벌써 일어났나."

부엌으로 향한 펠윈이 끌어안고 자던 돌멩이를 작은 자루에서 꺼내 아궁이에 집어넣고 있을 때, 그 기척을 느끼고 안을 들여다본 다라드가 다가와 말했다. 그의 얼굴을 올려다본 펠윈은 그가 밤을 새웠음을 간파하고 말했다.

"추워서요."

"그건 내 탓이 아니야."

한낱 하인에게 화로나 벽난로가 딸린 방을 내어주는 업장 주인은 없다. 돈 문제이기도 하지만 무엇보다 화재가 염려되기 때문이다. 공동숙소의 경우에는 불당번을 두고 잘 수가 있지만, 펠윈은 결코 다른 하인들과 같이 자지 않는다. 그것은 그가 처음 이곳에 왔던 십사 년 전부터 그랬다.

"눈이 오는 것 같네요."

펠윈은 사각이는 눈 소리가 들리지 않는 보통 사람들처럼, 시치미를 떼고 말했다. 다라드는 그를 물끄러미 보다가 대꾸했다.

"간밤에 손님 여덟이 화급히 떠났다. 말도 빠졌고, 마구간은 됐으니 방만 두 개 정돈해."

"어디 손님인데요?"

"8호랑 9호."

대화하는 와중에도 손을 멈추지 않은 펠윈은 지펴낸 아궁이

위에 솥을 얹고 물을 붓는다. 청소 도구를 챙긴 그는 부엌을 나와 계단을 오르기 시작했다.

8호와 9호라. 그들은 온갖 수상한 인간들로 북적이는 이 여관에서도 단연코 가장 기이한 손님들이었다. 온통 검은 장포로 두르고 한결같이 떡 벌어진 어깨를 하고 있던 무사들. 여관 하녀인 펠윈에게 그런 것을 알아볼 소양은 없었지만, 그래도 십 년 이상 악당이나 범죄자에 가까운 손님들만 상대하다 보면 어느 정도 채점이 가능해진다. 그 검은 무사들은 여타의 다른 칼잡이들과는 확연하게 구별되는 어떤 품격이 있었다. 다라드의 가족들인가 싶을 정도로 말수가 없었고, 행동에 절도가 있었으며, 펠윈에게 아무 수작도 걸지 않은 드문 이들이었다. 거기다 펠윈으로서는 그들을 잊을 수 없는 사건도 있었다. 그 여덟 가운데 가장 키가 크고, 눈빛만으로 사람을 죽일 수 있을 것같이 보이던 사내가 딱 한 번, 펠윈을 향해 이렇게 조용히 물어 왔던 것이다.

"류그라인가?"

비록 그 눈에 띄는 용모까지는 어쩔 수 없다 하더라도, 본래라면 머리카락 밖으로 드러나야 할 긴 귀가 그에게는 없다. 때문에 류그라라는 의심을 받는 경우는 좀처럼 없지만, 아주 간혹 이렇게 날카로운 눈썰미를 가진 이들이 있긴 했다.

"아닙니다."

펠윈은 천연덕스럽게 거짓말을 했다. 그러고는 순하게 훈련한 표정을 지어 보이며 그를 보았다. 사내는 묵묵히 펠윈을 바라보다 말했다.

"좋을 대로 해라."

그건 뭐였을까? 마치 다 안다는 듯한 그 말투. 펠윈은 그를 떠올리며 그들이 머물던 객실의 문을 열었다. 불기운 없이 싸늘한 방안을 둘러본 펠윈은 잠시 어이가 없었다. 그가 뒷정리할만한 것이 하나도 없는 까닭이다. 대체 뭐 하는 남자들이야? 펠윈은 깨끗하게 각이 잡힌 침구를 보고 순간 자신이 객실을 착각한 것인지, 아니면 다라드가 자길 놀리는 것인지 의심했다. 하지만 어느 쪽도 일어날법한 일이 아니다. 결국 펠윈은 요식행위에 가까운 바닥 청소를 시작했다. 그렇게 할 필요도 없는 두 객실의 뒷정리를 끝낸 그는 다시 부엌으로 내려왔다가 차를 끓이고 있는 다라드를 발견하고 다가가 물었다.

"그 손님들, '추가 손님'이 있지 않았어요?"

다라드는 쳐다보지도 않고 주전자에만 집중한 채 대꾸했다.

"있었지. 하지만 11호 객실의 손님들에게 넘기고 떠났다."

추가 손님이란 이쪽 세계에서 통용되는 일종의 은어이다. 이런 수상쩍은 손님들은 더러 '감금'이 필요한 이들을 데려오는 경우가 있고, 때문에 이러한 여관은 그들을 위한 감금시설을 사설 운영한다. 이 역시, 결코 사정을 묻거나 발설하지 않는 영역의 이야기가 된다. 펠윈은 다라드의 대답에 미간을 살짝 찡그렸지만 별말은 하지 않고 조용히 그의 곁에 섰다. 다라드가 그런 펠윈을 곁눈질하더니 말한다.

"차?"

"네."

"안 돼."

"보는 사람 없잖아요?"

다라드의 짙은 눈썹이 꿈틀거렸지만 그게 전부였다. 그는 말없이 잔을 하나 더 내더니 뜨거운 차를 따라서 펠윈에게 건네주었다. 조용히 받아마신 펠윈이 몸서리를 치더니 울적하게 중얼거린다.

"……시네요."

"그러니까 안 된다고 했다."

그때, 펠윈은 위층에서 내려오는 발소리를 들었다. 날카로운 그의 귀는 그것이 어느 객실의 누구인지조차 알 수 있다. 하지만 이러한 그의 능력을 다라드에게조차 철저히 숨겨온 펠윈이었다. 그는 매우 자연스레, 마치 시어서 더 이상 먹을 생각이 없다는 듯 잔을 다라드에게 건네주고 아궁이로 향했다. 하나, 둘, 셋.

"저, 실례합니다."

부엌 입구 쪽에서 한스가 나타나 말했다. 무서울 정도로 신뢰감을 주는 인상인 만큼 친절과는 백 년쯤 동떨어진 다라드를 대신해, 능란한 고참 하녀인 펠윈이 대신 나서 한스의 말을 받았다.

"네, 손님?"

한스는 다라드를 곁눈질하다 다가오는 펠윈을 향해 안도하는 표정을 짓는다. 참 알기 쉬운 사내였다. 적어도 이런 음험한 여관을 들락거릴 인재로는 보이지 않는다. 펠윈의 안에서는 어느덧 그에 관한 평가가 그렇게 끝나 있었다.

"네 저……, 구금된 분들을 저희 옆 객실로 옮길까 합니다만……."

펠윈은 천진난만한 표정으로 물었다.

"구금이라뇨?"

그러자 한스는 망연한 얼굴이 되더니 뒤늦게 뭔가 떠오른 듯, 아차 하며 말했다.

"그러니까 뭐더라, 그 저희 쪽 '추가 손님'들을 저희 옆방으로 옮기겠다고요."

그제야 알아들었다는 듯, 펠윈은 말했다.

"그러시군요. 그러면 8, 9호 손님들께 인수받은 열쇠를 보여주시겠습니까?"

"열쇠요?"

한스는 멍청한 얼굴이 되더니 되묻는다. 그가 다시 말했다.

"그런 거 안 받았는데요?"

펠윈은 지극히 난처한 얼굴로 다라드를 돌아본다. 묵묵히 둘의 대화를 듣고 있던 다라드는 딱 소리가 나게 찻잔을 내려놓더니 다가와 한스를 쏘아보며 말했다.

"손님. 열쇠가 있어야 추가 손님에 관한 권리 증명이 됩니다."

“어……? 하지만, 전 그들에게 받은 게 없는데요?”

“확실합니까?”

다라드가 추궁하듯 물었다. 그 눈빛이 어찌나 강건한지, 한스는 순간 자신이 빌야미르에게 열쇠를 받아놓고 잊어버린 게 아닌가 스스로를 의심할 지경이었다. 하지만 한밤중에 달게 자던 그를 불러 깨워놓고 느닷없이 떠나버린 건 그들이다. 비몽사몽의 와중이었지만 열쇠 따윈 받지 않았다. 갖고 떠나버린 것일까……? 한스는 다라드에게 물었다.

“여벌 열쇠가 있을 것 아닙니까?”

그러자 다라드는 정중함과 엄격함에 더해, 이루 말할 수 없는 한심해함을 섞어 넣으며 대답했다.

“손님, 여벌 열쇠 같은 걸 갖고서는 이런 장사를 못 합니다. 손님께서 유실하셨든, 그분들이 갖고 떠나셨든, 열쇠는 그게 유일합니다.”

말을 마친 다라드는 더 논할 게 없다는 듯 자신의 방으로 들어가 버렸다. 펠윈은 그를 대신해, 망연자실한 한스에게 설명을 시작했다.

“저, 손님……. 열쇠가 없으신 한, 열쇠공을 불러야 하고 그에 맞춰 자물쇠를 통째로 교환하여야 하며, 그동안 시설의 사용을 못 한 일체의 비용이 청구됩니다.”

“뭐라고요……?”

한스가 기가 막혀 물은 것이다. 펠윈 또한 사실 한스만큼 기가 막혔다. 이미 두어 차례 그들에게 식사를 주기 위해 다녀온 적이 있는 펠윈이다. 그리고 그 뛰어난 청력으로 인해, 펠윈은 그 두 남녀 손님의 신분을 이미 알고 있었다. 또한 한스와 베르벳 일행에 관해서도 이미 약간은 알고 있다.

8, 9호의 검은 무사들은 머무는 동안 자기들끼리의 사담이 철저하도록 없었기에 어떤 것도 엿듣지 못했으나, 한스 일행은 터무니없을 정도로 말이 많은 일행이었다. 물론 누군가 들을 것이라 생각하지 못했기에 안에서 자기들끼리 떠든 것이니, 이걸 부주의하다고 할 수는 없겠다. 이 여관에 오는 손님들은 대개 말수가 적긴 했어도, 빌야미르의 검은 무사들처럼 내내 침묵하는 쪽이 몰상식에 가까우니까. 이 세상 누구도 모르는 일이긴 했지만, 어둠의 세계에서 신뢰받는 이 여관에 지상 최강의 도청꾼이 살고 있으리라고 누가 상상하겠는가?

때문에, 펠윈은 지하 감옥의 아룬드와 닐스그림이 무척 신경 쓰였다. 그간 별의별 '추가 손님'들을 봐 왔지만 대부분 탈주 노예거나 수배자, 혹은 개인적인 원한 관계에서 이뤄지는 사건의 패배자들이었다. 그런데 백작가의 장남과 황녀 전하라니? 열쇠에 관한 원칙이고 뭐고 펠윈으로서는 그들을 한시바삐 꺼내 이 한스 일행과 붙여 내쫓아버리고 싶다. 하지만, 펠윈은 그가 아는 것을 다라드에게 결코 말할 수가 없다. 귀가 밝은 하녀임이 들통난다면 내쫓길지도 모른다! 그가 아는 세상은 이 여관과 그것이 속한 뒷골목이 전부였고, 저 바깥세상이 류그라들에게 얼마나 잔혹한지 들어 잘 알고 있었다. 흐릿하고 어지러운 어린 시절의 기억 속에서, 그래도 유일하게 선명히 기억나는 한 가지가 있다. 바로 다라드가 그의 귀를 잘랐던 일.

'여기서 살려면 어쩔 수 없다. 선택해라.'

당시의 다라드는 실로 무자비한 얼굴이었다고 기억된다. 하지만 펠윈에게 있어, 정말로 의아한 것은 당시의 자신이 그 무서운 선택을 했다는 점이다. 귀를 자른 고통과 공포는 외려 그다지 기억에 없었다. 어린 날의 소녀는, 대체 무엇이 그보다 두려워 스스로 귀를 잘리겠다고 선택했던 것일까?

"……어, 그럼 가서 그렇게 전해야겠군요. 열쇠를 맞추려면 얼마나 걸리나요?"

펠윈은 이렇게 묻는 한스를 하마터면 한심하게 마주 볼 뻔했다. 역시, 이 남자는 도무지 악당의 소양이 부족하다. 어울리지 않는 곳에 묵고 있는 손님이었다. 펠윈은 내색하지 않으며 대답했다.

"함께 가시죠. 제가 설명드리는 게 낫겠습니다."

하지만 펠윈과 한스가 바로 움직인 것은 아니었다. 아침이 밝고 있었고, 여관의 하인들이 하나둘 깨어날 시간이었다. 곧 어차피 투숙객들을 비롯해 '추가 손님'들에게 아침을 갖다 주어야 하므로, 말을 전하는 것은 그때 같이 해도 충분하리라. 그렇게 판단한 펠윈은 한스에게 기다려달라 했고, 한스는 순순히 방으로 돌아갔다. 그 역시 이런 난처한 상황을 홀로 전하고 싶진 않왔던 것이다.

그렇게, 여느 때와 별다를 것 없는 하루가 시작되었다. 펠윈은 주방으로 나온 다른 하녀들에게 간밤의 8, 9호 객실의 일을 알리고, 예정되어있던 식사분을 취소하도록 전했다. 이런 예기치 않은 일은 이 여관에서 자주 벌어지는 사건이기에, 펠윈을 포함한 하인들은 매우 유연하게 대응해 나갔다. 다만 특이점이라면 4호에 묵고 있는 유레와 아이들 손님이겠다. 그 오빠인 비드리가 두둑하게 요금을 낸 덕에 별문제는 없었지만, 다정한 잿더미 여관에 아이들이 낀 투숙객은 실로 희귀한 경우였다. 물론, 펠윈은 그가 누구인지 이미 알고 있었다.

그러니까 현재 다정한 잿더미 여관에는 한스 일행과 더불어 지하에 갇혀있는 아룬드와 닐스그림, 아울러 유레와 비드리까지, 그들 모두가 서로 관계있는 이들이면서 각자 다른 상황과 입장에 놓여 묵고 있었던 것이다. 유일하게 이 사실을 파악하고 있는 펠윈은, 때문에 이 여관에서 일한 지난 십사 년 가운데 가장 대단한 청력과 추리력을 동시에 발휘하고 있었다. 이런 재미있고 엄청난 이야기를 공유할 이가 아무도 없다는 것이 다만 무척 애석할 따름이다.

"여기 비드리라는 자가 묵고 있나?"

조식이 거의 완성될 무렵, 여관 정문으로 한 사내가 들어오더니 마침 근처를 청소하고 있던 펠윈과 눈이 마주치자 이렇게 다짜고짜 물었다. 그 태도와 복장으로 보니 기사임이 분명하다.

그리 판단한 펠윈은 공손함을 다해 대답했다.

"머무시는 분들의 성함을 받지는 않습니다."

"기다리겠다. 그를 불러라."

다짜고짜 이렇게 말한 사내는 식당 쪽으로 가더니 구석 자리를 잡고 앉아버린다. 펠윈은 별로 난처해하지도 않고 몸을 돌려 2층으로 향했다. 투숙객들의 이름을 받거나 기록하지 않는다는 펠윈의 말은 사실이다. 이런 경우 일일이 손님들에게 물어야 하지만, 이미 지난 며칠간 투숙객들의 대화를 아무런 노력 없이 도청해온 펠윈이었다. 그는 저 사내가 누굴 찾고 있는지 대번에 눈치챈 것이다.

유레와 아이들, 그리고 그를 데려온 중년의 상인과 그 하인들이 1호부터 6호까지 모두 점거 중이다. 펠윈은 별다른 망설임 없이 1호의 문을 두드렸고, 비드리의 조수쯤으로 되어 보이는 이를 불러내 말을 전했다. 곧, 난처한 표정이 가득한 비드리가 나타나 서둘러 아래층으로 향한다. 할 일을 마친 펠윈은 주방으로 향했으나, 그의 귀는 어쩔 수 없이 열려있다. 이하는 그가 엿듣게 된 그들의 대화였다.

"자네가 비드리인가?"

벽 너머로 들리는 목소리일 뿐이나, 펠윈의 머릿속엔 오만하게 턱을 내밀며 묻는 사내의 태도가 그려진다. 이에 반해 비드리는 쩔쩔매며 대답했다.

"그렇습니다. 저를 찾아오셨다는 것은……."

"붉은 참나무의 땅이다."

"……후작님의 가신이십니까?"

"되묻지 말아라. 상황은 어떻지?"

"말씀드리기 송구합니다만, 그들은 지난 새벽녘 모두 사라져 버렸습니다. 저도 아침에 일어나 뒤늦게 알았습니다."

그러자 사내의 목소리가 조금 커진다.

"뭐? 그럼 꼬마는?"

"아이는 그 일행과 그대로 머물러 있습니다. 그……, 전하와 제 조카도 그대로입니다."

그러자 사내는 안도한 듯 말한다.

"그렇다면 상관없다. 다만 이상한 것은, 어째서 그들이 네게 알리지도 않고 간 것이냐? 저들의 신뢰를 얻고 있던 게 아닌가?"

"그자들이 외부인을 신뢰하는 일 같은 건 없으리라 생각합니다……."

잠시 침묵. 손을 멈추지 않고 일을 하면서도 펠윈의 온 신경은 아득할 정도로 그들을 향해 있었다. 존재하지 않는 귓바퀴가 쫑긋거릴 정도였다.

"뭐, 그놈들이 움직인 데 대해서는 짚이는 구석이 있다. 칼을 섞을 일이 없어진 것은 차라리 다행이지. 이 여관은 현재 각하의 병력들로 포위되어 있다. 계획에는 변동이 없으니, 네 일행은 곧바로 신속하게 여길 벗어나라. 나머지는 우리가 처리하겠다."

"……괜찮으시겠습니까?"

그러자 사내는 불쾌한 듯이 말했다.

"감히 어딜 의심하는 것인가? 황녀와 피어클리벤의 장자는 역당의 손에 의해 억류되었다가 고문 끝에 살해당한 채 발견될 것이다. 꼬마와 도적놈들은 우리가 알아서 할 것이고, 자네의 상단은 그들의 협박에 못 이겨 협력하다가 밀고한 덕에 상찬을 받겠지."

"여동생이 진실을 결코 알게 해서는 안 됩니다."

"방금 내가 말한 것이 진실이다."

"그래도 행여……."

"네가 입과 행동을 조심했다면 아무 문제가 없을 것이다. 그리고 이 여관의 주인과 하인들도 모두 처리될 것이니 염려 놓아라."

뭐? 엿듣기를 하고 있을 때는 무슨 황당무계한 것이 들려도 안색 하나 바꾸지 않는 법을 터득한 펠윈이건만, 이때만큼은 손을 놓고 눈을 희번덕거리지 않을 수 없었다. *뭘 어쩐다고?* 그간 뒤숭숭한 꼴을 적잖게 봐 온 일이긴 했어도, 은밀한 세계와 연결된 '다정한 잿더미'는 나름의 존중과 보호를 받는 장소였다. 그런데 여길, 우리를 저토록 아무렇지 않게 처리해버리겠다고 말할 수 있다니! 펠윈이 갑작스럽게 안색을 바꾸자 다른 하인들이 영문을 몰라 쳐다보았지만, 그는 그래도 표정을 거두지

못했다.

“자네 일행은 여기서 벗어난 뒤, 곧장 피어클리벤으로 돌아가는 척하다가 각하께서 머무는 곳으로 향하면 된다. 그 뒤는 자네의 처세에 달렸지만, 아마도 바라는 것을 이룰 수 있을 테지. 그럼.”

사내는 그렇게 말하더니 곧장 일어나 여관 밖으로 나가버렸다. 잠시 멍하니 앉아 있던 비드리는 뒤늦게나마 부산을 떨며 2층으로 뛰어 올라간다.

펠윈은 자신이 손을 떨고 있다는 것을 깨달으며 집중하고 있던 도청으로부터 환기되었다. *뭐 하고 있는 거지? 움직여야 해! 하지만…….*

“뭐야?”

다라드를 찾아 안쪽 방의 문을 두드리지도 않고 열며 들어온 펠윈에게, 그가 투박하게 물었다. 그는 장부를 들여다보며 벽난로 앞에서 불을 쬐던 참이었다. 펠윈은 입을 달싹이다가 순간 말문이 콱 막혔다. 그가 들은 것을 말하려면, 그가 들을 수 있다는 것을 먼저 말해야 한다. 그토록 오래 감춰온 일이건만, 아니, 하지만 말해야 한다!

“뭘 들었어?”

심상치 않은 펠윈의 얼굴을 살피던 다라드가 눈빛을 바꾸며 물었다. 움찔한 그에게, 눈을 떼지 않으며 그가 말했다.

“내가 모를 거라 생각했어? 상관없으니 말해봐. 그럴 만한 일일 테지."

어이가 없다. 펠원은 맥이 탁 풀릴 지경이었다. 그동안 애써 온 건 다 뭐였담! 하지만, 지금 그걸 한탄하고 있을 계제가 아니다. 다라드가 납득하게 하려면 해야 할 말이 한가득이다. 무슨 일인가 궁금해하는 다른 하인들에게 손님들 아침이나 내가라고 지시한 다라드는 문을 굳게 닫고 펠원이 방금 들은 대화를 말하게 했다. 그가 며칠에 걸쳐 들어온 저간의 사정을 포함해서. 지하에 갇힌 것은 황녀와 피어클리벤의 장자이고, 그들을 잡아 온 자들은 반역도당으로 여겨진다. 저 비드리라는 남자는 상인이며 역당들에게 협력하는 것 같더니만, 이제 보니 다른 귀족들에게 붙은 것 같다. 그가 데려온 피어클리벤의 셋째 부인과 아이들은 이 모든 사정을 전혀 모른 채 그저 걱정만 하며 오빠가 하라는 대로 여관에 머물고 있을 따름이다. 그리고 이제 곧, 공격이 시작된다.

"붉은 참나무? 드레스바르프 후작이로군."

펠원이 급하게 이야기하느라 두서가 변변치 않았음에도, 다라드는 용케 이 상황을 이해한 것일까? 그는 펠원이 전한 말에 자신의 지식을 더하여 그렇게 정리하더니 말했다.

"그렇군. 알겠다. 그럼 일단 1호 손님이 나가기 전까지는 안전하겠군."

날씨 이야기를 하는 듯한 다라드의 어조에, 펠원은 어이없이 쳐다보다 물었다.

"제 이야기를 믿으세요?"

"믿는다."

"어떻게……, 아니 그보다, 그러면 왜 그렇게 태평하게 앉아 계세요?"

"옛날 생각을 좀 하느라 그렇다."

펠윈은 이제 정말 노골적으로 어이없어하기 시작했다. 먼 곳을 보는 듯한 눈으로 방구석 쪽 허공을 보며 생각하던 다라드가 문득, 조바심에 몸부림치는 펠윈을 보더니 말했다.

"어찌 생각하지? 네가 말한 대로라면, 저들은 인질을 남길 생각이 없어 보이는데. 그 꼬마 아이를 제외하면 말이야. 그 비드리라는 상인조차, 아마 저들에게 가치 있는 목숨은 아닐 테지. 아닌가?"

펠윈은 그가 의견을 물어오는 것이 영 낯설다. 언제나 짧게 무언가를 지시해오기만 했던 다라드니까. 그런 그가 전에 없이 자신과 평등한 사람을 보는 듯한 존중 어린 눈으로 의견을 구해오고 있는 것이다. 이 생경한 태도에 대해 지극한 어색함을 누르며, 펠윈이 답했다.

"그러리라 생각해요. 황녀와 영주의 아들조차 분명하게 없애겠다고 말했는걸요?"

"그럼 달아나야겠군."

다라드가 담담하게 말했다. 오래 생각한 것치곤 당연하며 별 수 없는 결론이었다. 여기를 급습하려는 게 보통의 악당들이라면, 이실바프의 뒷세계와 오래 관계되어온 다라드의 인맥으로 대응하지 못할 일이 아니겠지만 상대는 제국의 막강한 귀족이다. 드레스바르프 후작의 수완과 권력이라면 이 도시를 통째로 불사를 수도 있으리라. 한낱 조금 수상한 여관의 주인 따위가 대적할 힘이 아니었다.

"모두에게 전해. 지하 통로로 빠져나가라고. 투숙객들은 모두 이 사단에 연관된 이들이니 우리가 신경 써 줄 필요는 없겠지."

장부를 덮으며 일어난 다라드의 단호한 지시였다. 이를 따르려던 펠윈은 멈칫하며 묻는다.

"지하에……, 황녀랑 공자는요?"

"알 게 뭐야?"

그래. 알 게 뭐람? 이 사단의 가장 주요한 목표물이라 여겨지는 그들이다. 하지만 왠지 펠윈은 조금 우물쭈물했고, 그를 조용히 노려보던 다라드가 다시 말했다.

"열쇠가 없는 한, 돕고 싶어도 방법이 없잖아."

열쇠가 하나뿐이라는 말은 진짜였다. 하지만 다라드의 그 말을 일종의 허락으로 알아들은 펠윈이 말했다.

"열 수 있으면 상관없다는 거죠?"

"아니. 안 돼."

다라드는 삼엄하게 말했다. 그러고는 더 논할 것 없다는 듯 문 쪽으로 다가가 열었다. 그렇게 둘이 문을 열고 나가자, 주방에서 하인들이 웅성거리는 게 보였다. 올려보낸 아침밥을 마다

하고 급히 퇴실하겠다고 알려온 비드리 쪽 일행들 때문이었다. 어지간히도 서둘렀군. 펠윈은 입술을 깨물며 그렇게 생각했다. 살며시 2층 난간을 올려다보니 예툰드 상회의 직원들과 하인들, 그리고 유레와 아이들이 어리둥절한 얼굴로 나와 있는 게 보였다. 그 가운데 비드리만이 태연한 낯을 가장하고 모두의 짐이 빠짐없이 챙겨졌는지 살피고 있었다.

펠윈은 생각했다. 지하 수로로 연결되는 비밀통로로 나가려면 지하실의 구금 시설을 지나가야 한다. 곧 죽을 게 뻔한 이들을 그대로 두고 곁을 스쳐 지나간다는 것은, 상대가 무슨 철천지원수가 아닌 바에야 기분이 영 더러운 노릇이다. 더구나 지난 사흘간 엿들은 바에 따르면, 아룬드와 닐스그림은 결코 나쁜 이들이 아니었다. 물론 펠윈이 이 여관에서 일하며 배운 게 하나 있다면, 선량함이 목숨줄을 잇는 데 도움을 주지는 않는다는 사실이었다. 그래도 기분은 나쁜 일이다.

"어라? 이 폭설에 어디 가십니까?"

펠윈이 찾아오길 방에서 기다리던 한스가 이 약간의 소란스러움에 반응하여 밖으로 나왔다가 비드리의 일행들을 목격하고 다가오며 물었다. 그를 본 비드리의 얼굴에 살짝 난감함이 어리더니, 그가 재빨리 유레에게 말했다.

"나가서 마차 안에 들어가 있거라. 정리하고 나가마."

유레는 토 달지 않고 아이들과 하인들을 이끌며 나갔다. 펠윈은 그걸 지켜보며 생각했다. 저 부인은 지하에 황녀와 아룬드가 있다는 것을 모른다. 아마 한스와의 대화 중 그 사실이 튀어 나올까 봐 저어한 것이겠지. 펠윈의 추측대로, 그가 떠날 때까지 잠자코 있던 비드리가 한스에게 웃으며 말한다.

"백작부인을 이제 집으로 모시려고. 아이들 고생이 심하다네."

"아……. 그렇겠군요."

하지만 한스는 그다지 납득한 얼굴은 아니었다. 안 그래도 새벽같이 빌야미르 일행이 사라져버려 당황스러운 참이다. 거기에 여태 그들과 한패로 보여진 이 상인까지 부랴부랴 어딜 가려고 나서니 말이다. 그러나 한스는 감히 예툰드 대상회의 주인이자 피어클리벤 백작부인의 오빠인 그에게 이것저것 캐묻진 못한다. 다만 이 상황에서 어떻게 해야 할지, 지하에 갇힌 아룬드와 닐스그림에게 뭐라 전해야 할지 생각하며 고민에 빠질 따름이다. 한스는 이미 어제 아룬드의 편지를 순찰대장 길펀에게 몰래 전했고, 그에 앞서 아룬드에게 협력 의사를 전하였다. 그 과정에서 이 시치미떼고 있는 배불뚝이 상인이 아룬드의 외삼촌이며, 유레가 아룬드의 서모라는 것도 알게 되었다. 때문에 한스는 이 작자의 꿍꿍이가 뭔가 시커멓다는 것을 잘 안다. 아울러, 핏줄에 대해 태연히 이런 일을 꾸미는 귀족과 부자들이 정말이지 새삼 끔찍했다. *왜 다들 나처럼 도둑질 정도로 만족하지 못하는 거야?*

"어차피 자네는 일주일 안에 전……, 아이슐리드를 다시 찾아야 하지 않는가? 여기서 기다리면 아마 오시거나 부르실 테지. 뒤를 부탁하네."

비드리는 그렇게 말하더니 뚱한 얼굴의 한스를 뒤로하고 일행들과 함께 여관 밖으로 나가버렸다. 찜찜하게 그 뒷모습을 눈으로 좇던 한스는 어느새 아래층에 있던 여관의 하인들이 죄다 사라져버렸음을 깨달았다. 비드리의 직원 하나가 마지막으로 문을 닫고 나가버리자, 지극히 부자연스러운 적막이 여관 안을 채웠다.

뭔가 잘못되었다.

제 8장

크누드가 이끄는 피어클리벤 선발대는 난민들을 만난 날로부터 이틀 뒤, 닐뵤른 마을의 인근에 도착했다. 사방이 확 트인 개활지였기에 오로지 새하얀 눈으로 뒤덮인 들판만이 끝없이 펼쳐져 있었으나, 본래라면 여기서도 선명히 보일 북쪽 하늘 끝의 발트부름 정상이 보이지 않았다. 사납게 요동치는 겨울 폭풍의 경계가 그 광막한 산의 전역을 완전히 점령하고 있었다. 뉘른스에크 성하촌에서 반나절 거리에 위치한 마을 닐뵤른 근방에서 보자면, 그것은 마치 거대한 눈 폭풍의 요새가 내려앉은 것 같았다.

하지만 크누드를 비롯한, 스물여섯 명의 인원들에게 그 공포스러운 원경은 일단 현재의 관심사가 못되었다. 닐뵤른의 근방에 도착하기 한참 전부터, 이미 시야프리테의 원거리 초계가 수상한 움직임을 포착해내었던 까닭에 그들은 말과 마차를 놓고 도보로 거의 포복하다시피 해서 널뵤른 마을에 접근하고 있었다. 선발대의 인원은 대부분이 길펀의 순찰대들과 까마귀 금고단의 단원들인 까닭에, 이러한 전술적인 움직임에 별 어려움이 없었다. 또한 시그리드의 모험가들인 브륀힐데나 랄로프, 라그나 역시 전혀 발목을 잡을만한 이들이 아니다. 그러므로 유일한 문제는 시야프리테겠다. 하지만 모두의 우려와 달리, 이 류그라 소녀는 용케 나름 기민한 움직임을 보이며 그들을 따랐다.

"이쯤이면 되겠나?"

평탄하고 탁 트인 지형인 까닭에 눈에 띄지 않고 마을 근처까지 접근하기란 상당히 피곤한 일이었다. 노변의 돌담이나 군데군데 우거진 수풀들을 거점 삼아 그 사이를 반복하여 낮고 빠르게 주파해야 했던 것이다. 생각보다 민첩하긴 했어도 훈련된 용병들과 순찰대, 그리고 모험가들과는 체력적인 면에서 격차가 큰 시야프리테가 기어이 할딱거리기 시작하자, 라그나가 위와 같이 물었다. 선발대들은 세 덩이로 흩어져 널뵤른이 멀찍이 보이는 근처까지 도착해 있었다. 시야프리테는 대답도 귀찮은지 고개를 끄덕이더니 지팡이를 꽉 끌어안고 이마에 가져다 댔다. 이건 소녀가 최근들이 시작한, '집중이 잘되는 방법'이란다.

"……마수는 없어요. 촌장 말대로 마을에 남은 남자들이 뒤섞여 있는 것 같은데, 저로서는 아직 명확하게 구별되지 않아요.

시그리드 선배님은 이걸 어떻게 구별하는 걸까?"

"……선배님?"

주의 깊은 눈으로 그들이 숨은 수풀 너머, 마을 쪽을 노려보고 있던 라그나가 어이없다는 표정으로 시야프리테를 돌아보며 물었다. 소녀는 어깨를 으쓱이며 대꾸했다.

"치사하게, 스승으로 부르지 못하게 하는걸요? 하긴 생각해 보면 뭔가의 스승님치고는 좀 너무 젊잖아요?"

"그냥 유세트 경이라고 하면 되잖아, 바보야."

아마 다른 사람이 준 면박이었으면 그냥 넘겼으리라. 하지만 시야프리테는 이미 그동안 몇 차례 어울리며 랄로프의 지적 수준이 자신과 별 차이가 없다는 것을 잘 파악했다. 때문에 시야프리테는 그를 향해 시원하게 눈을 부라리며 윽박질렀다.

"누구보고 바보래! 냄새나는 멍청이가!"

하지만 랄로프는 전혀 상처받지 않은 얼굴로 킬킬거릴 따름이다. 마을 쪽에서 시선을 떼지 않고 있던 브륀힐데가 나직이 말했다.

"둘 다 조용히 해. 시야프리테, 초계에 좀 더 집중할 수 없어? 그게 다야?"

류그라 소녀는 끄응 하는 소릴 내더니 다시 지팡이를 들어 집중한다. 한동안 정말로 성실하게 몰입하던 시야프리테가 한숨을 토하며 말했다.

"마을 중앙 큰 건물에 여럿이 모여있네요. 한 스물 정도가 전혀 움직이지 않고 있어요. 그리고 열여섯 명이 마을 곳곳을 배회하고요."

"분명, 촌장이 말하길 남은 남자들이 스물다섯이라 했었지."

라그나는 턱을 만지며 말했다. 그의 말이 이어진다.

"어느 쪽일까? 마을 남자 스물다섯 중 아홉이 죽고 이겨서 적들을 제압한 걸까? 아니면 다섯 정도가 죽고 패한 걸까?"

"북부 야만인 놈들하고 붙어본 적 없으니 가늠이 안 되지만, 마을 남자들이 이겼다면 몰아냈겠지. 다 잡아 한군데 가두어두겠소?"

랄로프의 진지한 대답이자 물음이다. 라그나는 고개를 끄덕이더니 브륀힐데를 본다. 그가 라그나를 마주 보며 말했다.

"제 생각도 그래요. 마을 사람들이 패하고 억류되어 있다고 보는 쪽이 말이 되죠."

"그럼, 열여섯이라."

라그나의 중얼거림이다. 잠시 생각하던 그는 말했다.

"작전 회의를 해야겠군."

소규모로 움직이는 것이 일반적인 모험가들에게, 엄연히 군사 작전에 해당하는 이런 일은 서툴다고 할 수 있다. 하지만 다행히랄까, 이 선발대에는 그것에 익숙한 자들이 많다. 더구나 언제나 그들의 작전 지휘를 맡았던 시그리드가 없는 지금이다. 라그나는 혼자 너무 많은 판단을 하려 하지 않는다. 이런 일에 써먹으려고 크누드를 이 선발대의 책임자로 '끌고' 온 거니까.

"열여섯이라고요?"

모험가들과 시아프리테가 노변의 낮은 돌담 너머에서 그 휘하 단원들과 숨어 있던 크누드에게 되돌아 상황을 알리자, 그가 이렇게 되묻더니 단원들 너머 홀로 돌담 끄트머리로 나가 마을 쪽을 보고 있던 사내를 불렀다.

"게디르. 보이는 게 있나?"

"없습니다. 전체적으로 박무가 끼어 있어 여기서는 무리입니다."

게디르의 포기한 듯한 목소리였다. 크누드는 고개를 끄덕였고, 조금 떨어진 곳에서 따로 숨어 그들을 보고 있던 길핀에게 손짓을 했다. 길핀은 부하들에게 뭐라 말을 하더니 몸을 낮춰 도로를 가로질러 다가왔다.

"……자, 상황이 이렇습니다. 물론, 우회하는 방법도 있습니다. 길핀 대장에게는 맘에 들지 않겠지만요."

크누드가 상황을 정리해 설명하며 이렇게 덧붙이자, 길핀은 우울한 얼굴이 되었지만 다음과 같이 대답했다.

"제가 감히 뭐라고 하겠습니까? 저희는 그저 따르겠습니다."

"뭐, 하지만 사정을 몰랐다면 모를까, 뻔히 보면서 지나치는 건 기분이 더러운 일이죠."

크누드는 그렇게 말하며 돌담 너머를 힐끔 내다보았다. 그런다고 이제 와 새삼 마을 쪽에 뭔가 보일 일은 없다.

"제 의견을 말씀드리자면……."

크누드의 안색을 살피며, 길핀이 입을 열었다. 모두가 그를 쳐다보는 가운데, 순찰대장의 말이 이어졌다.

“저희도 저 야만인 놈들과 직접 교전한 경험은 없습니다만, 저들이 어떤 놈들인지는 대충 압니다. 저 흉포한 놈들이 열여섯이라면 이대로 진격할 경우 피해가 발생하지 않을 수 없습니다. 그냥 우회하시지요.”

“고마운 말이군요.”

크누드는 그렇게 대답했지만, 전혀 그럴 생각이 없는 얼굴이었다. 그 기색을 읽어낸 라그나가 크누드에게 말했다.

“돌입할 거요? 한 사람이라도 사상자가 생기면, 우리 본래 목적에 심각한 문제가 될 수 있소.”

“지당한 말씀입니다, 라그나. 그러니까, 아무런 피해 없이 제압해볼 생각을 짜 봅시다.”

길핀은 눈을 크게 떴고, 라그나는 미간을 찌푸렸다. 스물여섯 대 열여섯. 결코 쉽지 않은 이야기다. 물론 저들은 이쪽의 존재를 아직 모르고 있고, 여기엔 좀 발칙하고 불안하나마 마법사도 한 명 있으니 질 거라는 상상은 되지 않지만, 정말로 아무런 피해 없이 해낸다는 것은 좀 다른 이야기다.

“시그리드는 언제나 정보를 중시했지.”

그래도 그걸 해낼 수 있다면 얼마나 좋을까? 뉘른스에크 본성에 돌입하기 전, 적들의 정체를 겪어보는 것도 결코 나쁜 선택만은 아니다. 때문에 가급적 크누드의 뜻을 따라보려는 라그나가 문득 이렇게 중얼거렸다. 그러자 시야프리테가 어깨를 좁히며 말한다.

"제가 변변치 않네요."

"아니, 네게 뭐라 한 것이 아니야."

라그나가 약간 당황하며 말했다. 그의 말이 이어졌다.

"시그리드도 네가 파악한 이상으로 알아내진 못했을 거야."

시야프리테는 배시시 웃는다. 그러다 흠칫 눈을 뜨며 말했다.

"그러면! 유슬리스나 그림니르를 쓰면 어때요?"

"나귀는 곤란합니다."

이 난데없이 나긋한 목소리의 주인공은 여태 크누드의 용병단원들과 붙어 있던, 이 선발대에서 가장 이질적인 구성원이라 할 수 있는 하슈펠 레미크였다. 여정의 내내 그는 전원의 감시를 받고 있었지만, 딱히 물리적인 구속에 처하진 않았으며 심지어 그의 세검(細劍)까지 패용하도록 허락되었다. 좀처럼 입을 열지 않던 그가 말하자, 모두의 이목이 그에게 쏠렸다. 그의 설명이 이어진다.

"흐리눞들은 다리 달린 건 마수 빼고 뭐든지 먹을 것으로 보는데, 특히 말고기를 좋아합니다. 나귀는 별미죠. 좋은 척후 동물이 아닙니다."

"척후 동물이래."

시야프리테가 까르르 웃었지만 여기서 따라 웃을 만큼 어리석은 이는 이 자리에 없다(다행히 랄로프는 제대로 못 알아들어 웃지 못했다). 하슈펠은 소녀를 슬쩍 보며 마저 말했다.

"하지만 까마귀는 좋은 생각입니다. 저놈들은 날짐승을 신성시하니까요. 해코지할 일은 결코 없을 겁니다."

"호오, 정보 고맙습니다."

크누드가 눈을 빛내며 말했다.

다시 말과 마차를 두었던 자리까지 물러난 피어클리벤 선발대는 날이 어둑해져 오고 있었기에 일단 휴식을 취하기로 했다. 그들이 머무는 이 숲은 다행히 닐뵤른으로부터의 시야를 차단하는 작은 둔덕에 자리한 덕에, 들킬 걱정 없이 불을 지필 수 있었다. 그래도 혹시 몰라 경계 인력을 배치한 상태였다.

"저는 분명 아가씨만 호출했습니다만?"

보통이라면 스물여섯 명이 먹을 식사를 준비하는 일은 귀찮다. 하지만 용병들과 순찰대, 모험가들 모두 보존식으로 때우며 움직이는데 익숙한 몸들이다. 때문에 요리를 하는 이들이라곤 곧 죽어도 잘 먹겠다는 의지의 시야프리테와, 이런 들녘의 노숙 자체가 불편한 하슈펠, 그리고 모험가들뿐이었다. 그 곁에 붙어 그래도 뭐라도 얻어먹어 보겠다고 히죽거리고 있던 크누드는 나귀 유슬리스와 그 등에 올라탄 까마귀 그림니르가 불가로 다가오자 위와 같이 말했다.

"상황을 말해보세요, 서리엇 경."

유슬리스가 시그리드의 음성으로 말했다. 크누드는 시야프리테가 때마침 내민 국 사발을 받아들고 킁킁 냄새를 맡다가 설명을 시작했다. 다 들은 나귀가 말한다.

"그렇군요. 이런 일도 있으리라 생각했었으니, 상관없어요. 물론 이 선발대의 임무는 아니지만, 이미 적들이 이렇게 바깥까지 활보하는 이상 이 충돌엔 불가피한 면도 있죠. 그렇게 이해하겠어요."

"닐뵤른의 피난민들은 도착했습니까?"

크누드가 묻자, 나귀의 잔등에 있던 까마귀가 대신 대답한다. 물론, 울리케의 목소리다.

"아직이에요. 여러분과 속도가 같을 순 없죠. 그래도 인편을 보내 잉겐 근방에서 마중하도록 조치했어요. 그나저나, 어떻게 피해 없이 저들을 제압할 생각이죠?"

"바로 그걸 아가씨가 좀 알아봐 주셔야겠습니다."

국을 후루룩 소리 내며 마신 크누드의 말이다. 까마귀는 고개를 갸웃하더니 물었다.

"나더러 가서 살피란 말인가요?"

"그보다 좋은 방법이 있겠습니까? 정보는 자세할수록 좋습니다."

울리케는 뭐라 반박해보려 했으나 입, 아니 부리를 열지 못했다. 시야프리테가 은형의 술을 쓴다거나 하는 방법도 있겠으나, 구태여 쉬운 길을 놓고 어렵게 갈 까닭이 없다. 울리케의 빙의는 용이 걸어준 '공짜' 마법이고, 이 까마귀의 주인은 크누드이므로 울리케로서는 단지 별로 내키지 않는다는 이유로 거절하기에 명분이 마땅치 않은 것이다. 이럴 때면 지극히 합리를 추종하는 스스로의 가치관이 오히려 달갑지 않다. 울리케는 우는 목소리로 말했다.

"날라고요?"

그러자 크누드는 어린아이에게 자연의 섭리를 가르치는 표정을 지으며, 이루 말할 수 없이 당연한 소리를 했다.

"보통, 새는 납니다."

나귀 잔등의 까마귀는 필사적으로 눈을 굴리며 말한다.

"어떻게……? 난 날 수 있을 것 같지 않아요."

"머리로 아는 게 아닙니다, 아가씨. 날개가 기억하고 있을 거예요."

이건 나귀, 시그리드의 조언이었다. 결국 자신의 편을 들어주는 이가 없다는 것을 깨달은 까마귀형 울리케는 자신에게 주어진 운명을 받아들이기로 했다. 까짓거, 할 수밖에 없다.

"눈을 감고 날면 안 됩니다."

첫 번째 시도가 자작나무와의 정면충돌로 끝난 직후, 크누드가 말했다. 그의 표정과 목소리는 울리케가 지금껏 한 번도 본 적 없이 야릇했는데, 훗날에야 안 것이지만 그는 필사적으로 웃음을 참고 있었던 것이다. 물론, 전혀 그럴 필요를 느끼지 못하는 시야프리테가 이미 모닥불 곁에서 포복절도하고 있었음은 말할 것도 없다. 울리케는 쏘아붙인다.

"몰라서 그러는 게 아니잖아요!"

하지만 덕분에 슬슬 오기가 생기기 시작하는 울리케다. 특히 밉살맞은 크누드가 쳐다보고 있으니 치미는 울화가 그의 공포심을 빠르게 깎아내고 있었다. 그렇게, 울리케는 마침내 기어이 날아올라 높다란 자작나무 가지에 올라앉는 데 성공했다.

"충고 하나 더 하죠. 날고 있을 때, '내가 지금 어떻게 날고 있지?' 같은 생각을 하지 마세요. 아마 그 즉시 날갯짓이 엉킬 테니까. 뭐……, 겪어봐야 아는 일이겠지만요."

나귀형 시그리드의 이런 말을 들으며, 울리케는 주어진 척후 임무를 향해 날았다. 날이 어둑해지고 있었고, 까마귀의 밤눈은 결코 비상하지 않은 관계로 시야프리테가 살짝 암시(暗視)의 술을 걸어준 직후였다.

"원, 저런. 정말 걱정되는군."

여태 묵묵히 응원하던 라그나는 까마귀가 사라진 하늘을 올려다보며 중얼거렸다. 살짝 동의하듯 고개를 끄덕인 나귀에게, 싱글거리고 있던 크누드가 물었다.

"수습은 잘 되었습니까?"

"무슨 말이죠?"

"아이비레인 말입니다. 무슨 일이 있었습니까?"

나귀형 시그리드는 얼른 대답하지 않았다. 동료들을 슬쩍 돌아보며 침묵하던 그가 말했다.

"아가씨가 돌아오면 할 이야기군요. 안 그래도 전할 게 많습니다. 며칠간, 여긴 난리도 아니었어요."

크누드는 궁금해 죽겠다는 얼굴을 했지만 더 이상 조르지는 않았다. 어떻게 그것이 가능한지는 알 수 없으나, 나귀는 한순간 엄청나게 피곤한 표정을 지어 보여 그의 입을 막았던 것이다. 한숨과 함께, 그가 말한다.

"……개중 가장 덜 충격적인 사건이, 에인달케 아가씨가 공작가의 장남을 두들겨 팬 일이니, 말 다 했죠."

모두 눈을 휘둥그레 뜬 가운데, 이 황당무계한 이야기로부터 고개를 흔들며 정신을 추스른 크누드가 물었다.

"그러니까……, 로릭스데 라핀다시르 경은……, 무사합니까?"

"죽지는 않았어요."

거의 죽을뻔했다는 이야기다.

한편, 도래까마귀 그림니르의 몸에 깃든 울리케는 거의 어둑해진 저녁 하늘을 날고 있었다. 용의 발에 채여 영지의 절반 가까이를 날아갔던 경험은 어릴 때부터 말잔등조차 두려워 꺼렸던 그에게 심각한 정신적 상흔을 남겼지만, 놀랍게도 울리케는 여러 조건에 의해 이 난관을 서서히 극복해가고 있었다.

뉘른스에크로 이르는 중임을 가진 선발대의 임시 척후로서, 느닷없긴 했어도 울리케는 자신에게 주어진 소임을 결코 마다할 수 없었다. 또한 빙의라는 이 특이한 경험이 가져다주는, 현실의 대리 체험 같으면서도 비현실적인 느낌이 어느 정도 그의 고소공포증을 잊게 해 주었다. 비록 그림니르의 의식은 울리케에 의해 압도당해 겉으로 드러나지 않았으나, 이 충실하고 영리한 날짐승의 근육들은 타고난 균형과 미세조정을 통해 울리케로 하여금, 그 스스로 마치 원래 익숙한 행위를 반복하듯 날 수 있도록 해 주었다. 시그리드의 충고대로 울리케는 자신이 날고 있는 행위 자체에 너무 집중하지 않으려 애쓰며, 시야프리테의 지팡이가 밝혀준 밤눈을 통해 한참 아래의 대지를 내려다보았다.

창백히 빛나는 눈의 평원이 끝없이 펼쳐진 가운데, 닐뵤른 마을의 전경이 눈에 들어왔다. 마을 가운데 수호목을 목표로 날아간 울리케는 몇몇의 인영들이 어둑해진 땅 위에 서성이는 것을 보았다. 북방의 야만족, 흐리늪의 전사들이다. 태어나 지금까지 이야기로만 들어온 이 존재들에 대해, 울리케는 마땅한 호기심을 갖고 있었다. 하지만 보통 그들을 목격한다는 것은 영지에 대재앙이 닥쳤다는 뜻일 뿐이니, 울리케로서는 이런 기회가 아닌 한 결코 구경할 가능성이 없는 존재들이었다. 그가 이 무서운 비행의 공포를 이겨낸 가장 큰 원동력은 물론 일차적으로 가족과 가신들에 대한 염려 때문이었지만, 직접 (빌린) 두 눈으로 흐리늪들을 구경하고 싶다는 욕망도 컸다. 그렇게, 빙의라는 특이한 조건과 사명감, 가족에 대한 걱정, 그리고 호기심이 그의 이 서툰 비행을 가능하게 했던 것이다.

— 잘했다.

몇 번이고 허우적거리며 떨어질 뻔하면서도 용케 닐뵤른 마을에 완전히 당도한 울리케가 한숨 돌리며 수호목의 아래쪽 가지에 내려앉았을 때였다. 느닷없이 머릿속 한편에서 환청처럼 울려 퍼진 목소리에, 울리케는 깜짝 놀랐다. 그것은 용의 목소리였다.

'다 보고 계십니까?'

— 보기 싫어도 이 술기를 매개하는 것이 나인 이상, 어쩔 수 없지.

'……처음부터 노리신 게 아닙니까?'

— 좀 더 목적에 집중하거라.

시야프리테가 말한 큰 건물은 필시 저기 보이는 마을 회관일 테지. 그 안에서는 불빛이 새어 나오고 있었고, 무장한 남자들이 입구에 서 있었다. 빌러디저드의 말대로, 그와 말싸움이나 하자고 여기까지 온 게 아니다. 울리케는 그들을 잘 보기 위해 까마귀의 검고 작은 눈을 크게 떴다.

흐리늎. 류그라들이 어르매라 부르는 북방의 야만족. 대제 셰이위르가 그들을 쫓아내기 전까지는 피어클리벤까지가 본래 그들의 영역이었다 했다. 제국의 초기 백 년간은 그들과의 싸움이 잦았지만, 사백여 년이 흐른 지금에 와서는 뉘른스에크의 병사들조차 그들과 접촉할 기회가 지극히 드물다. 도저히 사람이 살 수 없을 정도로 춥고 황량한 저 너머의 북부에 살며, 호전적이고 야만적인 습속을 지닌다고 알려졌다. 이상이 울리케가 아는, 그들에 관한 지극히 일반적인 상식의 전부이다.

……정말?

울리케의 눈에 비친 이 무사들의 외양 어디에도 도무지 '야만'의 그림자는 없다. 시야프리테의 주술에 의해 밝아진 눈으로, 울리케는 그들의 복색과 장비를 두루 살폈으나 그것은 울리케가 그간 상상해온 그림과 조금도 일치하지 않았다. 대충 벗겨낸 짐승의 털가죽을 두르거나, 마수의 두개골 같은 걸 투구랍시고 뒤집어써야 비로소 '야만'이라 불러 마땅한 게 아닐까? 울리케는 비록 실제 손재주는 별로 없었지만 어릴 때부터 성안의 대장간을 봐 왔고, 여러 분야의 장인들이 하는 작업들을 자세히 관찰해왔다. 그래서 생활에 필요한 것들 대부분이 어떻게 만들어지는지 잘 안다. 울리케가 뚫어지라 쳐다보고 있는 이 흐리늪의 무사들은 직물임이 틀림없는, 잘 재단된 옷에 더해 그들만의 독특한 양식이 결합된 무구를 걸치고 있었다. 검부터 방패, 가죽 갑옷에 이르기까지 어느 것 하나 허투루 만들어진 게 아니다. 아니, 오히려 저들의 정묘한 물건들에 비해 울리케가 보아온 제국의 산물들이 한결 투박해 보일 지경이다. 울리케의 눈썰미는 그렇게 판단했고, 그러자 심각한 의혹이 고개를 들었다. 정말 저들이 흐리늪일까?

"이해가 가지 않는군."

회관의 문이 열리며 두 무사가 걸어 나왔다. 높은 직급인 듯, 문을 지키고 있던 무사들이 그들에게 예를 올리는 게 보였다. 그들은 말없이 계속 걸어 울리케가 앉아 있는 수호목의 가지 아래까지 다가왔고, 문득 그 둘 가운데 하나가 위와 같이 입을 열었다. 젊은 남자의 목소리였다. 억양은 조금 기이했지만 분명히 같은 북부어로 이야기한다. 따르던 다른 이가 그 말을 받았는데, 여성의 목소리였다.

"그렇습니까?"

"역시 저들은 그냥 모두 농민들이야……. 계속해서 우리와 그의 예상을 벗어난 전개이다. 뉘른스에크가 이토록 허망하게 무너지다니? 순전히 기습의 방식이 지나치게 효과적이었다고만 자축해야 할 일인가?"

"그렇게 자축하고 있는 장수를 이미 하나 알고 있습지요."

먼저 입을 열었던 사내가 작게 혀를 차더니 말했다.

"애초에 뉘른스에크의 가신들 외에는 제대로 된 응전을 해오지도 않았다. 오히려 내부에서 방해공작을 저지르고 물러난 느낌까지 들어. 매우 불쾌한 승전의 연속이었다."

"……라는 말을, 어전 회의에서 하실 생각이십니까, 왕야?"

"그럴 수 없으니까 이러고 투덜거리는 게 아니냐?"

청년 무사는 그리 말하며 굵은 수호목 뿌리를 괜스레 살짝 걷어찼다. 한동안 그는 나무 아래를 오가며 아래와 같은 불만을 토로했다.

"도대체 이게 이상하다는 생각을 왜 아무도 안 하지? 너무 큰 승리에 취해 방심시키려는 계획이라면, 실로 대담하기 그지없지만 성공적이었다고 평가해야 되겠군."

곁에 선 여자 무사는 마치 빈정거리듯 말한다.

"이 땅을 죄 포기하면서까지요? 그렇다면 실로, 아우스뉘르의 군신들 중에도 대담한 호걸이 있군요."

"……틀렸어. 황자와 피어클리벤의 영주, 그리고 변경백에 이르기까지. 손에 떨어진 게 뜻밖에 너무 엄청나니 아무도 주의를 기울이지 않아. 나 혼자 아무리 외쳐봐야 미움만 살 것이다. 헤르펠의 딸은 여전히 연락이 안 되는가?"

"안 됩니다."

"……그 여자를 의심해야 할까?"

"그것도 고려하소서."

사내는 팔짱을 낀 채 선 채로 장고하기 시작했다.

한편, 위에서 이 대화를 듣고 있던 울리케는 여자가 남자를 '왕야'라고 부른 순간부터 멍해져 있었다. 울리케는 이 낯선 호칭이 실제로 고대 역사에 존재했던 제후의 작위임을 알았다. 아니, 흐리뉼들이 언제부터 제국을 형성하기 시작했다는 걸까? 저 황량하고 춥기만 한 북부에 그럴 정도의 인구와 땅, 자원이 있다는 걸까? 물론 호칭이야 자기들끼리 어떻게 부르건 마음대로겠지만, 이미 그들의 복색과 걸친 무구의 품질로부터 명백히, 부와 산업의 흔적을 포착해낸 울리케는 실제로 저 먼 북부의 땅에 제국이 전혀 파악하고 있지 못하는, 이민족의 또 다른 제국이 들어서 있는 게 아닌가 하는 의심을 지울 수 없다. 만일 그렇다면, 거기에 더해 서리심을 전략적으로 사용하고 마수들을 통제할 수 있는 저들의 역량은 실로 현재의 제국에 위협적이리라.

— 그렇게 생각하느냐?

여태 조용하던 용이 끼어들었다. 울리케는 뭐라고 또 따지고 싶었으나, 그 마음을 꾹 누르며 속으로 물었다.

'……저들에 관해 아는 바 없으십니까?'

— 없다. 애초에 저들은 우리와, 에다의 도리로부터 동떨어진 자들이니까.

하긴, 애초에 이 대륙에서는 거의 잊힌 신 윤나를 모시며 그 제사장으로 서리심을 두었던 이들이다. 하지만 지금 울리케가 엿보고 있는 광경과 알고 있었던 사실들 사이에는 어떤, 설명하기 어려운 위화감이 있었다. 아는 대로 보아야 할까? 보이는 것으로 판단해야 할까?

"에위아의 오른쪽 사자로군요."

문득 여자가 이렇게 말하며 가지 위에 있던 울리케를 똑바로 쳐다보았다. 이미 어둠이 완연하게 내려앉은 시각, 근처에 지펴진 모닥불 외엔 빛이 없건만 그는 용케도 나뭇가지 사이의 검은 새를 발견한 것이다. 이에 왕야라 불린 사내까지 울리케를 쳐다보았고, 불시에 두 시선을 받은 울리케는 움찔했으나 태연하려 애썼다. 어쨌건, 현재 그는 단지 까마귀니까.

"오, 도래까마귀로군. 설북(雪北)에서는 좀처럼 볼 수 없어 아쉬웠는데……, 정말로 정탐꾼마냥 쳐다보며 엿듣고 있었군?"

울리케는 진땀이 났지만 사내의 목소리엔 단지 반가움만이 어려 있다. 다 큰 어른이 돌을 던지거나 하지는 않겠지?

"여기는 우리의 아득한 역사와 옛이야기가 묻힌 땅이다……. 여기에 속한 모든 짐승들과 작물들까지, 본래는 오롯이 우리의 것이었다. 저들은 우리의 땅과 언어, 신화까지 훔쳤지. 이제는 그런 줄도 모르고 있겠지만."

까마귀형 울리케를 올려다보며 말하는 사내의 목소리엔 아쉬움과 안타까움이 그득했다. 울리케는 다만 말없이 까만 눈만 반짝이며 그를 내려다보았다. 그의 입이 열릴 때마다 나오는 모든 이야기가 울리케의 호기심과 의혹을 자극하는 것들뿐이다. 그가 고개를 살짝 갸웃하더니 다시 말했다.

"도래까마귀들은 말을 한다던데."

그러자 여자는 가당찮다는 듯 대꾸했다.

"훈련을 받아야 합니다. 야생의 까마귀가 말을 하진 못해요, 왕야. 그럴 수 있다면 정말로 에위아의 사자겠지요."

"에위아의 사자라면 얼마나 좋을까."

사내는 피식 웃으며 말했다. 하지만 곧바로, 자책하는 듯한 그의 말이 이어진다.

"만사 걱정은 나 혼자 하는 것 같군."

"왕야의 자기애는 정말이지 뛰어나십니다."

"……스레이야."

남자가 지친 목소리로 부르자, 스레이야라 불린 여자가 말했다.

"용서하시지요. 하지만 도통 승리를 즐기시지 않으시니 말입니다. 따르는 이들 생각도 해 주옵소서."

남자는 회관 근처에서 경계를 서는 무사들을 힐끔 보더니 말했다.

"나는 실로 싸움이 싫다."

"제레바 최고의 무인치고는, 터무니없는 말씀입니다."

"그건 경연이지 않느냐? 경연은 좋지……. 나는 그래서 에위아를 나의 수호신으로 모시는 것이다. 그분은 투쟁과 결착의 신이지, 파괴나 죽음의 신이 아니니까 말이야."

"오호라."

이 뜬금없는 감탄사는 매우 유감스럽게도, 그들이 아닌 나무 위에서 터져 나왔다. 두 남녀는 소스라치며 뒤를 돌아 올려다보았고, (아마도 창백해진) 도래까마귀를 목격하게 되었다. 잠시 적막이 흐른 가운데, 사내가 의혹에 찬 목소리로 말했다.

"……요즘 도래까마귀는 저렇게 우나?"

"그럴 리가 있습니까?"

차갑게 대꾸하는 스레이야의 손은 어느새 칼자루에 가 있었다. 울리케는 다급하게 외쳤다.

"그만둬라!"

두 사람은 다시 한번 딱 멈춰 섰다. 그리고 이 짧은 순간, 울리케는 필사적으로 생각했다. *어떻게 하지?* 그가 부지불식간에 감탄사를 내뱉고 만 것은 그가 아직 이 빙의에 익숙지 않아서라고 변명할 수 있다. 일반적으로 술자 스스로가 빙의하는 것과 달리, 지금의 울리케는 이 마법을 통제하는 주체가 아니기 때문이다.

— 그런 식으로 합리화가 가능할 수 있다니, 넌 너무 자주 나를 놀라게 한다.

'남의 머릿속에 멋대로 들어오시는 분이 하실 말씀이십니까?'

— 어찌하느냐? 말을 걸기 전에 기척이라도 해야 하느냐?

'아무튼! 이 난관을 극복하는 데 도움이 되어주실 게 아니라면 방해하지 마옵소서!'

일어난 일은 어쩔 수 없다 하더라도, 이제부터 어찌 대응할지 생각해야 한다. 애초에 그에게 주어진 것은 이들에 대한 정탐이었지, 어떤 종류의 접촉 임무가 결코 아니다. 여기서 혀를 잘못 놀렸다간 후방에 매복한 피어클리벤 선발대의 존재를 눈치채이고 말 것이다. 차라리 시치미를 떼고 날개를 펼쳐 달아나버리는 게 좋지 않을까?

"나는, 에위아의 오른쪽 사자이니라."

이건 빙의의 부작용일까? 울리케의 바쁜 머릿속과 별개로, 그 부리는 의지와 전혀 상관없이 천연덕스럽게 이런 말을 지껄이고 만다. 사내는 순간 눈을 크게 떴고, 곁에 있던 스레이야는 그런 사내의 얼굴을 보더니 한심하다는 듯 검을 뽑으며 아래와 같이 외쳤다.

"정신 차리시옵소서, 왕야! 그럴 리가 있습니까?"

스스로 내뱉은 소리에 놀라있던 울리케는 다급히 자신의 의지로부터 분열하려는 이 까마귀의 몸을 수습하며, 다음과 같이 말했다.

"그래, 신의 사자 같은 건 아니니라."

"대체 웬 놈이냐?"

스레이야가 검을 들어 올려 울리케를 가리키며 물었다. 그는 어느새 한 발짝 앞으로 나서 왕야라 부른 그 남자를 보호하듯 가리고 있었다. 울리케는 침착하게 내려다보며 말했다.

"아이슐리드 헤르펠, 아우스뉘르 님의 전령이다. 여기서 뭣들 하고 있는 거지? 약탈 중인가?"

이 이름을 외우고 있어서 정말 다행이야. 하지만, 이 대담하고 즉흥적인 거짓말이 먹힐까? 울리케는 스스로의 정체나 후방의 선발대만 들키지 않는다면 기실 무슨 말이든 던져서 어떤 정보를 얻어내고 보려 시도하는 편이 낫겠다고 순간적으로 판단했다. 여차하면 달아나면 될 테고, 최악의 경우라도 다치는 것은 그 본인이 아니니까. 그림니르에게는 미안한 일이 되겠지만.

울리케의 말을 들은 사내가 나서며 외쳤다.

"아이슐리드? 지금 어디 있는 것인가? 지금……."

"잠시만 기다리소서, 왕야! 저것의 정체가 아직 확실치 않습니다! 처음엔 신의 사자라지 않았습니까? 저것도 거짓말일지 모릅니다!”

스레이야가 섣불리 입을 놀리려는 남자를 가로막으며 나직이 외쳤다. 울리케는 속으로 혀를 찼다. 거의 먹힐뻔한 거짓말인데, 저 여자가 다 망쳐놓는군.

— 거짓말이라 해서 하는 말인데, 신의 사자라고 강력하게 주장했으면 아마 먹혔을 것이다. 왜 더 강하게 나가지 않았느냐?

‘……그럼 그게 빌러디저드 님께서 내뱉으신 말이었습니까?’

— 절반 정도만 그렇지.

“……그럴까? 그러면 아이슐리드의 이름은 어떻게 아는 거지?”

작은 까마귀의 머릿속에서 벌어지는 이 말다툼을 알 리 없는 남자는 곤혹스러운 얼굴로 중얼거리듯 묻는다. 스레이야도 의혹에 찬 얼굴로 까마귀를 올려다보았다. 좋아. 울리케는 생각했다. 일이 이렇게 된 이상…….

‘빌러디저드 님, 송구하지만 감히 그분들의 이름을 좀 빌리겠습니다.’

— 뭘 하려는 것이냐?

용의 물음을 무시하며, 울리케는 다음과 같이 외쳤다. 짐짓 장엄한 목소리였다.

“나는, 하스언리버와 페일드라잇의 자손이며, 의심할 바 없이 린트부름의 올바른 적생자이시자 또한 피어클리벤의 영광된 언약자이신, 고귀한 빌러디저드 님의 그 여덟 번째 사자이다!

설북에 머물렀어야 할 너희가 왜 이 땅에 있느냐? 너희가 이 땅을 침탈하고도 그분의 눈과 귀에서 벗어날 수 있으리라 여겼느냐?"

그 순간, 울리케가 앉아 있던 수호목의 가지들이 스산하게 아우성을 지르며 가지에 쌓여있던 눈들을 사방으로 뿌려대었다. 둔탁하면서도 거대한 땅 울림이 수호목의 뿌리 깊은 곳으로부터 올라와 굵은 고목을 뒤흔들었다. 일순 주변의 공기가 그 밀도를 더 했고, 일시에 모든 이들이 이 심상치 않은 현상을 감지하였다. 남자는 경악한 표정으로 눈을 크게 떴고, 심지어 스레이야조차 놀란 얼굴이었다.

하지만 오히려 가장 놀란 것은 울리케였다. 그리고 이 예상치 못한 현상을 일으킨 주범이라 울리케가 의심할 대상은 여기서 딱 하나뿐이다.

'……빌러디저드 님? 뭐 하시는 겁니까?'

— 아, 의전이다.

어두컴컴한 석실, 천장 모퉁이에 난 손바닥만 한 들창으로 겨우 비집고 들어오는 빛만이 그나마 사물을 분간하게 한다. 그나마 그것조차 새벽부터 쌓인 눈들에 막혀 한결 파리하게 풀이 죽어 있었다.

"아룬드! 혹시 일어나 있느냐?"

방 하나 건너, 안쪽 구금실로부터 닐스그림의 목소리가 들려왔다. 일체의 불기운 없이 추위에 떨며 자는 둥 마는 둥 하던 아룬드는 대답했다.

"예."

"그럼 귀를 막거라."

"알겠습니다."

아룬드는 일체 불평이나 영문을 묻는 일 없이, 누운 채로 얇은 모포를 뒤집어쓰고 귀를 막았다. '다정한 잿더미' 여관의 지하 구금장은 비록 각각의 '객실'들이 두꺼운 나무문으로 막혀 있었지만 전혀 방음이 되지 않았고, 또한 '투숙객'의 편의를 위한 고려가 일절 없었다. 그러니까 예를 들면, 용변을 처리하기 위한 뚜껑 달린 오물통이 침상의 발치에 있다던가 하다는 말이다. 아룬드는 지난 며칠간의 동행중에, 닐스그림이 평소 잠행을 즐겨 황궁의 밖이나 이런 자유도시로의 유랑을 경험한 적이 있음을 들었다. 그가 보여준 예상외의 면모들과 적응력은 필시 그러한 경험으로부터 유래한 것이겠지. 때문에 그는 이런 열악한 환경에 대해 불평은 하더라도 꽤 잘 적응하고 있었다.

그리고 새삼 느낀 것이지만 그는 분명히 '황족'이었다. 맨 처음 그가 오물통을 이용했을 때, 정작 기겁한 것은 그가 아니라 아룬드였다. 닐스그림은 그 활동에 따라붙은 일체의 소리나 냄새가 아룬드에게 전해지는 것에 대해 전혀 아무런 거리낌이 없었던 것이다. 그러니까, 이것이 바로 변방 귀족과 황족의 결정적인 차이다. 피어클리벤과 같은 변방 귀족들은 '아랫것'들에게 품위를 보이기 위한 실로 여러 노력을 기울이며 교육하지만, 황족은 품위라는 면에서는 같을지언정 반면에 치부를 드러내는 것에도 일체 거리낌이 없다. 부끄러움에 대한 인식 자체가 없는 것이다.

그래서 방금 닐스그림이 아룬드를 불러 귀를 막으라 지시한 것은 어디까지나 아룬드 본인이 그렇게 예고해주기를 요청했기 때문이었다. 닐스그림은 민망함을 감당하기 어려워하는 이 청년을 위해 순순히 그와 같은 수고를 해 준 것이다. 하지만 그 때문에, 모포를 뒤집어쓰고 귀를 막고 있던 아룬드는 한동안 누군가 자신을 소리 질러 부르고 있다는 것을 깨닫지 못했다.

"일어나라고요! 뭐 하고 있어!"

뒤늦게 펠윈의 고성을 들은 아룬드는 깜짝 놀라 모포를 젖히며 벌떡 일어났다. 구금실의 나무문은 두터우나 아래쪽에 식기가 드나드는 틈이 널찍해 소리는 다 들어온다. 거기다 문짝의 중간쯤에 작은 무쇠 미닫이가 있어 밖에서 그걸 젖히면 안을 들여다볼 수 있다. 펠윈은 바로 그걸 열고 소리치고 있었다.

"아침 식사인가?"

미닫이 너머로는 펠윈의 눈밖에 보이지 않았지만, 그간 한두 번 본 적 있는 이 여관의 하녀이다. 지금 바깥에서 벌어지는 일을 알 리 없는 그는 단지 위와 같이 물을 수밖에 없었다.

"태평한 소리 하시네요! 두 분을 꺼내야 하는데, 열쇠가 없어요! 혹시 파옥할 재간을 숨겨두고 계신 거라면 바로 지금 그걸 사용하시라고 권하고 싶군요."

아룬드는 영문을 몰라 멍하니 앉아 있다. 그러자 안쪽에서 닐스그림의 호령이 터져 나왔다.

"내 지팡이가 있으면 된다! 그건 어디 두었지?"

그러자 미닫이창으로 보이던 펠윈이 훅 하고 어둠 속으로 사라졌다. 약간의 정적이 이어지더니, 또다시 닐스그림의 외침이 들렸다.

"잠깐 기다려라! 그건 나 외에 함부로 손댈 수 있는 물건이 아니다!"

하지만 바깥에선 아무 소리도 들리지 않았다. 그리고 그제야, 아룬드 역시 야단났다는 생각이 들었다. 닐스그림의 지팡이는 오로지 아우스뉘르의 성을 가진 황족에게만 허락된 신물이다. 그 외의 인간은 지팡이를 옮기거나 만지는 것이 애초에 불가능하다 하였다. 상자에 넣거나 천으로 겉을 감싸도 그것은 마찬가지다. 오로지 적법한 주인의 의지와 손길이 있을 때만 움직여지며, 그 외의 인간이 그것에 손대려 하면 지팡이는 강력한 마법적 방어기제를 발동한다. 이 사실은 여정의 초반에 닐스그림이 아룬드에게 경고한 바 있었다.

"여봐라! 게 아무도 없느냐! 지팡이에 손을 대지 마라! 죽는다!"

재차 울리는 닐스그림의 조바심 어린 외침이었다. 황녀는 진심으로 애꿎은 희생자가 생길까 봐 걱정하고 있었다. 아룬드 역시 문 쪽으로 다가가 펠윈이 열어두고 간 미닫이 너머로 소리쳤다.

"누구 없는가!"

그 순간 무언가 빠른 걸음으로 어둠 속을 휙 지나치는 게 느껴졌다. 그리고 잠시 뒤, 펠윈의 목소리가 안쪽 방에서 들려왔다.

"이거죠?"

"뭐? ……아니, 일단 뒤로 물러나라!"

닐스그림의 호방한 지시와 함께 나무문이 진동하는 듯한 울림이 한 차례 들리더니, 뒤이어 자물쇠가 열리는 금속성의 소리가 났다. 그리고 곧바로 아룬드의 구금실 문이 열리는 데까지, 모든 게 순식간에 벌어졌다.

"……아니, 어찌 된 일입니까?"

문이 열리자 보인 것은 아룬드의 검을 든 펠윈과 여전히 천으로 감싼 자신의 지팡이를 든 닐스그림이었다. 이 상황이 이해 가지 않는 아룬드가 위와 같이 물었지만, 닐스그림은 대답 대신 펠윈을 의혹에 가득 찬 얼굴로 노려본다. 그러나 펠윈은 아무런 대응 없이 들고 있던 검을 자루 방향으로 돌려 공손히 아룬드에게 내밀었다.

"받으시지요. 경의 물건이죠?"

아룬드는 약간 당황하며 검을 받아들었다. 두 남녀의 표정을 살핀 펠윈이 입을 뗐다.

"설명은 나중에 하겠습니다. 우선은 모두 여기를 빠져나가야 합니다. 저희 모두를 죽이려는 자들이 바깥에 있어요."

"누가 감히……?"

닐스그림이 가당찮다는 듯 입을 열자마자, 펠윈이 말을 자르며 답했다.

"황공하오나, 전하와 피어클리벤 경이 여기 있다는 것을 정확히 알고 온 자들이옵니다. 그러니 두 분의 세벌(世閥)은 여기서 도움이 되지 않습니다. 지하 탈출로가 있으니, 어서 가시지요!"

다른 하인들과 다라드는 아룬드가 귀를 막고 있었을 때 이미 지하실을 지나갔다. 닐스그림과 아룬드는 이 상황이 여전히 이해 가지 않았으나 우물쭈물할 여지가 별로 없다는 것을 직감할 수 있었다. 하지만 그들의 발목을 잡는 것은 조금 다른 이유였다.

"잠깐, 한스라는 사람이 묵고 있지 않는가? 그들 일행은?"

아룬드가 펠윈에게 물었다.

"여자애가 있는 손님들 말씀인가요?"

"그래. 난 그들에게 도와주겠다고 약속했다. 지금 어떤 상황이지?"

펠윈은 그가 무슨 이야기를 하는 것인지 사실 이미 알고 있다. 이틀 전, 한스가 몰래 지하실로 내려와 아룬드와 닐스그림에게 정체를 밝히고 협력 의사를 전했던 것을 엿들었으니까. 한스는 그 대가로 피어클리벤이나 황실 측의 보호를 원했으며, 협력의 의지를 증명하기 위해 아룬드가 피어클리벤으로 편지를 전할 수 있도록 도왔던 것이다. 펠윈은 (이 여관의 규칙에 따라) 손님들의 일에 관여하지 않기에 무척 흥미롭게 생각하면서도 그저 이를 방관하였다. 머무는 손님들끼리 서로 뒤통수를 치는 일은, 이 여관에서는 그야말로 일상다반사였으니까.

하지만 펠윈은 순간적으로 망설였다. 그가 엿들은 바에 의하면, 후작은 그 베르벳이라는 소녀를 목표로 하고 있다. 그리고 명백히 그 외에는 전부 방해물로 여겨 치워버리려 하고 있다. 적들의 최우선 목표가 베르벳인 이상 한스네 일당들과 엮이는 것은 전혀 좋은 선택이 아니다. 오히려, 냉정히 이야기하자면 한스네 일행을 무시하고 떠나는 것이 시간을 버는 데 더욱 도움이 되리라.

하지만 펠윈에게 묻는 아룬드의 눈빛은 진실하였다. 이것은 그가 이 상황을 제대로 이해하지 못하기 때문에 내보일 수 있는 것이기도 하겠지만, 그의 타고난, 그리고 오랜 시간 가다듬어져 온 성정의 빛이기도 했다. 펠윈이 속해 자라온 이 세계와는 너무도 다른, 이질적인 눈빛이었다.

"이러고 있을 시간이 없습니다. 저는 가겠습니다."

그 눈빛에 왠지 가슴이 덜컹한 펠윈은 짐짓 무시하며 걸음을 떼었으나 그들은 따르지 않았다. 펠윈이 뒤를 돌아보자, 아룬드와 닐스그림이 각각 이렇게 물어 온다.

"한스네 일행은 몇 호실에 묵고 있지?"

"자객들의 정체나 숫자를 아느냐?"

한숨이 나온다. 지팡이를 들고 선 황녀의 얼굴엔 호승심과 승리감, 그리고 오만한 노기가 어려 있었다. 반면에 아룬드는 낯빛 가득 염려와 간절함을 담고 있다. 서로 너무나 다른 기세였지만, 어떤 면에서는 참으로 어울리는 한 쌍이었다. 하지만 지금 이것저것 설명할 시간이 없다.

"모두 들어가! 어서!"

난데없이 지하실의 한쪽, 외부로 이어지는 탈출구의 문이 열리더니 여관의 하인들이 우르르 달려 들어왔다. 다라드는 위와 같이 외치며 마지막으로 들어왔고, 이내 탈출구의 문을 막더니 굵은 빗장을 걸어 내렸다.

"무슨 일이죠?"

심상치 않음을 직감한 펠윈이 다가가 묻자, 다라드가 대꾸했다.

"틀렸어. 출구 통로의 끝을 막고 있더군. 이미 퇴로를 모두 파악하고 접근한 모양이야. 우린 여기 갇힌 것이지."

"이게 무슨 이야기인가!"

닐스그림이 지팡이를 짚으며 다가서 묻자, 모두가 그를 보았다. 펠윈은 지체없이 현 상황을 빠르고 정갈하게 전했고, 이는 아룬드나 닐스그림은 물론, 지금껏 영문을 모르고 다라드의 지시대로 따르던 다른 하인들에게도 내막을 알리는 일이 되었다. 때문에 그의 말이 끝나자, 하인들은 모두 얼굴이 새파래지고 말았다.

"사실입니다."

닐스그림이 눈을 부릅뜨고 다라드를 보자, 그 눈길이 일종의 물음임을 깨달은 그가 보증하듯 대답했다. 황녀는 어금니를 깨물며 중얼거렸다.

"후작이……? 설마설마했건만!"

"이게 어찌 된 이야기지……?"

아룬드는 갑자기 쏟아진 복잡한 정보들에 현기증을 느끼듯 중얼거렸다. 그러자 펠윈이 그를 쓱 보더니 말했다.

"간단합니다. 드레스바르프 후작은 반란군들을 궁지로 몰고자 하며, 경과 전하 모두 그들 손에 죽은 것으로 처리하려는 것이죠. 경의 외삼촌인 그 상인분은, 반군 측에 협력했다가 후작 쪽으로 넘어간 것 같습니다만, 어쩌면 원래부터 후작 측의 사람이었을지도 몰라요."

"그런 이야기들은 됐어."

다라드가 귀찮다는 듯이 말했다. 그의 말이 이어졌다.

"지금은 여기서 벗어날 궁리를 해야 해."

다라드는 지금 이 자리에서 가장 침착하고 담담한 기색을 보이고 있었다. 따지고 보면 이 모든 사달의 피해자이건만, 그는 마치 언젠가 이런 일이 있을 거라 생각했다는 듯, 시종 그저 이 난관을 벗어날 궁리만을 할 뿐 누군가를 원망하거나 비난할 생각이 없어 보였다. 덕분에 하인들은 그나마 공황에 빠져 우왕좌왕하지 않을 수 있었다. 펠윈 역시 눈을 굴리며 다라드의 생각에 맞춰 탈출방안을 생각할 뿐, 결코 소란을 더하지 않는다.

"전 한스에게 가보겠습니다."

아룬드가 닐스그림에게 말했다. 그러자 황녀는 기다렸다는 듯 답했다.

"그럼 나도 따라가마."

"잠깐 기다리십시오."

다라드가 말했다. 그렇게, 무엄하게도 황녀와 백작가의 장남을 불러세운 여관 주인은 말했다.

"저희도 모두 같이 가겠습니다."

"아저씨, 어쩌려는 거예요?"

펠윈이 묻자, 그는 말했다.

"어차피 이 상태로 탈출은 무리야. 완력을 써서 돌파하기도 어렵다고 본다. 다행히 전하의 지팡이는 무사하고, 그 꼬마도 일종의 마법사라며? 이쪽에 붙는 쪽이 그나마 가능성이 있다."

"누가 받아준다더냐!"

닐스그림이 노기 띤 목소리로 소리 질렀다. 여태 별말 없이 있었지만, 이 여관의 지하에 억류되어 있던 지난 사흘은 그에게 결코 유쾌한 경험이 아니었다. 이 여관의 주인이나 하인들 모두, 황녀에게는 그저 적들의 하수인쯤으로 여겨지는 것이다. 닐스그림이 그렇게 외치자, 다라드는 그에게 침침한 시선을 던지며 말했다.

"받아주셔야 합니다. 저는 황가의 죄를 덜 방안을 드리는 것입니다, 닐스그림 시그렐, 아우스뉘르 황녀 전하."

그의 말이 어두운 지하실에 울려 퍼지자 펠윈을 제외한 하인들 모두가 핼쑥한 얼굴로 서로를 쳐다보았다. 황녀가 조금 놀란 얼굴로 물었다.

"뭐?"

"전하께서 누리신 수혜의 뿌리가 어떤 피 웅덩이에 드리워진 줄 아십니까? 모르셔도 죄요, 아셨다 해도 별로 달라지는 것은 없습니다."

닐스그림은 선불리 '무엄하다!' 같은 소릴 내뱉지 않았다. 다만 창백해진 채, 한 손으로 가슴을 부여잡고 이 정체 모를 남자를 노려본다. 다라드는 잠시 펠윈을 쳐다보더니 황녀에게 말했다.

"이 아이의 일족이 가지고 있던 가지는 드레스바르프 후작에 의해 탈취되고, 훼손되어 류그네릭이라는 비약이 되었습니다. 전하의 지팡이 또한 어느 일족의 유산이지요?"

펠윈은 눈을 크게 뜨고 다라드를 보았다. 너무나 뜻밖의 이야기였으므로. 하지만 그 눈길을 못 본 체하며, 다라드는 계속 말했다.

"그 베르벳이라는 아이가 마신 약은 그러니까 본래, 펠윈의 것입니다. 이제 와서는 상관없는 이야기입니다만, 전하께서 이 난국에서 살아나시고 장차 후작의 무리들에게 죄를 물으시려거든, 펠윈은 꼭 필요한 증인이 됩니다."

"너는 도대체, ……누구냐?"

닐스그림이 물었다. 펠윈 역시 똑같은 심정으로 십사 년간 따라온 그 과묵한 주인을 본다. 다라드는 쓸쓸한 얼굴로 펠윈을 쳐다보더니 황녀에게 말했다.

"다라드라고 합니다. 그저 이 하찮은 여관의 주인으로, 반군도 귀족도 저의 편은 아닙니다. 그저 어디에나 흔히 있는, 살아남기 위해 스스로 귀를 자른 류그라이죠."

펠윈은 망연한 얼굴로 다라드를 보았다.

제 9장

용의 의전 효과는 탁월하게 모두의 이목을 모았다. 널뵤른 마을 곳곳에 있던 흐리늪의 전사들이 달려왔고, 마을 회관 앞에서 보초를 서고 있던 자들도 눈을 크게 뜨고 어깨를 긴장시킨 채 다가왔던 것이다. 울리케는 이 용의 기행을 뭐라 꾸짖고 싶었지만, 실랑이하기에 적당한 때도 아니거니와, 얼마간은 그 또한 용에게 그만큼 당혹스러운 존재였던 적이 있으리라 반성하므로 잠자코 있었다. 또한 생각해 보자면 멋대로 그 부모의 이름을 빌린 것은 울리케이니, 용의 이 연출이 내포한 어떤 존중에 대해, 그가 탓할 여지는 없을지도 모르겠다.

"왕야! 무슨 일입니까?"

달려온 병사들이 묻건만, 사내는 아무 대꾸도 없이 그저 가지 위의 까마귀를 올려다본다. 그제야 횃불을 들어 올려 주변을 밝힌 병사들은 묵묵히 아래를 쏘아보는 이 큼지막한 도래까마귀를 발견하고 의아해졌다. 그렇게, 한동안 상호 의혹을 품은 눈빛이 아래위로 교차 되었고 처음 입을 뗀 것은 여태 왕야라 불린 그 사내였다.

"뭐라고 해야 할까……, 이게 모두 허튼소리라 해도 연이어 충격적인 건 사실인데."

"예?"

여전히 칼자루에 손을 얹고 눈을 부라리고 있던 스레이야가 곁에서 묻는다. 그는 대답했다.

"그렇잖아? 처음, 저 까마귀는 신의 사자라 말했고 이어서 아이슐리드의 이름을 입에 올렸다. 이제는 피어클리벤의 그 검은 용을 빙자하는군. 이게 모두 거짓일 수도 있지만, 분명한 건 저 까마귀의 정체가 뭐건 간에 정말로 그것들에 관해 어느 정도 알고 있다는 것이다. 대체, 넌 뭐지?"

사내의 마지막 질문은 당연히 까마귀를 향한 것이었다. 울리케는 까마귀가 오만해 보일 수 있는 최적의 자세와 목의 각도를 유지하며, 다음과 같이 말했다.

"나는 이미 밝혔다! 너야말로 누구냐?"

"이 방자한 것, 말을 가려라!"

스레이야가 소리쳤으나, 울리케는 쳐다보지도 않고 대꾸했다.

"이방인이 신분을 밝히는 것은 마땅한 도리이다! 여기가 너희의 땅이더냐?"

— 원래는 저들의 땅이 맞긴 하다, 울리케.

아니, 좀! 울리케는 하마터면 까마귀의 눈을 까뒤집고 신경질을 부릴 뻔했다. 물론 겉으로는 다만 질끈 눈을 한번 감았다 뜬 것뿐으로 태연했으나, 그의 내면에서 어떤 무참한 독백이 순간적으로 터져 나온 것까지 막을 수는 없는 일이었다. 본래, 마법사들은 이것과 유사한 심상의 원화에서도 내면의 독백과 뒤편의 사고를 명확히 분리해 말하기 위한 상당한 수련을 거친다. 그것을 전혀 할 줄 모르는 울리케가 순간적으로 용에게 어떤 욕설을 쏟아냈다 한들, 그것은 결코 그의 허물이 아니었다.

— ……라는 입장으로 용서하마.

'……감사합니다만, 일단은 방해를 말아주시옵소서!'

아니나 다를까, 사내는 목소리를 높였다.

"우리의 땅이었고말고! 나는 이미르의 팔왕(八王), 아힌달이다! 우리의 옛 영토를 수복하러 왔노라!"

울리케는 얼른 뭐라 대답하지 못했다. 그가 밝힌 '이미르'라는 명칭이나 팔왕, 그리고 아힌달이라는 이름에 이르기까지, 그가 아는 고전의 문헌 지식들과 대조하여 조금이라도 더 추가적인 정보를 추측해보느라 순간적으로 정신이 팔렸기 때문이었다. 까마귀가 말없이 어둠 속에서 횃불을 받아 빛나는 까만 눈만을 빛내고 있자, 아힌달은 둘러선 병사들에게 자신들의 자리로 돌아가라 지시했다. 그리하여 다만 곁의 스레이야만을 둔 채, 그는 병사 하나에게 지시하여 가져오게 한 나무 둥치에 털썩 주저앉았다. 스레이야가 기가 막힌다는 듯 말했다.

"왕야……?"

"왜?"

"뭐하십니까?"

"보면 몰라?"

자신의 호위가 하는 말에 담긴 힐난을 모를 리 없건만, 그는 그렇게 하나 마나 한 소리로 능친다. 그때, 머릴 쥐어짜던 울리케가 입을 열었다.

"사백 년이나 예전 이야기이다! 이제 와서……."

"아, 그건 그냥 공식적인 입장이다."

아힌달이 대번에 손사래 치며 이렇게 말을 자르자, 울리케는 당황하여 멀뚱거리며 그를 내려다본다. 그가 마치 푸념처럼 말하기 시작했다.

"맞아. 정말 수백 년이나 지난 이야기다. 고토의 회복이라니? 선전에 지나지 않는 이야기야. 하지만 그런 명분에 취약한 자들이 있고, 이 싸움은 그걸 정확히 꿰뚫은 누군가에 의해 기획되었다."

그의 곁에 서 있던 스레이야의 눈이 휘둥그레지다 못해 아주 잡아먹을 듯한 표정으로 그의 주군을 향해 부라려지기 시작했다. 그러나 그는 그걸 무시하며, 까마귀를 향해 말했다.

"이 이상 이야기하고 싶지만, 대체 당신은 누구지?"

뭐야 이거? 이 남자는? 울리케는 신선한 충격을 느끼며 그를

내려다보았다. 이게 야만인 침략자의 태도인가? 그가 결코 기대하거나 예상한 모습이 아니다. 돌을 던지기는커녕, 대화를 하려고 하고 있다. 물론 울리케가 여태 주워섬긴 말들과, 용의 의전 효과가 일으킨 여파라고 생각할 수 있겠으나 분명히, 이 아힌달이라는 자가 보여주는 모습은 울리케의 인식 속 북방 야만족의 모습은 아니었다.

— 약간은 진실해져도 괜찮으리라 생각한다, 울리케. 우리가 얻어낼 정보들이 더 많다.

용의 속삭임은 마침 울리케의 판단과 정확히 일치했다. 고개를 조금 움직인 도래까마귀는 말했다.

"마지막 소개가 가장 진실에 가깝다. 나는 울리케 피어클리벤이며, 진흥행정관이자……."

울리케는 멈칫했다. '고블린 대사'라는 직함은 그가 늘 스스로 자랑스러워했던 직함이었지만, 앞서 연거푸 거짓말을 던진 통에 지금 이 자리에서 꺼내기에는 부적절해 보였다. 그래서 그는 결국 서둘러 다음과 같이 덧붙였다.

"……진흥행정관이자, 이 땅의 정찰을 위해 파견되었다."

"그러니까, 까마귀의 모습은 당신들의 마법인가?"

아힌달은 흥미로운 표정으로 물었다.

"그렇다."

"울리케 피어클리벤이라……, 스레이야, 내가 놓친 게 있나?"

스레이야는 그의 주군을 힐끔 보더니 말했다.

"울리케라면 피어클리벤의 여덟째 딸이 맞습니다. 행정관 직함까지는 모르겠군요."

"아버지와 가신들은 어찌 되었는가!"

울리케는 별안간 노엽게 소리 질렀다. 스레이야의 낯빛이 다시 못마땅함으로 가득해졌고, 반면에 아힌달은 눈을 동그랗게 뜨고 그를 올려다본다. 그들의 대화를 지켜보고 있던 울리케가 불현듯 자신의 처지와 영지의 입장을 떠올렸던 것이다. 게다가 지금 이 자리도, 저들은 분명하게 침략자로서 이 마을을 유린한 직후이다. 이렇게 한담이나 나눠볼 여지가 없다.

"그대의 부친은 안녕하다. 우리의 소중하고 적법한 포로이니까. 아우스뉘르 황자 전하도 마찬가지지. 다만……."

잠시 말을 멈추고 미간을 모은 채 생각하던 아힌달이 입을 열었다.

"이것은 사전 교섭인가? 그대가 정찰을 위해 온 것이라면 나는 지금 그저 초병과 이야기하는 것과 같다. 그리고 공식적인 접촉이라 하더라도, 나는 이 일의 전권을 쥔 자가 결코 아니다. 나 또한 정찰을 위해 이 마을에 온 것이지."

"마을 사람들을 해쳤는가?"

"천만에. 피는 보지 않았다."

"그럼 다섯은 어디 갔는가!"

울리케가 재차 따져 묻자, 아힌달은 또다시 놀란 얼굴을 했다.

"이거, 참으로 우수한 정찰병이로군. 어찌 알았지? 그들은 우리가 도착하기 이전에 서쪽 방면으로 말을 타고 달아났다. 아마 정황을 알리고 도움을 구하기 위해서겠지. 나머지 마을 사람들은 저 회관 안에 모아두었다."

선선히 설명하는 그의 태도에 속임수는 없어 보였다. 용도 그렇게 생각하는지, 아니면 방해 말라는 울리케의 윽박지름을 그저 수용한 것인지 끼어들지 않았다. 아힌달이 물었다.

"이번에는 내가 질문을 해도 되겠는가? 아이슐리드의 이름을 어찌 알았지?"

그러나 울리케는 냉랭하게 말했다.

"……대답할 이유도 의리도 없다."

"너무하는군."

아힌달은 히죽 웃으며 투덜거렸으나 여전히 여유가 있어 보였다. 그리고 그 알 수 없는 여유가 울리케를 여태껏 불편하게 한다. 좀처럼 이 대화의 주도권을 잡기 어렵다. 여전히 스레이야의 삼엄한 시선이 압박해오는 가운데 잠시 어색한 침묵이 흘렀고, 문득 아힌달이 다시 입을 연다.

"나를 적대하는 그 입장은 충분히 헤아린다. 그러나 이 싸움에 참가한 우리 모두가 다 같은 생각은 아니다. 아니, 오히려 제각각이라 하는 편이 사실에 가깝지. 나만 하더라도……."

"왕야."

스레이야가 끼어든다. 아힌달은 피곤하다는 얼굴로 그를 보더니 말했다.

"잠자코 있지 않으면 말들을 지키라 보낼 것이다."

"……송구합니다."

그렇게 불만에 가득 찬 스레이야의 입을 막고, 아힌달이 다시 울리케를 올려다보며 말했다.

"아까 말한 것 중에 사실이 아닌 것이 하나 있다. 너희 가신들의 안위이지. 피어클리벤의 병사들은 여전히 뉘른스에크 본성에 틀어박혀 농성하고 있다. 그리고 그것 때문에 아주 골치가 아프다."

그는 자신에게 쏟아지는 도래까마귀의 열렬한 눈빛을 확인하고는 어둠 속에서 미소지었다. 그가 말했다.

"하지만 더는 이야기해줄 의리도, 이유도 없군."

"야, 이놈아!"

이런 것도 까마귀화의 어떤 부작용일까? 울리케는 좀처럼 자신을 추스르기가 힘들다고 느껴진다. 그래도 하마터면 욕설이 나갈뻔한 것을 막은 게 용하다.

— 그런가? 내가 알고 있는 평소의 너라면 능히…….

"말해라! 그들은 무사한가!"

용의 속삭임을 뿌리치듯 날개를 퍼덕거린 도래까마귀가 외쳤다. 그러자 아힌달이 대꾸했다.

"나도 들어야 할 게 있다. 말하자면 거래가 되겠지."

울리케는 곤혹스러웠다. 그의 눈앞에 있는 이들은 명백히, 현재 제국의 주적이며 이 모든 사태의 주범들이다. 아이슐리드에 관해 울리케가 알고 있는 것은 많지 않지만, 그것을 그의 멋대로 이야기해도 좋은 것일까? 더구나 그가 감추고 있는 정보의 가치도 확신하지 못하는 판에?

"나를 빼놓고 거래라고요?"

"웬 놈이냐!"

별안간 어둠 속에서 목소리가 날아들자, 스레이야가 시원하게 검을 빼 들며 그쪽을 향해 벼락같이 소리쳤다. 그러자 회관 쪽에 선 채 여태 이 대화를 멀리서 지켜보던 병사들 역시 뭔가를 눈치채고 달려왔다. 울리케는 깜짝 놀라 눈을 돌렸고, 그제야 어둠 속에서 슬쩍 고개를 내민 크누드를 보았다. 그는 마을 중앙 근처의 빈집 담벼락 너머로 그 흰 얼굴만 빼꼼히 내밀고 있었다.

크누드는 저항의 의사가 없음을 표시하듯 두 손을 펼쳐 올려 보이고 천천히 담벼락 너머로 몸을 내밀었다. 그러고는 조심스럽지만 태연하게 다가오기 시작했다. 스레이야가 멈추라고 호통을 치기 바로 직전까지.

"멈춰라! 누구냐?"

"저로 말씀드릴 것 같으면……."

울리케를 찾듯 수호목의 어지러운 가지들을 힐끔 올려다보며, 크누드가 말했다.

"피어클리벤의 기사, 크누드 서리엇입니다."

"초병들은 뭘 한 거야!"

스레이야가 호통을 치자 둘러선 병사들의 얼굴이 적지 않게 딱딱해졌다. 그러자 크누드가 끼어든다.

"아, 그들로서는 불가항력입니다. 우리는 마법사가 있으니까요. 그러니까, 너희는 모두 포위되었습니다. 투항하시지요. 이미 일부의 제압이 끝났습니다."

그 말과 함께 크누드의 머리가 신호를 보내듯 살짝 움직이자, 그의 뒤편 담벼락에서 별안간 어둠이 부서지듯 그림자와 형체들이 뒤엉켜 내렸다. 그와 함께 꽁꽁 묶인 여섯 명의 흐리늄 병사들이 팽개쳐졌고, 마법의 그림자 속에 숨어 있던 피어클리벤 선발대들이 모습을 드러냈다. 길펀의 순찰대들은 모두 이쪽으로 장궁을 겨눈 채였고, 크누드의 용병들은 쇠뇌를 걸고 있었다. 모험가들과 시야프리테는 보이지 않았다. 크누드는 자랑하듯 말했다.

"이게 다가 아닙니다. 어쩌시겠습니까?"

"어처구니가 없군."

크누드의 물음에 대답한 것은 여전히 그루터기에 앉아있던 아힌달이었다. 그는 험악해진 낯빛의 부하들을 둘러보더니 그중 특히, 크누드를 죽일 듯이 노려보는 스레이야에게 한마디 했다.

"어째야 하나?"

"……면목 없습니다."

"아, 행여나, 회관에 불을 지른다든가 하실 생각은 마십시오."

크누드가 점잖게 경고하자, 스레이야는 모욕을 받았다는 듯 눈을 희번덕거렸고 아힌달은 왠지 한숨을 내쉬었다. 그가 중얼거렸다.

"정말 끔찍한 계획이로군."

"……그렇습니까?"

크누드가 의아하게 말한다. 그러자 아힌달은 천천히 그루터기에서 몸을 일으켰고, 솔선하여 검을 풀더니 바닥에 내던졌다. 그것을 명령으로 받아들인 듯, 스레이야를 비롯한 흐리뉼 병사 모두가 침통한 표정으로 이를 악물며 무장을 떨구었다. 이 광경을 꽤나 흥미롭게 지켜보던 크누드에게, 아힌달이 말했다.

"이제 나는 포로인가? 어떻게 다룰 생각인가?"

"그야 마땅히, 전시 포로의 예우대로 합니다. 이미르의 팔왕 전하. 하지만 어쩌면 왕야께서는 스스로의 몸값을 지불하실 수 있을지도 모르겠군요."

여태 시야프리테가 드리운 침묵과 어둠 속에서 그들의 대화를 엿들어온 크누드의 말이었다. 아힌달이 의아한 표정을 짓자, 크누드는 수호목의 가지 위를 향해 외쳤다.

"이제 내려오시지요, 아가씨!"

그러면서 그가 버릇처럼 팔을 들어 올리자, 도래까마귀는 지체 없이 퍼덕거리며 날아와 그의 팔 위에 앉았다. 하지만 까마귀의 부리가 열리자 나온 음성은 그림니르의 것도, 울리케의 것도 아니었다. 이루 말할 수 없이 묵직한, 다름 아닌 용의 음성이었다.

"울리케는 장시간의 동기화에 지쳤기에 물러가라 했다. 그러니 그와 이 문제를 같이 다루려거든 하룻밤을 기다려야 할 것이다."

"그렇습니까?"

크누드는 별일도 아니라는 듯 히죽 웃으며 대답했다. 용의 음성을 직접들은 아힌달과 흐리늪의 병사들 모두가 놀랐으며, 아무런 정보도 없었건만 순식간에 그 음성의 주인이 어떤 존재인지 느낄 수 있었다. 다음 순간, 아힌달이 한 발짝 나서며 말했다.

"묻고 싶은 게 있습니다, 추방된 적생자여!"

용의 말대로, 정말 피곤해서 물러난 울리케는 곧바로 저녁 식사도 마다하고 곯아떨어졌다. 용이 대부분의 부담을 상쇄해주고 있었긴 하나, 본시 빙의란 지극히 정신력을 소모하는 일이었기 때문이다. 안 그래도 요 며칠 연이어 일어난 소동들과 다양한 업무의 파도 속에 지칠 대로 지쳐있던 그였다.

그렇게 예정에는 없었으나, 참으로 적절한 순간에 충분한 휴식을 취한 울리케는 이튿날 꽤 느지막이 일어났다. 보통 성의 일과는 해가 뜨기 직전부터 시작하건만, 아무래도 '어른들' 역시 그의 휴식이 필요하다고 판단하고 내버려 둔 모양이었다. 그래도 자신이 늦잠을 잤다는 사실에 일종의 죄책감을 느끼고

만 울리케는 부랴부랴 나갈 채비를 차렸다. 어쩌면 죽은 듯 곯아떨어졌던 지난밤, 선발대들에게 무슨 일이 있어 자신을 호출해야 했을지도 모른다는 걱정이 일순 들었지만, 어차피 그들은 사실상 용의 보호를 받고 있는 거나 마찬가지니 크게 염려되지는 않았다. 호출이 없더라도 오후쯤에는 다시 그림니르의 눈을 빌릴 생각이다. 다만 지금 당장 보살필 일들이 이쪽에도 적지 않단 말이다.

"늦었습니다."

벌써 점심을 준비하는 냄새가 성의 복도 안에 물씬함에, 울리케는 민망한 얼굴을 하고 아셰리드의 집무실로 들어서며 이렇게 말했다. 미간을 살짝 찌푸리고 책상 앞의 문서들에 집중하고 있던 아셰리드는 기꺼운 얼굴로 대답한다.

"괜찮다. 어제 일은 어떻지?"

"……아직, 뭐라 말씀드릴 순 없겠어요. 이따 다시 가봐야지요."

여기 일만 아니더라도 당장 가보고 싶은 울리케다. 그는 아셰리드 혼자 집무실에 있음을 조금 의아해하며, 마음에 걸리던 것을 묻는다.

"에파는 여전히 고집을 부리고 있습니까?"

"……그렇다."

"……일종의 시위일까요?"

"그렇겠지."

아셰리드는 한숨을 푹 내쉬었다. 울리케도 따라서 쉴 뻔했으나, 어머니의 근심을 응원하고 싶지는 않기에 참는다. 피로 이어지지 않은 모녀는 그렇게 한동안 침묵 속에서 서로가 처한 곤경을 묵묵히 다독였다. 군무관 그리젤이 기사 에길과 함께 들어설 때까지.

"일어나셨구려."

"늦었습니다."

"괜찮소. 나이 들면 자고 싶어도 못 자니까."

그리젤은 털털하게 말하더니 자리에 앉았다. 그가 에길을 쳐다보자, 기사는 입을 열었다.

"보고드립니다. 두 포로는 감옥에서 꺼내, 그……, 대리인의 숙소 부근에 방을 마련해 주었습니다. 따로 구속의 수단은 더 하지 않았으나, 성 본관의 출입을 감시하는 경계 인력을 늘렸습니다."

"적절하다고 해야 할까."

아셰리드의 미묘한 대꾸였다. 곧바로 푸념하듯, 피어클리벤의 영주 권한대행은 말한다.

"공식적으로는 이걸 어찌 처리하지요? 추포와 구금에 관한 기록 모두를 말소할까요? 그러려면 아우셀바프 의회에게도 앞뒤를 맞추게 타전해야 하는데……."

"그런 아쉬운 소리나 야합이야 마땅히 제가 맡아 하는 일입니다, 백작부인. 그쪽은 신경 쓰지 마시지요."

그리젤이 이렇게 말하자, 아셰리드는 한시름 놓은 표정을 지으면서도 쉬이 얼굴의 그늘을 걷어내지 못한다. 조용히 듣고 있던 울리케가 나섰다.

“그래서……, 그쪽은 다들 어쩌고 있나요, 군무관?”

“우스울 정도로 풀이 죽어 있더군요.”

그리젤은 차제에 재밌다는 듯이 말했다. 울리케는 일순 질렸다는 표정을 가볍게 지어 보였으나, 강건한 노파의 말은 여기서 멈추지 않는다.

“아니 그렇겠소? 그놈의 수족이 잘린 걸 보고 눈이 뒤집힌 백룡이 앞뒤 분간 없이 저지른 일이오. 나도 이참에 처음 알게 된 일이긴 하지만, 도대체 용이 서리심의 무녀에게 덤벼선 안 된다는 걸, 공작가의 용은 왜 몰랐답니까?”

“……가르쳐줄 사람이 없었겠죠.”

울리케가 어쩐지 가엾다는 듯 대답하자, 그리젤이 눈을 번득이며 그를 보더니 혀를 찼다. 다시 노파의 말이 이어진다.

“그리고 그 공작가의 도련님도 그래, 어린애도 아니고 그게 뭐람. 아무튼 그들은 이번에 크게 체면을 구겼소. 피어클리벤은 손 하나 까딱하지 않았건만.”

“어……, 그건 아니지 않습니까?”

에길이 조심스레 끼어들어 본다. 그러자 다른 세 여자의 눈이 모두 그를 향했고, 그러자 그는 조금 당황하여 허둥지둥 말했다.

“그래도, 에인달케 아가씨가 로릭스데 라핀다시르 경을……,

메다꽂은 건 사실이지 않습니까?"

"에인달케 언니는 지금 엄밀히 말하면 피어클리벤이 아니라 라핀다시르의 일원이죠. 공식적으로는요."

울리케의 말이었다. 불쌍한 에길은 눈을 꿈뻑꿈뻑했지만 여전히 뭔가 납득하진 못한 모양이었다.

지금 이들이 이야기하고 있는 내용은 불과 사흘 전, 그러니까 크누드의 선발대가 출발한 이튿날에 벌어진 대소동에 관해서였다. 에파는 지하감옥에 수감된 두 포로를 만났고, 그중 하나가 오른손과 왼발을 제외한 사지가 잘려있다는 사실에 큰 충격을 받았다. 그 충격으로 인해 튀어나와 버린 아이비레인은 불같이 분노했으며, 사정을 파악하자마자 '가해자'인 시우부름의 고블린 오백장, 아우케트를 '도륙'내기 위해 달려갔다. 미처 누구도 손쓸틈없이 벌어진 일이었고, 뒤늦게 이 사실을 알게 된 시그리드는 전에 없이 긴장한 얼굴로 일단의 장병들을 꾸려 그 뒤를 좇았다. 여기엔 당혹한 로릭스데와 케틸, 그리고 에인달케도 끼어있었다.

하지만 에파의 몸을 빌린 아이비레인은 아우케트와 제대로 대면할 기회조차 얻지 못했다. 시우부름의 근방에서 그를 막아선 것은 서리심 뉘르뉴였고, 분노로 눈이 뒤집힌 아이비레인은 이 범상치 않은 존재가 풍기는 위험을 조금도 인지하지 못했던 것이다. 결국, 뉘르뉴의 자비 없는 고드름이 에파의 몸을 꿰뚫는, 엄청난 중상을 입고야 말았다. 피어클리벤의 사람들이 뒤늦게 도착했을 때, 그 일대는 뉘르뉴의 분노와 짜증으로 점철된 서릿발들이 그득했다고 한다.

"이게 도대체 다 무슨 소란이냐!"

울리케는 당시 현장에 따라가지 못했다. 크누드의 선발대가 연락해올 만일의 경우를 위해 대기해야 하기도 했고, 나귀 유슬리스도 없으니 추적엔 짐만 될 몸이었으니까. 그가 있었더라면 뉘르뉴의 분노를 잠재우기가 훨씬 용이했을 테지만, 그래도 울리케가 바로 이럴 경우를 대비해 시그리드에게 쥐여 보낸 물건이 있었다. 시그리드는 조심스럽고 정중하게 다가가 그것을 내밀었다.

"울리케 아가씨가 보낸 것이다."

울리케의 이름을 언급한 것만으로도 확실히 효과가 있었건만, 뾰로통한 얼굴로 시그리드가 내민 작은 나무갑을 받아든 뉘르뉴는 한동안 조용하더니 말했다.

"……과자로군."

"부디 이 상황을 설명할 시간을 주시게."

그렇게, 뉘르뉴의 분노를 잠재우는 데 성공한 시그리드는 사정을 설명했다. 살짝 얼굴을 찌푸린 채 듣고 있던 뉘르뉴는 이렇게 말했다.

"바보 같은 이야기로군."

그리고 고개를 돌려, 그때까지 얼음 바닥에 쓰러져있던 에파를 보았다. 저러고도 살아있을 수 있을까 싶은, 커다란 얼음 창

하나가 그의 배를 관통하고 있었고, 에파는 바닥에 쓰러져 미약하게 호흡하고 있었다. 다만, 어찌 된 일인지 혈흔은 전혀 보이지 않았다.

"저, 밀파네스의 아이를 보거라. 애초에 저 녀석의 용은 나와 대적할 일고의 깜냥도 되지 않는다. 하지만 저 아이라면 가능하지. 애초에 저 용은 저 아이의 손을 빌려 나를 치려 했을 것이다. 하지만 그렇게 되지 않았다."

시그리드는 창백한 얼굴로 에파를 보았다. 그가 묻는다.

"……*그렇게 되지 않았다니?*"

"그 주인을 말리고, 나를 말리려 했다. 그러고는 기어이 일부러 나의 공격을 받아낸 것이다. 그런데 대체 무엇이냐? 류그라드라우그르라니? 밀파네스의 가지는 도대체 무슨 선택을 한 것이냐?"

하지만 이 대화는 계속되지 못했다. 도착해서 에파의 상태를 보았을 때부터 안절부절못하고 있던 로릭스데가 마침내 더 이상 참지 못하고 자신을 막아서던 주변을 뿌리치며 달려왔기 때문이다.

'나슐라시에! 괜찮소? 이런 세상에!'

그 이후, 도대체 어떠한 일련의 실랑이 끝에 로릭스데가 자신을 말리기 위해 달려온 에인달케에 의해 집어던져 졌는지는, 이 파견에 참가한 모든 일행이 말을 아껴버린 통에 울리케는 알지 못했다. 다만 모두가 공작가의 명예를 위해 함구해준다는 느낌만이 강할 따름이었다.

아무튼 이 소동의 전말은 그러했다. 그리고 한 가지 더, 뉘르뉴는 기꺼이 얼음창을 거둬주었으나, 에파의 상처는 수복되지 않았다. 기절할 듯 파리한 얼굴로 눈을 뜬 에파는 이렇게만 말했다.

"이건 저와 그분의 다툼이에요. 제가 싸우도록 놔두시지요."

이 영문모를 소리는, 이 일련의 사태를 침통하게 바라보던 케틸에 의해 다음과 같이 해설되었다.

"에파는 아이비레인의 대리자이지만, 용과 모든 면에서 뜻을 같이하는 것은 아니지. 비록 결코 뗄 수 없는 복잡하고도 깊은 관계이지만 엄연히 독립적인 부분은 남아있다. 둘의 성격은 꽤나 다르지만, 고집만은 둘 모두 인간을 초월하고 있다니까……. 아무튼, 에파는 이 일이 더 이상 확대되지 않기 위해, 용이 부릴 수 있는 유일한 소통의 출구인 제 몸을 일종의 인질로 잡은 것이야. 용에게 파업을 선언하려면 그 방법밖에는 없지 않겠나?"

그 때문에, 에파는 자신을 충분히 치료할 수 있음에도 꼼짝않고 방에 누운 채, 스스로 손쓰지 않는 한 영원할 고통에 시달리고 있다는 것이다. 드라우그르라는, 살아있다고 하기 난해한 존재였기에 얼핏 공감이나 이해가 되는 일은 아니었으나 그가 결연한 의지로 아이비레인과 맞서고 있다는 것은 어느 정도 모두에게 그렇게 전해졌다.

그리하여 자칫하면 용과 드라우그르, 천년 묵은 서리심이 얽힌 무시무시한 대격돌이 벌어질 뻔한 이 일은 딱 그 선에서 그칠 수 있었다. 물론, 그 와중에 로릭스데의 정강이가 부러진 건 이 재난의 미수에서 조금도 필요하지 않았던 부분이었겠다.

"그 두 놈은 그래도 진심으로 에파를 걱정하더군. 라핀다시르 경만큼이야 아니겠지만……."

그리젤이 말하는 두 놈이란 석방된 반란군 포로들을 의미한다. 그리젤의 표정이 어떤 험담을 추가로 준비하고 있음을 간파한 아셰리드는 서둘러 말했다.

"군무관, 그 이야기는 그쯤 하지요. 백룡의 대리인은…… 언제까지 그 상태로 있을 것 같습니까?"

"그걸 누군들 알겠습니까?"

그리젤이 답답하다는 듯 말했고, 에길이나 울리케도 고개를 끄덕였다. 성으로 옮겨진 에파의 침실에는 염려와 민망함으로 중무장한 로릭스데가 하루종일 지키고 있었고, 이제는 그 두 포로도 합류해 수발을 들고 있다. 그리고 그들은 에파나 아이비레인 어느 한쪽의 고집이 꺾여 이 불필요한 고통으로부터 그가 해방되기만을 바라고 있었다.

"에인달케 언니는요? 여전히……."

"아니, 아까 보니 그 방에 함께 있었소."

울리케가 물음에 그리젤이 대답한 것이다. 울리케의 표정이 조금 놀란 듯 변하자, 그리젤이 약간 사납게 웃어 보이며 덧붙였다.

"그러니까 당최, 나도 그 두 분의 속은 모르겠소. 조금 어색해 보이긴 했으나 사이가 나쁘진 않던걸……?"

"화해한 걸까요……?"

알 수 없는 일이다. 그리고 그건 두 사람 사이의 일이었다. 물론, 가감 없이 말해보자면 이 일은 피어클리벤 백작가의 영애가 라핀다시르 공작가의 영식을 집어던져 다리를 분지른 사건이 된다. 하지만 그 일이 일어난 과정에 벌어질 뻔한, 너무나도 터무니없는 재난이 비껴간 마당이라 그런지 누구도 이 일을 그렇게 심각하게 여기지 않았다. 에인달케의 괴력이야 어차피 비밀도 아니었으므로.

"……난감하군. 그가 일어나야 포로 양도에 관한 나머지 이야기를 할 수 있을 텐데."

조용하던 아셰리드가 초조함을 감추지 않으며 문득 말했다. 이에 모두의 얼굴이 다소 어두워졌다. 본래 저 두 포로를 내어주는 대가로 뉘른스에크에 억류된 피어클리벤의 가신들과 노아크의 안전을 다룰 생각이었다. 물론 그것은 그다지 공평한 거래도 아니며, 더욱이 이 상황은 점차 대단히 복잡한 것으로 드러나고 있었다. 반란군 대부분이 백룡 아이비레인의 보호 아래 있다곤 해도, 용은 스스로 그들이 용의 직접적인 명령을 듣지는 않는다고 주장한다. 그 말이 사실이건 아니건, 현시점에서 노아크와 황자는 반란군이 아닌 흐리늪들의 포로이다. 그리고 이 소동에 직면하기 직전, 에파는 뉘른스에크 사태가 예기치 않게 흘러가고 있다는 언질을 넌지시 던졌었다. 즉, 현재 북방의 사태를 완전하게 통제하는 집단은 어느 쪽도 아닐 수 있는 것이다. 그러니, 아이비레인이 보장해줄 수 있는 건 어쩌면 거의 없을지도 몰랐다.

"그러고 보니, 어제 이런 이야기를 들었습니다."

울리케는 여기까지 생각이 미치자 어제저녁 아힌달이 했던 이야기가 떠올랐다. 그 또한, 스스로 침략자의 입장이면서도 사태의 진행이 예정과 다르다는 이야기를 했었다. 그래서 울리케는 모두에게 그가 보고 들은, 그리고 아힌달과 나눴던 길지 않은 이야기를 간추려 전했다. 보고를 들은 아셰리드의 눈이 가늘고 깊어졌다. 그리젤도 그와 같았다.

"……아직은 섣부르게 뭐라 말하진 못하겠구나. 너의 나머지 오늘 사무를 에길에게 일임할 테니, 가급적 빠르게 다시 가봐 주겠니?"

"저는 괜찮습니다만……."

신중하고 부드럽지만, 못내 초조함이 배어나는 아셰리드의 말에 울리케는 이리 답하며 에길을 힐끔 보았다. 충직한 기사는 눈을 질끈 감았다 뜨며 답한다.

"분부대로 하겠습니다."

도래까마귀에 깃든 용은 크누드의 팔 위에서 고개를 돌려 아힌달을 보았다. 그것은 정말로 그저 까마귀일 뿐이었으나, 병사들이 들고 있는 횃불에 반사되어 빛나는 검은 눈은 그 너머에 도사린 거대한 지성과 힘의 실체를 얼마간 드러내고 있었다. 그들 가운데 가장 주의 깊지 못한 자라도 익히 느낄 만큼.

"왜 나를 그렇게 부르느냐?"

용의 묵직한 목소리엔 질책이 아니라 의아함이 담겨 있었다. 서로 대치하고 선 양측의 이들 모두가 현재의 긴장감을 억누르며 용의 화신을 향해 시선을 모았다. 아힌달이 대답했다.

"아니옵니까? 아휴멜과 랑그리드의 해에 린트부름의 계회(契會)에서, 그 결의된 도리를 되물린 한 쌍이 있다 들었습니다. 어찌하여 이 홍진(紅塵) 그득한 피와 살의 세상에 오셨습니까?"

"저게 도대체 무슨 말이야……?"

만일의 사태에 대비해 요주인들을 저격하기 위해 근처의 빈 집에서 매복하고 있던 시그리드의 모험가들 중, 아니나 다를까 랄로프가 참지 못하고 중얼거렸다. 그들 곁에서 지팡이로 대화를 증폭해 모두에게 들려주면서 동시에 묵음의 너울을 치고 있던 시야프리테가 대꾸한다.

"그런 것도 몰라요? '어려운 말'이라는 거예요!"

"홍미롭군. ……야만인들이라고? 모두의 상식을 좀 바꿔야 할 것 같은데."

시야프리테의 말에 히죽거리며 대답한 것은 라그나였다. 브륀힐데만이 여전히 아힌달에게 조준하고 있는 쇠뇌를 거두지 않으며, 동시에 대화에 끼어들지도 않았다.

한편, 용은 아힌달의 말이 물음으로 끝나자 대답했다.

"너는 내가 보호하는 이들의 적이다. 문답을 겨룰 처지가 된다고 여기느냐?"

"그 처지를 바꿔보고자 합니다."

"내가 아니라 이들과 논하라."

말을 마친 용은 도래까마귀의 의식을 되돌려놓고 사라졌다. 그림니르는 자신의 목소리로 크누드에게 말했다.

"졸려."

"참, 그렇겠군."

크누드는 대견하다는 듯이 그림니르의 등을 쓰다듬었다. 용이 갑작스레 떠나버린 통엔 잠시 멍하던 아힌달이 말했다.

"간 것인가? 이런……."

"처지를 바꿔보시겠다고요? 설마하니, 적이 아니게 될 가능성도 있다 이 말이십니까?"

크누드가 그에게 물었으나, 아힌달은 대답하지 않았다. 그는 다만 부하들을 돌아보더니 마을 회관 쪽을 가리키며 말했다.

"이제 저 안에 갇히면 되겠는가?"

"……그렇습니다."

이후에는 모두에게 어리둥절할 만큼 일사천리로 진행되었다. 회관 안에 억류되어 있던 닐뵤른의 주민들이 풀려나왔고, 반대로 그들을 감시하던 아힌달과 병사들이 안으로 들어가게 되었다. 크누드를 위시한 피어클리벤 선발대들은 아힌달의 정찰대가 마을에 일절 별다른 피해를 끼치지 않았고, 주민들에게도 위해를 가하지 않았음을 확인할 수 있었다. 믿기지 않는다는 표정으로 풀려난 마을 청년들의 증언이 그것을 뒷받침했다.

"지나치게 순순하군."

라그나의 말이었다. 아힌달과 병사들을 모두 회관에 가둔 뒤, 피어클리벤 선발대의 전원은 닐뵤른 주민들로부터 마땅한 환대를 받았다. 그러나 이 모든 일련의 진행이 석연치 않은 것은 비단 라그나만이 아니었으리라.

"혹시, 저들의 편제에 대해 아는 바가 없습니까?"

그들은 촌장의 집 마당에 둘러앉아 저녁을 대접받고 있었다. 아힌달의 정찰대는 단지 주민들을 가두고 약간의 식재를 노획하려 들었을 따름이었고, 지금 그들이 먹고 있는 식사의 일부가 바로 그들의 노획물이었던 것들이다. 라그나의 말을 듣고 생각에 잠겨있던 크누드가 길핀에게 위와 같이 묻자, 순찰대장은 잠시 당황하더니 대답했다.

"죄송합니다. 모릅니다."

"뉘른스에크는 주적에 대한 정보가 너무 없군요. 뭐, 여기만의 문제는 아니겠지만요."

아힌달과 그 병사들을 보고 당황한 것은 울리케뿐만이 아니었던 것이다. 크누드를 포함한 피어클리벤 선발대 전원의 상식에서, 흐리뉼이란 정말로 미개한 북방의 야만족에 지나지 않았다. 그러나 아힌달이 보여준 태도와 그의 어휘구사, 그리고 제대로 훈련된 티가 나는 병사들 전원 어디에도 미개함은 터럭조차 없다. 길핀의 순찰대원들은 심지어 그들이 걸친 무구의 정교함을 보고 내심 부러워했을 정도였다. 그리하여, 아무런 피해를 보지 않고 깔끔하게 그들을 제압한 결과였음에도 이 저녁 자리의 분위기는 그다지 밝지 않았다. 모두가 저마다 의혹과 불안, 그리고 일종의 질투에 의해 사기가 떨어져 있던 것이다.

"자세한 심문과 교섭이야 내일 아가씨가 오시면 나누겠지만……."

뜨거운 죽을 뜨던 크누드가 입을 열었다.

"저들이 특별히, 흐리뉼의 군대 중 최정예라 볼 순 없으니 아마도 저 무장과 훈련 상태가 저들의 평균적인 수준이라 가정해도 되겠지요. 길핀 대장도 몰랐다면, 뉘른스에크의 군사 수뇌부도 몰랐을 테고, 따라서 중앙도 전혀 아는 바 없겠습니다."

크누드의 말은 딱히 누구에게 던진 것이 아니었다. 길핀이 고개를 떨떠름하게 끄덕이는 가운데, 꼬챙이에 꿴 양고기를 뒤집던 라그나가 말했다.

"이런 일이 있을 수가 있소……? 만일 시그리드가 뉘른스에크의 마법 고문이었다면 결코 적들의 규모와 수준을 이렇게까지 모르지 않았을 것이오. 애초에 기습을 허용 당한 일 자체도 그래, 뉘른스에크에는 초계와 정찰의 중요성을 아는 군관이 한 명도 없었단 말인가?"

한낱 모험가의 입에서 나온 말이었기에, 길핀 대장은 다소 욱하는 마음이 일었지만 차마 뭐라 대꾸하지 못했다. 라그나의 지적은 옳았으니까. 더구나 그는 단순한 모험가라 치부하기에도 뭐하다. 여태껏 짧은 여정이었지만 어느덧 길핀은 그들의 내력을 다소나마 눈치채고 있었고, 그래서 평범한 뜨내기들이 아님을 알고 있었다.

"뭐, 이제 와서 그런 것을 따져 어쩌겠습니까? 생각지도 못한 거물을 손에 넣었으니, 이걸 잘 이용해볼 생각을 합시다. 시야프리테?"

"네에?"

자신이 불릴 것이라 전혀 예상치 못하고 있던 류그라 소녀는 정성스레 지방을 긁어내고 굽고 있던 고기를 떨굴뻔하며 소스라쳤다. 크누드는 피식 웃고 뭐라 말을 건네려다, 소녀가 고기를 꿰어 숯불에 드리우고 있는 나무꼬챙이가 다름 아닌 류그네라스의 지팡이임을 알아보고 표정이 일변하였다.

"……그거 그래도 되는 거야?"

"타지 않는 나무처럼 이 용도에 맞는 건 없잖아요?"

크누드는 이해할 수 없다는 얼굴로 그을음과 고기 기름에 더럽혀진 마법 지팡이를 본다. 이어서 시그리드의 모험가들을 보았으나, 다들 어깨를 으쓱할 뿐 이 소녀의 기행에 새삼 신경 쓰지도 않는 눈치다. 그가 다시 시야프리테를 보니, 자신이 논리적인 응수를 했다는 데 대해 뿌듯해하는 표정이 읽힌다. 덕분에 충격받은 크누드가 본래 하려던 말을 기억해내기 위해서는 조금의 시간이 더 필요했다.

"……보초를 야무지게 두긴 하겠지만, 마법적인 보조를 받았으면 하는데. 아무래도 너무 순순히 잡힌 게 의심스러워."

"구원병?"

그새 성급하게 고기를 찔러보다 손가락이 덴 시야프리테가 중지를 빨며 물었다. 크누드는 이제 그쪽을 아예 쳐다보지 않으려 애쓰며 대답했다.

"탈출기도든, 구원병의 접근이든 말이야. 뉘른스에크 본성을 타격한 마수들과 서리심의 무녀가 이쪽으로 올 수도 있잖아? 본성까지는 줄잡아 겨우 하루 거리야."

"잠은 자야 한다고요."

"……안 되겠나?"

"적당히 해 볼게요."

크누드는 이 흐릿한 대답에 한숨을 내쉬었다. 하지만 어쩔 수 없다. 시야프리테는 훈련된 병사는커녕, 모험가조차도 아니다. 애초에 이런 위험한 원정에 그를 포함시킨 것 자체가 매우 무리한 일이었다. 그리고 그럼에도 이 소녀는 짐이 되긴커녕 충실하게 자신의 몫을 해내고 있었으니까.

그렇게 해서, 피어클리벤 선발대 전원은 닐뵤른 마을에서 그날 하루를 나름 편히 묵었다. 빈 농가가 많았기에 적당한 곳을 두 채 골라 지붕 아래에서 잘 수 있었으니까. 다만 회관에 가둔 포로들을 감시하고 혹시 모를 사태에 대비하기 위해 불침번을 다섯씩 돌린다. 시야프리테는 시그리드의 모험가들과 함께 마을 외곽을 한 바퀴 돌고 오더니 크누드에게 말했다.

"마을의 진입로 두 방향과 아울러 적들이 기습할만한 길목을 골라 올무진을 새겨두었어요. 누군가 밟으면 불꽃이 대낮처럼 될 거예요."

시야프리테가 적들의 기습로를 예측할 재주는 물론 없다. 그것은 그를 따라간 라그나나 브륀힐데가 골라준 장소들이겠지. 그렇게 이해한 크누드는 조용히 수긍했다. 가장 좋은 것은 밤새 초계망을 켜고 있는 것이겠지만, 마법사가 한 사람인 이상 아무래도 그것은 무리이므로, 조금 미흡하긴 해도 이 정도에서 참기로 한다.

그리고 이들의 대비는 결코 기우가 아니었다. 그날 새벽, 자신 순번의 불침번을 끝내고 다시 잠자리에 들려던 크누드는 별안간 동구 밖에서 확실하게 들려온 폭음에 깜짝 놀라 벌떡 일어났다. 그가 검을 잡고 밖으로 뛰쳐나가자, 서쪽 방면에서 밤하늘을 찢으며 솟아오른 불꽃 덩어리가 보였다. 그것은 작열하는 백광을 흩뿌리며 물속으로 가라앉는 듯, 천천히 하강하며 눈 덮인 주위의 일대를 보름달처럼 환히 비추고 있었다.

"모두 일어나!"

하지만 그가 소리칠 것도 없었다. 모두가 그 폭음을 분명히 듣고 잠에서 깬 직후였으므로. 시야프리테조차 마른세수를 하며 건너 농가에서 모험가들과 튀어나온다.

"순찰대원들은 이곳에! 나머지는 갑시다!"

그렇게 병력을 둘로 나눈 크누드는 자신의 단원들과 모험가들을 이끌고 서쪽으로 달리기 시작했다. 미리 이야기해둔 바가 있었기에, 시야프리테와 모험가들은 그들과 살짝 분리되어 다른 길로 접근하였다. 마법의 빛이 일렁이며 모든 사물에 흔들리는 진한 그림자를 드리우는 가운데, 빈 농가의 담벼락에 숨어 빠르지만 조심스럽게 접근한 그들은 비로소 적들의 모습을 확인했다.

그것은 일단의 '야만인' 무리였다. 그러니까, 크누드를 비롯한 제국인들이 피상적으로 상상해온 그 야만인의 모습 그대로였다. 털가죽으로 대충 꿰맨듯한 복식과 조잡한 병기들, 작위적으로 느껴질 만큼 어딘지 딱딱 맞는 연상 그 자체. 크누드는 순간 이것이 일종의 가장(假裝)임을 직감했다.

"뭐야 저거……?"

라그나 또한 눈치챘는지, 어느새 크누드 쪽으로 재빠르게 다가와 말했다.

"보이는 대로 믿어야 할까요……?"

"농담하시오?"

라그나가 그렇게 응수하자, 크누드는 쓰게 미소짓더니 몸을 확 일으켰다. 순간, 그때까지 허공 위의 빛을 보며 우왕좌왕하고 있던 그들 가운데 한 명이 담벼락 너머로 머리를 내민 크누드를 발견하더니 외쳤다.

"저쪽이다!"

"전부 죽여라!"

'야만인' 전사들은 저마다 소리 지르며 그들 사이의 눈 덮인 텃밭을 가로지르며 돌격해오기 시작했다. 크누드는 한순간 속으로 혀를 찼다. *놀라울 정도로 아무 생각이 없군. 하늘에 뜬 빛을 보았다면 이쪽에 마법사가 있다는 것 정도는 눈치채야 하는 게 아닌가? 저렇게 아무 대책도 없이 달려오다니, 바보들의 목숨을 거두는 건 전혀 즐겁지 않단 말이다!*

"사격."

크누드는 침착한 목소리로 침을 뱉듯 말했고, 동시에 돌담 뒤에서 이미 시위를 재워두고 대기하던 단원들이 일제히 머리를 들어 쇠뇌를 격발하였다. 여전히 그들 머리 위에 불빛이 밝은 바, 어둠 속의 사격이랄 것도 없었으니 짧은 화살들은 손쉽게 이 어리석은 침입자들의 급소를 꿰뚫었다.

제 10장

그러나 최초의 일제사격에 의해 고꾸라진 선두의 모습에도, 뒤따르는 적들의 기세에는 일고의 돈좌(頓挫)도 없었다. 오히려 절대 재장전을 허락하지 않겠다는 듯, 그들 사이의 눈 덮인 텃밭을 가로지르며 달려온다. 크누드는 일순 당황했으나 침착하게 검을 빼 들며 모두에게 뒤로 물러나라 지시했다. 저들은 일차적으로 돌담을 넘거나 우회해야 비로소 접전에 들어갈 수 있었으니, 일부러 맞이해 싸울 이유가 없었다. 짧은 순간이었지만 크누드는 저들의 돌격에 어떠한 전술도 없으며, 무기를 꼬나잡은 모양새에서 대체적인 실력이 별 볼 일 없음을 간파한 직후였다. 거기에 뚜렷한 통솔의 체계도 없다. 그야말로 막무가내의 오합지졸. 다만 그 숫자만이 이미 쓰러진 자들을 제외하고 서른 가량으로, 다소 많은 게 문제다.

"물러나! 길목에서……."

하지만 조금이라도 효율적으로 싸움터를 잡으려던 크누드와 대번에 그의 의중을 간파하고 발을 떼려던 라그나 모두 갑자기 튀어 나간 시야프리테 때문에 멈칫했다. 적어도 표정만큼은 광기에 뒤덮여, 달려오는 적들의 기세는 자못 사나웠건만 이 류그라 소녀는 도무지 겁먹은 것 같지 않았다.

"받아라, 고기 막대기!"

머리 위로 지팡이를 한 바퀴 휘두른 소녀가 가지를 쭉 내밀며 소리치자, 일전 그 언젠가 그가 눈 쌓인 나무 하나를 향해 날렸던 것 같은 무형의 기세가 전방의 돌담을 향해 뿜어져 나갔다. 머리 위에 빛나는 조명 때문인지 지팡이 주변으로 굴절된 공기가 비록 찰나였지만 확실하게 보였으며, 다음 순간 격돌하는 굉음과 함께 돌담이 터져나가 달려오던 적들을 향해 흩뿌려졌다. 순식간에 대여섯이 그 자리에서 허물어진다.

"아니, 넌……!"

깜짝 놀란 크누드가 무어라 타박하려 했으나, 시야프리테는 뻥 뚫린 돌담 사이로 홀라당 달려나가 버렸다. 그리고 그 뒤를 따라 라그나와 랄로프가 신속하게 뒤따른다. 그들 역시 크누드만큼이나 놀라고 당황했으나, 시야프리테의 보호라는 자신들의 최우선 임무를 잊지 않은 까닭이었다.

"이런 젠장."

생각했던 대응책이 이미 다 틀려버렸다. 별수 없이 정직한 전

면전을 해야 하게 생겼다. 이 사실이 맘에 들지 않는 크누드는 살짝 욕설을 내뱉었지만, 그가 동료들과 함께 뛰어나가는 데는 한 호흡도 걸리지 않았다.

"고기 막대기! 고기 막대기!"

"도대체 왜 그런 주문이야?"

시야프리티테가 날카롭게 소리 지르며 가지를 내밀 때마다 맹렬하게 돌진해오던 적들이 펑펑 나가떨어지는 것은 꽤나 충격적인 장관이었다. 류그라 소녀는 마치 스스로가 봉술의 대가라도 되는 양 지팡이를 현란하게 휘두르며 그 짓을 하고 있었지만, 실은 공격에 아무 도움도 되지 않는 무의미한 무용이었다. 덕분에 그 곁에서 그를 호위하는 라그나와 랄로프는 이 신령하고도 가엾은 가지가 크게 호를 그릴 때마다 그걸 피하느라 몸을 움직여야 했고, 이에 점점 낯빛이 불쾌해지던 라그나가 마침내 참지 못하고 위와 같이 소리쳐 물었던 것이다.

"주문 아닌데요! 기합이어요!"

"그게 무슨 상관이야!"

볼썽사나운 데다 비효율적이고, 도무지 진지하지 않은 싸움이다. 라그나는 조금 화가 치밀었지만 시야프리티테가 너무나 간단하게 적들을 하나씩 해치우고 있다는 사실만큼은 부정할 수 없었다. 그렇게 몇 번이나 달려드는 적들을 날려버리고 나자, 라그나와 랄로프는 슬슬 그를 호위할 필요가 전혀 없음을 깨닫는다.

"나가자!"

어차피 후방에는 브륀힐데도 있다. 그렇게 생각한 라그나와 랄로프는 시야프리테가 모든 적들을 날려버리기 전에 질세라 앞으로 달려나갔다. 모처럼 검을 휘두를 기회를 놓치기 싫은 까닭이다.

크누드와 용병 단원들은 아홉 명으로 구성된 작은 방진을 짠 채, 그 근처에서 달려드는 적들을 받아내고 있었다. 엄격한 훈련을 통해 얻어진 그들의 기술과 결속은 이러한 난전 상황에서 단연 독보적이었고, 미치광이처럼 달려드는 적들에게 그 어떤 공격도 허락하지 않고 있었다. 적들은 그저 헛되이 단단한 방패들만 두들기다 어느새 급소로 날아온 칼에 꿰뚫려 넘어지길 반복했고, 그리하여 순식간에 적들의 수는 급격히 줄어들었다. 물론, 절반 정도는 시야프리테가 수십 걸음 바깥으로 날려버린 것이지만.

"아니, 이것들이 미쳤나?"

명백히 전멸에 가까운 패퇴를 당해 이제 남은 적들은 고작 셋이건만 여전히 처음과 같은 기세로 달려드는 것을 보자, 랄로프는 기가 차서 소리쳤다. 자신에게 향한 공격을 방패로 내리찍듯 파훼하고 상대의 턱을 올려쳐 쓰러뜨린 그가 재차 뒤쪽을 향해 소리쳤다.

"적당히 살려둘 필요가 없겠소?"

"아, 부탁합니다. 그 셋은 살려두죠."

찌푸린 얼굴로 이 기분 나쁜 승전을 반추하고 있던 크누드가 대답했고, 이에 라그나와 랄로프는 각각 남은 두 명의 적을 하나씩 맡아 순식간에 제압했다. 다만 라그나는 거의 아무런 외상을 입히지 않고 깔끔하게 적을 쓰러뜨린 데 반해, 랄로프는 혹시 머리가 깨진 건 아닐까 싶은 상태로 만들어버렸다는 차이가 있겠다. 랄로프가 멋쩍게 말했다.

"아, 난 아직 멀었네."

"양호하다."

라그나가 피식 웃으며 대답했다. 그러고는 두리번거리고 있던 시야프리테를 향해 외쳤다.

"끝났어! 그만해!"

"내 고기 막대……."

"정신 차려!"

라그나는 한숨을 내쉬었다. 이 여정의 시작 직전, 시그리드는 라그나를 따로 불러 시야프리테가 구사 가능한 마법들에 대해 일러둔 바 있었다. 어떤 것이 가능하고 어떤 것이 불가능한지, 그리고 에다의 마법과 류그라의 마법이 가진 차이에서 발생하는 기술적인 문제들을 이야기해주었다. 다만 시야프리테의 마법은 대개 초계나 조감술 등에 집중되어 있었다. 그것이 본래 시그리드의 장기이기는 했으니까. 공격 마법은 일전에 가르친 뇌격의 낙창 하나뿐이었다. 라그나가 의아해하며 연유를 묻자, 그는 답했다.

"스스로 고안한 충격 주문이 있는 애야? 내가 가르칠 필요가 없어. 그 방면으로는 지나치게 소질이 좋아."

시그리드의 우려 대로였다. 시야프리테가 보여준 대활약은 좀 바보 같긴 했어도 효과적이었다. 적들이 정말 아무 생각 없이 달려들었다는 점은 더러 차치하더라도, 생전 본적 없는 형태의 마법이었으므로 아마 적들이 그의 존재를 고려했다 하더라도 별 대응수단이 없었을 것이다.

"도대체 이놈들 뭐유? 겁대가리가 이렇게 없을 수가 있나?"

랄로프가 쓰러진 자들을 굽어보며 말했지만, 대답하는 이는 아무도 없었다. 그때, 여태껏 후방에서 싸움을 지켜보며 만일에 대비하던 브륀힐데가 다가왔다. 그 곁을 조용히 따르는 것은 예의 그 하슈펠 레미크였다.

"댁은 왜 안 싸우쇼? 칼도 줬건만."

그가 별로 마음에 들지 않는 랄로프는 위아래로 흘겨보며 시비를 건다. 하지만 하슈펠은 온화하게 대꾸했다.

"소인이 졸렬한 기예를 보탤 필요가 있었겠습니까? 저는 이러한 난전에는 영 추태를 보이고 마는지라."

이것은 비꼬는 말이 아니라 나름 꽤나 솔직한 토로였다. 암시장 조합의 사람인 그가 체득한 단병접전은 대체로 좁은 통로, 그러니까 도시의 거리에서 싸울 것을 전제로 고안된 기술에 근거한다. 그가 이리 합리적이고도 온순하게 응수해버리자 더 시비 걸 면목이 없어진 랄로프는 그저 입만 실룩였다. 하슈펠은 다가오더니 쓰러진 적 하나의 얼굴과 눈을 살피고 맥을 짚어보았다. 한동안 그러던 그가 몸을 일으키더니 모두에게 말했다.

"이자들은 약에 취했군요."

"과연."

내내 찌푸린 얼굴로 생각하고 있던 크누드가 짚이는 구석이 있었는지 고개를 끄덕이며 대답했다. 하슈펠은 다시 말했다.

"아마도 세프리스, 그러니까 맹목산(盲目散)이라고 불리는 독일 겁니다."

"해독이 됩니까?"

"자연적으로는 독기가 빠지는 데는 아주 여러 날 걸립니다. 하지만 제가 가져온 약재가 조금 있으니까, 주변에서 부족한 것들을 보충하면 내일 오후쯤에 제독제를 만들 수 있겠습니다."

"좋습니다. 부탁하지요."

"하지만……."

잠시 망설이던 하슈펠이 말했다.

"이 자들이 독에서 깨어나도 무슨 쓸모있는 이야기를 할 수 있을지 모르겠습니다. 약에 취한 상태의 일은 전혀 기억하지 못할 것이고, 그 이전의 기억 역시 더러 훼손되니까요. 결과는 운입니다."

"그러면 표본이 많을수록 좋겠군요. 시야프리테, 날려버린 자들은 모두 죽었을까?"

지팡이를 끌어안고 상기된 얼굴로 멍하니 서 있던 소녀는 화들짝 놀라더니 얼굴을 구기며 대꾸했다.

"……무서운 소리 마세요."

"사람이 보통 그렇게 날아가면 죽지 않나?"

이건 랄로프의 말이다. 시야프리테가 도끼눈을 뜨고 그를 노려봤고, 랄로프는 시선을 피하며 낄낄거렸다.

그리하여 이 영문모를 습격은 수습되었다. 일행은 회관 쪽을 지키고 있던 길핀의 순찰대원들에게 정황을 알렸고, 뒤이어 시야프리테가 날려버린 자들과 검으로 쓰러뜨린 자들 모두를 한데 모았다. 이 소동에 일찌감치 깨어있던 마을 사람들도 달려나와 수습에 동참했고, 고맙게도 모두의 피로를 덜어줄 음식을 데워주었다. 시야프리테에게 당해 날아간 이들은 대체로 어딘가 부러진 상태로 기절해 있었지만, 용병단과 모험가들이 해치운 이들은 모두 확실하게 죽었고, 그 사실은 시야프리테를 매우 언짢게 했다. 그래도 소녀는 별달리 입 밖으로 불평하지 않았다. 어쩔 수 없다는 것을 아니까. 단지 자신이 전부 해치워버렸더라면, 하는 생각을 잠깐 하며 아쉬워했을 뿐.

그러느라 날밤을 새워버린 일행은 상당히 피곤한 상태로 아침을 맞았다. 그래도 전원 조금씩은 잤던 터라 큰 무리는 없었다. 오히려 이 습격의 영문과 배후에 다들 신경이 곤두선 까닭에, 자라 해도 잘 수 있는 형편이 아니었다 하겠다.

"세피리스라니, 음험하군."

"아는 독입니까?"

일행은 다시 머물던 가옥으로 돌아와 있었다. 생존한 습격자들은 모두 한데 묶어 인근의 빈 돼지우리에 넣고 보초를 세운 상태다. 하슈펠은 돕겠다고 나선 시야프리테와, 더불어 반쯤 감시역이라 할 수 있는 브륀힐데를 대동하고 약초를 찾으러 나간 상태였다. 라그나와 크누드, 그리고 순찰대장 길핀과 랄로프는 집 중앙에 널찍이 자리 잡은 숯불구덩이에 곁에 앉아 언 몸을 달래며, 차를 나누던 와중이었다. 내내 골똘히 생각하던 라그나가 위와 같이 말문을 열자, 크누드가 살짝 의외라는 듯 물은 것이다.

"……그건 맹목산이라는 이름대로 사람을 오로지 한 가지 일에만 몰두하게 하오. 더러 아주 약하게 해서 사용하면 유용할 때도 있지만 어찌해도 종국에는 독이 되기 때문에 자진해서 사용하는 바보들은 거의 없지. 저자들이 그걸 과량 투여했다면, 아까 보인 꼬락서니는 완전히 말이 되오."

크누드는 신기하다는 얼굴로 라그나를 보았지만, 그가 자신과 눈을 마주치지 않고 숯불만 노려보고 있자 그 지식의 내력에 대해 추궁하기를 포기한다. 다만 이렇게 말했다.

"그렇다면, 저들은 일종의 꼭두각시라는 겁니까?"

"그렇소. 아까 시신과 부상자들을 수습할 때 대충 살폈지만 저들의 체형이나 연령대는 일관성이 별로 없었소. 훈련된 무리라고 도저히 볼 수 없지."

"그건 동의합니다."

"세피리스는 평범한 시정잡배들을 암살자로 만드는 데 가장 효과적이오. 사실, 유의미한 쓸모라고는 오로지 그것밖에 없지. 맹목적으로 목표를 향해 달려들고, 어렵게 사로잡아 해독해도 명령자에 대해 거의 기억하지 못하며, 아울러 내버려 두면 결국 죽고 마니까. 입막음에 이만한 것이 없소."

"그거 비쌉니까?"

크누드의 이 물음은 꽤 뜬금없게 들렸다. 실제로 순찰대장 길핀과 랄로프는 무슨 뚱딴지같은 질문인가 하는 표정으로 그를 보았다. 하지만 라그나는 침중히 생각하더니 선선히 대답했다.

"비싸오. 애초에 쉽게 구할 수 없소."

"그러면 이 배후가 허튼 무리는 아니겠습니다."

"……최소한 돈이 많은 이들이겠지."

그리고 그들은 약속한 듯 입을 다물었다. 약이 만들어질 때까지, 추측할 수 있는 것은 여기까지다. 늦어도 오후쯤에는 울리케도 돌아올 테니, 제대로 된 심문을 할 수 있겠지. 아힌달도 함께 말이다.

"좀 어떤가?"

방으로 들어선 마법사 케틸이 물었다. 질문을 받은 것은 어깨를 축 늘어뜨린 채 침대맡에 앉아있던 로릭스데였다. 그러나 그는 아무런 대답도 하지 않았고, 늙은 마법사 또한 대답을 듣지 못함에 대해 아무런 유감이 없는 모양이었다. 케틸은 벽난로 앞에 놓여있던 의자에 차분히 앉아 말없이 기다렸다. 로릭스데는 침대에 눈을 감고 누워있는 에파의 파리한 얼굴을 한참이나 들여다보다 결국 입을 뗐다.

"……저는 화가 납니다."

"무엇에 말이오?"

노인은 벽난로의 불을, 청년은 환자를 각각 보고 있었다. 서로의 시선이 완전히 어긋나 있었지만, 이것은 그런 이야기였다.

"무엇일까요? 그렇게 오래도록 제게 아무 말도 안 해 준 둘에게요? 아니면 멋대로 안온한 생각에 찌들어있던 제게요?"

"과연, 안온하셨구려?"

노인의 목소리엔 비꼬는 기색이 없었다. 그럼에도 로릭스데는 이를 악 무는 듯한 목소리로 나직이 말했다.

"황실이나 타 영지와 아무런 연대를 하지 않아도 상관없을 만큼 부강한 영지의 약속된 상속자로, 책이나 보고 용과 한담하며 지내왔습니다. 나는 내가 이 둘을 나름 이해하고 있다고 여겼습니다. 내내 그 오만에 대해 생각하고 있자니, 제 손으로 다리를 다시 부러뜨리고 싶은 심정입니다."

나흘 전 부러졌던 로릭스데의 다리는 다시 말끔하게 붙어 있었다. 에파가 혼절할듯한 고통의 감내를 스스로 고집하는 와중에서도, 그의 부상은 류그라의 마법으로 고쳐주었던 것이다. 이후 그는 내내 저렇게 죽은 사람 같은 얼굴로 누워 의식을 놓고 있었다. 곁에서 지켜보는 이들 모두의 속을 바짝 태우는 노릇이었으나, 모두 어쩔 도리가 없었다.

"도련님이 몰랐다고 탓할 사람은 없소. 공작 합하께서도……."

"책임 소재 같은 것을 말하는 게 아닙니다!"

마법사의 위로하는 말은 오히려 그의 신경을 건드린 모양이다. 로릭스데는 격렬히 말하면서도, 혹여 면전의 그에게 어떤 부담을 더할까 언성을 높이지는 않았다. 이에 마법사는 아무 말도 하지 않았고, 잠시 멈칫하여 스스로를 다스리려는 듯 호흡을 정리한 로릭스데가 말을 이었다.

"……저는 마땅히 이들과 가장 많은 대화를 한 사람이라고 생각했습니다. 그럼에도 몰랐다는 게……. 아이비레인이나 에파가 정말로 반란을 준비했든, 알면서도 방관했든, 저는 어느 쪽이든 아무 상관없습니다."

"아가씨 앞에서도 그리 말씀하시겠소?"

케틸이 언급한 아가씨란 에인달케를 말한다. 로릭스데는 입을 다물었고, 어느새 몸을 돌려 그를 보는 노인이 말했다.

"너무 이기적인 말씀이 아니오? 라핀다시르야 실제로 분리를 획책하고, 이 반란의 지원자가 될 충분한 여력이 있을지도 모르지. 반목의 세월도 길었으니 주군께서도 어쩌면 내심 그리 바라실지 모르겠소. 하지만 그러려면 피어클리벤과 아예 연을 끊던가, 혹은 협력자로 끌어들여야 하오. 그런 것들을 생각하고 계시오?"

"피어클리벤이라고요? 여기도 용이 있지 않습니까? 그것도 제대로……."

"내가 사람을 잘못 봤구려."

케틸의 목소리에 처음으로 부정적인 기색이 곁들여졌다. 로릭스데가 흠칫한 가운데, 노인은 점차 노여운 목소리로 말했다.

"용을 권력이자 전략무기로 취급하는 것에 반대해온 도련님이 아니오? 피어클리벤이 작금의 이 사태에 놓인 것은 저들의 용 때문이오. 라핀다시르와는 애초에 입장이 전혀 다르지! 공작령은 처음부터 아이비레인의 보호 따윈 필요 없을 만큼 강대한 영지였소. 오히려 용을 보호해온 가문이 아닌가? 하지만 피어클리벤도 그렇다 생각하시오? 용이 없다면, 한낱 저 아래 자유도시의 용병들만으로도 충분히 심각한 소요를 입을 만치 변변찮은 땅이오. 도련님께는 이것이 그저 관계의 유감에 관한 문제일지 모르나, 이들에게는 생존과 정치에 관한 문제가 되지!"

"저는 충분히 이들을 도울 수 있습니다!"

"그 고까운, 시혜적인 태도를 버리시오!"

마침내 마법사는 언성을 올려버린다. 로릭스데는 순간 아연한 표정으로 그의 노신(老臣)을 보았고, 마법사는 한 번도 그에게 보여주지 않았던 엄격한 얼굴을 했다. 그가 다시 말한다.

"도련님이 이 땅으로 오지 않았고, 피어클리벤에 용이 나타나지 않았다면 이 문제는 그대로 도련님의 개인적인 문제여도 괜찮을지 모르오. 바로 그게 영주의 권리니까. 하지만 라핀다시르가 여태껏 취해온 태세와 차지하던 지점은, 현시점에서는 더 이상 지속 가능한 것이 아니오. 물론 도련님은 여전히 이 모든 것을 무시하고 몰이해로써 장차의 미래에 군림할 수도 있겠소이다. 바로 그게 권력이니까. 하지만 나는 그때에도 이 변변찮은 노구를 이끌고 곁에 서 있지는 않으리다."

로릭스데는 아무 말도 하지 못했다. 케틸을 쳐다보던 그의 눈길은 천천히 떨어져 어느새 바닥을 향해 있었고, 적막한 방 안에는 오로지 장작 타는 소리만이 울렸다. 얼마나 지났을까, 그들이 전혀 기대하지 않았던 목소리가 문득 들려왔다.

"그의 말이 옳다."

그것은 여태껏 죽은 듯 누워있던 에파의 입에서 나온, 아이비레인의 음성이었다. 깜짝 놀란 로릭스데와 케틸이 그를 보니, 여전히 파리한 얼굴에 이마엔 식은땀의 흔적도 분명했으나 전혀 다르게 일변한 인상의 에파가 누운 채로 로릭스데에게 시선을 주고 있었다. 미간을 모으고 언짢은 표정을 지으며 그가 다시 말했다.

"에파는……, 참말이지 이러한 고통을 견디고 있느냐."

"아이비레인?"

"고집불통……, 어쩔 수가 없구나."

혼잣말인 듯 중얼거린 그는 몸을 일으키려 했고, 이에 로릭스데가 서둘러 일어나 다가오며 부축했다. 별 거부 없이 순순히 그 부축을 받으며 상체를 일으켜 앉은 그는 잠시 눈을 감은 채 몸서리쳐지는 격통을 받아들였다. 그러곤 긴 한숨을 가까스로 내쉬며, 빙의한 용은 말했다.

"이것은 본래 나의 몫이 돼야 했을 상처이다."

"나슐라시에……, 에파와는 이야기를 좀 하셨습니까?"

로릭스데가 이루 말할 수 없이 처연한 얼굴로 묻는다. 용은 그런 그의 표정을 올려다보더니 또다시 작게 한숨을 내쉬었다. 한동안 말을 고르던 그는 말했다.

"케틸의 말이 옳다, 로릭. 너의 모든 선의는 강자의 논리에 기반한다. 물론, 그것은 너의 것이며 오래도록 그 시혜를 입어온 내가 지적할 수는 없는 일이었지."

로릭스데는 울 것 같은 표정을 지었다. 그가 묻는다.

"어찌하여 제게 숨기셨습니까?"

"무얼 말이냐?"

용은 오히려 의아하다는 얼굴로 되묻는다. 이 와중에도 그렇게 용들의 심술을 잠깐 드러낸 그는 그러나, 곧바로 선선히 말을 이었다.

"그것은 그 아이들이 도달한, 어찌할 수 없는 귀결이었다. 나는 진실로 방관도 응원도 하지 않았다. ……모든 것이 우리의 언약이 드리운 테두리의 안에서 일어나는 한, 나는 너희의 시대가 흐르는 바에, ……그저 목격자일 따름이다."

용의 말은 미친 말처럼 지속적으로 날뛰는 통증 때문에 그리 술술 이어지지 않았다. 듣고 있는 이들이 힘겨울 정도로. 그리하여 로릭스데의 얼굴은 점점 더 어두워졌으나, 용의 마지막 말에 낯빛을 바꾸며 물었다.

"언약이라고요?"

"제국이 정의와 자비를 갖추고 있다고 생각하느냐?"

질문에 질문으로 대답하는 것은 용들의 한결같은 특징일까, 어쩌면 사고의 비약을 일삼는 부작용일지도 모르겠다. 지켜보는 케틸은 문득 그렇게 생각했고, 그러자마자 그가 말했다.

"언약에 관한 말씀들을 나누실 거라면, 노신은 이만 물러나리다."

"그럴 필요는 없다, 아문세트."

용은 말했다. 늙은 마법사의 얼굴은 살짝 놀라움으로 물든다. 용은 거침없이 말했다.

"라퓐다시르의 마땅한 가신이 아니냐? 로릭을 나무랄 수 있는 자라면, 오히려 알 자격이 있다."

"저는 듣지 않겠습니다."

케틸은 정중하나 단호하게 말했고, 이에 용은 의외라는 낯을 띤다. 로릭스데 역시 조금 당황한 얼굴로 그를 보았다. 노인은 침착하게 말을 이었다.

"삿된 욕망이 있어 묵언궁을 떠나 주유하다 라퓐다시르의 녹을 먹은 지 여러 해입니다. 결백했던 제자마저 떨궈가며 이루려 했던 욕심이 얼마나 자랑할만한 것이었겠습니까? 저는 그저 제 일신의 안위와 더불어 얄팍한 공리를 취하고자 하였을 뿐, 어떤 신념의 전선에 나설 위인이 못됩니다. 부디 일가의 영광에 누가 되지 않도록 물리시지요."

"시끄럽다. 그냥 듣거라."

용이 귀찮다는 듯 그렇게 말하자마자, 케틸은 마치 기다렸다는 듯 손을 재빨리 휘저으며 뒤로 한 발짝 물러나 버렸다. 그게 스스로의 귀에 묵음의 너울을 치는 동작임을 깨달은 용, 아이비레인은 그만 발칵 성을 내고 만다.

"이 무엄한 놈!"

하지만 에파가 아닌 그는 결코 빙의한 상태에서 마법을 사용할 수 없다. 더구나 가만히 버티고 앉아있는 것조차 힘든 격통의 상태인지라, 그가 할 수 있는 것은 고작 이런 헛된 꾸지람이 다였다.

"아이비……."

화를 내는 것이 통증을 다스리는 데 도움이 될 리 없다. 짧게 소리치자마자 앞으로 푹 고꾸라져 신음을 참는 그에게, 로릭스데는 달래듯 이름을 불렀다. 잠시 진절머리를 치던 용은 말했다.

"……피어클리벤에 언약자가 나타나지 않았다면 여전히 아이들의 계획은 너희에게도, 이 땅에도 상관없는 일에 머물렀겠지. 우리는 끝까지 라핀다시르에 숨겼을 것이다. 하지만 이제는 그럴 수가 없으리라. 차라리 이 땅과 그 주인의 언약자에게 적극적으로 이해를 구하는 편이 낫다."

로릭스데는 선부르게 대답하지 않았다. 물러서 홀로 침묵의 장막 안에 서 있는 케틸 때문일까, 방에는 한결 더 묵직한 고요가 드리우는 것 같았다. 그 끝에서, 로릭스데는 말했다.

"……아버님께는 꽤 봉변인 이야기가 되겠습니다."

"그 아이가?"

용은 조금 비웃는 듯이 말했다.

"결코 아니다, 에윌루드나 그 아들이나, 그리고 그 아들의 아들인 너나, 이 일을 용납하고 기꺼이 협력하리라는 것을 나는 내내 알고 있노라."

그러자 로릭스데는 살짝 얼굴을 붉히면서도 불만스럽게 물었다.

"그런데도 숨기셨습니까?"

"이것은 정의에 관한 것이다. 하지만 자비와는 양립하기 어렵지. 나라고 해서 어찌 미래를 알겠느냐? 이해해 달라고 하지는 않겠다."

"이해해 달라고 해 주십시오."

"참으로 그리 말할 줄 알았다."

용은 어쩔 수 없다는 얼굴로 그를 본다. 로릭스데는 얼굴을 딱딱하게 굳힌 채, 모종의 각오를 단단히 한 눈빛으로 말없이 그를 마주 볼 따름이었다. 용은 다시 말했다.

"나는 피어클리벤에 맞서지 않겠다. 지난 일과 앞으로 있을 일들에 대해서도, 모두 그들 각자의 몫으로 두겠다. 로릭, 너는 오로지 언약만을 염두에 두거라. 나머지 일체는 에파의 의지를 존중하겠다. 내가 졌다."

용의 말은 스스로와, 그리고 자신의 의식 너머에서 듣고 있는 또 다른 자아에게 건네는 일종의 선언이었다. 그러자 그 순간, 긴 한숨이 터져 나오며 그의 몸이 부르르 떨렸다. 순식간에 혈색이 돌아오는 것을 본 로릭스데가 마침내 안도하며 물었다.

"에파가 고집을 꺾었습니까?"

"고집을 꺾은 것은 나다."

여전히 용의 목소리로, 그는 말했다. 그러면서 류그라 드라우그르의 권능을 되찾아 상처를 치료한 그의 형형한 눈빛이 로릭스데의 어깨너머, 조용히 서 있던 케틸에게 향했다. 침묵 속에서도 상황을 파악한 마법사는 머리를 살짝 흔들더니 주문을 거두고 말했다.

"겨루기는 끝난 것입니까?"

"나는 한결같이 용서를 읊을 만큼 강자가 아니라는 것을 모르느냐?"

"송구합니다."

그러나 용은 진심으로 아까의 무엄함을 따지려는 것 같지 않았다. 이제 거짓말처럼 몸이 편해진 그는 모포를 젖히더니 자리를 털고 일어났다. 로릭스데 역시 따라 일어서자, 용이 말했다.

"에파를 통해 피어클리벤에 사과하고 앞으로의 협력을 모색하게 하겠다. 협력하거라."

"물론입니다."

당연하다는 듯 대답하는 로릭스데이건만, 어쩐지 용은 마음에 들지 않는다는 듯한 얼굴이다. 문득 그를 가만히 쳐다보던 그가 말했다.

"에파는 그만두는 게 어떠냐? 너희와 류그라는 아이를 가질 수 없다. 더구나 그는 드라우그르의 수장이다. 라핀다시르의 장자가 할 만한 선택이겠느냐?"

이 뜬금없는 이야기를 면전에서 직격으로 들은 로릭스데의 얼굴이 삽시간에 시뻘게졌다. 케틸은 천장을 슬쩍 올려다보더니 작게 한숨을 토하고 다시 팔을 휘저어 묵음의 너울 안으로 들어가 버렸다. 그 예의 바르면서도 어쩐지 치사한 마법사를 입술을 깨물며 돌아본 로릭스데에게, 용은 가차 없이 또 말했다.

"에파도 내게 털어놓지 않아 별달리 묻지는 않았다만, 아무리 보아도 그저 한때의 유희는 아니었던 듯하다. 아니면, 나를 생각하며……."

"아닙니다!"

차라리 에인달케에게 두들겨 맞는 게 나을 것이다. 로릭스데는 기절할 것같이 당혹스러운 감정으로 서둘러 부정했고, 이에 용의 눈매가 한결 더 가늘어졌다.

"그러냐? 어쩐지 아쉽구나. 그럼 뒤를 맡기마."

그리고 용은 떠나버렸다. 형형한 눈빛이 사라지자 에파의 눈동자는 그 본연의 자아를 되찾으며 차분한 색으로 가라앉았다. 동시에, 망연한 얼굴로 서 있던 에파의 얼굴이 문득, 앞서 벌어진 대화를 떠올렸는지 흔들리는 눈동자와 함께 핏기를 잃으며 창백해졌다. 마주 선 로릭스데는 그저 눈 둘 데를 모른다.

그렇게 미치도록 어색한 남녀를 내버려 둔 채, 이 모든 소동의 주범은 알 바 없다는 듯 사라져버린 것이다. 용들의 난행은 도무지 끝이 없다.

울리케가 다시 북녘땅으로 그 의식을 날려 보낼 수 있었던 것은 결국 그날의 저녁이 다 되어서였다. 기사 에길의 짐을 조금이나마 가볍게 해 주기 위해 점심 직후 사무에 매달리던 그는 기어이 자신이 맡은 일의 대부분을 처리해버리고야 말았던 것이다.

"중간에 바쁘다고 호출을 미루신 게 그것 때문만은 아니시겠죠?"

"물론이에요."

어둑한 저녁, 피어클리벤 선발대는 닐뵤른 마을에서 저녁 식사를 하고 있었다. 울리케도 분명 저녁을 먹은 직후 서둘러 그림니르에게 빙의해 왔으나, 도래까마귀가 허기진 상태였기 때문에 무척 손해 본 기분이 되고 말았다. 크누드가 쌈지를 꺼내

말린 열매들을 내밀어 보았지만, 울리케의 차가운 시선만을 마주했을 따름이다. 크누드는 타이르듯 말했다.

"도래까마귀는 보통 과일이나 벌레를 먹습니다만."

그러자 어림없다는 듯, 울리케는 소리친다.

"고기도 먹는다고 알고 있어요!"

"물론, 시체는 고기죠."

"익힌 거로요!"

누군가 끼어들지 않는 한, 이 실랑이가 멈추지 않을 듯했기에, 시야프리티테가 나서서 자신이 먹으려고 굽던 고기 조각을 떼어주었다. 울리케는 까마귀의 형태로 조신한 식사 예절을 구사하는 것이 불가능하다는 것을 깨달았으나, 어쩔 도리가 없었다. 물론 빙의를 풀었다가 까마귀가 배를 채운 직후 다시 온다는, 좋은 방법을 생각해내지 못해서 이런 게 아니었다. 예상보다 선발대를 기다리게 했기 때문에 까탈 부리고 싶지 않았던 것이며, 또한 까마귀에게 식사를 맡겼다가 미지의 벌레로 배가 잔뜩 부르게 된 상태에서 이야기하게 되면 어쩌나 하는, 새로운 공포에 문득 눈 떴던 것이다.

"……그렇게 해서 소동은 일단락되었어요. 에파를 통해, 아이비레인은 사과해왔고 피어클리벤에 피해를 끼치지 않게끔 협조하겠다고 밝혔지요."

"그렇습니까……."

식사 직후, 울리케가 지난 며칠간의 영지 상황을 설명하자 흥미롭게 듣고 있던 크누드가 대답했다. 그는 곧바로 말한다.

"하지만 들어보니, 반군의 자세한 계획과 편제에 대해 그, 아이비레인과 대리인 모두 자세히는 모르는 게 아닙니까? 그러면 뭘 도울 수 있다는 것이죠?"

불가에 둘러앉아 식후의 차를 마시던 모두가 살짝 놀란 얼굴을 했다. 미처 생각하지 못한 부분이었으니까. 혼자 차를 마실 수 없던 탓에, 없는 이를 깨물고 있던 울리케가 불만스레 대꾸했다.

"적어도 중재를 할 수 있지요."

"반란군과 흐리늪은 또 별개의 세력입니다. 지금 같은 상황에서는 크게 도움이 되지 않겠습니다."

"나도 알고 있어요. 그나저나, 새벽에 기습해온 자들에 관해서는 뭔가 알아냈나요?"

본래는 울리케가 올 때까지 심문을 미루려 했던 선발대였지만, 그가 너무 늦어지게 되자 크누드의 판단에 의해 우선 세 명의 포로에게 해독제를 주고 심문을 해 보기로 했다. 하슈펠이 만든 해독제는 그가 가져온 재료 양의 한계에 의해 3인분밖에는 만들 수가 없었고, 따라서 세 번의 기회 안에서 쓸만한 이야기를 듣지 못하면 허사였다. 더구나, 해독제를 받지 못한 나머지 십수 명의 생존자들은 결국엔 죽고 말 것이다. 류그라네스의 가지는 모든 종류의 독소에 대해 그 진행을 완벽히 멈출 수 있긴 했어도, 근본적인 치료는 별도의 해독제나 아니면 인간이 가진 스스로의 회복력에 맡길 수밖에 없는 문제라 했다. 이야기를 듣는 울리케의 마음은 점점 언짢아졌고, 의료적 보충설명을 거들던 시야프리테의 낯빛도 그와 같았다.

"결과는 크게 만족스럽진 않았습니다만, 얻은 게 없지는 않았습니다."

크누드의 말이다. 다그쳐 얻어낸 정보는, 아무래도 그들 모두가 서쪽의 자유도시 이실바프 노예시장에서 팔린 죄수들인 것 같다는 점이었다. 세 포로의 기억손실은 심각하여 각자 기억하고 있는 시점이 달랐기에 지극히 파편화된 세 명의 진술을 짜 맞춰야 했다.

"셋 중 하나가 그들을 사들이고 지시한 이들에 대해 말했습니다만, 어느 귀족가의 기사인 것 같다는 점 이상으로 구체적이지는 못했습니다. 다만, 붉은 참나무 문장을 기억한 자가 하나 있습니다."

잠시 침묵. 까마귀 울리케는 침침한 목소리로 물었다.

"……확실한가요?"

"보다 확실히 하려면 전원에 대한 해독과 심문이 필요하겠지요. 하지만 모두가 입을 모아 증언하더라도, 전직 치안판관으로서 말씀드리자면 유효하게 채택될 수 있는 증언은 아닙니다. 절차적으로요."

"정황 증거일 뿐이다?"

"그렇습니다."

울리케는 침묵했다. 그의 생각을 방해하지 않으려는 듯, 크누드를 비롯한 선발대의 모두가 입을 다물었다. 한동안 모닥불에 반사되는, 그 까만 눈만 반짝이며 생각하던 울리케가 부리를 열었다.

"떠오르는 당연한 결론은 잠시 미루고, 흐리늪 포로들을 보러 갑시다."

"분부대로 합죠."

크누드는 별다른 이견 없이 울리케의 말에 찬성한다. 그리하여 선발대 가운데서 크누드와 라그나, 순찰대장 길핀과 하슈펠이 움직이게 되었다. 시야프리테와 브륀힐데는 조금 떨어진 곳에서 지켜보기로 했으며, 랄로프는 포로들을 지키는 쪽에 남았다.

만 하루 동안 널뵤른 마을의 중앙 회관에 갇혀 있던 아힌달과 그 부하들은 그동안 딱히 어떤 소란도 피우지 않은 채 얌전히 구금을 받아들이고 있었다. 보초를 서고 있던 길핀의 순찰대원들이 회관의 문을 열고 들어가 아힌달과 스레이야를 데리고 나왔고, 그 둘은 바로 어제 울리케와 처음 마주쳤던 마을의 중앙 수호목까지 이끌려왔다. 짧은 거리나마 비행을 하느니 맘에 안 들어도 크누드의 어깨를 빌리기로 선택했던 울리케는, 결국 다시 나무 위로 날아올라 가장 낮은 가지 위에 앉는다. 아주 짧은 비행이었음에도 여전히 큰마음을 먹어야 한다.

"어제 새벽의 소란은 무엇이었는가?"

어두운 얼굴의 스레이야와 달리, 태평하기 이를 데 없는 낯의 아흰달이 물었다. 그 또한 지난 새벽 마을을 공격해온 적들과의 전투를 분명히 안에서 감지했던 것이다. 크누드가 느물거리며 말한다.

"글쎄요, 전하께서 아시지 않으리라 생각했습니다만?"

아흰달은 의아하다는 얼굴이 되더니 살짝 얼굴을 찌푸렸다. 그가 말한다.

"우리의 구원군이었을 리 없다."

"어찌 그리 단정하십니까?"

"실패했잖은가?"

너무나 당연하다는 듯이 내보이는 이 정체불명의 자부심은 신기할 지경이다. 라그나는 기어이 피식 웃어버리고 말았고, 크누드조차 속으로 혀를 내둘렀다. 그러나 내색하지 않으며, 그는 묻는다.

"흐리늪의 정예들이 그렇게 대단합니까?"

"그따위 이름으로 우리를 부르지 마라!"

스레이야가 눈을 부라리며 소리쳤다. 하지만 그 즉시 곁에 있던 아흰달이 손을 들어 올렸고, 스레이야는 입을 다물어야 했다. 아흰달은 살짝 차가운 눈으로 그를 보며 말했다.

"일일이 그런 것에 나서지 마라. 그러니 장수가 못 되는 것이다."

"그 명칭이 멸칭이었는가?"

이 질문을 던진 것은 가지 위의 까마귀, 울리케다. 목소리를 듣고서야 그가 와 있음을 깨달은 아힌달은 어쩐지 반가워하는 기색마저 내보이며 눈을 들어 어둠 속의 까마귀를 찾았다. 그가 대답한다.

"본래는 아니지. 하지만 긴 세월 동안 그 이름이 기어이 멸칭이 되지 않았다고 말할 수 있겠는가? '북방 야만인'이란 말과 사실상 등치가 아닌가?"

"그러면, 어떤 이름으로 불리길 원하는가?"

이어진 울리케의 물음에 아힌달은 잠시 침묵했다. 그가 말한다.

"상관없다. 흐리늪이건 뭐건, 되는대로 불러라."

이번에는 울리케가 살짝 침묵했다. 그가 묻는다.

"오해를 방치하는 것은 너희의 전략인가?"

"……내 부관보다는 눈치가 있군."

대답하는 아힌달의 표정엔 기특하다는 기색마저 어린다. 스레이야는 몹시 억울한 얼굴로 그의 주군을 흘겨보았으나 차마 끼어들지는 못하였다. 그런 한편, 이 대화를 구경하며 뭔가 슬슬 기분이 나빠지기 시작한 크누드가 나섰다.

"새벽의 기습은 분명히 명백한 목적을 가지고 이뤄진 계획입니다. 하지만 그 목적이 저희인지, 혹은 전하인지, 아니면 이 마을 자체인지는 알 수가 없군요. 저들이 받은 지령은 그저 모든 생존자의 말살이었습니다. 특이한 것은, 목격자를 조금 남겨두라는 것이었죠."

"어떤 자들이었나?"

이건 조금 많이 이상한 그림이었다. 명백히 적이자 포로인 아힌달을 상대로 크누드가 정황을 보고하는 듯한 모양새였으니까. 아힌달이 보여주는 담대한 태도 때문이었을까? 아니면 정보를 공유하는 것이 이 사태의 의혹을 푸는 데 도움이 되리라 판단한 크누드 때문이었을까? 순찰대장 길펀은 상대의 멱살을 잡고 힘의 상하 관계를 다지는데 전혀 관심 없어 보이는 이 둘의 대화를 보며 조금 기가 막혔다. 적어도 그의 상식이나 상상력 안에서는, 좀처럼 있을 수 없는 일이었던 것이다.

"……내가 생각할 수 있는 답은 한가지인데."

크누드의 설명을 들은 아힌달이 미간을 모으며 말했다.

"제 추정과 같으실까요?"

크누드의 물음이다. 아힌달은 나무를 올려다보며 말했다.

"아가씨가 대답해 보겠는가?"

의외의 지명을 받은 울리케는 조금 놀랐으나, 거절하지 않는다.

"사주라고 하긴 부적절하겠지. 저들을 조종해 이 습격을 꾸민 자는 이 모든 것이 너희, 흐리늪의 만행이었다고 알려지길 원했으리라 본다. 우리 또한 너희가 아니라 저들과 먼저 접촉했다면, 아무 의심 없이 저들이 흐리늪이라 여겼을 테니까."

크누드와 아힌달 모두 고개를 끄덕였다. 셋 모두 일치한 결론이었다.

"그들을 좀 구경할 수 없을까?"

아힌달의 요청이었다. 크누드는 곧바로 길핀을 불렀고, 길핀은 회관을 지키던 순찰대원 하나를 랄로프에게 보내 가둬둔 포로 하나를 끌고 오게 시켰다. 잠시 뒤, 눈을 희번덕거리며 불안스레 주변을 둘러보는 사내 하나가 포박된 채 이끌려왔다. 만일의 경우를 대비해 그래도 해독제를 받은 셋 중 하나를 데려온 탓에, 미친 짐승처럼 날뛰지는 않았으나 영 상태가 좋아 보이지는 않는다. 아힌달은 그자의 복식과 상태를 물끄러미 살피더니 별안간 웃기 시작했다.

"왕야……?"

스레이야의 부름에도 무시한 채 한동안 가소롭다는 듯 웃음을 흘리던 아힌달이 말했다.

"걸작이로군! 이것이 아우스뉘르 제국인들이 상상하는 우리의 모습인가!"

그것은 명백한 비웃음이었고, 둘러선 선발대의 모두는 그가 자신들을 비웃는다는 느낌을 받을 수밖에 없었다. 실제로 불과 이틀 전까지만 해도 모두의 머릿속에 있던 흐리늪의 모습은 딱 저대로였으니까. 아힌달의 웃음소리엔 일종의 승리감마저 느껴졌다. 길핀은 언짢은 표정으로 포로를 다시 데려가라 눈짓했다.

"실례했다. 하지만 내겐 웃을 권리가 있다고 생각한다."

"부정하진 않겠습니다."

포로가 물러가자 아힌달이 말했고, 크누드가 조금 쌀쌀맞게 응수한 대답이었다. 웃음기가 채 가시지 않은 얼굴로 생각하던 아힌달이 말했다.

"실로 불유쾌한 일이다. 교활한 의도를 가진 자들이라고 생각되는군. 짚이는 상대가 있는가?"

"대답할 이유가 있겠는가?"

크누드가 뭐라 말하기 전 끼어든 울리케의 물음이다. 아힌달은 섭섭하다는 듯 말했다.

"또 그러는군? 어제의 이야기를 이어보려 나를 부른 것이 아닌가? 나는 너희의 포로로서, 협상에 응할 준비가 되어있다."

아힌달의 목소리는 진지했고, 어떤 속임수도 부리지 않겠다는 의지마저 드러나 보였다. 크누드는 말없이 울리케를 올려다보았고, 까마귀와 눈이 마주쳤다. 그 시선의 교환을 지켜보던 아힌달이 재차 입을 연다.

"하지만 쉬이 각자의 정보를 먼저 꺼내기가 너무나 어렵겠지. 더구나, 너희의 눈에 나는 그저 침략자의 일부이니까."

"아니란 말인가?"

울리케가 쏘아내듯 물었다. 새삼 문득, 고초를 겪고 있을 아버지와 가신들이 떠올랐다. 아힌달이 쳐다보자, 더욱 화가 치민 그가 일갈한다.

"협상이라 했는가? 너의 목이 가진 가치의 경중만이 고려할 대상이 된다! 나의 아버님과 황자 전하, 그리고 피어클리벤의 모든 가신 및 군사들의 안전과 교환할 뿐이다!"

"교환할 수 없을 것이다."

아힌달이 묵직한 목소리로 선언하듯 말했다. 그것은 꽤나 갑작스럽게 떨어진 말이었고, 모두가 기대한 것이 전혀 아니었기에 잠깐의 정적이 찾아왔다. 울리케는 순간 크게 노했고, 그 바람에 아힌달의 목소리가 다소의 울적함을 담고 있다는 것을 포착하지 못했다.

"뭐라! 죽고 싶은가!"

"오해하지 마라, 피어클리벤의 아가씨. 나는 내 목이 그만한 가치가 안 된다고 말하는 것이다."

피어클리벤의 모두가 침묵을 지켰다. 아힌달의 설명이 따르길 기다릴 수밖에 없었으므로. 눈을 가늘게 하고 잠시 생각하던 그가 말했다.

"배경을 이해하고 납득시키기 위해서는 긴 이야기가 필요하다. 너희도 그만큼 복잡한 이야기 한둘은 있겠지? 이미르의 팔왕이라 소개했듯, 나는 많은 제후들 가운데 하나일 따름이다. 이 개전(開戰)에 얼마만 한 역량과 욕망이 투입되었는지 상상하는 게 그리 어려운가? 나는 구태여 논하자면 주화파(主和派)에 속하며, 내 나라는 작고 약하다. 나의 목을 구하기 위해 폐하와 다른 제후들이 용의 언약자와 황자의 목을 포기할 것 같은가? 당치 않은 이야기다."

담담하게 자신의 목숨이 값싸다고 소개하는 그의 어투엔 채 숨기지 못하는 서글픔이 있었다. 곁에 서 있는 스래이야의 얼굴은 실제로 거의 울 듯하였다.

"나는 다만, 너희에게 유용한 정보를 줄 수 있다. 아울러 뉘른스에크 본성에서 농성 중인 너희 병사들을 구출하는 데 쓰일 수 있다. 어제도 말했지만, 이 싸움엔 수상쩍은 부분이 적지 않다. 그렇게 생각하지 않는가? 너희의 적이 다만 눈앞의 나뿐인가? 등 뒤를 소홀히 하지 마라. 나 또한 그러고자 한다."

교섭이 시작되었다.

제 11장

좀처럼 믿을 수 없는 이야기였다. 무려 십사 년을 그렇게 묵묵히 숨겨온 사실이라니. 다라드의 얼굴은 언제나 거칠고 텁수룩해, 때때로 문득 보이는 서글서글한 눈빛만을 제외하면, 조금도 류그라 같은 풍모가 없었으니까. 물론 펠윈 또한 눈에 띄지 않으려고 일부러 안색을 나쁘게 하고, 피부가 거칠어지는 것을 내버려 둔 채 살아오긴 했다. 때문에 오히려, 지금 이 자리에서 다라드의 선언에 가장 충격받은 것은 펠윈이었다.

"이런 이야기들을 할 시간이 없습니다. 살아나갈 방법부터 강구해 봅시다."

다라드는 자신에게 쏟아지는 펠윈의 시선을 무시하며 말했다. 미간을 찌푸린 채 그를 보고 있던 닐스그림과 아룬드가 마주 본다. 황녀의 입이 떨어졌다.

"방금 너희가 물러 나온 탈출로는 영 가망이 없겠느냐? 돌파를 한다면, 그쪽이 정문보다는 나을 것이다."

"제 생각도 그러합니다만, 전하가 얼마만 한 재주를 부리실 수 있나에 달려 있습니다."

다라드의 말투는 자못 방자하기 짝이 없었으나, 그가 자신의 내력을 밝힌 탓이었을까, 닐스그림은 그의 말에도 그다지 욱하는 감정이 일지 않았다. 오히려 곁에 서 있던 아룬드의 눈에 순간적으로 불이 일었다. 그래도 그는 차분한 황녀를 곁눈질하곤 잠시 생각하더니 곧바로 다라드의 태도를 용납하기로 마음먹은 모양이었다.

"저들은 두 분이 여전히 구금되어 있으리라 여길 것입니다. 따라서 전하의 지팡이는 고려하지 않고 있을 가능성이 커요. 지나친 낙관일까요?"

"아니, 일리 있는 이야기라고 생각한다."

펠윈의 말에 닐스그림이 보탠 답변이었다. 이에 아룬드가 말했다.

"그러면, 빨리 한스 일행과 합류하는 게 좋겠습니다."

"동의한다."

아무래도 한스 일행을 버릴 생각이 없는 황녀와 아룬드이다. 다라드는 그런 그들의 모습을 보고 맘에 안 드는 듯 입가를 실룩였지만 새삼 어깃장을 놓지는 않았다. 다만 자신을 여전히 오묘한 표정으로 쳐다보는 펠윈의 시선만 매우 불편하게 받아

넘긴다.

"제가 전위를 맡겠습니다."

아룬드가 이를 악물며 말했다. 그는 여태껏 흐릿하던 적들의 윤곽이 후작으로 드러난 순간부터 자못 분노해 있었다. 하지만 그가 검을 검집에서 해방시키려는 찰나, 닐스그림이 나서며 말했다.

"그런 허세는, 별수 없이 죽기 직전에나 부리거라. 내가 앞장서는 게 맞다."

"예? 하오나……."

"지팡이가 없을 때는 순순히 신세 지겠다."

닐스그림은 이견을 받지 않겠다는 듯 단호하게 말을 자르며 앞으로 나섰다. 그 역시 아룬드 이상으로 후작에게 화가 나 있었던 것이다. 휘감겨있던 천을 풀어내, 은은하게 빛나는 그의 백금색 지팡이는 닐스그림의 손에 쥐어졌던 순간부터 그의 냉담한 분노에 응답하듯 미세한 진동을 일으키고 있다. 마치 이제 곧 벌어질 싸움에 임해 그 억압되어온 권능을 풀어헤치려 심호흡하듯이.

"어차피 퇴로가 이쪽이라면, 너희가 함께 올 필요가 있겠느냐?"

지팡이를 딱 세운 채 묻는 닐스그림의 얼굴은 날카롭다. 실제 전투력을 더할 수 없는 여관 하인들은 이 경우 완전한 짐짝일 뿐이다. 잠시 얼굴을 찌푸린 채 생각하던 다라드가 대답했다.

"저희는 전하의 일방적인 시혜만을 받는 입장입니다. 어쩔 수 없겠지요."

닐스그림은 무감정하게 대꾸했다.

"그래, 기다리거라."

펠윈은 불안한 얼굴로 매달리듯 닐스그림과 아룬드를 본다. 그것이 어떤 의미인지 모르지 않는 아룬드가 말했다.

"약속하마. 다시 데리러 오겠다."

다라드는 닐스그림을, 그리고 닐스그림은 아룬드를 각각 탐탁지 않은 얼굴로 본다. 황녀에게 있어 무엇보다 중요한 것은 아룬드의 안전이며, 따라서 사실 그가 고집을 부리지만 않았다면 한스네고 뭐고 모두 내팽개친 채 이 장소를 돌파해버리고 싶은 것이다. 하지만 아룬드는 기어이 한스와의 약속을 지키려 하며, 거기에 더해 이 새로운 짐짝들까지 자신의 보호 아래 두겠다고 말한다. 쓸데없는 호의에도 정도가 있지.

하지만 닐스그림은 구태여 입밖에 자신의 감정을 내지 않는다. 한스와의 약속을 지켜야 한다는 아룬드의 주장은 정론이며, 또한 이 여관의 주인이나 하인들 모두 지난 며칠간 구금당한 그에게 괘씸한 존재들이긴 했으나 귀를 자른 류그라들이라는 내력이 황녀의 마음 한구석을 크게 어지럽혔던 것이다. 아울러 아무렇지도 않게 자신의 지팡이를 운반해 온 펠윈에 대해, 황녀가 호기심이나 일말의 고마움도 느끼지 못했다고는 결코 말할 수 없었다.

그래서 그렇게 그 말을 남긴 채, 아룬드와 닐스그림은 지상층으로 올라가는 문을 통해 사라졌다. 지하 구금실에는 순간 적막이 휘돌았고, 그 침묵을 처음 깬 것은 펠윈이었다.

"아저씨가……."

"말했잖아. 류그라다."

"어떻게……."

"너와 비슷하지."

"왜……."

"왜냐고?"

다라드는 이어지는 펠윈의 질문을 모조리 잘라내며 시선을 피한 채 그렇게 대꾸했다. 그러면서 마지막 대답을 위와 같은 질문으로 던지며 다른 하인들을 쳐다보았다. 다들 자신들의 고용주가 류그라라는 데 놀란 것은 펠윈과 마찬가지였으나, 그 놀라움에 대한 반응은 펠윈과 전혀 달랐다. 여태 닐스그림과 아룬드 때문에 그저 말없이 서 있던 하인 중, 말구종인 사내 한 명이 바닥에 침을 탁 뱉으며 이때다 싶은지 말했다.

"뭐야, 류그라라고? 주인이 류그라였단 말이야? 그리고 펠윈도 류그라였어?"

펠윈은 아연한 표정으로 그를 본다. 삽시간에 돌변한 그의 말투와 태도는 다른 하인들에게 빠르게 전염되었고, 이윽고 펠윈을 제외한 하인들 모두가 별 더러운 꼴을 다 당한다는 얼굴로 다라드와 펠윈을 노려보았다.

"바로 이래서지."

다라드가 펠윈에게 말했다. 펠윈은 무릎이 탁 풀리는 것을 느꼈다. 매일의 노동 속에서 쌓아왔다고 여긴 동료들과의 유대가 산산조각이 나는 순간이었다. 펠윈은 둘러서 그와 다라드를 노려보는 하인들의 눈에서, 일찍이 그가 마주한 적 없었던 혐오의 빛을 본다.

그러나 다라드는 그들의 표정과 시선에 어떤 반응도 하지 않았다. 그저 겁먹기 시작한 펠윈의 어깨에 손을 올리며 말했다.

"보라고. 이 멍청이들은 이런 순간에도 혐오와 차별을 멈추지 않지. 자신들이 살아나갈 수 있는 유일한 끈일지도 모르는데 말이야."

"뭐라고……?"

하인들 가운데 하나가 움찔하며 말했다. 다라드는 차갑게 그를 응시하며 입을 연다.

"모르겠나? 지금 너희가 이 봉변을 당하는 것은 우리가 류그라였기 때문이 아니야. 일이 고되고 위험해도 모두 자청해서 일하는 입장들이 아니었나? 삯이 세니까! 사람 한둘 죽어 나가는 것쯤이야 일과인 이 동네로 기어들어 왔던 게 아니냐 말이야? 지금 저 밖에 우리를 모두 죽이려고 하는 이들은 이 제국의 귀족과 그 개들이다. 하지만 너희는 평소에 그들을 혐오해왔나? 언제든 그 발아래 굴종하고 이런 일들이 있을 때마다 죽어 나가는 처지를 받아 들여왔지!"

"무슨 헛소리를 하는 거야!"

말구종이 다시 화를 내며 소리쳐왔다. 그가 말했다.

"당연히 류그라가 수작을 부리는 거라고 생각해서 죽이려는 거지! 우리는 아무 상관이 없어! 당장 나가서 오해를 풀어야 한다! 우리는 제국의 시민이라고! 이런 일로 몰살한다는 게 말이 돼?"

펠윈은 어이가 없었다. 그동안 이 여관에서 일하며 보고 들은 게 아무리 없어도, 충분히 일어날 수 있는 일임을 모르는 것일까? 아니면 살해의 공포에 더해, 눈앞에 나타난 혐오의 대상을 덧씌워 어떤 모종의 합리화를 하려는 것일까? 실제로 그의 졸렬한 웅변은 다른 하인들의 귀를 솔깃하게 한 것 같았다. 그들끼리 시선을 교환하는 것을 보며, 다라드는 지친 목소리로 말한다.

"어리석은 소리 마라. 황녀 전하를 시해하려는 무리들이다. 너희 같은……."

"입 닥쳐, 류그라 사기꾼! 그러니까 더욱 저들과 함께하면 안 되는 거야! 나는 나가겠어!"

말구종은 침을 튀기며 소리치더니 마치 동의를 구하듯 뒤를 돌아 다른 하인들을 쳐다보았다. 다라드와 펠윈이 더 말릴 새도 없이, 말구종을 위시한 하인들은 순식간에 서로의 얼굴을 쳐다보더니 우르르 달려나갔다. 그러고는 아룬드와 닐스그림이 나갔던 문밖으로 사라져버렸다.

"멍청한 놈들."

"어떡해요, 아저씨? 저러다 다 죽어요!"

"네 걱정이나 해라."

바보들에 대해 더 이상 신경 쓰지 않기로 한 다라드의 시선은 더할 나위 없이 울적해 보인다. 펠윈은 그 깊은 눈매 너머로 막대한 감정이 넘실거리는 것을 보았고, 무어라 말하려 입을 달싹거렸으나 조용해졌다. 한동안 펠윈을 물끄러미 쳐다보던 다라드가 말했다.

"이런 일이 있으리라 늘 각오하고 살았지만, 네게는 그 각오를 전하지 못했지. 몇 해를 더 두고 생각하려 했는데……, 내가 너무 꾸물거린 것 같다."

"……무슨 말씀이세요?"

"전할 기회가 없을지도 모르니 지금 말해두마."

다라드는 조용하지만 묵직하게 선언했다. 그의 말이 이어진다.

"새벽에 떠난 그 검은 손님들과 나는 안면이 있다. 동향이랄까, 같은 곳에서 자랐지. 나 또한 너처럼 가지를 잃고 팔려갔던 어린 시절이 있다. 하지만 어떤 분에게 구조되어, 라핀다시르 공작령에 있는 고아원에서 자랐어. 거긴 지난 전쟁의 여파로 발생한 고아들과, 나 같은 유랑 류그라도 받아주었거든. 거기서는 차별이 없었지만, 대신 제국에 대한 반감이 그득했어. 반란은 바로 거기서 싹텄다. 하지만 나는 반란군은 아니야. 그저 아주 약간 도울 뿐이지."

펠윈은 아무 말도 하지 않고 눈을 크게 뜬 채 듣고만 있었다. 잠시 망설이던 다라드는 머릴 흔들고 말했다.

"아니, 내 이야기는 아무래도 되었다. 아까 말했듯, 드레스바르프 후작가는 너희의 가지를 탈취해 그것을 류그네릭으로 만들었어. 그걸 어쩌다 저 위층 손님들 가운데 꼬마가 마셔버리게 된 것이고."

"……이게 다 무슨 말씀이세요?"

"네 원수가 드레스바르프 후작이라 말하는 거야. 너의 가족들을 죽이고 가지를 강탈한 자의 이름 말이야. 물론, 비단 그 혼자만의 죄는 아니지."

다라드는 위층으로 향하는 문을 바라보았다. 잠시 생각하던 그는 여전히 어리둥절한 채 서 있는 펠윈에게 물었다.

"황녀의 지팡이를 들 수 있었어?"

"……네? 아, 네. 그런데……."

"역시 그렇군. 그러면……, 드디어 확실해진다."

다라드와 펠윈이 마주 보았다. 어지럽고 갑작스러운 이 모든 이야기와 사태에 당황한 그를 보며, 다라드는 침착하게 말했다.

"이것은 혈통에 관한 이야기야. 그 지팡이는 분명 아우스뷔르의 이름을 가진 황족만이 들 수 있지만, 본래 그것의 원천은 또 다른 류그네라스의 가지였어. 만일 네가 그것을 들 수 있다면, 그 본래의 일족과 혈통상 가장 가까우면서 십사 년 전 소식이 끊긴 류그라 일족들로 그 후보가 좁혀지지. 나는 너를 거둔 날로부터 너의 유래를 추적하기 위해 애써왔고, 실종된 일족들의 이름을 모아왔다. 그리고 오늘에서야, 이 우연 같은 기막힌 일들로 인해 네게 그 이름을 알려줄 수 있게 되었구나."

"……이름요? 지금 그런 게 뭐가 중요해요?"

"가장 중요한 거야, 펠윈시아가."

펠윈은 반사적으로 몸서리를 치며 한 발짝 물러나 외쳤다.

"왜 저를 그렇게 부르세요!"

"펠윈시아가 엘라 아이기네스. 그것이 너의 진명이기 때문이야."

펠윈은 못 박힌 듯 꼿꼿이 서서 아무 말도 하지 못했다. 그 낯선 이름을 듣는 순간 온몸에 전율이 파문처럼 일었던 것이다. 다라드는 한없이 슬픈 눈으로 그를 바라보며 말했다.

"그게 네 이름이야. 너는 아이기네스 가지의 유일한 생존자이고, 그 가문은 류그라의 가장 오래된 이름이지. 때문에 네가 황녀의 지팡이를 들 수 있었던 거야. 황녀의 지팡이는 본래 류그네라스의 가지를 바탕으로 만들었고, 그 가지는 너의 가장 가까운 친척이지."

"……저는 이게……, 다 무슨 소린지 모르겠어요!"

"너는 어머니를 만나야 해."

다라드는 펠윈의 공황을 외면하듯 말했다. 그는 뭔가 분명히 서두르고 있었다. 이 갑작스러운 이야기에, 맥이 빠질 지경인 펠윈이 묻는다.

"……어머니라뇨?"

"우리 모두를 길러주신 분이야. 또한 모든 방랑 류그라의 보호자이시지. 그리고, 본래 황녀의 지팡이가 유래된 가지는 그분 일족의 것이었다."

"……어머니란 분이 류그라예요?"

"그래. 나슐라시에 에파 밀파네스. 다름 아닌 라핀다시르 공작령의 백룡, 아이비레인의 대리인이시다."

펠윈은 멍하니 선 채 그 이름을 되새겼다. 길고 복잡한 류그라의 이름이건만, 어쩐지 신기할 정도로 머릿속에 들어와 박힌다. 그리고 펠윈시아가 엘라 아이기네스. 십수 년간 잊고 있던 자신의 이름을 떠올리자 또다시 몸에 알 수 없는 전율이 인다. 왜일까? 이런 것들에 무슨 의미가 있다는 걸까? 가지니 뭐니, 어차피 이제 와서! 귀 잘린 류그라 하녀로 이 여관에서 평생을 살아온 그에게 이런 게 다 뭐가 중요한 이야기라는 걸까?

"펠윈."

혼란과 두려움, 그리고 알 수 없이 뛰는 가슴에 사로잡혀 말없이 서 있는 그를 다라드가 불렀다. 친숙한 이름으로 불리자 귀가 번쩍 뜨인 그는 다라드를 보았다. 그가 말했다.

"귀를 잘라서 미안해."

그것이 펠윈이 들은 그의 마지막 말이었다.

도래까마귀는 말한다.

“우선, 무엇보다 확실히 해야 할 것이 있다! 그대는 자신을 이미르의 팔왕이라 밝혔으나, 그 신분을 보증할 수 있는가? 또한, 이미르란 무엇인가?”

그러자 아힌달은 가볍게 웃음을 띠며 넉넉하게 대꾸했다.

“그렇게 묻는 것을 보니 과연, 아우스뉘르는 우리에 대해 전혀 아무것도 모르는 게 확실하군.”

울리케는 그가 이 지점을 포착해내리라 예상하였다. 때문에 전혀 당황하지 않고, 당당하게 외쳤다.

“부정하지 않겠다!”

“그냥 믿어줄 수는 없겠는가? 척 봐도…….”

울리케는 능청스러운 그의 말을 자르며 들어간다.

“말하라! 이미르란 무엇이며, 팔왕은 무엇인가? 너의 이름은 아힌달이 전부인가? 이 말들을 증명할 방법이 있는가? 이것들을 밝히지 않고 그대의 신분을 증명할 수 없는 한, 그대가 신분을 증명하기 위해 말하게 될 정보들은 교섭 대상에 들어가지 않는다!”

아힌달의 얼굴에 이채가 스쳤다. 그가 잠시 침묵하는 동안, 곁에 선 스레이야는 울리케의 말투가 방자한 것이 계속 신경 쓰이는지 표정을 구긴 채 까마귀를 노려보고 있었으나 감히 대들진 않았다.

널뵤른 마을의 중앙, 수호목이 자리한 장소에 둘러선 이들은 그대로이다. 다만 이야기가 길어질 것을 염려한 시야프리테가 나서 그들 가운데 지팡이를 꽂고 훈기의 방패를 켜둔 상태라 지금 모두는 매정한 북부의 추위로부터 꽤 안전하였다. 크누드와 라그나가 소녀의 곁을 호위하듯 섰고, 길핀과 하슈펠은 조금 떨어진 곳에서 대화를 들으면서도 주변을 향한 경계를 멈추지 않았다. 혹시 모를 일들에 대비하여.

그리고 울리케는 여전히 수호목의 가장 낮은 가지에 올라앉은 채 모두를 굽어보고 있었다. 어둠 속에서 검은 도래까마귀의 형체는 잘 식별되지 않는 터라 무심코 보면 마치 아힌달이 나무와 대화를 나누는 것 같았다. 그가 다시 말한다.

"너희가 우리에 대해 아는 바가 없는 한, 내가 신분을 증명할 방법 따위는 없지 않은가, 피어클리벤의 여덟째, 울리케 아가씨? 우리는 아우스뉘르 북부의 속령들에 관해 필요한 정보를 이미 알고 있으며, 그대의 말과 우리의 정보를 대조함으로써 나름의 판단을 세운다. 아가씨는 무얼 알고 있지? 내가 북부의 제왕인지, 제후 중 하나인지, 아니면 그저 소규모 순찰대의 지휘자인지, 그대는 무엇으로 판단할 셈인가? 다만 나의 세 치 혀로?"

정곡을 찔러오는 아힌달의 말이다. 그가 자신의 신분을 증명한답시고 어떤 표징을 내밀든, 울리케를 비롯한 피어클리벤의 사람들은 그것의 진위 여부를 파악할 지식이 없다. 지켜보던 크누드의 얼굴에 살짝 낭패가 스쳐 갔으나 그는 표 내지 않고 재빠르게 수습한다. 그때, 누구도 예상치 않았던 목소리가 끼어든다.

"제가 판단을 도와드릴 수 있을 것 같군요."

아우셀바프 암시장 조합의 하슈펠이었다. 그 나긋나긋한 음성이 떨어지자 스레이야는 흠칫했고, 아힌달은 태연히 순진한 얼굴로 그를 보았다. 두건을 내리며, 하슈펠이 한 발 나서 말을 이었다.

"저는 아힌달 전하의 존함을 들어왔습니다. '실록의 폐장'들로부터 들었지요. 저 아이슐리드를 제국에 소개한 분이 아닙니까?"

"누구냐? 먼저 신분을 밝혀라, 무례한 놈!"

스레이야가 호통을 치자, 하슈펠은 정중하게 고개를 숙이며 대꾸했다.

"밝힐만한 떳떳한 신분이 없는 자입니다."

"이놈이!"

울리케는 잠시 관여를 멈추고 그들의 대화를 지켜보고 있었다. 어차피 아힌달이 어제 붙잡히기에 앞서 스레이야와 나눈 대화를 엿들었던바, 그가 아이슐리드를 알고 있고 또 이 전쟁에 대해 조금 다른 시각을 갖고 있다는 점은 이미 알고 있다. 그가 아힌달에게 신분증명을 운운한 것은 그 과정에서 조금이라도 더 많은 정보를 얻어내기 위한 포석이었다. 그러나 불행히도, 저 남자는 그렇게 순순히 입을 열 것 같지는 않다.

"소란은 그만두지."

울리케의 이런 예상을 배신하듯, 아힌달이 문득 입을 열어 스레이야와 하슈펠 사이에 끼어들었다. 돌연 지금까지의 느긋해 보이던 표정을 굳힌 그가 말했다.

"나는 나의 신분에 대해 거짓을 더할 마음이 추호도 없다. 다만 그 진실의 여부를 따질 기량이 그쪽에 있냐 하는 이야기다. 또한 명백히 포로인 이상 내가 도모할 수단이 많겠는가? 우리는 양쪽 서로에 절실한 것이 분명히 있는 것 같은데, 그러니 지난한 탐색전은 줄이도록 하지. 여기가 사교의 장이었다면 나는 기꺼이 이 시간을 늘려 잡았을 테지만 말이다. 그렇지 않은가?"

울리케는 생각했다. 확실히 저 남자의 언변과 태도 자체가 거의 신분을 증명하는 것이나 마찬가지야. 아힌달의 돌변한 눈빛엔 어떤 위엄과 단호함이 있었다. 그렇게 생각한 순간, 그가 낯빛을 살짝 누그러뜨리더니 묻는다.

"……아니면, 혹시 여기는 사교의 장이었는가? 그렇다면 술이라도 내오는 게 어떤가?"

"그대는 일신의 걱정도 안 하는가?"

그의 농담에 약간 기가 막혀버린 울리케가 물었다. 그러자 아힌달이 눈을 크게 뜨며 되묻는다.

"왜 해야 하지? 우리가 칼을 섞었던가? 기습을 당한 나의 부하들은 다소 불만이 있겠으나 할 수 없는 것이다. 더구나, 나에게 위해를 가한들 그대들이 얻을 것은 아무것도 없다. 설마하니, 나의 목을 들고 우리의 군에 도발을 걸 생각인가? 그보다 좀더 공평한 거래가 있을 것이다."

살려달라는 말을 *점잖게도 하는군*. 울리케는 생각했다. 하지만 그의 말이 옳았다. 어차피 울리케 또한 그의 대화를 엿들었던 처음부터, 아힌달에 관한 개인적인 적대감은 그다지 없었다. 그는 한결같이 당당하고 느긋하며, 심지어 솔직해 보이기까지 한다. 다만 그 눈빛에서 드러나는 때때로의 영지(英智)가 울리케를 긴장케 할 따름이다. 그는 묻는다.

"좋다. 아힌달이여, 그대는 무엇을 걸 수 있는가?"

아힌달은 일고의 망설임 없이 곧바로 말했다.

"뉘른스에크 본성에 농성 중인 피어클리벤 병력의 안전을 담보한다."

"대신 바라는 것은 그대의 안전인가?"

"이런 절호의 기회를 그렇게 날릴 수는 없지."

이 대답은 모두의 예상을 초월한 것이었다. 곁에 있던 스레이야는 눈을 휘둥그레 뜨고 그의 주군을 보았고, 나머지 피어클리벤 측 사람들의 얼굴에도 놀라움이 일었다. 울리케만이 까마귀의 몸을 한 탓에 아무런 내색을 하지 않을 수 있었다. 그가 묻는다.

"그대의 안전보다 중한 게 있단 말인가?"

"그럴 리가? 추가로 각자의 정보를 교환하자는 것이지."

"정보의 교환? 듣기까지는 가치를 확신할 수 없고, 들은 뒤엔

물릴 수 없는 것을 저울에 올리는 것은 피곤한 일이다. 양측의 무게가 같다고 어찌 확신하는가?"

"좋은 지적이로군."

아힌달은 턱을 만지며 흡족하게 대답했다. 잠시 생각하던 그가 말한다.

"나는, 이 전쟁에 예상치 못한 어떤 개입이 따로 있다는 의혹을 갖고 있다. 그리고 그들은 아마 우리에게도, 너희에게도 적일지 모른다. 유추할만한 정보가 혹시 없는가? 그걸 말해준다면, 나도 그대가 원할 정보를 하나 주지."

"내가 어떤 정보를 원하리라 보는가?"

"피어클리벤의 아가씨."

아힌달이 울리케를 불렀다. 그는 천천히 설득하듯 입을 뗐다.

"그대에게는 운 좋게도, 그리고 내게는 유감스럽게도, 나의 진실된 적은 그대가 아니다. 나는 이 개전이 불필요했으며, 쌍방의 탐욕을 자극한 이들에 의해 주도되었다고 인식한다. 아가씨는 그렇지 않은가? 아마 우리 각자 소중히 여기는 것들은 결국 동일할 것 같은데."

울리케는 말없이 한동안 그를 쳐다보았다. 까마귀의 눈을 빌리고 있기 때문일까? 어쩐지 그의 진심과 거짓을 모두 간파해낼 수 있을 것만 같았다.

— 아, 그건 그렇다. 쓸모 있는 재주 아닌가?

'……보통 사람은 마음속에서 느닷없이 다른 목소리가 울리

는 데 익숙하지 않습니다, 빌러디저드 님.'

— 헛기침을 요구하는 것이냐?

'됐습니다……, 그나저나, 이것이 도래까마귀의 능력입니까?'

— 적합한 소양일 뿐이다. 나머지는 나의 기술이다.

'……제가 모르는 추가 기능이 더 있습니까?'

— 당면한 문제에 더욱 집중하거라. 아무튼 그는 진실을 이야기하고 있다.

울리케와 용의 대화는 까마귀의 머릿속에서 고속으로 이루어지고 있었기에 아주 약간의 정적만이 소요되었다. 울리케가 바로 대답하지 않고 있자, 아힌달은 재차 입을 열었다.

"나는 지난 새벽의 내습자들이 단순한 이 마을의 전멸뿐만 아니라 나를 노린 것일 수도 있다고 의심한다."

"어째서 그렇게 의심하는가?"

울리케가 묻자, 아힌달은 대답했다.

"나의 죽음을 바라는 자들이 우리 제국에 있으니까. 아이슐리드의 계획을 아는가? 실록의 폐장이 추구한 목적 말이다."

뭐? 반란이 아니야? 울리케는 흠칫했으나 차마 모른다고 말하지도 못했다. 현재 상황에서 무력적 우위는 울리케가 쥐고 있었으나, 정보의 우위는 분명히 아힌달에게 있다. 그러니 어떤 면에서는 꽤 대등한 이야기가 이어지는 것이다. 울리케가 묵묵히 있자, 그것을 대답으로 알아들은 아힌달은 진지한 얼굴 가운데 미소를 지으며 말을 이었다.

"하지만 그 계획을 우리 모두가 완전히 찬동한 것은 아니었던 게지. 어떤 형태의 야합이 있을 수도 있다. 계획된 소요사태를 확대시키고, 그럼으로써 자신들의 이익을 추구하려는 자들을 상상해보라. 어려운 이야기인가?"

"그 가장한 습격자들은, 드레스바르프 후작가의 사주로 인해 동원되었다고 여겨진다."

아힌달의 말을 들으며 결심을 굳힌 울리케가 선언하듯 말했다. 순간 아힌달은 눈을 크게 치켜떴다가 곁에 있던 스레이야에게 돌렸다. 둘의 시선이 교환되었다.

"그렇군……. 명백하군. 그렇다면 아이슐리드의 계획은 사실상 실패한 것일까? 대응이 너무나도 빨랐구나."

아힌달은 마치 혼자 전모를 이해했다는 듯, 이렇게 중얼거리며 고개를 끄덕거렸다. 듣고 있는 울리케는 조금 속이 탔다. 먼저 정보를 준 것은 그의 신뢰를 얻기 위해서였으니까. 이대로 그가 입을 다물면 어떡하지? 용이 제공한 까마귀의 통찰이 틀렸을까? 만일 이대로…….

"그럼, 이제 듣고 싶은 것을 물어라. 대답해 주겠다."

다행히 아힌달은 울리케의 조바심을 달래듯, 이렇게 말했다. 그의 말이 이어진다.

"하지만 그 전에, 조금 더 분위기를 좋게 할 수는 없겠는가? 계속 서 있자니 피곤하군."

"느긋한 소리 마라!"

대화의 주도권이 좀처럼 넘어오지 않는 데 대해, 조금 짜증난 울리케가 소리쳤다. 하지만 어쩔 수 없는 일이다. 그가 너무도 순순히 잡힌 까닭에 피어클리벤은 그에게 위협을 할 기회조차 잃어버렸고, 적어도 울리케가 보기에 그는 매우 느긋한 데다 정보도 훨씬 많이 갖고 있다. 울리케로서는 이런 상황에서 그에게 물리적인 위협을 추가해 토설하게 만드는 장면을 절대로 상상할 수 없었다. 그것은 교섭도 아니고, 그저 사실상의 패배이다. 자존심이 용납하지 않았다. 내가, 그리고 우리가 무얼 갖고 있지? 무엇으로 그를 압박할 수 있을까?

— 내가 있잖으냐?

'……빌러디저드 님은 제 능력이 아닙니다! 언제까지 그 권능을 등에 업고 협박만 일삼으라 말씀이십니까?'

— 네가 그 권능에 핀잔을 멈추지 않는 한 계속해도 괜찮으리라 본다.

'……진심이십니까?'

— 나는 네가 처한 모든 상황의 가장 거대한 요인이다. 부채가 깊은 만큼, 다른 타고난 재능들처럼 너의 것이 아니겠느냐?

'그 재능은 좀처럼 제 뜻대로 움직이지 않는걸요?'

— 원래 재능이란 게 그러하다. 또한 있다가도 없지. 뭐가 다른가?

이놈의 용이 또 무슨 소릴 하는 것일까. 본래의 몸을 떠나 먼 땅의 까마귀에 깃들고, 미지의 상대와 긴장을 겨루는 가운데 용과 속마음으로 대화까지 신경 쓰고 있자니 혼이 빠질 것 같다. 아닌 게 아니라 아까부터 반쯤은 악몽을 꾸는 듯, 피곤하다. 울리케는 언제든지 연결을 끊고 따뜻한 자신의 침실로 되돌아갈 수 있다는 유혹과 싸우는 중이었다. 그러니까, 용까지 끼어들어 훼방 놓지 않더라도 충분히 괴로운 상태란 말이다!

"여러분, 한창 즐거우신 중에 실례합니다만."

울리케 이상으로 작금의 현실로부터 정신을 유리시킨 채, 지팡이에 몸을 기대고 멍하니 대화를 여태 방관해오던 시야프리테가 문득 눈에 초점을 되돌리며 입을 열었다. 모두가 이 소녀의 전혀 부적절한 대사에 당황하여 쳐다보았으나, 그 시선을 전혀 개의치 않는 류그라 소녀는 한쪽 귀를 곧추세운 지팡이 끝에 대고 있다가 말했다.

"북쪽으로부터 일단의 기병대……가 빠르게 접근해 오는군요. 수는 백이 넘어요. 대비하셔야겠는데요?"

모두가 획 고개를 돌려 아힌달을 보았다. 시야프리테의 말을 들은 아힌달이 빙그레 웃는 게 보였다. 여태껏 그가 느긋했던 이유가 이것이었을까? 울컥한 울리케가 소리친다.

"그대의 구원군이겠군!"

"아, 사태가 심각해지기 전에 마중을 보내야겠다."

"무슨 헛소리인가!"

노기 띤 도래까마귀의 외침에 오히려 의외라는 듯, 아힌달이 대꾸하였다.

"무슨 말이냐니? 이대로 싸울 셈인가? 우리가 서로에게 취할 것은 수급이 아니라 정보이고 거래이다. 저들의 오해를 차단하고, 차를 곁들인 자리에서 좀 더 느긋한 대화를 꾀하는 것이 어떻겠는가? 병력의 규모가 역전되었다 해도 그쪽은 마법사가 있으니 어느 쪽이 압도적이라 생각하지 않는다. 그러니, 비로소 공평한 대화를 해 볼 수 있게 되지 않았을까?"

스레이야가 당혹하여 소리쳤다.

"왕야! 무슨 말씀이십니까? 이제 굴욕을 감내하실 이유가 없습니다!"

"나는 굴욕을 당한 적이 없다만."

오히려 쌀쌀맞게 핀잔을 주는 주군을, 스레이야는 배신당한 얼굴로 멍하니 쳐다본다. 그의 반응은 피어클리벤의 사람들에게도 모두 완전히 의외였다. 크누드는 미간을 찌푸린 채 계속 그를 노려보았고, 그럴 방법이 없는 울리케는 다만 다음과 같이 물었다.

"이 상황에 대화를 계속하자고?"

"그렇다. 나를 끌고 추적대를 피하기는 상당히 무리가 따를 터이다. 또한, 응전도 불필요하다. 나의 말을 전하는 전령 한 사람으로 방지할 수 있는 일이니까."

"왕야……!"

"스레이야, 나는 약속을 했다. 모든 약속은 윤나께 귀의한다. 입을 다물라."

그는 선언하듯 명령했고, 좌중에 고요가 찾아왔다. 그야말로 흠잡을 데 없는 군주의 모습이었다. 지켜보던 라그나의 얼굴에 쓴웃음이 깊어졌고, 다음 순간 약속이나 한 듯 피어클리벤의 모두가 나무 위의 도래까마귀를 쳐다보았다. 울리케는 신기한 기분으로 말없이 아힌달을 본다. 그는 진심으로 말하고 있었던 것이다.

물론, 현시점에서 아힌달의 결정은 꽤 합리적이다. 적어도 울리케는 그렇게 판단했다. 흐리늪들의 구원군 쪽에 병력이 아무리 붙든, 피어클리벤 선발대 측에 마법사가 있는 이상 작정하고 충돌한다면 저쪽도 심대한 타격을 면하기 어렵다. 더구나 그 와중에 얼마든지 요인인 아힌달이 죽거나 다칠 수 있으므로.

하지만 울리케가 그를 이채롭게 보는 것은 이러한 판단 자체보다 그의 태도였다. 그가 겨울과 약속의 신 윤나의 이름을 올리며 신의의 신성성을 선언하는 모양새에는 꽤나 종교적인 경도됨이 엿보였다. 바로 그 엄숙함이 이 침묵의 이유이리라.

"좋다. 그러면 전령을 보내라. 대신, 이쪽에서도 한 명이 따라붙겠다."

울리케는 말했다. 그가 허튼수작을 부릴 것이라 생각하지는 않지만, 이것은 집단 대 집단의 이야기이므로 취하지 않을 수 없는 조치이자 형식이었다. 다만, 누굴 보내지? 그리고 혹시 모를 위험에 대해 어떻게 대비하는 게 좋을까?

"제가 갈까요?"

마치 울리케의 고민을 읽은 듯, 시야프리테가 나섰다. 그러자 라그나가 얼른 막는다.

"아서. 시그리드라면 모를까, 너만 보낼 수는 없다."

"아니, 제가 왜요?"

"그걸 모르니까 못 보내."

시야프리테가 재귀적인 자문의 무한한 공황상태에 빠져있는 동안, 생각하던 순찰대장 길핀이 나섰다.

"제가 가겠습니다. 보내주시지요. 제가 맡을 역할입니다."

길핀의 말은 많은 것을 함축하고 있었다. 여기까지 따라붙는 동안, 피어클리벤 측 사람들은 순찰대원들의 태도에서 어쩐지 패퇴한 낙오병들의 분위기를 계속해서 읽어냈다. 비록 그들은 결코 자신들의 임무를 게을리하지 않았지만, 사실상 소속을 잃어버린 그들은 마치 자신들이 탈영이라도 한 듯 불안해하고 있었다. 이를 잘 이해하는 크누드가 살짝 걱정스러운 얼굴로 말했다.

"그렇게 하시지요. 무리하지 마십시오."

그렇게 하여 아힌달 측에서는 스레이야가, 울리케 측에서는 길핀이 나서게 되었다. 스레이야는 아힌달의 이 명령이 영 못마땅한 눈치였으나 못내 따랐다. 닐뵤른 마을로 진군하는 부대에게 잘 보이도록 하기 위해, 길핀과 스레이야는 횃불을 하나씩 밝혀 들고 마을의 북쪽 진입로로 나갔고 나머지 사람들은 수호목 앞 공터에 불을 아주 크게 지펴 올렸다. 아힌달의 구원군이라 은연중 단정하고 있었으나, 엄밀히 말하자면 접근하는 부대의 정체는 여전히 미지이다. 때문에 만일의 사태에 대비할 필요가 있음을 아는 모두는 긴장하여 움직였다. 순찰대원들이 아힌달을 지키는 동안 피어클리벤 선발대의 나머지는 모여 짧게 이야기를 나눈다. 다만, 브륀힐데는 북쪽 진입로로 살짝 정찰을 나간 상태라 자리에 없었고, 여태껏 자리에 없던 랄로프와 나머지 용병 단원들이 불려 와 있었다. 물론, 마을 사람들은 모두 대피시킨 직후다.

"생각할 수 있는 최악의 경우가 무엇이겠소?"

장대하게 활활 타오르는 모닥불의 드센 열기를 받으며, 라그나가 말문을 연다. 그러자 생각할 필요도 없다는 듯, 크누드가 곧바로 말을 받았다.

"접근하는 부대가 막무가내로 공격을 개시하는 경우겠지요. 인질의 안전을 상관치 않고 말입니다."

"그 경우, 우리가 취할 수 있는 방책이 뭐가 있죠?"

크누드의 팔에 올라앉는 것을 격렬히 거부한 끝에 시야프리테의 팔에 대신 앉아있는 도래까마귀, 울리케가 물었다.

"수가 정말로 백을 넘는다면, 시야프리테의 마법이 절실합니다. 그리고 그 경우, 우리가 저 아힌달을 확보하기 위해 애쓰는 것은 무의미하죠. 오로지 선발대 전원의 안전한 퇴각만이 중요합니다."

크누드의 대답과 동시에, 사람들은 여전히 지팡이를 세우고 북쪽으로 신경을 곤두세우고 있던 류그라 소녀를 보았다. 라그나가 묻는다.

"어때?"

"……어쩌죠?"

"네가 그걸 물어서 어쩌자는 거야."

라그나가 탄식하듯 말하자, 멀뚱거리는 시야프리테의 어깨 위, 울리케가 달래듯 소녀에게 물었다.

"모두를 안전하게 도울 주문이 뭐가 없겠어?"

시야프리테는 자신에게 쏟아지는 무수한 시선들이 전혀 부담스럽지도 않은지 멍한 얼굴로 밤하늘을 올려다보다가 말했다.

"일단 벼락을 하나 떨어뜨리고 시작하는 게 어때요?"

울리케는 순간 소녀의 긴 귀를 쪼고 싶은 충동을 느꼈다. 하지만 의외로, 크누드나 라그나는 이 이야기를 진지하게 받아들인다.

"확실히, 이 경우엔 그게 더 도움이 될 수 있습니다. 이쪽이 어떤 칼을 가졌는지 분명하게 보여주는 것은 억지력이 됩니다. 시그리드도 종종 취하곤 했던 전략이죠."

"내 이야기들이야?"

난데없이 들려온 목소리. 시그리드다. 모두가 화들짝 놀라 돌아보자, 이 마을에 들어온 이후 한가롭게 제멋대로 마실이나 다니던 나귀 유슬리스가 그 짤뚱한 다리를 놀리며 다가오고 있는 게 보였다. 그리고 그 곁, 역시 마찬가지로 늘 나귀가 자신의

양이라도 되는 듯 곁을 지키던 흰이리개 사우트가 신바람 난 걸음걸이로 펄쩍펄쩍 뛰며 따르고 있었다. 가까이 다가온 나귀는 다시 말했다.

"아가씨가 좀처럼 돌아오시지 않길래 와 봤어요. 무슨 일이죠?"

나귀의 몸인 이상 그는 말을 하는 재주 외에는 일행에 더할 도움이 없다. 그럼에도 그의 목소리를 듣자마자 왠지 모두는 든든한 지원군이 나타난 듯한 착각에 휩싸인다. 라그나는 반갑다는 기색을 감추지 않으며 빠르게 현 상황을 설명하기 시작했고, 나귀는 때때로 긴 귀를 펄럭이며 조용히 들었다.

"원, 도무지 단순하게 굴러가는 일이 없군. 아가씨가 끼는 여정은 왜 다 이렇죠?"

설명이 끝나자마자 나귀형 시그리드가 나무라듯 까마귀형 울리케에게 던진 말이다. 물론 농담이고, 울리케 또한 모르지 않았기에 딱히 대꾸할 필요를 느끼지 못한다. 그래서 그는 한 번쯤 해 보고 싶었던 것을 해 본다.

"까—악."

"틀렸습니다."

크누드가 담담한 목소리로 울리케의 까마귀 흉내가 글러 먹었음을 지적하자, 울리케는 표독스러운 눈빛으로 그를 노려본다. 하지만 덕분에 모두를 휩싸고 있던 긴장은 확실히 조금 누그러졌다. 시그리드가 투레질을 하더니 말한다.

"어디까지나 상황에 맞춰가야 하는 일이야. 너무 자세한 계획을 미리 세워두는 것이 오히려 발목을 잡을 수도 있어. 시야프리테는 감각적으로 움직이는 아이니까 나머지 남자들이 맞춰줘야 하지 않겠어? 당황하게 만든 적은 많아도 일을 망친 적은 없잖아? 어차피 단순히 병력만 비교하자면, 오늘 모두 여기서 전멸하더라도 이상한 일은 아니지."

모처럼 누그러진 분위기가 다시 살벌해져 버렸다. 라그나는 살짝, 구태여 왜 그런 말을 하냐는 나무람을 담아 시그리드를 보았지만 평소 성격을 알기에 토 달지는 않았다. 하지만 한편, 시야프리테는 그제야 상황을 인식했는지 미간을 모으며 얼굴을 굳혔다.

"마중 나간 길핀 아저씨와 전령 언니가 저들과 접촉했어요."

그런 와중에도 초계의 술을 늦추지 않고 있었는지, 시야프리테는 문득 말했다. 모두가 입을 다물고 소녀의 입만 쳐다본다. 집중하기 위에 눈을 감고 이마를 지팡이에 기댄 채 기대듯 서 있던 시야프리테가 다시 말했다.

"보고 있어요……. 기병대가 질서정연하네요. 대화를 나누는 것 같은데요. 얼마나 걸릴까……?"

아무도 소녀를 방해하지 않는다. 침 삼키는 소리마저 삼간 가운데 모닥불만이 작은 돌풍소리를 내며 쉬익쉬익 타올랐다. 그러다 마침내 시야프리테가 눈을 뜨고 말했다.

"이리로 움직이네요. 어떤 충돌도 없었어요."

모두가 은연중 안도의 한숨을 내쉰다. 크누드가 말했다.

"최악의 경우는 피한 것일까요."

"아직 단정은 이르지만, 최소한 다짜고짜 공격할 생각은 없는 것이겠소."

라그나가 말을 받았다. 그리하여, 일행 모두는 아힌달을 내세우며 맞이할 준비를 했다. 회관 안에 갇혀 있던 아힌달의 병사들도 풀려나왔지만 여전히 모두 무장해제 상태였다. 그렇게, 모두는 입을 꾹 다물고 전신을 긴장시킨 채 널뵤른 마을로 진입하는 '적'들의 부대를 기다렸다. 사실상의 포위를 허용하는 것이나, 아힌달이라는 요인의 가치에 기댄 일종의 도박이겠다. 먼저 달아나는 것은 쉬운 일이지만, 피어클리벤 측으로서도 아힌달은 그냥 놓치기 아까운 존재이며, 또한 어차피 이 정도의 충돌은 각오하고 시작한 여정이었다. 그래서 다들 스스로 무모하다고 여기면서도, 결코 두려움에 떨지는 않았다.

그리하여 마침내 적들이 시야 안으로 들어왔다. 커다란 네발짐승에 탄 기병대의 행렬이 마을 북쪽 진입로로부터 나타나더니 먼 거리에서 멈추어 섰고, 이내 안내하던 스레이야와 길핀이 굳은 얼굴로 횃불을 든 채 다가오기 시작했다. 그 뒤를 따른 것은 부대의 지휘자로 보이는 한 인물과 두 호위였다. 선발대 측의 모두가 입을 꾹 다문 가운데, 적 기병대의 모습을 확인한 랄로프가 맨 먼저 딸꾹질하듯 내뱉는다.

"……사슴이야?"

무리도 아니었다. 정말로 그들은 말이 아니라 거대한 사슴을 타고 있었다. 말코손바닥사슴과 유사해 보이지만 훨씬 더 크고, 온몸에 두툼하고 붉은 털로 가득한 짐승이 그들의 탈것이었다. 랄로프의 어이없어하는 목소리에 화답하듯, 선 채로 기다리던 아힌달이 고개를 돌려 설명했다.

"멋지지 않은가? 우리의 고향에서는 말이 추위를 견딜 수 없기 때문에 식용 목적 외에는 달리 기르지 않지. 이 지역의 빠른 말들보다는 느리지만, 더 오래 달릴 수 있어 결국 차이가 별로 없다."

아힌달의 설명은 친절한 데다 꽤나 사근사근하기까지 했다. 울리케의 호기심을 채워주는 데는 더할 나위 없이 좋았지만, 정말이지 느긋한 사내 아닌가. 울리케는 그렇게 생각했다.

"왕야!"

그렇게 세 기병을 이끌고 안내해온 스레이야가 다가오며 외쳤다. 길핀은 말없이 떨어져나와 피어클리벤 선발대들 사이에 섰고, 작게 한숨을 내쉰다.

"그래, 저들은 누구지?"

"시니르의 돌격조입니다. 저희가 귀환하지 않아 서둘러 왔다고 합니다."

아힌달의 질문에 스레이야가 답한 것이다. 그 말을 들은 아힌달은 의외라는 듯 살짝 미간을 좁히며 말했다.

"육왕의? 나의 가신들은 어디 있는가?"

안내를 받아 그들 가까이 다가온, 세 기병 가운데 중앙의 사내가 입을 열었다.

“시니르의 제2 전위충격대, 대장 소발입니다. 아힌달 전하를 뵙습니다. 제가 앞서 들은 이야기가 전부 사실입니까? 저 간악한 무리들이 왕야를 사술로 홀린 것이 아니옵니까? 저들을 몽땅 베라 명하소서.”

중년으로 보이는 사내의 목소리는 두껍고 침침했다. 마치 평생 한마디의 허튼소리도 해본 적 없게 들리는 그 목소리와 말은 모두의 심장을 덜컹이게 했다. 피어클리벤의 칼잡이들이 부지불식간에 어깨를 긴장시킨 다음 순간, 아힌달이 또렷하게 말했다.

“결코 아니다. 나는 이들과 교섭을 하려 한다. 나의 염려대로 이 싸움의 흐름을 흐리려는 자들이 있고, 그 증거도 확보하였다. 장수는 검을 아끼시게.”

소발은 눈을 돌려 피어클리벤 선발대의 면면을 슥 훑어본다. 활짝 펼쳐진 손바닥 모양의 거대한 사슴뿔 너머 기승한 그의 몸이 커 보였다. 소발의 시선은 문득 나귀와 그 잔등에 올라탄 까마귀, 그리고 흰이리개의 곁에 선 류그라 소녀에게 멈추었다. 한동안 그 이상한 조합을 물끄러미 쳐다보던 그가 말했다.

“무례를 용서하소서. 그러나, 흐름을 흐린다고 말씀하셨습니까? 소장이 아둔하여 무슨 말씀인지 모르겠습니다. 제게는 여전히 왕야께서 미혹되지 않으셨다는 증거가 필요합니다. 저 도둑놈들의 사술에 관해 들은 바가 없지는 않으니까요."

도둑놈이라 불린 피어클리벤 측의 사람들은 모두 인상이 나빠졌다. 더구나 한결같이 쏘아보는 소발의 시선은 불구대천의 원수를 보는 눈빛 그 자체였다. 결코 호락호락해 보이지 않는다.

아힌달은 한숨처럼 말했다.

"나를 해하려는 움직임이 있다. 애초에 계획된 선을 넘어 감당 불가한 규모까지 확전을 바라는 이들이겠지. 나의 판단엔 어떤 사술도 침입하지 않았다."

"정신을 흐리는 마술은 그 스스로 자각할 수 없다고 알고 있습니다만."

여전히 물러서지 않는 소발의 말에, 마침내 분노한 스레이야가 소리쳤다.

"방자함이 지나치지 않은가! 어느 안전인가를 되새겨라!"

그러나 소발은 들은 체도 하지 않고 여전히 모두를 쏘아볼 따름이다.

— 낌새가 이상하군.

'……저도 그렇게 생각합니다. 저자의 기운이 일렁이는 것처럼 보입니다.'

이제 느닷없이 머릿속에 울리는 용의 속삭임에 조금은 익숙해진 울리케가 독백한다.

— 아, 그게 바로 살기다. 알아보겠느냐?

'……알려주시지 않은 바를 어찌 압니까!'

— 너는 진귀한 경험을 하는 것이다. 우리가 세상을 보는 방식의 지극히 일부이지만.

'자랑이십니까? 아니 그보다, 지금 저자의 살기가 보이는 것이 좋은 징조이겠습니까?'

— 살기 자체는 이상할 일도 아니지. 그것의 방향이 문제일 것이다.

울리케는 까마귀의 눈을 크게 떴다. 소발과 그 두 부관, 그리고 저 너머 대기하고 있는 백여 기병대의 모습에 집중하자, 비로소 들끓는 그들의 전의가 확실하게 형태로서 감지된다.

그 순간, 여태까지 잠자코 모두를 쏘아보며 불편하게 하던 소발이 아힌달을 향해 입을 열었다.

"참으로 왕야께서는 듣던 대로 영민하십니다. 그 의지만 올바른 방향으로 향했어도, 이 소장은 흠모와 존경 외에 달리 왕야께 올려드릴 무엇도 없었을 것이옵니다. 그저 받은 명을 수행하는 것이오니, 너무 탓하지 마옵소서."

"시야프리테!"

침침하게 지껄이는 소발의 말은 점점 모두에게 불안과 확신을 주었고, 그의 마지막 말이 끝나는 순간 나귀와 까마귀는 동시에 위와 같이 외쳤다. 그러자 기다렸다는 듯, 시야프리테는 지팡이를 쭉 내밀며 소리 질렀다.

"미안해요!"

천지를 뒤흔드는 굉음이 터졌다. 마른 밤하늘의 날벼락 소리.

그러나 일순 주변을 환히 밝힌 백광은 소녀의 의지와 달리 땅에 닿기 전 사라져버렸고, 깜짝 놀라 몸을 움찔했던 사람들은 의아한 눈을 들었다. 전혀 놀라지 않은 얼굴로 한 손을 들어 올린 채 여전히 거대한 사슴의 등 위에서 내리쏘아보는 소발의 눈빛은 한결같았고, 그 시선의 끝에는 어디선가 날아온 검은 화살이 박혀 반으로 쪼개진 류그라네스의 가지가 있었다. 영혼을 잃어버린 것 같은 소녀의 얼굴과 함께.

제 12장

이 믿을 수 없는 광경은 울리케의 눈에 완전히 정지된 세상처럼 보였다. 완전한 침묵이 해일처럼 일어나 사방을 감쌌고, 경악한 울리케가 눈을 돌리자 그림처럼 얼어붙은 모닥불 더미와 허공에 불티들이 별처럼 붙박여 있다. 아니, 정말로 세상이 정지해있다.

— 시간이 필요할 것 같아 조금 조치하였다.

'……시간을 정지할 수 있으십니까?'

— 그럴 리가 있겠느냐? 너와 나의 대화 시간을 상대적으로 가속화한 것뿐이다.

울리케는 무슨 말인지 알아들을 수 없었으나, 마냥 신기해할 여유가 없다는 것은 이해한다. 그래도 울리케의 주변, 둘러선 일행 모두의 경악한 표정과 몸이 조금의 흔들림도 없이 정지해 있는 광경은 참 볼만한 것이긴 했다. 그들을 쏘아보는 소발의 표정만 아니라면.

— 이제 어찌하겠느냐?

'……어찌할까요?'

이번만큼은 제대로 당황한 울리케가 맥없이 대꾸한다. 류그네라스의 가지가 파괴되다니. 그간 시야프리테가 보여준 맹랑함에 가려, 이럴 가능성이 존재한다는 것을 생각지도 못했던 것이다. 아무리 불에 타지 않는다고 한들, 불괴라는 뜻이 될 수는 없다. 정말로 불괴의 물건이었다면 류그네릭을 만들 수도 없었겠지. 하지만 그럴 가능성을 염두에 두었다고 해도 이 사태를 방지할 수 있었을까? 울리케는 초점이 날아간 시야프리테의 얼굴을 본다. 그 내민 손에 들린 지팡이도. 가지를 정확히 세로로 멋지게 쪼개버린 검고 작은 화살. 다름 아닌 파마의 화살이다.

'……적은 파마의 화살을 준비했고, 저격수를 배치했으며, 한 치의 오차도 없이 지팡이를 노렸습니다. 준비도 실행도 완벽했군요.'

— 그렇다.

용은 단지 그렇게만 말했다. 마치 울리케가 계속 생각해야 한다는 듯, 이어지는 용의 침묵에 등 떠밀린 그는 초조함과 불안 속에서 연신 생각했다. 너무나 가혹한 조건이었다.

'마법적 지원이 없다면 저희는 여기서 다 죽거나, 별수 없이

포로가 됩니다.'

— 그렇겠지. 물론 너는 안전할 것이다. 죽는 것은 까마귀니까.

밉살스러울 정도로 담담하게 사실을 지적하는 용의 발언은, 그러나 이번만큼은 의외로 울리케의 울화를 북돋지 않았다. 정말로 사실이었으니까. 일행에 대한 걱정이 너무나 커져, 용에게 부릴 신경질 같은 건 돋아나지도 않았다.

'시그리드는……, 여기서 도움이 될 수 없겠지요.'

— 그렇다. 파국의 목격 외에, 그가 할 수 있는 일은 없다.

그건 나도 마찬가지야. 울리케는 상상 속의 입술을 깨물었다. *생각하자. 어떻게 해야 하지? 어떻게?*

— 별 수를 생각하지 못한다면, 나는 곧바로 빙의의 연결을 끊고 뒤이어질 폭력의 현장으로부터 너를 격리할 생각이다. 네가 이 비극을 지켜보는 것은 완전히 불필요하다.

용의 말은 분명히 울리케를 보호하는 내용이건만, 왜 이다지도 잔인하게 들리는지 모르겠다. 무심코 다시 쳐다본 소발의 굳건한 표정을 보니, 일행을 살려둘 가능성이 일절 없을 것 같다. 그야말로 아무런 교섭의 여지도 엿보이지 않는다. 의심 없이 묵묵한 불굴의 명령 수행. 그것만이 그의 쏘아보는 두 눈에 새겨져 있다.

'……나서실 수 없으십니까? 조언이라도.'

마침내 울리케는 정말 하고 싶지 않았던 말을 꺼낸다. 그는 용의 권능에 기대어 고블린과 교섭했고, 그 덕분에 자객의 화살로부터 목숨을 건졌으며, 또한 가족들을 구해달라고 청원하기도 했었다. 그의 마음 한구석에는 언제나 만일의 경우, 그가 나서주리라는 기대가 분명히 있었으니까. 그리고 이 모든 사태가 용으로 인해 시작된 일이기 때문이라는, 나름의 합리화도 하고 있었다.

그럼에도 불구하고, 울리케는 지금 이 순간 용에게 도움을 청하는 것이 부끄러웠다. 때문에 최후까지 결코 하고 싶지 않았던 청원이었다. 아직은 스스로 그 이유를 분명히 하고 있지 않았지만.

용은 짤막한 침묵 끝에 말했다.

— 여파를 생각해 보았느냐? 그것은 말하자면 나의 참전 선언이 된다. 너희의 규칙은 네가 더 잘 알겠지. 잘 생각해 보거라.

용의 말은 옳다. 여기서 그가 모습을 드러낸다면 이 싸움에 피어클리벤의 참전을 대외에 선언하는 것이 되며, 아울러 용을 전력으로 보유했음을 만방에 알리게 되겠지. 더구나 여기는 피어클리벤 영지가 아니라 뉘른스에크이다. 피어클리벤은 군사를 일으킬 명령을 아직 받지 못했고, 따라서 이는 자위의 차원을 넘어선 것으로서 타 영지나 황실에 인식될 빌미를 제공한다. 그리고 흐리늪의 공세 또한 명백히 피어클리벤을 의식하고 흐르게 될지 모른다. 한 마디로, 최악의 경우 완전히 고립무원에서 전쟁의 발발이다.

그러니 냉혈하게 생각하자면 지금 이 자리 전원의 생사를 각자의 운에 맡기고 포기하는 것이 대국적으로는 현명하리라. 시야프리테는 불쌍하지만 지팡이를 잃은 그는 무가치하다. 크누드는 어차피 늘 밉살맞았어. 시그리드의 동료들은 마음에 들지만, 모험가의 목숨이란 게 그런 거잖아? 길핀의 순찰대들은 어차피 우리 영지의 사람들도 아니야. 상심한 시그리드는 아마 영지를 떠나겠지. 그래도 그 공백은…….

울리케는 순간 자신이 하고 있는 생각에 소름이 끼쳐 몸을 부르르 떨었다. 반사적으로 격렬한 자기혐오가 뒤따랐고, 불현듯 아우케트의 말이 선명하게 떠올랐다.

"나는 네가, 무엇보다 먼저 애도를 표해주기를 기대했다."

이제 울리케는 안다. 합리적이라는 이유로 내린 결정은 그 스스로가 결코 견딜 수 없으리라는 사실을. 목숨은 재화가 아니야. 이미 겪었던 일이 아닌가.

— 결국, 그리 생각하느냐?

울리케는 아무 말도 전하지 않았지만 그의 사고과정을 따라가고 있던 용이 먼저 말해왔다. 울리케는 다시 눈을 들어 정지된 세상 속의 모두를 본다. 그는 말했다.

'도와주소서. 다만, 직접적으로 강림하실 필요는 없으리라 생각합니다.'

— 방안이 있느냐?

'그저 모두를 다치지 않게만 하실 수 없으십니까? 누구의 피도 보지 않게 말입니다.'

— 기술적으로 불가능하다. 내가 여기서 완전히 보호할 수 있는 것은 단 한 사람뿐이다. 전부를 보호하려면, 나는 직접 나서야 한다.

울리케는 다시 상상 속의 입술을 깨물며 생각한다. 이 용이 도대체 뭘 할 수 있고 어떻게 할 수 있는지, 아는 게 별로 없다는 건 이럴 때 치명적이다. 더구나 그는 마법사도 아니니까. 순간, 멍한 얼굴로 서 있는 아힌달이 눈에 들어왔다. 퍼뜩 떠오른 울리케는 말했다.

'그럼 저 아힌달이라는 자를 보호하시면 어떻습니까? 가능하십니까?'

— 정말이지 해괴한 요구로군.

'그렇지. 아예 그를 저희 영지로 소환하실 수는 없으십니까?'

— 포로로 잡겠다는 말이냐?

'가능하시냐 여쭈었습니다!'

맹렬히 한가지 가능성에 빠져든 울리케는 이제 비로소 용을 윽박지르기 시작한다. 순간, 용은 매우 기꺼운 듯 말했다.

— 좋다. 대신 이 건에 대해서는 나에 대한 정기적인 만찬 예산의 할당으로 에이드리크에게 고지하겠다.

'모쪼록 맛나게 드소서!'

다음 순간 정지해있던 세상이 실타래가 풀리듯 본연의 속도로 휙 돌아갔다. 모두가 여전히 경악한 표정으로 시야프리테의 지팡이만을 보고 있는 가운데, 완전히 얼이 빠진 류그라 소녀는 바닥에 털썩 주저앉았다. 그러고는 마치 저세상에서 들려오는 듯한 목소리로 이렇게 중얼거렸다.

"끝이야……."

피아의 구분 없이 모두의 이목을 끈 그의 행동 때문에, 오로지 곁눈질하고 있던 울리케만이 이미 아힌달이 사라졌음을 깨닫고 있었다. 뒤늦게 이를 발견한 소발의 눈썹이 크게 치켜 떠졌고, 이를 기다리고 있던 울리케가 나귀의 잔등 위에서 소리친다.

"아힌달은 우리의 포로로서 피어클리벤으로 압송되었다!"

그가 무슨 말을 하는지 이해하는 이가 이 자리에 있을 리 없다. 그때까지도 분명히 곁에 있던 주군이 온데간데없자 당황한 스레이야가 사방을 휘둘러보았고, 피어클리벤 측의 모두도 황망한 얼굴로 이 연이어 터지는 사태를 바라본다. 시야프리테만이 그러거나 말거나 주저앉은 채 훌쩍이고 있었다.

"……너는……, 뭐냐?"

흔들림 없는 태도를 유지하던 소발도 이번만큼은 꽤 당황한 게 분명했다. 더구나 입을 연 것은 사람도 아니고 도래까마귀. 어쩌면 상대의 정체나 상하 관계가 분명치 않음에 익숙지 않은 유형일까? 울리케는 희망을 걸어본다. 하지만, 아힌달 때와는 조금 다르다.

"내가 누구인지, 상전을 베려 한, 무도한 네놈이 알 것 없다!"

"죽고 싶은가."

삼엄하게 떨어지는 소발의 목소리는 위협에 익숙한 기상이 있다. 울리케는 두려웠다. 자신 혼자 안전한 영역에서 동료 모두의 안전을 담보로 부려야 하는 허세. 홀로 용의 입 앞에 떨어졌을 때보다 두렵다. 그래도 용기를 쥐어 짜낸, 울리케는 말했다.

"분명히 말해두마. 우리에게 손끝 하나라도 대면, 피어클리벤과 그 언약하신 분의 이름으로, 너희 오랑캐 놈들 모두 뼛속까지 태워죽일 것이다!"

소발은 잔뜩 찌푸린 채 그저 조용히 이 예상외의 협박을 듣고 있었으나, 그 곁에 두 부관은 살짝 동요하는 게 보였다. 아힌달의 말마따나 저들이 아우스뉘르 제국에 대해 필요한 만큼 알고 있다면, 소발과 그 부대원 역시 피어클리벤에 대해 알고 있겠지. 지금 이 자리에 서리심이 있는 것도 아니고, 용을 상대로 만용을 부리려 들까?

소발이 입을 열었다.

"나는 명령을 수행할 따름이다."

"그렇습니까? 그런데 이를 어쩝니까? 당신의 목표는 지금 이 자리에 없는 것 같습니다만."

갑자기 치고 나온 것은 크누드였다. 울리케는 당황하여 그를 본다. *아니, 뭘 안다고 끼어들어?* 그리고 그 순간, 울리케는 여태껏 본 중 가장 재수 없는 표정을 짓고 있는 크누드를 보았다.

"네놈은 또 누구냐?"

소발이 묻자, 크누드는 울리케를 살짝 곁눈질하더니 빙글 웃으며 소발에게 말했다.

"피어클리벤의 기사입니다. 이름은 아실 것 없고. 왜, 우리의 신분이 그렇게 중요합니까?"

"물론이다. 너희는 이 일과 관계없다. 왕야는 어디 있는가?"

위협에 익숙해 보이는 소발이었지만, 지금 이 물음은 차라리 사무적이다. 그 순간, 그때까지 상황을 파악하느라 황망히 서 있던 스레이야가 눈을 부라리며 거칠게 외쳤다.

"소발! 네 이놈! 감히 왕야를 시해하려 한단 말이냐!"

"왕야는 어디 있소?"

어처구니없을 정도로 고지식하군. 울리케는 생각했다. 하지만 스레이야가 무얼 알겠는가? 그는 소발에 대한 분노와, 동시에 이 불가해한 상황에 대한 당황을 누르며 그저 씩씩거렸다. 손에 검이 들려있었더라면 필시 당장 달려들었을 기세였다.

"다시 말한다! 아힌달은 현재 피어클리벤의 보호를 받고 있다!"

까마귀 울리케가 외치자, 모두의 시선이 그를 향했다. 소발의 표정에 복잡한 고뇌가 피어오르는 게 보인다. 그것이 이토록 선명하게 보이는 것도 까마귀의 눈 때문일까?

소발이 아힌달을 죽이기 위해 온 것이라면, 지금 이 상황은 분명 그에게 꽤나 곤혹스러울 것이다. 눈앞에서 목표를 잃어버린 데다, 애초에 피어클리벤 선발대는 그들의 안중에 없었을 테니까. 방해를 제거하기 위해 파마의 화살을 쓰긴 한 것 같지만, 아힌달이 현장에 없는 이상 그들이 장래에 도래할 위험요소를 감수하면서까지 선발대에게 손을 대는 것은 모험이다. 그리고 그것은 분명 소발 정도 지위의 지휘관이 결정할 수 없는 일일 것이다. 울리케의 노림수는 바로 그 부분이었다. 그에게 이 난감한 상황을 타파할 결정권이 없으리란 것.

물론, 그가 외교적 확전 가능성을 무시하고, 혹은 되려 그를 노리고 선발대 전원을 죽이려 들 가능성이 아예 없는 것은 아니다. 하지만 그 경우에는 바로 용이 있다. 그가 눈에 띄게 망설이고 있는 것은 이런 문제들을 고려하기 시작한 증거일 테지. 그리고 분명, 그에게는 이 상황을 결정할 권한이 없다. 그가 아까부터 오로지 아힌달만을 찾는 것이 바로 그 증거다.

"그게 정말인가? 피어클리벤이 왕야를 보호한다고? 어떻게 증명할 것인가?"

"네놈이 고려할 문제가 아니지 않은가?"

소발의 목소리에 아주 미세하나마 요청의 기색이 들어가 있음을 느끼며, 울리케는 이렇게 강짜를 부렸다. 기실 그는 의도적으로 그에게 정보를 안 주고 있었다. 그럴수록, 일선의 야전 지휘관에 불과한 그는 스스로 판단하지 못할 테니까. 이제는 분명해진 까마귀의 통찰력 때문에 소발의 사람됨과 성격을 꿰뚫어 보기 시작한 울리케의 확신이었다. 그리고 그것은 옳았다.

"어찌하시겠습니까?"

소발의 곁에 있던 부관이 조심스레 묻자, 한동안 예의 그 쏘는 듯한 눈길로 피어클리벤 선발대 전원을 훑어보던 그가 말했다.

"어쩔 수 없다. 나의 권한 밖의 사태다. 이들 모두를 본진으로 압송한다."

울리케가 이겼다. 최소한의 피해로 끝난 것이다. 쪼개진 가지를 붙잡고 우는 소녀는 아마 동의하지 않을 테지만.

군무관 그리젤 라르그문드는 서둘러 병사들에게 준비를 종용한 뒤 성주 아셰리드의 집무실로 향했다. 하루의 집무를 마치고 벽난로 앞에 앉아 차를 들며 한숨 돌리고 있던 그는 군무관의 보고를 듣고 한동안 멍한 눈으로 노파를 보았다.

"……흐리늪의 왕이라고요?"

"제후 중 하나입니다."

"제후? 그들이 제국을 세웠던가요?"

"송구합니다. 확인해 보겠습니다."

그리젤은 불쾌하다는 듯 말했다. 뜻밖의 사태에 더해, 주군께 올릴 정보가 불충하다는 데서 오는 자책이었다. 아셰리드는 한동안 기막히다는 기색을 숨기지 않다가 말했다.

"어디로 온다던가요?"

"현재는 용이 데리고 있는 모양입니다. 이쪽에서 준비가 되면 곧장 성 안뜰로 보낸다고 합니다."

그리젤 또한 일과를 마치고 쉬려던 와중에 난데없이 용의 전언을 듣고 달려온 길이었다. 마법과는 일절 인연이 없는 이들에게 수면 중이 아닐 때 걸어오는 원화는 상당한 정신적 혼란을 초래한다. 그리젤의 현재 안색이 나쁜 이유 중 하나이겠다.

"울리케와 유세트 경은요?"

"정황을 살핀 뒤 오실 모양입니다."

그리젤은 용이 전해온 대강의 사정을 말했다. 물론 구구절절 설명하지 않는 빌러디저드의 화법으로 인해, 내용은 심하게 축약되어 있었다. 어차피 울리케나 시그리드로부터 자세한 상황을 들을 수 있겠지. 아셰리드가 바로 움직이려 하자, 그리젤은 만류한다.

"밖이 몹시 춥습니다. 모든 게 준비되고 그가 나타나면 천천히 내려오시지요. 제가 알아서 준비하겠습니다."

아셰리드는 자신보다 열 살은 많은 노파의 염려를 웃으며 받아들인다. 그리젤은 곧바로 물러나 병사들을 모았고, 성 안뜰에 불을 지피고는 용이 보내올 선물의 당도를 기다렸다. 시그리드와 울리케가 각자 자신의 방에서 내려와 안뜰에 모습을 드러낸 것은 그로부터 꽤 한참 이후였다. 장시간 마법을 사용한 시그리드는 완연히 피로해 보였으나, 반면에 울리케는 그저 다소 긴장하고 걱정되는 표정일 뿐이었다. 시그리드는 기다리며 서 있던 그리젤에게 말했다.

"기다리게 했군요."

"잘 마무리된 것이오?"

"두고 봐야겠지요."

시그리드의 곁에는 그 스승의 안색을 걱정스레 살피는 발프리드가 있었다. 울리케 또한 약간의 염려와 미안함을 담아 시그리드를 본다. 시그리드와 달리 어디까지나 용의 힘에 의지해 오가는 울리케는 단지 상황에 의해 소모된 신경 말고는 별다른 피로가 없었으니까. 더구나 시그리드는 별도의 통증도 감내해야 한다.

"이제 곧 올 거예요."

울리케가 말했고, 이에 발프리드가 아셰리드를 부르기 위해 달려갔다. 잠시 뒤, 모자가 함께 나타나자 마치 이 모든 상황을 지켜보고 있기라도 했다는 듯, 때에 맞춰 어느샌가 아힌달이 안뜰에 모습을 드러내었다. 아무런 기척이나 현상 없이, 그저 지펴둔 모닥불의 송진 튀는 소리와 함께.

"……정말 기가 막히는군……."

자신을 향해 창을 들고 선 병사들의 포위와 앞에 보이는 이들의 존재를 확인한 아힌달이 이렇게 말했다. 체념인지 감탄인지 알기 어려운 반응이었다.

"이것이 용의 마법인가? 이런 짓까지 가능하단 말인가? 십만 대군이 무의미해지는 수작이 아닌가. 선조들이 윤나의 가호를 업고도 붉은 용에 패퇴한 것은 결코 무리가 아니었군."

아무래도 체념 쪽에 가까운 듯하다. 말을 잇는 아힌달은 침착하면서도 어쩐지 들뜬 기색조차 느껴졌고, 여전히 당당함을 잃지는 않았으나 공격적인 태도 또한 없었다. 아힌달의 말이 끝나자 가장 먼저 입을 연 것은 아셰리드였다.

"그대가 아힌달인가? 흐리늪, 이미르의 왕이라고?"

"그렇다. 그대는 누구인가?"

아셰리드는 곧바로 대답하지 않고 걸음을 떼어 그에게 다가갔다. 아힌달을 포위하던 병사들이 움찔했지만 그리젤이 손을 들어 제지하자 그저 긴장한 표정으로 바라볼 뿐이었다. 의아한 얼굴의 아힌달 코앞까지 다가간 아셰리드는 한동안 그를 물끄러미 쳐다보더니 별안간 번개같이 손을 들어 그의 따귀를 후려갈겼다.

"……어머니?"

그의 행동을 조금도 예상하지 못하고 있던 울리케가 놀라 부른다. 불의의 기습을 당한 아힌달은 그야말로 휘청할 정도로 상체가 돌아가 버렸고, 아셰리드조차 자신이 실은 힘을 감당하지 못해 한두 걸음 비틀거렸다. 아힌달은 왼쪽 뺨을 감싸 쥐며 놀란 눈으로 아셰리드를 본다.

"나는 너희에게 짓밟힌 땅의 딸이며, 너희가 잡아간 남편의 아내, 아셰리드 피어클리벤이다! 너희 덕에 이 땅의 영주 권한 대리가 된 감사를 표했노라!"

울리케는 아셰리드가 이렇게 무서운 목소리로 일갈하는 것을 난생처음 보았다. 불면 날아갈 듯 늘 유약해 보이던 그의 체구 어디에 이런 무시무시한 기상이 숨어있던 것일까? 여전히 작고 가는 그 뒷모습은 그러나, 좌중을 압도하는 분노로 인해 날 세워져 일순 거대했다.

"……뉘른스에크? 아 그래, 너희는 남편의 성을 따랐지……?"

벌게진 뺨에서 손을 내리며, 아힌달은 이렇게 묻는다.

"그렇다."

이 순간에 꽤 어이없는 질문이었건만, 어릴 때부터 꼭 그와 같았던 울리케로 인해 단련된바, 아셰리드는 당황하지 않고 이렇게 대꾸했다. 그러고는 몸을 돌려 모두가 서 있던 자리로 돌아왔다. 후련하다는 듯 한숨을 내쉬고 다시 아힌달을 향해 돌아선 그가 말을 이었다.

"지금 그대의 처지를 이해하는가?"

"이해한다. 검은 용을 면전에서 보는 것은 죽을 때까지 잊지 못할 경험이지. 나는 너희의 의심할 바 없이 적법한 포로이며, 또한 너희의 덕에 암살의 위협에서 벗어났다. 하지만 감사는 미루도록 하지."

아셰리드에게 뜻밖의 장쾌한 한 방을 맞았건만, 그는 조금도 그것을 마음에 두지 않은 듯했다. 여전히 꼿꼿하게 선 채 태도와 말투를 바꾸지 않는다. 훌륭해. 울리케는 다시 한번 내심 감탄했다.

"한데, 그쪽 아가씨의 목소리가 귀에 익군. 그대가 까마귀의 본색이었는가?"

아힌달이 문득 울리케를 보며 말하자, 울리케는 순순히 대답한다.

"그렇다."

"정말 놀라운 기술들이야……. 닐뵤른의 정황은 어떠한가? 스레이야와 나의 병사들은 무사한가?"

"그대가 알 것 없다."

울리케는 시그리드와 재빠르게 시선을 주고받은 뒤 이렇게 대답했다. 아힌달은 조금 실망한 표정을 지었고, 이윽고 갑자기 어깨를 축 늘어뜨리더니 말했다.

"이제 날 어찌할 셈인가?"

그래, 이제 그를 어찌해야 할까?

그가 스스로 고백한 대로, 그는 황자나 노아크와 교환할 가치가 있는 인질이 아닐 것이다. 더욱이 그들 제국의 내부에서 그를 암살하려는 시도가 방금 있었으니, 애초에 그가 약속했던 뉘른스에크 본성의 병력 구원에도 쓸모가 있다고 장담하기 어려운 처지가 되었다. 물론 그를 살해하려 한 자들은 이 일을 완전히 비밀에 부치려 했으리라. 따라서 그가 살아있고 피어클리벤이 이 사실을 공개할 수 있는 한, 여전히 하나의 패로 소용은 있겠다. 아울러 그가 일국의 군주인 이상, 적어도 그의 재량 아래 동원할 자산이 존재하겠지. 피어클리벤은 이제 그것들을 틀어쥐고 통제할 가능성이 생겼다.

하지만 아직 피어클리벤은 이 갑작스러운 문제에 대해 내부적인 논의를 거치지 못했다. 이 자리에서 즉각 그를 어떻게 다루겠다고 결정지을 수는 없는 일이다. 현 피어클리벤의 최고결정권자, 아셰리드가 입을 열었다.

"그대는 적국의 포로로서 다루어질 것이다. 하지만 신분에 맞는 나름의 예우를 약속하지. 그대가 바라는 것과 내어줄 수 있는 것들에 관해 천천히 생각해 보라."

"그것은 곧장 대답할 수 있겠다."

피어클리벤 측과 달리, 빌러디저드의 보금자리에서 한동안 시간을 보냈던 아힌달이다. 내내 용의 감시 속에서 공포에 떨기만 하다 온 모양은 아니었는지, 그는 생각해둔 것처럼 입을 열었다. 그가 말한다.

"우선은 스레이야 이하 나의 수하들의 안전을 요청한다. 다시 묻겠는데, 그들은 무사한가?"

"무사하다. 아직은."

울리케의 대답이었다. 아힌달은 안심하는 표정을 지으면서도, 울리케가 달아둔 '아직'이란 단어에 우려를 감추지 않았다. *꽤 솔직하군.* 울리케의 감상이었다. 아니 잠깐, 조금 이상하다. 원래 사람의 감정이란 게 이토록 잘 느껴지는 것이었던가?

— 벌써 부작용인가. 감수성이 예민하군.

'……이젠 제가 그림니르에 깃들거나 잠들지 않은 상태에서

도 말을 거십니까?'

— 그 또한 일종의 부작용이다. 앞의 이야기를 하자면, 내가 까마귀에게 걸었던 통찰의 증폭이 인간인 너에게도 옮아가기 시작한 것이지. 어쩔 수 없다.

'……제가 까악 거리거나, 깃털이 돋지만 않는다면 상관없습니다.'

— 그 점은 안심해도 좋다.

그렇군. 울리케는 생각했다. 부작용이라는 단어에 불안감이 드는 것은 어쩔 수 없겠지만 지금 당장은 꽤나 편리하다. 아까 아세리드의 분노가 그렇게 손에 잡힐 듯 보였던 것도 그 때문이었겠지.

아힌달이 물었다.

"그러면 모두 포로가 된 것인가?"

"아니다. 소발은 그와 나머지 병사들을 모조리 죽이려 했다. 하지만 우리 측에서 재주를 조금 부려 달아날 수 있도록 도와주었지. 충고를 들었다면 현재 이쪽으로 오고 있을 것이다."

아힌달은 미간을 살짝 찌푸리더니 물었다.

"어떻게……? 아니, 그러면 그대의 사람들은 지금 어쩌고 있는가? 모두 함께 달아나는 중인가?"

울리케는 대답했다.

"아니, 우리 측 선발대는 소발의 포로가 되어 압송 중이다. 그 소발이라는 자의 목표는 오로지 그대였고, 그대가 없어진 이상 그는 판단을 미루었다."

아힌달은 의아해하며 묻는다.

"압송? 어째서인가? 나를 여기로 한순간에 보낼 재주가 있으면서, 왜 순순히 포로가 되었는가?"

"애초에 우리의 목적은 우리 측 포로와 부대 생존자의 구출 가능성 확인이다. 너희의 본진이 뉘른스에크 부근이리라 짐작한다. 우리가 그대라는 패를 쥐고 있는 한, 목적을 이룰 가능성은 여전하다고 생각한다. 구태여 피를 볼 필요가 없다."

아힌달은 놀란 얼굴로 울리케를 쳐다보며 한동안 생각했다. 그리고 그것은 그리젤이나 아셰리드 또한 마찬가지였다. 각자 모두가 자신들의 기준과 판단력대로, 울리케의 말을 되새겨본다.

"그대는 정말로 대담하군. 더구나 그 짧은 순간에 판을 이렇게까지 틀어버리다니. 한순간이나마 그대보다 우위에 섰다고 여긴 나 스스로가 부끄럽군. 좋다! 내가 내어줄 수 있는 것은, 내가 아는 이 전쟁의 정보 대부분과 아울러, 본진의 본대에 있는 나의 군세로써 그대들을 돕는 것이다. 물론 여기에는 전적으로 그대들의 협력이 필요하다. 현재의 나는 손발이 묶여 있으므로."

아힌달은 상쾌할 정도로 후련하게 말했다. 이제 그의 진심이 명백히 보이는 울리케가 물었다.

"그로써 그대가 도모하는 것은?"

"나를 죽이려 한 세력의 추적과 적발이다. 또한 그 증거를 얻고, 향후 반격의 자산으로 삼아야지. 아울러 이미르의 이름을 걸고, 내게 군권이 있는 한 외부의 압력이 어떻든 피어클리벤에 위해를 가하지 않겠다. 소국이지만, 그만한 역량은 있다고 자평한다."

"그대의 제국에 반역 행위가 아닌가?"

울리케가 짐짓 냉랭하게 물어본다. 하지만 아힌달은 바로 분노한 듯 말했다.

"반역이라면 나를 베려 한 자들이 반역자이지! 시니르의 육왕을 가장 먼저 의심해야 한다. 거기서부터 출발이다."

이야기가 여기에 이르렀을 때, 성 본관으로부터 로릭스데와 에파, 그리고 케틸이 나타났다. 현재 상황을 알 길이 없는 로릭스데와 케틸은 의아한 듯 주변을 돌아보았으나, 에파만은 마치 모든 것을 다 알고 있다는 듯한 표정으로 울리케에게 말했다.

"돕게 해주세요. 빌러디저드 님에게 들었습니다. 길가네스의 가지를 대신할 마법사가 필요하지 않습니까?"

울리케는 쉽사리 대답하지 못하고 시그리드와 아셰리드를 보았다. 그때까지 내내 말없이 통증의 여운을 삭이고만 있던 시그리드가 입을 뗐다.

"그건 에파로서입니까, 아니면 아이비레인으로서입니까?"

"제게 그 구분은 무의미하답니다."

조용히 대답하는 에파의 어조는 부드러우면서도 단호했다.

울리케는 그 흔들림 없는 진심을 파악하고 곧장 고개를 돌려 아힌달을 보았다. 한동안 그를 보던 울리케는 말했다.

"좋다. 이미르의 아힌달이여, 그 조건으로 한다."

교섭이 끝났다. 그러나 단지 시작이리라. 본래라면 훨씬 더 많은 검토와 회의, 그리고 중앙과의 논의가 병행되어야 할 문제였겠으나 지금의 피어클리벤은 그럴 여유가 도무지 없었다. 아힌달을 일단 방문객 공관에 구금시킨 뒤 다시 집무실로 올라온 아셰리드는 마침내 내내 참고 있던 불만을 터트리고 만다.

"도대체 황실은 뭘 하는 거지?"

뉘른스에크의 새벽 기습이 있던 날로부터 이제 거의 보름이 지났다. 그간 마땅히 황실에서 각 영지에 통보하고, 군이 움직였어야 하는 게 아닌가?

사실 일이 이렇게 답답하게 굴러가게 된 데에는 뉘른스에크의 궤멸에 가까운 행정력 마비가 가장 큰 이유로 자리한다. 그로 인해 발생한 정보전달의 공백이 문제 해결을 끝도 없이 지연시키고 있는 것이다. 원래대로라면 결코 있을 수 없는 일이나, 때마침 동절기 훈련과 겹쳐 뉘른스에크의 지도부가 성에 집결해 있었다는 점이 문제였다. 적들의 기습은 일찍이 전례가 없는 성과를 보이고 만 것이다. 때문에 아셰리드 또한 불평을 터트리면서도 단지 그뿐이었다. 집무실에 모여든 다른 이들도 쉽사리 시원한 소릴 내뱉지 못한다.

"불편해 보이시는군요. 제가 좀……?"

조용히 있던 에파가 여태 언짢아 보이는 시그리드의 안색을 살피더니 조심스레 말을 건넨다. 시그리드는 조금 놀란 얼굴을 하더니 묵묵히 고개를 끄덕였고, 에파는 그의 목덜미에 손을 올렸다. 순식간에 시그리드의 몸이 편해진다.

"제 짐작이 맞았군요. 류그네라스의 가지가 유세트 경을 중상으로부터 구한 적이 있었습니까?"

"그래요. 고맙군요."

그러느라 분위기는 조금 누그러졌다. 이마에 손을 얹고 생각하던 아셰리드가 물었다.

"도대체 지금 선발대는 어떤 상태인가요? 모조리 포로로 잡힌 것입니까?"

시그리드와 울리케가 서로를 마주 본다.

앞서 아힌달에게 말한 바와 같이, 크누드 이하 피어클리벤 선발대의 전원은 소발의 포로로 잡혔다. 비록 포승줄에 묶이진 않았지만 무장해제 또한 어쩔 수 없는 일이었다. 하지만 예외는 있었다.

"잡히지 않은 이들이 있다고요?"

아셰리드가 눈을 크게 뜨며 묻자, 설명하던 시그리드가 고개를 끄덕이며 말했다.

"만일을 위해 매복을 나가 있던 브륀힐데가 그 첫 번째입니다."

전령으로서 스레이야와 함께 그들을 맞이하러 나갔던 길핀을 보호하기 위해, 홀로 도로 주변으로 나가 있던 브륀힐데는 이 모든 사태로부터 완전하게 안전했다. 그는 섣불리 개입하지 않고 모든 진행을 보고 있었고, 결국 누구에게도 발각당하지 않은 채, 압송되는 선발대를 몰래 추적하게 되었다.

"누구에게도라니? 그러면 경은 어찌 그걸 안 거요?"

듣고 있던 그리젤의 지적이다. 시그리드는 말한다.

"저는 제가 빙의해있던 유슬리스가 흐리늪들의 별미가 될까 걱정되어서, 몰래 빠져나와 달아나는 데 성공했거든요. 그러니까 유슬리스는 현재 브륀힐데와 함께 있지요."

소발에게 입을 열어 말한 것은 까마귀 울리케뿐이었기 때문에, 그림니르는 새장에 갇혀 마차에 실렸지만 나귀 유슬리스의 움직임은 그다지 저들의 이목을 끌지 않았던 것이다. 흰이리개 사우트 또한 유슬리스와 함께 달아나는 데 성공했다.

"가만, 까마귀를 가두었다고? 그게 무슨 의미가 있소? 아가씨는 여기 있는데?"

그리젤이 다시 묻자, 울리케가 어쩐지 조금 사악해 보이는 승리의 미소를 지으며 말했다.

"바로 저들은 그걸 몰라요. 그림니르를 일시적인 빙의가 아니라 일종의 변신한 인간이라 생각하더군요. 제가 자유로이 정신을 오갈 수 있다는 걸 모르니까, 새장 안에 가둔 것만으로 충분하다 여긴 것이죠."

"재밌군. 그렇다면 이게 바로 반격의 포석이 될 수 있겠구나?"

남편과 가신들에 대한 걱정으로 한가득인 것은 매양이지만 이 순간만큼은 울리케처럼 재미를 느끼고만, 아셰리드의 물음이다. 시그리드와 울리케 모두 고개를 끄덕였다. 울리케는 말한다.

"반격의 포석은 더 있어요. 그 소발이란 적장이 아힌달의 수하들을 죽이라 지시하자, 스레이야가 거세게 저항했죠. 이 충돌 과정에서 하슈펠이 그들과 함께 탈출에 성공했어요."

"하슈펠 레미크? 그자가 말이오? 어떻게?"

그리젤이 놀란 얼굴로 물었다.

"무슨 재주를 부린 것인지는 모르겠어요. 그 와중에 소발의 병사 둘이 죽었고, 아힌달의 병사도 셋이 죽고 말았죠."

울리케의 말이었다.

이 갑작스러운 사건은 당연히 소발을 매우 분노케 했다. 하지만 하슈펠이 피어클리벤 선발대의 감시를 받는 일종의 포로였음을 열심히 주장하자, 그는 벌레 씹은 표정으로 겨우 납득하였다. 그래서 양측 모두 더 이상의 피는 보지 않을 수 있었고, 소발은 도망자들을 추적하기 위한 일단의 소대를 보내는 것으로 이 일을 마무리했다.

"그 하슈펠의 의도는 뭐지 그러면? 정말로 보신을 위해 탈출한 것인가?"

"그렇지 않다고 생각합니다."

울리케가 말했다.

그 혼란한 와중에 하슈펠이 보여준 기술과 속임수들은 양측 모두에게 무슨 일이 벌어진 것인지 전혀 알 수 없게 만들었다. 그는 그야말로 뒷골목의 수완이 어떤 것인가를 유감없이 발휘했다. 눈을 뜨기 힘들게 만드는 최루성 독물이 현장에 안개를 피우고, 암기가 허공을 가르는가 싶더니, 스레이야의 손에는 어느새 압류되었던 그의 검이 들려있었다. 울리케는 그 와중에 그가 자신에게 던지고 간 침묵의 시선을 기억한다.

"저는 까마귀의 통찰력으로 그의 진심을 읽을 수 있었어요. 아직 정확한 계획은 알 수 없지만, 그가 아힌달의 수하들을 안전히 대피시키고 우리를 도울 것이라 확신합니다."

그러니까 정리하자면 선발대에서 포로가 되지 않은 이들은 브륀힐데와 나귀 유슬리스, 흰이리개 사우트, 그리고 하슈펠 레미크라는 말이다.

"시야프리테는 어떻게 되었지?"

아셰리드가 묻자, 조용히 듣고 있던 에파의 귀가 쫑긋하는 게 보인다. 울리케는 대답했다.

"모두와 함께 잡혔지요. 다만 도무지 걸으려 들지 않아서 마차에 실렸어요. 계속 울고만 있던걸요."

가지를 잃어버린 류그라 소녀의 슬픔은 차마 눈 뜨고 볼 수 없는 것이었다. 어찌나 완강히 거부하던지 소발의 병사들마저 반으로 쪼개진 지팡이를 차마 빼앗지도 못했다. 하지만 소발은 단호했다.

"그 지팡이를 내어주던가, 아니면 여기서 베고 가겠다."

결국 시야프리테를 달래기 위해 라그나와 랄로프가 달라붙었다. 얼굴이 엉망이 된 채 잉잉 우는 소녀로부터 지팡이를 빼앗는 것이 얼마나 못 할 짓이었던지, 그때까지 선선히 상황을 주시하며 받아들이던 라그나조차 얼굴을 험악하게 구기며 소발에게 이렇게 물었을 정도였다.

"이럴 필요까지 있소? 이건 이제 그저 불쏘시개요."

"내겐 그걸 확신할 지식이 없다. 조금의 후환도 곁에 둘 수 없지."

어쩔 수 없었다. 결국 시야프리테는 팔다리가 묶인 채 마차 위로 던져졌고, 쪼개진 지팡이는 다른 이들의 압수된 무기와 함께 챙겨졌다. 이야기를 마친 울리케는 에파의 표정을 살폈고, 그의 울 듯한 얼굴을 확인했다.

"정말이지 예상치 못한 손실이구나……. 그 지팡이는 정말 끝난 건가요?"

아셰리드의 물음은 시그리드를 향한 것이었으나, 시그리드의 시선은 다시 에파에게 그 대답의 권리를 넘긴다. 모두의 주목을 받은 에파는 한동안 말할 수 없이 슬픈 얼굴로 허공을 보고 있다가 입을 뗐다.

"길가네스라 했나요……? 그러면 류그네라스의 열두 줄기 세 번째 끝이로군요. 네. 그들의 계보는 끝났습니다."

모두가 한동안 아무 말도 하지 못했다. 침묵을 깬 것은 조심스러운 울리케의 물음이었다.

"계보가 끝나요……?"

"길가네스의 이름을 가진 이들은 이제 더 이상 아이를 갖지 못해요."

처음 듣는 이야기에 모두가 충격받은 얼굴이 되었다. 울리케는 특히 그랬다. 그러니까, 그건 단순한 마법 지팡이가 아닌 거야……?

"서피바리와 너리서니 사이에서는 아이를 가질 수 없다는 것을 아시나요?"

"네……, 알고 있습니다만."

이어지는 에파의 물음에 울리케가 미적지근하게 대답한다. 충격적인 이야기에 연이어 무슨 상관인가 하는 질문이었기에. 에파는 말했다.

"그것은 자연적인 이유가 아니에요. 일종의 허락되지 않은 영역이기 때문이죠. 하지만 만일 자신의 계보에 속한 가지를 가진 류그라라면, 자신의 의지대로 인간과의 사이에서 아이를 갖게끔 술수를 부릴 수도 있어요. 물론 그 경우 태어난 아이는 무조건 류그라입니다."

곁에 있던 로릭스데의 얼굴이 문득 매우 심각해졌다. 그걸 모르는 에파의 말이 조용히 이어졌다.

"그러니까 그만큼, 우리의 계승은 전적으로 어머니 류그네라스가 주관하는 것이랍니다. 가지를 잃어버린 일족이, 사라지는 것이 불가피한 이유이고요. 제가 드라우그르가 된 이유입니다."

"……가지의 파괴란 것은……, 살인 이상의 의미가 있군요."

시그리드의 말이다. 모두의 안색이 정말로 나빠졌다. 영주 권한대행 아셰리드는 한숨을 토하며 말했다.

"그들에게 피어클리벤의 영민이 되라 허락한 게 엊그제건만, 그 때문에 그들 모두가 파멸하게 되다니……, 내가 이를 어찌 보상한단 말이냐."

"……재건의 실마리를 얻었다고 생각했는데."

울리케가 우울하게 보탠 말이다.

선발대가 떠난 직후 피어클리벤에 당도했던 에파는 울리케로부터 신목의 부활에 관한 이야기를 들은 바 있었다. 류그라, 밀파네스의 대표로서 그는 길가네스와 공식적인 접촉을 갖길 바랐지만 그간 벌어진 일들 때문에 전혀 기회를 갖지 못했고, 그런 마당에 가지가 파괴되었다는 비보를 전해 듣게 된 것이다. 마침내 에파의 눈에 눈물이 맺히고 말았고, 로릭스데는 조용히 그의 어깨에 손을 올린다. 순간 그것이 신호라도 된 양, 에파는 눈에 힘을 주더니 말했다.

"아니요. 아직 희망은 있어요. 제가 가겠습니다. ……시야프리테라 했나요? 그 아이를 일으켜 세울 수 있는 건 저밖에 없어요. 선발대를 따라잡고, 도와드리겠습니다."

고마운 말이긴 했으나, 마냥 선뜻 받아들이기엔 걸리는 것들이 많다. 시그리드와 울리케는 에파를 보았고, 아셰리드는 로릭스데를, 시그리드는 케틸을 본다. 이 복잡한 시선의 교차 속에서 가장 먼저 입을 뗀 것은 울리케였다.

“하지만……, 적들에게는 서리심이 있어요. 자칫하면…….”

“그들은 나의 적이 되지 못해요.”

뉘르뉴에게 당해 중상을 입었던 그가 이렇게 단정하니, 모두가 의아해한 것은 당연했다. 그의 설명이 이어진다.

“저는 이곳, 시우부름의 서리심과 제 주인의 대결을 원치 않았어요. 그리고 그분이 제 몸을 빌려 대행하는 힘은 본래 그분의 것이 아니라 우리의 것이니까요. 때문에 저는 서리심에 대적할 수 있답니다. 피어클리벤의 이웃인 그분은 아주 강대한 분이라 저로서도 결사적으로 상대해야 하겠지만, 저는 현재 뉘른스에크 공성에 참전한 서리심들이 그렇게 오래된 이들이라 생각하지는 않는답니다.”

그런 까닭이었다. 그러니까 에파가 도중에 방해하지만 않았다면, 아이비레인은 용이 서리심과 대적할 수 없다는 도리를 그 스스로의 의지로 깨버릴 수 있는 것이다.

“그러니 저는 힘이 되어드릴 수 있어요.”

에파의 말이 끝나자, 아셰리드의 시선을 받고 있던 로릭스데가 나섰다.

“저도 에파를 따르겠습니다.”

“안 됩니다.”

케틸과 아셰리드의 입에서 동시에 나온 말이었다. 로릭스데가 곤혹스러우면서도 배신당한 눈으로 둘을 번갈아 쳐다보자, 케틸이 먼저 입을 열었다.

"도련님이 이 상황에서 하실 일은 개인의 그럭저럭한 무력을 더하는 일이 아니라, 피어클리벤과 라핀다시르 간 외교 문제의 대리인이 되는 것이오. 이달 안에 사절도 도착하리라 말씀하지 않으셨소? 모험은 결코 가주의 역할이 아니외다."

로릭스데를 보는 아셰리드의 눈빛도 케틸의 뜻에 힘을 싣는다. 로릭스데는 조금 억울하다는 듯이 항변해 본다.

"저는 아직 가주가 아닙니다만……!"

"허어, 차제에 아예 이양하시겠소?"

빈정대듯 묻는 노신의 말은 날카롭다. 로릭스데의 얼굴은 붉어졌고, 그러자 에파의 손이 그의 소매를 살짝 감아쥐었다. 그가 말한다.

"부탁드려요. 여기 계세요."

"……알았습니다."

에파는 다시 모두에게 말했다.

"저 혼자라면 아주 빠르게 선발대를 따라잡을 수 있어요. 그리고 제가 도착하면, 유세트 경 또한 앞으로는 통증 없이 나귀의 몸을 빌리시도록 해드릴 수 있고요. 또한 울리케 행정관님과 두 분 사이의 대화도 중계해 드릴 수 있을 것입니다."

이어서 그는 자신이 취할 수 있는 전략적 방안들을 소개하기 시작했다. 듣고 있자니 실로, 그는 편리하고 강력한 존재임이 틀림없었다.

"그 두 명은 어찌합니까?"

그리젤이 문득 물었다. 그가 말한 두 명이란 본래 에파가 이곳을 찾아왔던 목적인, 반란군 둘을 의미한다. 에파가 이곳에 없다면 그들에 대한 취급은 상당히 어색해질 수밖에 없으므로.

"라핀다시르에서 예방단이 오면 그 인편에 딸려 공작령에 되돌려보내고 싶어요. 그때까지만 부탁드리겠습니다."

에파가 하는 청은 피어클리벤과 라핀다시르 모두에게 하는 것이었다. 영주 권한 대리와 영주의 상속자는 각각 나란히 고개를 끄덕였다.

"이야기는 이쯤 하지요. 모두 쉬도록 하세요."

아셰리드가 진심으로 피곤한 듯 말했다. 그러자 울리케가 갑자기 생각났다는 듯 물었다.

"아 참, 바우트 공은요? 혹시 빌러디저드 님이 정기 만찬 예산을 요청하지 않으셨나요?"

그러자 아셰리드가 이마를 짚으며 대답했다.

"그거였니? 어쩨 아까 소리 지르며 나가더니만……."

어디서나 예산을 담당하는 자의 고뇌는 깊다.

제 13장

모처럼 맑은 날씨였지만 사방에 수북한 눈과 싸늘한 공기는 오히려, 햇살이 이 겨울을 놀리며 그 추위를 장려하는 듯 착각하게 만든다. 밤을 꼬박 새웠음에도 타고난 사냥꾼이자 감시자인 브륀힐데는 별다른 피로감 없이 닐뵤른의 북쪽 방면을 주시하였다. 지난밤 급하게 눈을 다져 만든 움 안이라 바람은 그리 들지 않았고, 사우트의 수북한 흰털도 추위를 견디는 데 꽤 도움이 되었다. 유슬리스마저 안으로 기어들어 오겠다고 고집을 부린 것은 조금 난처했지만.

유슬리스에 빙의해 그가 있는 마을 외곽까지 찾아온 시그리드가 전모를 말해주었기에, 브륀힐데는 현 상황을 정확히 파악하고 있었다. 소발의 부대는 피어클리벤 선발대 모두를 사로잡고 어제 밤새 닐뵤른 마을에서 숙영한 직후였다. 동틀 무렵부터 부산하게 움직이며 출발 준비를 서두르는 게 느껴진다.

"비켜. 안 보여."

또다시 움의 터진 입구 쪽으로 유슬리스가 머리를 디밀자, 브륀힐데가 냉정히 말한 것이다. 그래도 나귀가 바람을 덜 맞도록 눈구덩이를 조금 파 주긴 했었고, 이 영리한 나귀는 거기서 어떻게든 고된 밤을 견딘 모양이다. 순간 나귀가 입을 열었다.

"나야."

"시그리드? 이렇게 일찍 일어났어요?"

"저들이 빨리 움직일 거라 생각했으니까. 나야 충분히 잤지만, 너는 전혀 못 잤지?"

"나는 괜찮아요."

둘은 더 이상 애써 서로의 처지를 위로하지 않는다. 함께 모험한 시간이 여러 해, 휴식이 부족한 경우는 흔했으며 마법사인 시그리드가 가장 많은 휴식을 차지하는 것이 상식이었으므로. 모험가들에게 보상과 위로는 언제나 일이 끝난 이후의 행사이다.

"말해둘 게 있어."

시그리드는 백룡의 대리인인 에파가 홀로 지난 새벽 이미 여기로 출발했음을 알렸다. '비상 파견 인원'인 울리케나 시그리드를 제외하고 선발대의 전원은 에파를 만나본 적이 아직 없다. 때문에 시그리드는 브륀힐데에게 그의 외양이나 능력과 같은, 추가적인 설명을 해야만 했다. 조금 놀란 얼굴로 조용히 듣고 있던 브륀힐데는 묻는다.

"……그러면, 그가 단박에 이 사태를 정리해버리나요?"

"아니야."

시그리드는 말했다. 에파는 어디까지나 비상시를 위해 따라붙는 것이며, 안전이 보장되는 한 선발대는 이대로 당분간 포로로서 끌려가는 편이 저들의 본진에 접근하기 더 용이하다. 더구나 이쪽에 에파나 브륀힐데와 같은, 적들이 전혀 예상치 못한 감시자가 있다는 것은 전략적으로 이쪽에 대단한 이점을 주는 것이다.

"그렇군요. 안 그래도 나귀와 개를 이끌고 은밀히 추적하는 게 가능한지 내내 걱정하고 있었어요. 사우트는 괜찮지만 유슬리스는……, 갑자기 껑껑 울어버릴 수도 있고……."

"나의 유슬리스는 그렇지 않아."

시그리드는 불현듯 이 나귀를 두둔해버리고 만다. 하지만 흰 이리개보다 나귀가 훨씬 눈에 띄며 거추장스러운 존재인 것은 확실하다. 에파가 이 문제를 어떻게든 해줄 수 있겠지.

"그런데, 새벽에 출발했다고 해도 여길 따라잡으려면……, 가능한가요?"

"일종의 축지술을 쓰고 있어. 아마 거의 도달했을걸?"

브륀힐데는 어이가 없다는 듯이 살짝 한숨을 내쉬었다. 시그리드가 말한 축지술이란 마법사가 눈에 보이는 지평선의 한계 지점까지 단숨에 이동하고, 그걸 계속 반복하는 마법을 일컫는다. 지난밤 용이 아힌달을 한 번에 소환해버린 것과는 기술적으로 전혀 다른 방식이라 했다. 일반적인 마법사라면 그걸 그렇게 연이어 시술하는 게 무척 부담되는 일이라고, 시그리드는 덧붙였다.

"파마의 화살, 가지고 있지?"

문득 시그리드가 묻자, 브륀힐데는 고개를 끄덕였다. 아우셀바프에서 시그리드의 가슴에 박혔던 두 발 가운데 한발은 언제나 브륀힐데의 전통 한편에 갈무리되어 있었다. 시그리드는 넌지시 말했다.

"장차 그걸 쓸 일이 있을지도 몰라. 염두에 둬."

"알겠어요."

이제 움직일 시간이다.

"기시감이 드는군요?"

소발의 백여 기병대가 앞뒤로 이끄는 가운데, 마차와 함께 터덜터덜 걷고 있던 피어클리벤 선발대 포로 한 명이 문득 입을 열었다. 바로 피어클리벤의 기사 크누드 서리엇이었다.

"어련하겠소."

곁에 나란히 걷고 있던 라그나가 입 닥치라는 듯 대꾸했다. 그들 모두 무장이 해제되어 손은 가벼웠고, 마차 안에 실린 시야프리테를 제외하면 따로 묶인 이가 없었기에 홀가분했다. 하지만 그 홀가분함이 오히려 어색한 까마귀 금고단의 용병들과 길핀의 순찰대원들이며, 이는 라그나나 랄로프도 매한가지였다. 이른 아침 시작된 이 행렬의 초반부터 내내 얼굴을 구기고 있던 라그나는 크누드의 이 산뜻하기까지 한 목소리를 듣자마자 자연스레 부아가 치밀었고, 기어이 한마디를 더 보태고 만다.

"즐겁소? 이……, 머리가 어떻게 된 거 아니오?"

용병들과 순찰대원들이 모두 떫은 얼굴로 라그나를 힐끗 본다. 아무리 그래도 여전히 일개 모험가인 그가 감히 기사에게 건넬 말이 아닌 까닭이다. 하지만 크누드는 정말이지 그걸 기다렸다는 듯 지껄였다.

"혀 다음은 머리입니까? 그냥, 웃겨서요. 이전에도 이렇게 포로 노릇을 했었으니 말입니다. 이렇게 빨리 다시 하리라곤 생각 못 했군요."

크누드는 고블린들에 의해 압송되던 때를 떠올린 모양이다. 라그나가 말할 가치도 없다는 듯(참 신기한 기술임에 틀림없다. 라그나는 바로 그걸 할 수 있는 드문 사람이었다) 말했다.

"그건 연극 아니었소? 지금 이건 실제요."

"우리의 역량에 대해 좀 더 너그러운 기대를 가져봅시다."

소발의 기병대들은 가까이 붙어있지 않아 그들의 대화를 듣지 못했다. 소발은 전원 무장하지 않고 마법도 없다면, 단지 도보로 걷게 하는 것만으로도 충분히 이들을 무력화시켰다고 여기는 것 같았다. 그리고 그것은 상식적으로 크게 무리 없는 판단이었다. 사방이 드넓은 개활지인 이 북부의 땅에서, 그들로부터 걸어 달아날 방법 같은 건 없었으니까. 하지만 대화 감시조차 하지 않는 것은 조금 방만한 게 아니었을까? 어쩌면 소발이 내보이는 일종의 자신감일지도 모른다. 어디, 뭘 해볼 테면 해보라는 듯.

라그나는 크누드의 말에 눈썹을 찌푸리더니 주위를 빠르게 살피고 물었다.

"뭐 눈치챈 거 있소?"

"없습니다."

라그나는 한동안 자신보다 한참 어린 이 기사를 바라본다. 맨주먹이라면 때려눕힐 수 있을 것 같은데.

"……혹시 브륀힐데……?"

그때까지 둘의 눈치를 살피고 있던 랄로프가 조심스레 끼어든다. 크누드는 그쪽을 쳐다보지 않고 걸으며 말했다.

"그뿐만이 아닙니다. 우리는 쥔 패가 꽤 있습니다. 우리 자신도 일종의 패고요."

"……뭘 착각하는 거 아니오? 이들에게 아힌달은 구출해야 할 요인이 아니라 암살 대상이오. 우리와 맞바꿀 문제가 아니지."

라그나가 지적하자, 크누드는 잠시 생각하더니 말했다.

"저들에게 그가 정말 죽어야 하는 인물이라면, 그 또한 거래 조건이 될 수 있습니다. 우리로서는 어느 쪽이든 별 상관없을 테니까요. 말하자면 우리는 우리에게 더 유리한 쪽을 고를 수 있다는 것이죠."

라그나는 크누드의 어딘지 신나 보이는 얼굴을 어이가 없다는 듯 쳐다본다. 아무래도 이 사내는 상황이 복잡할수록 생기가 도나 보다. 불확실한 부분들이 하도 교차되어 있는 터라, 평소 생각하기를 꺼리지 않는 라그나조차 현 문제에 대해 고민하는 것을 유예해둔 상태였다. 아니 오히려, 지금 같은 상황에서 선발대가 독단적으로 뭔가를 꾸미다가 시그리드나 울리케와 계획이 엇갈려버린다면 더 문제이다. 그렇기에 라그나는 크누드를 조금 눌러두기로 마음먹는다.

"생각하는 건 좋은데 아무 짓도 하지 마시오. 아가씨와 시그리드가 뭔가 먼저 하기 전에는."

"아, 그럴 생각입니다. 나는 낯짝이나 두껍게 하고 있으면 될 거라 봅니다."

이 친구가 진심으로 무슨 생각을 하고 있는지 알 날은 아마 영영 오지 않겠지. 라그나는 그렇게 생각하며 속으로 혀를 찼다. 하지만 어쩐지, 처음으로 저 뻔뻔함이 든든할 수도 있겠다는 생각이 들었다. 혹, *저것이 그가 공포와 마주하는 방식은 아닐까?* 마차 안에서 여전한 슬픔에 잠겨있을 시야프리테를 떠올리자, 가슴 한편이 쓰린 가운데 라그나는 그런 생각이 든다. 그러고는 크누드의 지금 같은 태도에서 얼마간의 긍정적인 일면을 찾아내는 것이다.

닐뵤른에서 뉘른스에크 본성까지의 거리는 통상 도보로 이틀을 잡는다. 물론 소발의 기병대는 그보다 훨씬 빨리 왔겠으나, 예상외의 현 상황에 의해 복귀가 늦어지고 있었다. 그래서인지 그들은 따로 식사시간을 내지 않았고, 타고 있는 사슴 위에서 건조 식량으로 때웠다. 때문에 선발대의 모두는 완전히 굶주린 채 그날 하루를 줄곧 걸어야 했다.

이제 완연한 겨울의 한복판에 접어든, 짧디짧은 북부의 해가 서둘러 사라질 무렵에야 소발의 기병대는 북진을 멈추었다. 여전히 약간의 굴곡 외에는 평야에 가까운 설원의 복판, 정말이지 아무것도 없는 가운데서의 숙영이 개시되었다.

"가져온 군량이 있었겠지? 알아서 취사해라."

소발이 다가와 크누드에게 그렇게 말했고, 지쳐서 굳은 얼굴로 서 있던 크누드는 말없이 고개만 끄덕거렸다. 식사도 급했으나 오랜 시간 추위에 강행군한 터라 모두 기진맥진한 상태였다. 그들이 타고 온 말은 모두 소발에게 징발당해 '가축'으로서 끌려가는 중이다. 일전에 하슈펠이 말한 대로, 그들에게 말은 정말 단지 음식일 뿐인 모양이다.

"저들이 추위에 강하다는 것은 사실인 모양이군요."

서둘러 모두가 화풀이하듯 지펴낸 모닥불 곁에 서서, 소발의 기병대들 쪽을 힐끔힐끔 살피던 순찰대장 길핀이 입을 열었다. 그의 말마따나 흐리늪들은 불을 순전히 조명 용도로만 사용하는 듯, 몇 군데 아주 작은 불만을 지펴두고 몸을 녹일 생각조차

하지 않았다. 그들의 승용물인 거대한 털사슴들 또한 눈 바닥에 웅크리고 앉아 천연덕스럽기 이를 데 없다. 그의 말을 따라 시선을 주던 라그나가 모닥불로 얼굴을 돌리며 말했다.

"저러니 이보다 북쪽에서 저들을 상대할 재간이 나올 턱이 없지. 물론 마법이라는 게 있긴 하지만……."

"어으으, 훈기의 방패가 정말 그립구먼."

랄로프가 체구에 어울리지 않게 앓는 소리를 하자마자, 아무도 그를 탓하지 않았으나 그는 스스로 말실수를 했다는 것을 깨닫고 퍽 울적한 표정이 되었다. 얼굴에 큰 흉이 진 이 전사는 걱정스럽고 안쓰러운 표정으로 마차 쪽을 본다. 순간, 마차의 차양이 휙 젖혀지더니 시야프리테가 구르듯 몸을 내밀며 소리 질렀다.

"이거 뭐야! 이거 풀어줘요! 오줌마려워!"

그 바람에 마침 마차에 실린 식재를 꺼내려 다가가던 순찰대원들이 깜짝 놀라 움찔거린다. 그들 중 하나가 다가가 손발에 묶인 끈을 풀어주자, 시야프리테는 마차 아래로 내려서더니 크게 기지개를 켰다. 그러고는 자신을 쳐다보는 모두의 황망한 표정을 의아하게 마주 대한다.

"뭐야? 왜들 그래요? 아니 가만, 나 빼고 다들 점심 먹은 거예요?"

"……너 괜찮은 거야?"

랄로프의 물음이다. 류그라 소녀는 질문의 진의를 이해하기 위해 머리를 써야 한다는 게 짜증 난다는 듯, 왈칵 짜증을 냈다.

"안 괜찮아요! 하루종일 굶었으니까! 왜 안 깨웠어요?"

"……잤어?"

랄로프가 어이없다는 듯 다시 물었다. 피어클리벤의 선발대 모두는 마침내 자신들이 쏟았던 하루 치의 동정을 아까워하기 시작한다. 크누드는 일찌감치 딴 데를 보고 있었고, 라그나는 언제나의 냉소를 분명하게 하며, 랄로프는 얼굴의 흉터를 긁적였다. 그리고 이 모두를 무시한 채 볼일을 보러 갔던 소녀는 부리나케 돌아와 식사를 준비하던 순찰대원들 사이로 끼어들었다. 그러고는 말없이 식사 준비를 거들기 시작한다.

"야, 너 정말 괜찮은 거냐……?"

시야프리테가 번철에 멧돼지 기름 한 덩이를 툭 하고 올려놓자, 평소 그의 식성을 잘 알고 있던 랄로프가 깜짝 놀라 마침내 참지 못하고 물었다. 불가에서 얼굴을 벌겋게 익히고 있던 시야프리테는 대단히 열중한 표정으로 대꾸했다.

"뭐가요? 울 말여요?"

"……울이 뭐야?"

"비계 말이어요!"

"그게 왜 울이야?"

랄로프와 시야프리테의 이 하찮은 대화는 하루의 피로와 두려움에 찌들어있던 선발대 모두에게 뜻밖의 경쾌함을 선사한다. 혹자는 어처구니없다는 듯이, 그리고 혹자는 피식거리며 다들 곁눈으로 이 대화를 듣고 있었다. 시야프리테는 도대체 어떻게 그런 것도 모를 수 있냐는 얼굴로 랄로프를 노려보며 말했다.

"비계 말이죠! 그걸 입에 넣고 질겅질겅 해보란 말이에요. 그느끼하고 덧없는, 살도 아니고 가죽도 아닌 물컹물컹한 질감, 그야말로 울이 아니고 뭐냐고요?"

랄로프는 순순히 소녀가 말하는 대로 상상 속의 느낌을 입안에서 재현해본다. 그러고는 고개를 끄덕였다.

"……그래, 울 같네."

"뭘 납득하고 자빠졌어?"

라그나가 한심하다는 듯 조용히 윽박지른다. 하지만 (좀 과도하나마) 기운을 차린 것 같아 보이는 시야프리테의 모습은 그에게도 기껍기에, 이 시답잖은 소란이 정말로 짜증 난 건 아니었다. 다만, 그의 됨됨이에 아직도 영 익숙하지 않은 크누드만이 이 공감대로부터 비켜선 채 불가에 주저앉아 홀로 멍한 얼굴을 하고 있었다. 그가 정신을 차린 것은 식사 준비를 얼추 마친 시야프리테가 마차로 달려가 새장 채로 도래까마귀를 꺼내온 직후였다.

"그림니르도 밥을 줘야지요!"

"……그래."

하지만 이 움직임은 여태껏 방임에 가깝게 그들을 내버려 두던, 소발의 관심을 끌고 말았다. 크누드가 늘 갖고 다니는 모이 쌈지를 열어 그들과 마찬가지로 종일 굶주린 그림니르에게 밥을 주고 있을 때, 어느샌가 어둠 속으로부터 나타난 소발이 다가왔다.

"새장을 열 생각하지 마라."

소발이 묵직하게 말했다. 크누드는 그를 쳐다보지도 않고 대꾸한다.

"어차피 그쪽에서 따로 자물쇠를 채우지 않았습니까?"

"부수려고 하면 못할 것도 없지."

그의 말은 사실이다. 새장 자체가 붉은 조릿대를 이용해 만들어져, 촘촘하긴 해도 근본적으로 목재인지라 이걸 부수는 데는 그리 대단한 힘이 필요하지 않았다. 하지만 어차피 그럴 생각도 없다는 듯, 크누드는 묵묵히 고개를 저었다. 그가 먹이 주는 것을 한동안 바라보던 소발이 물었다.

"그냥 말하는 까마귀는 아닐 테고, 대체 그건 정체가 무엇이지?"

"그냥 말하는 까마귀입니다만?"

"나를 기만하지 마라."

소발이 불쾌하다는 듯 삼엄하게 지껄였다. 하지만 크누드는 전혀 겁먹지 않고 그제야 비로소 그를 쳐다보며 말한다.

"사실입니다. 뭐, 그쪽에서는 '에위아의 오른쪽 사자'라고들 부르는 것 같던데 말이지요. 우리에겐 그냥 말하는 까마귀입니다."

소발의 눈썹이 치켜지더니 그의 손이 칼자루에 가 닿았다. 순간, 그림니르가 부리를 열어 외쳤다.

"후회할 일을 하지 마라!"

울리케의 목소리였다.

군무관 그리젤 라르그문드가 깔아놓은 비상 파발망은 이른 아침, 피어클리벤의 북쪽 마을 잉겐에 당도한 닐뵤른의 피난민들에 관해 성으로 보고해왔다. 바로 나흘 전 선발대가 마주치고, 피어클리벤의 수용을 제의했던 그 무리였다. 일찌감치 깨어있던 문관 에이드리크와 울리케는 곧바로 그들이 장기 체류할 수 있는 조치에 관해 논의했고, 피어클리벤에서 그나마 가장 부유한 마을인 피어크와 길가네스 마을 사이에 그들 모두를 보내도록 조치했다. 그러느라 울리케는 오전 나절을 다 까먹어야 했지만, 그래도 틈틈이 의식을 그림니르로 돌려 혹시 선발대에 무슨 일이 일어나지 않는지 살폈기에 조바심은 덜했다.

물론, 그림니르는 새장 안에 갇혀 시야프리테와 함께 보급 마차에 실려있었기에 바깥의 자세한 정황은 알 수 없었다. 울리케가 확신할 수 있었던 것은 그들이 계속해서 행군 속도로 북쪽을 향해 움직이고 있다는 것이며, 아울러 시야프리테가 쿨쿨 자고 있다는 사실이었다. 제일 처음 빙의해 들어갔을 때 울리케를 반긴 것은 손발이 묶인 채 옆으로 누워 자던 시야프리테의 얼굴이었다. 입가에 침까지 늘어뜨린 채 이완된 류그라 소녀의 얼굴을 보자마자, 울리케는 대체 지난밤의 그건 뭐였던가 하는 배신감마저 느꼈다. 아니 혹시, 시야프리테는 지팡이가 자손과 관계있다는 걸 모르는 게 아닐까?

— 지팡이 운반자가요? ……저는 생각하기 어렵군요.

오후 들어 마침내 선발대를 따라잡은 에파가 울리케에게 심상의 원화를 걸어왔을 때, 울리케가 위의 의혹을 말하자 그가 대답한 바였다.

"에파는 이 애를……, 모르셔서 그래요. 그럴 가능성이 농후합니다."

에파는 대답하지 않았다. 마치 농담하지 말라는 듯이. 울리케는 화제를 돌리기로 한다.

"지금 어디쯤입니까?"

— 생각보다 가까이 있답니다. 은형술을 걸어서 보이지 않겠지만요. 언제든 누구라도 제압할 수 있어요.

"물론 그게 목적이 아니란 건 아시지요?"

— 그럼요.

그래서 그 누구도 눈치채지 못했지만, 에파와 브륀힐데, 그리고 개와 나귀는 소발의 기병대 지근거리에서 함께 따르고 있었던 것이다. 물론 앞서 본 바와 같이 오후 내내 별다른 일은 일어나지 않았다. 기병대가 일절 멈추지 않았기에 에파와 브륀힐데 역시 식사는 육포를 씹는 것에서 만족해야 했다.

"……이런 일에 익숙하신가요?"

브륀힐데는 나란히 걷고 있는 그의 곁, 에파에게 이런 조심스러운 질문을 던진다. 무표정하게 걸으며 잘게 찢은 육포를 입에 밀어 넣고 있던 에파가 고개를 돌려 브륀힐데를 보았다.

"이런 일이라뇨?"

"저야 걷는 데는 이골이 났지만……."

브륀힐데는 실례가 될까 싶어 말을 흐린다. 언뜻 보기에 에파는 그저 호리호리하고 연약한 류그라 여성에 불과했으니까. 나이를 가늠하기 혼란스러운 외모였으나, 결코 이런 종류의 일에 익숙지는 않아 보인다. 에파는 살짝 미소짓더니 답했다.

"저도 평소에는 모험가에 가깝답니다. 걱정 놓으세요. 발목을 잡지는 않을 테니까."

아닌 게 아니라 여간해서는 따라잡기 힘든 행군 속도를 가볍게 제치고 있다. 그가 도착하기 전까진 걷기 싫다고 애를 먹이던 유슬리스도, 에파가 도착한 이후에는 거짓말처럼 싹싹하게 걷고 있었다. 브륀힐데는 시그리드가 미리 알려주어 그의 내력에 대해 얼마간 알고 있긴 했다. 공작령에 머무는 백룡의 대리인이자 류그라 밀파네스 가지의 생존자, 그리고 드라우그르 마술사. 정신이 아득해지는 이야기다. 하지만 내심 긴장하고 있던 브륀힐데의 앞에 마치 바람처럼 그가 당도했을 때, 에파는 더할 나위 없이 정중하고 상냥하게 자신을 소개했던 것이다.

"처음 뵙겠어요. 나는 나슐라시에 에파 밀파네스입니다. 라핀

다시르의 백룡 아이비레인의 대리자이자 그 종복이죠. 당신이 브륀힐데가 맞나요?"

이후 그는 줄곧 브륀힐데와 같이 걸었다. 그가 합류하기 전까지는 소발의 기병대가 간신히 보이는 지점에서 따랐었지만, 이제는 보다시피 완전히 지척이다. 브륀힐데는 언제든지 쇠뇌를 걸어 소발의 목을 꿰뚫을 수 있다. 물론, 그럴 계획은 없지만.

"시야프리테는 괜찮을까요?"

늦은 오후, 브륀힐데가 그렇게 물어오자 에파는 잠시 생각하다가 말했다.

"제가 잠시 보고 올까 합니다. 괜찮겠지요?"

"……뜻하시는 대로."

다년간 시그리드라는 우수한 마법사를 곁에서 봐 왔기에, 브륀힐데에게 있어 마법사에 대한 인식은 조금 터무니없을 정도로 수준이 높다. 그럼에도 불구하고 에파가 아무런 지연이나 의식 없이 숨 쉬듯 구사하는 마법을 연달아 보게 되자, 브륀힐데는 자연히 그가 평범한 인간의 수준을 넘어섰다고 여긴다. 하긴, 애초에 조금도 평범하지 않은 내력이니까. 에파는 은형의 술을 유지한 채로 조용히 선발대 쪽으로 다가갔고, 누구의 주의도 끌지 않은 채 마차에 올라탔다. 브륀힐데와 유슬리스, 사우트에게는 여전히 마법을 걸어둔 채로. 브륀힐데는 혀를 내둘렀다.

"시야프리테."

차양이 덮여 어둑한 마차의 안, 새장 안의 횃대에 앉아있는 도래까마귀 그림니르가 침묵한 덕에, 들리는 것이라곤 곁에 모로 누운 채 잠들어 색색이는 류그라 소녀의 숨소리뿐이다. 에파가 목소리에 살짝 힘을 실어 조용히 부르자, 그 마력을 감지한 그림니르가 살짝 놀라 퍼덕거렸고 동시에 시야프리테도 찬물이라도 끼얹은 듯 화들짝 놀라 눈을 크게 떴다.

"……어머나, 누구세요?"

"도우러 왔어요. 나는 나슐라시에……, 에파 밀파네스랍니다."

상대가 누구든 공손한 에파이다. 그의 이름을 들은 시야프리테는 순간 미간을 찡그리더니 기억 속에 희박한 지식들을 끌어모으느라 매우 언짢아진다.

"에파요? 에파라니……, 엘라도 아니고……, 정말 에파인가요?"

"에파랍니다."

차분하게 반복하는 에파의 표정은 아무 변화가 없다. 그 침착함은 도리어 이 천둥벌거숭이 같은 소녀에게 그 내밀한 감정과 사연을 짐작하게 만들었고, 자신의 실례를 자각토록 강제한다. 시야프리테는 꾸물꾸물 몸을 반쯤 일으키곤 말했다.

"……정말 미안해요."

"괜찮아요. 가지는 어디 있나요?"

막 도피적인 수면에서 깨어난 터라 망연해 있던 시야프리테의 얼굴이 급격히 울먹이기 시작했다.

"왜요? 그건 이미……, 죽었어요."

"아직 희망이 있을지도 몰라요."

시야프리테는 이해할 수 없다는 표정으로 에파를 보았으나, 에파는 달래는 듯한 얼굴일 뿐 설명을 보태지 않는다. 그의 표정은 너무나 평온하면서도 무한한 이해를 드러내어, 시야프리테로 하여금 쳐다볼수록 어딘지 스스로를 자꾸만 부끄러워지게 만드는 마력이 있었다. 멍하니 그를 올려다보던 소녀는 주섬주섬 설명을 늘어놓았고, 다 들은 에파는 고개를 끄덕였다.

"그건 내가 어떻게 해보겠어요. 마음을 추스르도록 해요."

"어쩔 셈인가요?"

이 물음은 시야프리테의 것이 아니라 도래까마귀, 울리케의 것이었다. 두 류그라는 고개를 돌려 새장 안의 그를 본다. 그리고 에파가 대답했다.

"마침 오셨군요? 가지는 적당히 다른 것으로 눈속임해서 바꿔치기할 생각입니다. 저들이 어쩔 재간이 있으리라 생각하긴 힘들지만, 그래도 내버려 둘 순 없으니까요. 내가 가지고 있겠어요."

"나쁘지 않은 생각이네요……. 아니, 그런데 왜 이렇게 배가 고파?"

울리케가 신경질을 부리며 말했다. 그럴 수밖에. 모두가 한나절을 내리 굶은 것이다. 그제야 시야프리테도 허기를 자각하였다.

여기까지가, 행렬이 멈추어 서고 모두가 저녁을 준비하기 전 벌어진 유의미한 사건의 전부였다. 울리케는 공연히 굶주림을 감당할 필요가 없었기에 별다른 부름이 없을 때까지 빙의를 그만두기로 하고 물러나 있었다. 그가 때맞춰 소발과 크누드의 시비 사이에 끼어들 수 있었던 것은 그런 까닭이었다.

"후회할 일을 하지 마라!"

"후회? 내가 너희 한둘쯤 벤다 해서 무슨 문제가 있으리라 말하는 것인가?"

소발이 가당치 않다는 듯 말했다. 그러자 울리케는 소리쳤다.

"물론이다! 상전을 베려 한 자는 살아날 방도를 하나라도 더 찾아두는 것이 현명한 일 아니겠느냐?"

소발이 정말로 그들을 함부로 여겼다면 구태여 복귀 속도를 늦추면서까지 전원을 압송하지 않았을 것이다. 대충 귀찮은 것들을 베어버리고, 중요해 보이는 인물만 골랐어도 된다. 용이 더한 통찰력에 의해, 까마귀의 눈으로 보는 소발은 단호했으나 지극히 신중한 인물이었다. 때문에 울리케는 이렇게 말할 수 있는 것이다.

울리케의 꾸지람과 같은 말을 들은 소발은 불쾌하면서도 침통한 표정을 지었다. 그는 묻는다.

"도대체 너는 무엇인가?"

"나는 울리케 피어클리벤이다. 검은 용의 대리인이자 그분의 사자이니라. 새장 바닥의 이 오물을 좀 치워주지 않겠는가?"

지체 높은 숙녀에게 너무한 게 아니냐는 듯, 한껏 교만하게 구는 울리케의 말이다. 소발은 표정의 변화 없이 도래까마귀를 쏘아보다가 중얼거렸다.

"네가 싼 게 아닌가."

"내가 싼 게 아니……!"

울리케는 왈칵 성을 내다 혀를 접는다. 소발은 그가 단지 빙의한 것임을 모른다. 때문에 울리케가 그림니르의 식사와 배설과 같은, 지극히 그 체통에 누가 되는 행사에 직면할 때마다 빙의에서 벗어난다는 것을 모른다. 그러니까, 대단히 유감스럽지만 울리케는 지금 어쩔 수 없이 붙잡힌 까마귀의 흉내를 내야만 한다. 소발을 등진 채 새장 앞에 앉아 울리케를 보고 있던 크누드의 눈동자가 맹렬히 움직이는 게 보였다. 아무 말도 하지 않았건만, 그 재수 없는 표정과 눈짓은 다음과 같이 말하는 게 분명하다.

'아가씨가 싼 겁니다. 아가씨가 싼 거라고 하십시오. 어서요.'

반드시 저 눈을 쪼아버리고 말겠다! 울리케는 상상 속의 이를 악물며 내뱉듯이 소발에게 말했다.

"……됐다! 여긴 다들 지쳤고 배고프다! 무슨 용건이 있는 게 아니라면 물러나라!"

소발은 아무 말 없이 한참이나 울리케를 쳐다보았고, 덕분에 그와 나머지 선발대 포로 전부가 대단히 불편해졌다. 하지만 결국, 소발은 별다른 말 없이 물러났다. 시야프리테는 작게 한숨을 내쉬곤 종알거렸다.

"새장은 이따 내가 치워줄게요."

"……고마워. 이제 기분은 좀 괜찮아?"

"훨씬 괜찮아요."

에파가 물러난 이후 마차에서 한동안 기분을 추스른 시야프리테는 확실히 밝아져 있었다. 어떤 논리적인 희망을 품은 것은 아니었으나, 단지 에파가 보여준 태도와 표정만으로 일으킨 마법이었다.

그리고 드디어 모두가 식사를 시작했다. 울리케의 이글이글한 시선을 무시하며, 뜨거운 국물로 속을 달래던 크누드가 입을 열었다.

"귀띔해줄 만하신 이야기 없습니까?"

말싸움할 순간은 못 된다. 이를 잘 아는 울리케는 핵심만 간추렸다.

"에파가 도착했어요. 시야프리테의 지팡이는 바꿔치기에 성공했고, 브륀힐데와 동물 친구들은 아주 가까이서 여러분을 보고 있죠."

"……그렇다는 말씀은, 저희가 계속 포로로서 끌려가는 편이 역시 더 낫다고 여기시는 모양이군요."

더없이 밉살맞은 인간이지만 눈치 하나는 언제나 전광석화다. 울리케는 긍정하며 말했다.

"에파의 수완은 유세트 경이나 시야프리테 이상이라고 여겨져요. 그러니 다들 조금 걱정을 놓아도 될 겁니다. 그런데, 왜 저 자에게 시비를 거는 거예요? 공연한 일에 목숨 걸지 말아요."

"저자가 어떤 입장이리라 보십니까?"

크누드가 묻는다. 도래까마귀는 고개를 살짝 갸웃했다가 말했다.

"생각한 게 있으면 내게 묻지 말고 그냥 말해요."

"바로 섬기는 주군은 아니지만, 같은 황제를 모시는 이웃 나라의 제후를 암살하려 한 것입니다. 그것도 명백히 본인의 의지는 아니고 명령으로요. 그것도 전시에. 어쩌면 그 스스로도 받은 명령에 의혹이나 부당함을 느끼고 있진 않을까요? 여기까지 오면서 가끔씩 제장들과 대화하는 것을 보았습니다. 전체적인 분위기도 무겁더군요. 마치……."

"마치 벌을 받으러 가는 패잔병들 같았습니다."

라그나가 크누드의 말을 거들며 끼어들었다. 울리케는 잠시 생각하더니 말한다.

"아힌달의 주장은 이것이 정당치 못한 내분이라 말해요. 저 소발이란 자가 단지 일선의 도구라면, 어쩌면 그도 버려질지 모르겠다는 그런 이야기?"

"꽤 강직해 보이는 군인 아닙니까?"

크누드는 대답 대신 되묻는다. 울리케는 고개를 돌려 어둠

속, 사라져 보이지 않는 그의 모습을 헛되이 찾아보았다. 모두가 은연중 느끼고 있는 이 이야기가 어느 정도의 가능성을 갖고 있을까?

"아힌달과 더 이야기해보겠어요. 그가 도움이 될지도 모르죠."

"부탁드립니다."

크누드의 진지한 청이었다. 장난기라곤 전혀 없었다.

이후 별다른 일이 없으리라 생각한 울리케는 현장의 에파와 브륀힐데에게 상황을 맡기고 빙의로부터 물러나왔다. 아무리 용이 보태어 가능한 일이라 하나, 몸과 정신이 둘로 나뉘는 기적은 결코 아니기 때문에 빙의는 언제나 상당한 피로를 동반한다. 더구나 이 여정이 시작된 이후로 울리케의 일상과 수면의 균형은 그리 바람직하지 못한 지경이 되어 있었다. 방도가 없이 성안에 머물며 발을 동동 구르는 것보다야 낫다고 여기지만, 아버지와 가신들, 그리고 징집병들의 안전이 여전히 불투명한 가운데 행해지는 이 일은 명백한 무리이다. 그래서일까, 빙의를 풀어낸 직후 울리케는 잠시 현기증에 시달렸다. 피로가 누적되고 있었다.

"괜찮아?"

요 며칠, 울리케가 그 몸의 주인이 아닐 때 언제나 곁에서 그를 지켜봐 주던 이는 다름 아닌 에인달케였다. 그는 로릭스데를 집어던진 문제에 관해 그와 화해하긴 했지만, 아무리 그래도 서먹한 것은 남아있었다. 더구나 에파와는 여태 제대로 말도 나누지 못한 채 눈치만 보며 자리를 피하기 일쑤였던 그다. 그는 이제 스스로를 라펀다시르에서도, 피어클리벤에서도 환영받지 못하는 존재라고 여기는 것 같았다. 산적한 문제들이 긴박하게 돌아가는 터라 그의 처우와 같이 '상대적으로 시시한 문제'에 대해 누구도 신경 써주지 못하는 지금, 오직 울리케만이 언니의 입장을 염려하고 있었던 것이다. 그래서 일부러 그다지 필요가 없었음에도, 울리케는 자신이 빙의하는 동안 자리를 지켜달라 청하였다. 본래 이런 일은 기사가 맡는 편이 더 적절할지도 모르겠지만, 혈육보다 신뢰할 수 있는 가신은 없는 법이며 아울러, 에인달케에게는 부지깽이만으로 방패를 쪼갤 힘이 있으니까.

"……어지러워."

"이걸 마셔. 유세트 경이 추천한 차야."

에인달케는 미리 데워두었던 질그릇 주전자로부터 차를 한 잔 따라 울리케에게 건넸다. 이런 것도 호위무사에게서는 기대할 수 없는 정다움이겠다. 울리케는 한 모금 마시더니 중얼거렸다.

"……에눅스잖아? 마법사들이나 마시는 것인데."

"하지만 그걸 마신다고 마법사가 되지는 않잖니."

맞는 말이다. 울리케는 예전 아우셀바프의 간호소에서 시그리드와 마셨던 이 진하고 복잡한 향기를 기억해낸다. 당시 마법사가 해주었던 설명들과 함께. 차의 따스함과 효능이 용의 술수와 더불어 잇따른 긴장, 피로에 지쳐있던 울리케의 삭신에 스며들었다. 시그리드의 추천은 주효한 것이다.

"새끼 그리핀의 이름은 아직도 궁리 중이야?"

울리케는 찻잔을 손에 든 채 문득 묻는다. 벽난로의 타오르는 불꽃을 보던 에인달케가 말했다.

"아그니르는 자꾸 너무 거창하고 긴 이름을 지으려고 들어서 말이야. 그래도 아는 게 별로 없으니 욕심대로 하지 못했지. 긴 설득과 문헌 근거를 대야 했지만, 그래도 어찌어찌 '이트레케르'라는 이름으로 합의 보았어."

"탁월한 지배자라. 그래도 너무 거창한데."

울리케와 에인달케 모두 조용히 웃었다.

지난 며칠간, 빙의 핑계로 이어진 둘의 대화는 피어클리벤이 직면한 문제들과 아무런 상관이 없었다. 울리케는 에파나 로릭스데에 얽힌 그의 사연을 묻지 않았고, 에인달케 역시 울리케가 하는 고민들을 구태여 물어보지 않는다. 울리케는 어느샌가 증발한 자신의 옛 일상을 떠올리며 요즘 문득문득 깜짝 놀랄 때가 있었다. 요즘 같은 때에 그가 다시 갯벌에 조개나 잡으러 나가는 것이야말로 최대의 사치이리라. 그리워하기엔 그다지 옛날 일도 아니었다. 그랬기에 아직 아쉽지는 않았지만, 울리케는 그런 나날이 있었던가 하고 문득 아연해지고 마는 것이다. 에인달케와의 대화는 이 와중에 거의 유일한, 일상의 영역이었다.

"그놈의 삼칠일이 언제 끝나지? 궁금해 죽겠네."

"아직 일주일 남았어."

"로젤은 요즘 어쩌고 있어?"

머무는 자기 집안의 일을 마치 남의 안부 묻듯이 하는, 울리케의 이 질문은 일견 괴이했지만 에인달케는 실제로 몸과 마음이 온통 안팎의 문제로 부산한 동생의 처지를 십분 이해하기에 선선히 대답하였다.

"이것저것 일을 찾아서 하는 게 보여. 요새는 거의 주방에 머무는 것 같아."

"어째 요즘 소금 간이 세어진다 했어."

참 시답잖은 이야기였다. 하지만 너무나 절실한 시답잖음이었다.

브륀힐데는 새벽의 모진 추위 한가운데 문득 눈을 떴다. 그러나 추워서 깬 것은 결코 아니었다. 그 곁으로 자꾸 파고드는 유슬리스와 사우트의 뒤척임 때문이었다. 브륀힐데는 조용히 두 짐승의 경쟁에서 벗어나 에파가 쳐둔 훈기의 방패 경계 너머로 나갔다. 그러자 비로소 뼛속까지 에이는 북부의 새벽 추위가 그에게 달려든다.

"더 자도록 해요. 동이 트려면 멀었어요."

밤새 저 앞의 행렬을 감시하며 깨어있던 에파가 평온하게 말을 걸어왔다.

"피곤하지 않으세요?"

브륀힐데가 묻자, 여태 충실히 몸이 데워진 덕택에 새하얀 입김이 폭풍처럼 그의 입으로부터 쏟아져나온다. 작은 바위 위에 앉아 소발의 기병대 쪽을 보고 있던 에파의 시선이 그를 향했다.

"저는 드라우그르지요. 피로는 생령(生靈)의 것이랍니다."

미리 들어 알고는 있는 이야기지만, 브륀힐데는 의아하게 에파를 본다. 만 하루 동안 동행하면서 그가 보여준 초월적 기예들은 차치하고라도, 같이 나란히 육포를 씹거나 볼일을 보기 위해 움직였던 것들을 보았으니까. 브륀힐데는 에파가 바라보고 있는 들판의 저쪽, 길 너머의 야영지에 시선을 준다. 드문드문한 모닥불 빛들만이 별처럼 보였다.

"저는 조금 남쪽 출신이라 드라우그르에 관한 이야기들은 잘 몰라요. 실례했습니다."

"괜찮아요. 특이한 존재에 관한 상식이 마땅한 소양일 수는 없지요. 오히려 제가 먼저 이해를 구해야죠."

언제나 정중한 에파의 말과 태도는 호감이 간다. 평소 시그리드의 기백과 거침없음을 흠모해온 브륀힐데이지만 에파가 보여주는 이 또 다른 완성형은 실로 매혹적이었다. 어쩌면 기질적으로 브륀힐데에게 더 적합한 것일지도 모른다. 그는 아무리 해도 시그리드처럼 그렇게 남을 대할 수가 없었다.

"나는 나의 친족들이 맡긴 목숨으로 대신 사는 자여요. 그러니 살아는 있지만, 이 비술은 마땅한 섭리로부터 벗어난 것이지요. 내게는 묻힐 땅이 없답니다."

묻지도 않은 말을 무척이나 담담하게 전하는 에파였다. 브륀힐데는 어떤 표정을 지어 보여야 할지 몰랐기에, 시선을 돌리지 않고 여전히 소발의 기병대와 피어클리벤 선발대들이 머무는 쪽만 바라보았다. 그러다 문득, 브륀힐데가 에파에게 묻는다.

"시야프리테는 괜찮을까요?"

"괜찮을 거예요."

에파의 즉각적이고도 선선한 대답이었다. 브륀힐데는 슬쩍, 그의 무릎에 얹힌 나뭇가지를 본다. 정확히 반으로 쪼개졌던 그 가지는 스스로에게 은형의 술을 건 에파에 의해 소발로부터 은밀히 빼돌려졌고, 그를 위해 에파는 어디선가 대충 비슷해 보이는 가지를 주워와 대신 그들의 짐짝 속에 쑤셔 넣는 수고를 마다하지 않았다. 물론, 류그네라스의 가지는 그 특유의 도톰한 수피 덕에 다른 나무들과 구분이 어렵지 않다. 하지만 그 난리 북새통에 어둠 속에서 이뤄진 일이니 저들이 가지의 모양새까지 정밀하게 기억하지는 못하리라.

"……가지는 괜찮지 않겠지요?"

쪼개진 가지는 브륀힐데가 지니고 다니던 여분의 활줄을 이용해 양 끝에서 단단히 감아 묶어, 언뜻 보기엔 갈라졌던 흔적이 보이지 않는다. 브륀힐데의 이 물음은 가지의 머리께, 어느새 완전히 샛노랗게 된 잎사귀를 보며 근심스레 나온 것이었다.

"마법지팡이로서는, 그리고 길가네스의 계보인장으로서는 끝났어요. 하지만 활착과 재건의 모종으로서는, 여전한 가능성을 가지고 있답니다."

에파는 대답하며 흰 손가락 끝으로 노란 잎을 살짝 어루만졌다. 북부의 일반적인 수종에서 볼 수 있는 잎들과 달리, 반원형으로 부채처럼 펼쳐진 노란 잎의 모양새는 상당히 이채롭다. 그의 말이 이어졌다.

"재건이 그의 세대에서 가능하다면, 길가네스는 다시 가호를 받을 수 있어요. 시야프리테는 확실히 재능과 자격을 갖춘 운반자였다고 생각해요. 어쩌면, 이 모든 일이 운명이 아닐까 생각되기도 하는군요. 다루기에 부적절한 이야기라 생각해 언급하지 않았지만, 저는 피어클리벤을 방문하기 전 자유도시 이실바프에 있었어요."

"이실바프요?"

브륀힐데가 조금 의외라는 듯 묻는다. 이실바프라면 여기서 서쪽으로 며칠 거리인, 뉘른스에크 경계의 도시이다. 시그리드의 모험가들도 두세 차례 거친 적이 있는 장소였다. 에파는 고개를 끄덕이고 말했다.

"그렇습니다. 그리고 저는 거기서 누군가를 보았어요. 류그네라스의 재건에 꼭 필요한 사람이지요. 그리고 이로써, 마침내 오래 찾아 헤매던 조각들을 다 모았군요."

평온하고 상냥해 보이는 얼굴이었으나, 문득 에파의 눈 안에 어떤 붉은 빛이 휘돌았다가 사그라든 것 같았다. 브륀힐데는 차마 뭐라 묻지 못하고 가만히 그의 다음 말을 기다렸다. 때맞춰 싸늘한 한 줄기 바람이 그들 사이를 스쳐 갔다.

"내가 너무 말이 많았군요. 이것은 저희의 일이지요. 다만 이 모든 일에 피어클리벤이 관여된 것은, 정말이지 공교로운 일이네요. 그러니 이제 나는 나의 주인의 의지가 아니더라도, 피어클리벤에 협력하고 관여하지 않을 수 없게 되었어요, 브륀힐데."

브륀힐데는 여전히 아무 말도 하지 않았다. 그는 여전히 피어클리벤의 식객일 뿐, 가신은 아니었기 때문에 에파가 어떤 입장을 취하든 별로 상관없는 일이었다. 하지만 어느새 정든 이들이 많은 땅이다. 설령 어떤 계산된 이유라 하더라도 다가오는 호의에 기분 나쁠 일은 아니었다. 그랬기에, 브륀힐데는 조용히 감사를 표한다.

"고마워요. 퍽 도움이 되고 있어요."

"무고한 비극은 너무 충분했지요."

여전히 담담한 에파의 목소리였으나, 거기엔 이루 말할 수 없는 무게가 있었다.

그는 꿈을 꾼다.

샛노란 낙엽의 폭풍이 종말의 축복처럼 흩날리는 곳. 대호(大

湖) 아우칼에 얼싸안겨 하염없이 영원한 가을의 숲. 모든 류그라들의 고향, 류그른의 풍경이 요람처럼 다가온다. 하지만 그는 이 장소를 본 적이 없다. 심지어는 이와 같은 풍경묘사를 들은 적조차 없었다. 하지만 그럼에도, 이 꿈이 만들어낸 생경한 장관은 그에게 참을 수 없는 그리움과 절절한 향수, 슬픔을 불러일으킨다. 문득, 그의 맨발에 호숫가의 잔모래가 얽혀왔다. 바다처럼 넓어 그 끝이 보이지 않는 호수엔 얇은 파도만이 신께서 일으킨 파문의 가장자리를 그린다. 그는 고개를 돌려 물안개에 잠식당한 섬의 자태를 보았고, 때마침 황금빛 노란 낙엽이 비처럼 쏟아지며 그의 귓가를 스친다. 생전 처음 보는 반원형의 노란 낙엽들이 마치 갈채와 같은 속삭임들을 전해온다. 그들이 말하길…….

"정신이 드느냐?"

번뜩 꿈에서 깬 펠윈은 자신을 내려다보는 닐스그림을 멍하니 보았다. 왠지 스스로의 양 눈가로 하염없이 눈물이 흘러내리고 있음을 자각하자, 다음 순간 참을 수 없이 쓸쓸한 감정이 전신에 휘몰아쳤다. 처음 느끼는 격정이었다.

"……아저씨! 다라드 아저씨는요?"

천천히 몸을 일으켜 주변을 확인한 펠윈은 마른 목소리로 이렇게 물었다. 그들이 위치한 곳은 도시 밑, 지하수로의 어딘가였다. 쿰쿰한 악취가 싸늘한 냉기에 휘말려 흐르고, 사방은 새카맣게 어두운 가운데 닐스그림의 백금지팡이 끝만이 등대처럼 빛나고 있었다. 아룬드와 한스, 그리고 홀게르손이 보이는 일행의 전부였다.

"모르겠다."

축축하고 미끈거리는 석벽에 기대 몸을 일으킨 펠윈의 맥을 짚으며, 황녀가 담담하게 대답했다. 펠윈이 황망하게 둘러보니, 모두의 표정이 어둡고 착잡해 보였다.

"모른다고요?"

날카롭게 어둠 속에서 울려 퍼진 펠윈의 물음엔 누구나 느낄 수 있는 방자함이 어려 있었다. 하지만 면전의 닐스그림도, 수로 통로 너머의 어둠을 응시하며 서 있던 아룬드도 표정에 별다른 변화가 없었다. 펠윈은 몸을 완전히 일으켜 세우며 그들을 향해 다시 외쳤다.

"무슨 일이 있었나요? 여긴 어디죠? 저는 돌아가겠어요!"

"……그건 불가능하겠구나."

그를 따라 무릎을 펴고 일어선 닐스그림이 말했다. 탁 하고 짚은 지팡이 끝이 경쾌한 소리를 내었고, 머리께에 일렁이는 불빛이 순간적으로 명멸하였다. 그가 마저 말한다.

"역시……, 기억나는 게 없느냐? 너는 중상을 입고 쓰러져 있었다. 그 북새통에선 여기 있는 한스가 널 업어오는 게 고작이었다."

닐스그림이 곁에 있던 한스를 가리키며 말했다. 그제서야 펠윈은 자신의 옷이 군데군데 찢기고 피로 물들어 있음을, 그리고 한스의 어깨와 등에도 핏자국이 역력함을 깨달았다. 하지만 의식을 잃고 있던 사이에 닐스그림의 지팡이가 치료를 끝냈던 것일까? 펠윈의 몸엔 어떤 상처도, 고통도 남아 있지 않았다.

"……어, 고맙습니다."

상황이 이해되지 않기에 당황스러운 가운데서도, 펠윈은 몸에 밴 바에 따라 반사적으로 감사를 표하게 된다. 한스는 말없이 그저 우울한 얼굴을 끄덕였고, 닐스그림은 말했다.

"우리가 위층에 올라갔을 때, 지하에서 폭발이 있었다. 필시 나와 아룬드를 목표로 한 공격이었겠지……. 그 화마 속에서 내려가 발견하고 데려올 수 있었던 것은 너뿐이었다."

펠윈은 무언가 말을 하려다 그대로 혀를 접고 한스를 보았다. 그의 우울한 얼굴. 그의 동료들과 아이는 어떻게 된 것일까? 황녀의 마법으로도 지키는 데 실패했단 말인가?

"지팡이를 잡아보아라."

닐스그림은 한동안 펠윈을 물끄러미 쳐다보다 느닷없이 이런 말을 했다. 한스와 아룬드, 그리고 홀게르손 모두가 살짝 놀란 얼굴로 황녀를 돌아보았다.

"제가요……? 왜요?"

"잡아라."

닐스그림은 설명이 필요 없다는 듯, 누누이 익혀온 지배자의 태도를 순간적으로 드러내며 말했다. 이에 움찔한 펠윈은 시키는 대로 한 손을 내밀어 닐스그림이 짚고 있는 지팡이를 같이 쥐었다. 순간, 백금색 지팡이는 희미한 진동을 발하며 그 머리에 밝혀진 백광을 증폭시켰다. 그리고 펠윈은 지팡이로부터 마치 강물처럼 흘러나오는 복합적인 감정들을 느낄 수 있었다. 그리움과 죄책감, 더불어 모든 죽어가는 것들에 관한 동정심. 그러자마자 잠시 잊고 있었던, 정신을 잃고 있는 동안 꾸었던 꿈의 환상이 또다시 샛노란 낙엽의 폭풍처럼 떠올랐다.

"그만, 됐다!"

헐떡이며 소리친 닐스그림이 지팡이를 잡아당겼다. 펠윈은 불에 달궈진 부젓가락에 손을 대기라도 한 듯 기겁하며 손을 떼었다. 펠윈과 닐스그림 모두 양 눈에 눈물이 그렁그렁했고, 이 영문모를 격정을 공유한 상대로서 서로를 쳐다보았다.

"……너는 누구냐? 어떻게 이와 같은 일이 일어나지? 말해라!"

닐스그림은 자신이 눈물을 흘렸다는 사실을 뒤늦게 깨닫고는 마치 수치스럽다는 듯, 황급히 닦아내며 펠윈에게 물었다. 그 바람에 다소 윽박지르는 어조가 되었고, 펠윈은 잠시 멍해 있다가 맞받아쳤다.

"무슨 상관이죠! 다라드를 구하지도 못했으면서!"

그러자 모두에게 놀랍게도, 닐스그림은 정말로 상처받은 표정을 지었다. 심지어 대든 펠윈조차 황녀의 이 태도는 예상치 못한 것이어서, 펠윈은 입술을 깨물고 선 닐스그림에게 당황한 낯을 해 보이고 말았다. 그러자 그때까지 묵묵히 있던 한스가 달래듯 조심스레 입을 열었다.

"아가씨, 저……, 전하께서는 몸을 사리지 않고 최선을 다하셨습니다. 하지만 적들의 공격이 너무 치밀했고, 베르벳의 마법이나 전하의 지팡이 모두 제대로 힘을 쓰지 못했어요. 우리가 이만큼이라도 무사한 게 기적입니다."

자신의 피로 더러워진 한스의 몸을 보자 어쩔 수 없이 미안해지고 마는 펠윈이었다. 그는 다만 이렇게 물었다.

"지팡이가 힘을 쓰지 못했다고요?"

이에 한스가 머뭇거리자 닐스그림이 말했다.

"그렇다. 그 아이도 마찬가지였지. 우린 모두 당황했고, 적들이 준비한 모종의 술수라 생각했다. 하지만……, 아까 확인했듯 그게 아닌 듯하다. 이유는 너라고 짐작된다."

"……저요?"

펠윈이 흔들리는 시선으로 물었다. 닐스그림은 잠시 말을 끊고 자신이 든 지팡이를 쳐다보았다. 그러고는 결코 인정하기 싫다는 듯, 무겁게 입을 열었다.

"……나는 내 의지대로 마법을 쓸 수 없었다. 오로지……, 너를 지키고 구하는 데 필요한 주문만이 성공하였다. ……모르겠다. 아니, 틀림없다."

황녀의 의혹과 갈등은 깊은 듯했다. 스스로의 발을 부정하고 다시 번복하는, 혼란스러워 보이는 그에게 펠윈은 뭐라 말을 보태야 할지 알 수 없었다. 지켜보던 한스가 다시 입을 연다.

"베르벳은 더 심했습니다. 아예 아무것도 하지 못했어요. 여관에 머무는 내내 뭔가 이상하다고 이야길 해오긴 했지만, 저희야 이런 것에 뭐 아는 게 있겠습니까? 아가씨가 쓰러진 것과 거의 동시에, 베르벳도 거의 넋이나가 버렸습니다. 아직도 영문을 모르겠습니다만……."

"그러니까, 너는 도대체 누구냐고 물은 것이다."

닐스그림이 한스의 말을 자르며 펠윈에게 말했다. 그러나 펠윈은 입을 다물었다. 다라드가 해준 이야기들이 떠올랐으나, 그 스스로 전혀 확신하지 못하는 이야기들을 입에 올리고 싶지 않았다. 뿐만 아니라 다라드의 마지막 말이 순간 떠오르며, 펠윈은 북받쳐 오르는 감정을 주체할 수가 없었던 것이다. 어느샌가 이 귀 잘린 류그라 아가씨는 숨죽여 흐느꼈고, 제아무리 대단한 황실의 권위라 하더라도 이를 다그칠 면목이나 잔인함은 없는 모양이었다.

"진정해라."

닐스그림은 한숨 쉬듯 그렇게만 말하고 그로부터 물러났다. 그때까지 이 대화에서 물러선 채 주위를 경호하듯 서 있던 아룬드가 닐스그림에게 물었다.

"……이제 어쩌시겠습니까?"

황녀는 얼른 대답하지 않는다. 잠시간의 먹먹한 고요가 그들 사이를 채웠다. 지하수로는 악취와 불쾌한 어둠만이 가득해 잠시라도 머물고 싶지 않을 만한 장소였건만, 황녀를 비롯한 모두가 저 밝은 지상으로 선뜻 나갈 생각이 없어 보였다. 적들은 치밀했고 동시에 음험하다. 다시금 후작에 대한 분노가 되살아난 듯, 닐스그림은 이를 악물고 말했다.

"너라도 우선 안전하게 본가로 돌아가겠느냐? 그쪽으로 가는 인편을 수소문해볼 수 있을 것이다."

애초에 아룬드의 보호를 자청한 것은 닐스그림이었기에, 그는 미안한 기색을 감추지 않았다. 아룬드는 뜻밖이라는 듯 묻는다.

"생각하신 바가 있으십니까?"

"나는 결코 저들을 용서할 수 없다. 이 참혹한 만행의 기획자를 추적하고, 마땅히 엄혹한 제국의 법치 아래 목을 늘어뜨리게 할 것이다. 다만……."

닐스그림은 말끝을 흐리며 펠윈 쪽을 본다. 그새 울음은 삼켰지만 슬픈 얼굴로 바닥을 내려다보던 펠윈이 보였다.

"……신경 쓰인다. 저 아이의 내력이."

닐스그림과 펠윈은 똑같이 이십 대 초반이었으나 황녀는 이렇게 말한다. 그의 말이 이어진다.

"필시 베르벳의 힘이 멈춘 것과 저 아이는 깊은 관계가 있을 것이다. 그 힘이 본래의 주인으로 회귀하려던 어떤 현상은 아니었을까? 그리고 나의 지팡이가 저 아이에게 반응하는 것도 같은 맥락의 일일 터이다. 나는 류그라에 관해 유감스럽게도 상세히 알지 못한다. 아우스뉘르에게만 허락되어야 마땅한 힘이 다른 이에게 유용될 수 있다는 가능성은, 황실의 일원인 나로서는 그냥 넘길 수 있는 것이 아니다."

"……하오나."

아룬드는 어떤 말을 하려다 삼켜버렸다. 그가 황녀에게 들은 지팡이의 내력으로 미루어보건대, 그것을 사용할 수 있는 류그라가 존재하는 것은 이상한 일이 아닐지도 모른다. 닐스그림은 이해한다는 듯, 아룬드를 쳐다보며 슬프게 말했다.

"그렇다. 어쩌겠느냐? 본래 우리의 것이 아닌 힘이다. 그러면 나는, 그리고 황실은 이것을 포기하여야겠느냐? 그렇게 권할 수 있겠느냐?"

아룬드는 여전히 대답하지 못했다. 닐스그림은 말한다.

"……그의 말마따나, 펠윈의 존재 자체가 후작의 음모를 증명할 수 있다. 보통 류그라는 그러한 자격을 갖지도 못하지만, 나는 황족으로서 예외를 둘 수 있으리라 본다."

닐스그림의 이 발언을 만일 울리케나 크누드가 들었다면, 그들은 제국법이 류그라의 권리나 자격을 인정하지 않고 있으며, 따라서 법치의 논리로 그를 증인으로 세우기 위해서는 우선 무엇보다 먼저 류그라의 권리를 인정하는 입법안이 필요하다고 부르짖었을 것이다. 물론 지금의 이 어두운 지하수로엔 황녀를 쪼아댈 두 딱따구리가 천만 다행히도 없다. 그의 말이 이어졌다.

"그래서 나는 저 아이도 보호해야만 하겠다. 하지만 문제는 곁에 두는 한 이 지팡이가 말을 듣지 않을 것 같다는 것이다. 차라리 네가 데리고 가겠느냐? 피어클리벤에 당도할 수만 있다면, 여기보다 훨씬 안전하겠지."

"저는 전하의 곁을 떠날 의향이 없사옵니다."

아룬드는 고집스레, 그리고 결연히 말했다. 닐스그림은 어이없다는 듯이 그를 한동안 바라보았고, 아룬드는 그 시선을 피하지 않다가 결심을 굳힌 듯 말을 이었다.

"전하 홀로 이 삭막한 도시와 음모의 한가운데 계시도록 할 수는 없습니다. 만일 제가 어딘가로 가야 한다면, 오히려 동쪽이 아니라 서쪽일 것입니다. 뉘른스에크의 사태가 중앙에 알려지면, 당연히 조치가 따르지 않겠습니까? 그리고 그 관문은 다름 아닌 여기, 이실바프가 되지요. 저는 증인이자 보호자로서 마땅히 전하와 함께해야 한다고 생각합니다."

"네 보호자는 나다!"

"황공합니다만, 전하……."

아룬드는 말했다.

"지팡이가 없을 때는 제게 전위를 맡기시겠다 했습니다."

"……왜 그런 시시한 것들을 기억하는 거야?"

닐스그림은 힐난하듯 말했지만 기분이 나빠 보이진 않았다. 그러나 곧, 그는 고민에 휩싸인다.

다정한 잿더미 여관을 포위한 일단의 무사들은 전혀 비밀스럽게 움직이지 않았다. 그들은 마치 정당한 공무를 집행하듯 떳떳하게 대놓고 움직였으며, 여관 주변의 골목과 진입로를 틀어막고 사람들의 통행까지 차단하였다. 닐스그림과 아룬드는 나머지 인원들과 함께 기어이 지하 탈출로의 불길을 헤쳐가며 탈출하였고, 은형의 술을 뒤집어쓴 채 여기로 이어지는 골목을 돌파하였다. 그 와중에 그들은 골목을 통제한 채 외치던 한 기사의 외침을 똑똑히 들었다.

'안쪽으로 접근치 말라! 역당의 무리를 토벌 중이다! 소요에 관여하는 모든 이가 체포될 것이다!'

그러니까 드레스바르프 후작의 이 포위 공격은 이실바프 시의 치안대와 의회로부터 어떤 사전 협의를 끌어냈을 가능성이 몹시 컸다. 물론 후작 정도의 권위라면 그러한 협의 없이 자유도시에서 재량에 따라 무력을 행사할 수 있긴 하다. 하지만 닐스그림은 평소 알고 있던 발리위그 드레스바르프라는 인물에 대해 이미 몇 번이고 되새겨보았다. 그가 순진하게 당장 뛰쳐나가 시 의회에 출두하여 신분을 밝힌들, 아마 당장은 예우와 보호를 받을지 몰라도 곧 두 번째 다정한 잿더미 속에서 죽게 되겠지. 이 도시에서 닐스그림이 무턱대고 믿을 수 있는 것은 정말이지 아무것도 없었다. 차라리 저 옆에 어수룩해 보이는 한스가 더 신뢰할만한 인물이리라.

"홀게르손이라 했던가? 네가 아우셀바프 암시장 조합의 조합원이 맞느냐?"

생각에 잠겨있던 닐스그림이 별안간 고개와 지팡이를 돌려 그 광채와 함께 질문을 던지자, 홀게르손은 흠칫 놀랐다. 그는 떨떠름하게 대답한다.

"그, 그렇습니다만……."

"내가 알기로, 암시장 조합은 모험가 조합만큼 전 도시에 걸친 연락망과 교류가 있다. 너의 자격으로 이 도시의 조합에 연결해 볼 수 있느냐?"

"아니, 뭘 하려고 그러십니까?"

아룬드가 놀라 물었다. 이 뜻밖의 이야기에 홀게르손은 망연한 표정만 지어 보였고, 아룬드의 물음이 재차 이어졌다.

"이 도시의 암시장 조합이라면 저 역당들과 관계되었을 가능성이 매우 크지 않습니까? 오우거를 피하려다 트롤에게 가는 꼴입니다."

"트롤이 낫지 않느냐? 적어도 그들은 나를 억류했을 뿐, 당장 해하려 하진 않았다. 저들이 그러려 했다면 너와 나는 진즉에 목숨을 잃었겠지. 적의 적은 아군이니라!"

닐스그림의 마지막 인용은 만용에 가까웠으나, 일리가 없지만은 않은 판단이었다. 아룬드는 미간을 찡그린 채 여러 가능성과 위험에 대해 생각하기 시작했다. 암시장 조합은 불쾌하기 짝이 없는 곳으로서 본래 영지의 후계자나 황녀가 발들일 곳이 결코 못 된다. 하지만 어쩌면 모든 것이 후작과 그에 협력하는 권신들에게 장악당했을지 모르는 현재, 그들이 주목하지 않는 쥐구멍이야말로 유일한 활로일지도 모르겠다.

“……저는 그래도 말리고 싶습니다만.”

“그러거라. 듣지는 않겠다.”

닐스그림은 가차 없이 말했고, 아룬드는 어깨를 늘어뜨렸다. 며칠간 험한 꼴을 당하고 방금 죽을 고비를 넘긴 처지라 그런 것일까? 그 역시 황녀가 보여주는 이 여전한 호기를 내심 반기게 된다.

“……저는 안 가요!”

여태껏 조용히 있던 펠윈이 소리쳤다. 모두가 돌아보니, 펠윈은 양 주먹을 꽉 쥐고 선 채 노기 띤 얼굴을 하고 있었다. 그는 재차 소리친다.

“어차피 저는 이 일들과 아무 상관없어요! 제 얼굴이 알려지지도 않았을 테니, 전 돌아가겠어요! 더구나, 전하의 지팡이는 제 곁에 있는 한 먹통이라면서요? 짐짝인 저는 돌아가겠습니다!”

막아설 논리도 면목도 없다. 어쩌면 강제할 힘조차도. 그의 분노와 함께 닐스그림의 지팡이가 부웅하고 진동하는 것을 보며, 그 자리의 모두가 그렇게 생각했다.

제 14장

"더 이상은 무리겠습니다."

하슈펠이 건조한 목소리로 말했다. 스레이야는 긴장과 분노, 그리고 낙담이 한데 뒤엉킨 얼굴을 하며 그를 보았다. 하지만 그에 대한 책망은 전혀 없었다. 비록 셋을 잃긴 했지만, 이틀 전의 소동에서 그와 부하들을 살려내고 여기까지 도주가 가능했던 것은 전적으로 그의 재주 덕분이었으니까. 이 하슈펠이라는 자는 기사도, 그렇다고 어딘가에 소속된 무인도 아닌 게 분명해 보였지만 스레이야는 요 이틀간의 여정에서 이미 그를 어느 정도 신뢰하고 있었다. 그는 도대체 뭘 어떻게 하는 것인지 간파할 수 없는 재주들을 연달아 선보였는데, 특히 자취를 남기지 않고 몸을 숨기거나 도피하는 데 매우 능숙해 보였다. 오로지 도보로 여기까지 달아나는 와중에 그가 제시한 교란의 책략

들이 아니었다면, 이틀이나 소발의 기병대들을 따돌리는 것은 불가능했으리라.

"딱히 엄폐물도 없는 개활지에서 여기까지 따돌릴 수 있었던 것 자체가 기적이다. 이제 우리가 마땅히 했어야 했던 일을 해야지. 그대는 물러나 몸을 온존하라. 그리고 주군께 부디 이것을."

스레이야는 검을 자루째 풀어내더니 칼자루 끝에 달려있던 노리개를 떼어 내밀며, 살짝 떨리는 목소리로 이렇게 말했다. 그러나 하슈펠은 선뜻 그것을 받아들지 않고 고개를 살짝 기울여 언짢은 표정을 지었다. 그가 말한다.

"눈 쌓인 평지에서 기병대와 겨룰 생각입니까? 그냥 죽겠다고 말하는 것입니다."

"다른 뜻일 리 있겠는가?"

스레이야의 목소리는 이제 담담하기까지 하다. 그를 비롯, 여기까지 내내 함께했던 흐리늪 병사들 모두가 죽음을 각오한 표정으로 지평선 너머 달려오는 소발의 추적대를 보고 있었다. 낮에는 가급적 이동을 삼가고, 들킬까 저어해서 불도 피우지 않으며 여기까지 내달린 여정이었다. 하지만 이제 운이 다했다. 길을 무시하고 움직일 수 있었다면 좋았겠지만, 눈 위에 흔적을 남기지 않기 위해서는 가급적 도로를 이용할 수밖에 없었다. 추적자들 또한 그 사실을 모르지 않았기에 일찌감치 편성을 분리해 피어클리벤으로 향하는 도로 전역을 감시하고 있었던 것이다. 아마도 하슈펠 혼자였다면 끝끝내 눈에 띄지 않고 움직이는 게 가능했으리라. 그러나 아힌달의 병사들에게 그러한 움직임은 극도로 피로한 것이었고, 결국 실수가 발생하고 말았다. 피어클리벤 방면의 도로를 감시하던 척후 하나가 그들을 발견하고 도망치듯 자리를 뜬 지 얼마 되지도 않아, 북쪽 도로 끝으로부터 나머지 추적대들이 모습을 드러내었다.

"다만 당신이라도 구명을 도모할 생각이 없습니까? 내게 그 정도 재주는 아직 있습니다."

"그것은 수치다. 사양한다."

하슈펠은 질렸다는 얼굴로 이 꽉 막힌 무인을 본다. 아우스뉘르 제국에서는 점차 유명무실해져 가는, 고전적 기사도의 살아있는 표본 같은 이가 아닌가? 평소 그런 것들을 한껏 냉소하며 살아왔던 하슈펠이었지만, 지금 그와 그의 수하들이 보여주는 이 결연함은 조금도 비웃을만한 그림이 아니었다. 하슈펠은 완강한 그의 표정에 어쩔 수 없이 등 떠밀리듯 그가 내민 장식물을 받아들었다. 정신이 아득해질 정도로 반복하여 꼬아진, 붉은 비단 색실 매듭으로 이루어진 노리개였다. 기본적으로 장사치인 하슈펠은 이 와중에도 순간적으로 이 물건의 가치를 가늠해낸다. 이런 것만 보더라도 '북부의 야만족 흐리늪'이란 완전히 잘못된 관념이리라. 그는 재차 말했다.

"저는 피어클리벤 가문과 일종의 계약을 했습니다. 여기서 당신들을 모두 잃는다면 내게 이로울 것이 없습니다."

"그대의 이익을 위해 나의 불명예를 감수하란 말인가?"

"안 되겠습니까?"

한껏 이기적인 듯 말하는 하슈펠의 말은 그러나, 외려 스레이야와 그 부하들의 생존을 촉구한다는 점에서 이타적이다. 스레이야 또한 그가 무슨 말을 하는지 잘 알고 있다. 여기서 부하들로 하여금 추적대의 발을 묶게 하고, 하슈펠의 재주에 몸을 의탁한다면 그만이라도 목숨을 건질 수 있을지 모른다. 이를 깨달은 흐리늪 병사들 가운데 하나가 간곡한 어조로 말해왔다.

"군사(軍師), 모쪼록 살아서 왕야께 가주십시오."

"청을 물린다!"

강팍하게 외치는 스레이야의 주변, 열 명의 병사들로부터 어떤 시선이 하슈펠을 향한다. 마치 그를 기절시켜서라도 데려가 줄 수 없겠냐는, 그런 눈빛들이었다. 하슈펠은 미간을 찌푸린 채 이 긴박한 순간에서 자신이 뭘 할 수 있는지를 짧게 고민했다. 나머지 병사들이 버텨준다면 스레이야를 강제로라도 끌고 가는 게 아주 불가능한 것은 아니었다. 하지만 그런 짓은 하슈펠의 취향도 아니며, 살려내고도 결코 감사는 못 받으리라. 비록 부조리에 냉소하며 물 마시듯 범법의 영역에서 살아온 그였으나, 십 년이 넘게 라스에게 바쳐온 그의 충직함은 진심이었다. 애초에 그랬기에 모시는 주인의 안위를 걱정해 발고를 자청한 것이니.

"할 수 없군요."

그래도 죽는다면 도시의 뒷골목 시궁창의 어디에서이리라는 생각해 왔건만, 별 연고도 없는 북쪽의 설원 한가운데다. 생은 언제나 이렇게 예기치 않은 법이지. 하슈펠은 작정을 굳힌 차가운 목소리로 말을 이었다.

"현시점에서 내 죽음이 야기할 보상은 썩 가치 있을 것입니다."

스레이야는 놀란 얼굴로 그를 보았다. 지난 이틀간 동행한 가운데 그가 보여준 모습들은 언제든 죽음을 각오한 군인의 그것이 전혀 아니었으니까. 하지만 하슈펠은 아무런 설명도 더 잇지 않았다. 그가 여기서 죽는다면, 피어클리벤은 그에 대한 감시와 보호 모두에 실패한 것이 된다. 그러면 이 일은 향후 아우셀바프의 암시장 조합의 처벌 결정에 어떤 식으로든 영향을 미치게 될 것이다. 그는 그렇게, 이 여정을 따르며 애초에 했던 각오의 가장 극단적인 부분을 되새기며 자신의 목숨값을 평가했다. 그것이야말로 이해(利害)의 냉엄한 도리를 따라온 그 자신만의 기사도였고, 하슈펠은 이것에 대해 설명할 필요를 이 외인(外人)들에게 느끼지 않았다. 그는 다시 말한다.

"제가 최대한 저들을 괴롭히는 데 일조하지요. 그리고 이것을……."

하슈펠은 매고 다니던 쌈지에서 쥐똥만 한 동그란 환약들을 꺼내더니 스레이야와 병사들에게 내밀었다.

"지금 우리에게 필요한 것은 시의적절한 죽음이지 공연한 고통은 아닐 것입니다. 이는 독약은 아닙니다만, 고통이 여러분의 존엄을 무너뜨리지 않게 해줍니다."

스레이야는 잠시 망설이더니 그것을 받아들었다. 이를 허락으로 여긴 양, 나머지 병사들도 차례로 하슈펠의 손에서 그것을 하나씩 받아갔다. 이제 길 끝에서 내달려오던 적들의 발굽소리가 들려온다. 스레이야와 병사들의 얼굴은 긴장으로 딱딱해졌고, 모두 자신의 무기를 꺼내 들고 펼쳐 섰다. 하슈펠은 그 진형에서 한쪽으로 비켜선 채 언제든 모종의 요격을 행할 수 있도록 자신이 준비해온 전략적 자산을 머릿속에 그렸다. 그때였다.

"부웅—"

그들의 등 뒤, 피어클리벤 방면 남쪽으로부터 둔중한 느낌의 뿔 나팔소리가 울려 퍼졌다. 모두가 놀라 돌아보자, 남동쪽 설원에서 눈보라를 일으키듯 질주하며 달려오는 수십여 검은 늑대 기수들이 보였다. 다름 아닌 피어클리벤 시우부름 요새의 고블린 기수들이었다. 보병단은 일체 없이, 오로지 십장 이상의 기수들로만 구성된 무리였다.

"사면초가로군! 이번엔 고블린들이라니……!"

스레이야가 짜증 난 목소리로 사납게 외치자, 어느새 바람처럼 달려와 곁에 선 하슈펠이 눈을 가늘게 뜨고 접근하는 그 무리를 보다 말했다.

"속단은 이르겠습니다만, 아무래도 우린 살았습니다."

"뭐라고?"

하슈펠은 더 설명하지 않았다. 그 역시 크누드가 고블린들에 의해 피어클리벤 성으로 압송되던 광경을 경악하며 쳐다보았던 이들 가운데 하나였으니까. 그 이후 울리케가 고블린 대사라는 사실을 알고 다시 한번 놀라긴 했지만 이후 딱히 저들과 접촉한 적은 없었다. 하지만 그들이 나타난 방향과 이 시기적 절함으로 볼 때, 저들은 분명 높은 확률로 피어클리벤의 그 고블린들이다. 그렇다면 정말 우군일지도 모른다.

이제 하슈펠과 스레이야 일행은 양쪽에서 빠르게 접근하는 두 기랑대(騎狼隊)와 기록대(騎鹿隊) 사이에 서게 되었다. 북쪽에서 달려오던 소발의 추적대들이 이 갑작스러운 출현에 놀라 주춤거린 사이, 망설이지 않고 설원을 헤집고 달려온 기수들 가운데 선두에 탄 고블린이 우렁차게 소리 질렀다.

"아우셀바프의 하슈펠 레미크를 찾는다!"

"여기요!"

하슈펠은 희망을 품은 목소리로 흔쾌히 손을 들어 올리며 대답했다. 그러자 고블린은 늑대를 진정시키며 면갑을 들어 올렸다.

"대사 울리케 피어클리벤과 그룬테름에 거하는 주인의 요청으로 달려왔다. 시우부름 요새의 오백장 아우케트다! 너희 모두의 보호를 부탁받았다!"

"오백장, 정말 저들을 죄 보호하는가?"

곁에 서 있던 다른 고블린 기수가 면갑을 들어 올리며 소리 친바, 아난가크였다. 그는 스레이야와 이하 병사들의 면면을 증오스러운 눈길로 훑어보며 이렇게 이의를 제기한 것이다. 그러자 아우케트는 그를 보며 말했다.

"출발 전의 논의가 불충분했는가, 형제? 이는 지극히 외교적인 사안이다."

"……내가 오백장이었다면 적당히 이들의 수가 줄어들길 기다리다 개입했을 것이다."

"하지만 그랬다면 전투를 피할 수 없지. 지극한 혼전이 된다."

아우케트가 소발의 기병대 쪽을 한차례 쏘아보며 말하자, 아난가크는 불만스러운 눈을 하면서도 입을 다물 수밖에 없었다. 아우케트의 말이 옳았으니까. 지금 소발의 기병대들은 이 뜻밖의 고블린 기수들에 놀라 선뜻 다가오지 못한 채 먼 거리에서 이쪽만 주시하고 있었다. 수는 비슷하지만 오로지 늑대 기수로만 구성된 고블린 측의 기동성은 한 차원 위에 있다. 더구나 이 뜻밖의 출현이 가진 의미를, 저들은 매우 당혹하며 상상해 보고 있는 것이다.

그리고 이는 스레이야와 이하 흐리늪 병사들의 사정도 다르지 않았다. 자신들을 돕기 위해 나타난 고블린 기수라니! 고금에 들어온 일 없는 이 사태에 대해, 스레이야는 말을 아끼며 하슈펠을 돌아보았다. 그는 어깨를 으쓱하며 말했다.

"정말입니다. 피어클리벤은 저들과 준동맹 관계에 있습니다."

"……어이가 없군."

스레이야는 이 상황에서 자신이 어떻게 처신해야 할지 전혀 감을 잡지 못하는 얼굴이었다. 하슈펠이라고 해서 아우케트를 위시한 이 고블린 기랑대들이 편한 것은 결코 아니겠으나, 그는 어쩔 수 없이 이 무리의 대리를 맡게 된다.

"피어클리벤의 공식적인 요청에 따른 것입니까?"

한순간 그는 이 고블린 오백장에 대해 어떤 말투를 취해야 할지 고민했으나, 몸에 밴 사무적 공대가 자연스레 흘러나오고 말았다. 아우케트는 대답했다.

"그렇다. 아울러 검은 용도 요청한 바이지. 우리는 너희를 피어클리벤까지 호송한다."

"피어클리벤이라고?"

"너희의 주군이 이미 거기서 보호받고 있지 않은가? 아니면, 다른 요청이 있는가?"

울리케에 의해 이미 저간의 사정을 전해 들어 파악하고 있는 아우케트의 물음이었다. 스레이야는 입술을 깨물고 잠시 생각한다. 어차피 하슈펠의 안내를 받아 피어클리벤에 가려던 것은 사실이다. 죽더라도 그의 주군 아힌달과 운명을 같이하고자 하였으므로. 하지만 느닷없이 나타난 고블린들이라니, 그는 이 상황이 쉽게 납득되지 않는다.

"……저들을 떼어낼 수 있겠는가?"

스레이야는 아직도 이쪽을 바라보며 대기하고 있는 소발의 기병들을 가리키며 물었다. 아우케트는 그쪽을 응시하더니 대꾸했다.

"저 정도라면 문제 될 게 없다. 너희가 어느 쪽으로 움직일 것인가부터 결정하라."

"저들은 예사 부대가 아니라 제국의 전위충격대이다! 전멸이 뻔히 보이는 판국에도 결코 기수를 돌리지 않는 자들이다."

아우케트가 보여주는 자신감이 가당치 않다는 듯, 스레이야는 이렇게 말했다. 이미 지난 이틀간 함께 해오며 그와 같은 이야기를 들었던 하슈펠도 아우케트에게 말했다.

"그러니 이대로 충돌한다면 이기더라도 심한 피해가 예상됩니다."

"우리는 보이는바 이상의 준비를 해 왔다. 조금 멀리 떨어져 있긴 하지만, 이백의 보병대가 북진하고 있지. 또한……."

아우케트가 말꼬리를 흐리며 고개를 돌리자, 마치 기다렸다는 듯 때맞추어 그들 사이에 싸늘한 한 줄기 바람이 스쳐 갔다. 이 부자연스러운 냉기가 가진 의미를 결코 모르지 않는 흐리늪, 스레이야의 눈이 순간 경악하여 크게 치켜 떠졌다. 어느새 모두의 눈앞에 홀연히 나타난 흰머리 소녀가 서 있었다.

"대체 뭘 꾸물대고들 있느냐?"

더 이상 누더기가 아닌, 울리케가 전해준 새 옷을 정갈하게 차려입고 선 뉘르뉴의 일갈이었다. 다음 순간 스레이야와 이하 모든 병사들이 차가운 눈 바닥 위에 일제히 부복하였다. 이 뜻밖의 장면에 하슈펠은 물론 고블린들 모두가 놀랐고, 심지어 뉘르뉴 본인조차 화들짝 놀라버리더니 이내 떨떠름한 표정을 지었다. 스레이야와 병사들이 엎드린 채 한참이나 전혀 미동도 하지 않자, 마침내 어색하면서도 언짢아진 뉘르뉴가 말했다.

"무슨 짓이냐? 너희가 잊힌 신의 이름을 기억하느냐?"

"그분의 이름은 저희의 땅에서 결코 잊히지 않았사옵니다."

스레이야가 여전히 고개를 숙인 채로 말했다. 더없이 정중하고 공손한, 심지어 아힌달의 앞에서도 나타내지 않았던 목소리였다. 이 모양새를 늑대 위에서 물끄러미 내려다보던 아우케트가 뉘르뉴에게 말했다.

"……이럴 줄 알았으면 그대가 아힌달과의 대화를 좀 도왔으면 좋았겠다. 울리케 혼자 공연히 애를 쓴 게 아닌가?"

"나는 네가 무슨 말을 하는지 모르겠다만."

뉘르뉴는 고블린의 말에 새침하게 대꾸했고, 여전히 이 분위기가 어색한지 새 옷의 소매만 만지작거렸다. 아우셀바프의 공물들 가운데서 가장 고급의 원단만을 골라, 울리케가 성안의 재단사와 로젤의 솜씨를 지휘해 지어낸 옷이었다. 그간 바쁜 와중에도 현재 성에 머무는 피어클리벤의 모든 여성들은(심지어 아그니르까지!) 모두 이 옷에 한 솜씨씩을 보태어 최소 한 줄씩 수를 놓았던 것이다. 때문에 어린아이가 걸치기엔 지나치게 호사스러우면서도 어딘지 위엄있는 복식이었으나, 한눈에 보기에도 초월적인 기풍이 서려 있는 서리심의 무녀에겐 너무나 적당한 의상으로 완성되었다.

한편 스레이야는 고블린과 서리심의 무녀가 나눈 대화에서 약간의 충격을 받고 당황해 있었다. 고블린의 무엄함을 꾸짖기엔 작금의 이 상황이 조금도 그의 위엄을 도와주지 못한다. 스레이야는 고개를 들고 몇 차례 입을 달싹거리다 간신히 말했다.

"……우리의 주군께서는 정말로 안전하신가?"

"걱정을 놓아도 좋다. 그는 분명 일신의 자유를 제한당하고 있으나 명백히 피어클리벤의 교섭 대상이며 보호 대상이다. 믿기지 않는다면……."

아우케트는 말을 하다 말고 뉘르뉴를 보았다. 그의 눈길이 의미하는 바를 깨달은 뉘르뉴가 발칵 짜증을 내며 소리쳤다.

"겨울과 약속의 신 윤나의 이름으로, 내가 보증한다! 그리고 너는 나를 그런 용도로 사용치 마라!"

"울리케도 용을 그런 용도로 사용한다만."

"그 날개 달린 도마뱀과 나를 동일시하지 마라! 그리고 너도 울리케가 아니지 않느냐!"

"바람직한 이웃의 양속(良俗)은 따라볼 만하지 않겠는가? 모방은 발전의 첩경이다."

스레이야는 망연한 얼굴로 고블린 대장과 서리심의 무녀가 나누는 입씨름을 들었다. 그는 첫눈에 이 낯선 서리심이 보통 존재가 아님을 깨달았던 것이다. 저토록 희고 긴 머리색과 더불어, 그가 일찍이 본적 없는 완전한 푸른색의 눈이라니! 그야말로 빙하의 심금 그 자체라 할만한 존재. 애초에 그의 민족이 이번 남침을 기획한 이유 중 한 가지인, 아득한 구전 속의 그가 틀림없었다. 그런데 이 시답잖은 신성모독적 대화들은 도대체 뭐란 말인가? 그라면 마땅히 열하나의 제후와 폐하까지 그 앞에 부복하고 경의를 표할 것이다! 스레이야의 얼굴에 점차 노기가 어리는 것을 발견한 하슈펠이 서둘러 모두에게 말했다.

"외람되지만, 이럴 때가 아닙니다. 저들을 물리치고 우리가 움직일 향방을 결정해야 합니다."

하슈펠의 말대로였다. 털사슴의 뿔 윤곽이 선명히 보일 정도의 거리에 운집한 채, 이편의 상황을 주시하고 있던 소발의 추적대들은 여전히 그 자리였다. 하지만 스레이야는 가당치도 않다는 듯 하슈펠을 힐끔 보더니 말했다.

"당치 않다! 윤나를 모시는 빙하의 딸에 칼을 겨누다니! 있을 수 없는 일이다."

"이러리라는 것을 예상했는가?"

아우케트가 뉘르뉴에게 물은 것이다. 아마 스스로 위엄을 지켜야 한다는 자각이 없었다면 뉘르뉴는 무심코 순진한 아이의 외양 그대로 머리를 긁적였으리라. 혼란스러운 눈길로 스레이야와 병사들, 그리고 저 너머의 기병대를 번갈아 쳐다본 뉘르뉴가 말했다.

"……모르겠다. 너무 오래된 이야기다. 말하라, 너희가 정녕 흐리뉼이라 불리는 이들이냐? 생전의 나의 민족이냐?"

스레이야는 흐리늪이라는 단어를 듣는 순간 미간을 움찔했다. 그는 다시 고개를 조아리더니 말했다.

"그 이름은 우리에게 멸칭이옵니다. 하오나 저희가 제주(祭主)께서 속한 핏줄의 후손임은 사실이오며, 이에 마땅한 도리로 예를 표하는 것입니다. 지금 저 밖의 우둔한 무리들을 부디 용서하소서. 저들은 자신들이 하는 일을 알지 못합니다."

스레이야는 뜻밖에도 이렇게, 여태껏 자신들을 추격해온 자들을 두둔하였다. 그는 정말로 뉘르뉴의 분노가 그들에게 향하지 않기를 바라는 것 같았다. 아니, 이제 더는 스레이야를 비롯한 병사들 모두에게 소발의 추적대들은 안중에 없어 보였다. 그리고 여기서 그 사실이 가장 이해가 안 된다는 표정을 짓고 있는 것은 뉘르뉴 자신이었다.

"제주라니……? 그리고 도대체 내가 뭘 용서하고 자시고 할 게 있단 말이냐?"

스레이야는 곤혹스러운 얼굴이었다. 아무래도 해야 할 설명이 많은 듯한데 이 상황의 부적절함과 더불어 스스로에게 그럴 자격이 있는지 의문인 것이다. 그가 채 대답을 고르지 못하고 있을 때, 별안간 소발의 추적대들을 경계하고 있던 고블린 십장들이 소리쳤다. 그때까지 이쪽의 상황을 살피던 추적대들 가운데 일부가 천천히 다가오기 시작했던 것이다.

"대형을 펼쳐라. 선공은 금한다."

오십장과 십장이 섞인 고블린 기수들은 모두 중무장을 하고 있었다. 아우케트의 호령이 떨어지자 그들은 좌우로 흩어졌고, 재빠르게 쇠뇌를 걸어 들었다. 이 모든 동작들이 다가오는 적들에게 또렷하게 보여진 만큼 그 의도는 명확하게 전달되었으리라.

"공격할 의사가 없다!"

지척에 다가온 그들 중, 명백히 이 추적대의 대장으로 보이는 이가 소리쳤다. 그는 일제히 늘어선 고블린 기수들을 죽 훑어보더니 그 앞에 선 스레이아와 하슈펠, 그리고 뉘르뉴에게 시선이 가 멎었다. 여태껏 내내 번민하던 그의 눈에 경악이 스몄고, 그가 서둘러 스레이아에게 외쳤다.

"이미르의 군사께 묻소! 저분이 정녕……."

"어서 내려 예를 갖추지 못하겠는가!"

여태껏 쫓기던 사냥감이 사냥꾼에게 일갈한다. 대장은 멍한 얼굴로 그와, 그리고 뉘르뉴를 번갈아 쳐다보더니 이내 정말로 사슴의 등에서 뛰어내렸다. 그러자 그 양옆의 두 부관도 따라 내려선다. 젊은 대장은 허탈하면서도 어딘지 구원받은 듯한 얼굴로 어깨에 힘을 빼고 두세 걸음 다가왔고, 그러는 내내 쏟아지는 고블린들과 스레이아 이하 병사들의 삼엄한 시선을 일체 무시한 채 오로지 뉘르뉴만을 열렬하게 쳐다보았다. 마침내 몇 걸음 밖으로 다가온 그는 무릎을 눈 위에 떨어트렸다. 그리고는 북받친 목소리로 외쳤다.

"에위아께 영광을! 그리고 윤나여! 마침내 무익한 살생을 피할 수 있게 되었나이다!"

그리고 그와 양옆의 부관 모두가 머리를 눈에 파묻듯 부복하였다. 하슈펠은 조금 어이가 없어 하며 스레이야를 보았으나, 꼿꼿이 선 채 그들을 내려다보는 그의 표정엔 어떤 놀라움도 없었다. 마치 이 모든 게 지극히 당연한 일이라는 듯. 오히려 인사를 받는 주체인 뉘르뉴의 표정이 당혹함으로 물든다. 자신이 가진 지위와 자격이 그들 민족의 사회에서 도대체 어떤 권능을 지니는지, 이미 천 번의 겨울 너머로 아득히 망각해버린 소녀이기에.

"무익한 살생이라니?"

그렇기에 당장의 의문에 대한 질문이나 할 수밖에 없다. 뉘르뉴의 뾰족한 목소리가 떨어지자, 추적대의 대장은 머리를 들지 않은 채 소리쳤다.

"저와 제 상관은 모시는 주군으로부터 이미르의 팔왕 아힌달 전하를 암살하라, 그리 명받았습니다! 하오나 이는 어떠한 도의도 정의도 없는 명임을 아오며, 아울러 명을 따르건 따르지 않건 저희 모두 본 출격이 마지막이 되리라 짐작하고 있사옵니다!"

"제국의 전위충격대는 모두 그런 부대입니다. 내린 명을 절대적으로 수행하며, 때때로 입막음을 위해 전원 죽임당하기도 합니다."

뉘르뉴의 곁에 선 스레이야의 조용한, 그러면서도 노기 띤 설명이었다. 뉘르뉴의 얼굴에 또렷한 불쾌함이 스쳤고, 소녀는 나무라듯 외쳤다.

“그래서? 왜 그만두기로 하였느냐?”

“그 명을 압살(壓殺)하실 수 있는 마땅한 권위가 제주께 있기 때문이옵니다! 부디 저희가 살길을 열어주소서!”

머리를 조아린 그의 목소리는 더없이 절실하였다. 이때쯤 모두가 저쪽을 보니 뒤편의 다른 추적대들도 어느새 모두 바닥에 내려 엎드린 채였다. 이미 그들 사이의 중지(衆志)가 합의된 모양이다. 뉘르뉴는 다시 당황하여 아우케트를 본다. 자신의 사랑하는 숲흑늑대, 칸의 위에서 골똘히 생각에 잠긴 얼굴로 이 사태 전반을 주시하고 있던 그가 소녀의 시선을 느끼곤 무심히 말했다.

“뜻대로 하시게나.”

“……어쩌라는 거야?”

“저들이 그대에게 구하는 권위를 보여주면 될 게 아닌가?”

어쩐지 통명스럽기까지 한 고블린의 목소리가 약간의 장난을 섞고 있음을, 지금의 뉘르뉴는 간파해내지 못한다. 소녀는 짜증 내듯 외쳤다.

“이는 인간의 일이다! 번거로운 예법이다!”

“그대는 신을 모시는 무녀가 아닌가? 그야말로 인간의 일이지. 아니면 그간 스스로 신이 되었다 착각했는가?”

듣고 있던 스레이야의 눈이 험악하게 고블린 오백장을 향해 부라려졌고, 여태 고개를 조아리고 있던 추적대 대장도 깜짝 놀라 머리를 들더니 눈만 끔뻑거렸다. 하지만 뉘르뉴는 오히려 전혀 화난 표정이 아니었다. 아우케트의 지적을 받은 소녀의 얼굴이 살짝 멍해졌다. 그런 그에게, 아우케트는 한결 간곡하고 진지하게 말했다.

"그대는 단지 너무 오래 잊고 있던 것들일 뿐이다. 스스로 이제 인세에 참견하겠다고 말해온 것은 그대다. 정히 어렵다면, 울리케라면 어찌했을까? 한번 떠올려보라."

익숙한 이름을 들은 뉘르뉴의 얼굴이 순간 밝아졌다.

아힌달이 머물게 된 방문객 공관 자리는 울리케의 집무실 바로 옆방이었다. 지난번 포로들의 수감에서 드러난 피어클리벤의 부실한 교정시설 문제도 있었거니와, 아무리 그래도 그는 일국의 군주이다. 지하 감옥에 가두는 것은 향후 교섭을 위해서도 전혀 좋은 선택일 수 없었다. 하지만 아힌달에게 있어, 어쩌면 그것은 아무래도 상관없는 문제였을지도 모르겠다.

"솔직히 이건 외교 분쟁감이다."

아힌달은 이미 하룻밤을 보낸, 그가 머문 방의 소감에 대해 이렇게 짤막한 평을 내렸다. 울리케는 뒤숭숭한 얼굴로 오릭이 준비해온 다과를 내밀며 대꾸했다.

"적국의 군왕이 아니었다면, 그렇겠지."

이른 아침이었다. 지난밤 에인달케와 늦게까지 한껏 수다를 떠들어댄 탓에 살짝 피곤하긴 했어도 정신적으로 충만해진 울리케였다. 아힌달은 묵묵히 울리케가 내민 찻잔을 받아들었고, 한 모금 마신 뒤 다시 평했다.

"이것도 외교 분쟁감이다."

"……도대체 온통 얼음과 눈밖에 없는 땅에서 어찌 그런 안목을 익히는 게 가능한가?"

아힌달은 찻잔에 머문 시선을 고정한 채 빙긋이 웃었다. 그가 말한다.

"그대는 그 질문이 얼마나 비싼 것인지 아마 짐작하지 못할 것이다."

"……우아한 대답이로군."

둘 다 차를 마시느라 짤막한 침묵이 흘렀다. 아힌달은 비록 차의 맛에 불평하긴 했어도 느긋한 얼굴로 기꺼이 그를 즐긴다. 일고의 조바심도 내비치지 않는 그의 태도에, 울리케는 다시금 약간의 감탄을 했다. 그간 내내 어두운 곳에서만 그를 봐왔던 울리케다. 벽난로의 불과 송근유 등잔 빛의 도움을 받아, 덕분에 처음으로 찬찬히 그의 얼굴을 살필 수 있었다. 크누드보다 살짝 나이가 많을까? 정말로 왕이라고 보기엔 지나치게 젊었다.

"어제 새벽 우리의 조력자가 소발을 쫓기 위해 출발하였다. 이미 현재 따라잡아 감시 중이지."

"……조력자?"

아힌달은 의아한 얼굴로 울리케가 선정한 단어에 의문을 가졌다. 그러다 퍼뜩 생각난 듯, 그가 말한다.

"아, 그제 돕겠다고 말한 그 류그라 처자인가? 정체가 뭔가?"

"그게 얼마나 비싼 질문인지, 역시 그대도 모르겠지."

아힌달은 쓴웃음을 지었다. 그러다 급격하게 표정을 굳힌 그가 말했다.

"……스레이야와 내 부하들이 무사하겠는가?"

"그 또한 이미 우리의 우군이 출발하였다. 아마 오후쯤 찾아내리라 예상한다."

"……우군이라."

아힌달은 울리케가 연이어 에둘러 말하는 바에 의해, 여러 가지 가능성과 상상력을 폭주시키고 있었다. 어차피 용이 머무는 땅이다. 생각 이상의 수완이 있을 테지. 아힌달은 걱정을 잠시 거두기로 마음먹었다. 한동안 마음을 추스르며 차 향을 즐기던 그가 말했다.

"내가 말했던 모든 제안은 여전히 유효하다."

"먼저, 하나를 묻고자 한다. 왜 뉘른스에크를 침공했는가?"

준비했던 질문을 던진 울리케는 그가 또 어떤 식으로 이야기를 눙치지 않을까 저어하며 긴장한다. 하지만 놀랍게도, 아힌달은 잠시 눈을 내리깔고 생각하더니 대답했다.

"첫째는 고토의 회복이다. 하지만 이는 그냥 허울이지. 둘째는 이 땅에 있다고 알려진, 천년 전의 서리심을 찾기 위해서다. 여기에는 꽤 실질적인, 그리고 전략적인 이유가 있다고 할 수 있지. 특히 그것과 유관한, 세 번째 이유가 우리에겐 가장 절실하다."

그가 이렇게까지 순순히 말하리라 예상 못 했던 울리케는 눈을 크게 떴다. 하지만 그런 그의 표정을 보지 않고 한동안 오로지 찻잔만을 응시하던 아힌달이 물었다.

"그대는 신목 류그네라스가 암그루와 수그루, 그렇게 두 수종이 존재한다는 것을 아는가?"

처음 듣는 이야기다. 더구나, 울리케는 느닷없이 여기서 류그네라스가 언급되는 이유를 이해할 수 없었다. 그것이 서리심과 연관이 있다니? 울리케의 표정을 확인한 아힌달이 말했다.

"역시 전혀 모르는군? 나는 이 이야기의 가치를 저울질하며 그대와 긴 탐색전을 벌여볼 수도 있겠다. 이것이 평화 시의 회담이라면 그대도 기꺼이 그 유희를 즐겼으리라 보는데."

둘 다 아직 아침을 들지 못해 허기가 깃든 위장이라 오히려 머리는 면경처럼 맑다. 울리케는 대답 없이 그를 쳐다보았다. 마치 응당 들어야 할 이야기를 기다리듯이. 아힌달은 다시 물었다.

"……지금 이 자리는 무엇인가? 공식적인 회담인가?"

"그대가 여기 머무는 것 자체는 아마 결코 공식적인 이야기가 되지 못할 것이다."

울리케가 말했다. 그의 말이 이어진다.

"그편이 낫지 않겠나? 피어클리벤은 현재 우리의 황실과 귀족들, 반란군들과 더불어 그대의 제국까지 얽혀 이 난국에 던져졌다. 물론 우리에게는 알려진 패들과 알려지지 않은 패들이 제법 있고, 정국의 피아가 불확실한 현재 그대라는 패 역시 어떻게든 알려지지 않은 패들에 섞어 넣는 게 좋다고 생각한다. 물론, 그 패는 언제든지 뒤집어 낼 수 있겠지. 그대의 안전을 위해서도 그편이 낫다."

아힌달은 불과 스무 살도 되어 보이지 않는 눈앞의 아가씨가 이런 이야기를 시작하자 다소 놀란 얼굴이 되었다. 그는 묻는다.

"……울리케라 했던가? 행정관이라는 직함을 댔던 것으로 기억한다."

"그렇다. 나는 피어클리벤 가의 팔녀로, 진흥행정관이자 시우부름 고블린의 대사이다."

아힌달의 표정이 기묘해졌다. 그가 묻는다.

"……고블린 대사?"

"그대의 부하들을 구하기 위해 달려가고 있는 우군들이 바로 그들이다. 그들 말고도 더 있지만……, 묻겠다, 이미르의 아힌달이여. 서리심과 류그네라스가 무슨 관계가 있다는 것인가?"

아힌달은 이 새로운 정보를 채 추스르기도 전, 울리케의 질문에 직면해 다소 방어적인 기색이 되었다. 하지만 순간 무언가 떠오른 듯, 그는 물었다.

"서리심에 관해 알고 있는가? 그와 접촉했는가?"

"질문은 내가 하였다."

울리케의 표정은 진지하면서도 대단히 사무적이었다. 그는 아힌달에게 대화의 주도권을 빼앗기지 않기 위해 애쓰고 있는 것이다. 그리고 그에게는 다행스럽게도, 아힌달은 자신이 처한 입장을 완전히 이해하고 있었다. 그는 순순히 말하기 시작했다.

"서리심이 어떻게 점지 되는지 아는가?"

"점지? 단지 미개한 인신공양의 풍속이 아닌가?"

울리케의 얼굴이 어쩔 수 없는 혐오가 스쳐간다. 그러나 아힌달은 전혀 불쾌해하지 않고, 오히려 살짝 미소지으며 말했다.

"그 평가는 내 이야기를 다 들을 때까지 다소 미뤄두시게. 그것은 아주 먼, 아득한 고대로부터 이어져 온 풍속이며 우리의 선조들에겐 생존을 위한 필사적 기술들 가운데 하나였다. 그게 아니었다면 먼 과거, 천년 겨울의 시대를 우리가 어찌 이 북부의 땅에서 버티었겠는가? 류그라들이 우리를 어르매라 부를 만큼, 우리는 추위에 강인한 민족이지만 결코 눈보라 속에서 얼어 죽지 않는 이들은 아니다. 서리심은 겨울을 달래고 마수들을 주관하는 제사장으로서 우리에게 더없이 소중한 존재였지. 지금이야 그 시절보다 온후해진 기후와 더불어 발전한 기술들로 인해 우리는 더 이상 서리심이 절실하진 않지만, 전통이라는 측면에서 소수의 무녀들을 여전히 이어오고 있다."

"……그래서? 류그네라스와는 무슨 관계란 말인가?"

냉랭함을 가장하지 않을 수 있다면 정말 좋았을 것이다. 울리케는 그가 들려주는 이국의 전설과 문화에 깊은 호기심을 느꼈으나, 대놓고 그를 표시할 수 없어 답답했다. 시치미를 떼고 이렇게 묻는 울리케에게, 아힌달은 너그러이 이야기를 계속했다.

"무녀의 심장을 대체하는 마석, 서리심이라 불리는 그 자체가 류그네라스의 수그루인 안그라네스의 뿌리에서 생성되기 때문이다. 일종의 열매라고 볼 수도 있겠지만, 확실히 불가해한 미지의 물건이지. 그렇게 해서 탈바꿈된 서리심의 무녀는 그 심장을 원래 갖고 있던 안그라네스와 일대일로 엮이게 된다. 다시 말해 모든 서리심의 무녀는 자신만의 안그라네스를 어딘가에 갖고 있으며, 그 나무와 생명을 공유한다. 나무가 죽으면, 서리심의 무녀도 죽는다."

이 이야기조차 울리케의 표정에 아무런 변화를 주지 않을 수는 없었다. 놀라움과 의혹이 반씩 뒤섞인 얼굴로, 울리케는 다음 말을 기다렸다. 아힌달은 그런 그의 표정을 찬찬히 관찰하며 이야기를 계속했다.

"……안그라네스는 류그네라스와 겉보기에 아무런 공통점이 없다. 역사상 알려진 류그네라스가 딱 한그루이고 아무 데서나 자라지 않는 반면, 안그라네스는 여러 그루이고 어디서든 자랄 수 있다. 그것은 흰빛의 아주 작은 나무인데, 절대로 어느 크기 이상 자라지 않으며 심지어 이파리의 형상조차 류그네라스와는 영판 다르지. 모르는 이가 본다면 결코 같은 종류의 나무라고 생각할 수 없다. 게다가 류그네라스처럼 마력을 제공하거나 하지도 않는다. 마석을 생성한다는 점만을 제외하면 말이다. 그리고 거기에 더해, 딱 하나 더 있는 특성이 우리에게 아주 중요하다."

아힌달은 잠시 말을 멈추었다. 그는 식은 찻잔을 내려다보며 망설이는 것 같았다. 울리케는 참을성을 가지고 기다렸고, 마침내 그는 다시 입을 열었다.

"……내가 어떤 심정으로 이 이야기를 하는지, 부디 그대가 알아줬으면 좋겠군."

"알아주마. 약속한다."

울리케의 눈에 보이는 아힌달은 명백히 이제껏 진실을 토로하고 있었다. 까마귀의 눈이 여전한 효력을 발휘하는 탓이다. 아힌달은 울리케의 말에 눈을 맞춰오더니 물었다.

"……그런데 내가 왜 영주의 전권대리자가 아닌 그대와 이런 이야기를 하는 것이지?"

"백작부인께서는 감정에 휘말리지 않고 그대와 이야기할 수 없으시기 때문이다."

"실로 현명하시군."

아힌달은 불현듯 이틀 전 저녁 자신의 뺨을 갈겼던 아셰리드를 떠올리고 피식 웃었다. 그가 말한다.

"좋다. 말하지. 안그라네스는 혹한의 땅, 심지어 빙하의 위에도 뿌리를 내릴 수 있는 강인한 나무이다. 그리고 그것이 일단

활착하면, 그 일대의 기후가 서서히 온후해지기 시작한다. 이끼 말고는 살지 못하는 동토에서조차, 안그라네스만 있으면 숲을 가꾸고 유지할 수 있게 된다. 그것이 우리가 극북의 저 땅에서 지난 사백 년간 문명을 발전, 향유해 온 기반이다. 물론 이것은 서리심이 점지 되지 않은 안그라네스에 한한 이야기다. 하지만, 그것도 결국 한계는 있었다."

말을 끊은 아힌달은 목이 타는 듯 식은 차를 들이켰다. 그는 다시 한숨과 함께 말했다.

"사백 년 전 류그른의 류그네라스가 고사한 이후부터, 우리가 보유했던 모든 안그라네스들도 아주 천천히 기력을 잃기 시작했다. 이 두 나무는 지하의 용맥을 통해 서로의 존재를 감지하고, 어떤 마력을 공유한다고 여겨진다. 암그루인 류그네라스가 먼저 죽고 나니, 수그루들 또한 결국 차차 힘을 잃어갔던 것이지. 지금 우리의 땅에서 그나마 살아있는 안그라네스들의 수는 이제 몇 되지 않는다. 그러니 우리에게 남은 선택은 새로운, 건강한 안그라네스의 모종을 구하든가 아니면 남쪽의 땅을 확보하는 수밖에 없어진 것이다. 여기까지 이해하겠나?"

어려운 이야기는 아니다. 다만 너무나 뜻밖의, 놀라운 이야기일 뿐. 울리케는 천천히 고개를 끄덕이다 말했다.

"그러면 궁극적으로는, 그대들에게도 류그네라스의 재건은 중요한 일이 아닌가? 암그루가 없다면 수그루를 구해봐야 어차피 또 반복될 일이 아닌가?"

"그렇긴 하다. 하지만 당장 류그네라스의 재건은 요원한 일이라고 판단하고 있다. 여태껏 역사상, 류그라들이 우리의 땅으로 넘어 들어온 적도 제법 있었지. 하지만 그들은 안그라네스에 관해 전혀 알지 못했다고 한다. 우리 또한 그들에게 구태여 수그루에 대한 이야기를 전하지 않았지. 어쩌면 우리는 먼 고대에 같은 조상을 두었을지도 모른다. 뭐, 이것은 필요 없는 이야기지만."

울리케는 그의 말을 들으며 생각했다. 이 이야기들이 모두 사실이라면, 뉘르뉴도 자신만의 안그라네스를 갖고 있다는 말일까? 어쩌면 그가 그토록 숲을 지키려 애쓴 이면에는 바로 이 진실이 있었을지 모른다. 그렇다면 저 넓은 시우부름 숲 어딘가에 그의 나무가 있겠지. 길가네스의 장로 네그레즈는 울리케에게 여러 흥미로운 이야기들을 들려주었지만 이러한 전승에 대해서는 일절 말하지 않았다. 아힌달의 말대로 정말 구전이 상실되었거나, 아니면 알고도 함구했던 것일까? 하지만 말하지 않았다 하더라도 이해할만한 이야기였다. 다시 아힌달은 말한다.

"우리는 실로 오랫동안 이 문제에 관해 고민하고 연구하였으며, 백방으로 해결책을 모색해왔다. 우리에 비하면 류그라들이 신목을 살리기 위해 한 유랑의 고행은 노력도 아니었다고 감히 말할 수 있다. 그들은 너무나 순진하지! 또 한 가지 진실을 알려주겠다, 울리케 피어클리벤. 류그네라스와 안그라네스 모두, 그것들이 가진 마력은 땅으로부터 퍼 올리는 것이며 그 과정에서 지불되는 아주 분명한 것이 있다. 바로 다름 아닌 적도의 황폐화다.”

울리케는 창백해졌다. 모든 이야기를 하기로 작정한 아힌달은 이제 더 이상 울리케의 표정을 살피지도 않았다. 그는 마치 조금 술에 취한 듯 이야기를 계속한다.

“왜 아니겠는가? 모든 일엔 결국 지불되는 대가, 비용이 발생한단 말이다. 류그네라스가 영원한 가을의 결실을 가능케 하고, 그 신령력을 류그라들에게 제공하며, 안그라네스가 겨울 땅을 녹이는 이 모든 기적의 저 너머엔, 끊임없이 넓어지는 사막과 말라가는 우물들이 있다! 때문에 그곳의 민족, 데아람의 열두 부족들은 주술의 말뚝을 박아 지하의 용맥을 끊고, 그로써 신목의 암그루와 수그루 모두를 고사시킨 것이지! 그리고 파마의 화살을 준비하였다! 너희, 거짓 용의 제국을 무너뜨리기 위해서 말이다. 그들은 감히 군대를 모을 생각은 못 했지만, 바로 그 파마의 화살이란 것을 그들이 증오하는 땅에 유통시킴으로써 그들이 바라는 혼란이 조성될 수 있는 토양을 마련하였다. 그리고 알다시피, 그건 제대로 적중하였지.”

그는 다시 한숨을 내쉬었다.

“……하지만 어쩌겠는가? 우리가 달리 무엇을 할 수 있겠는가? 우리는 살 땅이 필요하다. 그건 그대들도 마찬가지지. 그대 같으면 풍속과 역사를 공유하지도 않는 이역만리 먼 곳의 타민족들이 처한 환경적 비극에 대해 윤리적인 감각을 가질 수 있겠는가? 말해보시게."

차 속에 살짝 섞어 넣은 아베냐드가 지나치게 효과를 발휘하고 있는 것일까? 아힌달은 격앙되어 있었고 눈도 충혈되어 보였다. 아무래도 심하게 술에 약한 모양이다. 울리케야 섞어 넣는 정도가 아니라 술 그 자체를 마셨어도 이정도 양으로는 아무렇지 않았을 것이다. 그렇기에 살짝 미안해진 울리케는 잠자코 이 놀라운 이야기들을 되새겼다. 그리고 그가 던진 물음에 대해 생각했다. 그는 여태껏 단지 피어클리벤을 위해 움직였다. 이것은 가족에 관한 일이었지, 무슨 대륙의 여러 민족에 관한 일이 결코 아니었다. 그랬기에 아힌달이 말하는 이 모든 이야기가 터무니없이 거대하고, 그러면서도 현실적이지 않은 것처럼 느껴졌다.

"너무 떠들었군, 왠지 머리가 아프다……. 이제 내가 묻겠다. 서리심과 접촉한 적 있는가?"

이른 아침이거늘, 앞머리를 쓸어올리는 아힌달의 표정은 완전히 피로해 보였다. 비단 섞어 넣은 술 때문만은 아닌 것 같았다. 그로서도 큰 결심을 하고 늘어놓은 이야기들일 테니, 어쩌면 긴장이 풀려서 그런 것일지 모르겠다. 울리케는 성심껏 대답하기로 한다.

"그렇다. 우리는 그를 뉘르뉴라 부른다. 우리의 시조 대제와 인연이 있는, 천년 전의 무녀이지. 그리고 지금 그 또한 앞서 말한 고블린 동맹군들과 함께 북쪽으로 떠났다. 그러니 그대의 부하들에 관해서는 완전히 마음 놓아도 좋을 것이다."

아힌달은 잠시 아무 말도 하지 못했다. 눈을 크게 뜨고 한동안 울리케를 바라보던 그가 다시 한잔의 차를 들이켜더니 말했다.

"……정말인가? 천년 전의……? 게다가 고블린과 함께……?"

그는 마침내 머릴 싸쥐었다. 마치 백기투항인 듯, 그는 더운 숨을 내뱉으며 말했다.

"도대체 이게 어떻게 가능한 일인지 내게 말해줄 수 없을까?"

이제 울리케가 그를 놀라게 할 차례다.

제 15장

새벽부터 쏟아지던 폭설은 이제 잦아들어 있었으나 여전한 눈발은 모두를 괴롭힌다. 눅눅하고도 차가운 공기엔 갓 격퇴된 화마(火魔)의 불쾌한 저주처럼, 온갖 것들이 타들어 간 냄새만이 진하게 배어 이실바프의 서쪽 구역 전체에 불길함을 뿌리고 있었다. 시민들은 그 냄새를 맡자마자 모두가 약속한 듯, 어쩔 수 없이 전쟁의 그림자를 떠올렸지만 다행히 그것은 뉘른스에크 본성에 일어났다고 알려진 전화(戰火)와 별 관계가 없다고 알려졌다.

한스는 염려스러운 얼굴로, 망연자실한 펠윈을 쳐다보았다. 적어도 그가 기억하는 모든 시절의 노동과 추억이 어린 장소, '다정한 잿더미'는 그 이름대로 정말 잿더미가 되어있었다. 시커멓게 타들어 간 대들보와 기둥들, 석조로 이루어졌던 벽면 일부들만이 여전한 잔열과 함께 연기를 뿜는 와중에, 이실바프의 치안대들과 인근의 상인들이 달라붙어 혹시 덜 잡은 불길이 있는지를 살피고 있었다. 그리고 그 한편에서는 붉은 참나무의 휘장이 선명한 기사 하나가 자신의 휘하 병사들을 데리고 몇 구의 소사체(燒死體)들을 바닥에 늘어놓은 채 관찰하는 게 보였다. 거리의 모든 시민들이 이 참상에 관심을 보였으나, 병사들이 접근을 불허하는 통에 모두 먼발치에서 구경할 따름이다. 한스와 펠윈 역시 두건 달린 긴 외투를 뒤집어쓰고 그 구경꾼들 틈에 있다.

"지독히도 탔군. 이래서야 신원은커녕 성별조차 불분명하지 않은가?"

역겹다는 표정을 감추지 않고 찡그린 채 주저앉아 사체들을 살피던 기사가 허리를 펴더니 말했다. 그러자 그의 곁에 있던, 향사로 보이던 청년이 냉랭히 대답했다.

"아무리 마법이라도 불을 다루는 일은 좀처럼 뜻대로 되지 않습니다. 아무리 고매한 마법사라도 이는 어쩔 수 없는 일이지요. 치안대의 검시관에게 보이면 시체 확인에 도움을 받을 수 있을 겁니다."

그러자 기사는 비웃듯이 말했다.

"검시관? 나는 전문성이 있는 검시관을 본 적이 없다. 대부분 시체의 매장지를 알선하고 뒷돈을 챙기며, 아울러 시신이 갖고 있던 패물을 빼돌리기나 하는 사기꾼 장의사들이었지."

"경의 면전에서 그럴 수 있는 인간이라면, 한번 보고 싶군요."

먼발치에서 이루어지는 그들의 대화는 보통의 구경꾼들에게 결코 들리지 않는 것이었다. 그러나 펠윈은 그 타고난 청력으로 이 모든 이야기를 똑똑히 듣고 있었고, 그래서 기사의 첫 불평이 들렸던 순간부터 어금니를 꽉 깨문 채 손톱이 손바닥에 파고들도록 주먹을 쥐고 있었다. 지난 이른 아침에 여관에 찾아와 비드리를 불러냈던 바로 그 오만한 기사의 목소리였다. 혹시라도 그가 자신을 알아볼까 두려워 외투 깃을 여미면서도, 펠윈은 선명하게 피어나는 분노를 감추지 못했다. 씨근덕거리는 그의 숨소리를 눈치챈 한스가 조용히 속삭였다.

"괜찮습니까? 물러나는 게 어떻습니까?"

"……전 괜찮아요. 신경 쓰지 마세요."

펠윈은 반사적으로 차갑게 내뱉어버리고는 뒤이어 살짝 미안해한다. 하지만 한스는 개의치 않고 그저 정말로 염려와 경계의 눈빛만을 그와 주변에 던질 뿐이었다. 덕분에 펠윈은 다시 빠르게 그 기사와 청년의 대화에 귀 기울인다.

"……그래서? 이 여관은 뭐였던 것인가? 초계가 먹히지 않은 이유가?"

"추측입니다만, 파마의 술이 어떤 식으로든 응용되어 건물 자체에 붙어있던 게 아닐까 합니다."

"추측? 그거 정말 굉장한 분석이로군."

기사는 노골적으로 빈정거렸고, 청년은 정직하게 기분 나빠

하며 대꾸했다.

"어쩝니까? 애초에 준비한 모든 술수들은 어느 정도의 저항을 예상하고 설정된 것들이었습니다. 이렇게까지 속수무책으로 당해줄 거라고는 경도 생각하지 못하신 게 아닙니까? 덕분에 건물 하나가 전소되어버렸고요."

"별로 상관없다."

코끝에서 절대 떨어지지 않는, 살이 탄내에 진저리를 치며 기사가 말했다. 그의 말이 이어진다.

"어차피 류그네릭의 도둑 꼬맹이는 제대로 잡았으니, 주군께서 알아서 조사하시겠지. 그나저나 그들 일행이 모두 넷이 아니었나? 둘은 달아난 것인가 아니면 이것들 가운데 섞여 있는 것인가?"

기사는 그렇게 물으며 소사체의 한 구를 살짝 걷어찼다. 청년은 눈살을 찌푸리더니 대답했다.

"……그걸 확인하기 위해 아이에게 여길 보이라 명하진 마십시오."

"좀더 절차적으로 접근했어야 했어! 주군께 잔뜩 깨지게 생겼단 말이다. 지랄 맞을."

그때, 무너진 잿더미 한가운데서 지하실이 있던 위치를 수색하던 일단의 병사들이 올라왔다. 어찌나 열성적으로 뒤졌는지 온몸이 재투성이인 그들은, 그럼에도 기사의 앞에 서서 절도있는 동작으로 군례를 올리며 말했다.

"보고드립니다, 시라에그 경! 명하신 바를 찾을 수 없었습니다."

"……시신도 없던가?"

"남성의 시신이 하나 있었습니다만……."

덜컥. 듣고 있던 펠윈의 가슴이 내려앉았다. 다라드일까……? 정말로 다라드는 죽은 것일까? 펠윈의 몸이 덜덜 떨리기 시작했고, 이에 그를 주시하던 한스의 얼굴이 한결 걱정스럽게 변했다. 하지만 함부로 선부른 위로를 건네지는 못한다.

"지팡이도?"

"타 버린 게 아니라면……."

"멍청한 놈! 그건 타지 않는다!"

여태껏 조용히 말하던 기사가 버럭 소리를 질렀다. 병사들은 움찔하며 몸을 꼿꼿하게 긴장시켰고, 기사의 뒤에 있던 정체모를 청년은 혀를 찼다. 별안간 기사가 눈을 돌려 둘러선 먼발치의 구경꾼들을 노려보자, 다들 비실비실 자릴 뜨기 시작했다. 열 받은 기사의 엉뚱한 시비를 뒤집어쓰기 싫었기 때문이었다. 기회를 포착한 한스도 조용히 펠윈에게 종용한다.

"우리도 물러나지요. 이러다 들키겠습니다. 더 엿들어야 합니까?"

"……알겠어요."

그렇게 펠윈과 한스는 흩어지는 구경꾼들의 움직임에 섞여 그 자리를 물러났다. 한스는 긴장과 경계를 늦추지 않고 주변을 살폈으나, 펠윈은 완전히 초점을 잃은 시선으로 방황하듯 터덜터덜 걸었다. 결국 그들은 폭설로 인해 거의 파장하다시피 한 시장 골목의 어디쯤에서 발을 멈추었다. 문득 올려다본 잿빛 하늘만이 잔뜩 우울하다.

"……저들이 뭐라던가요?"

한스는 조심스럽게 물었다. 하지만 펠윈은 대꾸하지 않은 채 여전히 날리는 눈송이들만 멍하니 바라보았다. 그러다 문득 그가 처연히 중얼거린다.

"저는 이제 갈 곳이 없네요."

한스는 묵묵히, 그러나 안쓰러운 얼굴로 그의 말을 들었다. 그가 살아온 터전과 알던 모든 이들이 죽어버렸다. 물론 그는 여전히 이 도시의 시민이며, 여태껏 그래왔듯 별일이 없다면 류그라라는 것을 들키지 않고 살아갈 수 있을 테지. 그러나 한스는 그가 하는 말이 그런 의미가 아님을 안다. 마치 과거에 자신이 그러했듯, 그는 머무를 뿌리를 송두리째 잃어버리고 만 것이다. 그리고 그것은 그의 잘못이 아니었다.

"……전하께 돌아가시지요. 말은 그렇게 하셨어도 걱정하고 계실 겁니다."

"……당신은 왜 그들과 함께했죠?"

펠윈이 한스를 쳐다보더니 물었다. 마치 스스로를 납득시켜 보라는 듯이. 그것이 무례한 질문이며, 동시에 필요하지도 않은 질문이었지만 한스는 전혀 거리낌 없이 대답했다.

"죽은 친구가 있습니다. 베르벳도 있고요……. 우리 같은 놈들이 아무리 평범하게 살겠다고 발버둥을 쳐도, 높으신 분들이 하는 일에서 항상 맨 처음 죽어나가는 건 우리들입니다. 더 이상 도망칠 수 없게 되자 비로소 그것이 보이더군요. 그래서 저는 싸우기로 한 것입니다."

한스는 스스로도 참 잘 지껄인다고 생각하며 이렇게 말했다. 그래도 그가 한 말은 모두 진심이었다. 그가 크누드를 통해 얻게 된 기회를 따라 여기까지 흘러오며 그간 그 투미한 머리로 열심히 생각한 결과 도달한 이야기이기도 했다. 그랬기에 여전히 두려움과 싸우며, 크누드가 준 파마의 화살을 사용하지 않고 있었던 것이다. 최후의 최후까지, 반격의 기회를 노리기 위해.

"싸운다고요? 당신의 적이 누군데요?"

"그걸 알아가는 것도 싸움의 일부가 아닐까요."

한스는 이제 스스로의 주둥이에 뭔가 마법이 걸린 게 아닐까 당황하기 시작했다. 펠윈의 고통에 일면 깊이 공감하고 있었기 때문일까? 그가 아룬드와 닐스그림을 떠나 여관으로 돌아가겠다고 고집을 부렸을 때, 황녀는 한스에게 그를 따라가 지켜보라 명령했다. 펠윈을 도와주고 혹시 그가 마음이 바뀌거든 돌아올 수 있도록 안내하라며. 하지만 한스가 단지 황녀의 명령이기에 내키지 않았는데도 불구하고 이 일을 한 것은 결코 아니었다. 정확히 설명할 수는 없었지만, 한스는 자신이 그를 돕고 지켜야 한다는 어떤 강한 확신을 느꼈던 것이다. 물론, 그것은 베르벳과 나머지 그의 두 친구를 구하기 위해서이기도 했다.

"내가 무슨 소용이 있겠어요? 내가 가면 전하의 지팡이는 또 먹통이 되지 않겠어요? 내가 아니었다면, 베르벳도 힘을 쓸 수 있었을지 몰라요. 그랬다면……."

펠윈은 말을 잇지 못했다. 그러자 한스는 담담하게 말한다.

"불확실한 것들에 마음 쓰지 마시지요, 아가씨. 할 수 있는 것들을 생각하십시오. 지팡이에 관련한 문제는 전하께서 고민하실 부분입니다. 그분은 분명히, 아가씨가 돌아와 함께 하기를 바라십니다."

"펠윈이에요."

"……네, 저도 그냥 한스라 부르십시오."

그들이 서로의 이름을 여태껏 몰랐던 것은 결코 아니었다. 때문에 한스는 이것이 그가 어떤 호의적인 선언을 한 것인 양, 기쁘게 받아들였다. 결코 티는 내지 않았지만.

시간은 정오 무렵이었다. 펠윈이 기절했다가 지하수로에서 눈을 뜬 것이 오전 중, 그간 그와 한스 모두 아무것도 먹지 못했다. 여행에 익숙한 한스와 달리, 늘 규칙적으로 살아온 펠윈은 이 와중에도 배가 고프다는 데 왈칵 짜증이 났다. 하지만 그는 이제 완전히 노상 거지다. 여태껏 충격과 슬픔, 분노와 당혹감에 사로잡혀 현실적인 생각을 미루고 있던 그였으나 이 느닷없는 배고픔은 한없이 절박하고 실제적인 현실로 펠윈을 끌어내렸다. 그러자 비로소 눈동자에 초점이 어렸고, 펠윈은 그런 스스로에 기막혀하며 생각했다. 기특한 굶주림 같으니라고.

"저들은 후작의 기사와 사병들이 틀림없어요. 전하와 공자의 시신, 그리고 지팡이를 찾고 있다고 생각되는군요. 아마 분명 그분들이 빠져나간 것을 알아채겠지요."

그리하여 한동안 입을 다물고 있던 펠윈이 이렇게 갑자기 말하자, 한스는 흠칫하였다. 잠시 생각하던 그가 말한다.

"그렇다면 필시 수색과 추적이 시작되겠군요……. 후작은 반란군 색출과 체포라는 명분을 걸고 여관을 공격한 것이니, 이후에도 대외적으로 떳떳하게 일을 진행할 것입니다. 저와 아가씨, 그러니까 펠윈 당신도 결코 안전하지 않겠지요. 이 도시에서 삶을 영위하려면 어쨌거나 그 여관 출신이라는 신분을 밝혀야 가능한 것 아닙니까?"

물론이다. 시민증은 소속된 도시와 직업을 명시하며 보통 특정한 조합의 인가와 함께 발행된다. 펠윈이 이 도시에서 경력을 숨기고 시민으로 살아갈 방법 따윈 없다고 할 수 있었다. 암시장 조합을 제외한다면.

"……그러니까……."

"전하께 돌아가요."

조심스럽게 눈치를 보며 말하던 한스가 무안해질 정도로, 펠윈은 빠르고 단호하게 대답했다. 마치 스스로에게 명령하듯이. 그러고는 놀라움과 반가움이 반씩 뒤섞인 표정의 한스에게, 그의 말이 이어졌다.

"지금 제가 기댈 방법도, 누군가에게 따질 방법도 모두 그쪽에 있으리라 생각되는군요. ……솔직히 겁이 나지만."

"그런 두려움은 당연한 것입니다. 큰 전환이고, 일종의 도박이니까요. 저도 유사한……, 경험……."

한스는 반가움에 짐짓 너스레를 떨어대다가 어느새 찌푸려진 펠윈의 미간을 발견하고 민망하여 어영부영 입을 닫쳤다. 하지만 펠윈의 표정이 급변한 것은 전혀 한스 때문이 아니었다. 그들이 지나왔던 도로 저쪽, 갈림길에서 시의 치안대원 하나가 나타나더니 시장 골목 안에서 대기하던 누군가와 이야기하고 있었기 때문이다. 보통 듣고 싶지 않아도 듣고 마는 자신의 청력 탓에, 펠윈은 선택적으로 주의를 기울이는 데 매우 능숙했다. 그런 그에게 그 둘의 대화는 순식간에 관심을 끄는 내용으로 이루어져 있었다.

"저 둘을 잠시 따라가요."

"예?"

난데없는 이야기에 한스는 당황했지만 펠윈의 진지한 눈을 보자 더 물을 생각이 들지 않았다. 귀를 기울이며 걷는 그를 방해하지 않기 위해, 한스 역시 입을 꾹 다물고 그와 함께 걷는다. 그렇게 둘은 한동안 두 사내를 쫓았고, 그들이 어느 대로변에 위치한 여관 겸 주점으로 들어가는 것을 보았다.

"……어쩌지요?"

펠윈이 간절하게 쳐다보며 묻자, 한스는 되물었다.

"분명 엿들을 만한 이야기겠죠?"

펠윈은 강하게 고개를 끄덕였다. 한스는 말한다.

"좋습니다. 마침 식사도 해야 하니까, 조금 쉴 겸 들어가 보죠. 우리에 대한 수색은 아직 본격적으로 시작되지 못했을 테니 괜찮을 것이고요."

그렇게 둘은 '엿듣는 주정뱅이'라는 이름의 여관 안으로 들어섰다. 아직 정오 무렵이건만 오전 나절 내린 폭설과 여전한 눈발로 사실상 하루를 공친 상인들과 잡일꾼들이 대거 몰려들어, 여관의 식당은 들큰들큰하게 시끄러웠다. 하지만 덕분에 오히려 눈길을 끌 위험은 적어 좋다. 펠윈과 한스는 외투의 눈을 털어내고 먼저 들어간 두 사내로부터 조금 떨어진 자리를 찾아 앉았다. 한스가 요령 좋게 음식을 주문하는 사이, 펠윈은 그 두 사내의 대화에 집중한다. 먼저, 치안대의 제복을 입은 사내의 말이다.

"이제 어쩌려는가, 아트뤼드 경? 후작이 공문까지 뿌려놓고 벌인 일이네. 시에서는 그냥 그런가 보다 할 수밖에 없어. 반역이라는 이야기를 올리는 순간 그럴 수밖에 없는 일이야. 알지 않는가?"

그러자 여태 그와 함께해 온, 두건을 눌러쓴 파리한 인상의 사내가 대답했다.

"보급 문제로 여기 온 내게 후작이 구태여 선심 쓰듯 딸려 보낸 호위들이 내 향사와 종사들을 죽였어. 그리고 나까지 죽이려 했지. 반역? 후작 스스로가 반역자인 것은 아닌가?"

"목소릴 낮추시게. 아직 확실치가 않……."

"확실치가 않다니? 공문을 가져온 하인이 수습된 내 부하들의 시신을 확인하고 갔다고 말한 건 자네야. 뉘른스에크 본성이 도륙당했다고 알려진 현재 도대체 그와 그의 부하들이 이 도시에서 뭘 하고 있단 말인가? 자네도 의심이 갔으니까 나를 지하 감옥에 숨겨준 게 아닌가, 나딘?"

"자유도시의 치안대장으로 해줄 수 있는 일은 고작 거기까지네. 너무 흥분하지 마시게, 구급의 영약은 상처를 메꿔주긴 해도 흘러나간 피를 보해주진 않으니까."

"……그 개자식."

듣고 있던 펠윈의 눈매가 움찔했다. 치안대 제복을 입은 사내는 일개 대원이 아니라 시의 치안대장인 모양이다. 그리고 마주 앉은 사내는 기사인 것일까? 하지만 아무리 치안대장이라 해도 엄연히 귀족인 기사에게 저런 식으로 말할 수는 없다. 어쩌면 둘은 예전부터 친우였던 것일까? 펠윈의 추측이 이렇게 내달리는 동안, 둘의 대화가 다시 이어졌다. 아트뤼드라는 기사가 말한다.

"……뉘른스에크의 기사는 어쩌면 이제 나 하나뿐일지 모르네. 본래라면 이 도시의 의회로부터 병력을 차출 받을 생각이었지만, 후작이 공문을 보낸 걸 보니 그 계획은 포기해야겠지."

"동의하네……."

"이대로 눌러앉아 하염없이 중앙군의 도착을 기다려야 할까? 하지만 다른 누구도 아닌, 드레스바르프 후작가가 수상쩍은 현재 과연 내가 어디서 구명을 도모할 수 있을까? 심정 같아서는 그냥 이대로 뉘른스에크로 돌아가고 싶다네. 나도 거기서 죽었어야 해."

"……그건 동의하지 않네, 이그라."

치안대장 나딘은 정색하며 그의 이름을 부른다. 지금껏 차려온 예의를 잠시 거두며, 그는 나무라듯 말했다.

"내가 자네 형제들 모두와 친했던바, 감히 묻겠네. 그럼 자네는 형님의 길을 부정하는가? 구차하다고?"

"형님 이야기는 갑자기 왜 꺼내는가."

뉘른스에크의 기사, 이그라 아트뤼드는 불쾌해하며 말했다. 하지만 그 불쾌함은 민망함에 보다 가까웠다. 잠시 침묵을 공유하던 치안대장이 말했다.

"말이 나온 김에, 암시장 조합에 의탁해 보는 것은 어떻겠는가? 그쪽이라면 분명 후작의 눈길도 미치지 않겠지."

"……그게 시의 치안책임자가 할 말인가?"

"친구로서는 얼마든지. 모험가 조합에 의탁하라 권할까 생각해 봤지만 그곳도 역시 위험해. 암시장을 통해서라면 모종의 선택지를 가질 수 있을 테지. 웃기는 이야기지만…….이런 판국이니까 하는 말인데……."

치안대장은 조심스레 말을 고르더니 입을 열었다.

"역시 라그나 형님을 찾아보는 게 어떠한가? 모험가야말로 어느 세력에 잘 포섭되지 않는 이들이지. 형님이야말로……."

"……."

이그라는 쉽게 대답하지 못했다. 그들 사이에 침묵이 찾아왔고, 그동안 음식을 주문하러 갔던 한스가 질그릇 주전자를 들고 돌아왔다. 그는 자리에 앉아 뜨거운 차를 따르며 말했다.

"간단한 요깃거리를 시켰습니다. 우선 언 몸을 좀 녹이지요."

자신을 구원해줄 파마의 쌈지와 함께, 언제나 노자를 잊지 않는 한스이다. 펠윈은 표정으로 감사를 전하며 잔을 받아들다 문득 멈칫했다. 의아해하는 한스를 앞에 두고 잠시 침묵하던 펠윈이 입을 열었다.

"개땅들쭉의 차네요."

"……네, 그렇습니다만? 싫어하시나요?"

펠윈은 웃는 듯 우는 듯 미묘한 표정을 짓는다. 류그라가 신맛에 약하다는 것을 이 사내는 모르는 것이겠지. 펠윈은 살짝 떨리는 손가락으로 잔을 감싸 쥐고 그 향을 맡았다. 다시 그가 말한다.

"그는 늘 이것을 아무렇지도 않게 마시곤 했어요. ……이제 나도 그래야겠죠."

그 말과 함께 펠윈은 차를 마셨다. 그러고는 어쩔 수 없이 진저리치는 양어깨를 억누르며, 그렇게 죽은 자를 추모하였다.

"저자들은 아마 고문 기술이 형편없을 거예요. 딱히 연구할 필요가 없을 테니까요! 포로들을 그냥 이런 미친 추위 속에 던져놓기만 하면 될 테니까! 안 그래요?"

랄로프는 마차의 마부석에 앉아 고삐를 쥔 채 종알거리는 시야프리테를 희멀건 눈으로 올려다보았다. 그의 눈썹에 하얀 서리가 내려앉은 게 보였다.

"……그럼 내려와서 좀 걷지 그래? 좀 나을 거야."

"말은 누가 몬담!"

"……안 몰아도 알아서 잘 가는데?"

어쩌면 이런 덧없는 입씨름조차 추위를 쫓으려는 방편이겠다. 포로가 된 피어클리벤 선발대들이 소발의 기병대를 따라, 널뵤른 마을에서도 일찍이 육안으로 관측되던 북쪽 뉘른스에크 방면의 눈 폭풍 가장자리 안쪽으로 들어선 지 이제 반나절이었다. 그전까지는 상태가 안 좋은 선발대들이 더러 시야프리테의 마차 위에 올라타 다리를 쉬기도 했지만, 눈 폭풍의 영역 안으로 들어선 이후 사람들은 모두 휴식보다 차라리 걷기를 택했다. 조금이라도 몸을 움직이는 편이 이 인정머리 없는 추위를 견디는 데 도움이 되었으니까. 곧 죽어도 마부석에서 내리지 않고 버티는 것은 보다시피 오로지 시야프리테뿐이었다.

"너 그 귀는 동상에 안 걸리는 거야?"

랄로프가 류그라 소녀의 머리카락 밖으로 삐져나온 긴 귀를 보며 물었다. 다들 귀가 얼어 터질 지경이었기에, 자연히 그의 질문은 대부분의 선발대 인원들로부터 관심을 끌었다. 그래서 모두가 한결같이 궁금한 얼굴로 마부석의 류그라 소녀를 본다. 어깨를 오그리고 이를 딱딱 마주치고 있던 시야프리테가 말했다.

"안 걸려요! 대체, 귀에 동상이 걸리는 동물은 댁들뿐이란 거 알아요? 멧뿔토끼만도 못한 양반들!"

"……동물 귀 같은 거야?"

"잔 솜털이 꽤 많거든요?"

"여태 몰랐네."

랄로프는 마부석 곁에서 걸으며 시야프리테의 귀를 새삼 뚫어지게 쳐다보았다. 그 시선이 부담스러웠는지, 결국 소녀는 발칵 성을 내고 말았다.

"그만 봐요! 혹시라도 만질 생각하지 말아요? 매우 무례한 짓이니까요!"

"무례한 거야?"

"대체로 청혼의 개수작이라고요."

곁에서 영혼 없는 표정으로 걷고 있던 크누드와 라그나가 동시에 피식 웃어버리고 말았다. 그러고는 자신들이 서로 같은 지점에서 웃었다는 데 대해 놀라 마주 보더니, 이내 외면하고 만다.

아무튼 시야프리테의 말대로이다. 사방에 뿌연 눈보라만이 나부껴 방위를 확인할 수 없이 시계가 고약해진 가운데, 기온은 정말 추웠다. 바닥의 눈들은 단단히 얼어붙어 더 이상 발이 빠지지 않았고, 모두의 눈썹과 수염에 서리가 그득하였다. 일찍이 서리심이 일으키는 혹한을 체험한바 있는 라그나와 랄로프, 시야프리테는 그나마 어느 정도 각오를 미리 다진 턱에 견딜 만했지만 나머지 대원들의 기색은 그렇지 못했다. 그나마 길핀을 비롯한 순찰대원들이 조금 더 나아 보인달까, 반면에 크누드와 그의 동료 단원들은 이 기막힌 추위에 대해 숫제 어이없다는 기색이었다.

"……이게 서리심의 겨울입니까?"

"그렇소."

크누드의 질렸다는 듯한 물음에 라그나가 대꾸하였다. 크누드는 뒤처져서 걷고 있던 동료들을 걱정스레 한번 돌아보더니 괜히 아무것도 없는 주변을 같이 휘둘러 살핀다. 그러자 라그나가 쏘아붙였다.

"수상쩍은 짓 마시오. 알아서 잘 따라오고 있을 거요."

"저들은 우리를 정말 신경 쓰지 않는걸요."

크누드가 말한 저들이란 소발의 기병대들이다. 명백히 포로인 일행을 감시하며 끌고 가는 와중이건만, 앞서 대원들이 마차에 오르락내리락해도 아무런 간섭을 해오지 않았던 것이다. 라그나는 탐탁지 않은 낯을 하면서도 동의하는 듯 말했다.

"꽤나 불성실한 압송인 건 맞소. 해볼 테면 해보라는 식인데……."

"오히려 뭔가 해보길 기대하는 것일지도 모르지요."

크누드의 이 말은 나직하지 않고 다소 크게 울려 퍼져, 앞뒤의 흐리뉼 기병대들 가운데 귀가 밝은 이가 있다면 충분히 들을 수 있을 정도였다. 라그나는 서리로 희끗한 눈썹을 조금 꿈틀거렸지만 아무런 타박도 하지 않았다. 크누드의 이 지적엔 일리가 있었으니까.

"어제 야영할 때 아가씨가 전한 말에 따르면 이들은 일종의 자살특공대라 하지 않았습니까? 불미스러운 명령을 받은 시점에서, 명령의 성패와 상관없이 처분될 운명이라는 것이죠. 아힌달 전하가 보증한 사실이니 틀림없겠지요. 귀환길이 이렇게 우울함으로 팽배한 이유가 설명됩니다. 그러니 저들은 우리가 무슨 수작을 부려, 차라리 정당하게 벨 빌미를 제공하도록 노리고 있을지도 모릅니다. 아니면……."

역시 저 혀는 얼어붙지 않았다. 라그나가 잘도 떠드는 크누드를 보며 이런 생각을 하는 사이, 잠시 말을 멈추고 생각하던 크누드가 재차 입을 열었다.

"아니면 뭔가 이 예정된 흐름을 타파해주길 기대하는 것은 아닐까요? 억측이지만."

"억측이오."

라그나가 잘라내듯 대꾸했다. 크누드가 그를 쳐다보았으나, 라그나는 자신이 그렇게 단정한 이유를 설명할 생각이 없어 보였다. 그리고 사실 그것만으로도 충분했다. 이들이 여태껏 다소 크게 떠들어댄 이유는, 전혀 보이지 않지만 분명 근처에서 그들과 함께 걷고 있을 에파와 브륀힐데더러 들어보라 의도한 것이기 때문이다. 그리고 그들의 예상대로, 은형의 술로 그림자를 지운 채 따르던 에파와 브륀힐데는 크누드의 이야기를 알아들었다.

"어떻게 생각하세요?"

훈기의 방패를 켰다간 녹아내리는 눈의 흔적이 자취의 단서를 남길 게 뻔하기에, 에파와 브륀힐데 역시 이 눈 폭풍의 경계 안으로 들어선 이후부터는 다른 이들과 마찬가지로 추위에 맞서야만 했다. 흰이리개 사우트의 무성한 백색 모피를 부럽다는 듯 보던 브륀힐데가 위와 같이 묻자, 홀로 이 강추위 속에서 산책하듯 걷고 있던 에파가 입을 열었다.

"글쎄요. 대담한 추측이군요. 하지만 일리가 없진 않겠어요. 저들 또한 빌러디저드 님의 존재를 알고, 실제로 아힌달을 소환한 용의 기예를 목격했던 자들이니까요. 저들 스스로가 현재의 신세를 타파할 도리가 없다면, 마땅한 외부의 강제력을 기대할 수 있겠지요. 재미있는 이야기군요."

브륀힐데는 이 상황에서 너무나 평온한 기색으로 재미 운운하는 그를 조금 어이없다는 듯 보았다. 이 지독한 추위와 눈보라가 마치 봄날의 산들바람이라도 되는 양 구는 그를 보자 새삼 에파가 얼마나 특이한 존재인지 느껴지는 것이다. 브륀힐데로서는 크누드의 이야기나 에파의 말이 맞는지 틀리는지 생각해 볼 여유조차 별로 없었다. 그는 강인한 모험가였으나, 그것은 어디까지나 예상 가능한 자연의 섭리 이내에서였으니까. 추위도 추위였지만 무엇보다 그 안에 담긴 어떤 적개심이 그를 비롯한 모두를 괴롭히고 있었다.

"……괜찮겠어요? 만일 서리심과 상대하신다면……."

"괜찮아요. 저 스스로는 용이 아니니까요. 마주 서봐야 알겠지만, 문제는 없으리라 생각합니다."

뉘르뉴의 얼음 창을 그대로 받아내 다쳤던 것은, 분란을 방지하고자 한 에파 스스로가 그러기를 선택했기 때문이었다. 어떤 도리에 의해 제약을 받는 용과 달리 그는 서리심의 무녀에게 맞서는 데 아무런 제약이 없다. 문제는 오로지 힘의 차이이며, 때문에 이 불길하고 마법적인 눈 폭풍 안에 들어선 이후부터 에파는 내내 이 힘과 의지의 근원을 주시하고 있었다. 마치 그 힘을 가늠해보듯이.

"멈추어라!"

하지만 소발의 기병대들이 실제로 어떤 생각을 하고 있었든, 결국 별다른 일은 일어나지 않았다. 닐뵤른으로부터 출발한 이틀째의 정오 무렵, 이 고된 행군은 위와 같은 선두의 호령과 함께 드디어 끝이 났다. 이제 불과 열 걸음 앞이 전혀 분간되지 않을 정도로 악화된 시계와 더불어, 그만큼 심각해진 맹추위만이 정신 사나운 칼바람을 휘두르며 피어클리벤 선발대들의 혼을 거의 빼놓은 참이었다. 자신들에게 숨겨둔 재간과 아군, 그로 인한 어떤 희망이 있다고 여태 믿어오지 않았다면 필시 진작에 쓰러져 생을 포기했을 법한 괴로움이었겠다. 때문에 선발대 앞으로 다가온 소발은 이들을 다소 놀랍게 내려다보며 말했다.

"한 명도 낙오하지 않았나? 제법이로군."

눈의 장막을 뚫고 나타난, 거대한 뿔사슴 위의 이 전사는 흡사 눈으로 된 갑주를 걸친 듯했다. 이 맹추위가 아무 상관 없다는 듯 조금도 오그라들지 않은 그의 양어깨와 여전히 선명한 눈빛을 올려다보며, 크누드는 말했다.

"기대에 부응하지 못해 미안합니다."

"마차에 탄 자를 내리게 하고 모두 한데 모여서라. 그리고, 이 무리를 대표할 혓바닥은 역시 네놈인가?"

크누드는 곁에서 자신을 쏘아보는 라그나를 슬쩍 돌아보곤 대답했다.

"저는 그런 신용을 얻고 있지 못한 것 같군요."

"……대표를 정해둬라."

소발은 그렇게만 말을 던지고 물러갔다. 행렬이 멈춘 직후 마차의 차양 안으로 들어갔던 시야프리테는, 도래까마귀가 덜 춥게끔 모포를 씌운 그림니르의 새장을 들고 밖으로 나왔다. 그리고 마차에서 내려서며, 소녀는 랄로프에게 물었다.

"다 온 거래요?"

"낸들 알겠냐."

랄로프의 대답대로 지금 어디쯤 온 것인지, 앞으로 무슨 일이 벌어질지 아는 이는 그들 가운데 아무도 없었다. 분명 뉘른스에크 본성에서 가까운 지점이리라 추측되건만, 온통 사방이 희뿌연 탓에 식별되는 것은 전무하다. 단지 이따금 들리는 와이번들의 울음소리만이 이 땅에서 일어났던 비극의 일면을 짐작게 하였다.

"이런 지경이라니……, 아무리 병력이 많아도 어쩔 도리가 없었겠군."

라그나가 탄식하듯 말했고, 그와 마찬가지로 모처럼 군인의 눈을 한 채 주변을 살피던 크누드가 조용히 거들었다.

"동의합니다."

애초에 아힌달이나 소발과의 접촉이 없었다면 선발대는 자력으로 이 눈보라를 뚫고 성으로 접근을 시도했어야 한다. 아니면 그 경계에서 일찌감치 포기했던가. 과연 적들의 감시에 걸리지 않고 돌파가 가능했을까? 혹은 안전을 유지한 채 유의미한 정보를 얻는 게 과연 가능했을까? 이는 시야프리테의 지팡이가 온전했다 하더라도 결코 장담할 수 없는 이야기였다. 그러니 어쩌면 지금의 이 전개는, 그런 면에서 필연에 가까울지도 모른다. 크누드는 그런 생각을 하고 있었다.

그때 앞에서 어떤 호령이 터져 나왔다. 먼 거리에 더해 윙윙거리는 바람이 뒤섞인 데다, 원체 지극히 제식화되어 불분명한 발음이라 무슨 뜻인지는 알아들을 수 없었다. 하지만 다음 순간 소발의 기병대들이 일사불란하게 움직이며 어떤 대형을 짓기 시작했고, 그들의 움직임이 멈추자 때맞추어 사방이 고요해졌다. 눈보라와 칼바람이 거짓말처럼 가신 것이다.

"아 이제 좀 살겠네!"

시야프리테는 투덜거리듯 기뻐하며 새장에 덮어씌운 모포를 젖혔다. 도래까마귀 그림니르가 고개를 까닥거리며 밖을 내다본다. 피어클리벤 선발대의 다른 이들도 그와 마찬가지로 어리둥절한 표정을 지은 채 주위의 풍광이 급변하는 것을 보고 있었다. 그들의 머리 위 하늘이 열리고, 물러섰으나 여전한 기세의 눈 장벽이 마치 깎아지른 백색의 절벽처럼 그들 뒤편으로 물러났다.

그리고 마침내 그제야, 선발대의 모두는 눈 쌓인 들판에 세워진 수많은 천막들과 뿔사슴의 기병대들을 보았다. 크누드와 용병들과 길핀의 순찰대원들은 모두 반사적으로 이 '적'들의 규모를 빠르게 가늠해보기 시작했으나, 그런 군사적인 것에 별 관심이 없는 류그라 소녀가 소리쳤다.

"우와! 어마어마해!"

특히나 모두의 눈길을 끈 것은 이 대규모 숙영장의 도처에 눈트롤과 와이번이 운집해있는 광경이었다. 서리심의 통제력이라는 걸 몰랐더라면 기겁했을 일이었겠다. 아니, 이미 들어 알고 있던 이들조차 실제로 이 흉폭한 마수들을 지척에서 목격하자 피가 식는 기분이었다.

"……기병대 없이도 황궁까지 진격이 가능하지 않아?"

랄로프의 감상이었다. 그러나 라그나가 대꾸했다.

“마법사들이 있다. 더구나 중앙에 가까워질수록 많지. 마수 떼나 눈보라 정도로는 어림없어.”

“뭐 하기는……, 아니 근데 뉘른스에크는 마법사가 없었던 거유?”

“있어. 지금도 있을지는 모르겠지만…….”

라그나는 말을 흐리며 고개를 돌려 서쪽을 본다. 물러선 눈의 장벽 너머, 그제야 흐릿하게나마 뉘른스에크 본성의 그림자가 보였다. 아울러 여전히 그 상공을 배회하는 와이번 떼들의 그림자들도.

“누가 오는군요.”

여태 조용히 선 채 소발의 기병대 쪽을 주시하던 크누드가 말했다. 그의 말대로, 진지 쪽에서 나타난 일단의 무리가 소발과 무어라 대화하더니 선발대 쪽을 보았다. 그러고는 소발의 부하를 시켜 가져오게 한 짐을 살피는 게 보였다. 별다른 방한복 없이 그저 갑주만을 장착한 이들 가운데서, 유독 홀로 두꺼운 털가죽 외투로 몸을 두르고 있던 한 사내가 눈에 띄었다. 그는 짐 속에서 에파가 바꿔치기한 지팡이를 꺼내 들더니 별안간 화를 내며 그것을 바닥에 집어 던졌다. 소발은 당황한 듯 그때까지 타고 있던 사슴 위에서 내려섰고, 그와 함께 선발대 쪽으로 다가왔다.

“어찌 된 영문이지? 저건 류그네라스의 가지가 아니다! 가지는 어디 있는가?”

창백해진 표정의 소발을 대동하고 나타난, 털가죽 외투의 사내가 선발대를 향해 소리 질렀다. 아무도 대꾸하지 않는 가운데, 손가락을 새장 안에 집어넣어 그림니르와 장난치고 있던 시야프리테가 벌떡 일어나며 대들었다.

"맞는데요? 네가 뭘 안다고 그러세요?"

시야프리테를 발견한 사내의 표정이 한결 딱딱해졌다. 그는 조용히 가죽 외투의 두건을 젖히며 말했다.

"당연히 나는 알고 있다. 거짓말 마라."

류그라의 긴 귀를 한, 사내의 말이었다. 나이는 시야의 아버지 류프리그데와 얼추 비슷할까? 이 뜻밖의 등장에 피어클리벤 선발대 모두가 놀란 얼굴이 되었고, 특히 전투태세를 막 갖추고 있던 시야프리테는 여우를 쫓으려다 실수로 닭을 때려버린 아이의 표정이 되었다. 이어서 눈이 휘둥그레진 류그라 소녀가 물었다.

"어머나, 누구세요?"

"말해! 가지는 어디 있지? 저건 비슷하지도 않은 실오리나무잖아!"

그는 명백한 적대감과 분노를 표출하며 뒤에 서 있던 소발을 추궁하듯 흘겨보았다. 소발이 낯빛을 흐린 채 아무런 대꾸를 못 하는 걸 보니, 아무래도 이 진지에서 그의 지위는 결코 낮지 않은 모양이다. 하지만 도대체 여기서 류그라가 뭐 하는 것일까? 나름 먼 땅에서 뜻밖에 동족을 발견한 반가움을 표현하려

한 시야프리테였으나, 그에 아랑곳없이 소리치는 그를 보자 삽시간에 기분이 잡쳐지고 만다. 좋아, 본래 공대는 소녀의 특기가 아니기도 하였겠다, 이제 거리낄 건 없다.

"아니, 눈깔에 등창이라도 쳐드셨나요? 저게 실오리나무라고요? 너는 서피바리가 맞나요, 이 수상쩍은 새끼야?"

"……뭐?"

여태껏 찌푸리고 있던 그의 얼굴이 오히려 당혹감으로 이완된다. 좌중에 어색한 침묵이 깃든 가운데, 가족들로부터 늘 미쳤다고 평가받아온 이 류그라 소녀는 난생처음 자신의 양옆에서 쏟아지는, (크누드와 라그나의) 격려 어린 눈빛을 받으며 독설을 내뿜기 시작했다.

"서피바리라면 남의 집안 가지를 결딴내놓은 게 무슨 의미인지 알 게 아닌가요? 그래놓고도 모자라 사과는커녕 그걸 바닥에 던져? 너는 도대체 어떤 마름병 걸린 가지의 끄트머리인가요? 뉘 집 자식이야?"

에파의 위로 덕에 좌절을 미뤄오긴 했어도, 스스로 가지를 지키지 못했다는 죄책감과 분노가 가셨을 리 없다. 내내 참아온 시야프리테의 격정은 이 동족의 낯선 사내에게 느낀 일종의 배신감으로 인해 이렇듯 폭발적으로 튀어나왔다. 류그라 사내는 한동안 어두운 얼굴로 성난 시야프리테를 보고 있다가 뒤에 서 있던 소발의 호위에게 무어라 말을 전했다. 그러자 그는 달려가 눈밭에 떨궈져 있던, 앞서 에파가 바꿔치기해둔 그 가짜 지팡이를 들고 왔다. 류그라 사내는 보란 듯이 그것을 다시 바닥에 내던지며 말했다.

"이게 정말로 류그네라스의 가지였다면, 나는 마땅히 이 일이 사고였음을 말하고 네게 개인적인 사과를 했을 것이다. 하지만 보다시피 이건 그냥 잡목이야. 그럼 내가 무얼 사과해야 하지?"

그의 명쾌한 논리에, 시야프리테는 하마터면 '그러네요.'라고 수긍할뻔했다. 재빨리 끼어들어 말실수를 방지한 것은 크누드였다.

"그건 류그네라스의 가지가 맞습니다. 아니라는 증거를 대 보시지요."

그래도 동족인 시야프리테는 봐줬던 것일까? 소녀의 독설에도 딱히 대응하지 않던 그가 이렇듯 딱 잡아떼는 크누드에게 곧바로 싸늘한 눈길을 던지며 내뱉었다.

"……장난치나, 아우스뉘르의 너리서니?"

크누드는 뻔뻔하도록 놀라워하며 심각하게 되묻는다.

"……아닙니까? 아니라면 오히려 저희가 여태 내내 속아온 게 됩니다. 이 아이는 분명 그 나뭇가지를 류그네라스의 가지라며 들고 다녔으니까요. 마법도……, 어? 그러고 보니……."

크누드가 그제야 생각났다는 듯 의혹에 잠긴 얼굴로 말꼬리를 흐리자, 시야프리테는 어처구니가 없다는 표정으로 입을 딱 벌리고 크누드를 쳐다보았다. 이게 도대체 무슨 이야기람? 류그라 사내는 소발에게 황급히 고개를 돌리며 물었다.

“저 아이가 마법을 쓰는 걸 보았소?”

“……뇌격을 쓰려 했지만 미리 배치한 사수가 저격한 덕에 미수에 그쳤습니다.”

“……그게 어떤 속임수였을 가능성은 없소?”

“……소장의 견문으로는 판단하기 어렵습니다.”

다시 시야프리테와 크누드에게로 시선을 돌린 류그라 사내의 얼굴엔 당혹과 의혹, 한편으로는 어딘지 안도감조차 어려 보이는 복잡한 감정이 얽혀있었다. 이 상황을 미처 따라잡지 못한 시야프리테가 어리둥절하며 모두를 둘러보자, 그때까지 묵묵히 서 있던 라그나가 소녀의 어깨를 지그시 짚어오며 한껏 심각한 목소리로 물었다.

“시야프리테……, 여태 우릴 속여온 거냐?”

“……네? 뭘요? 아……, 아니……?”

라그나의 진지함과 맞물린 시야프리테의 이 정직한 당황은 매우 시기적절한 것이었다. 마뜩잖은 눈길로 이 상황을 쳐다보던 류그라 사내가 마침내 허탈하게 말했다.

“……어처구니가 없군. 그러니까, 너는 여태 가짜 지팡이를 들고 마법사 흉내를 내 왔단 말이야? 그런 경우가 아주 없지는 않다고 들어서 알고 있지만, 정말 담도 크군? 무슨 재주로 이 사람들을 속여온 거야? 시야프리테라고? 어느 가지냐?”

“……너부터 이름을 밝히세요!”

“앗슈레드다.”

사내는 생각보다 순순히 시야프리티테의 억지에 응해준다. 더구나 여태껏 그 방자함에 대해서는 한마디도 않는 그였다. 이제 소녀를 쳐다보는 그의 눈빛은 차라리 가엾어하는 것에 더 가까워 보였다. 시야프리티테는 당황하더니 외쳤다.

"그건 서피바리식 이름이 아니잖아요?"

"그래, 어르매식이지. 우리 이름은 길고 복잡하잖아? 더구나 가지를 잃었으니 더는 의미도 없지. 너 또한 그렇지 않으냐?"

"……어, 그런가요?"

이제는 온화해지기까지 한 그의 목소리와 태도에, 계속해서 당황한 시야프리티테가 되물은 것이다. 하지만 앗슈레드라 밝힌 그 류그라 사내는 돌연 눈빛을 사납게 바꾸더니 피어클리벤 선발대의 나머지를 훑어보곤 뒤에 서 있던 소발에게 말했다.

"저 아이는 내가 맡겠소. 나머지는 절차에 따라 처리하시오. 다른 특이사항은 없소?"

지팡이의 문제로 내내 마음 걸려 했던 것일까? 한결 시름을 놓은 듯한 소발이 대답했다.

"말하는 까마귀가 있습니다."

"……뭐요?"

그제야 앗슈레드는 바닥에 놓여있던 그림니르의 새장을 주목한다. 순간, 도래까마귀는 입을 열었다. 울리케였다.

"앗슈레드라 했는가? 류그라가 대체 북방에서 무얼 하는 거지? 저 아이를 어쩔 셈이냐?"

울리케는 이미 시야프리테가 그에게 대들며 일어나던 순간에 빙의해 와 있었다. 때문에 크누드의 엉뚱한 끼어들기가 빚어낸 이 상황의 흐름을 내내 지켜보았고, 모두와 마찬가지로 당황하긴 했지만 매우 흥미진진하게 생각하고 있었다. 명백히 흐리늪의 협력자로 보이는 이 류그라, 앗슈레드의 내력을 추측하는 데 있어 이 '장난'은 도움이 될 것 같다. 이미 그는 스스로 가지를 잃었다고 말했고, 시야프리테의 지팡이가 깨진 것에 대해 유감을 표했으며, 아울러 소녀가 여태껏 모두를 상대로 사기 쳐왔다고 이해한 순간 태도를 바꾸었다. 울리케가 도래까마귀의 눈을 통해 보는 그는 현재, 명백히 시야프리테를 보호하려는 기색이다.

"……저건 도대체?"

"상서령(尙書令)께 이릅니다. 저것은 스스로를 울리케 피어클리벤, 검은 용의 대리인이자 사자라 주장했습니다. 소장은 여러 정황에 비추어 이를 사실이라 판단했습니다만, 확인하고자 모신 것입니다."

앗슈레드는 피어클리벤이란 이름을 듣자마자 눈을 빛내었으나, 곧 의아하다는 듯 그에게 물었다.

"……도대체 전위장의 임무가 뭐였소?"

잠시 주저하던 소발은 울리케를 곁눈질하더니 대답했다.

"저는 제 주군께 먼저 일의 성패를 아뢰어야 합니다. 모쪼록 살펴주시지요."

"고리타분한 사람 같으니."

앗슈레드는 혀를 차고 곧 얼굴빛을 바꾸어 울리케를 본다. 그는 물었다.

"그러한가? 그대가 피어클리벤의 이름을 가지는가?"

"……나의 아버님은 어디 계시는가?"

살짝 떨리는 듯, 그러면서도 앙칼지게 나온 울리케의 되물음은 생각보다 많은 것들을 증명했다. 앗슈레드는 흥미롭다는 듯 턱을 어루만지며 생각하더니 말했다.

"참으로 대담하군. 고작 이 인원으로 서리심의 눈보라를 돌파하려 했던 것인가? 기예가 확실치도 않은 소녀의 농간을 믿고? 이 무리는 죄다 멍청이들인가 아니면 네 재주가 대단한 거냐?"

앗슈레드의 마지막 물음은 시야프리테에게 향한 것이었다. 가엾은 소녀가 우물쭈물하는 사이, 울리케가 소리쳤다.

"상서령이라 했는가? 내 견문에 의하면 그 직함은 황제의 고문이다. 아니면 어느 제후의 휘하인가?"

앗슈레드는 재밌다는 듯 맞받아쳤다.

"유식하시군? 마땅히 영광된 황제 폐하를 모신다."

좋아. 저 소발이란 자를 살려줘 볼까? 울리케는 한껏 빈정거리며 말했다.

"그 영광된 폐하께서는 휘하의 군왕들이 서로를 해하는데 관대하신가? 고금의 어느 법도가 그러한가?"

앗슈레드의 표정이 일그러졌고, 급히 소발을 쳐다보았다. 그리고 아무 말도 없이 서 있는 그의 기색을 읽어낸다.

"……전위장, 이게 무슨 말이오?"

"……헤아려주십시오."

소발은 단지 그렇게만 말했다. 하지만 그것만으로도 충분했다. 대번에 모종의 상황을 짐작한 앗슈레드는 그야말로 골치 아파 죽겠다는 듯, 깊은 수심에 잠긴 얼굴로 소발과 그의 기병대를 둘러보았다. 한참이나 그렇게 말없이 서 있던 그가 다음과 같이 내뱉는다.

"이런 시국에……, 육왕야는 도대체 무슨 생각이야?"

"상서령."

울리케가 그를 불렀다. 획 뒤돌아본 그를 향해, 새장 안의 도래까마귀는 말했다.

"이미르의 아힌달 전하는 현재 피어클리벤의 보호 아래 있다. 그의 군사 스레이야와 친위대들 또한."

상서령 앗슈레드는 얼어붙은 얼굴로 소발을 다시 보았다. 소발은 침중하게 입을 열어, 아힌달이 난데없이 사라진 일에 대해 설명하기 시작했다. 자연히 그가 어떤 목적을 가지고 파견되었던가도. 본래 법도대로라면 그는 자신의 주군이 아닌 상서령에게 이 이야기를 전해서는 안 되었으나, 울리케의 발고가 그에게 일종의 핑곗거리를 대주었다. 설명하는 내내 소발의 태도는 어딘지 살짝, 그간의 무거웠던 기색에서 벗어난 듯 보였다. 정말로 미묘한 차이였지만 울리케만은 그것을 똑똑히 볼 수 있었다.

"……하여, 소장은 더 이상의 판단을 미루고 이들을 데려왔습니다. 나머지는 아시는 대로입니다."

"기가 막히는군……."

앗슈레드의 새어 나오는 듯한 이 소감이 구체적으로 무엇에 관한 탄식이었는지는 모른다. 용의 마법에 관해서였을까? 아니면 그들 제국의 내분에 대한 것이었을까? 하지만 그의 입장에서도 이는 함부로 다룰 수 없는 문제임이 분명해 보였다. 곤혹스러움이 팽배한 그를 향해, 울리케는 추가로 덧붙였다.

"그대의 제국은 팔왕의 생환 조건을 두고 교섭에 응할 의지가 있겠는가?"

"……이게 속임수가 아니란 것을 어찌 증명할 텐가?"

"안그라네스."

울리케는 짧게 내뱉었다. 순간 앗슈레드의 눈이 급격히 크게 떠졌고, 이에 울리케는 말했다.

"아힌달 전하가 내게 알려준 바이다. 아니라면 내가 어찌 이를 알고 있겠는가? 그런데 그대가 이를 알고 있다는 사실이 오히려 놀랍군. 보통 류그라들은 이를 모른다 하였는데, 그대는 정녕 그 땅의 귀화자인가?"

"……그렇게 이해해도 좋다. 아니 잠깐, 그대는 줄곧 그 몸에 갇혀 있는 게 아닌가? 어떻게 왕야와 이야길 나눴는가?"

"그쯤이야, 용의 기예다."

그 또한 빙의에 관해 모르는 것일까? 울리케는 구태여 모두 알릴 필요가 없다고 생각하여 이렇게만 대답했다. 여전히 잔뜩 찌푸린 얼굴로 한동안 생각을 거듭하던 흐리늪의 류그라 상서령은 마침내 소발에게 말했다.

"……전위장."

"하명하십시오."

"일단은 그대와 모든 휘하들을 나의 권한으로 구속하겠소."

"따르겠습니다."

소발은 차라리 후련하다는 듯 말했다. 반면에 앗슈레드는 전혀 개운치 않은 얼굴이었다. 그는 말한다.

"하지만 약속할 수 있는 건 아직 아무것도 없소. 결코 다시 빛을 보지 못할 수도 있지."

"헤아려주신 것만으로 감읍합니다."

그리고 곧, 앗슈레드의 명령을 받은 일단의 부대가 호출되었다. 소발의 기병대들보다 모든 면에서 무장수준이 높아 보이는 병사들이 상서령의 명령에 따라 일고의 당황도 보이지 않고 소발과 그 부하들의 무장을 해제시켰다. 그런 그들에게 지시 내리는 앗슈레드의 태도엔 아주 익숙한 권위와 철저함이 깃들어 있다. 아무런 저항 없이 일사불란하게 이루어진 이 조치는 막대한 인원들이 분주하게 움직인 것에 비하자면 순식간에 끝났고, 마침내 피어클리벤의 선발대들은 휑해진 눈밭 위에 그들끼리 덩그러니 서 있게 되었다.

"아까의 물음을 계속해볼까, 정말 이 인원으로 뭘 해보려고 여길 온 것인가?"

내심 그의 일 처리에 감탄하며 지켜보고 있던 울리케에게, 앗슈레드가 서넛의 호위를 붙인 채 다가와 물었다. 울리케는 대답했다.

"교섭의 여지가 있을지도 모른다 생각했다."

"그건 너희가 아니라 너희의 황실이 처리할 문제 아닌가?"

울컥한 울리케는 소리쳤다.

"내 아버님의 일이다! 나도 아까 묻던 말을 계속하겠다! 피어클리벤 백작 각하는 무사하신가?"

"대단히 무사하시다."

담백하게 대답하는 앗슈레드의 태도는 진실이었다. 어차피 아버지 노아크의 안녕은 아힌달로부터도 보증받은 바였으나, 아무리 되풀이해 들어도 성에 차지 않는 이야기였다. 울리케는 반가움을 억누르며 다시 물었다.

"뉘른스에크 성안의 생존자들은 어떤가? 팔왕야의 말에 따르면 골치를 썩이고 있다 들었다. 그들의 저항이 완강한가?"

앗슈레드는 잠시 턱을 긁적이더니 대꾸했다.

"모른다."

"모르다니?"

용이 더한 통찰력에 의해, 그가 진실을 말하고 있음을 보는 울리케는 이렇게 놀라 되물었다. 상서령 앗슈레드는 정말로 곤혹스러운 표정을 지어 보이며 말했다.

"……정말이지 모른다. 생존자가 얼마나 있는지, 도대체 어디 숨어있는지조차 알 수가 없다. 우리는 매번 동원할 수 있는 모든 수단을 다해 저 성을 함락시키려 했으나, 실패하고 있다. 아무리 추운 겨울을 퍼부어대고, 눈트롤과 와이번이 외부를 틀어막고, 정예병을 안으로 들여보내고 있지만……, 매번 우리의 희생만 더해질 뿐 목격되는 적들의 구체적인 파악이 안 된다. 한 가지 확실한 것은 성 지하의 납골당이 대규모 미로처럼 조성되어 있다는 점이다. 그런 공간에서는, 아무리 많은 병사나 대형 마수, 겨울의 딸들이라 하더라도 소용이 없지. 완전한 교착 상태다."

이건 좋은 소식일까? 하지만 울리케는 이 새로운 정보에 대해 생각하거나 동료들과 논의할 만한 시간을 갖지 못했다. 갑작스럽게 한 무리의 기병대가 흐리늪 진지의 중앙으로부터 달려왔던 것이다. 그들 무리가 호위하고 있는 정 가운데, 척 보아도 범상치 않은 차림새가 두드러지는 한 중년 사내가 있었다. 그가 탄 털사슴은 다른 것들보다 한층 거대했고, 보통 검은색인 다른 사슴들의 뿔과 달리 눈에 확 뜨이는 흰 뿔을 갖고 있었다. 그 흰 뿔에 주술적인 느낌이 가득한 여러 가지 장신구들이 매달려 흔들거리는 게 보였다.

"육왕야."

앗슈레드는 그를 향해 예를 올리며 불렀다. 순간 피어클리벤의 모두가 그를 휙 쳐다보았다. 그가 바로 시니르의 육왕인가? 아힌달을 죽이려 한? 묘한 광택이 흐르는 검은색 찰갑(札甲)을 절그럭거리며, 그는 인사를 무시한 채 사슴 위로부터 고압적인 눈길을 내리쏘며 외쳤다.

"상서령, 뭐 하는 것인가? 왜 내 직속 전위대를 구금했지?"

"왜냐하면 왕야, 제게는 바로 그럴 권한이 있기 때문입니다."

대답하는 앗슈레드의 태도는 더없이 정중했으나, 울리케는 대번에 그가 저 육왕을 전혀 좋아하지 않는다는 걸 알아볼 수 있었다. 육왕은 다시 성을 내며 소리쳤다.

"그러니까 이유가 뭐냐는 물음이 아닌가!"

"제게는 그 하문 또한 거부할 권한이 있음을 모르십니까?"

시니르의 육왕은 제대로 노한 것 같았다. 그가 탄 털사슴이 주인의 감정을 느끼고 불쾌하게 머릴 흔든 다음 순간, 쩌렁쩌렁한 육왕의 고함 소리가 모두에게 쇄도하였다.

"이놈이! 오갈 데 없는 유랑민의 새끼를 거두어 관직을 내리고 그 목구멍에 넘길 밥을 쥐어 온 것은, 네놈의 분수 아래에서 있는 힘껏 기어 다니라는 성상(聖上)의 뜻이셨다! 한데 감히 내 앞에서 이따위 방자함을 보여?"

"저는 한시도 그 은혜를 잊은 적이 없습니다, 육왕야. 그러니 왕야께서도 부디 영광된 미스미르드 위궐(魏闕)의 상서령에게 말씀하고 계신다는 사실을 잊지 마옵소서."

"이리 오너라! 오늘 내가 네놈의 아가리를 찢어주마!"

눈이 뒤집힌 육왕이 길길이 날뛰자, 좌우의 호위대가 밀착하여 말리기 시작했다. 그 형세가 제법 익숙한 것이, 아무래도 이런 소동이 그간 적지 않았던 듯하다. 앗슈레드는 꼿꼿하게 선 채 아무런 두려움 없이 그런 육왕과 가신들을 쳐다보고 있었다. 씨근덕거리는 육왕을 향해, 흐리늪의 상서령은 다시 말했다.

"황공하옵니다만, 전위장에 관한 문제는 폐하께 상신하고 이후 법도에 따라 통보받으실 것이옵니다. 바라시는 것이 그저 충직한 신하의 덧없는 수급만은 아닐 거라, 소신은 그리 여깁니다만."

"너, 무얼 알고 있느냐!"

육왕이 시뻘게진 얼굴로 다급히 소리쳤다. 그러자 앗슈레드는 그의 뒤에서 이 소동을 멀거니 쳐다보던 피어클리벤 선발대 전원을 뒤돌아보더니 그에게 말했다.

"육왕야께서는 참으로 운이 좋으십니다. 바라시는 대로 되었다면 결코 돌이킬 수 없었을 것입니다만, 이 외인들이 가져온 낭보가 있으니 부디 기다려 주십시오. 모든 일은 언제나 그래왔듯, 사리에 맞게 처리될 것이옵니다."

돌려 말하는 솜씨가 보통이 아니로군. 울리케는 앗슈레드를 보며 그렇게 생각했다. 참으로 뜻밖의 류그라이지만 그가 흐리늪 황제의 고문인 것은 정말 사실인 모양이다. 비록 저들의 관직 체계에 관해 아는 것이 없으니, 아무리 봐도 일개 문관인 그가 제후와 어떤 식으로 맞설 수 있는지 그것까진 알 수가 없다.

하지만 지금까지의 이야기와 상호 간의 태도로 보건대, 그에게는 분명 적지 않은 권한이 있는 듯했다. 육왕은 내내 얼굴이 붉으락푸르락했지만 더 이상 섣불리 날뛰지 않기로 한 것 같았다. 그래도 체면상 쉽게 물러서지는 못하는 것일까? 문득 앗슈레드는 살짝 한숨을 내쉬더니 정중하게 읍을 하며 말했다.

"……부디 소신이 폐하께 임명받은바, 맡은 일을 하게끔 해주옵소서. 결코 왕야께 누가 되지 않을 것입니다."

"내 똑바로 지켜볼 것이다!"

육왕은 앗슈레드가 내민 이 절호의 기회를 놓치지 않고 소리쳤다. 그러더니 상서령과 더불어 나머지 호위들, 그 뒤편의 피어클리벤 선발대들까지 하나하나 충혈된 눈초릴 던지더니 마침내 물러갔다. 앗슈레드는 한동안 그의 뒷모습을 보며 말없이 서 있다가 문득 어깨를 늘어뜨렸다.

"……정말 피곤하군."

"좋은 구경이었다."

울리케가 고개를 까닥거리며 말했다. 그가 노려보자, 도래까마귀는 재잘거린다.

"이제 우리를 어찌 취급할 것인가? 적국의 포로?"

"포로는 더 이상 필요치 않다."

앗슈레드는 잘라 말했다. 그러더니 오해할 시간을 주지 않겠다는 듯, 재빨리 말을 잇는다.

"우선은 너희의 신분을 정확하게 따질 것이다. 정말로 너희가 피어클리벤의 위임된 파견대라면, 그리하여 어떠한 종류의 협상을 대리할 권한과 능력을 갖고 있다면, 나는 너희를 적국의 사절로 다루고 예우할 것이다. 이 이상 상황을 악화시킬 필요가 없지."

말을 마친 그는 한동안 모두를 쏘아보더니 불쾌한 표정으로 턱을 긁적거렸다. 그건 아무래도 그의 버릇인 모양이다. 그는 다시 말했다.

"모두에게 머물 천막을 하나 내주지. 차후에 마필과 짐, 무장도 되돌려주겠다. 우선, 신분증명부터 해보실까?"

그건 어려운 일이 아니었다. 크누드가 한발 앞으로 나서더니 손에 끼고 있던 인장 반지를 빼 내밀며 말했다.

"피어클리벤의 기사, 크누드 서리엇입니다. 이 인장은 여기, 본래 울리케 피어클리벤 행정관께서 소유하신 신분 증명물로 제가 대신하여 지니고 있었습니다. 까마귀는 반지를 낄 수 없으니까요."

울리케는 기어이 이런 쓸데없는 설명을 덧붙이는 크누드를 향해 힐끔 눈총을 주고 앗슈레드에게 소리쳤다.

"정식 절차는 우리의 짐에 포함된 필사계보와 대조하여야 하지만, 그건 필요 없겠지? 바로 너희가 구속하고 있는 아버님의 인장과 비교해보면 될 것이니까!"

"……과연."

앗슈레드는 받아든 반지의 토끼풀 모양 양각 문양을 살피더니 이렇게 말하며 그걸 다시 크누드에게 돌려주었다. 그가 말한다.

"절차는 절차대로 모두 할 것이지만, 당장 빡빡하게 굴 필요는 없겠지. 그러면, 모두를 일단 쉬게 해드리겠소. 여기까지 끌려 오느라 적잖이 고생했을 테니까."

말을 마친 상서령은 주위의 호위들에게 일행을 안내하라 일렀다. 그러고는 여태 주위를 둘러보며 서성이고 있던 시야프리테에게 말했다.

"너는 나와 함께 가자."

"……네? 어째서요?"

"어째서냐니? 넌 여태 이들을 속여왔잖아? 이 사람들을 볼 낯이 있어?"

"있는데요?"

앗슈레드의 표정이 볼만해졌다. 마치 호기롭게 도끼질을 하려다 날이 빠져버린 순간의 나무꾼 같았달까. 그는 미처 뭐라 할 말을 찾지 못한 채 이 알 수 없는 류그라 소녀를 멀거니 쳐다보았다. 한편 시야프리테는 시야프리테 대로 이 상황을 어찌 모면할지 몰라 당황한 얼굴로 크누드를 힐끔힐끔 보았다. 그러자 크누드는 언짢은 듯 말했다.

"오랫동안 함께 해 왔지만……, 이 상황에서 우리가 같이 있는 건 별로 좋은 생각이 아닌 것 같구나. 아무래도 영주님을 속여온 일이 되니까……. 그래도 내가 잘 말해서 처벌은 받지 않게끔 해주마."

시야프리테는 입을 딱 벌리고 크누드를 보았다. 다시 소녀의 시선이 라그나에게 옮겨지자, 그가 미간을 잔뜩 찌푸린 채 턱이 부서지라 어금니를 깨물고 있는 게 보였다. 한결같이 머물러 있던 냉소조차 온데간데없이, 그는 매우 힘겹게 말했다.

"……여기 네 자리는 더 이상 없는 것 같군."

시야프리테는 그가 웃음을 참기 위해 그러고 있다는 것을 생각지도 못하고 정말로 충격받은 얼굴이 되었다. 그러자 앗슈레드가 마치 시야프리테를 보호하려는 듯, 앞으로 나서 소녀를 가로막으며 말했다.

"이 아이의 일족은, 피어클리벤에 머무는 중이오?"

"그렇다."

현재 까마귀의 몸을 빌리고 있는 게 너무나 다행이라고 여기는, 울리케가 대꾸했다. 아무리 히죽거려도 결코 들킬 일이 없었으니까. 이를 알 리 없는 앗슈레드만이 홀로 엄숙하게 말했다.

"이 아이와, 그 일족에 대해 어떤 처벌이 없기를 청하오. 뭣하면 앞으로의 협상 내용으로 다룰 의사가 있소."

시야프리테를 지키려 하는 그의 진심은 의심할 바 없다. 울리케는 웃지 않기 위해 애쓰는 가운데서도 이를 살짝 감탄했다. 그가 묻는다.

"어쩌려는가?"

"우리, 미스미르드의 보호 아래 두려 하오. 아우스뉘르의 너리서니들은 우리의 좋은 보호자였던 적이 결코 없으니까, 그쪽으로서도 쓸모없는 유랑민들 때문에 골치 썩힐 필요가 없소."

"미스미르드?"

모처럼, 호기심의 울리케가 묻는 바이다. 상서령은 선선히 대답하였다.

"우리의 정식 명칭이오. 엄밀히는 우리의 조정, 그러니까 성상 폐하와 십일 제후의 결정기관 자체를 의미하오. 여기는 당신들의 풍속과 달라 영지나 국가의 이름이 가문의 이름 그대로를 따르지 않지. 둘은 별개요."

"어째서?"

그러자 크누드가 헛기침을 했다. 아무래도 이런 이야기를 하기에 적당한 때가 아니라는 의미이겠지. 그렇게 문답은 제동이 걸렸고, 결국 앗슈레드는 호위들을 시켜 저항하는 시야프리테를 질질 끌다시피 하며 사라졌다. 나머지 선발대원들은 그들의 진영을 가로질러, 커다란 원형 천막 한 곳으로 안내되었다. 명백히 외부인의 행색을 한 피어클리벤 선발대는 자연히 이 이동 중에 여러 이들의 이목을 모았으나 상서령의 안내인이 붙었기 때문일까, 딱히 누구도 길을 가로막거나 시비를 걸어오지 않았다. 흐리늪, 아니 미스미르드의 진지는 곳곳에 희고 둥근, 커다란 천막을 세워두고 있었다. 기병용 털사슴들은 눈밭 여기저기에 떼를 지어 운집해 있었고, 북쪽 외각에 눈트롤과 와이번들이 자리 잡았다. 통제 가능한 마수라 해도 아무래도 마수인바,

그들 역시 가까이에 두고 싶지는 않았던 것이겠다. 선발대 대원들은 모두 스스로가 구경거리임과 동시에, 거리낌 없이 이 모든 것들을 구경하며 안내인을 따랐다.

상서령의 일 처리 솜씨는 깔끔하기 이를 데 없어서 어느새 천막 옆에는 일행이 타고 온 마차와 말들, 그리고 압수되었던 무기 궤짝들까지 그대로 놓여있었다. 상서령의 안내인은 일행 모두에게 편히 머물라 하고는 또 일이 바쁜 듯, 신속히 사라졌다.

"시야는 도대체 웬 봉변이야?"

자신의 애검, '바람잡이'를 반갑게 꺼내 들고 살피다 칼집에 넣으며 랄로프가 물은 것이다. 크누드가 걱정스러움 반, 익살스러움 반이 뒤섞인 표정으로 대답했다.

"거짓말이란 건 시작하면 멈출 수 없지요. 그편이 더 낫습니다. 그 상서령이라는 자는 확실히 같은 류그라로서, 시야프리테에게 훨씬 개인적인 이야기들을 해줄지도 모릅니다. 속되게 말해 끄나풀이죠."

"그 애가 정보를 물어올 수 있을지는 모르겠소."

여태 크누드의 장단을 못내 맞춰온 라그나였지만, 명백히 나무라는 듯한 얼굴로 하는 말이었다. 멈칫한 크누드가 중얼거렸다.

"……아, 하긴. 다른 사람도 아니군요……."

그러자 랄로프가 걱정스레 물었다.

"그래도 되는 거유……? 나중에 속았다는 걸 알게 되면……."

“……서리엇 경이 책임지면 된다.”

라그나는 그렇게 못 박자, 크누드는 떨떠름한 미소를 지으며 다른 이들을 보았다. 하지만 그의 동료 용병단원들조차 ‘알아서 하시구랴’라는 얼굴일 뿐, 누구도 그가 불러온 이 사태에 대해 생각하고 싶지 않아 보였다.

그렇게 모두가 자신의 무장을 되찾고 천막 안으로 들어서자 따스한 온기가 그들을 감쌌다. 만 이틀의 긴장이 한순간에 풀리며, 어쩔 수 없이 다들 바닥에 털썩 주저앉는다. 천막의 중앙에는 땅을 파내 만들어진 일종의 화덕이 자리했고, 시뻘건 숯들이 그득했다. 또 바닥에는 몇 겹의 융단들이 깔려 올라오는 한기를 완전히 막아주고 있었다.

“특별히 우릴 위해 일부러 만들어둔 것 같지는 않은데……, 이 사람들도 따뜻한 게 싫은 건 아닌가 보군.”

라그나가 천막의 구조를 주의 깊게 살피며 던진 말이었다. 크누드가 새장을 열어주어 그제야 밖으로 나온 도래까마귀, 울리케가 말했다.

“거기에 대해 아힌달에게 들었다. 추위에 강할 뿐, 이들도 사람이다. 당연히 온기가 좋지.”

까닥까닥 종종걸음을 치며 가운데 화덕 쪽으로 접근하는 울리케의 모양새가 웃겼다. 일행은 모두 곧장 격한 허기를 느끼고 마차에 실려있던 짐에서 먹을 것들을 가져왔다. 울리케는 크누드가 먹이 쌈지를 꺼내자 질색을 하며 소리쳤다.

"나는 돌아갔다 오겠어요!"

"그러십시오."

크누드가 말했다. 늘 있는 일이었으므로. 하지만 잠시 뒤, 도래까마귀 그림니르는 여전한 울리케의 목소리로 당황한 듯 말했다.

"이상하네……? 빙의가 풀리지 않아요!"

"뭐라고요?"

그제야 크누드는 근심스러운 목소리로 까마귀 울리케를 본다. 식량 꾸러미에 달려들던 라그나와 랄로프도 멈칫하여 그를 돌아보았다. 울리케는 다급하게 속으로 용을 부른다.

'빌러디저드 님?'

헛되다.

'빌러디저드 님!'

용은 대답하지 않았다. 빙의도 풀리지 않는다. 울리케는 까마귀 안에 갇혀버리고 만 것이다.

〈4권에서 계속〉

피어클리벤의 금화 3

1판 1쇄 찍음 2020년 8월 21일
1판 1쇄 펴냄 2020년 8월 28일

지은이 | 신서로
발행인 | 박근섭
편집인 | 김준혁
펴낸곳 | 황금가지

출판등록 | 2009. 10. 8 (제2009-000273호)
주소 | 06027 서울 강남구 도산대로 1길 62 강남출판문화센터 5층
전화 | **영업부** 515-2000 **편집부** 3446-8774 **팩시밀리** 515-2007
홈페이지 | www.goldenbough.co.kr

도서 파본 등의 이유로 반송이 필요할 경우에는 구매처에서 교환하시고
출판사 교환이 필요할 경우에는 아래 주소로 반송 사유를 적어 도서와 함께 보내주세요.
06027 서울 강남구 도산대로 1길 62 강남출판문화센터 6층 민음인 마케팅부

ISBN 979-11-5888-707-0 04810(3권)
979-11-5888-545-8 04810(세트)

㈜민음인은 민음사 출판 그룹의 자회사입니다.
황금가지는 ㈜민음인의 픽션 전문 출간 브랜드입니다.